비숍 살인 사건

비숍 살인 사건
The Bishop Murder Case

S. S. 밴 다인 장편소설　최인자 옮김

THE BISHOP MURDER CASE
by S. S. VAN DINE (1929)

이 책은 실로 꿰매어 제본하는 정통적인 사철 방식으로 만들어졌습니다.
사철 방식으로 제본된 책은 오랫동안 보관해도 손상되지 않습니다.

이 지상은, 유치하고 통렬하며 우스꽝스럽고 어느 면으로나 끔찍한 신비극이 벌어지고 있는 신전이다.

콘래드

1. 누가 코크 로빈을 죽였나?   11
2. 활터에서   27
3. 다시 생각난 예언   50
4. 수수께끼의 편지   68
5. 여자의 비명   87
6. 「나예요.」 참새가 말했다   104
7. 밴스가 결론에 도달하다   122
8. 제2막   138
9. 텐서 공식   150
10. 도움의 거절   165
11. 도난당한 권총   179
12. 한밤중의 방문   199
13. 비숍의 그림자 속에서   219
14. 체스 게임   237
15. 파디와의 면담   254
16. 제3막   271

17. 밤새 켜진 불 285
18. 공원의 담장 298
19. 빨간 노트 313
20. 복수의 여신 325
21. 수학과 살인 337
22. 카드로 지은 집 352
23. 놀라운 발견 370
24. 대단원 385
25. 막이 내리다 399
26. 히스의 질문 421

역자 해설 황금시대의 거장, 밴 다인 437
S. S. 밴 다인 연보 445

등장인물

파일로 밴스
존 F. X. 매컴   뉴욕 주의 지방 검사
어니스트 히스   살인 사건 전담반의 경사
버트런드 딜러드 교수   저명한 물리학자
벨 딜러드   교수의 조카딸
시구르 아르네손   교수의 수양아들, 수학과 교수
파인   딜러드 집안의 집사
비들   딜러드 집안의 요리사
아돌프 드러커   과학자, 저술가
오토 드러커 부인   아돌프 드러커의 어머니
그레테 멘첼   드러커 집안 요리사
존 파디   수학자, 체스 전문가. 〈파디의 수〉의 창안자
J. C. 로빈   운동선수, 양궁 챔피언
레이먼드 스펄링   토목 기사
존 E. 스프리그   컬럼비아 대학 2학년생

1
누가 코크 로빈을 죽였나?
4월 2일 토요일, 정오

파일로 밴스가 비공식 수사관 자격으로 동참했던 모든 범죄 사건들 중에 가장 사악하고 기괴하며 불가사의해 보이는, 그리고 두말할 나위 없이 가장 끔찍한 사건은 바로 저 유명한 그린 살인 사건[1] 다음에 일어난 사건이었다. 유서 깊은 그린 저택에서 벌어진 공포의 향연은 12월에 놀라운 결말을 맞았다. 그리고 크리스마스 휴일 이후에 밴스는 겨울 스포츠를 즐기려고 스위스로 떠났다. 2월 말이 되어 뉴욕으로 돌아온 그는 오랫동안 마음에 품고 있었던 문학 작업, 즉 금세기 초반에 이집트 피라미드에서 단편적으로 발견된 메난드로스[2]의 중요 작품을 완역하는 일에 뛰어들었다. 그리하여 거의 한 달 넘게 아무도 알아주지 않는 이 일에 전력을 다하고 있었다.

사실 이 노고가 아무런 방해를 받지 않았다 하더라도, 과연 번역이 끝까지 완성되었을지는 의심스럽다. 밴스는 문화

---

[1] 『그린 살인 사건 *The Greene Murder Case*』(스크리브너스, 1928) ― 원주.
[2] Menandros(B.C. 342~B.C. 292?). 아테네의 극작가. 그리스 신희극의 가장 탁월한 시인으로 손꼽히지만 「디스콜루스」를 제외하고는 남아 있는 작품이 없다. 「디스콜루스」는 이집트에서 발견된 몇 장의 파피루스 사본을 토대로 1958년에 처음 출간되었다.

적 열정을 지닌 사람이긴 했지만, 그의 안에 있는 탐구심과 지적 모험심이 항상 학문적 창조에 반드시 필요한 단조롭고 고된 인내심과 반목을 일으켰기 때문이다. 내가 기억하기로는, 바로 이전 해에도 밴스는 크세노폰의 전기를 쓰기 시작했다가(이 시도는 『아나바시스』[3]와 『메몰라비아』[4]를 처음 접했던 대학 시절부터 이어져 온 열정의 소산이었다), 크세노폰의 역사적 행군으로 인해 1만 명의 군사가 바다로 퇴각하는 대목에서 그만 흥미를 잃어버린 적이 있었다. 어쨌거나 밴스의 메난드로스 번역은 4월 초에 갑작스럽게 중단되었다. 그리고 그 후 몇 주일 동안 밴스는 온 나라를 흥분의 도가니로 몰아넣은 수수께끼 같은 범죄 사건에 홀딱 빠져들었다.

밴스가 뉴욕 지방 검사인 존 F. X. 매컴을 위해 법정 고문으로 활약한 이 새로운 범죄 사건은 〈비숍 살인 사건〉으로 알려졌다. 하지만 이것은 유명한 사건마다 뭔가 별칭을 붙이고 싶어 하는 우리 언론의 속성이 낳은 결과로, 어떤 면에서는 잘못된 명칭이었다. 온 국민으로 하여금 불안에 벌벌 떨며 「마더 구스의 노래」[5]를 읊조리게 한 이 소름 끼치는 범죄에서 교회와 관련된 사실은 하나도 없었다. 게다가 내가 아는 한, 비숍이란 이름을 지닌 어떤 사람도 이 극악무도한 사건과 심

---

3 크세노폰이 쓴 대륙 원정기.
4 역시 크세노폰의 저작으로 『소크라테스의 변명』으로 유명하다.
5 브렌타노스 출판사의 조셉 A. 마르골리스가 내게 말한 바에 따르면, 비숍 살인 사건이 일어난 몇 주일 동안 『마더 구스의 노래』(영국의 전승 동요집으로, 18세기 후반 뉴베리가 민간에 떠도는 동요를 집대성하여 출판함)는 다른 어떤 최근 소설보다 더 많이 팔렸다고 한다. 보다 규모가 작은 또 다른 출판사는 이 유명한 옛날 자장가의 완본을 출간하여 완판하기도 했다 — 원주.

지어 간접적으로라도 전혀 관련이 없었기 때문이다. 그렇지만 또 한편으로 〈비숍〉이란 명칭은 매우 적절한 것이기도 했다. 살인범이 더할 나위 없이 냉혹한 목적을 가지고 사용한 별명이기 때문이다. 또한 결국에는 밴스를 도저히 믿을 수 없는 사건의 내막으로 끌어들여서 경찰 역사상 가장 무시무시한 연쇄 살인을 종결시키도록 한 실마리 역시 바로 이 이름이었다.

비숍 살인 사건이라고 하는, 밴스의 머릿속에서 메난드로스와 그리스 단행시에 대한 생각을 완전히 몰아내 버린 이 기괴하고 언뜻 보기에 서로 연관성 없는 일련의 사건들은 4월 2일 아침에 시작되었다. 줄리아 그린과 아다 그린의 이중 저격 사건이 일어난 지 다섯 달도 채 지나지 않았을 때였다. 그날은 4월 초반에 이따금 뉴욕을 축복하듯 찾아오는 따스하고 화창한 어느 봄날이었다. 밴스는 이스트 38번가에 있는 자신의 아파트 꼭대기 작은 옥상 정원에서 아침 식사를 하고 있었다. 거의 정오가 다 된 시각이었다. 그는 시간에 구애받지 않고 밤늦게까지 일을 하거나 책을 읽었기 때문에 언제나 느지막이 일어나곤 했다. 맑고 푸른 하늘에서 쏟아지는 태양은 도시 위로 나른하고 졸음을 불러일으키는 막을 이루고 있었다. 밴스는 아침 식사가 차려진 낮은 탁자 옆에서, 냉소적이고 불만스러운 눈빛으로 뒷마당의 나무 우듬지를 내려다보며 안락의자에 손발을 쭉 뻗고 앉아 있었다.

나는 그가 무슨 생각을 하는지 알고 있었다. 매년 봄이면 프랑스로 가는 게 그의 관례였다. 조지 무어[6]가 그렇듯이, 벌써 오래전부터 그에게 5월과 파리는 하나였다. 그러나 전쟁

---

6 George Moore(1852~1933). 아일랜드의 소설가, 극작가.

이후에 미국의 신흥 부자들이 파리로 대거 몰려가는 바람에 그가 해마다 행해 온 이 순례의 즐거움이 사라지고 말았다. 결국 바로 어제 밴스는 나에게 올여름엔 뉴욕에 머물 거라고 알려 주었다.

여러 해 동안 나는 밴스의 친구이자 법률 고문이었다. 일종의 재산 관리인이자 대리인 동료인 셈이다. 나는 아버지의 법률 회사인 〈밴 다인 데이비스 & 밴 다인〉을 그만두고 밴스의 일에만 헌신했다. 숨 막히는 사무실에서 지내는 일반 변호사 업무보다 이쪽이 훨씬 더 내 적성에 맞는다는 사실을 알았기 때문이다. 비록 내 독신자 숙소는 웨스트사이드에 있는 한 호텔이었지만, 주로 밴스의 아파트에서 지냈다.

나는 그날 아침 일찍, 밴스가 일어나기 한참 전에 와 있었다. 그리고 월초 정산을 끝낸 후에 밴스가 아침 식사를 하는 동안 한가로이 파이프 담배를 피우며 앉아 있었다.

「이봐, 밴.」

그가 특유의 무덤덤하고 느릿느릿한 말투로 나에게 말을 건넸다.

「뉴욕은 봄이든 여름이든 짜릿함도 없고 낭만도 없어. 앞으로 끔찍하게 지루할 거야. 그래도 어딜 가나 천박한 관광객 무리가 우글거리는 유럽을 여행하는 일보다 짜증스럽지는 않겠지. 그건 정말 괴롭거든.」

이때 밴스는 다음 몇 주일 동안 그에게 어떤 일이 벌어질지, 짐작조차 못 하고 있었다. 만약 그가 알았다면, 설령 전쟁 전의 옛 파리에서와 같은 봄을 누릴 수 있는 희망이 있었다 할지라도 뉴욕을 떠났을지 의심스럽다. 결코 싫증을 모르는 정신을 지닌 그에게 있어서 복잡하고 난해한 문제보다 더 좋은 것은 세상에 없었기 때문이다. 그가 나와 이런 이야기를 나누고 있던 그날 아침에 이미, 그의 운명을 주관하는 신들은 그를 위해 낯설고 매혹적인 수수께끼를 준비하고 있었다. 온 나라를 깊은 충격 속에 빠뜨리고 범죄 역사에 전혀 새롭고 가공스러운 한 장을 덧붙이게 될 수수께끼를.

밴스가 커피를 막 두 잔째 따르려고 할 때, 그의 늙은 영국인 집사이자 집안일을 총괄하는 커리가 휴대용 전화기를 들고 두 짝 유리문 입구에 나타났다.

「매컴 씨입니다.」

늙은 집사가 변명하듯이 말했다.

「꽤 급한 일이신 것 같아서 여쭤 보지도 않고 주인님이 여기 계시다고 말씀드렸습니다.」

집사는 수화기를 아침 식사 식탁 위에 내려놓았다.

「잘했네, 커리.」

밴스가 수화기를 받아 들며 중얼거렸다.

「이 지긋지긋한 단조로움을 깨뜨릴 수 있는 것이면 뭐든지 좋아.」

그는 매컴과 전화를 하기 시작했다.

「어이, 이 친구야. 자넨 잠도 안 자나? 난 지금 허브를 곁들인 오믈렛을 먹고 있는 중이라네. 와서 함께 들겠나? 아니면 그저 음악 같은 내 목소리를 듣고 싶었던 건가?……」

그가 돌연 입을 다물었다. 호리호리한 얼굴에 어린 장난기가 싹 사라졌다. 밴스는 윤곽이 또렷한 긴 얼굴과 커다란 회색 눈, 좁은 매부리코, 평평한 달걀형의 턱 등 전형적인 북유럽인이었다. 입술 또한 선이 또렷하고 굳게 다물어져 있었는데, 다만 냉소적이고 차가운 표정이 입가에 떠오를 때면 북유럽형이라기보다는 남유럽형에 더 가까웠다. 이목구비는 꼭 미남이라고 할 수 없었지만, 강하고 매력적이었다. 한마디로 사색가나 은둔자의 얼굴이었다. 매우 엄격한, 그러면서도 동시에 학구적이면서 내성적인 그의 인상은 그와 동료들 사이를 가로막는 장벽이 되었다.

천성적으로 자제력이 강한 성격인 데다가 자기 감정을 제어하는 법을 철저히 습득한 사람임에도 불구하고 그가 그날 아침 전화로 매컴의 이야기를 들었을 때에는 지대한 관심을 감추지 못하고 있음을 나는 알아챘다. 그의 이마가 살짝 찌푸려지고 두 눈은 마음속의 놀라움을 고스란히 드러내고 있었다. 이따금 그는 〈놀랍군!〉이라든가 〈세상에!〉, 혹은 〈거참 신기한 일이군!〉 하는 식의 입버릇처럼 내뱉곤 하는 감탄사들을 중얼거렸다. 몇 분 동안의 통화가 끝날 즈음이 되자, 유별나게 흥분한 기색이 역력했다.

「오, 좋고말고!」

그가 말했다.

「메난드로스의 사라진 희곡 전부를 준다 해도 난 이 사건을 놓치지 않을 걸세……. 미치광이의 소행 같군……. 당장 옷을 갈아입겠네……. 곧 만나자고.」

수화기를 다시 내려놓은 그는 종을 울려 커리를 불렀다.

「내 회색 양복을 준비해 주게. 수수한 색깔 넥타이와 검은 중절모자도.」

그러고는 뭔가에 넋을 잃은 표정으로 다시 오믈렛을 먹기 시작했다.

잠시 후에 그는 놀리듯이 나를 빤히 쳐다보았다.

「궁술에 대해 뭐 좀 아는 게 있나, 밴?」

그가 물었다. 활을 쏘아 과녁을 맞히는 운동이란 사실 이외에 나는 궁술에 대해서 전혀 아는 바가 없었다. 그래서 그렇게 고백했다.

「자네 설명이 딱히 심오하지는 않군.」

그는 느긋하게 레지 담배[7]에 불을 붙였다.

「하지만 아무래도 조만간 궁술과 관련을 맺게 될 것 같네. 나는 그 분야의 대단한 권위자는 아니지만, 옥스퍼드에서 활을 좀 쏘아 본 적이 있지. 그렇게 열정적이고 신나는 오락은 아니야. 골프보다 훨씬 지루하고 무척 복잡하지.」

그는 잠시 공상에 잠긴 표정으로 담배를 피웠다.

「이봐, 밴, 서재에서 엘머 박사의 궁술에 관한 저서[8]를 좀 가져다주겠나? 거기 꽤 쓸 만한 내용이 있거든.」

나는 책을 가져왔다. 그는 거의 30분 동안이나 책에 푹 빠져서 궁술 협회와 대회, 시합에 관한 장을 들여다보았고 미국 내 최고 득점을 기록한 기다란 목록을 살펴보기도 했다. 마침내 그가 다시 의자에 등을 기댔다. 그의 마음을 괴롭히고 예민한 정신을 자극할 만한 어떤 사실을 발견한 게 틀림없었다.

「이건 완전히 미친 짓이야, 밴.」

그가 허공을 응시하며 말했다.

「이 현대 뉴욕에서 중세의 비극이 벌어지다니! 지금 우리가 반장화를 신고 가죽 상의를 입고 다니는 것도 아닌데. 기가 막히는군!」

그가 갑자기 똑바로 앉았다.

---

7 터키산 고급 담배.
8 밴스가 언급한 이 책은 로버트 P. 엘머 박사가 쓴, 탁월하고 명료한 논문 「궁술」이다 — 원주.

「아니, 아니야! 이건 말도 안 돼. 매컴이 전한 그 터무니없는 소식 때문에 내 머리까지 이상해진 모양이야.」

그는 커피를 몇 모금 마셨다. 하지만 그의 표정은 지금 자신을 사로잡고 있는 생각으로부터 좀처럼 벗어날 수 없음을 보여 주고 있었다.

「한 가지만 더 부탁하지, 밴.」

마침내 그가 말했다.

「독일어 사전과 버튼 E. 스티븐슨의 『가정 동요집』좀 가져다주게.」

내가 책을 가져왔을 때, 그는 사전에서 단어 하나를 잠깐 찾아보고는 옆으로 밀쳤다.

「과연 그랬군, 거참 불행한 일이야……. 이미 알고 있긴 했지만.」

뒤이어 그는 동요와 자장가가 실려 있는 스티븐슨의 두꺼운 시집의 한 부분을 펼쳤다. 몇 분 후 그는 책을 덮더니 의자에서 기지개를 쭉 펴고는 머리 위에 드리워진 차양을 향해 긴 담배 연기를 내뿜었다.

「이럴 리가 없어.」

그는 마치 자기 자신에게 항의라도 하듯이 중얼거렸다.

「이건 지나치게 환상적이고 극악하며 극단적으로 비뚤어졌어. 피로 물든 동화……. 일그러진 세계야. 모든 합리성을 뒤집은……. 마치 흑마술이나 요술처럼 터무니없고 무분별해. 이건 누가 봐도 순전히 미친 짓이야.」

그는 시계를 힐끔 보더니, 평소와 달리 저렇게 흥분하는 이유가 뭘까 추측하고 있는 나를 뒤에 남겨 둔 채 자리에서 일어나 방 안으로 들어가 버렸다. 궁술에 관한 논문, 독일어 사전, 동요집, 그리고 광기니 환상이니 하는 밴스의 이해할 수 없는 중얼거림, 이 모든 것이 다 무슨 관련이 있는 걸까? 나는 공통분모를 찾아내려고 애를 썼지만, 아무 소득도 얻지 못했다. 내가 답을 추측해 내지 못한 것도 무리는 아니었다. 몇 주 후 명백한 몇몇 증거들을 통해 진실이 밝혀진 이후에도, 이 사건은 여전히 평범한 사람의 머리로는 도저히 받아들일 수 없을 만큼 기묘하고 사악했기 때문이다.

곧 밴스가 헛되이 머리를 굴리고 앉아 있는 나를 방해했다. 그는 이미 외출복 차림이었는데, 매컴이 늦게 와서 초조한 얼굴이었다.

「자네도 알다시피, 뭔가 내 흥미를 끌 만한 일이 필요했다네. 예를 들어 멋지고 환상적인 범죄 같은 것 말이지.」

그가 말했다.

「그렇지만…… 오, 세상에! 그렇다고 해서 꼭 끔찍한 악몽을 원했던 건 아니라고. 내가 매컴을 잘 몰랐다면, 그가 장난을 친다고 의심했을 걸세.」

하지만 몇 분 후에 매컴이 옥상 정원으로 걸어 들어오자, 그의 말이 전혀 장난이 아니라는 걸 한눈에 알 수 있었다. 그의 표정은 몹시 심각하고 어두웠다. 게다가 평소와 달리 다정한 인사 대신 그저 짤막하고 형식적인 인사를 건넬 뿐이었다. 매컴과 밴스는 15년 동안 절친한 친구 사이였다. 비록 성격은 완전히 극과 극이었지만 ─ 한 사람은 대단히 적극적이고 무뚝뚝하고 강직하고 거의 답답할 만큼 진지한 반면, 다른 한 사람은 변덕스럽고 냉소적이고 가볍고 덧없는 인생사에 대해 초연했다 ─ 그들은 상대방에게서 자신과는 다른 면에 매력을 느꼈고 그 때문에 변치 않고 흔들림 없는 우정의 기반이 형성되었다.

뉴욕 지방 검사로 지낸 1년 4개월 동안 매컴은 심각하고 중요한 사건을 의논하기 위해 자주 밴스를 찾아왔다. 그때마다 밴스는 자신의 판단력에 대한 그의 신뢰가 옳았음을 입증해 보였다. 사실 매컴이 복무하는 4년 동안 일어난 주요 범죄들의 상당수는 거의 전적으로 밴스 덕분에 해결한 셈이었다. 인간 본성에 대한 깊은 지식과 광범위한 독서, 문화적 소양, 날카로운 논리력, 현혹시키는 겉모습 뒤에 감추어진 진실에 대한 예민한 직감, 이런 모든 자질 때문에 그는 범죄 수사관의 임무를 수행하기에 더할 나위 없는 적임자였고, 사실상 매컴이 담당하는 사건들에서 비공식적으로 그와 같은 임무를 수행해 왔던 것이다.

밴스가 맡은 첫 번째 사건은 앨빈 벤슨 살인 사건[9]이었다. 솔직히 밴스가 이 일에 개입하지 않았더라면, 과연 사건의 진실이 끝끝내 드러났을지 의심스럽다. 뒤를 이은 사건은 저 악명 높은 마거릿 오델의 교살 사건[10]으로, 경찰의 일반적인 수사 방법으로는 결국 실패했을 게 뻔한 수수께끼 같은 살인 사건이었다. 그리고 지난해에 세상을 깜짝 놀라게 한 그린 살인 사건(앞서 이미 언급한 바 있는)으로 말하자면, 밴스가 범인의 최종적인 목적을 좌절시키지 않았더라면 살인은 틀림없이 성공을 거두었을 것이다.

그러므로 비숍 살인 사건이 일어나자마자 매컴이 당장 밴스를 찾아온 것은 당연한 일이었다. 이미 눈치챈 바이지만,

---

9 『벤슨 살인 사건 *The Benson Murder Case*』(스크리브너스, 1926) — 원주.
10 『카나리아 살인 사건 *The Canary Murder Case*』(스크리브너스, 1927) — 원주.

매컴은 범죄 수사를 하는 데 있어서 점점 더 밴스의 도움에 의지하고 있었다. 특히 이번과 같은 경우에 밴스에게 도움을 요청한 것은 커다란 행운이었다. 오직 밴스가 갖고 있는, 인간 정신의 병적인 심리 상태에 대한 심오한 지식을 통해서만이 이 어둡고 잔혹한 음모를 막아 내고 범인을 밝혀낼 수 있었을 테니까 말이다.

「이 모든 일이 어쩌면 한낱 의미 없는 소동에 불과할지도 모르겠네.」

매컴이 주저하며 말했다.

「하지만 자네가 이 사건에 참여하고 싶을 것 같아서……」

「오, 물론이지!」

밴스가 매컴에게 장난기 어린 미소를 지어 보였다.

「잠깐 앉아서 차근차근 이야기를 좀 해보게. 어차피 시체는 어디 도망가지 않으니까. 현장을 눈으로 직접 보기 전에, 일단 순서대로 사실을 정리해 보는 게 가장 좋거든. 가령 첫 번째 부분의 관련자들은 누구인가? 지방 검사실은 어째서 피해자가 죽은 지 한 시간도 안 됐는데 살인 사건 쪽으로 방향을 잡았나? 자네가 지금까지 나에게 말해 준 사실은 죄다 터무니없는 소리뿐이었네.」

결국 매컴은 침울하게 의자 가장자리에 걸터앉더니 시가 꽁지를 물끄러미 바라보았다.

「제기랄, 밴스! 『우돌포의 수수께끼』[11]를 푸는 그런 자세로 이 사건에 접근하지는 말게. 이 범죄는, 그러니까 이게 만약 범죄라고 한다면, 아주 명백하니까. 물론 살해 방법은 몹시

---

11 영국의 여류 작가 앤 래드클리프Ann Radcliffe가 1794년 여름에 출간한 네 권짜리 고딕 소설.

특이하지. 나도 그 점은 인정하겠네. 하지만 터무니없는 건 아니란 말일세. 최근에는 궁술이 큰 유행이지. 활과 화살은 오늘날 미국에 있는 모든 도시와 대학에서 사용되고 있어.」

「그렇긴 하지. 그러나 로빈이란 이름을 가진 사람이 활과 화살로 살해당한 사건은 이미 꽤 오래전 일이라네.」

매컴이 눈을 가느다랗게 뜨더니 밴스를 탐색하듯 바라보았다.

「자네도 그 생각이 들었군, 그런가?」

「그 생각이 들었느냐고? 자네가 희생자의 이름을 말하는 순간, 바로 내 머릿속에 딱 떠올랐네.」

밴스는 담배를 한 모금 피웠다.

「〈누가 코크 로빈을 죽였지?〉 그것도 활과 화살로 말이야! 어린 시절에 배운 이 우스꽝스러운 동요가 아직도 기억 속에 남아 있다니 참으로 신기한 일 아닌가. 그런데 말이지, 그 불운한 로빈 씨의 이름은 뭔가?」

「조셉이라고 하는 것 같더군.」

「그건 뭔가 암시조차도 하지 않는군……. 그럼 중간 이름은?」

「이거 보게, 밴스!」

매컴이 짜증스러운 듯 자리에서 일어섰다.

「피해자의 중간 이름 따위가 이 사건과 무슨 관련이 있단 말인가?」

「난 정신이 나간 게 아닐세. 다만 기왕 미칠 거라면 완전히 미치는 게 더 나을 것 같단 말이지. 눈곱만한 제정신이 남아 있어 봐야 아무 소용도 없으니까.」

그는 종을 울려 커리를 부르더니 전화번호부를 가져오라고 지시했다. 매컴이 투덜거렸지만 밴스는 들은 척도 하지 않았다. 전화번호부가 도착하자, 그는 몇 분 동안 뒤적거렸다.

「그 죽은 사람이 리버사이드 드라이브에 살았나?」

마침내 밴스가 자신이 찾아낸 이름을 손가락으로 짚은 채 물었다.

「그럴 걸세.」

「이런, 이런.」

밴스는 전화번호부를 덮더니 약을 올리듯이 의기양양한 눈초리로 지방 검사를 빤히 쳐다보았다.

「매컴, 전화번호부 목록에 올라와 있는 조셉 로빈은 단 한 명뿐일세. 그 사람은 리버사이드 드라이브에 살고 있고 중간 이름이 다름 아닌 코크레인이야!」

「대체 그게 뭐 어쨌다는 건가?」

매컴의 말투는 거의 사나울 지경이었다.

「그자의 이름이 코크레인이었다고 한들, 그렇다고 자네는 그 사실이 그 사람의 살해와 어떤 관계가 있다고 정말 진지하게 주장하는 건가?」

「내가 한 말을 잘 생각해 봐, 이 친구야. 나는 뭘 주장하고 있는 게 아닐세.」

밴스는 어깨를 살짝 으쓱했다.

「난 그저 이 사건과 관계된 몇 가지 사실들을 지적하고 있을 뿐이네. 가령 지금 드러난 사실처럼 조셉 코크레인 로빈 씨 같은 것 말일세. 머리를 써보게. 코크 로빈이 활과 화살로 살해를 당했다, 자네의 그 딱딱한 법률가 머리에도 뭔가 기묘하게 여겨지는 게 없나?」

「없네!」

매컴은 단호하게 부정했다.

「죽은 사람의 이름은 아주 흔한 이름일세. 게다가 이 나라 안에서 이렇게 궁술이 유행하고 있는데 오히려 좀 더 많은 사람들이 안 다친 게 놀랍지. 게다가 로빈의 죽음이 단순한 사고였을 가능성도 충분히 있지 않나.」

「내 참!」

밴스가 꾸짖듯이 고개를 절레절레 저었다.

「설사 그게 진실이라고 해도 지금 상황에는 아무런 도움도 되지 않네. 점점 사건만 더 꼬이게 할 뿐이지. 이 나라 안에 있는 수천 명의 궁술 애호가들 중에 하필 코크 로빈이란 이름을 가진 사람이 우연히 화살에 맞아 죽는단 말인가! 그런 가정은 우리를 심령술이나 악마 연구 같은 걸로 이끌기 십상이지. 혹시 자네는 이브리스라든가 아자젤,[12] 혹은 인류에게 사악한 장난을 치고 돌아다니는 악령 같은 걸 믿는 건가?」

「그럼, 우연을 인정하려면 반드시 마호메트 신학자가 되어야 하는 건가?」

「이보게! 우연의 일치라고 하는 그 유명한 팔이 아무리 길어도 무한히 늘어나지는 않는 법일세. 결국은 엄격하게 정해진 수학적 공식에 근거한 개연성의 법칙이라는 게 있다네. 라플라스[13]나 추버,[14] 폰 크리스[15] 같은 사람들이 헛되이 살았다

---

12 유대 전설에 나오는 마귀.

13 Laplace(1749~1872). 프랑스의 수학자, 천문학자이자 우주 진화론의 선구자. 가장 유명한 저작은 『천체 역학』이지만, 밴스가 여기서 언급하고 있는 것은 그의 명저인 『개연성 분석 이론』이다. 영국의 천문학자 하셀Hassel(1792~1871)은 이 책을 두고 〈수학적 기술과 능력의 최고봉〉이라 평가했다 — 원주.

14 프라하 태생의 수학자.

15 Von Kries(1853~1928). 독일의 심리학자.

고 생각하면 슬프지 않겠나. 하지만 지금 상황은 자네가 짐작하는 것보다 훨씬 더 복잡하다네. 예를 들면, 자네는 아까 전화로 그 로빈이 죽기 전에 마지막으로 함께 있었던 사람이 스펄링이라고 말했지.」

「거기에 무슨 신비한 뜻이라도 숨어 있단 말인가?」

「아마 〈슈펠링〉이 독일어로 무슨 의미인지는 자네도 알고 있겠지?」

밴스가 재밌어 죽겠다는 어조로 말했다.

「나도 고등학교쯤은 다녔네.」

매컴이 퉁명스럽게 쏘아붙였다. 그러나 다음 순간, 그의 눈이 휘둥그레지며 온몸이 바싹 긴장했다.

밴스는 독일어 사전을 매컴 쪽으로 밀어 주었다.

「어찌 됐든 그 단어를 한번 찾아보게나. 아무래도 확실히 해두는 게 좋으니까. 나는 벌써 찾아봤네. 혹시 내 상상력에 사로잡혀 착각을 하는 건 아닐까 염려스러웠거든. 흰 종이에 검게 인쇄된 글자를 눈으로 보고 싶었네.」

매컴은 말없이 사전을 펼쳤다. 그러고는 눈으로 그 페이지를 읽어 내려갔다. 잠깐 동안 그 단어를 빤히 응시하고 나더니, 그는 마치 사악한 주문을 물리치기라도 하듯 결연히 고개를 들었다. 이윽고 그가 말문을 열었을 때, 그의 목소리는 몹시 사나웠다.

「슈펠링은 〈참새〉라는 뜻일세. 이건 초등학생도 아는 사실 아닌가. 그게 뭐 어떻다는 건가?」

「오, 물론이지.」

밴스가 유유자적하게 또 다른 담배에 불을 붙였다.

「그리고 초등학생이면 누구나 〈코크 로빈의 죽음과 장례〉

란 제목의 오래된 자장가를 알고 있지.」

그는 약을 올리듯 매컴을 힐끗 쳐다보았다. 매컴은 봄 하늘을 멍하니 응시하며 꼼짝 않고 서 있었다.

「자네가 그 어린아이들의 고전을 잘 모르는 것 같으니, 내가 첫 연을 읊어 주겠네.」

밴스가 그 친숙하고 오래된 노래 구절을 읊었을 때, 마치 보이지 않는 유령이 옆을 스치고 지나가는 듯 나는 소름이 쫙 끼쳤다.

「누가 코크 로빈을 죽였지?」
「나예요.」 참새가 말했다.
「내가 내 활과 화살로
코크 로빈을 죽였어요.」

2
활터에서
4월 2일 토요일, 오후 12시 30분

매컴은 천천히 밴스에게로 시선을 돌렸다.
「미친 짓이로군.」
그는 도저히 말로 설명할 수 없이 끔찍한 사실에 맞닥뜨린 사람처럼 한마디 내뱉었다.
「쯧쯧!」
밴스는 가볍게 손을 내저었다.
「아니, 이건 표절이야. 내가 처음부터 말하지 않았나.」(그는 짐짓 쾌활한 태도를 취함으로써 자기 자신의 당혹감을 이겨내려고 애를 쓰고 있었다.)
「이제 정말로 로빈 씨의 죽음을 애통해하는 애인이 나타날 판이군. 아마 자네도 다음 연을 기억할 걸세.」

상주는 누가 될 건가?
「나예요.」 비둘기가 말했다.
「나는 죽은 내 사랑을 애도해요.
내가 상주가 될 거예요.」

매컴의 머리가 살짝 경련을 일으키고, 그의 손가락은 신경질적으로 탁자를 탁탁 두드리고 있었다.
　「맙소사, 밴스! 이 사건에 한 젊은 아가씨가 연루되어 있다네. 어쩌면 이 일의 배후에는 질투가 도사리고 있을지도 몰라.」
　「정말 놀랍군! 어째 이 사건이 일종의 어른 유치원을 위한 활인화로 발전할 것 같은 불길한 예감이 드는군. 안 그런가? 하지만 그렇게 되면 우리 일은 훨씬 쉬워질 걸세. 우리가 할 일이라고는 파리를 찾는 것뿐이니까 말이야.」
　「파리라고?」
　「학문 용어로 말하자면 *Musca domestica*(집파리)이지……. 이보게, 매컴, 잊었는가?」

　　그가 죽는 걸 누가 보았지?
　「나예요.」 파리가 말했다.
　「내 조그만 눈으로
　그가 죽는 걸 보았어요.」

　「제발 정신 좀 차리고 현실로 돌아오게!」
　매컴이 날카롭게 쏘아붙였다.
　「이건 아이들의 장난이 아니야. 지독하게 심각한 일이란 말일세.」
　밴스는 건성으로 고개를 끄덕였다.
　「때로는 아이들의 장난이야말로 인생에서 가장 심각한 일이기도 하지.」
　밴스는 묘하게 꿈꾸는 듯한 어조로 중얼거렸다.
　「난 이 사건이 마음에 들지 않아. 이런 건 전혀 좋아하지 않는다네. 지나치게 어린아이 같은 면이 많거든. 애당초 태어날 때부터 늙고 마음이 병든 아이 말일세. 마치 소름 끼치는 변태 같거든.」

그는 담배를 한 모금 깊이 빨아들이더니 살짝 몸서리를 쳤다.

「자세한 설명을 좀 해보게. 완전 뒤죽박죽인 세상에서 우리가 어디쯤 서 있는 건지 한번 알아보자고.」

매컴이 다시 자리에 앉았다.

「나도 별로 자세히 아는 바가 없네. 사실 이 사건에 대해 내가 아는 바는 전화로 모두 이야기해 주었네. 내가 자네와 통화하기 직전에 노교수 딜러드가 나에게 전화를 했어.」

「딜러드? 혹시 버트런드 딜러드 교수 말인가?」

「맞아. 이 비극이 일어난 곳이 바로 그 교수의 집이거든. 자네는 그 교수를 잘 아나?」

「개인적으로 아는 것은 아닐세. 단지 과학계에 알려진 정도로만 알고 있지. 살아 있는 가장 위대한 수리 물리학자 중 한 사람이라는 것 말일세. 나는 교수의 책을 대부분 갖고 있다네. 그런데 어쩌다가 그분이 자네에게 연락을 하게 된 건가?」

「그분과 나는 거의 20년 동안 서로 알고 지냈다네. 컬럼비아 대학에서 그분에게 수학을 배웠고 나중에는 그분을 위해 법률 일을 좀 해드렸지. 로빈의 시체가 발견되자 교수는 당장 나에게 전화를 걸었네. 11시 30분쯤 되었을 때였어. 나는 살인 수사과의 히스 경사에게 전화를 해서 이 사건을 그에게 넘겼네. 물론 나중에 나도 개인적으로 같이 가겠다고 말했지. 그런 다음 자네에게 전화를 한 걸세. 경사와 그의 부하들이 지금 딜러드 교수 댁에서 나를 기다리고 있다네.」

「그 댁의 가정 사정은 어떤가?」

「아마 자네도 알겠지만, 교수님은 10년 전에 퇴직을 하셨어. 그때부터 줄곧 드라이브 가 근처 웨스트 75번가에서 살고 계시지. 열다섯 살 난 형의 딸을 함께 데리고 살았는데, 지금은 스물다섯 살쯤 되었을 걸세. 그 외에도 교수의 애제자인 시구르 아르네손이 있네. 그는 대학 시절에 내 동급생이기도 했는데, 교수는 대학교 3학년 때 그를 양자로 삼았어. 아르네손은 이제 마흔쯤 되었을 걸세. 컬럼비아 대학에서 수학을 가르치고 있지. 그는 세 살 때 노르웨이에서 이 나라로 건너와 5년 뒤 고아가 되었다네. 수학 천재이지. 딜러드 교수는 분명히 그에게서 위대한 물리학자의 자질을 발견하고 양자로 삼았을 걸세.」

「나도 아르네손에 대해 들어 본 적이 있어.」

밴스가 고개를 끄덕였다.

「최근에 운동체의 전기 역학에 대한 미[16]의 이론을 수정하는 논문을 출간했지……. 그런데 딜러드, 아르네손, 그리고 그 아가씨, 이렇게 단 세 사람만이 살고 있나?」

「하인이 두 명 있네. 딜러드 교수는 꽤 수입이 넉넉한 것 같아. 물론 이 사람들은 전혀 외롭지 않다네. 그 집은 수학자들을 위한 일종의 성소로 알려져 사교 클럽처럼 되었으니까. 게다가 그 아가씨는 항상 야외 운동을 즐겨서 자기만의 작은 사교 모임을 갖고 있다네. 나는 여러 번 그 집에 가봤지만, 항상 손님들이 있었어. 2층 서재에는 순수 과학을 공부하는 진지한 학생이 한두 명, 아래층 거실에는 시끄러운 젊은이들이 있곤 했지.」

---

16 Gustav Mie(1869~1957). 독일의 물리학자. 〈미의 이론*Mie's theory*〉이란 〈미 산란〉이라고도 하는데 빛의 산란 현상에 대한 이론이다.

「그렇다면 로빈은?」

「그는 벨 딜러드 양의 사교 모임에 속한 사람이었네. 대여섯 개의 양궁 기록을 소유한, 좀 고리타분한 젊은 사교가인 셈이지.」

「그래, 나도 알고 있네. 방금 궁술에 관한 이 책에서 그 이름을 찾았거든. J. C. 로빈이란 사람이 최근 여러 선수권 대회에서 높은 점수를 올린 것 같더군. 그리고 스펄링이란 사람이 여러 큰 양궁 대회에서 차점자였다는 사실 또한 알아냈네. 딜러드 양도 활을 쏘는가?」

「그렇다네. 꽤 열성적이지. 사실은 리버사이드 궁술 클럽을 조직하기도 했어. 이 클럽의 상설 양궁장이 스커스데일에 있는 스펄링의 집에 있다네. 그렇지만 딜러드 양은 75번가에 있는 교수 자택의 안뜰에 활터를 갖추어 놓았지. 로빈이 살해당한 곳이 바로 이 연습장일세.」

「아, 그렇군! 그리고 자네가 말한 바에 따르면, 로빈과 가장 마지막에 함께 있었던 사람이 스펄링이었다는 거지. 지금 우리의 참새는 어디 있는가?」

「나도 모르겠어. 그 사람은 이 비극이 일어나기 직전까지 로빈과 함께 있었네. 하지만 사체가 발견되었을 때에는 어디론가 사라지고 없었어. 그 점에 대해서는 히스 경사가 뭔가 새로운 소식을 가지고 올 걸세.」

「자네가 아까 질투가 동기일지도 모른다고 했던 건 무슨 근거에서 한 말인가?」

밴스의 눈꺼풀은 졸린 듯이 축 처져 있었다. 게다가 그는 한가롭게 담배를 피우고 있었지만, 사실은 깊이 숙고하고 있는 게 틀림없었다. 이런 태도는 그가 듣고 있는 이야기에 지대한 관심을 보인다는 표시였다.
「딜러드 교수가 자신의 조카딸과 로빈의 친밀한 관계에 대해서 말해 주었네. 내가 스펄링은 어떤 사람이고, 이 집안에서 어떤 위치에 있는지 교수에게 물었더니, 스펄링 역시 조카딸의 구혼자 중 한 사람이라고 넌지시 알려 주더군. 전화상으로는 더 이상 이 상황을 캐묻지 못했지만, 아무래도 로빈과 스펄링이 연적이고, 로빈이 조금 더 유리했던 것 같은 인상을 받았네.」
「그래서 참새가 코크 로빈을 죽였다는 건가.」
밴스는 의심스러운 듯이 고개를 저었다.
「그럴 리가 없어. 그건 지나치게 간단해. 그것으로는 코크 로빈 동요를 완벽하고 잔인하게 재현한 까닭이 설명되지 않아. 이 기괴한 사건에는 좀 더 깊고 어두운 무언가가, 좀 더 끔찍한 속내가 숨어 있어. 그런데 로빈을 발견한 사람은 누구인가?」
「바로 딜러드 교수라네. 집 뒤편에 있는 작은 발코니로 나갔다가 아래쪽 양궁 연습장에 로빈이 심장에 화살을 맞고 쓰러져 있는 것을 보았다는군. 당장 아래층으로 내려갔는데, 원래 이 노인은 통풍으로 지독하게 고생을 하고 있어서 무척 힘들긴 했을 걸세. 어쨌든 로빈이 죽은 걸 발견하고 나에게 전화를 했지. 그게 내가 사전에 알고 있는 전부일세.」
「눈을 현혹시킬 만큼 대단한 계시라고 할 수는 없지만, 그런대로 암시하는 바는 있군.」
밴스가 자리에서 일어났다.
「이봐, 매컴. 뭔가 굉장히 기괴하고 가증스러운 일이 벌어질 테니 단단히 각오하고 있게나. 사고나 우연일 가능성은 일단 배제할 수 있네. 물론 부드러운 나무에 작은 화살촉을 붙여서 만든 평범한 화살로도 쉽게 옷을 뚫고 가슴을 관통할 수 있는 게 사실이네. 설사 그리 무게가 나가지 않는 활로 쏜다 하더라도 말이야. 그렇지만 〈참새〉란 이름의 남자가 활과 화살로 코크레인 로빈이라고 하는 남자를 죽였다는 사실은 그 어떤 우연한 사건의 연속도 배제하는 것일세. 정말이지 도저히 믿을 수 없는 이 일련의 사건들은, 이 모든 일의 배후에 대단히 교묘하고 악마적인 의도가 깔려 있음을 분명히 증명하고 있어.」

밴스는 문 쪽을 향해 걸어갔다.

「자, 이제 오스트리아 경찰이 유식하게 범죄 현장이라고 부르는 곳에서 뭔가를 좀 더 찾아보기로 하지.」

우리는 즉시 집을 나와서 매컴의 차를 타고 주택가로 향했다. 5번가에서 센트럴 파크로 들어간 우리는 72번가 쪽으로 난 출구를 빠져나왔다. 그리고 몇 분 후에 웨스트엔드 가를 돌아서 73번가로 들어섰다. 딜러드 교수의 자택인 391번지는 길 아래로 멀리 강을 향한 채 우리 오른편에 위치해 있었다. 그리고 이 건물과 드라이브 거리 사이에는 커다란 15층짜리 아파트가 한 모퉁이를 완전히 차지하고 있었다. 그 때문에 교수의 자택은 마치 보호를 받듯이, 이 거대한 건물의 그늘 아래 둥지처럼 감싸여 있는 느낌이었다.

딜러드 저택은 풍파에 시달려 거무스름해진 회색 석회암 건물로, 영구적으로 안락하게 지낼 수 있도록 집을 짓던 시절에 세워진 것이었다. 이 집의 대지는 정면의 폭이 35피트인데, 건물이 25피트를 꽉 채우고 있었다. 나머지 10피트의 빈터가 아파트 건물과 이 집 사이를 떼어 놓는 통로를 형성하고 있었고, 중앙에 커다란 쇠문이 달린 10피트 높이의 돌담이 큰길을 막아서고 있었다.

저택은 변형된 식민지 시대 양식의 건축물이었다. 야트막한 짧은 계단이 큰길에서부터 현관까지 이어졌는데, 현관은 네 개의 하얀 코린트식 기둥으로 장식을 하고 좁은 벽돌로 테두리를 둘렀다. 2층에는 사각형의 불투명한 유리를 끼운 여닫이 창문들이 건물 한쪽 끝에서 저 끝까지 줄지어 나 있었다. (나중에 알았지만, 이것은 이 집 도서관 창문이었다.) 이곳에는 뭔가 평화롭고 대단히 고풍스러운 분위기가 감돌고 있었다. 다른 일이라면 몰라도, 결코 기괴한 살인의 무대가 될 것처럼 보이지 않았다.

우리가 자동차를 몰고 들어갔을 때, 경찰차 두 대가 입구 근처에 세워져 있었다. 그리고 열댓 명의 호기심에 찬 구경꾼들이 거리에 모여 있었다. 한 순경이 길고 둥근 홈이 파인 현관 기둥들 중 하나에 기대고 서서 따분하고 한심하다는 표정으로 앞에 모인 구경꾼들을 쳐다보고 있었다.

나이 든 집사가 우리를 맞았다. 그러고는 현관 복도 왼쪽에 있는 응접실로 인도했다. 그곳에는 어니스트 히스 경사와 살인 사건 전담반에서 나온 두 명의 경찰이 있었다. 경사는 가운데 놓인 탁자 옆에 서서 담배를 피우고 있었는데, 엄지손가락을 조끼 겨드랑이에 걸치고 있다가 앞으로 다가와서 매컴에게 반갑게 악수를 청했다.

「검사님이 오셔서 정말 반갑습니다.」

그가 말했다. 차갑게 보이는 푸른 눈동자에 떠올라 있던 걱정스러운 기색이 약간 사라지는 듯했다.

「줄곧 기다리고 있었습니다. 이 사건에서는 뭔가 수상쩍은 냄새가 풍겨서 말이죠.」

그때 경사는 뒤에 멈춰 서 있는 밴스를 알아보았다. 그러자 넓적하고 성질 사납게 생긴 그의 얼굴에 사람 좋은 미소가 피어났다.

「안녕하십니까, 밴스 씨. 그렇지 않아도 결국 선생이 유혹을 못 이기고 이 사건에 참여하게 될 거라고 내심 생각하고 있었죠. 그래, 그동안 어떻게 지내셨나요?」

나는 진심 어린 호의를 보이는 경사의 지금 태도와 벤슨 사건에서 밴스를 처음 만났을 때 경사의 적대적인 태도를 비교해 보지 않을 수 없었다. 그러나 피해자 앨빈의 화려한 거실에서 두 사람이 처음 만난 이후로 숱한 일들이 일어났다. 그동안 히스와 밴스 사이에는 상대방의 능력에 대한 솔직한 인정과 존경심을 바탕으로 한 따뜻한 우정이 자라났던 것이다.

밴스는 손을 내밀며 악수를 청했다. 그의 입가에는 살짝 미소가 서려 있었다.

「사실은 극예술에서 필레몬의 경쟁자였던, 메난드로스라고 하는 아테네인의 잃어버린 영광을 되찾는 일에 몰두하며 지냈답니다. 왜, 우스운가요?」

히스가 무시하는 어조로 내뱉듯이 말했다.

「글쎄요, 어찌 됐든 악당을 찾아내는 솜씨만큼 그 일에도 솜씨가 좋으시다면, 아마 유죄 판결을 얻어 낼 수 있었을 겁니다.」

내가 그의 입에서 칭찬 소리를 들은 것은 이번이 처음이었다. 그 말은 밴스에 대한 그의 깊은 존경심을 보여 줄 뿐만 아니라, 경사 자신의 괴롭고 불안한 심정을 드러내는 발언이기도 했다.

매컴도 경사의 곤혹스러운 심정을 알아차린 듯, 갑자기 질문을 던졌다.
「지금 이 사건에서 해결하기 어려운 점이 뭡니까?」
「어떤 어려움이 있는 건 아닙니다, 검사님.」
 히스가 대답했다.
「이 짓을 한 새는 우리 손안에 꼼짝없이 잡혀 있는 것처럼 보입니다. 그렇지만 아무래도 납득이 되지 않습니다. 오, 제기랄! 매컴 검사님, 이건 너무 이상합니다. 도통 말이 되지 않아요.」
「자네가 무슨 말을 하는지 알 것 같네.」
 매컴이 경사를 평가하듯이 바라보았다.
「자네는 스펄링이 범인이라고 생각하는 거로군.」
「그자가 범인인 게 분명합니다.」
 히스가 딱 잘라 단정했다.
「저를 괴롭히는 점은 그게 아닙니다. 솔직히 말해서 이번에 죽은 그 친구 이름이 마음에 걸립니다. 특히 화살에 맞아 죽었다는 게……..」
 그는 약간 멋쩍은 표정으로 머뭇거리다가 물었다.
「검사님은 좀 이상하다는 생각이 들지 않습니까?」
 매컴이 당혹스러운 얼굴로 고개를 끄덕였다.
「자네 역시 그 동요를 생각해 낸 거로군.」
 그가 이렇게 말하더니 얼굴을 돌렸다.
 밴스는 장난기 가득한 표정으로 히스를 뚫어져라 바라보고 있었다.
「경사님은 방금 스펄링 씨를 두고 〈새〉라고 말씀하셨죠. 아주 적절한 표현입니다. 스펄링, 그것은 독일어로 〈참새〉란 뜻이죠. 그리고 기억하시겠지만, 코크 로빈을 활로 죽인 것은 바로 참새였죠……. 정말 기가 막힌 상황 아닙니까? 안 그런가요?」

경사의 눈이 활짝 커지면서 입이 딱 벌어졌다. 그는 거의 우스꽝스러울 정도로 얼빠진 표정으로 밴스를 멍하니 쳐다보았다.

「어쩐지 이번 사건은 뭔가 수상쩍은 냄새가 풍긴다고 말하지 않았습니까!」

「저라면 차라리 새 냄새가 난다고 하겠습니다.」

「물론 선생이라면 남들이 아무도 알아듣지 못하는 표현을 썼겠지요.」

히스는 퉁명스럽게 쏘아붙였다. 설명할 수 없는 문제에 부딪히면 거칠어지는 게 그의 버릇이었다.

매컴이 중재를 위해 끼어들었다.

「경사, 우선 이 사건의 자세한 이야기를 듣도록 하지. 자네에게 집안사람들을 심문하라고 했는데?」

「그저 일반적인 조사만 끝났습니다, 검사님.」

히스는 중앙 탁자의 모서리에 한쪽 다리를 걸치더니 꺼진 시가에 다시 불을 붙였다.

「검사님이 오시길 기다렸지요. 저 위층에 있는 노신사와 잘 아는 사이라는 걸 알고 있었거든요. 그래서 저는 일상적인 조사만 했습니다. 그리고 안뜰에 한 명을 배치해서 도어머스[17] 박사가 도착할 때까지 아무도 시신에 손을 대지 못하게 감시하라고 했습니다. 의사 선생님은 점심 식사를 마치는 대로 오

---

[17] 히스가 이야기하는 사람은 이매뉴얼 도어머스 박사로, 뉴욕 시의 수석 검시관이다 — 원주.

실 겁니다. 사무실에서 나오기 전에 지문 감식반에도 연락을 했으니, 이제 곧 작업에 착수할 겁니다. 그 사람들이 뭐가 쓸 만한 걸 건질 수 있을 것 같지는 않지만……」

「화살을 쏜 활은 어떻게 됐습니까?」

밴스가 물었다.

「그게 우리의 가장 중요한 단서였는데, 딜러드 노교수가 그만 안뜰에서 그걸 주워 집 안으로 가지고 들어갔답니다. 그러니 혹시 지문이 남아 있더라도 전부 망쳐 버렸을 겁니다.」

「스펄링에 대해서는 어떤 조치를 취했나?」

매컴이 물었다.

「그자의 주소를 알아 놓았습니다. 웨스트체스터 거리 별장에서 살고 있더군요. 경찰 두 명을 보내어 그자를 붙잡는 대로 곧장 이리로 데려오라고 했습니다. 그리고 하인 두 사람과 이야기를 나누었습니다. 검사님을 여기로 안내했던 그 늙은 집사와 그의 딸인데 요리를 맡고 있는 중년 여성입니다. 하지만 두 사람 다 아무것도 모르고 있는 것 같았습니다. 그게 아니라면 벙어리 시늉을 하는 것이겠죠. 그런 다음에는 이 집의 젊은 아가씨를 심문하려고 했습니다만……」

경사는 두 손을 번쩍 들어 올리며 짜증스럽지만 어찌할 바를 모르겠다는 몸짓을 했다.

「그 아가씨는 완전히 이성을 잃고 울기만 하더군요. 그래서 검사님께 그 아가씨를 심문하는 즐거움을 양보해 드리기로 했답니다. 그 외에도 스니트킨과 버크가……」

그는 앞쪽 창가 너머로 엄지손가락을 까닥하며 형사 두 명을 가리켰다.

「지하실과 안뜰, 그리고 뒷마당을 다니면서 뭔가 단서가 될 만한 것을 수색했지만 아무것도 없습니다. 여기까지가 제가 알고 있는 전부입니다. 하지만 조만간 도어머스 박사님과 지문 감식반이 도착하면, 그리고 스펄링과 허심탄회한 대화를 나눈 다음에는 공이 어디로 굴러도 굴러갈 테고 사건도 말끔히 마무리될 겁니다.」

밴스가 크게 들리도록 한숨을 내쉬었다.

「경사님, 참으로 낙천적이시군요. 만약 당신의 공이 제대로 굴러가지 못하는 평행 육면체임이 드러난다 하더라도 실망하지 마십시오. 이 자장가 광시곡에는 뭔가 무시무시한 게 있습니다. 이 불길한 징조들이 나를 속인 게 아니라면, 앞으로 오랫동안 경사님은 까막잡기를 하게 될 겁니다.」

「그런가요?」

히스는 의기소침해진 표정으로 밴스를 쳐다보았다. 어느 정도는 같은 의견을 갖고 있는 게 틀림없었다.

「밴스 씨의 말에 상심하지 말게, 경사.」

매컴이 히스의 어깨를 툭툭 쳤다.

「지금은 그의 상상력이 한없이 뻗어 나가고 있으니 말일세.」

그러더니 매컴은 초조한 몸짓으로 문을 향해 돌아섰다.

「다른 사람들이 오기 전에 현장을 좀 보도록 하지. 딜러드 교수와 이 집의 다른 식구들과는 나중에 내가 이야기를 나눠보겠네. 그건 그렇고 아르네손 씨에 대해서는 아무 언급도 하지 않았네, 경사. 그 사람은 집에 있나?」

「지금 대학교에 있습니다만, 곧 돌아올 겁니다.」

매컴은 고개를 끄덕이더니 경사의 뒤를 따라서 중앙 홀로 나갔다. 두꺼운 양탄자가 깔린 복도를 지나 뒷문에 이르렀을 때, 계단 위에서 무슨 소리가 들렸다. 또렷하지만 약간 떨리는 여인의 목소리가 어둑어둑한 2층에서부터 들려왔다.

「매컴 검사님, 당신이신가요? 삼촌께서 검사님 목소리가 들리는 것 같다고 하셨어요. 지금 서재에서 기다리고 계세요.」

「곧 삼촌을 뵈러 갈 겁니다, 딜러드 양.」

매컴은 부드럽게 달래는 어조로 말했다.

「그리고 삼촌과 함께 기다려 주십시오. 딜러드 양도 뵙고 싶으니까요.」

아가씨는 중얼거리듯 나지막이 대답을 하고는 계단 머리를 돌아서 사라졌다.

우리는 아래층 복도의 뒷문으로 향했다. 밖에는 좁은 복도가 있었고, 지하실로 내려가는 나무 계단과 이어지고 있었다. 계단을 내려가니 천장이 낮은 커다란 방이 나오고, 저택의 서쪽 편에 있는 공터로 곧장 이어진 문이 나 있었다. 그 문은 약간 열려 있었는데, 입구에는 살인 사건 전담반에서 나온 형사 한 명이 서 있었다. 히스가 시신을 지키도록 세워 놓은 부하였다.

그 방은 한때 지하 저장실로 쓰였던 것이 분명했다. 하지만 지금은 수리를 하고 실내 장식을 다시 해서 클럽 룸으로 쓰이고 있었다. 시멘트를 바른 바닥에는 깔개를 깔았고 한쪽 벽 전체에 각 시대별 궁사의 모습을 파노라마처럼 그려 놓았다. 왼쪽에는 긴 사각형 액자에 〈핀스베리 궁수들을 위한 활터 — 1594년 런던〉이란 제목이 붙은 커다란 활터 풍경화 복사본이 걸려 있었는데, 그 그림의 한쪽 구석에는 블러디 하우스릿지가, 중앙에는 웨스트민스터 홀이, 전경에는 웰쉬 홀이 그려져 있었다. 방 안에는 피아노와 전축이 있었고, 안락한 등나무 의자들 몇 개와 여러 가지 색깔의 긴 의자 하나, 온갖 종류의 스포츠 잡지가 흩어져 있는 거대한 등나무 탁자 하나가 놓여 있었다. 그 외에도 궁술에 관한 책이 가득 꽂힌 작은 책장이 있었고 대여섯 개의 과녁판이 한쪽 구석에 세워져 있었다. 뒤쪽 창문에서 흘러 들어온 햇살을 받아 황금색 과녁판과 크롬 도금을 한 둥근 바퀴가 눈부신 광채를 발하고 있었다. 문 옆쪽 벽에는 다양한 크기와 무게의 긴 활들이 걸려 있었고 그 옆에는 고풍스러운 커다란 도구 상자가 놓여 있었다. 그 위에는 작은 선반이 매달려 있었는데 팔찌며 장갑, 화살촉, 활시위 같은 여러 가지 잡다한 소도구들이 어지럽게 놓여 있었다. 문과 서쪽 창문 사이에는 커다란 떡갈나무 판자가 설치되어 있었는데, 내가 생전 처음 보는 참으로 흥미롭고 다양한 화살 수집품들이 진열되어 있었다.

이 수집품이 특히 밴스의 관심을 끌었다. 그는 주의 깊게 외눈 안경을 고쳐 쓰고는 그쪽으로 성큼성큼 다가갔다.

「사냥과 전투용 화살이군.」

그가 말했다.

「이거 참 매혹적이야……. 이런! 화살 하나가 사라진 것 같은데. 굉장히 서둘러 꺼내 간 모양이야. 화살이 걸려 있던 작은 놋쇠 못이 형편없이 구부러져 있구먼.」

마루 위에는 화살이 가득 담긴 화살집들이 몇 개 놓여 있었다. 그는 허리를 숙여서 그중 하나를 빼 들더니 매컴에게 내밀었다.

「보기에는 이렇게 가느다란 화살이 도저히 사람의 가슴을 꿰뚫을 수 있을 것 같지 않지만, 날아가는 화살은 거의 8야드 밖에 있는 사슴도 관통할 수가 있다네……. 그런데 어째서 저 진열대에서 사냥용 화살 하나가 사라졌을까? 흥미로운 일이야.」

매컴은 얼굴을 찌푸리며 입술을 꽉 다물었다. 나는 그가 이 비극적 사건이 어쩌면 단순한 사고일지도 모른다는 실낱같은 희망에 매달려 왔다는 걸 깨달았다. 그는 맥없이 의자 위로 화살을 던지더니 문을 향해 걸어갔다.

「그만 시신과 현장을 한번 살펴보도록 하지.」

그는 침울하게 말했다. 따스한 봄 햇살 속으로 나갔을 때, 나는 왠지 모를 고독감에 사로잡혔다. 우리가 서 있는 포장된 좁은 공터가 마치 까마득한 절벽 사이에 놓인 깊은 골짜기처럼 느껴졌다. 이 공터는 큰길의 높이보다 4~5피트 정도 낮았고 짧은 계단을 지나 돌담 사이에 난 정문까지 이어졌다. 맞은편에는 창문도 하나 없는 밋밋한 아파트 뒷벽이 15피트 높이로 우뚝 서 있었다. 한편 딜러드 저택은 비록 4층밖에 되지 않았지만, 오늘날의 건축 단위로 측량하자면 6층 높이의 건물과 맞먹었다. 그러므로 우리는 뉴욕 한복판에서 집 밖에 나와 서 있는데도 불구하고 어느 누구도 우리의 모습을 볼 수 없었다. 오직 딜러드 저택의 옆쪽 창문 몇 군데와 76번가에 있는 이웃집의 단 하나뿐인 돌출된 창문만이 예외였다. 그 집의 뒷마당은 딜러드 저택의 뒷마당과 잇닿아 있었다.

곧 알게 된 사실이지만, 이 이웃집의 주인은 드러커 부인이란 사람이었다. 이 집은 로빈 살인 사건을 해결하는 데 있어서 결정적이고 비극적인 역할을 맡게 될 운명이었다. 키가 큰 버드나무 대여섯 그루가 이 집의 뒤쪽 유리창을 가리고 있었기 때문에, 건물 옆면에 돌출되어 나와 있는 유일한 창문만이 우리가 서 있는 이 공터를 아무 방해 없이 한눈에 내려다볼 수 있었던 것이다.

나는 밴스가 이 창문을 눈여겨보고 있다는 사실을 알아챘다. 창문을 자세히 살펴보던 그의 얼굴에 흥미로운 빛이 번뜩였다. 그렇지만 어떤 점이 그의 눈길을 사로잡았는지 내가 추측할 수 있게 된 것은 훨씬 나중인 그날 오후였다.

활터는 75번가와 맞닿은 딜러드 저택의 담에서부터 시작하여 76번가에 있는 드러커 부인 집의, 비슷하게 생긴 거리와 맞닿은 담까지 줄곧 이어졌다. 그곳에는 얕은 모래밭 위에 지푸라기 뭉치로 만든 과녁이 세워져 있었다. 두 담 사이의 거리는 2백 피트였고, 나중에 안 일이지만, 그 정도 거리라면 남자 선수의 요크 라운드 경기만 제외하고 모든 표준 궁술 종목을 연습하기에 충분한 60야드 활터를 만들 수 있었다.

딜러드 저택의 대지 너비가 135피트였으므로, 드러커 부인 댁의 대지 너비는 65피트였다. 두 집의 뒷마당은 높다란 철책이 가로막고 있었지만, 지금 활터로 사용하는 부분만 철거되고 없었다. 활터 반대편 끝에는, 드러커 부인 댁의 서쪽 측면을 등진 채 또 다른 커다란 아파트 건물이 76번가와 리버사이드 드라이브가 만나는 한쪽 모퉁이를 차지하고 있었다. 이 두 개의 거대한 아파트 건물 사이에는 아주 좁은 골목길이 나 있었는데, 활터와 만나는 지점에서 끝이 났다. 그렇지만 그곳에는 자물쇠로 굳게 잠겨 있는 작은 문이 달린 높은 판자 울타리가 가로막고 있었다.

명확한 이해를 돕기 위해서, 나는 여기 기록 속에 전체 지형에 대한 그림을 집어넣었다. 지형적이고 건축학적인 세부 사항의 다양한 배열이 이 범죄의 해결에 대단히 중요한 관련이 있기 때문이다. 특별히 다음과 같은 점을 눈여겨보길 바란다. 첫째, 활터 위로 살짝 튀어나온, 딜러드 저택 뒤편에 있는 작은 2층 발코니. 둘째, 남쪽 모서리에서 보면 75번가 쪽으로

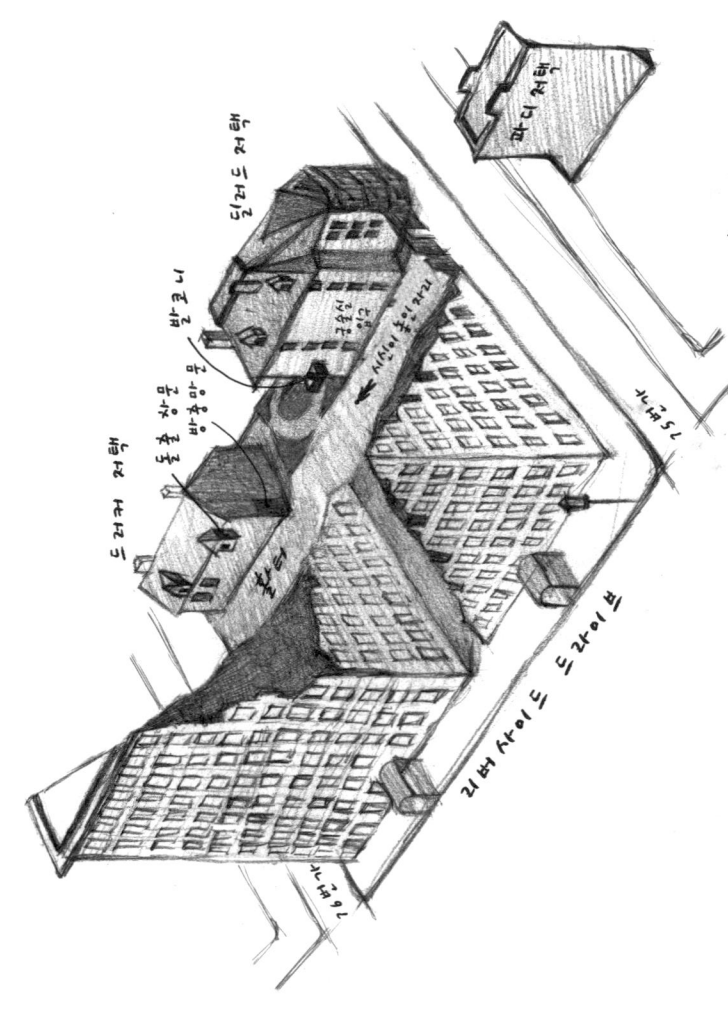

활터가 한눈에 내려다보이는 드러커 부인 댁의 돌출된 2층 창문. 셋째, 리버사이드 드라이브에서부터 딜러드 저택 뒷마당으로 이어지는, 두 개의 아파트 건물 사이로 난 좁은 골목길.

로빈의 시신은 궁술실의 문 바로 밖에 놓여 있었다. 그는 두 팔을 쭉 뻗은 채, 다리를 약간 오므린 자세로 머리는 활터 끝의 76번가를 향하고 누워 있었다. 나이는 35세쯤 되어 보였고, 보통 키에 뚱뚱해질 기미를 보이고 있었다. 얼굴은 둥글고 포동포동했는데, 가느다란 금발 콧수염을 제외하고는 말끔히 면도를 했다. 그는 상하의가 떨어져 있는 옅은 회색 플란넬 운동복에 연한 푸른색 실크 셔츠를 입고 두꺼운 고무 창을 덧댄 황갈색 옥스퍼드 신사화를 신고 있었다. 그의 발 근처에는 진줏빛 펠트 모자가 떨어져 있었다.

시체 옆에는 벌써 굳은 피가 커다란 웅덩이를 이루고 있었는데, 그 모양이 마치 뭔가를 손가락질하는 거대한 손 같았다. 하지만 우리 모두를 소름 끼치는 공포에 몰아넣고 꼼짝 못 하게 만든 것은 바로 죽은 남자의 왼쪽 가슴을 꿰뚫고 솟아 있는 가느다란 화살이었다. 화살은 20피트 정도 솟아 나와 있었는데, 몸을 관통한 부분에는 시커먼 핏자국이 얼룩져 있었다. 화살 끝에는 아름다운 깃털이 붙어 있어서 이 기괴한 살인을 훨씬 더 부조리한 것으로 느끼게 했다. 그 깃털은 선홍색으로 물들었고, 화살 둘레에는 푸른 터키색의 줄무늬가 두 줄 그려져 있어서 무척 화려해 보였다. 나는 이 비극이 너무나 비현실적으로 느껴졌다. 마치 어린이들을 위한 야외극의 한 장면을 보고 있는 것 같았다.

밴스는 두 손을 외투 호주머니에 찔러 넣고 눈을 지그시 내리깐 채 시신을 내려다보고 서 있었다. 지극히 느긋한 그의 태도에도 불구하고, 나는 그가 바싹 정신을 차리고 있으며 머릿속으로는 분주하게 자기 앞에 벌어진 광경의 여러 요소들을 종합하고 있다는 것을 알 수 있었다.

「정말 기묘하군, 이 화살 말이야.」

그가 입을 열었다.

「이건 큰 사냥감을 잡기 위한 것이지. 틀림없이 우리가 방금 보았던 그 민속 전시품들 중 하나였을 거야. 갈비뼈 사이의 급소를 정확하고 깨끗하게 명중했군. 조금도 빗나감이 없었어. 이거 참 놀라운 솜씨야! 이보게, 매컴. 이건 인간의 솜씨가 아닐세. 오직 우연만이 이렇게 맞힐 수가 있지. 하지만 이 멋쟁이 신사를 죽인 살해범의 경우에는 어느 것 하나 우연이란 없다네. 이 강력한 사냥용 화살은 안에 있는 진열판에서 떼어 낸 것이 분명한데, 사전에 계획하고 고의로 저지른 일임을 보여 주고…….」

갑자기 그는 시신 위로 허리를 숙였다.

「이런! 이거 참 흥미로운 일이야. 화살의 오늬가 부러졌군. 이래 가지고 화살을 시위에 걸 수나 있었을지 의심스럽군.」

그는 히스에게 고개를 돌렸다.

「경사님, 딜러드 교수가 어디서 활을 발견했는지 알려 주시겠습니까? 궁술실의 창문에서부터 멀지 않은 곳이었지요?」

히스는 깜짝 놀랐다.

「사실은 바로 창문 밑이었습니다, 밴스 씨. 지금은 피아노 위에 올려놓고 지문 감식반이 오기만을 기다리고 있지요.」

「아마 교수의 지문 이외에는 아무것도 찾아내지 못할 겁니다.」

밴스가 담뱃갑을 열더니 시가 한 대를 새로 꺼냈다.

「게다가 화살에도 지문이 전혀 남아 있지 않을 것 같군요.」
히스는 의아하다는 듯이 밴스를 유심히 바라보았다.
「뭘 보고 활이 창문 근처에서 발견되었을 거라고 생각하신 거죠, 밴스 씨?」
그가 물었다.
「로빈 씨의 시신이 누워 있는 자세를 보면, 그곳이 논리적으로 가장 그럴듯한 장소 같았죠.」
「그러니까 가까운 거리에서 쏘았을 거란 말씀입니까?」
밴스가 고개를 저었다.
「아닙니다, 경사님. 내가 하는 말은, 죽은 사람의 발이 저 지하실의 문 쪽을 향하고 있다는 것과 두 팔은 활짝 벌리고 있는데도 두 다리는 오므리고 있다는 사실입니다. 심장에 화살을 맞은 사람이 저런 자세로 쓰러질 수가 있을까요?」
히스는 그 점을 곰곰이 생각했다.
「아, 아니죠.」
그가 인정했다.
「차라리 몸을 더 움츠렸거나, 아니면 만약 뒤로 쓰러졌다면 차라리 두 다리를 쫙 펴고 팔을 오므렸겠죠.」
「바로 그렇죠. 게다가 이 모자를 봐요. 만약 이자가 뒤로 쓰러졌다면 모자가 그의 발밑이 아니라 머리 뒤에 있었을 겁니다.」
「이봐, 밴스. 대체 자네는 무슨 생각을 하는 건가?」
매컴이 날카롭게 물었다.
「오, 수없이 많은 것들을 생각한다네. 하지만 그 모든 사실들이 하나로 합쳐져서 결국에는 정말 터무니없는 생각으로 귀결이 되는군. 이 신사는 결코 화살에 맞아 죽지 않았다는 결론 말일세.」

「그렇다면, 세상에 맙소사…….」

「바로 그거야! 대체 완전히 미친 짓 같은 이런 정교한 무대 장치가 왜 필요했던 걸까? 오, 매컴! 이 사건은 정말 소름 끼치는군.」

밴스가 이 말을 했을 때, 지하실 문이 열리고 도어머스 박사가 버크 형사의 안내를 받으며 활기차게 공터로 걸어 들어왔다. 그는 유쾌하게 인사를 건네며 우리 모두와 악수를 나누었다. 그러고는 불만스러운 눈으로 히스를 쳐다보았다.

「이보게, 경사!」

그는 다소 불량하게 보일 정도로 모자를 푹 눌러쓰면서 투덜거렸다.

「나는 하루 스물네 시간 중에서 식사 시간이 겨우 세 시간밖에 안 된다네. 그런데 자네는 하필이면 꼭 그 세 시간을 골라서 자네의 그 빌어먹을 시체를 가지고 나를 괴롭힌단 말인가. 자네 때문에 내 위장은 엉망이 되었다네.」

그는 짜증스럽게 주위를 돌아보다가 로빈을 보자, 나지막이 휘파람을 불었다.

「이런 세상에! 이번에는 굉장히 희한한 살인 사건을 내게 잘도 골라 주었구먼.」

그는 시신 옆에 무릎을 꿇고 앉더니 익숙한 손놀림으로 시신을 살피기 시작했다.

매컴은 잠시 서서 그 광경을 지켜보다가 곧 히스를 향해 돌아섰다.

「검시관 선생님이 조사를 하시는 동안 나는 2층에 올라가서 딜러드 교수와 몇 마디 이야기를 좀 나누어 보겠네, 경사.」

그런 다음 도어머스 박사에게 인사를 했다.
「이따 가시기 전에 잠깐 저를 만나고 가시죠, 박사님.」
「오, 물론이오.」
도어머스는 고개조차 들지 않으며 대답했다. 그는 시신을 한쪽 옆으로 돌리더니 두개골의 밑부분을 살펴보고 있었다.

3
다시 생각난 예언
4월 2일 토요일, 오후 1시 30분

    우리가 중앙 홀에 도착했을 때, 본부에서 나온 지문 감식 전문가인 드부아 반장과 벨라미 형사가 막 도착했다. 그들을 줄곧 기다리고 있던 스니트킨 형사가 즉시 두 사람을 지하실 계단으로 안내했고 매컴과 밴스, 그리고 나는 2층으로 올라갔다.

    서재는 너비가 최소한 20피트는 되고 길이로 보면 거의 건물 전체를 차지하는 크고 호화로운 방이었다. 방의 양쪽 벽에는 천장까지 닿는 거대한 책장들이 늘어서 있었고, 서쪽 벽의 중앙에는 으리으리한 나폴레옹 황제 양식의 청동제 벽난로가 우뚝 솟아 있었다. 문 옆에는 제임스 왕조 풍의 정교한 장식장이 있고, 그 맞은편 75번가를 향하고 있는 창문 옆에는 화려하게 조각을 새긴 엄청나게 커다란 책상이 놓여 있었는데 그 위에는 종이와 책자들이 어지럽게 흩어져 있었다. 방에는 흥미로운 미술품들이 많았다. 특히 뒤러의 그림 두 장이 벽난로 옆에 걸린 직물 무늬 액자 속에서 우리를 내려다보고 있었다. 그뿐만 아니라 의자들도 전부 널찍하고 짙은 색 가죽을 씌운 것이었다.

딜러드 교수는 한쪽 발을 작은 발판 위에 얹고 책상 앞에 앉아 있었다. 그리고 창가 근처 한쪽 구석에는 길게 누울 수 있는 소파에 교수의 조카딸이 몸을 웅크리고 앉아 있었다. 뚜렷한 이목구비에 강인하고 고전적인 인상을 풍기는, 활기차고 소박한 옷차림을 한 아가씨였다. 노교수는 우리를 맞이하기 위해 자리에서 일어나지도 않았고, 그런 태도에 대해 일절 사과의 말도 없었다. 자신의 몸이 불편하다는 사실을 우리가 당연히 알고 있을 거라고 생각하는 것 같았다. 매컴이 밴스와 내가 함께 찾아온 이유에 대해 간단히 해명을 했고, 형식적인 소개가 이어졌다.

「이거 참 유감스럽군, 매컴.」

우리가 각자 자리에 앉자 교수가 입을 열었다.

「이 자리에 모인 이유가 비극적인 사건 때문이라니 말이야. 어쨌든 자넬 보는 건 늘 즐거운 일이지. 자네가 나와 벨을 모두 조사하고 싶다고 말했던 것 같은데, 어디 묻고 싶은 건 뭐든지 물어보게.」

버트런드 딜러드 교수는 오랜 연구 생활로 약간 등이 굽은 60대 노인이었다. 얼굴은 말끔히 면도를 했고, 눈에 띄게 길이가 짧은 둥근 머리에는 퐁파두르 스타일로 손질한 백발이 무성했다. 눈은 비록 작지만, 눈빛이 유난히 강렬하고 심중을 꿰뚫는 듯했다. 입가에 잡힌 주름에서는 흔히 오랜 세월 동안 어려운 문제에 정신을 집중하는 일에서 비롯된 엄격하고 완고한 인상이 풍겼다. 그의 얼굴은 영락없는 몽상가이자 과학자의 얼굴이었다. 온 세상이 다 알고 있듯이, 시간과 공간과 운동에 대한 이 교수의 자유분방한 꿈이 과학적 사실의 새로운 기초로 현실화되었던 것이다. 심지어 지금도 그의 얼굴에는, 마치 로빈의 죽음이 단지 그의 머릿속에서 벌어지고 있는 내면의 드라마를 방해하는 장애물밖에 되지 않는다는 듯, 막연히 뭔가를 사색하는 표정이 떠올라 있었다.

매컴은 잠시 대답을 망설였다. 그러고는 대단히 정중하게 말을 꺼냈다.

「혹시 이 비극적 사건에 대해서 뭔가 알고 계신 게 있으시면 제게 말씀해 주십시오, 교수님. 그러면 제가 꼭 필요하다고 생각되는 질문을 드리도록 하겠습니다.」

딜러드 교수는 옆에 있는 파이프 걸이에서 오래된 해포석 파이프를 집어 들었다. 그리고 담배를 채워 넣고 불을 붙인 다음, 좀 더 편안한 자세로 고쳐 앉았다.

「아까 전화상으로 내가 아는 사실은 전부 자네에게 말해 주었네. 로빈과 스펄링은 오늘 아침 10시쯤 벨을 만나러 왔었지. 하지만 벨이 테니스를 치러 코트로 나갔기 때문에 두 사람은 아래층 응접실에서 기다렸다네. 30분 정도 두 사람이 이야기를 나누는 소리가 들리더니 잠시 후에 지하실 클럽 룸으로 내려가더군. 나는 계속 한 시간 정도 이 방에서 책을 읽고 있다가 햇볕이 너무 좋아 보이기에 집 뒤편 발코니로 걸어 나갔지. 아마 5분쯤 발코니를 어슬렁거렸을 걸세. 우연히 아래쪽 활터를 내려다보았는데, 정말 놀랍고 끔찍하게 로빈이 가슴에 화살이 꽂힌 채 누워 있는 광경을 보았다네. 나는 통풍에 걸린 다리로 할 수 있는 한 빨리 아래층으로 내려갔지. 그렇지만 그 가엾은 친구가 이미 죽었다는 걸 곧 알았네. 그래서 당장 자네에게 전화를 한 거야. 그 시간에 집에는 늙은 집사인 파인과 나밖에는 아무도 없었어. 요리사는 장을 보러 시장에 가고 아르네손은 9시에 대학교로 떠나고, 벨은 여전히 밖에서 테니스를 치고 있었다네. 나는 파인을 보내서 스펄링을 찾아보았지만 그 사람은 어디에도 없더군. 결국 여기 서재로 돌아와서 줄곧 자네를 기다리고 있었다네. 자네 부하들이 도착하기 직전에 벨이 돌아왔고, 잠시 후 요리사도 돌아왔네. 아르네손은 2시 이후에야 돌아올 걸세.」

「오늘 아침에 다른 사람은 아무도 찾아오지 않았나요? 낯선 사람이나 손님이라도?」

교수가 고개를 저었다.

「드러커뿐이라네. 자네도 여기서 한 번 만난 적이 있었을 걸세. 우리 뒷집에 살고 있지. 종종 우리 집에 들르곤 했는데, 주로 아르네손을 만나기 위해서였네. 두 사람은 공통점이 많지. 그는 『다차원 연속체 속에서의 세계선』이란 책을 썼는데, 나름대로 천재성도 있고 진정한 과학 정신을 지닌 친구라네. 아르네손이 외출하고 없다는 사실을 알고, 그는 잠시 나와 함께 앉아서 왕실 천문학회의 브라질 원정대에 대한 이야기를 나누었지. 그러고는 집으로 돌아갔다네.」

「그때가 몇 시였습니까?」

「9시 30분쯤이었네. 로빈과 스펄링이 왔을 때 드러커는 이미 떠나고 없었으니까.」

「딜러드 교수님, 그건 좀 드문 일이 아닙니까? 아르네손 씨가 토요일 아침에 집을 나선 것 말입니다.」

노교수는 날카롭게 밴스를 올려다보았다. 그러고는 잠깐 망설이다가 대답했다.

「뭐 그렇게 드문 일은 아니오. 물론 토요일에는 보통 집에 있긴 하지만, 오늘 아침에는 나를 위해 학교 도서관에서 중요한 조사를 할 일이 있었소. 아르네손은……」

교수가 덧붙였다.

「내 다음 책[18]을 위해서 나와 함께 연구 중이오.」

짧은 침묵이 흘렀다. 이윽고 매컴이 입을 열었다.

「오늘 아침에 교수님께서는 로빈 씨와 스필링 씨 두 사람 모두 딜러드 양의 구혼자였다고 말씀하셨는데…….」

「숙부!」

아가씨가 의자에서 발딱 몸을 일으키며 화난 얼굴로 노교수에게 비난하는 눈길을 던졌다.

「그런 말씀을 하시다니 옳지 않아요.」

「하지만 그게 사실이잖니, 얘야.」

노교수의 목소리가 확연히 부드러워졌다.

「그건 그렇죠. 어떤 면에서는요.」

아가씨가 인정했다.

「하지만 굳이 그런 말씀을 하실 필요는 없으셨어요. 그분들도 그렇지만, 삼촌도 제가 그분들을 어떻게 생각하는지 잘 알고 계시잖아요. 우리는 좋은 친구 사이였어요. 그게 다예요. 바로 어제저녁에만 해도, 두 사람이 여기 함께 있는 자리에서 저는 그분들께 아주 분명히 말씀드렸어요. 더 이상 두 사람으로부터 결혼이니 뭐니 하는 어리석은 말은 듣지 않겠다고 말이죠. 그분들은 단지 친구일 뿐이에요. 그리고 이제 한 사람이 죽었다고요……. 가엾은 코크 로빈!」

그녀는 의연하게 자신의 감정을 억누르려고 애썼다.

18 딜러드 교수가 여기서 언급한 책은 2년 후에 출간된 위대한 저서 『복사열의 원자 구조』로, 독일의 물리학자 플랑크Planck(1858~1947)의 양자 이론을 수학적으로 수정하고 막시무스 티레우스(2세기 전후의 그리스 철학자, 수사학자. 레바논의 도시 티레 출신이다)가 말한, 모든 물리 현상의 계속성이라는 고전적 원리를 반박한 것이다 — 원주.

순간 밴스가 눈썹을 치켜뜨며 몸을 앞으로 숙였다.
「코크 로빈이라고요?」
「오, 우리 모두 그 사람을 그렇게 불렀죠. 그를 놀리느라고 그랬어요. 사실 그는 이 별명을 좋아하지 않았거든요.」
「그런 별명을 갖게 되는 건 어쩔 수 없는 일이죠.」
밴스가 딱하다는 듯이 말했다.
「하지만 꽤 멋진 별명이지요. 안 그렇습니까? 원래 동요 속 코크 로빈은 〈공중의 모든 새들〉로부터 사랑을 받았고, 모두들 그의 죽음을 애도했지요.」
그는 이렇게 말하면서 아가씨를 유심히 살펴보았다.
벨은 고개를 끄덕였다.
「저도 알아요. 한번은 그 사람에게 그런 말을 한 적도 있죠. 조셉 역시 모두가 좋아했어요. 당연히 그를 좋아하지 않을 수 없었어요. 그토록 친절하고 마음씨 따뜻한 사람이었는데.」
밴스는 다시 의자에 몸을 기댔다. 매컴은 질문을 계속했다.
「교수님께서는 로빈과 스피링이 응접실에서 이야기를 나누는 소리를 들었다고 하셨죠. 혹시 두 사람의 대화 내용을 듣지 못하셨습니까?」
노교수는 조카딸을 슬쩍 곁눈질했다.
「그 질문이 정말 중요한 건가, 매컴?」
교수가 잠시 망설이더니 물었다.
「이 상황과 매우 결정적인 관련이 있을 수도 있습니다.」
「그럴지도 모르지.」
교수는 곰곰이 생각에 잠겨 파이프를 빨았다.
「하지만 정반대로, 만약 내가 이 대답을 했다가 그릇된 인상을 심어 주면, 살아 있는 사람에게 중대한 해를 끼칠 수도 있다네.」
「그 점을 판단하는 데 저를 믿어 주실 수 없습니까?」
매컴의 목소리가 매우 진지하면서도 다급하게 변했다. 또다시 짧은 침묵이 이어졌고, 이번에는 아가씨가 그 침묵을 깼다.
「어째서 들으신 이야기를 매컴 씨에게 말씀해 주지 않으세요, 숙부? 그게 무슨 해를 미치겠어요?」
「나는 네 생각을 하고 있었단다, 벨.」
교수가 부드럽게 대답했다.
「하지만 아마 네 말이 옳을 게다.」
교수는 마지못해 고개를 들었다.
「사실은 로빈과 스펄링이 벨을 둘러싸고 뭔가 말다툼을 하고 있었다네. 단지 몇 마디밖에 못 들었지만, 두 사람은 서로 상대방이 정당하지 못한 짓을 했다고 여기는 것 같았어. 서로 상대방을 훼방했다고…….」
「오! 그분들은 그런 뜻이 아니었어요!」
딜러드 양이 격렬하게 교수의 말을 가로막았다.
「그분들은 항상 서로 약을 올리며 지분거리곤 했죠. 두 사람 사이에 약간의 질투심이 있었던 건 사실이에요. 하지만 질투의 진짜 원인은 제가 아니었어요. 그건 양궁 기록 때문이었죠. 아시다시피, 레이먼드, 그러니까 스펄링 씨가 예전에는 약간 더 활을 잘 쏘았죠. 그런데 작년에 조셉이 몇몇 대회에서 그를 이겼거든요. 그리고 우리의 지난 연례 대회에서도 조셉이 클럽 챔피언이 되었죠.」
「그리고 스펄링은 아마 그 때문에 당신의 존경심을 잃게 되었다고 생각했겠군요.」
매컴이 한마디 덧붙였다.

「터무니없는 소리예요!」

아가씨가 발칵 성을 내며 쏘아붙였다.

「얘야, 내 생각에는 이 문제를 매컴 씨 손에 안심하고 맡겨도 될 것 같구나.」

딜러드 교수가 달래듯이 말했다. 그러더니 매컴을 향해 말을 이었다.

「물어보고 싶은 게 또 있나?」

「로빈과 스펄링에 대해서 교수님이 말씀해 주실 수 있는 건 뭐든지 알고 싶습니다. 어떤 사람들이며 어떤 관계인지, 또 교수님과는 얼마나 알고 지내 왔는지 말입니다.」

「나보다는 벨이 더 잘 알려 줄 수 있을 걸세. 두 청년 모두 벨의 친구이니까. 난 그저 이따금 보았을 뿐이야.」

매컴은 아가씨를 향해 고개를 돌렸다.

「저는 두 사람 모두 몇 년 전부터 알고 지냈어요.」

아가씨가 즉시 대답을 했다.

「조셉은 레이먼드보다 여덟 살인가 열 살쯤 나이가 더 많고 5년 전까지 영국에서 살았죠. 부모님이 모두 돌아가시자 미국으로 건너와서 리버사이드 드라이브의 독신자 아파트에 자리를 잡았어요. 상당히 돈이 많아 낚시며 사냥이며 그 밖에 여러 야외 운동에 열중하면서 놀고 지냈어요. 가끔 사교계에도 나가고, 친절하고 편안한 친구였죠. 항상 만찬에서 빈자리를 채워 준다든가 브리지 게임에서 사람이 모자랄 때 상대가 되어 주는 그런 친구 말이죠. 하지만 썩 대단한 점은 없었어요. 특히 지적인 면에서는 말이죠.」

그녀는 잠시 말을 멈추었다. 자신의 표현이 죽은 사람에게 실례가 된다고 생각한 것 같았다. 매컴은 그녀의 감정을 알아채고 재빨리 물었다.

「그럼 스펄링은?」

「그분은 뭘 만들다가 지금은 은퇴하신, 부유한 제조업자의 아들이에요. 그 가족들은 스커스데일의 아름다운 별장에서 살고 있지요. 우리 양궁 클럽의 공식 활터가 거기 있어요. 레이먼드는 시내에 있는 어떤 회사의 기술 자문이지요. 그렇지만 제 생각에는 그저 아버지 잔소리를 피하기 위해 일하는 것 같아요. 일주일에 고작 이삼일밖에 출근을 안 하거든요. 보스턴 공과 대학을 졸업했는데, 그가 2학년 때 방학을 맞아 집에 돌아왔다가 저를 처음 만났죠. 레이먼드는 절대 세상을 깜짝 놀라게 하거나 그러지는 못할 거예요, 매컴 씨. 하지만 정말 멋지고 훌륭한 미국 젊은이의 전형이죠. 진실하고 유쾌하고 철저하게 정직한 사람이에요.」

아가씨의 짧은 설명을 통해서 로빈과 스펄링 두 사람의 모습을 상상해 보기란 쉬웠다. 그와 더불어 우리가 이 집에 찾아온 이유인 그 끔찍한 비극과 두 사람을 결부시키기가 몹시 어려웠다.

매컴은 잠시 얼굴을 찌푸리고 앉아 있었다. 마침내 그는 고개를 들더니 아가씨를 똑바로 쳐다보았다.

「딜러드 양, 말씀 좀 해보십시오. 어떤 식으로든, 로빈 씨의 죽음을 설명할 만한 무슨 추측이나 견해가 있습니까?」

「없어요!」

이 말이 그녀의 입에서 툭 튀어나왔다.

「대체 누가 코크 로빈을 죽이고 싶어 하겠어요? 그 사람은 세상에 적이라고는 한 명도 없는걸요. 이 모든 일이 도저히 믿기지 않아요. 내가 직접 가서 눈으로 보기 전까지는 이런 일이 일어났다는 걸 믿을 수 없었어요. 심지어 눈으로 보면서도 현실 같지가 않았어요.」

「애야, 그렇지만 그 남자는 결국 살해당했지 않느냐.」

딜러드 교수가 끼어들었다.

「그러니 그 사람의 생활에 분명히 네가 전혀 알지도 못 하고 짐작도 못 하는 그런 면이 있었을 게다. 우리 역시 옛날 천문학자들은 있을 거라고 생각도 못 했던 새로운 별들을 끊임없이 발견하고 있지 않니.」

「그래도 조셉에게 적이 있을 거라고는 믿을 수 없어요.」

그녀가 쏘아붙였다.

「너무 터무니없는 소리라서 믿기지 않아요.」

「그렇다면 아가씨는 스펄링이 어떤 식으로든 로빈의 죽음에 책임이 있을 것 같지는 않다고 생각하시나요?」

매컴이 물었다.

「있을 것 같지 않느냐고요?」

그녀의 눈이 번뜩였다.

「그건 절대 있을 수 없는 일이에요!」

「그렇지만 딜러드 양, 아가씨께서도 알고 계시지 않습니까.」

이번에는 밴스가 평소와 같은 태평스러운 어조로 지나가는 말처럼 물었다.

「스펄링이 〈참새〉란 뜻이라는 걸요.」

아가씨는 앉은 자세에서 꼼짝하지 않았다. 그녀의 얼굴은 죽은 사람처럼 창백했고 두 손은 의자 팔걸이를 꽉 움켜쥐고 있었다. 이윽고 천천히, 무척이나 힘들게 그녀는 고개를 끄덕였다. 그녀의 가슴은 숨쉬기가 괴로운 듯이 크게 들썩거리기 시작했다. 갑자기 그녀는 몸을 부르르 떨더니 손수건으로 얼굴을 가렸다.
「전 두려워요!」
아가씨가 중얼거렸다.
밴스는 자리에서 일어나더니 그녀에게로 다가가 다정하게 어깨를 어루만졌다.
「어째서 두려워하십니까?」
아가씨는 고개를 들고 그의 눈을 들여다보았다. 그의 눈빛이 그녀를 안심시킨 모양이었다. 그녀가 억지로나마 애처로운 미소를 지었던 것이다.
「바로 어제였어요.」
그녀는 애써 감정을 억누르는 목소리로 말했다.
「우리 모두 아래층 활터에 모여 있었죠. 레이먼드가 막 싱글 아메리칸 라운드를 쏠 준비를 하고 있었는데 마침 조셉이 지하실 문을 열고 활터로 걸어 나왔어요. 진짜로 위험할 만한 일은 없었지만, 시구르, 그러니까 아르네손 씨가 뒤쪽 작은 베란다에서 우리를 지켜보고 앉아 있다가 제가 장난삼아 조셉에게 〈조심해! 조심해요!〉라고 소리치자, 몸을 앞으로 숙이면서 이렇게 말하더군요. 〈이봐, 자네는 지금 어떤 위험을 무릅쓰고 있는지 모르고 있군. 자네는 코크 로빈이야. 그리고 저 궁수는 참새란 말일세. 참새가 활과 화살을 휘둘렀을 때, 자네와 같은 이름을 가진 사람에게 무슨 일이 일어났는지 알고 있겠지?〉 뭐, 이런 비슷한 말이었어요. 그때는 아무도 그 말에 별로 신경 쓰지 않았죠. 그렇지만 지금은!」
그녀의 목소리가 가늘어지면서 두려움에 찬 중얼거림으로 변했다.
「자, 벨. 괜히 이상한 생각 하지 마라.」

딜러드 교수가 달래듯이 말했다. 그렇지만 그 어조에는 약간 짜증이 섞여 있었다.

「그건 단지 시도 때도 없이 튀어나오는 시구르의 또 다른 농담 중 하나일 뿐이야. 그 사람이 늘 현실에 대해 빈정거리고 비꼬기를 잘한다는 건 너도 알잖니. 끊임없이 추상적인 일에 몰두해야 하는 그 사람에게는 그게 유일한 탈출구인 셈이지.」

「저도 그렇게 생각해요.」

벨이 대답했다.

「당연히 그냥 농담이었죠. 하지만 지금 와서 보니 끔찍한 예언처럼 보이잖아요. 다만……」

그녀는 조금 망설이다가 덧붙였다.

「레이먼드는 결코 그런 짓을 할 사람이 아니지만요.」

그녀가 이 말을 하는 순간, 갑자기 서재의 문이 열리면서 키가 훌쭉하고 몹시 여윈 남자가 문가에 모습을 나타냈다.

「시구르!」

벨 딜러드는 깜짝 놀란 듯이 외쳤는데, 그 목소리에는 도저히 숨길 수 없는 안도감이 느껴졌다.

딜러드 교수의 양아들이자 애제자인 시구르 아르네손은 대단히 눈에 띄는 외모였다. 키는 6피트가 넘었는데 허리가 꼿꼿하고 자세가 곧았으며, 첫눈에 보기에도 몸에 비해 머리가 유난히 컸다. 거의 금발에 가까운 머리는 초등학생처럼 텁수룩했고 코는 구부러졌고 턱은 뾰족하면서도 남성적이었다. 아직 마흔 살이 넘지 않았을 텐데도 얼굴에는 주름살이 가득했다. 그의 얼굴에는 짓궂은 장난기가 가득했지만, 강렬한 지적 열정으로 불타는 회색빛 푸른 눈동자는 겉으로 드러난 면이 전부가 아니라는 걸 보여 주었다. 그의 인품에 대한 나의 첫인상은 호감이 가고 존경할 만한 인물이라는 것이었다. 이 남자에게는 어떤 깊이가 느껴졌다. 엄청난 잠재력과 뛰어난 능력이.

그날 오후 그는 서재로 들어오자마자 그 재빠르고 탐색하는 듯한 눈으로 우리 모두를 단숨에 살펴보았다. 그리고 딜러드 양을 향해 고개를 까닥하고 인사를 한 다음, 무정하게도 몹시 재미있다는 표정으로 노교수를 바라보았다.

「대체 이 3차원의 집에서 무슨 일이 일어난 겁니까? 집 밖에는 마차와 구경꾼들이 서 있고 현관 입구에는 보초까지 서 있으니……. 파인 집사가 도와줘서 겨우 케르베로스[19] 앞을 통과했더니, 제복을 입은 두 사람이 아무런 설명이나 절차도 없이 나를 다짜고짜 여기로 끌고 오더군요. 무척 재밌기는 한데 좀 당황스럽군요. 아! 이분은 지방 검사님 아니십니까? 좋은 아침이라고 인사하려니 벌써 오후로군요, 매컴 씨.」

매컴이 이 뒤늦은 인사에 뭐라고 대답을 하기도 전에, 벨 딜러드가 먼저 입을 열었다.

「시구르, 제발 진지하게 구세요. 로빈 씨가 살해당했단 말이에요.」

「코크 로빈 말이군. 이런, 이런. 그런 이름을 가졌으니 그 불쌍한 인간이 달리 어떤 운명을 기대할 수 있었겠소?」

그는 이 소식에도 전혀 동요하지 않는 것 같았다.

「누가, 아니면 뭐가 그 사람을 다시 흙으로 되돌려 보낸 거요?」

「그게 누구인지는 아직 모릅니다.」

대답을 한 사람은 매컴이었다. 그의 목소리에는 상대방의

[19] 지옥을 지키는 머리가 셋 달린 개.

경박한 태도를 힐난하는 어조가 어려 있었다.

「그렇지만 로빈 씨는 심장에 화살을 맞고 살해되었죠.」

「딱 어울리는 죽음 아닌가요?」

아르네손은 의자 손잡이에 걸터앉더니 긴 다리를 쭉 뻗었다.

「코크 로빈이 화살에 맞아 죽다니 그보다 더 어울리는 일이 또 있을 수 있겠습니까? 아마 참새가……」

「시구르!」

벨 딜러드가 그의 말을 가로챘다.

「농담은 이제 충분히 하지 않았나요? 레이먼드가 그런 게 아니라는 걸 당신도 알잖아요!」

「물론이야, 벨.」

남자는 다정한 눈길로 그녀를 바라보았다.

「난 그저 로빈 씨의 조류학적 조상에 대해 생각하는 중이었어.」

그는 천천히 매컴을 향해 돌아섰다.

「그렇다면 이것은 진짜 수수께끼 살인 사건이로군요. 시체도 있고 단서도 있고 함정도 있는? 제가 이야기를 좀 들어 봐도 될까요?」

매컴이 간단하게 상황을 설명해 주었다. 시구르는 흥미진진하게 귀를 기울이며 듣더니 설명이 끝나자 매컴에게 물었다.

「활터에서는 활이 발견되지 않았나요?」

「아! 그것 참 적절한 질문입니다, 아르네손 씨. 맞습니다. 활은 바로 지하실 창문 밖에서 발견되었지요. 사체로부터 불과 10피트도 떨어지지 않은 곳에서 말이죠.」

아르네손이 서재에 들어온 이후 줄곧 멍한 상태였던 밴스가 처음으로 정신을 차린 듯 매컴을 대신해 대답했다.

「그렇다면 문제는 아주 간단하군요.」

아르네손이 노골적으로 실망스러운 기색을 보이며 말했다.

「이제 남은 일은 단지 지문을 채취하는 것뿐이니까요.」

「유감스럽게도 그 활에 이미 손을 댄 사람이 있었습니다.」

매컴이 설명했다.

「딜러드 교수님께서 활을 집어 집 안으로 들고 들어오셨죠.」

그러자 아르네손은 의아한 표정으로 노교수를 바라보았다.

「대체 무슨 생각으로 그런 일을 하신 겁니까?」

「무슨 생각이었느냐고? 이보게, 시구르. 그때는 내가 무슨 생각을 하는지 따져 보지도 않았네. 단지 그 활이 결정적인 증거라는 생각이 들어서 경찰이 올 때까지 잘 보관한답시고 지하실에 갖다 둔 걸세.」

아르네손은 얼굴을 잔뜩 찌푸리며 익살스럽게 한쪽 눈을 위로 치켜떴다.

「지금 그 말씀은 우리 심리학자 친구들이 흔히 억압적 검열에 의한 설명이라고 부르는 것처럼 들리는군요. 실제로 교수님 머릿속에 잠재된 생각은 무엇이었을지 궁금합니다.」

그때 문 두드리는 소리가 나고, 버크가 고개를 쑥 내밀었다.

「도어머스 박사님이 아래층에서 기다리고 계십니다, 검사님. 조사가 끝나서요.」

매컴이 자리에서 일어나더니 실례하겠다고 말했다.

「지금 당장은 더 이상 여러분들을 성가시게 하지 않을 겁니다. 일상적으로 거쳐야 할 사전 절차가 상당히 많아서 말입니다. 그렇지만 잠시만 2층에 남아 계셔 주십시오. 떠나기 전에 다시 만나러 오겠습니다.」

우리가 거실로 내려갔을 때, 도어머스 박사는 초조한 듯이 발끝을 툭툭 차고 있었다.

「별로 복잡한 것은 전혀 없었소.」

매컴이 뭐라고 묻기도 전에 박사가 먼저 입을 열었다.

「우리의 멋쟁이 친구는, 상당히 날카로운 촉이 달린 화살로 네 번째 늑골 사이를 찔리고 심장을 관통당해 살해된 것이오. 등 뒤에서 엄청난 힘이 가해졌고 심각한 내출혈과 외출혈이 있었소. 사망한 지는 두 시간쯤 되었고, 사망 시각은 11시 30분이 좀 지나서였던 것 같소. 하지만 그것은 추정일 뿐이오. 격투의 흔적은 없소. 옷에 자국이나 손에 찰과상도 없소. 아마 본인도 무슨 일인지 전혀 모르는 사이에 죽음이 그를 덮친 것 같소. 커다란 혹이 나 있는데, 쓰러지면서 딱딱한 시멘트 바닥에 머리를 부딪친 모양이오.」

「그것 참 흥미롭군요.」

태평스러운 밴스의 목소리가 또박또박 결과를 보고하고 있는 검시관의 말을 가로막았다.

「얼마나 심각한 정도의 혹이었나요, 박사님?」

도어머스 박사는 깜짝 놀란 듯이 눈을 껌뻑껌뻑하면서 밴스를 바라보았다.

「두개골에 금이 갈 정도로 심각한 상태였소. 물론 만져만 봐서는 알 수 없지만 말이오. 후두부에 심한 뇌출혈이 있어서 코와 귓속에 피가 말라붙어 있었고, 동공이 일정하지 않은 것으로 보아 두개골이 부서진 것으로 짐작되오. 해부를 하고 나면 좀 더 자세한 사항을 알 수 있을 거요.」

검시관은 지방 검사에게로 몸을 돌렸다.

「또 다른 점은?」

「없는 것 같습니다, 박사님. 가능한 빨리 검시 보고서를 받아 볼 수 있도록 해주십시오.」

「오늘 밤 안으로 받아 보게 될 걸세. 경사가 이미 전화로 운반차를 불렀더군.」

박사는 우리 모두와 일일이 악수를 나눈 다음 서둘러 떠났다.

히스는 못마땅한 얼굴을 하고 뒷마당에 서 있었다.

「결국 아무것도 얻은 게 없군요, 검사님.」

그는 질겅질겅 시거를 씹으며 투덜거렸다.

「너무 낙심하지 마십시오, 경사.」

밴스가 그를 위로했다.

「후두부에 가해진 타격은 아주 심각하게 고려할 만한 가치가 있는 겁니다. 내 생각으로는 절대 넘어져서 생긴 상처가 아닙니다.」

그러나 경사는 이 의견에 아무런 관심도 보이지 않고 자기가 할 말을 계속했다.

「게다가 활이나 화살에는 아무 지문도 없었습니다, 매컴 검사님. 드부아 말로는 누군가 깨끗이 닦아 놓은 것 같답니다. 노교수가 집어 온 활 끝에 약간의 얼룩이 묻어 있긴 하지만 지문 같은 것은 전혀 없었습니다.」

매컴은 잠시 동안 침울하게 입을 다문 채 담배만 피우고 있었다.

「큰길로 나가는 대문 손잡이는 어떤가? 아파트 사이의 골목길로 나가는 문손잡이는?」

「아무것도 없습니다!」

히스는 퉁명스럽게 내뱉듯이 대답했다.

「두 손잡이 모두 거칠고 녹슨 쇠붙이라서 지문이 남아 있을 수가 없습니다.」

「내가 한마디 하자면, 검사님은 잘못된 방향으로 가고 있는 겁니다.」

밴스가 말했다.

「지문이 없는 게 당연하지요. 사실, 이 소극은 주의 깊게 연출되지도 않았고 모든 무대 소품들도 관객들 눈에 뻔히 보이도록 내버려 두었죠. 지금 우리가 알아야 하는 사실은 어째서 이 연출가가 이토록 우스꽝스러운 연극에 집착하게 되었는가 하는 겁니다.」

「이건 그렇게 쉬운 문제가 아닙니다, 밴스 씨.」

히스가 씁쓸하게 말했다.

「내가 언제 쉽다고 말했나요? 천만에요, 경사님. 이것은 몹시 어려운 사건입니다. 아니, 그보다 더 끔찍하지요. 교묘하고 종잡을 수 없고…… 게다가 사악하니까요.」

4
수수께끼의 편지
4월 2일 토요일, 오후 2시

매컴은 결연한 표정으로 가운데 테이블에 앉았다.
「자, 경사. 이제부터 집 안에서 일하는 두 사람을 심문해 볼까?」
히스는 복도로 나가서 부하들 중 한 명에게 명령을 내렸다. 잠시 후에 키가 크고 침울하고 관절이 어긋난 듯 보이는 한 남자가 들어오더니 공손한 자세로 우뚝 섰다.
「집사입니다, 검사님.」
경사가 설명했다.
「이름은 파인이라고 합니다.」
매컴은 상대를 꼼꼼히 살펴보았다. 예순 살쯤 된 것 같았다. 그는 한눈에 봐도 말단 비대증을 앓고 있음을 알 수 있었는데, 이미 기형 증세가 온몸에 나타나 있었다. 손은 큼직하고 발은 넓적하면서 모양이 이상했다. 양복은 비록 말끔하게 다림질이 되어 있었지만 몸에 전혀 맞지 않았다. 성직자처럼 높은 옷깃은 거의 대여섯 사이즈는 더 커 보였다. 무성한 회색 눈썹 아래로 그의 눈은 흐리멍덩하고 축축했으며, 혈색이 나쁘고 부석부석한 얼굴에 입술은 그저 살짝 금을 그어 놓은 듯 보였다. 생김새는 전혀 호감이 가지 않았지만, 대단히 빈틈없고 유능한 인상을 풍겼다.

「당신이 이 딜러드 집안의 집사로군요.」

매컴이 감개무량한 어조로 말했다.

「이 집안에서 일한 지는 얼마나 됐습니까, 파인?」

「10년째입니다, 검사님.」

「그렇다면 딜러드 교수님이 대학을 그만둔 직후부터 일했군요?」

「그럴 겁니다, 검사님.」

집사의 목소리는 낮고 거칠었다.

「오늘 아침 이 집에서 일어난 비극에 대해 뭔가 알고 있는 게 없습니까?」

매컴은 갑자기 이런 질문을 던짐으로써, 아마 내가 짐작하기로는, 집사를 깜짝 놀라게 하여 뭔가 대답을 얻어 낼 수 있지 않을까 기대했던 모양이지만, 파인은 요지부동이었다.

「아무것도 모릅니다, 검사님. 딜러드 교수님께서 저를 서재로 부르셔서 스펄링을 찾아보라고 말씀하실 때까지는 무슨 일이 일어났는지도 몰랐습니다.」

「그럼, 교수님이 그때 이 사건을 알려 주었나요?」

「교수님은 이렇게 말씀하셨습니다. 〈로빈 씨가 살해당했다네. 그러니 스펄링 씨를 좀 찾아봐 주게.〉 이 말씀이 전부셨습니다.」

「교수께서 분명히 〈살해당했다〉고 말씀하셨나요, 파인?」

밴스가 불쑥 끼어들었다. 그러자 집사는 처음으로 주춤하며 좀 더 빈틈없이 경계하는 표정을 지었다.

「그렇습니다. 분명히 그렇게 말씀하셨습니다. 〈살해당했다〉고 말입니다.」

「그럼 스펄링 씨를 찾아다니다가 로빈 씨의 시신을 보았겠군요?」

밴스가 눈으로는 태평스럽게 벽지의 무늬를 좇으면서 계속 질문을 던졌다.

집사는 또다시 잠시 망설였다.

「그렇습니다. 지하실 문을 열고 활터 쪽을 내다보았는데 거기에 그 가엾은 젊은 양반이 있었습니다.」

「엄청난 충격을 받았겠군요.」

밴스는 냉담한 어조로 말을 이었다.

「그렇다면 혹시 그 가엾은 젊은 양반의 몸을 만지거나 하진 않았나요? 아니면 화살이나 활이라도?」

파인의 흐리멍덩한 눈이 순간 번뜩였다.

「아니요, 물론 아닙니다. 제가 어째서 그런 짓을 하겠습니까?」

「정말인가요?」

밴스가 실망스러운 듯이 한숨을 쉬었다.

「하지만 활은 보았겠죠?」

집사는 그 장면을 다시 떠올려 보려는 듯 눈살을 찌푸렸다.

「뭐라고 말씀드릴 수가 없습니다. 아마 그랬겠죠. 그렇지만 생각이 나질 않습니다.」

밴스는 집사에 대해 완전히 흥미를 잃은 듯했다. 그래서 매컴이 다시 심문을 시작했다.

「오늘 아침 9시 30분에 드러커 씨가 집에 찾아왔다는데, 그를 봤나요?」

「네, 검사님. 그분은 항상 지하실 문을 이용하십니다. 그러고는 계단 꼭대기에 있는 집사 방 앞을 지나시면서 아침 인사를 하셨습니다.」

「그럼 돌아갈 때도 똑같은 길로 갔겠군요?」

「그랬을 겁니다. 하지만 그분이 가실 때 저는 위층에 올라와 있었습니다. 그분은 바로 뒷집에 살고 계신데…….」

「알고 있소.」

매컴이 몸을 앞으로 기울이며 말했다.

「오늘 아침에 로빈 씨와 스펄링 씨를 맞아들인 사람도 당신이었겠군요?」

「그렇습니다. 10시쯤이었지요.」

「두 사람이 응접실에서 기다리는 동안 그들을 다시 보거나 무슨 말을 듣지 못했소?」

「못했습니다. 저는 아침 내내 아르네손 씨의 방에서 일하느라 바빴습니다.」

「아!」

밴스가 갑자기 집사를 향해 눈길을 돌렸다.

「그 방은 2층 뒤편에 있지 않나요? 발코니가 달린 방이죠?」

「그렇습니다.」

「거참 흥미롭군요……. 딜러드 교수가 제일 처음 로빈 씨의 시신을 발견한 게 바로 그 발코니에서였죠. 그런데 교수는 어떻게 당신도 모르게 그 방을 들어갈 수 있었을까요? 분명히 당신은 아까 말했죠. 교수가 서재로 당신을 불러 스펄링 씨를 찾아보라고 해서 그때 비로소 이 비극에 대해 알았다고 말이죠.」

집사의 얼굴이 밀가루 반죽처럼 새하얗게 변했다. 나는 그가 초조하게 손가락을 떨고 있다는 것을 눈치챘다.

「아마 잠깐 아르네손 씨의 방에서 나왔었나 봅니다.」

그가 애써 변명을 했다.
「네, 분명히 그랬던 것 같습니다. 사실은 세탁물 보관실에 잠깐 갔다 왔던 기억이 납니다.」
「오, 그랬겠죠.」
밴스는 다시 멍하니 무관심한 표정이 되었다.
매컴은 한동안 담배를 피우며 테이블 위를 가만히 내려다보았다. 이윽고 그가 다시 물었다.
「오늘 아침에 이 집을 찾아온 또 다른 사람은 없었나요?」
「없습니다.」
「그렇다면 당신은 이 집에서 일어난 일에 대해 아무 설명도 할 수 없단 말인가요?」
집사는 축축하게 젖은 눈을 허공으로 향한 채 천천히 고개를 저었다.
「그렇습니다. 로빈 씨는 유쾌하고 누구나 호감을 가질 만한 청년 같았습니다. 살인에 연루될 그런 사람이 아니었습니다. 제 말뜻을 이해하실지 모르겠지만.」
문득 밴스가 고개를 들었다.
「나는 개인적으로 당신의 말뜻을 이해할 수가 없군요. 당신은 이 사건이 사고가 아니라는 걸 어떻게 알지요, 파인?」
「전 모릅니다.」
집사는 전혀 당황하지 않고 침착하게 대답했다.
「그렇지만 궁술에 대해서는 좀 알고 있습니다. 제가 이런 말씀 드리는 걸 용서해 주십시오. 어쨌든 저는 로빈 씨가 사냥용 화살에 맞고 죽었다는 사실을 당장 알아챘습니다.」
「매우 관찰력이 좋군요, 파인.」
밴스가 고개를 끄덕였다.

「정확합니다.」

집사에게서는 어떤 직접적인 정보도 얻을 수 없음이 분명해지자, 매컴은 그를 당장 돌려보내고 히스에게 요리사를 데려오라고 지시했다.

요리사가 들어왔을 때, 나는 한눈에 아버지와 딸이 무척 닮았음을 알아차렸다. 그녀는 마흔 살 정도이고 옷차림이 단정치 못했는데, 역시 키가 크고 뼈가 튀어나왔으며 얼굴이 홀쭉하고 길고 손발이 컸다. 파인 집안 사람들에게는 뇌하수체 항진증이 유전되고 있는 게 분명했다.

몇 가지 사전 질문을 통해 비들이란 이름의 이 여자가 과부이며 5년 전에 남편이 죽자, 파인 집사의 추천을 받아 딜러드 교수 댁에 들어왔음이 밝혀졌다.

「오늘 아침 몇 시에 집에서 나갔지요, 비들?」

매컴이 질문을 던졌다.

「10시 30분이었습니다.」

그녀는 잔뜩 긴장하고 불안해 보였다. 목소리는 방어적이고 경계하는 기색이 역력했다.

「그리고 몇 시에 돌아왔죠?」

「12시 30분쯤이었습니다. 저 남자분이 저를 들여보냈죠.」

그녀는 적의에 찬 눈빛으로 히스를 바라보았다.

「저를 마치 범죄자처럼 다루었어요.」

히스는 멋쩍은 듯 씩 웃었다.

「그 시간이 맞습니다, 매컴 검사님. 아래층으로 내려가지 못하게 했더니 화가 난 모양입니다.」

매컴은 그저 애매하게 고개만 끄덕였다.

「오늘 아침 이곳에서 일어난 일에 대해 뭔가 알고 있소?」

매컴이 여자를 찬찬히 살펴보며 물었다.
「제가 어떻게 알겠어요? 저는 제퍼슨 가게에 있었는데요.」
「로빈 씨나 스펄링 씨를 보지 못했소?」
「두 분은 제가 집을 나서기 조금 전에 부엌을 지나서 궁술실로 내려갔어요.」
「그럼, 두 사람이 하는 말을 듣지 못했나요?」
「저는 남의 말이나 엿듣는 사람이 아니에요.」

매컴이 화가 나서 안색이 굳어지며 뭔가 말을 하려고 하는 순간, 밴스가 부드러운 어조로 먼저 여자에게 말을 걸었다.

「검사님께서는 혹시 문이 열려 있지 않았을까 생각하신 겁니다. 그랬다면 남의 이야기를 엿듣지 않으려는 부인의 가상한 노력에도 불구하고, 두 사람의 대화가 들리지 않을 수 없었을 테니까요.」

「아마 문은 열려 있었을 거예요. 그렇지만 저는 아무 말도 못 들었어요.」

요리사가 퉁명스럽게 대답했다.

「그럼 클럽 룸에 혹시 다른 사람이 있었는지 없었는지도 말할 수 없겠군요?」

비들이 눈을 가늘게 뜨며 뭔가 계산하는 표정으로 밴스를 쳐다보았다.

「어쩌면 누군가 또 있었을지도 몰라요.」

그녀가 천천히 입을 열었다.

「사실은 드러커 씨 목소리를 들은 것 같아요.」

그녀의 목소리에는 악의가 어렸고 얄팍한 입술에는 딱딱한 미소가 살짝 떠올랐다 사라졌다.

「그분은 오늘 아침에 아르네손 씨를 보러 여기 왔었죠.」

「오, 그랬나요?」

밴스는 이 새로운 사실에 놀란 표정을 지었다.

「그럼 그를 봤겠군요?」

「들어오는 모습은 봤지만, 나갈 때에는 못 봤어요. 전혀 알아채지 못했죠. 항상 슬그머니 들어왔다가 슬그머니 나가거든요.」

「슬그머니 드나든다고요! 거참 놀랍군요. 어쨌거나 당신은 시장에 갈 때 어느 문을 사용하나요?」

「현관문이죠. 벨 양이 지하실을 클럽 룸으로 만든 이후로 저는 항상 현관문을 이용해요.」

「그렇다면 오늘 아침에는 궁술실에 들어가지 않았군요?」

「네.」

밴스가 의자에서 몸을 일으켰다.

「도와줘서 고마워요, 비들. 이제 그만 가도 좋아요.」

요리사가 떠나자, 밴스는 창가로 걸어갔다.

「우리는 지금 잘못된 방향으로 지나치게 많은 열정을 쏟고 있네, 매컴.」

그가 말했다.

「하인들을 들볶고 집안 식구들을 심문해서 얻을 게 하나도 없어. 적의 참호로 돌진하기 전에 먼저 심리적인 벽을 무너뜨려야 하네. 이 집안 사람들은 하나같이 들킬까 봐 두려워하는 소중한 비밀을 갖고 있어. 그래서 지금까지 각기 자기가 아는 사실보다 더 많이 말하거나 더 적게 말했다네. 어이없는 일이지만 그게 사실이야. 우리가 알아낸 정보는 죄다 서로 앞뒤가 맞질 않아. 그리고 사건의 시간대가 서로 맞지 않는다면, 들어맞지 않는 부분이 고의로 조작되었다고 확신할 수 있겠지.

그런데 나는 지금까지 들은 이야기들 중에서 앞뒤가 딱 들어맞는 부분을 전혀 찾을 수 없었네.」

「오히려 그 연결 부분이 빠진 것일 수도 있지. 심문을 계속하지 않으면 그 빠진 부분을 절대 찾을 수 없을 걸세.」

매컴이 반대 의견을 말했다.

「자네는 지나치게 사람을 믿는군.」

밴스가 다시 가운데 테이블로 걸어왔다.

「심문을 하면 할수록 우리는 점점 더 길을 벗어날 뿐이야. 딜러드 교수조차도 완전히 솔직한 답변을 하지 않았네. 뭔가 감추고 있어. 말하고 싶지 않은 어떤 의혹을 말이야. 어째서 교수는 활을 집 안으로 가지고 들어갔을까? 아르네손이 똑같은 질문을 했을 때, 교수의 정곡을 찌른 셈이야. 아르네손, 이자는 참 빈틈없는 친구라니까. 그리고 또 근육질의 장딴지를 지닌 우리의 운동 애호가 아가씨가 있지. 그 아가씨는 복잡한 관계의 그물에 뒤엉켜서 아무에게도 흠을 남기지 않고 자기 자신과 클럽의 모든 사람들을 빼내려고 기를 쓰고 있어. 칭찬받아 마땅한 노력이기는 하지만, 있는 그대로의 진실을 얻는 데에는 전혀 도움이 되지 않아. 파인 역시 꿍꿍이가 있어. 그 흐늘흐늘 늘어진 얼굴 가면 뒤에는 수많은 놀라운 생각들이 감추어져 있지. 아무리 질문을 퍼붓는다 해도 결코 그의 머릿속을 들여다볼 수는 없을 걸세. 그의 아침 행적에도 뭔가 이상한 점이 있어. 아침 내내 아르네손의 방에 있었다고 말하면서도 교수가 그 방 베란다에서 햇볕을 쬐고 있었다는 사실은 전혀 몰랐단 말일세. 게다가 세탁물 보관실에 내려갔다 왔다는 변명도 지나치게 의심스러워. 매컴, 자네는 비들 과부의 이야기를 염두에 두도록 하게. 그 여자는 지나치게 사교적인 드러커 씨를 좋아하지 않아. 그 사람을 이 사건에 연루시킬 기회를 발견하자마자 얼른 그렇게 했지. 궁술실에서 그의 목소리를 〈들은 것 같다〉고 말했지. 하지만 정말 그랬을까? 누가 알겠는가? 사실 집으로 돌아가는 길에 창과 투석기가 있는 방에서 머뭇거리다가 나중에 로빈과 스펄링을 만났을 수도 있겠지……. 맞아, 이 점은 우리가 반드시 조사해 볼 필요가 있네. 드러커 씨와 잠시 점잖게 대화를 나누어 볼 필요가…….」

그때 층계를 내려오는 발소리가 들렸다. 곧이어 아르네손이 응접실 입구에 나타났다.

「이런, 누가 코크 로빈을 죽였을까요?」

그가 짓궂은 미소를 지으며 빈정거렸다. 매컴은 짜증스럽게 자리에서 일어나 이 주제넘은 참견에 화를 내려고 했다. 그러나 아르네손은 한 손을 번쩍 들며 그의 입을 막았다.

「잠깐만 기다리게. 나는 정의라는 고귀한 대의를 섬기기 위해 여기에 온 걸세. 물론 속세에서 말하는 정의 말일세. 자네가 이해할지 모르겠지만, 사실 철학적으로 정의 따위는 없네. 정말로 정의가 있다 해도, 우리 모두는 우주만큼 넓은 제재소 헛간에 떨어진 조약돌 하나를 찾겠다고 모인 셈이지.」

그는 매컴을 마주 보고 앉더니 냉소적으로 킬킬거렸다.

「솔직히 말해서 로빈 씨의 급작스럽고 안타까운 죽음은 나의 과학적 본성을 적잖이 자극했다네. 이 사건은 대단히 근사하고 논리적인 문제를 제시하고 있어. 게다가 결정적으로 수학적인 운치를 풍긴단 말일세. 자네도 알겠지만, 나눠지지 않는 항은 하나도 없어. 풀어야 할 미지수들과 딱 떨어지는 정수들로 이루어져 있지. 그런데 난 이런 문제를 푸는 데에는 천재란 말일세.」

「그래, 자네의 답은 뭔가, 아르네손?」

매컴은 이 남자의 지력을 알고 존경했다. 또한 그의 빈정거리는 경박한 태도 뒤에 숨은 진지한 의도를 감지하는 듯했다.

「아! 그 방정식을 아직 풀지 못했다네.」

아르네손은 오래된 브라이야 파이프를 꺼내어 애정 어린 손길로 어루만지며 말했다.

「하지만 난 언제나 순전히 민간인 차원에서 탐정 일을 좀 해보고 싶었지. 아마 물리학자의 지칠 줄 모르는 호기심과 타고난 탐구력 때문일 걸세. 게다가 아주 오래전부터, 이 하찮은 행성 위에서 벌어지는 우리네 소소한 인생사에 수학을 대단히 적절하게 응용할 수 있을 거라는 이론을 갖고 있었네. 우주에는 법칙이 없는 게 하나도 없거든. 혹시 에딩턴의 주장이 맞아서 아예 법칙 따위가 없다면 모를까. 르 베리에[20]가 천왕성의 궤도 편차를 관측하여 해왕성의 질량과 추산 위치표를 계산해 냈듯이, 범인의 정체와 위치 역시 추론해 내지 못할 이유가 뭐란 말인가. 자네도 기억할 걸세. 르 베리에가 그 계산을 하고 나서 베를린의 천문학자 갈레에게 어떻게 황도상의 특정 경도 내에서 그 행성을 찾을 수 있는지 알려 준 사실을 말이지.」

아르네손이 잠시 말을 멈추고 파이프에 담배를 채워 넣었다.

「그런데 매컴 검사.」

그가 다시 말을 이었다. 나는 저 남자의 말이 진담인지 아

---

20 Urbain Jean Joseph Le Verrier(1811~1877). 프랑스의 천문학자. 천체 역학, 행성의 운동론에 권위적인 저술을 남겼으며 천왕성의 궤도 측정으로 미지의 행성, 해왕성이 존재함을 예견했다.

닌지 도통 판단이 서지 않아 애를 먹고 있었다.

「나는 이 부조리하고 혼란스러운 사건에다 르 베리에가 해왕성을 발견할 때 사용했던 그 순수하게 이성적인 방법을 적용해 보는 기회를 갖고 싶네. 그러기 위해서는 천왕성의 궤도 편차에 대한 모든 정보를 알아야만 하지. 다시 말해서 이 방정식에 포함된 모든 다양한 인수들을 알아야만 한단 말일세. 내가 여기 온 까닭은 자네가 나를 믿고 모든 사실을 말해 달라고 부탁하기 위해서라네. 일종의 지적 협력이라고 할까. 나는 자네를 위해 과학적인 논리에 따라서 이 문제를 풀어 보겠네. 정말 멋진 스포츠가 될 걸세. 동시에 아무리 학문적 개념과 멀어 보이는 경우라 할지라도 모든 진리의 기반은 수학이라는 내 이론을 입증해 보고 싶네.」

그는 비로소 파이프를 한 모금 빨며 의자에 몸을 기댔다.

「그럼 제안을 받아들이겠나?」

매컴이 잠깐 생각하더니 대답했다.

「우리가 알고 있는 사실은 뭐든 기꺼이 자네에게 이야기해 주겠네, 아르네손. 하지만 앞으로 일어나는 일에 대해서까지 모두 말해 주겠다고는 약속할 수 없어. 정의라는 우리의 대의에 어긋나고 수사에 혼선을 줄지도 모르니까 말일세.

그때까지 밴스는 두 눈을 반쯤 감은 채, 노골적으로 지루한 표정을 지으며 아르네손의 기발한 제안을 듣고 앉아 있었다. 그러나 문득 생기를 띠며 매컴을 바라보았다.

「내 생각에는 말일세, 아르네손 씨가 이 범죄를 응용 수학의 영역에 적용해 볼 수 있는 기회를 가로막아야 할 이유가 전혀 없어. 아르네손 씨라면 신중하게 처신하고 우리의 정보를 오직 과학적 목적을 위해서만 사용하실 거라고 나는 확신하네. 게다가 누가 알겠는가? 혹시 이 흥미진진한 사건을 해결하는 데 고도로 숙련된 이분의 도움이 필요하게 될지?」

매컴은 밴스를 잘 알았기에 괜히 생각 없이 그런 제안을 할 리가 없다는 걸 알았다. 그러므로 그가 아르네손에게 이렇게 말했을 때 나는 전혀 놀랍지 않았다.

「그럼 좋네. 자네가 그 수학 공식을 풀기 위해 필요한 자료는 뭐든지 제공해 주겠네. 지금 당장 딱히 알고 싶은 사실이 있나?」

「오, 아닐세. 나도 자네가 아는 정도의 사실은 알고 있네. 나는 자네들이 돌아간 후에 비들과 파인 노인에게서 도움이 될 만한 정보를 더 캐내 보겠네. 어쨌든 내가 이 문제를 해결해서 범인의 정확한 신상을 알아냈을 때, 내 의견을 묵살하지나 말게. 르 베리에보다 앞서 해왕성의 존재를 예측한 가엾은 애덤스[21]를 조지 에어리 경이 무시해 버렸듯이 말일세.」

바로 그때 앞문이 열리고, 현관에서 경비를 서고 있던 제복 입은 경찰이 낯선 사람 하나를 이끌고 들어왔다.

「여기 신사분께서 교수님을 뵙고 싶어 합니다.」

경찰은 몹시 의심스럽다는 어조로 말했다. 그러고는 그 낯선 사람을 향해 돌아서니 고갯짓으로 매컴을 가리켰다.

「이분은 지방 검사님이십니다. 용건을 말씀드리십시오.」

이 새로운 방문객은 약간 당황한 기색이었다. 그는 호리호리하고 옷차림이 깔끔했으며 흠잡을 데 없이 세련된 풍모를 지니고 있었다. 영원한 젊음을 간직한 듯 보이는 얼굴이긴 했지만, 짐작건대 쉰 살은 된 것 같았다. 성긴 머리카락은 희끗희끗했고 코는 다소 날카로웠으며 턱은 좁지만 결코 허약해

---

21 John Couch Adams(1819~1892). 영국의 천문학자. 천왕성의 운동이 불규칙하다는 점에 착안하여 해왕성의 존재를 예견했다.

보이지 않았다. 무엇보다 넓고 훤한 이마 아래 그의 눈은 가장 강렬한 인상을 풍기고 있었는데, 실망과 환멸을 모두 맛본 몽상가의 눈이었다. 마치 인생의 속임수에 걸려서 괴로움과 비탄만 남은 사람처럼 반쯤은 서글프고 반쯤은 분개한 눈빛이었다.

그는 매컴에게 뭔가 말을 하려다가 문득 아르네손을 발견했다.

「오, 안녕하신가? 아르네손.」

그는 침착하고 조용한 목소리로 말했다.

「무슨 심각한 일이 있는 건 아니겠지?」

「그저 사람이 하나 죽었다네, 파디.」

아르네손은 태연하게 대답했다.

「찻주전자 속의 태풍이라고나 할까.」

매컴은 수사에 방해를 받아 짜증이 났다.

「무슨 일로 오셨습니까?」

그가 물었다.

「제가 방해가 되지는 않았는지요.」

그 남자가 사과하듯 말했다.

「저는 이 집안분들의 친구입니다. 바로 길 건너편에 살고 있답니다. 뭔가 좋지 않은 일이 일어난 것 같아서 혹시 제가 도움이 될지도 모르겠다는 생각이 들었지요.」

아르네손이 킬킬거리며 웃었다.

「이런, 파디! 어째서 그런 번드르르한 말로 자연스러운 호기심을 감추는 건가?」

파디가 얼굴을 붉혔다.

「아르네손, 난 정말로……」

파디가 말을 이으려고 하자, 밴스가 재빨리 끼어들었다.

「건너편에 산다고 하셨죠, 파디 씨. 그럼 오전 내내 이 집을 지켜보고 계셨겠군요?」

「그건 아닙니다. 제 서재에서 75번가가 바로 내려다보이고, 거의 아침 내내 창가에 앉아 있었던 건 사실이지만, 글을 쓰느라 바빴습니다. 점심 식사를 마치고 다시 일을 하러 돌아와서야 사람들이 모여 있고 경찰차와 문가에 제복이 입은 경찰이 서 있는 걸 알아챘지요.」

밴스는 시선 한편으로 그를 줄곧 살펴보고 있었다.

「혹시 오늘 아침에 이 집을 들어오거나 나가는 사람을 보지 못했습니까, 파디 씨?」

파디는 천천히 고개를 저었다.

「딱히 눈에 띄는 사람은 없었습니다. 딜러드 양의 친구인 청년 두 명이 10시쯤 찾아온 걸 보았죠. 그러고는 시장바구니를 들고 나가는 비들을 본 게, 제가 기억하는 전부입니다.」

「그 두 청년 중 누구든 떠나는 모습은 보지 못했나요?」

「기억이 나지 않습니다.」

파디가 이마를 찌푸렸다.

「그렇지만 그중 한 사람이 활터의 출입문으로 나간 것 같기도 합니다. 그저 짐작일 뿐이지만요.」

「그게 몇 시쯤이었을까요?」

「글쎄, 정확히 말씀드릴 수는 없습니다. 아마 그가 오고 나서 한두 시간쯤 후였을 겁니다. 구체적인 시간까지 신경을 쓰지 않아서요.」

「오늘 아침에 이 집을 나가거나 들어온 또 다른 사람은 생각나지 않습니까?」

「테니스장에서 돌아오는 딜러드 양을 보았습니다. 점심 식사를 하러 내려오라는 전갈을 받았을 때였으니 12시 반쯤이었을 겁니다. 딜러드 양은 저를 향해 라켓을 흔들어 인사까지 했습니다.」

「그 밖에 또 다른 사람은요?」

「죄송하지만 없습니다.」

그의 침착한 대답에는 아쉬워하는 기색이 역력했다.

「선생께서 이 집으로 들어오는 걸 본 청년들 중 하나가 살해당했습니다.」

밴스가 그에게 말했다.

「로빈 씨 말일세. 가엾은 코크 로빈.」

아르네손이 익살스럽게 얼굴을 찡그리며 한마디 덧붙였다. 나는 그 모습이 불쾌하게 느껴졌다.

「세상에 그럴 수가! 이렇게 안타까운 일이!」

파디는 진심으로 충격을 받은 듯했다.

「로빈이라고? 그 사람은 벨의 클럽 궁술 챔피언이 아닌가?」

「불멸의 명성을 얻은 챔피언이지. 바로 그 친구라네.」

「가엾은 벨!」

무엇 때문인지 밴스는 이 남자의 태도를 날카롭게 주시했다.

「부디 이 비극적인 사건으로 벨이 너무 큰 충격을 받지 말아야 할 텐데.」

「당연히 벨은 이 사건을 극적으로 받아들이고 있네.」

아르네손이 대꾸했다.

「그 점에 있어서는 경찰들도 마찬가지야. 특별한 점이라고는 눈곱만큼도 없는 사건을 두고 난리법석이라네. 이 땅은 로빈처럼 오글오글 기어다니는 작고 〈불순한 탄수화물 덩어리들〉로 넘쳐 나는데 말일세. 그러니까 소위 인류라고 부르는 무리 말이야.」

하지만 파디는 초연히 서글픈 미소를 지었다. 분명 아르네손의 빈정거림에는 익숙한 모양이었다. 이윽고 파디는 매컴에게 말을 걸었다.

「딜러드 양과 그분의 숙부님을 만나 봐도 되겠습니까?」
「오, 얼마든지요.」

매컴이 미처 결정을 내리기 전에 먼저 나서서 대답한 사람은 다름 아닌 밴스였다.

「서재에 가시면 만나실 겁니다, 파디 씨.」

파디는 정중하게 감사의 말을 하고는 방을 떠났다.

「별난 친구라니까.」

말소리가 들리지 않을 정도로 파디가 멀어지자마자, 아르네손이 재빨리 한마디 했다.

「돈의 저주를 받은 셈이지. 빈둥빈둥 지내면서 유일한 열정이라고는 체스 문제를 푸는 일뿐이니…….」

「체스라고요?」

밴스가 흥미로운 듯 고개를 바싹 쳐들었다.

「혹시 저 사람이 그 유명한 파디의 첫수를 고안한 존 파디입니까?」

「바로 그 사람 맞습니다.」

아르네손의 얼굴에 익살스러운 표정이 떠올랐다.

「20년이 걸려서 개발한 철벽 방어수로, 체스란 게임에 새로운 점을 손톱만큼 추가하기는 했죠. 그것에 대해 책도 썼고요. 그 후로는 다마스쿠스 성문 앞을 지키는 십자군처럼 개종을 외쳐 왔답니다. 그는 언제나 체스의 중요한 후원자 노롯을 하며 여러 시합에 기여했습니다. 그리고 전 세계를 돌아다니면서 별별 체스 내기에 다 참가했죠. 그 결과 자신의 수를 시험해 볼 수도 있었고요. 덕분에 맨해튼 체스 클럽의 그저 그런 선수들 사이에서 커다란 평판을 얻었습니다. 그러자 가엾은 파디는 일련의 체스 선수권 대회를 개최했습니다. 모든 비용은 자신이 지불하고 말입니다. 그러느라 전 재산을 모두 탕진했죠. 물론 그는 시합에서 반드시 파디의 첫수만을 사용하라는 규정을 달았죠. 쯧쯧, 그 결과는 매우 유감스러웠답니다. 라스커 박사나 카파블랑카, 루빈스타인, 핀 같은 사람들이 시합에 나서자 그의 수는 박살이 나고 말았죠. 그 수를 사용한 거의 모든 선수들이 패배했으니까요. 결국 부적절하다는 판정을 받았답니다. 그 불운한 라이스의 수보다도 더 나빴던 겁니다. 파디에게는 끔찍한 충격이었습니다. 머리가 하얗게 세어 버리고 모든 근육이 탄력을 잃었습니다. 한마디로 폭삭 늙어 버린 거죠. 상심이 큰 친구입니다.」

「나도 그 수에 대한 이야기는 알고 있습니다.」

밴스가 천장에 시선을 고정한 채 중얼거렸다.

「저도 그 수를 써본 적이 있지요. 에드워드 라스커[22]가 가르쳐 주었답니다.」

이때 제복을 입은 경관이 다시 문가에 나타나서 히스에게 손짓을 했다. 경사는 벌떡 일어나더니 복도로 걸어 나갔다. 엉뚱하게 흘러나온 체스 이야기가 분명 지겨웠던 모양이다. 잠시 후에 경사는 종이쪽지 하나를 들고 돌아왔다.

「여기 재밌는 게 왔습니다, 검사님.」

22 미국의 체스 고수. 가끔 예전 세계 챔피언인 이매뉴얼 라스커 박사와 혼동되기도 한다 — 원주.

경사는 매컴에게 쪽지를 건넸다.

「밖에 있던 경관이 방금 우편함 밖으로 삐쭉 튀어나와 있는 걸 우연히 발견했답니다. 그러고는 슬쩍 들여다본 모양입니다. 어떻게 생각하십니까?」

매컴은 몹시 놀라고 어리둥절한 표정으로 그 쪽지를 자세히 들여다보았다. 이윽고 한마디 말도 없이 밴스에게 쪽지를 건넸다. 나는 자리에서 일어나 어깨너머로 들여다보았다. 종이는 흔히 쓰는 타자 용지였고 우편함에 들어갈 수 있는 크기로 접혀 있었다. 거기에는 희귀한 활자와 낡은 블루리본을 끼운 타자기로 친 몇 줄의 글귀가 찍혀 있었다.

첫째 줄은 다음과 같았다.

조셉 코크레인 로빈이 죽었다.

뒤이어 둘째 줄은 이렇게 묻고 있었다.

누가 코크 로빈을 죽였을까?

그 밑에는 이런 글귀가 찍혀 있었다.

스펄링은 참새라는 뜻이다.

그리고 오른쪽 아래 귀퉁이, 즉 서명하는 자리에는 커다랗게 두 글자가 찍혀 있었다.

비숍

5
여자의 비명
4월 2일 토요일, 오후 2시 30분

밴스는 그 기묘한 서명이 찍힌 이상한 편지를 힐끗 보더니 진중하게 천천히 외알 안경을 꺼내 들었다. 강렬한 호기심을 애서 참고 있을 때 나오는 행동이었다. 밴스는 안경을 고쳐 쓰고 쪽지를 자세히 읽어 보았다. 그러고는 아르네손에게 건네주었다.

「여기, 선생님의 방정식에 귀중한 도움이 될 인수가 있군요.」

밴스의 눈은 조롱하듯이 아르네손을 빤히 응시했다.

아르네손은 잔뜩 거드름을 피우며 그 쪽지를 들여다보더니, 곧 찡그린 얼굴로 탁자 위에 내려놓았다.

「내가 확신하는데, 성직자는 이 문제와 아무런 관련이 없소. 자고로 성직자들은 비과학적이기로 악명이 높지. 그러니 수학으로 성직자를 공격할 수는 없소. 〈비숍〉이라······.」

그는 곰곰이 생각했다.

「사제복을 입은 신사 양반들은 전혀 내 소관이 아니오. 그러니 이런 알 수 없는 주문 같은 헛소리는 내 계산에서 제외될 거요.」

「아르네손 씨, 만약 그렇게 하신다면 선생님의 방정식은 무녀지고 말 겁니다. 이 신비스러운 서한이 제게는 대단히 중요해 보입니다. 평범한 속인이 감히 이러쿵저러쿵 떠드는 걸 용서하십시오. 하지만 저는 이 쪽지야말로 이번 사건에서 가장 수학적인 증거물이라고 생각합니다. 이 쪽지로 인해서 이 사건이 단순한 우연이거나 사고일 가능성이 사라졌으니까요. 이 쪽지는 상수 g인 셈이죠. 다시 말해서 우리의 모든 방정식들을 지배하게 될 중력 상수[23]란 말입니다.」

한편 히스는 정색을 하고 혐오스러운 듯이 타이핑된 종이를 내려다보고 서 있었다.

「어떤 미친놈이 쓴 겁니다, 밴스 씨.」

그가 단언했다.

「분명 미친놈이죠, 경사님.」

밴스가 동의했다.

「하지만 이 미친놈은 이번 사건의 흥미롭고 세세한 내막을 잘 알고 있는 게 분명합니다. 그 점을 간과해서는 안 돼요. 로빈 씨의 중간 이름이 코크레인이라든가, 그 신사가 활과 화살로 죽임을 당했다든가, 스필링 씨가 로빈의 사망 시각에 가까이 있었다든가 하는 사실을 알고 있단 말이죠. 게다가 정보에 밝은 이 미친놈은 살인을 미리 예지하기까지 했던 모양입니다. 틀림없이 경사님이나 경사님의 부하들이 현장에 도착하기 전에 타이핑을 해서 우편함에 넣어 두었을 테니 말이죠.」

「그렇지 않으면 저 거리에 있는 구경꾼들 중 하나이거나 말이죠.」

히스가 고집스럽게 반박했다.

「무슨 일이 일어났는지 알아채고 경관이 돌아서 있을 때

[23] 만유인력의 법칙에서 나타나는 보편적 상수.

이 쪽지를 우편함에 넣었을 겁니다.」

「먼저 집으로 달려가서 조심스럽게 편지를 타이핑한 다음에 말인가요?」

밴스가 쓴웃음을 지으며 고개를 저었다.

「그건 아니죠, 경사님. 유감스럽지만 경사님의 이론은 들어맞질 않습니다.」

「그렇다면 대체 이게 다 무슨 소리란 말입니까?」

히스가 따지듯이 물었다.

「그야 저도 알 리가 없죠.」

밴스는 늘어지게 하품을 하며 자리에서 일어났다.

「자, 매컴. 비들이 몸서리치게 싫어하는 드러커 씨를 잠깐 만나러 가지.」

「드러커를?」

아르네손이 화들짝 놀라서 소리쳤다.

「아니, 그자가 이 방정식 어디에 들어갈 자리가 있단 말인가?」

「드러커 씨가 오늘 아침 자네를 만나러 여기 왔었네. 그러니 집으로 돌아가기 전에 로빈과 스펄링을 만났을 수도 있지.」

매컴이 설명했다. 그러고는 약간 주저하며 한마디 덧붙였다.

「우리와 함께 가고 싶은가?」

「아닐세.」

아르네손이 파이프를 탁탁 털더니 자리에서 벌떡 일어났다.

「나는 읽어 봐야 할 수업 보고서가 잔뜩 쌓여 있다네. 그보다는 벨을 데려가는 게 좋을 걸세. 메이 부인이 좀 별난 분이거든.」

「메이 부인?」

「이런, 내가 깜박했군. 자네가 그 부인을 모른다는 걸 잊고 있었어. 우리는 다들 그분을 메이 부인이라고 부르지. 예의를 갖춰서 부르는 호칭일세. 가엾은 늙은 부인의 마음을 기쁘게 해드리려고 말이야. 그러니까 드러커의 어머님일세. 참 특이한 인물이지.」

아르네손이 의미심장하게 자기 이마를 톡톡 쳤다.

「여기가 좀 맛이 갔거든. 오, 그렇지만 절대 해를 입히거나 하지는 않네. 휘파람처럼 명랑하지만 오직 한 가지밖에 모르지. 해가 뜨나 해가 지나 아들 드러커 생각뿐이야. 마치 아들이 갓난아기라도 되는 듯 보살핀다네. 참 서글픈 일이지……. 그래, 아무래도 벨을 데려가는 게 좋겠네. 메이 부인은 벨을 좋아하시니까.」

「좋은 조언을 해주셨습니다, 아르네손 씨.」

밴스가 말했다.

「혹시 딜러드 양께 저희와 함께 가주실 수 있는지 물어봐 주시겠습니까?」

「오, 물론입니다.」

아르네손은 생색을 내는 기색과 빈정거림이 모두 드러나는 작별의 미소를 던지고는 위층으로 올라갔다. 잠시 후에 딜러드 양이 찾아왔다.

「아돌프를 만나고 싶어 하신다고 시구르가 말하더군요. 물론 아돌프는 기꺼이 만나 줄 거예요. 그렇지만 가엾은 메이 부인은 아주 사소한 일에도 몹시 놀라시기 때문에…….」

「부인을 놀라게 하지는 않겠습니다.」

밴스가 안심을 시켰다.

「그렇지만 드러커 씨가 오늘 아침에 여기 왔었다고 하는군요. 요리사 말이 드러커 씨가 궁술실에서 로빈 씨와 스펄링 씨에게 이야기하는 소리를 들은 것 같다고 합니다. 혹시 저희에게 도움을 줄 수 있을지도 모르죠.」

「물론 도움을 드릴 수 있다면 기꺼이 그렇게 할 거예요.」

딜러드 양은 힘주어 말했다.

「그렇지만 메이 부인께는 매우 조심해 주셔야 해요, 그러실 거죠?」

딜러드 양의 목소리에는 부인을 보호하고자 하는 간절한 마음이 담겨 있었다. 밴스는 궁금한 눈빛으로 그녀를 쳐다보았다.

「우리가 찾아가기 전에 드러커 부인에 대해서 말씀 좀 해주시겠습니까? 어째서 그렇게 조심해야 하는 거죠?」

「그분은 참으로 기구한 인생을 사셨답니다.」

딜러드 양이 설명했다.

「한때는 위대한 가수였지요. 그저 그런 이류 예술가가 아니라 놀라운 미래가 약속된 프리마돈나였답니다.[24] 그녀는 비엔나의 최고 비평가, 오토 드러커[25]와 결혼해서 4년 후에 아돌프를 낳았죠. 그런데 아기가 두 살 되던 해 어느 날 비나 프레터 공원에서 아기를 떨어뜨리고 말았죠. 그때부터 그분의 인생이 완전히 바뀌었어요. 아돌프는 척추에 손상을 입었

---

24 대륙의 음악 애호가들은 아직까지 메이 브랜너를 기억할 것이다. 그녀의 첫 무대는 전무후무하게 불과 스물세 살의 나이로 빈의 왕실 극장에서 공연한 「시바의 여왕」의 술라미스 역이었다. 그러나 가장 커다란 성공을 거둔 공연은 「오셀로」의 데스데모나 역할을 맡았을 때였다. 은퇴하기 전, 마지막으로 노래한 역할이기도 하다 — 원주.

25 물론 이 이름은 원래 철자가 Drucker였다. 드러커 부인이 이 나라에 정착하면서 이름의 철자를 Drukker로 바꿨는데, 아마 미국식이 되고자 하는 어떤 막연한 시도였을 것이다 — 원주.

고 불구가 되었죠. 메이 부인은 크게 상심을 했답니다. 아기가 다친 게 자기 탓이라고 여긴 부인은 가수로서의 경력을 다 포기하고 아기를 돌보는 일에 전념했지요. 1년 후 남편이 죽자 부인은 아돌프를 데리고 소녀 시절에 잠시 지냈던 미국으로 건너왔어요. 그러고는 지금 살고 있는 그 집을 샀지요. 아돌프는 부인 인생의 전부랍니다. 그는 자라서 꼽추가 되었죠. 부인은 아들을 위해 모든 걸 희생하고 아기처럼 아들을 돌보고 있어요…….」

어두운 그림자가 살짝 그녀의 얼굴을 스치고 지나갔다.

「가끔 그런 생각이 든답니다. 우리 모두 하는 생각이죠. 부인은 아직도 아들을 그저 어린아이로 여기고 있다고 말이죠. 그 점에 있어서는 거의 병적이 되었어요. 그렇지만 그건 끔찍한 모성애에서 비롯된 애틋하고 가슴 아픈 병이죠. 숙부님 말씀대로 일종의 상사병이라고 할까요. 그런데 지난 몇 달 동안 부인은 부쩍 이상해지고 더 유별나졌어요. 종종 두 팔로 가슴을 감싸 안은 채 오래된 독일 자장가와 동요를 흥얼거리고 있는 부인의 모습을 보곤 해요. 뭐랄까…… 마치 갓난아이를 껴안고 있듯이……. 오, 정말 소름 끼치고 몸서리쳐지는 광경이에요. 게다가 부인은 아드님의 처지를 끔찍이 감싼답니다. 한마디로 세상 다른 남자들을 모두 적대시하시죠. 바로 지난주에도 제가 스펄링 씨를 데리고 부인을 방문했는데 ― 우리는 종종 부인을 방문하곤 한답니다. 부인이 너무 외롭고 불행해 보여서요 ― 스펄링 씨를 거의 무섭게 쏘아보면서〈당신은 왜 꼽추가 아닌 거지?〉하시더군요.」

아가씨가 말을 멈추고 우리 표정을 살펴보았다.

「제가 왜 조심해 달라고 부탁드렸는지 이제 이해가 가시나요? 메이 부인은 우리가 아돌프를 괴롭히려 찾아왔다고 생각할지도 몰라요.」

「저희가 불필요하게 부인께 고통을 더하는 일은 없을 겁니다.」

밴스가 공감하는 어조로 다짐했다. 이윽고 우리가 현관을 향해 가고 있을 때, 밴스는 아가씨에게 한 가지 질문을 던졌다. 그 질문을 들으니, 아까 오후에 밴스가 드러커 씨 집을 잠깐 동안 유심히 살펴보았던 기억이 떠올랐다.

「드러커 부인의 방은 어느 쪽에 있지요?」

딜러드 양은 깜짝 놀란 표정으로 밴스를 쳐다보더니 곧 대답했다.

「그 집의 서쪽 편에 있지요. 부인 방의 창문이 활터를 내려다보고 있답니다.」

「아하!」

밴스는 담배 케이스를 꺼내더니 조심스럽게 시거 하나를 골랐다.

「그 창가에는 자주 앉아 계시나요?」

「대단히 자주 앉아 계시죠. 메이 부인은 항상 활쏘기 연습을 하는 저희를 지켜보신답니다. 왜 그러시는지 그 이유는 잘 모르겠어요. 우리 모습을 보면 틀림없이 마음이 아프실 텐데 말이죠. 아돌프는 몸이 약해서 활을 쏘지 못하거든요. 여러 번 시도해 보았지만, 기력이 쇠해서 결국 포기해야만 했죠.」

「아마 부인은 자신에게 고문과 같은 고통을 준다는 바로 그 이유 때문에 여러분의 연습을 지켜보았을 겁니다. 일종의 자학인 거죠. 매우 가혹한 상황이군요.」

밴스는 거의 다정하게 들리는 어조로 말했다. 그의 진짜 성품을 모르는 사람이라면 이상하게 여길 정도였다.

「어쩌면 드러커 부인을 잠깐 먼저 만나 보는 게 가장 좋을 듯싶군요.」

우리가 지하실 출입문을 지나 활터로 나왔을 때 밴스가 덧붙여 말했다.

「그렇게 하면 우리 방문으로 인해 드러커 부인이 가지실지도 모르는 괜한 걱정을 덜어 드릴 수 있을지 모릅니다.」

「오, 그래요.」

딜러드 양은 이 제안에 몹시 기뻐했다.

「건물 뒤쪽으로도 들어갈 수 있어요. 아돌프가 글을 쓰고 있는 서재는 건물 앞쪽에 있거든요.」

드러커 부인은 커다란 창문 옆에 쿠션을 기대어 놓은 고풍스러운 긴 의자에 앉아 있었다. 딜러드 양은 딸처럼 애정 어린 인사를 하고 허리를 숙이더니 다정하게 부인의 이마에 입을 맞추었다.

「오늘 아침 저희 집에 깜짝 놀랄 일이 일어났답니다, 메이 부인.」

그녀가 입을 열었다.

「그래서 이 신사분들이 부인을 좀 뵙길 원했어요. 제가 모시고 가겠다고 자청했는데, 부인께서도 괜찮으시죠?」

우리가 방으로 들어섰을 때, 드러커 부인의 창백하고 수심 가득한 얼굴은 이미 창 쪽을 향하고 있지 않았다. 그렇지만 지금은 완전히 공포에 사로잡혀 우리를 빤히 쳐다보았다. 부인은 키가 크고 수척해 보일 만큼 호리호리했다. 의자 팔걸이 위에 살짝 늘어뜨려져 있는 두 손은 전설 속에 등장하는 〈여자 얼굴을 한 새〉의 발톱처럼 자글자글 주름이 지고 힘줄이 툭 튀어나와 있었다. 얼굴 또한 갸름하고 깊은 주름살이 파여 있었지만, 매력 없는 용모는 아니었다. 두 눈은 맑고 초롱초롱했으며 콧날이 곧고 우뚝했다. 환갑은 충분히 넘었을 텐데도 머리카락은 여전히 윤기가 흐르는 갈색이었다.

몇 분 동안 부인은 말문을 열지도, 움직이지도 않았다. 얼마 후에야 천천히 두 손을 마주 잡더니 입을 뗐다.

「알고 싶은 게 뭐죠?」

부인은 나지막하고 청아한 목소리로 물었다.

「드러커 부인.」

밴스가 대답을 했다.

「딜러드 양의 말처럼, 오늘 아침 이웃집에서 비극적인 사건이 일어났습니다. 그런데 부인 댁의 창문이 유일하게 그 활터를 곧장 내려다보고 있기 때문에 혹시 저희 수사에 도움이 될 만한 걸 보시지 않았을까 하는 생각이 들었습니다.」

부인의 경계심이 눈에 띄게 사라졌다. 그렇지만 말문을 열기 전에 잠시 망설였다.

「무슨 일이 있어났나요?」

「로빈 씨란 분이 살해당했습니다. 혹시 그분을 아십니까?」

「그 양궁 선수, 벨의 챔피언 클럽 선수 말인가요? 그럼요, 알지요. 무거운 활을 당기고도 지치지 않을 만큼 튼튼하고 건강한 젊은이였죠. 그런데 누가 그 사람을 죽였죠?」

「저희도 모릅니다.」

밴스는 무관심한 듯 보였지만, 빈틈없이 부인을 관찰하고 있었다.

「활터에서 살해당했다는 사실밖에는 말입니다. 바로 부인의 창문에서 보이는 곳이죠. 그래서 혹시나 부인이 저희를 도와주실 수 있지 않을까 기대했습니다.」

드러커 부인은 교활하게 두 눈을 내리깔았다. 그러고는 짐짓 만족스러운 듯이 두 손을 꽉 움켜쥐었다.

「활터에서 살해당한 게 분명한가요?」

「시신을 활터에서 발견했습니다.」

밴스는 아무 언질도 주지 않고 사실만을 대답했다.

「그렇군요……. 그런데 제가 무슨 도움을 드릴 수 있을까요?」

부인은 한층 느긋해져서 의자에 등을 기대었다.

「오늘 아침 활터에서 누군가 보지 못하셨습니까?」

밴스가 물었다.

「전혀요!」

대답은 빠르고 단호했다.

「아무도 보지 못했어요. 하루 종일 활터 쪽은 내다보지도 않았거든요.」

밴스는 부인의 시선을 피하지 않고 끈질기게 마주 보며 한숨을 쉬었다.

「그것 참 안타까운 일이군요.」

밴스가 중얼거렸다.

「오늘 아침에 창밖을 내다보고 계셨다면 이 비극을 전부 목격하셨을 텐데요……. 로빈 씨는 활과 화살로 살해당했답니다. 그런데 그런 일을 당할 만한 어떤 동기도 찾을 수가 없군요.」

「활과 화살로 살해당했다고 알고 계신가요?」

부인이 물었다. 파리한 뺨에 살짝 핏기가 감돌았다.

「검시관의 보고가 그랬습니다. 우리가 시신을 발견했을 때, 화살이 심장을 관통하고 있었죠.」

「물론 그랬겠죠. 지극히 자연스러운 일처럼 보이지 않나요? 화살이 로빈의 심장을 관통하다니요!」

부인은 냉담한 어조로 중얼거렸다. 뭔가에 홀린 듯 멍한 눈빛이 떠올랐다.

어색한 침묵이 흘렀다. 밴스는 창문을 향해 다가갔다.

「제가 밖을 좀 내다봐도 괜찮겠습니까?」

완전히 딴생각에 팔려 있던 부인은 간신히 정신을 차렸다.

「오, 그럼요. 전망이 썩 좋지는 않아요. 북쪽으로는 76번가의 가로수가 보이고, 남쪽으로는 딜러드 저택의 마당이 약간 보인답니다. 하지만 정면을 가로막고 있는 벽돌 벽은 정말 우울하죠. 아파트가 들어서기 전까지는 강변의 아름다운 경치를 볼 수 있었는데 말이죠.」

밴스는 한동안 활터를 내려다보았다.

「그렇군요. 오늘 아침 창가에 계시기만 했어도 사건을 목격했을 텐데요. 딜러드 저택의 활터와 지하실이 매우 잘 보이는군요. 몹시 안타까운 일입니다.」

밴스는 시계를 힐끗 들여다보았다.

「아드님께서는 집에 계시죠?」

「우리 아들이요? 우리 애 말인가요? 그 애는 왜 찾으시나요?」

순간 부인의 언성이 애절하리만큼 높아졌다. 부인은 무시무시한 증오가 담긴 눈으로 밴스를 노려보았다.

「별일 아닙니다.」

밴스가 안심을 시켰다.

「단지 활터에서 누군가를 보았을지도 몰라서…….」

「그 애는 아무도 못 봤어요! 볼 수도 없었죠. 오늘 아침 일찍 나가서 돌아오지 않았으니까요.」

밴스가 딱한 표정으로 부인을 바라보았다.
「오전 내내 외출을 했단 말인가요? 혹시 아드님이 어디 있었는지 아시나요?」
「물론 나는 그 애의 소재를 항상 알고 있죠.」
드러커 부인이 자랑스럽게 대답했다.
「그 애는 내게 숨김없이 다 말하니까요.」
「그럼 오늘 아침 어디에 갔었는지도 말하던가요?」
밴스가 점잖게 깨물었다.
「그럼요. 그런데 지금은 깜빡 잊었어요. 어디 보자…….」
부인은 긴 손가락으로 의자 팔걸이를 톡톡 쳤다. 부인의 눈동자가 불안하게 흔들렸다.
「생각이 나질 않는군요. 그 애가 돌아오면 물어보겠어요.」
한편 딜러드 양은 점점 더 당혹스러워하며 부인을 지켜보고 서 있었다.
「메이 부인, 아돌프는 오늘 아침 저희 집에 있었어요. 시구르를 만나러 왔다가…….」
부인이 벌떡 몸을 일으켰다.
「어림없는 소리!」
부인은 거의 덤벼들 듯이 아가씨를 노려보며 매섭게 쏘아붙였다.
「아돌프는 저기…… 저기 시내 어디에 갔었어! 네 집 근처에는 얼씬도 하지 않았다고. 내가 알아!」
부인의 눈이 번뜩였다. 부인은 맞서 싸울 기세로 밴스를 향해 시선을 돌렸다.
참으로 당혹스러운 순간이었다. 그러나 뒤이어 벌어진 일은 가슴이 아플 지경이었다.

조용히 문이 열리고, 갑자기 드러커 부인이 두 팔을 앞으로 쭉 내밀었다.

「내 귀여운 아들, 우리 아가!」

부인이 외쳤다.

「이리 오렴, 애야.」

하지만 문가에 선 남자는 안으로 들어오지 않았다. 그는 반짝거리는 작은 눈을 껌벅이며 우리를 바라보고 서 있었다. 마치 전혀 낯선 환경에서 갑자기 깨어난 사람 같았다. 아돌프 드러커는 키가 불과 5피트도 되지 않았다. 전형적인 꼽추의 모습이었다. 다리는 가늘었고, 일그러지고 불룩 튀어나온, 혹은 거대한 둥근 지붕 같은 머리통 때문에 훨씬 두드러져 보였다. 그렇지만 남자의 얼굴에는 지적인 면모와 사람들의 시선을 붙드는 강렬한 힘이 엿보였다. 딜러드 교수는 그를 수학 천재라고 불렀다. 실제로 그의 박식함을 의심할 사람은 아무도 없을 것이다.[26]

「이게 다 무슨 일입니까?」

그는 딜러드 양을 바라보며 높고 떨리는 목소리로 물었다.

「당신의 친구분들인가요, 벨?」

딜러드 양이 대답을 하려고 하는 순간, 밴스가 손짓으로 그녀의 말문을 막았다.

「드러커 씨, 사실은 이웃집에서 비극적인 사건이 있었습니다.」

밴스가 진지하게 설명했다.

「여기는 지방 검사이신 매컴 씨, 그리고 경찰국의 히스 경사입니다. 딜러드 양은 부탁을 받고 저희를 여기로 데려오셨

---

26 이 남자는, 호머 리 장군이 죽기 직전에 산타모니카를 방문했을 때 내가 장군에게서 받은 인상과 대단히 흡사한 인상을 풍겼다 — 원주.

습니다. 어머님께 혹시 오늘 아침 활터에서 뭔가 특이한 점을 보시지 않았는지 여쭤 보려고 했지요. 딜러드 저택의 지하실 문 바로 밖에서 사건이 일어났거든요.」

드러커가 턱을 앞으로 쭉 내밀며 눈을 가늘게 떴다.

「비극적 사건이라고요? 대체 무슨 사건이죠?」

「로빈 씨가 살해당했습니다. 활과 화살로 말이죠.」

남자의 얼굴이 경련을 일으키며 씰룩거리기 시작했다.

「로빈이 살해를 당했다고요? 로빈이? 몇 시에 그랬죠?」

「아마 11시에서 12시 사이로 추정됩니다.」

「11시에서 12시 사이라고요?」

드러커의 시선이 재빨리 어머니에게로 향했다. 점점 흥분을 감추지 못하는 듯 보였다. 그는 흉하게 쩍 벌어진 커다란 손가락으로 담배 피울 때 입는 실내복의 옷깃을 초조하게 만지작거리고 있었다.

「뭘 보셨죠?」

그는 눈을 번뜩이며 어머니를 똑바로 쳐다보았다.

「그게 무슨 소리냐, 아들아?」

부인이 공포에 질린 목소리로 속삭였다.

드러커의 얼굴이 딱딱하게 굳어지고 입술이 일그러지면서 차가운 미소가 떠올랐다.

「제 말은 바로 그 시간쯤에 이 방에서 비명 소리를 들었단 말입니다.」

「그렇지 않아! 아니야! 아니라고!」

부인은 숨을 헐떡이며 미친 듯이 고개를 저었다.

「네가 착각한 거란다, 애야. 난 오늘 아침에 비명을 지르지 않았어.」

「그럼 누군가 질렀나 보죠.」

드러커의 어조는 냉혹하고 가차 없었다. 이윽고 잠시 후에 한마디 덧붙였다.

「사실 저는 그 비명 소리를 듣고 계단을 올라와서 이 방에 귀를 기울였습니다. 그런데 어머니는 〈에이아 포페이아〉[27]를 흥얼거리며 서성거리고 계시더군요. 그래서 다시 제 일을 하러 돌아갔습니다.」

드러커 부인은 손수건을 얼굴에 대고 잠깐 눈을 감았다.

「11시에서 12시 사이에 일을 하고 있었단 말이지?」

부인의 목소리는 이제 많이 가라앉았다.

「내가 몇 번이나 불렀는데…….」

「들었어요. 하지만 일이 너무 바빠서 대답할 틈이 없었어요.」

「그랬구나.」

부인은 천천히 창문을 향해 돌아섰다.

「난 네가 외출한 줄 알았구나. 왜 내게 말하지 않았니?」

「딜러드 교수님 댁에 갈 거라고 말씀드렸잖아요. 시구르가 없어서 11시 전에 돌아왔어요.」

「네가 들어오는 걸 못 봤어.」

부인은 기력이 쇠진해서 맥없이 뒤로 누웠다. 그녀의 눈은 맞은편 벽돌담을 응시했다.

「불렀는데도 대답이 없기에 난 당연히 네가 아직 안 돌아온 줄 알았구나.」

「딜러드 교수님 댁을 떠날 때 큰길로 난 문을 나와서 공원을 산책했어요.」

드러커의 목소리에는 짜증이 섞여 있었다.

[27] 독일 동요, 자장가.

「그러고는 정문으로 들어왔어요.」

「그런데 내가 비명 지르는 소리를 들었단 말이지? 내가 뭐 때문에 비명을 지르겠니? 오늘 아침에는 등도 아프지 않았는데.」

드러커가 인상을 찌푸렸다. 그의 작은 눈이 재빨리 밴스에서 매컴에게로 시선을 옮겼다.

「분명히 이 방에서 어떤 여자가 비명 지르는 소리를 들었단 말이에요.」

드러커는 고집 세게 주장했다.

「11시 30분쯤이었어요.」

그는 의자에 털썩 주저앉더니 우울하게 마루를 노려보았다.

어머니와 아들 사이에서 벌어지는 이 당혹스러운 말씨름에 우리 모두 정신이 홀딱 팔렸다. 비록 밴스는 문가에 걸린 오래된 18세기 판화 앞에 서서 그림 구경에 몰두하고 있었지만 말 한마디, 억양 하나 놓치지 않고 있다는 걸 나는 알고 있었다. 이제 그는 빙그르르 돌아서서 매컴에게 간섭하지 말라는 신호를 보낸 다음 드러커 부인에게 다가갔다.

「부인께 폐를 끼쳐서 정말 죄송합니다. 부디 저희를 용서해 주십시오.」

그는 공손히 절을 하고 딜러드 양을 향해 돌아섰다.

「그럼, 저희가 돌아가는 길을 안내해 주시겠습니까? 아니면 저희끼리 알아서 내려가는 길을 찾을까요?」

「저도 같이 돌아가겠어요.」

딜러드 양이 이렇게 대답하고는 드러커 부인에게 다가가서 팔로 감싸 안았다.

「죄송해요, 메이 부인.」

우리가 방을 나서는 순간, 밴스가 문득 생각난 듯이 드러커를 돌아보았다.

「선생님도 저희랑 함께 가시는 게 좋겠습니다.」

밴스는 지나가는 말처럼 툭 던지면서도 강요하는 어조로 말했다.

「로빈 씨를 잘 아시니 뭔가 좋은 의견을 내주실지도 모르니까요.」

「저 사람들과 같이 가지 마라, 얘야!」

드러커 부인이 소리쳤다. 몸을 꼿꼿이 세우고 앉은 부인의 얼굴은 근심과 두려움으로 일그러져 있었다.

「가지 마라! 저 사람들은 적이야. 널 해치려는 게다…….」

드러커가 자리에서 일어났다.

「같이 가면 뭐가 어떻다고 그러세요?」

그가 발칵 성을 내며 쏘아붙였다.

「저는 이 사건에 대해 알고 싶어요. 어쩌면, 이분들 말씀대로 뭔가 도움이 될지도 모르고요.」

이렇게 말하고는 성마른 태도로 우리를 따라나섰다.

6
「나예요.」 참새가 말했다
4월 2일 토요일, 오후 3시

우리는 다시 딜러드 저택 응접실로 돌아왔다. 딜러드 양은 우리와 헤어져서 숙부가 있는 서재로 갔다. 밴스는 거두절미하고 당장 본론으로 들어갔다.

「드러커 씨, 선생님 어머님 앞에서 이런 질문을 드려 괜한 걱정을 끼쳐 드리고 싶지 않았습니다. 그렇지만 오늘 아침 로빈 씨가 사망하기 직전에 때마침 선생께서 이 댁을 방문하셨다고 하니 혹시 저희에게 뭔가 더 알려 주실 정보가 없으신지 여쭤 봐야겠습니다.」

드러커는 벽난로 옆에 자리를 잡고 앉았다. 곰곰이 머릿속을 더듬고 있는 듯했지만 선뜻 대답은 나오지 않았다.

「선생께서는 9시 30분쯤에 여기 오셨죠.」

밴스가 말을 이었다.

「아르네손 씨를 찾아오셨다고요.」

「그렇습니다.」

「활터를 지나 지하실 출입문으로 들어오셨죠?」

「저는 항상 그 길로 다닙니다. 뭐 하러 빙 돌아오겠습니까?」

「그런데 아르네손 씨는 오늘 아침에 외출하고 안 계셨죠.」

드러커는 고개를 끄덕였다.
「대학에 갔다고 하더군요.」
「아르네손 씨가 나간 걸 알고 선생께서는 잠시 서재에 앉아서 딜러드 교수님과 남미로 천문 원정대를 보내는 일에 대해 이야기를 나누셨다고요.」
「아인슈타인의 편차 이론을 시험하기 위한 왕실 천문학회의 소브럴 원정이지요.」
드러커가 자세히 설명했다.
「서재에는 얼마나 계셨습니까?」
「30분도 안 됐습니다.」
「그다음에는요?」
「궁술실로 내려가서 잡지 한 권을 들여다보았습니다. 체스 문제가 실려 있었거든요. 최근 샤피로와 마셜 간에 벌어진 최종 대국이었는데 저는 그 자리에 앉아서 그걸 풀어 보았죠.」
「잠깐만, 드러커 씨.」
밴스의 목소리는 흥미를 감추지 못했다.
「체스를 좋아하시나요?」
「어느 정도는요. 그렇지만 체스에 그렇게 많은 시간을 쏟지는 않습니다. 순수하게 과학적인 게임은 아니니까요. 순수하게 과학적인 정신을 지닌 사람에게 호소력을 갖기에는 논리가 좀 부족하죠.」
「샤피로와 마셜의 시합 내용이 어렵던가요?」
「어렵다기보다는 교활하죠.」
드러커가 날카롭게 밴스를 쳐다보며 말했다.
「일단 전혀 쓸모없어 보이는 졸의 이동이 막힌 수를 뚫는 열쇠라는 사실을 깨닫자마자, 간단하게 풀리더군요.」

「그걸 푸는 데 얼마나 걸리셨나요?」

「30분 정도 걸렸습니다.」

「그렇다면 10시 30분경까지 계셨군요?」

「그 정도였을 겁니다.」

드러커는 의자 깊숙이 몸을 파묻었다. 그렇지만 감추어진 경계심은 결코 풀지 않았다.

「그럼 로빈 씨와 스펄링 씨가 궁술실로 들어왔을 때 틀림없이 거기 계셨겠군요?

이 남자는 얼른 대답하지 못했다. 밴스는 그의 주저하는 기색을 알아채지 못한 척하면서 한마디 덧붙였다.

「딜러드 교수님께서 두 사람이 10시경에 방문했다고 말씀해 주셨죠. 여기 응접실에서 잠시 기다리다가 지하실로 내려갔다고 말이죠.」

「그런데 지금 스펄링은 어디 있습니까?」

드러커가 의심스러운 눈초리로 우리를 한 사람 한 사람 쏘아보았다.

「잠시 후면 여기로 올 겁니다.」

밴스가 대답했다.

「히스 경사가 그분을 데려오라고 부하 두 명을 보냈습니다.」

순간 꼽추의 눈썹이 치켜 올라갔다.

「오! 스펄링을 강제로 연행하는 거로군요.」

드러커는 양손의 굵은 손가락 끝을 맞대어 피라미드처럼 세우고 생각에 잠긴 표정으로 내려다보았다.

「궁술실에서 로빈과 스펄링을 보았느냐고 물으셨죠? 그렇습니다. 제가 막 나가려고 하는데 두 사람이 내려왔습니다.」

밴스는 몸을 뒤로 기대더니 앞으로 두 다리를 쭉 뻗었다.

「그럼 혹시 두 사람이 뭐랄까…… 완곡하게 표현하자면, 논쟁이라도 벌인 것 같은 인상을 받지는 않으셨나요, 드러커 씨?」

드러커는 잠시 이 질문을 생각하더니, 마침내 입을 열었다.

「그 말씀을 듣고 보니 두 사람 사이에 냉랭한 분위기가 흘렀던 기억이 납니다. 그렇지만 그 점에 대해서 딱 잘라 말씀드리고 싶지는 않군요. 아시다시피 저는 두 사람이 들어오자마자 곧 그 방을 나왔으니까요.」

「지하실 문을 나온 다음 75번가로 통하는 출입문을 이용하셨다고 말씀하셨죠? 맞습니까?」

잠깐 동안 드러커는 대답하기 싫은 눈치를 보였지만, 애써 불안한 기색을 감추며 말했다.

「그렇습니다. 다시 작업에 들어가기 전에 강을 따라 좀 걷고 싶다는 생각이 들었죠. 그래서 드라이브 거리를 지나 승마 길을 따라 걸어 올라간 다음 79번가에서 공원으로 접어들었죠.」

경찰에게 하는 모든 진술은 일단 의심하는 습성이 있는 히스가 물었다.

「누구든 만난 사람은 없습니까?」

드러커가 화가 나서 고개를 돌렸다. 순간 밴스가 재빨리 두 사람 사이에 끼어들었다.

「그건 중요한 문제가 아닙니다, 경사님. 나중에라도 그 점을 확인할 필요가 있으면 다시 조사할 수 있으니까요.」

그런 다음 드러커에게 말했다.

「11시가 되기 좀 전에 산책에서 돌아와 정문으로 집에 들어가셨다고 말씀하셨죠?」

「그렇습니다.」

「오늘 아침 이 집에 있으면서 조금이라도 이상한 점은 전혀 보지 못하신 거죠?」

「이미 말씀드린 사실 이외에는 아무것도 보지 못했습니다.」

「그렇다면 11시 반쯤에 어머님께서 비명을 지르는 소리를 분명히 들으셨나요?」

이 질문을 할 때 밴스는 어떤 행동도 취하지 않았다. 그러나 목소리의 어조가 살짝 달라지자 드러커는 깜짝 놀란 모양이었다. 의자에 웅크리고 앉아 있던 몸을 벌떡 일으켜 세우더니 그는 위협적인 태도로 밴스를 노려보았다. 그의 작고 동그란 눈에서 불꽃이 튀었고, 입술이 실룩거렸다. 앞에 대롱대롱 매달린 두 손은 마치 발작을 일으킨 사람처럼 쥐었다 폈다 했다.

「대체 무슨 말씀을 하시려는 거죠?」

그는 높고 날카로운 목소리로 따져 물었다.

「전 어머니가 비명을 지르는 소리를 들었다고 말씀드렸습니다. 어머니가 그 사실을 인정하든 부인하든, 제가 상관할 바가 아니죠. 게다가 어머니가 방에서 서성거리는 소리도 들었습니다. 어머니는 분명히 자기 방에 계셨단 말입니다. 아시겠습니까? 그리고 저는 제 방에 있었고요. 11시에서 12시 사이에 말입니다. 당신은 달리 어떤 사실도 증명할 수 없을 겁니다. 저는 더 이상 당신이나 어느 누구에게도, 내가 뭘 했고 어디 있었는지에 대해 자꾸 조사받지는 않을 겁니다. 그건 당신들이 상관할 바가 아니란 말입니다. 똑똑히 알아들으셨습니까?」

드러커가 어찌나 미친 듯이 화를 내는지, 나는 당장이라도 그가 밴스에게 덤벼드는 꼴을 볼 줄 알았다. 히스는 위험을 감지하고 벌떡 일어나서 앞으로 다가왔다. 그러나 정작 밴스는 꼼짝도 하지 않았다. 그는 느긋하게 담배만 계속 피우고 있었다. 이윽고 상대방의 분노가 사라지자, 아무런 감정의 동요도 없이 조용히 말했다.

「드러커 씨, 더 이상 여쭤 볼 게 없습니다. 아시다시피, 전혀 흥분하실 필요가 없습니다. 그저 어머님의 비명 소리가 살인이 일어난 정확한 시각을 알려 줄 수도 있겠다는 생각이 들었을 뿐입니다.」

「어머니의 비명이 로빈의 사망 시각과 무슨 상관이 있단 말입니까? 어머니는 아무것도 보지 못했다고 이미 말씀드리지 않았나요?」

드러커는 기진맥진한 것 같았다. 그만 테이블에 몸을 기대었다.

바로 그때, 딜러드 교수가 아치형 문가에 모습을 드러냈다. 그 뒤에는 아르네손이 서 있었다.

「이게 다 무슨 일이오?」

딜러드 교수가 물었다.

「여기서 시끄러운 소리가 들려오기에 내려왔소.」

그는 차가운 시선으로 드러커를 쳐다보았다.

「자네가 이런 식으로 소동을 일으키지 않아도 벨은 오늘 이미 충분히 놀라지 않았나? 안 그런가?」

밴스가 자리에서 일어났다. 그러나 미처 해명을 할 틈도 없이, 아르네손이 앞으로 성큼 나서더니 드러커를 손가락질하며 조롱 섞인 어조로 질책했다.

「아돌프, 자넨 정말이지 자제하는 법을 배워야 한다니까. 인생을 끔찍할 정도로 심각하게 받아들인단 말이야. 그렇게 오랫동안 항성 간의 공간 넓이를 연구해 왔으면 이젠 균형 감각이 뭔지 터득할 때도 되지 않았나. 대체 뭐 때문에 이 하찮은 인생사에 그토록 집착한단 말인가?」

드러커는 사납게 씩씩거리고 있었다.

「이 돼지 같은……」

그가 막 입을 여는 순간, 아르네손이 단칼에 말을 잘랐다.

「오, 친애하는 아돌프! 자고로 인류는 모두 돼지라네. 그걸 딱 꼬집어 말해 뭐하겠는가? 자, 어서 가세. 내가 집까지 데려다 주지.」

아르네손은 드러커의 팔을 꽉 잡고 아래층으로 끌고 내려갔다.

「소란을 일으켜서 정말 죄송합니다, 교수님.」

매컴은 딜러드 교수에게 사과했다.

「무슨 까닭인지 모르지만 갑자기 이성을 잃고 날뛰더군요. 사실 이런 조사가 유쾌한 일은 아니죠. 저희도 어서 조만간 끝나길 바랍니다.」

「할 수 있는 대로 빨리 끝내 주게, 매컴. 가능한 한 벨은 건드리지 말고. 가기 전에 잠깐 나 좀 보세.」

딜러드 교수가 다시 위층으로 올라가자, 매컴은 눈살을 찌푸린 채 뒷짐을 지고 방 안을 왔다 갔다 했다.

「자네는 드러커를 어떻게 생각하는가?」

검사는 밴스 앞에서 딱 걸음을 멈추더니 물었다.

「분명 유쾌한 인물은 아니야. 몸도 마음도 똑같이 병들었지. 구제불능의 거짓말쟁이기도 하고. 그렇지만 영민해. 오, 끔찍하게 영민해. 비상한 두뇌를 가졌어. 이자와 같은 유형의 불구자에게서 종종 발견하는 일이지. 가끔 스테인메츠[28]의

28 제너럴 일렉트릭사(社)에서 일하며 여러 가지 발명을 한 꼽추 전기 기사.

경우처럼 진짜 건설적인 천재가 되기도 하지만, 대개는 드러커의 경우처럼 비실용적인 방면으로 뛰어난 사고를 펼친다네. 그래도 잠깐 주고받은 우리의 대화에 전혀 수확이 없었던 건 아니야. 이자는 뭔가 털어놓고 싶지만 차마 말하지 못하고 숨기고 있다네.」

「물론 그럴 수도 있겠지.」

매컴이 의심스러운 어조로 대답했다.

「그렇지만 11시와 12시 사이에 대한 이야기만 나오면 몹시 예민해지더군. 게다가 줄곧 고양이처럼 자넬 노려보던걸.」

「그보다는 족제비 같았지.」

밴스가 매컴의 표현을 바로잡았다.

「그래, 나도 빈틈없이 나를 살피는 그자의 눈길을 알아채고 있었네.」

「어쨌든 우리에게 별다른 도움은 주지 못했어.」

「맞아.」

밴스도 동의했다.

「사실 단 한 발자국도 앞으로 나가지 못했네. 그렇지만 최소한 화물을 배에 실어 놓기는 한 셈이야. 격하기 쉬운 우리의 수학 마술사께서 매우 흥미로운 추리의 실마리를 마련해 주셨거든. 게다가 드러커 부인도 여러 가지 가능성을 품고 있어. 이 두 사람이 알고 있는 사실을 우리가 알 수 있다면, 이 한심한 사건의 열쇠를 찾을 수 있을지도 모르네.」

그동안 히스는 지루하고 한심해 죽겠다는 표정으로 이 과정을 지켜보며 줄곧 부루퉁해 있었다. 그러다가 이제 갑자기 도전적인 자세로 나왔다.

「매컴 검사님, 제가 이 말씀을 드리지 않을 수가 없군요. 우리는 지금 괜한 시간 낭비를 하고 있습니다. 대체 이런 대화가 다 무슨 소용입니까? 우리가 찾아야 할 사람은 바로 스펄링입니다. 제 부하가 그 작자를 잡아 와서 진땀만 좀 빼게 하면, 기소하기에 충분한 진술을 확보하게 될 겁니다. 그자는 딜러드 양을 사랑했고 로빈을 질투했던 겁니다. 그 아가씨 일뿐만 아니라 로빈이 빨간 막대기를 자기보다 더 잘 쏠 수 있었기 때문이죠. 그리고 여기 이 방에서 로빈과 다툼을 벌였습니다. 교수가 그 소리를 들었죠. 게다가 증언에 따르면, 그자는 살인이 일어나기 불과 몇 분 전 로빈과 함께 지하실에 있었습니다. 또한…….」

「또한 그자의 이름은 〈참새〉를 뜻하죠.」

밴스가 비꼬는 어조로 뒷말을 가로챘다.

「그야말로 확실한 증거라는 거죠? 아닙니다, 경사님. 그건 지나치게 쉬운 추리입니다. 마치 부정한 방법으로 캔필드 카드 게임을 하는 것과 마찬가지죠. 그렇지만 이 사건은 용의자에게 곧장 의혹이 쏠리도록 훨씬 더 교묘하게 조작되어 있습니다.」

「이 사건에서 교묘하게 조작된 점이라고는 눈 씻고 찾아봐도 없는걸요.」

히스가 우겼다.

「스펄링은 화가 나서 벽에 걸린 활과 화살을 집어 들고 로빈의 뒤를 따라 나간 겁니다. 그리고 심장을 쏘아 맞추고는 달아난 거죠.」

밴스가 한숨을 쉬었다.

「경사님은 이 사악한 세상에서 살기에는 지나치게 올곧은 분이군요. 세상일이 그렇게 단순하게 해결된다면 인생 살기가 참 간단할 겁니다. 그래서 오히려 실망스럽겠죠. 하지만 이 로빈 살인 사건의 수법은 결코 단순하지 않습니다. 첫째, 제아무리 뛰어난 궁수도 움직이는 사람을 표적 삼아 정확히 갈비뼈 사이 심장 한가운데를 맞출 수는 없습니다. 둘째, 로빈의 두개골에는 금이 가 있습니다. 쓰러질 때 생겼을 수도 있겠지만, 그건 아닌 듯싶군요. 셋째, 그의 모자가 발치에 놓여 있었는데, 만약 그가 자연스럽게 쓰러진 거라면 그 자리에 있어서는 안 되죠. 넷째, 그 화살의 오늬가 몹시 손상되어 있어서 과연 활에 걸 수나 있었을지 의심스럽습니다. 다섯째, 로빈은 정면에서 화살에 맞았습니다. 그러니 시위를 당기고 활을 겨누는 동안 소리를 지르거나 몸을 피할 틈이 있었을 겁니다. 여섯째는…….」

여기서 밴스는 담배에 불을 붙이느라 잠시 말을 멈추었다.

「이런, 경사님! 중요한 사실을 놓치고 있었군요. 사람이 심장을 칼에 찔리면 당연히 즉각 피가 솟구쳐 나옵니다. 특히 무기 끝이 손잡이 쪽보다 더 클 때에는 상처 난 구멍을 막아줄 것도 없죠. 그러니 틀림없이 궁술실 바닥에서 핏자국을 발견할 수 있을 겁니다. 아마 출입문 근처에서 말이죠.」

히스는 머뭇거리는 듯했지만, 아주 잠깐이었다. 오랜 경험을 통해 밴스의 추측을 가볍게 넘겨서는 안 된다는 교훈을 얻었기 때문이다. 경사는 구시렁거리며 자리에서 일어나더니 집 뒤쪽으로 사라졌다.

「밴스, 자네가 하는 말이 무슨 뜻인지 이제 좀 알겠네.」

매컴이 괴로운 표정으로 말했다.

「그렇지만 맙소사! 분명히 활과 화살로 살해당한 것처럼 보이는 로빈의 죽음이 사후에 조작한 연출에 불과하다면, 우리는 거의 상상조차 할 수 없을 만큼 극악무도한 뭔가를 대면하고 있는 걸세.」

「정신병자의 소행이지.」

밴스가 드물게 진지한 얼굴로 단언했다.

「물론 자신이 나폴레옹이라고 상상하는 그런 보통 정신병자가 아니라, 엄청난 두뇌를 갖고 있어서 겸손하게 말하자면 멀쩡한 정신으로 귀류법을 펼칠 수 있는, 그러니까 한마디로 기질 자체가 4차원 공식처럼 되어 버린 정신병자 말일세.」

매컴은 담배를 세차게 피워 대며 생각에 잠겼다.

「히스가 아무 흔적도 못 찾았으면 좋겠군.」

마침내 매컴이 한마디 했다.

「아니, 그게 무슨 소리인가?」

밴스가 반박했다.

「로빈이 궁술실에서 살해됐다는 증거가 나오지 않으면 이 사건은 훨씬 더 어렵게 꼬일 뿐인데.」

그러나 증거는 곧 나타났다. 몇 분 후에 경사가 풀이 죽긴 했지만 잔뜩 흥분해서 돌아왔다.

「젠장, 밴스 씨!」

경사가 내뱉듯이 말했다.

「예상이 딱 맞았습니다.」

경사는 경탄하는 표정을 감추려고 애쓰지도 않았다.

「바닥에 피는 묻어 있지 않지만 시멘트 위에 검게 얼룩진 자국이 있는데, 오늘 아침 누군가 젖은 걸레로 닦아 낸 모양입니다. 아직 채 마르지도 않았습니다. 아까 말씀하신 대로, 바로 출입문 근처더군요. 깔개 한 장이 그 위에 덮여 있는 게 더욱 의심스럽습니다. 하지만 그렇다고 스펄링이 무죄가 되는 건 아니죠.」

경사가 싸울 듯이 말했다.

「지하실 안에서 로빈을 쏘았을 수도 있으니까요.」

「그러고는 피를 닦고 활과 화살을 씻어 낸 다음, 떠나기 전에 시신과 화살을 활터로 옮겨 놓았단 말인가요? 뭐 때문이죠? 무엇보다 활쏘기는 실내 스포츠가 아닙니다, 경사님. 게다가 스펄링은 활과 화살로 살인을 할 만큼 궁술에 무지하지 않습니다. 로빈의 평탄한 인생을 끝장낸 저 명중은 순전히 요행이었을 겁니다. 설사 튜서라 해도 저렇게 할 수는 없었을 테니까요. 호머에 따르면 튜서는 그리스 최고의 명궁이었죠.」

밴스가 이야기하고 있을 때 파디가 집으로 돌아가려고 현관 복도를 걸어 내려왔다. 그가 거의 현관문 앞에 도착했을 때 밴스가 갑자기 자리에서 일어나더니 문 쪽으로 걸어갔다.

「오, 파디 씨. 잠깐만 실례하겠습니다.」

파디가 정중한 태도로 순순히 돌아섰다.

「여쭤 보고 싶은 게 한 가지 더 있습니다.」

밴스가 말했다.

「오늘 아침에 스펄링과 비들이 돌담 출입문으로 나가는 걸 보셨다고 하셨지요. 그 외에 다른 사람이 그 문으로 나가는 걸 보지 못하신 게 분명한가요?」

「분명합니다. 다른 사람은 본 기억이 없으니까요.」

「전 특히 드러커 씨를 보지 않으셨을까 싶었는데…….」

「드러커요?」

파디는 살짝 힘주어 고개를 저으며 말했다.

「아닙니다. 드러커를 봤다면 기억했을 겁니다. 하지만 제가 모르는 사이에 몇 명이나 이 집을 드나들었을지 모르는 일이죠.」

「그야 그렇죠.」

밴스는 건성으로 중얼거렸다.

「그런데 파디 씨는 뛰어난 체스 선수신가요?」

파디는 살짝 놀라는 기색을 보였다.

「사실 실질적인 의미에서 선수라고 할 수는 없죠.」

파디는 조심스럽게 말을 골라 가며 설명했다.

「뛰어난 분석가이고 체스 게임 이론을 놀라우리만큼 잘 이해한답니다. 그렇지만 실제 시합을 하는 경우는 거의 없죠.」

파디가 떠나자 히스는 밴스를 의기양양한 눈빛으로 바라보았다.

「이제 보니 그 꼽추의 알리바이를 확인해 보고 싶었던 사람은 저뿐만이 아니었군요.」

경사가 기분 좋은 어조로 말했다.

「아, 하지만 알리바이를 확인하는 일과 그 용의자가 스스로 자백하게 만드는 건 다른 문제죠.」

바로 그 순간, 현관문이 활짝 열렸다. 복도를 걸어오는 육중한 발소리가 들리더니 세 사람이 문가에 나타났다. 두 명은 경찰관이 분명했고, 두 사람 사이에 키가 크고 이목구비가 말쑥한 서른 살 정도의 청년이 서 있었다.

「저희가 붙잡아 왔습니다, 경사님.」

경찰관 중 한 사람이 득의만만한 미소를 지으며 말했다.

「이곳에서 곧장 집으로 도망쳤더군요. 저희가 집 안에 들어갔을 때, 가방을 싸고 있었습니다.」

스펄링은 분노와 근심 어린 눈초리로 방 안을 한번 둘러보았다. 히스가 그 청년 앞에 가서 우뚝 서더니 거드름을 피우며 위아래로 훑어보았다.

「이런, 젊은 친구. 달아날 생각이었군, 안 그런가?」

경사는 입술 사이에 물고 있는 담배를 까닥까닥 흔들며 말했다.

스펄링의 뺨이 확 달아올랐다. 그는 고집 세게 입을 꾹 다물고 있었다.

「그래! 한마디도 하지 않겠다는 건가?」

히스가 위협적인 기세로 이를 악물며 말했다.

「당신, 벙어리야? 그래, 좋아. 그렇다면 우리가 말문을 열어 주지.」

경사는 매컴을 향해 돌아섰다.

「어떻습니까, 검사님? 이자를 본부로 데려갈까요?」

「아마 스펄링 씨께서도 여기 이 자리에서 한두 가지 질문에 응하는 걸 반대하지는 않으실 걸세.」

매컴이 조용히 말했다.

스펄링은 잠시 지방 검사를 살펴보았다. 이윽고 그의 시선이 밴스에게로 향했고, 밴스는 격려하듯 고개를 끄덕였다.

「대체 나더러 무슨 질문에 대답을 하라는 거요?」

그가 물었다. 애써 화를 참는 모습이 눈에 보였다.

「주말 여행을 떠나려고 짐을 싸고 있는데 이 불한당들이 다짜고짜 내 방에 뛰어 들어왔소. 그러고서 나는 한마디 설명도 듣지 못한 채, 심지어 우리 가족에게 연락할 틈도 없이 이곳으로 끌려 왔소. 그런데 이제는 심지어 경찰 본부로 데려가겠다는 소리까지 하다니.」

스펄링은 히스를 도전적으로 노려보았다.

「좋소, 어디 날 경찰 본부로 데려가 보시오. 그럼 당신들은 무사하지 못할 거요!」

「오늘 아침 몇 시에 이 집을 떠나셨습니까, 스펄링 씨?」

밴스의 목소리는 사람을 달래듯이 사근사근했고, 그의 태도는 믿음을 주었다.

「11시 15분쯤이었습니다.」

스펄링이 대답했다.

「그랜드 센트럴 역에서 출발하는 11시 40분발 스카스데일 열차를 타야 했으니까요.」

「로빈 씨는요?」

「로빈이 몇 시에 갔는지는 모릅니다. 자기는 벨, 그러니까 딜러드 양을 기다릴 거라고 하기에 난 궁술실에 그를 두고 먼저 떠났죠.」

「드러커 씨는 만났습니까?」

「잠깐 만났습니다. 로빈과 내가 아래층에 내려가 보니 그가 궁술실에 있더군요. 그렇지만 곧 가버렸습니다.」

「담장 출입문으로 말인가요? 아니면 활터 쪽으로 걸어갔나요?」

「사실 잘 기억이 나지 않습니다. 주의 깊게 보질 않아서……. 그런데 이보십시오. 대체 이게 모두 무슨 일입니까?」

「오늘 아침에 로빈 씨가 살해당했습니다.」

밴스가 말했다.

「11시경에 말이죠.」

스펄링의 눈알이 당장 튀어나올 것 같았다.

「로빈이 살해당했다고요? 세상에! 누, 누가 그를 죽였단 말입니까?」

그는 입술이 마르는 듯 연신 혀로 적셨다.

「저희들도 아직 모릅니다. 로빈 씨는 심장에 화살을 맞았습니다.」

밴스가 대답했다. 이 소식에 스펄링은 완전히 넋이 나갔다. 그의 눈동자가 초점을 잃고 좌우로 흔들렸다. 그는 호주머니 속을 더듬으며 담배를 찾았다.

그때 히스가 가까이 다가서더니 턱을 치켜들었다.

「아마 당신은 누가 그를 죽였는지 말해 줄 수 있겠지? 활과 화살을 가지고서 말이야!」

「어, 어째서 내가 알고 있다고 생각하는 거요?」

스펄링이 말을 더듬으며 간신히 따져 물었다. 경사는 가차 없이 몰아세웠다.

「당신은 로빈을 질투했어, 안 그런가? 아가씨 때문에 그자와 심하게 다투었잖아. 바로 이 방에서 말이야. 그가 죽기 직전까지 당신과 단둘이 있었어, 그렇지? 게다가 자네는 활을 꽤 잘 쏘지. 이게 바로 당신이 뭔가 알고 있을 거라고 내가 생각하는 까닭이야.」

그는 눈을 가늘게 뜨고 이를 드러냈다.

「어서 말하시지! 깡그리 털어놓으라고. 당신 말고 이런 짓을 할 수 있는 사람은 아무도 없어. 여자 때문에 그자와 싸운 사람도, 그를 마지막으로 본 사람도 당신이야. 그가 살해당하기 불과 몇 분 전에 말이야! 대체 챔피언 궁수 말고 또 누가 활로 사람을 쏘아 죽이겠어? 안 그래? 자길 위해서라도 순순히 털어놓으라고. 당신은 이미 체포됐어.」

스펄링의 눈에 묘한 빛이 떠올랐다. 순간 그의 몸이 딱딱하게 굳었다.

「그렇다면 활은 찾은 거요?」

스펄링이 이상하게 긴장된 목소리로 물었다.
「물론 우리가 찾아냈지.」
히스가 불쾌한 웃음소리를 냈다.
「당신이 떨어뜨리고 간 그 자리에서. 저 좁은 길목 말이야.」
「어떤 종류의 활이던가요?」
스펄링의 시선은 여전히 어딘가 먼 곳을 향하고 있었다.
「무슨 종류냐고? 그냥 보통 활이지 무슨 종류는……」
히스가 되물었다. 그러자 여태껏 이 청년을 유심히 지켜만 보고 있던 밴스가 말을 가로막고 나섰다.
「경사님, 질문의 뜻을 알겠습니다. 그건 여성용 활이었습니다, 스펄링 씨. 5피트 6인치쯤 되고 30파운드가 채 안 되는 가벼운 활이죠.」
순간 스펄링이 힘든 결심을 앞두고 마음을 다지는 사람처럼 낮고 깊은 한숨을 내쉬었다. 곧이어 그의 입술이 살짝 벌어지며 굳은 미소가 희미하게 떠올랐다.
「이제 무슨 소용이 있겠습니까?」
스펄링이 될 대로 되란 식으로 말했다.
「아직 도망칠 시간이 있을 거라고 생각했습니다. 그렇습니다. 내가 그를 죽였습니다.」
히스는 만족에 겨워 콧소리를 냈다. 사나운 태도가 즉각 사라졌다.
「생각했던 것보다 그래도 상황 판단은 좀 하는 친구로군.」
히스는 거의 아버지와 같이 흐뭇한 어조로 말했다. 그러더니 다른 두 형사를 향해 지극히 사무적인 태도로 고개를 까딱했다.
「이봐, 이자를 데리고 가. 내 차를 타고 가게. 밖에 세워져 있어. 일단 서류는 작성하지 말고 가두어 놓도록. 내가 사무실에 도착하면 조사를 맡겠네.」

「갑시다.」

한 형사가 복도 쪽으로 돌아서며 지시했다. 그러나 스펄링은 당장 지시에 따르지 않았다. 대신 밴스를 간절한 눈빛으로 바라보았다.

「혹시 잠깐만…… 잠깐이라도…….」

스펄링이 어렵게 말을 꺼냈다. 밴스는 고개를 저었다.

「안 됩니다, 스펄링 씨. 딜러드 양은 보지 않고 가시는 게 가장 좋습니다. 지금 아가씨의 마음을 아프게 해봐야 아무 소용도 없으니까요. 자……. 힘내십시오.」

스펄링은 더 이상 아무 말도 하지 않고 돌아서더니 두 형사와 함께 나갔다.

7
밴스가 결론에 도달하다
4월 2일 토요일, 오후 3시 30분

다시 우리 일행만 응접실에 남게 되자 밴스는 일어나서 기지개를 펴더니 창가로 다가갔다. 충격적인 결말과 더불어 방금 전 벌어진 장면 때문에 우리 모두 약간 얼이 빠져 있었다. 내가 짐작하건대, 우리 머릿속은 다들 한 가지 생각으로 복잡했다. 이윽고 밴스가 입을 열었을 때, 그는 마치 우리 생각을 대변해 주는 듯했다.

「결국 다시 그 자장가로 되돌아왔군. 이런 구절이지 아마…….

〈나예요.〉 참새가 말했다.
내가 내 활과 화살로
코크 로빈을 죽였어요.

매컴, 이거 참 갈수록 태산이로군.」

밴스는 천천히 중앙 테이블 쪽으로 돌아와 담배를 비벼 껐다. 그러고는 히스를 힐끗 쳐다보았다.

「왜 그렇게 심각하십니까, 경사님? 경사님은 콧노래를 부르면서 신나게 춤을 춰야 마땅하지 않습니까? 경사님의 악당이 범행을 자백했는데요? 조만간 죄인이 지하 감옥에서 고통받게 될 텐데 기쁘지 않습니까?」

「솔직히 말씀드려서 밴스 씨, 전 만족할 수가 없습니다.」

히스가 시무룩하게 속마음을 털어놓았다.

「너무 쉽게 자백을 했어요. 게다가……. 저는 수많은 범인들을 봐왔지만, 이자의 행동은 어쩐지 죄를 저지른 사람 같지 않군요. 그게 사실입니다.」

「어쨌든 이자의 터무니없는 자백이 언론의 호기심을 잠재워 줄 테니, 우리는 덕분에 자유롭게 조사를 계속할 수 있는 여유를 좀 갖게 되겠군.」

매컴이 희망적인 어조로 말했다.

「이 사건은 틀림없이 엄청난 소란을 일으켰을 텐데 다행히 기자들이 범인은 감옥에 있다고 생각하는 한, 수사 진척 사항에 관한 정보를 달라고 우리를 괴롭히지는 않을 테니 말일세.」

「그렇다고 그자가 범인이 아니라는 말은 하지 않았습니다.」

히스가 분명 자신의 속마음과는 다르게 심통 난 목소리로 주장했다.

「우리는 확실히 그자의 범행에 대한 확증을 잡았습니다. 아마 그자도 그 사실을 깨닫고 실토했을 겁니다. 그래야 재판에서 유리할 거라고 생각한 거죠. 아주 멍청한 작자는 아닌 모양입니다.」

「그건 그렇지 않습니다, 경사님.」

밴스가 말했다.

「그 청년의 사고는 지극히 단순합니다. 그는 로빈이 딜러드 양을 만나려고 기다렸다는 사실을 알고 있었습니다. 또한 바로 어젯밤에 딜러드 양이 그의 청혼을 거절했다는 사실도 알고 있었죠. 스펄링은 로빈을 높이 평가하지 않았던 게 확실합니다. 이 양반이 짧고 가벼운 화살을 사용하는 누군가의 손에 살해당했다는 소식을 듣자, 당장 로빈이 구애를 하다가 적절한 선을 넘었고, 그래서 심장에 정의의 화살을 맞았다고 결론지었으니까 말이죠. 결국 우리의 고귀한 빅토리아 시대 참새 군은 남자답게 자기 가슴을 탕탕 치며 〈에케 호모〉[29]라고 외칠 수밖에 없었던 겁니다. 그거 참…… 안쓰러운 일이죠.」

「어쨌거나 저는 이자를 풀어 주지 않을 겁니다. 매컴 검사님께서 기소하길 원하지 않으신다면, 그건 검사님 소관이죠.」

히스가 투덜거렸다. 매컴은 너그러운 눈길로 경사를 쳐다보았다. 검사는 이 경사가 겪고 있는 압박감을 알아차렸고, 상대방의 말에 좀처럼 화를 내지 않는 그의 좋은 성품까지 더해져서 다정한 대답이 돌아왔다.

「하지만 경사, 혹시 내가 스펄링을 기소하지 않겠다고 결정하더라도 자네는 나와 수사를 계속하겠지?」

그러자 히스는 당장 반성했다. 그는 황급히 자리에서 일어나더니 매컴에게 다가가서 손을 내밀었다.

「검사님도 잘 아시면서 그러십니까!」

매컴이 히스가 내민 손을 잡았다. 그러고는 너그럽게 미소를 지으며 일어섰다.

「그럼 당분간 이 사건은 자네에게 맡기겠네. 나는 사무실에 가서 처리해야 할 일이 있다네. 스와커에게 기다리고 있으

---

29 *ecce homo*. 라틴어로 〈이 사람을 보라〉는 뜻. 원래 유대인들이 예수를 십자가형에 처할 것을 요구하며 빌라도 총독에게 외쳤던 말이다.

라고 했지.」[30]

매컴은 맥없이 복도로 향했다.

「떠나기 전에 내가 딜러드 양과 교수님을 만나서 상황을 설명하겠네. 특별히 생각해 둔 사안은 없나, 경사?」

「글쎄요, 검사님. 지하실 바닥을 닦았던 걸레를 잘 살펴볼까 합니다. 그리고 제가 여기 있는 동안 저 궁술실을 세밀히 조사해 보겠습니다. 요리사와 집사도 다시 한 번 캐볼까 싶습니다. 특히 요리사를 말이죠. 이 추악한 범죄가 벌어지고 있을 때 그 요리사는 꽤 가까이 있었던 게 분명합니다. 그다음에는 일상적인 절차를 밟아야겠죠. 이웃집들을 탐문하고 뭐 그런 일들 말입니다.」

「나에게 결과를 알려 주게. 지금부터 내일 오후까지는 스타이비샌트 클럽에 있을 테니까.」

밴스는 매컴과 함께 문가로 향했다. 우리 일행이 계단으로 가고 있을 때 밴스가 입을 열었다.

「이보게, 우편함에 들어 있던 그 수수께끼 같은 편지의 중요성을 간과해서는 안 되네. 그 편지가 자장가의 열쇠일지 모른다는 강한 의혹이 든다네. 자네는 딜러드 교수와 그 조카 따님에게 〈비숍〉이란 말에 뭔가 떠오르는 의미가 있는지 물어보는 게 좋을 걸세. 그 주교라는 서명에는 분명 무슨 의미가 있어.」

「난 잘 모르겠네.」

매컴이 의심스러운 어조로 대답했다.

「아무 의미도 없어 보여. 그렇지만 자네 제안에 따라 보지.」

30 지방 검사국에서 토요일은 반 공휴일이다. 스와커는 매컴의 비서였다 — 원주.

그러나 교수도 딜러드 양도 〈비숍〉이란 말에서 어떤 개인적인 연관성도 찾을 수 없었다. 교수는 그 편지가 이 사건과 관련해서 아무 의미도 없다는 매컴의 견해에 동의하는 편이었다.

「이건 꼭 유치한 멜로드라마 같구려. 설마 로빈을 죽인 사람이 뜻도 모를 익명을 써가면서 자기 범죄를 편지로 알리겠소? 나야 범죄자들을 잘 모르지만, 그런 행동은 논리에 맞는 것 같지 않군.」

「그렇지만 이 범죄 자체가 비논리적이지 않습니까?」

밴스가 대담하게 명랑한 어조로 반박했다.

「삼단 논법의 전제도 모르면서 무엇이 비논리적이라고 함부로 말할 수 없는 법이오, 선생.」

교수가 날카롭게 쏘아붙였다.

「지당하신 말씀입니다.」

밴스가 배우려는 열의에 가득 찬 태도로 진지하게 말했다.

「그러니까 이 편지도 논리에 맞지 않는다고 함부로 말할 수 없는 법이죠.」

그때 매컴이 눈치껏 화제를 바꾸었다.

「교수님, 특별히 드릴 말씀이 있습니다. 사실은 방금 전에 스펄링 씨가 찾아와서 로빈 씨의 사망 소식을 듣고는 자신이 범죄를 저질렀다고 자백을……」

「레이먼드가 자백을 했다고요!」

딜러드 양이 입을 딱 벌렸다.

매컴이 안쓰러운 눈길로 아가씨를 바라보았다.

「솔직히 말씀드리면, 저는 스펄링 씨의 자백을 믿지 않습니다. 틀림없이 잘못된 기사도 정신 때문에 그런 자백을 했을 겁니다.」

「기사도 정신이라고요?」
딜러드 양이 몸을 앞으로 내밀며 그 말을 되풀이했다.
「그게 정확히 무슨 말씀이신가요, 매컴 씨?」
밴스가 대신 대답했다.
「활터에서 발견된 활은 여성용이었습니다.」
「오, 맙소사!」
아가씨는 두 손으로 얼굴을 가렸다. 그리고 온몸을 떨며 흐느꼈다.
딜러드 교수는 어쩔 줄 모르고 조카딸을 바라보았다. 자신의 무기력함에 짜증이 난 모양이었다.
「이게 무슨 허튼소리인가, 매컴?」
교수가 따져 물었다.
「여성용 활은 누구든 쏠 수 있어. 천하에 멍청한 놈 같으니! 대체 왜 그런 터무니없는 자백을 해서 벨을 괴롭힌단 말인가? 이보게, 매컴, 자네가 그 청년을 위해 힘 좀 써주게.」
매컴이 약속을 하고, 우리는 그만 일어났다.
「그런데 딜러드 교수님.」
문득 밴스가 문가에 멈춰 서더니 말했다.
「제 말을 곡해하지는 않으실 거라고 믿습니다. 아무래도 이 집을 드나드는 사람 중 누군가가 타자기로 편지를 쳐서 보내는 장난을 친 것 같습니다. 그래서 드리는 말씀인데 혹시 이 집에 타자기가 있습니까?」
교수는 당연히 밴스의 질문에 분개했지만, 최대한 정중하게 대답해 주었다.
「없소. 내가 아는 한, 있었던 적도 없었소. 내가 쓰던 타자기는 10년 전에 대학을 떠나면서 버렸다오. 타이핑을 칠 일이 있으면 대행사에서 다 해주니까.」
「아르네손 씨는요?」
「그 사람도 타자기는 전혀 쓰지 않소.」
 이윽고 아래층으로 내려가던 우리는 드러커 집에서 돌아오는 아르네손과 마주쳤다.
「우리 동네 라이프니츠를 달래 주고 오는 길입니다.」
 아르네손은 과장되게 한숨을 내쉬며 말했다.
「가엾은 아돌프! 세상은 그에게 너무 벅찬 곳이죠. 로렌츠나 아인슈타인의 상대성 이론에 몰두하고 있을 때면 한없이 명료한 친구가 실제 현실로 끌려 나오면 완전히 무너져 버린답니다.」
「아마 선생님께서도 관심이 있으실 겁니다. 스펄링이 방금 살인을 자백했답니다.」
 밴스는 대수롭지 않은 일처럼 아무렇지도 않게 말했다.
「아하!」
 아르네손이 킬킬거렸다.
「척척 들어맞는군요.〈나예요.〉참새가 말했다…….매우 정확해요. 그렇지만 이 문제를 어떻게 수학적으로 풀어야 할지 아직도 모르겠단 말입니다.」
「그리고 선생님께 계속 정보를 알려 드리겠다고 약속했으니 드리는 말씀인데, 로빈이 궁술실에서 살해당한 후 활터로 옮겨졌다고 믿을 만한 증거를 찾았다는 사실을 아시면 아마 계산하시는 데 도움이 될 겁니다.」
 밴스가 말을 이었다.
「알려 주셔서 고맙습니다.」
 아르네손이 잠깐 진지한 표정이 되었다.

「분명 제 공식을 푸는 데 도움이 될 겁니다.」
아르네손은 우리와 함께 현관까지 걸어갔다.
「제가 도움이 될 만한 일이 있으면 언제든 연락하십시오.」
밴스는 걸음을 멈추고 담배에 불을 붙였다. 그러나 나는 그의 얼굴에 떠오른 심드렁한 표정을 보고 그가 뭔가 결정을 내리고 있음을 알았다. 밴스는 천천히 아르네손을 향해 돌아섰다.
「혹시 드러커 씨나 파디 씨가 타자기를 갖고 있는지 아십니까?」
아르네손은 살짝 놀라는 기색을 보였다. 그의 눈이 교활하게 반짝거렸다.
「아하! 그 비숍의 편지 때문이군요······. 알겠습니다. 확실히 해두어야 할 문제이긴 하죠. 그렇고말고요.」
아르네손은 만족스러운 듯 고개를 끄덕였다.
「맞습니다. 두 사람 모두 타자기를 갖고 있습니다. 드러커는 항상 타자기를 쓰지요. 자판을 쳐야 생각이 떠오른다고 말하더군요. 파디 또한 영화배우 못지않게 많은 사람들과 체스에 관한 편지를 주고받지요. 그 편지를 모두 직접 타자기로 작성한답니다.」
「혹시 지나치게 폐가 되지 않는다면, 그 타자기로 타이핑을 한 견본과 그분들이 사용하는 용지를 좀 구해다 주시겠습니까?」
밴스가 부탁했다.
「물론이죠.」
아르네손은 그런 임무를 맡아서 즐거운 표정이었다.
「오늘 오후까지 구해 드리겠습니다. 어디 계실 건가요?」

「매컴 검사는 스타이비샌트 클럽에 있을 겁니다. 그쪽으로 전화를 주시면 매컴이 사람을 시켜서…….」

「뭐 하러 번거롭게 그럽니까? 제가 직접 매컴 검사에게 갖다 주겠습니다. 저로서는 그저 기쁠 따름입니다. 멋진 놀이군요. 탐정이 되는 건 말이죠.」

밴스와 나는 지방 검사의 자동차를 타고 집으로 돌아왔다. 매컴은 사무실로 곧장 향했다. 그날 저녁 7시, 우리 세 사람은 스타이비샌트 클럽에서 저녁 식사를 했다. 그리고 7시 30분, 우리는 매컴이 가장 좋아하는 라운지 룸의 흡연실 한구석에 모여 앉아 커피를 마셨다.

식사를 하는 동안에는 아무도 사건 이야기를 꺼내지 않았다. 그날 석간신문 늦은 판에는 로빈의 죽음에 관한 짤막한 기사가 실렸다. 히스가 기자들의 호기심을 막고 상상력의 날개를 꺾는 데 성공한 게 분명했다. 지방 검사 사무실은 이미 닫혔음으로 기사들은 매컴에게 질문 공세를 펼칠 수도 없었다. 따라서 석간신문들은 충분한 정보를 얻지 못했다. 게다가 경사는 딜러드 저택 주변을 철저히 경계하여, 기자들은 집안사람 어느 누구와도 접촉할 수 없었던 것이다.

매컴은 식당에서 나오는 길에 저녁판 「선」지를 집어 들고 와서 커피를 홀짝거리며 주의 깊게 신문 기사를 살펴보았다.

「이것이 첫 번째 희미한 반향이로군.」

매컴이 씁쓸하게 한마디 했다.

「내일 조간신문에 무슨 기사가 실릴지 생각하니 등골이 오싹하네.」

「그냥 참고 견딜 수밖에 없잖나.」

매컴이 무덤덤하게 미소를 지으며 말했다.

「어떤 똑똑한 기자가 로빈과 참새, 화살의 조합을 깨닫는 순간 전 도시의 편집장들은 기쁨에 미쳐 날뛸 걸세. 그리고 온 나라 안의 모든 신문 1면은 〈마더 구스 자장가의 보고〉처럼 될 거야.」

매컴은 크게 낙심했다. 마침내 그는 주먹으로 의자 팔걸이를 쾅 내리쳤다.

「빌어먹을, 밴스! 자네가 아무리 자장가 어쩌고저쩌고 멍청한 소리를 떠들어도 나까지 엉뚱한 상상을 하진 않을 걸세.」

그러면서도 매컴은 불안한 듯 벌컥 화를 내며 한마디 덧붙였다.

「분명히 말하지만 이건 순전히 우연이야. 아무 의미도 있을 수 없다고.」

밴스가 한숨을 쉬며 말했다.

「버틀러의 말을 빌려서 충고하자면, 〈네 뜻과 반대되는 쪽으로 너 자신을 납득시켜 보아라. 그래도 네 생각은 변함이 없을 것이다.〉」

그는 호주머니에 손을 넣어 종이 한 장을 꺼냈다.

「일단 유치한 장난 같은 일은 모두 한옆으로 밀어 두고, 여기 내가 저녁 식사 전에 만든 꽤 유용한 사건 연대표가 있네. 그런데 과연 유용할까? 뭐, 이걸 어떻게 해석할지만 알면 상당히 유용할 수도 있을 걸세.」

매컴은 몇 분 동안이나 그 종이를 유심히 들여다보았다. 밴스가 작성한 내용은 다음과 같았다.

오전 9시 아르네손이 집을 나와 대학 도서관으로 감.
오전 9시 15분 벨 딜러드가 집을 나와 테니스장으로 감.

오전 9시 30분 드러커가 아르네손을 만나러 방문.

오전 10시 로빈과 스펄링이 방문. 응접실에서 30분 정도 머무름.

오전 10시 30분 로빈과 스펄링이 궁술실로 내려감.

오전 10시 32분 드러커가 담장 출입문을 통해서 산책을 나갔다고 진술.

오전 10시 35분 비들이 시장에 감.

오전 10시 55분 드러커가 자신의 집으로 돌아왔다고 진술.

오전 11시 15분 스펄링이 담장 출입문으로 떠남.

오전 11시 30분 드러커가 어머니의 방에서 비명 소리를 들었다고 진술.

오전 11시 35분 딜러드 교수가 아르네손 방의 발코니로 나감.

오전 11시 40분 딜러드 교수가 활터에 있는 로빈의 시신을 발견함.

오전 11시 45분 딜러드 교수가 지방 검사실로 연락함.

오후 12시 25분 벨 딜러드가 테니스장에서 돌아옴.

오후 12시 30분 경찰이 딜러드 저택에 도착함.

오후 12시 35분 비들이 시장에서 돌아옴.

로빈은 11시 15분(스펄링이 떠난 시각)에서 11시 40분(딜러드 교수가 시신을 발견한 시각) 사이에 사망했다.

이 시간 동안 저택에 있었던 유일한 사람은 파인과 딜러드 교수뿐이다.

어떤 식으로든 살인과 관련된 다른 사람들의 행적은 다음과 같다(각자의 진술과 지금까지 수집된 증거에 따라서).

1. 아르네손은 오전 9시부터 오후 2시까지 대학 도서관에 있었다.

2. 벨 딜러드는 오전 9시 15분부터 오후 12시 25분까지 테니스장에 있었다.

3. 드러커는 오전 10시 32분부터 10시 55분까지 공원에서 산책을 했고

10시 55분 이후에는 서재에 있었다.

    4. 파디는 오전 내내 자신의 집에 있었다.

    5. 드러커 부인은 오전 내내 부인의 방에 있었다.

    6. 비들은 오전 10시 35분부터 오후 12시 35분까지 시장을 보고 있었다.

    7. 스펄링은 오전 11시 15분부터 11시 40분까지 그랜드 센트럴 역으로 갔고 스커스데일행 열차를 탔다.

    결론: 이들 일곱 명의 알리바이 중 최소한 하나라도 깨지지 않는 한, 모든 혐의와 실제 범행 가능성은 전적으로 파인이나 딜러드 교수에게 있다.

이 종이에 적힌 내용을 다 읽고 나자, 매컴은 화가 난 태도를 보였다.

「자네의 모든 주장이 터무니없네.」

매컴이 성난 목소리로 말했다.

「게다가 자네의 결론은 완전히 불합리한 추론이야. 이 시간표는 로빈의 사망 시각을 정하는 데는 도움이 되겠지만, 우리가 오늘 만난 사람들 중 하나가 반드시 범인이라는 자네의 주장은 말도 안 되는 헛소리일세. 자네는 외부인이 범행을 저질렀을 가능성을 완전히 무시하고 있어. 저택을 통하지 않고 활터와 궁술실로 갈 수 있는 통로가 세 개나 있네. 75번가로 통하는 담장 출입구, 76번가로 통하는 또 다른 담장 출입구, 그리고 리버사이드 드라이브로 통하는 두 개의 아파트 사이 골목길 말일세.」

「오, 물론 그 세 개의 통로 중 하나가 이용되었을 가능성은 대단히 높지.」

밴스가 대답했다.

「하지만 이 세 개의 통로 중에서 가장 눈에 잘 띄지 않는, 그래서 가장 가능성이 높은 통로, 다시 말해 골목길로 통하는 문이 굳게 잠겨 있다는 사실을 잊지 말게나. 딜러드 집안 사람들 이외에 누군가 열쇠를 가졌을 리는 없어. 그렇다고 살인자가 버젓이 거리 쪽으로 난 문을 통해 활터로 들어왔을 거라고는 상상하기 힘들군. 사람들의 눈에 띌 위험이 너무 크잖나.」

밴스가 진지하게 몸을 앞으로 기울였다.

「게다가 매컴, 낯선 외부인이나 평범한 강도일 가능성을 배제해야 할 또 다른 이유가 있네. 로빈을 창조주의 품으로 보내 버린 그자는 오늘 아침 11시 15분과 11시 40분 사이의 집안 사정을 정확하게 알고 있는 인물이 틀림없어. 그자는 파인과 교수만이 집에 남아 있다는 사실을 알고 있었던 걸세. 비들이 밖에 나가서 소리를 들을 수도, 갑자기 그를 놀라게 할 수도 없다는 사실을 알고 있었던 거지. 또한 그의 목표물인 로빈이 거기 있고, 스펄링이 떠났다는 사실도 알고 있었네. 게다가 현장 상태에 대해서도 알고 있었어. 가령 궁술실의 상황 따위를 말일세. 왜냐하면 로빈이 그 방에서 살해당한 게 너무나 명백하거든. 이런 모든 집안 사정을 잘 모르는 사람이라면, 절대로 대담하게 지하실로 들어가서 극적인 살인을 벌이지는 못했을 걸세. 분명히 말하지만, 매컴, 범인은 누군가 딜러드 집안과 매우 가까운 사람이야. 오늘 아침 그 집에서 어떤 상황이 일어날지 정확히 알 수 있는 사람 말이지.」

「드러커 부인의 비명 소리는?」

「아, 그거 말인가? 드러커 부인의 창문은 어쩌면 범인이 간과한 단 한 가지일지도 모르네. 아니면 그걸 알고도 눈에 띌 수 있는 단 하나의 위험을 무릅쓰기로 했을 수도 있네. 반대로 그 부인이 정말 비명을 질렀는지 우리는 모르지. 부인은 아니라고 하고 드러커는 그렇다고 하니까. 두 사람 모두 그 말을 우리 귀에 흘려 넣은 궁극적인 이유가 있다네. 드러커는 11시와 12시 사이에 자신이 집에 있었다는 걸 입증하려고 그 말을 했을 수도 있어. 드러커 부인은 아들이 집에 없었을까 봐 두려워서 그 말을 부인했을 수도 있지. 이런저런 동기가 뒤섞인 걸세. 하지만 그건 중요하지 않아. 내가 하려는 말의 요점은 오직 딜러드 집안을 잘 아는 사람만이 이 일을 할 수 있었다는 걸세.」

「그런 결론을 내리기에는 근거가 너무 부족하네.」

매컴이 주장했다.

「어쩌면 우연한 일이 일어났을 수도……」

「오, 이보게! 내가 말했지 않나! 몇 번쯤은 우연이란 게 통할 수 있지만, 스무 번씩은 아니야. 게다가 우편함에 남겨진 편지가 있지 않나. 살인자는 로빈의 가운데 이름까지 알고 있어.」

「물론 살인자가 그 편지를 썼다고 가정했을 때 그렇지.」

「자네는 어떤 얼빠진 장난꾸러기가 텔레파시나 혹은 수정 구슬로 이 범죄의 내막을 들여다보고 얼른 타자기를 구해서 그런 시를 쓴 다음, 서둘러 딜러드 저택으로 가서, 아무런 이유도 없이 발각될지도 모르는 엄청난 위험을 무릅쓰고 우편함에 그 편지를 넣었다고 주장하고 싶은 건가?」

매컴이 대답을 하기 전에 히스가 라운지 룸으로 들어왔다. 그러고는 황급히 우리가 있는 구석 자리로 왔다. 몹시 당황하고 불안해하는 모습이 역력했다. 경사는 인사도 하는 둥 마는 둥 하고, 다짜고짜 타자기로 친 편지 봉투 하나를 매컴에게 내밀었다.

「오늘 오후 늦게 이 편지가 〈월드〉 신문사에 배달되었습니다. 〈월드〉지의 경찰서 출입 기자인 키넌이 방금 전에 저에게 갖다 주었습니다. 〈타임〉지와 〈헤럴드〉지 또한 똑같은 내용의 편지를 받았다고 하는군요. 편지에는 오늘 1시 소인이 찍혀 있습니다. 그러니까 11시에서 12시 사이에 부친 것으로 보입니다. 게다가 딜러드 저택 인근에서 보냈더군요. 웨스트 69번 가 N 우체국을 통해 발송되었으니까요.」

매컴은 봉투 안에서 편지를 꺼냈다. 갑자기 그의 눈이 커졌고 입가가 팽팽하게 긴장되었다. 고개조차 들지 못한 채 매컴은 그 편지를 밴스에게 건네주었다. 그것은 타자기로 친 종이 한 장이었다. 종이에 찍힌 내용은 지난번 딜러드 저택의 우편함에 남겨졌던 편지와 동일했다. 그 구절을 그대로 반복하고 있었다.

〈조셉 코크레인 로빈이 죽었다. 누가 코크 로빈을 죽였나? 스펄링은 참새라는 뜻이다 — 비숍.〉

밴스는 편지를 제대로 거들떠보지도 않았다.

「척척 들어맞는군, 안 그런가?」

밴스가 태연한 어조로 말했다.

「비숍은 언론에서 자신의 농담을 못 알아챌까 봐 걱정스러웠던 걸세. 그래서 직접 언론에 설명해 준 거지.」

「농담이라고 말씀하셨습니까, 밴스 씨?」

히스가 빈정거렸다.

「전 그런 농담에는 익숙하지 않아서 말이죠. 이 사건은 점점 더 미쳐 돌아가고…….」

「바로 그겁니다, 경사님. 미친 농담이죠.」

이때 제복을 입은 급사 한 명이 검사에게 다가오더니 어깨 위로 허리를 숙이고서 뭔가 속삭였다.

「그분을 당장 이곳으로 모시고 오게.」

매컴이 지시했다. 그러더니 우리에게 말했다.

「아르네손이야. 아마 타자체 견본을 가져온 모양일세.」

매컴의 얼굴에는 어두운 그늘이 드리워져 있었다. 그는 히스가 가져온 편지를 다시 한 번 쳐다보았다.

「밴스.」

이윽고 그가 낮은 목소리로 말했다.

「이번 사건이 자네가 생각한 대로 그런 끔찍한 범죄가 될 거란 예감이 들기 시작했네. 타자기 글씨체가 들어맞을지 어떨지는 모르겠지만…….」

그러나 아르네손이 가져온 견본 글씨와 편지를 비교해 본 결과, 어떤 유사점도 찾을 수 없었다. 편지에 사용된 글씨체와 잉크가 파디나 드러커의 타자기와는 전혀 달랐을 뿐만 아니라, 용지 역시 아르네손이 가져온 어떤 종이와도 동일하지 않았다.

8
제2막
4월 11일 월요일, 오전 11시 30분

로빈의 살인 사건이 나라 전체에 불러일으킨 충격을 여기서 새삼 이야기할 필요는 없으리라. 모든 언론이 이 놀라운 비극을 얼마나 떠들썩하게 다루었는지 누구나 기억하고 있다. 이 사건에는 여러 가지 명칭이 붙었는데, 어떤 신문은 〈코크 로빈 살인 사건〉이라고 불렀고, 또 다른 신문은 보다 시적이긴 하지만 다소 부정확한[31] 〈마더 구스 살인 사건〉이란 명칭을 붙이기도 했다. 그렇지만 무엇보다 타자기로 친 편지에 적힌 서명이 기자들의 호기심을 가장 강하게 자극하였기에, 머잖아 로빈의 죽음은 〈비숍 살인 사건〉으로 널리 알려지게 되었다. 괴기스러움과 뜻 모를 자장가의 기묘한 결합은 대중의 상상력에 불을 지폈다. 사건의 구체적인 사실들이 풍기는 불길하고 광기 어린 분위기는 좀처럼 떨쳐 버릴 수 없는 기괴한 악몽처럼 온 나라를 휩쓸었다.

---

[31] 이 오래된 작자 미상의 동요 「코크 로빈의 죽음과 장례식」은, 일반적으로 알려진 바와는 달리 원래 『마더 구스의 노래』 중 하나가 아니다. 비록 이 유명한 동요집의 현대 판본에는 이 동요가 더러 실리곤 했지만 말이다 — 원주.

로빈의 시신이 발견된 이후로 그 주 내내, 지방 검사실의 형사들뿐만 아니라 살인 사건 전담반의 형사들까지 밤낮으로 수사를 하느라 바빴다. 뉴욕의 유력한 조간신문들 앞으로 복사한 비숍의 편지가 도착하자, 스펄링이 범인이라는 히스의 생각은 완전히 무너져 버렸다. 히스는 자기 손으로 잡아넣은 이 젊은이의 결백을 공식적으로 인정하기를 거부했지만, 평소와 같은 활력과 집요함을 가지고 또 다른 용의자를 찾는 일에 매진했다. 그가 조직하고 지휘하는 조사반은 그런 살인 사건의 경우처럼 완벽했다. 아무리 사소한 가능성도 지나치는 법이 없었다. 히스가 작성하는 보고서를 보면, 로잔 대학에서 제일 까다로운 범죄학자라도 기뻐했을 것이다.

살인이 일어난 그날 오후, 히스와 그의 부하들은 궁술실에 떨어진 피를 닦는 데 사용했던 걸레를 찾아보았지만 흔적도 발견할 수 없었다. 또한 새로운 실마리를 찾을지 모른다는 희망을 갖고 딜러드 저택의 지하실을 샅샅이 뒤졌지만, 히스가 최고 전문가에게 수색 작업을 맡겼음에도 불구하고 결과는 실망스러웠다. 명확하게 밝혀진 유일한 점은, 시멘트 바닥에 난 핏자국을 가리기 위해 문가에 놓인 깔개를 최근에 옮겼다는 사실이었다. 그렇지만 이 사실은 경사가 이미 확인한 바를 뒷받침해 줄 뿐이었다. 도어머스 검시관의 검시 보고서는 로빈이 궁술실에서 살해당한 후에 활터로 옮겨졌다는, 이제는 공식적으로 받아들여지고 있는 이론을 더욱 확실하게 해주었다. 해부 결과, 그의 두개골 후두부에 가해진 타격은 특히 강력했으며 둥글고 육중한 둔기로 맞아 생긴 것이었다. 따라서 평평한 바닥에 부딪혀 생긴 미세한 균열과는 완전히 다른, 움푹 파인 좌상이었다. 이 타격을 입힌 흉기를 찾으려는 수색이 시작되었지만 좀처럼 발견될 기미가 보이지 않았다.

히스가 비들과 파인을 몇 번이나 심문해도 새로운 사실은 전혀 알아낼 수 없었다. 파인은 잠깐 세탁실과 현관에 내려갔다 온 걸 제외하고, 그날 오전 내내 2층 아르네손 방에 있었다고 주장했다. 그리고 딜러드 교수가 스펄링을 찾아오라고 심부름 보냈을 때, 자기는 활도 시신도 절대 건드리지 않았다고 끝까지 부인했다. 그러나 경사는 그의 증언에 완전히 만족하지 않았다.

「저 장님 가마우지 같은 늙은이가 뭘 숨기고 있단 말입니다.」

히스가 씩씩거리며 매컴에게 말했다.

「저자를 실토하게 하려면 고무호스와 물을 동원해야 할 겁니다.」

혹시 오전에 딜러드 저택 담장 출입문으로 드나드는 사람을 본 주민이 있을지 모른다는 기대 속에, 웨스트엔드 대로와 리버사이드 드라이브 사이의 75번가에 있는 모든 집을 조사했다. 그러나 이 끈질긴 수사는 아무런 결과도 얻지 못했다. 딜러드 저택이 바라보이는 거리에 살고 있고, 그날 아침 이웃집에서 누군가를 본 주민은 파디가 유일한 듯싶었다. 실제로 며칠 동안 이 거리를 열심히 탐문하고 다닌 결과, 경사는 이제 외부인의 도움이나 요행이 없으면 수사를 계속할 수 없다는 사실을 깨달았다.

밴스가 매컴을 위해 도표로 만들어 보여 준 일곱 사람의 다양한 알리바이는 상황이 허락하는 데까지 철저히 조사했다. 그렇지만 완벽한 확인은 불가능했다. 무엇보다 이들의 알리바이가 전적으로 개인의 진술에 기반하고 있기 때문이었다. 게다가 쓸데없는 의혹이 일어나지 않도록 극도로 조심스럽게 조사가 진행되었던 것이다. 조사 결과는 다음과 같았다.

1. 아르네손은 보조 사서 한 명과 학생 두 명을 포함한 여러 사람들에 의해 도서관에서 목격됨. 그렇지만 증언에 의해 입증된 시간은 연속적이지도 않고 구체적이지도 않음.

2. 벨 딜러드는 119번가와 리버사이드 드라이브 모퉁이에 있는 공중 테니스장에서 대여섯 세트의 경기를 했음. 하지만 일행이 네 명 이상이었기 때문에 한 친구에게 경기를 두 번 양보했고, 그 시간 동안 딜러드 양이 계속 코트에 있었는지는 아무도 확실히 증언하지 못함.

3. 드러커가 궁술실을 나간 시각은 스펄링이 정확하게 확인해 줌. 그러나 그 이후로 그를 보았다는 사람을 전혀 찾을 수가 없음. 스펄링은 공원에서 아는 사람을 한 명도 만나지 못했지만, 잠깐 걸음을 멈추고 어떤 낯선 아이들과 함께 놀았다고 진술함.

4. 파디는 줄곧 서재에 혼자 있었음. 그러나 그의 늙은 요리사와 일본인 시종은 집 뒤편에 있었고 점심때까지 주인을 보지 못함. 따라서 그의 알리바이는 순수하게 본인의 진술에만 근거한 것임.

5. 그날 아침 드러커 부인의 행적에 대해서는 부인의 말을 받아들일 수밖에 없음. 드러커가 아르네손을 방문하러 나간 9시 30분부터 요리사가 부인의 점심을 가지고 올라온 1시까지 아무도 부인의 모습을 보지 못했기 때문임.

6. 비들의 알리바이는 의심할 바 없이 완벽하게 확인됨. 비들이 10시 35분에 집을 나서는 모습을 파디가 목격했고, 11시와 12시 사이에는 제퍼슨 시장에 온 비들을 여러 상인들이 기억하고 있음.

7. 스펄링이 스카스데일로 가는 11시 40분 열차를 탔다는 사실이 확인됨. 따라서 본인이 진술한 시간(11시 15분)에 딜러드 저택을 떠난 것이 분명함. 스펄링은 실질적으로 사건에서 제외되었기 때문에 이 알리바이의

확인은 단지 의례적인 절차일 뿐임. 그러나 히스의 설명대로 만약 그가 11시 40분 열차를 타지 않았다는 사실이 밝혀지면, 그는 다시 중요한 용의 선상에 오를 수 있음.

경사는 보다 총체적인 범주를 따라 수사를 계속하면서 관련된 여러 인물들의 관계와 배경을 파고들었다. 그 일은 어렵지 않았다. 모두 잘 알려진 인물들이었고, 그들에 관한 정보는 쉽게 얻을 수 있었다. 그렇지만 로빈 살인 사건에 희미한 빛이라도 던져 줄 만한 단 한 가지 실마리도 찾지 못했다. 범행 동기를 짐작게 해줄 수 있는 어떤 사실도 드러나지 않았다. 일주일 동안 집중적인 조사와 탐문이 있었지만, 사건은 여전히 두터운 신비의 베일에 싸여 있었다.

스퍼링은 아직 석방되지 않았다. 얼핏 타당성 있어 보이는 불리한 증거가 있는 데다가 그의 엉터리 자백까지 더해져서, 당국에서는 어쩔 수 없었다. 그렇지만 매컴은 스퍼링의 아버지가 사건을 맡긴 변호사와 일종의 〈신사협정〉 같은 비공식적인 합의를 이룬 모양이었다. 검찰에서 (이때 대배심정이 열리고 있었지만) 기소할 어떤 움직임도 보이지 않았음에도, 피고인 변호사 측에서는 구속 적부 심사를 진행하기 위한 출정 영장을 제기하지 않았기 때문이다. 이런 모든 정황을 미루어 보아, 매컴과 스퍼링의 변호사 양쪽 모두 진짜 범인이 잡히기를 기다리고 있는 게 분명했다.

매컴은 딜러드 집안 사람들을 여러 차례 심문하면서 수사에 성과를 가져다줄 만한 아주 사소한 단서라도 찾아내려고 끊임없이 노력했다. 한편 파디는 지방 검사실로 소환되어 사건이 일어난 그날 아침 그의 방 창문에서 목격한 사실에 대한 진술서를 작성했다. 드러커 부인 역시 재조사를 받았지만, 그날 아침 창밖을 내다보지 않았다는 주장을 강력하게 되풀이 할 뿐만 아니라, 비명을 지르지 않았느냐는 의혹에는 아예 코웃음을 쳤다.

재조사를 받은 드러커는 처음 진술을 다소 번복했다. 비명 소리가 난 곳을 아무래도 착각한 모양이라고 해명하면서, 큰길이나 혹은 정원 쪽 아파트 창문에서 들려온 소리인지 모른다고 주장했다. 어쨌든 그의 어머니가 비명을 질렀을 리는 없는데, 왜냐하면 자기가 곧장 어머니 방 앞으로 갔을 때 어머니는 훔퍼딩크의 「헨젤과 그레텔」에 나오는 옛날 독일 자장가를 흥얼거리고 있었기 때문이다. 드러커나 드러커 부인에게서는 더 이상 어떤 사실도 알아낼 수 없다고 판단한 매컴은 결국 딜러드 집안 사람들에게 집중했다.

아르네손은 매컴의 사무실에서 열리는 비공식 회의에 참석했지만, 빈정거리는 말만 요란하게 늘어놓을 뿐 우리처럼 막막하기는 매한가지인 듯 보였다. 밴스는 이 사건을 해결하는 수학 공식을 세웠느냐고 그를 놀려 댔지만, 아르네손은 공리의 모든 항을 알기 전까지는 공식을 세울 수 없다고 끝까지 주장했다. 그는 이 사건 전체를 일종의 아이들 장난쯤으로 생각하는 듯싶었다. 매컴은 여러 차례 짜증을 냈다. 그리고 아르네손을 비공식 수사관으로 받아들인 밴스를 힐난했다. 그렇지만 밴스는 아르네손이 조만간 전혀 사건과 무관한 듯 보이지만 유리한 출발점으로 삼을 만한 어떤 정보를 제공해 줄 것이라며 자신의 결정을 옹호했다.

「물론 그자의 범죄 수학 이론은 완전 엉터리라네.」
밴스가 말했다.

「심리학은 추상 학문이 아니니까 결국 이 수수께끼 같은 문제를 몇 가지 요소로 단순화시킬 걸세. 그렇지만 우리는 수사를 계속할 수 있는 자료가 필요하다네. 아르네손은 딜러드 집안의 속사정을 우리보다 더 잘 알고 있어. 드러커 가족도 알고 파디도 알고 있단 말일세. 게다가 아르네손처럼 학문적인 업적이 대단한 사람이라면 남들보다 날카로운 두뇌를 가졌으리라는 건 두말할 나위가 없잖나. 그가 계속 이 사건에 관심을 갖고 머리를 쓴다면 우리에게 결정적인 단서가 될 뭔가를 알아낼 가능성이 있다네.」

「자네 말이 맞을지도 모르지. 그렇지만 그자의 빈정거리는 태도가 계속 신경에 거슬린단 말일세.」

매컴이 볼멘소리를 했다.

「좀 더 너그러워지게나.」

밴스가 타일렀다.

「그자의 냉소를 그의 학문과 연결 지어 생각해 보게. 광대한 행성 간의 거리를 끊임없이 연구하고 광년이나 무한대, 초물리적 차원만 다루는 사람이 세상의 유한한 일들을 조롱하며 우습게 여기는 게 당연한 일 아닌가? 대단한 친구야, 아르네손은. 다정하고 편안한 사람은 아닐지 몰라도 굉장히 흥미로운 사람이지…….」

반면 밴스 자신은 평소와 달리 무척 진지한 자세로 이 사건을 대하고 있었다. 메난드로스 번역은 완전히 옆으로 밀려났다. 게다가 점차 침울하고 신경질적이 되었는데, 그것은 밴스가 어떤 문제에 푹 빠져서 머리가 복잡하다는 분명한 징후였다. 매일 밤 저녁 식사 후에 그는 서재로 들어가 몇 시간씩 책을 읽었는데, 늘 읽던 고전이나 예술 서적이 아니라 버나드 하트의 『광기의 심리학』, 프로이트의 『농담과 무의식의 관계』, 콜리아트의 『변태 심리학』, 『억압된 감정』, 립포의 『익살과 농담』, 다니엘 A. 휴브쉬의 『살인 콤플렉스』, 자넷의 『편집증과 정신 박약』, 도나스의 『계산 편집증에 대하여』, 리클린의 『소망 충족과 전래 동화』, 레프만의 『망상의 법정에서의 중요성』, 크노 피셔의 『농담에 대하여』, 에리히 울펜의 『범죄 심리학』, 홀렌덴의 『천재의 광기』, 그로스의 『인간의 유희성』 따위였다.

그는 경찰 보고서를 살펴보며 몇 시간을 보내기도 했다. 그리고 딜러드 저택을 두 번 방문하고, 벨 딜러드를 동반한 채 드러커 부인을 한 번 찾아갔다. 어느 날 밤에는 드러커와 아르네손과 함께 로바체프스키의 위구체와 같은 물리적 공간에 대한 시터의 개념에 대해서 오랫동안 토론을 했다. 짐작건대 드러커의 정신 상태를 알아내려는 게 그의 목적이었다. 그는 『다차원 연속체 속에서의 세계선』이란 드러커의 책까지 읽었다. 그리고 파디의 첫수에 대한 야노비스키와 타라쉬의 분석을 연구하느라 온종일 시간을 보내기도 했다.

로빈의 살인 사건이 일어난 지 8일째 되는 일요일에 밴스가 나에게 말했다.

「이거 참, 밴! 이번 사건은 믿을 수 없을 정도로 교묘해. 일반적인 수사로는 절대 이 문제를 해결할 수 없겠어. 이 사건은 두뇌라는 낯선 영역에 속해 있단 말일세. 게다가 겉으로 어린아이 장난처럼 보이는 면이 가장 끔찍하고 난해한 지점이야. 이 범인은 단 한 번의 범행으로 결코 만족하지 않을 걸세. 코크 로빈의 죽음은 끝이 아니야. 이 잔혹한 범죄를 꾸민 일그러진 상상력은 좀처럼 만족할 줄 모르거든. 우리가 이 사건의 배후에 깔린 비정상적인 심리 기제를 밝혀내지 못하면 더욱 소름 끼치는 장난이 벌어질 걸세……」

바로 다음 날 아침, 그의 예언은 실현되었다. 오전 11시에 우리는 히스의 보고도 듣고 앞으로 어떻게 할지 의논하려고 매컴의 사무실로 갔다. 로빈이 살해당한 지 9일이나 지났지만 아무 진전도 없었다. 신문은 점점 더 신랄하게 경찰과 지방 검사실을 비난하고 있었다. 그러므로 그날 월요일 아침에 매컴은 몹시 기운 빠진 모습으로 우리를 맞았다. 히스는 아직 도착하지 않았다. 잠시 후에 들어온 히스 또한 풀죽은 기색이 역력했다.

「사방이 막다른 골목입니다, 검사님.」

히스가 부하들의 수사 결과를 간략히 설명하면서 투덜거렸다.

「어떤 동기도 찾을 수 없고, 스펄링 이외에는 의혹을 둘 만한 사람도 없습니다. 전 아무래도 그날 아침 강도 놈이 궁술실로 들어와서 일을 저질렀다는 쪽으로 생각이 기울고 있습니다.」

「강도는 원래 빈약한 상상력을 지닌 종자들입니다. 유머 감각이라고는 전혀 없지요.」

밴스가 반박했다.

「반면 로빈을 머나먼 길로 떠나보낸 이 정체 모를 남자는 상상력과 유머 감각을 모두 갖추고 있습니다. 그자는 단지 로빈을 죽이는 걸로 만족하지 못하고 그 행위를 광기 어린 장난으로 바꾸어 놓았습니다. 그러고는 대중들이 그 장난을 알아채지 못할까 봐, 언론에 친절히 설명하는 편지까지 보냈습니다. 그런데도 떠돌이 살인자의 소행처럼 여겨지십니까?」

히스는 아무 말도 못 하고 불만스럽게 담배만 뻑뻑 피워 댔다. 이윽고 그는 절망을 못 이기고 분노한 시선을 매컴에게로 돌렸다.

「도대체 요즘 이 동네에서 일어나는 사건은 죄다 종잡을 수가 없다니까요.」

히스가 투덜거렸다.

「오늘 아침에만 해도 스프리그라고 하는 청년이 84번가 근처에 있는 리버사이드 공원에서 총에 맞았는데, 돈도 호주머니에 고스란히 들어 있고 전혀 가져간 게 없답니다. 그냥 총으로 쏜 거죠. 컬럼비아 대학에 다니는 이 청년은 부모님과 함께 살았고 원한을 산 사람도 없었답니다. 수업을 들으러 가기 전에 평소처럼 산책을 나갔다가 30분 후에 벽돌 쌓는 인부에게 싸늘한 시체로 발견된 거죠.」

경사는 신경질적으로 담배를 잘근잘근 씹었다.

「이제 우리는 그 살인 사건까지 걱정해야 할 판입니다. 이 사건을 빨리 해결하지 않으면 신문에서 실컷 두들겨 맞을 테니까요. 그런데 아무런, 정말이지 아무런 단서도 없다 이겁니다!」

「경사님, 그래도 사람이 총에 맞는 건 일상적인 사건 아닙니까.」

밴스가 달래듯이 말했다.

「그런 종류의 범죄에는 여러 가지 흔해 빠진 이유가 있기 마련이죠. 그렇지만 우리의 모든 추리 과정을 파괴해 버리는 건 바로 로빈 살인 사건의 극적 장치들입니다. 그게 자장가 사건만 아니라면······.」

갑자기 그가 말을 멈추더니 살짝 눈을 내리깔았다. 그리고 몸을 앞으로 기울인 채 매우 신중하게 담배를 비벼 껐다.

「경사님, 그자의 성이 스프리그라고 했나요?」

히스가 우울하게 고개를 끄덕였다.

「그럼 그의 이름은 뭐죠?」

티를 내지 않으려는 노력에도 불구하고 밴스의 목소리에는 초조한 기색이 드러났다. 히스는 어리둥절한 표정으로 밴스를 쳐다보았다. 그러나 잠시 후에 닳아빠진 수첩을 꺼내어 뒤적거렸다.

「존 스프리그입니다. 존 E. 스프리그.」

그가 대답했다. 밴스는 새 담배 개비를 꺼내어 조심스럽게 불을 붙였다.

「말해 보십시오. 그자가 32구경으로 맞았습니까?」

「네?」

히스의 눈이 휘둥그레지면서 턱이 앞으로 쑥 나왔다.

「그렇습니다. 32구경입니다만……」

「정확히 정수리 한가운데를 관통했죠?」

경사는 벌떡 일어서더니 바보처럼 얼빠진 표정으로 밴스를 멀뚱히 쳐다보았다. 그러더니 천천히 고개를 끄덕였다.

「그렇습니다. 하지만 대체 어떻게?」

밴스는 조용히 하라는 뜻으로 손을 치켜들었다. 그렇지만 손짓보다는 그의 얼굴에 떠오른 표정이 말문을 막았다.

「오, 맙소사!」

밴스는 넋을 잃은 사람처럼 멍하니 자리에서 일어나더니 앞을 뚫어져라 바라보았다. 내가 밴스를 잘 알지 못했더라면 틀림없이 겁에 질렸다고 생각했을 것이다. 그는 매컴의 책상 뒤에 있는 높은 창문 앞으로 다가가 우뚝 서서 툼스의 회색빛 돌담을 내려다보았다.

「도저히 믿을 수가 없군.」

밴스가 중얼거렸다.

「이건 너무 소름 끼쳐……. 그렇지만 정말 그런걸!」

그때 매컴의 초조한 목소리가 울려 퍼졌다.

「대체 뭘 그렇게 중얼거리고 있나, 밴스? 제발 수수께끼 같은 짓 좀 하지 말게! 스프리그가 32구경으로 정수리 한가운데를 맞았다는 사실을 어떻게 알았지? 무슨 말을 하려는 건가?」

밴스가 몸을 돌리더니 매컴의 눈을 똑바로 쳐다보았다.

「모르겠나?」

그가 조용히 물었다.

「이건 이 악마 같은 패러디의 제2장이란 말일세! 마더 구스의 노래를 잊었는가?」

그가 나지막한 목소리로 암송을 시작하자, 이루 형용할 수 없는 공포감이 그 초라하고 낡은 사무실을 엄습했다.

키 작은 남자가 있었네.
작은 총을 갖고 있었지.
그의 총알은 납으로 만들어졌지. 납, 납으로.

남자는 조니 스프리그에게 총을 쏘았네.
가발의 한가운데를.
가발은 곧장 벗겨져 떨어졌다네. 그의 머리, 머리, 머리에서.

9
텐서 공식
4월 11일 월요일, 오전 11시 30분

 매컴은 최면에 걸린 사람처럼 밴스를 바라보고 앉아 있었다. 히스는 담배를 입술 가까이에 갖다 댄 채 입을 반쯤 벌리고 돌처럼 서 있었다. 그 모습이 거의 우스꽝스러울 정도였다. 나는 발작적으로 웃음이 터져 나올 뻔했으나, 순간 피가 얼어붙은 듯이 온몸을 움직일 수가 없었다.
 매컴이 제일 먼저 침묵을 깼다. 그는 경련을 일으키듯 고개를 뒤로 휙 젖히면서 거칠게 손바닥으로 책상 위를 내려쳤다.
 「이건 또 무슨 정신 나간 소리인가?」
 매컴이 밴스의 황당한 주장에 필사적으로 맞섰다.
 「아무래도 로빈 살인 사건 때문에 자네 머리가 어떻게 된 모양일세. 자네의 그 황당무계한 주문에 끼워 맞추지 않으면, 스프리그라는 흔해 빠진 이름을 가진 사람이 총에 맞아 죽지도 못한단 말인가?」
 「여보게, 매컴. 자네도 인정할 수밖에 없잖나.」
 밴스가 부드럽게 달랬다.
 「하필이면 조니 스프리그라고 하는 남자가 〈작은 총〉으로 〈가발의 한가운데〉를 맞았다는 사실을 말이야.」

「그게 뭐 어떻단 말인가?」
매컴의 얼굴이 살짝 붉어졌다.
「그렇다고 해서 자네가 마더 구스 동요를 계속 실없이 읊어 댈 까닭은 없잖나?」
「오, 이런! 자네가 모르는가 본데, 난 절대 실없이 읊어 대는 게 아닐세.」
밴스는 지방 검사의 책상을 마주하고 있는 의자에 털썩 주저앉았다.
「내가 비록 가슴을 울리는 웅변가는 아니지만, 적어도 지금은 실없이 읊어 대는 게 아니라네. 그렇지 않습니까, 경사님?」
밴스는 경사를 향해 환심을 사려는 듯한 미소를 던졌다.
하지만 히스는 가타부타 말이 없었다. 그는 여전히 깜짝 놀란 자세 그대로였다. 다만 넓적하고 호전적인 그의 얼굴에 휘둥그렇던 눈이 다시 가늘어졌을 뿐이다.
「자네는 진심으로 그런 말을……」
매컴이 입을 열었지만, 밴스가 곧 가로막았다.
「그렇다네! 나는 진지하게, 활로 코크 로빈을 죽인 그자가 이 불운한 스프리그에게 잔인한 장난을 쳤다고 생각하네. 우연의 일치인지 아닌지는 따질 필요도 없어. 이렇게 반복되는 동일한 행위는 모든 합리와 이성에서 비롯된 근거를 몽땅 무너뜨리고 마니까. 물론 세상은 이미 미쳐 돌아가고 있지. 그렇지만 이런 광기는 모든 합리적인 사고와 과학을 파괴한다네. 스프리그의 죽음이 소름 끼치게 섬뜩해도 외면해서는 안 되는 걸세. 도저히 믿기 힘든 이 관계를 아무리 부인하려고 발버둥 쳐봤자, 결국 받아들여야만 할 테니까.」
매컴이 자리에서 일어나더니 초조하게 서성거렸다.

「새로 발생한 사건에 설명할 수 없는 점이 있다는 사실은 나도 인정하겠네.」

싸울 듯이 덤벼들던 검사의 태도는 사라지고, 목소리도 한결 부드러워졌다.

「그렇지만 설령 어떤 미친놈이 어린 시절에 듣던 자장가를 다시 현실화하고 있다고 가정한들, 우리 수사에 무슨 도움이 되는지 난 통 모르겠네. 실제로 모든 일상적인 수사 활동을 가로막기만 할 걸세.」

「내 생각은 좀 다르네.」

밴스가 생각에 잠긴 표정으로 담배를 피웠다.

「그런 가정을 세움으로써 확실한 수사 기반을 갖게 될 수도 있지 않나.」

「물론 그렇겠죠!」

히스가 심하게 비아냥거리는 어조로 쏘아붙였다.

「그럼 우리는 그저 밖으로 나가 6백만 명의 사람들 틈에서 빈대 한 마리만 잡으면 되겠군요! 간단하죠!」

「낙심이라는 어두운 기운에 굴복하면 안 됩니다, 경사님. 미꾸라지 같은 우리의 어릿광대는 그보다는 좀 더 특징이 뚜렷한 곤충 표본이니까요. 게다가 우리는 그 벌레의 정확한 습성에 대한 확실한 실마리를 잡았으니……」

순간 매컴이 휙 돌아섰다.

「그게 무슨 소리인가?」

「두 번째 범행은 첫 번째 범행과 단지 심리적으로뿐만 아니라 지형적으로도 관련이 있다는 소리일세. 두 번의 살인 모두 서로 몇 블록 이내에서 일어난 걸 보면, 우리의 파괴적인 악마는 적어도 딜러드 저택이 위치한 이 동네를 애호하고 있네.

두 살인의 여러 요소들로 미루어 볼 때, 그자가 낯선 환경에서 자신의 뒤틀린 유머 감각을 발산하기 위해 어디 먼 곳에서 찾아왔을 가능성은 없다고 봐야겠지. 내가 자네에게 자세히 설명했다시피, 로빈을 저세상으로 보낸 사람은 그 잔혹한 드라마가 펼쳐지는 바로 그 시각에 딜러드 집안에서 일어나는 모든 상황을 파악하고 있었단 말일세. 게다가 두 번째 범행 역시, 무대 감독이 오늘 아침 스프리그의 보행 경로를 잘 알지 못하면 그렇게 말끔히 이루어질 수 없을 게 분명하네. 참으로 이 괴기스러운 연극의 모든 과정은 연출가가 희생자의 모든 주변 환경을 속속들이 알고 있음을 보여 주고 있어.」

이어진 무거운 침묵을 깨뜨린 사람은 히스였다.

「밴스 씨, 만약 그 말씀이 맞는다면 스필링은 풀어 줘야겠군요.」

경사는 이렇게 〈만약〉이라는 단서를 붙인 동의조차 선뜻 내켜하지 않았다. 그렇지만 밴스의 주장에 마음이 흔들린 것은 분명했다. 그는 매달리듯 지방 검사를 돌아보았다.

「어떻게 하는 편이 좋겠습니까, 검사님?」

매컴은 여전히 밴스의 이론을 받아들여야 할지 갈등하고 있는 중이었으므로 아무 대답도 하지 않았다. 하지만 곧 자기 책상에 다시 앉아서 압지를 손가락으로 톡톡 두드렸다. 이윽고 고개도 들지 않은 채 그가 물었다.

「경사, 스프리그 사건은 누가 맡고 있나?」

「피츠 지서장입니다. 처음에는 68번가 경찰서에 있는 그 구역 담당 경찰이 이 사건을 맡았지만, 수사국에 소식이 전해지자 피츠와 우리 애들 두 명이 사건을 조사하러 갔습니다. 제가 이곳으로 오기 직전에 피츠가 돌아왔는데, 헛수고라고 하더군요. 그렇지만 모런 경감님[32]이 계속 그 사건을 수사하라고 지시했습니다.」

매컴이 책상 가장자리 밑에 붙어 있는 초인종을 눌렀다. 그러자 젊은 비서인 스와커가 지방 검사의 개인 집무실과 응접실 사이에 있는 비서실로 통하는 회전문을 열고 나타났다.

「모런 경감을 연결해 주게.」

매컴이 지시했다. 전화가 연결되자 그는 전화기를 자기 쪽으로 끌어당긴 후에 몇 분 동안 통화를 했다. 잠시 후 다시 수화기를 내려놓은 매컴은 히스에게 지친 미소를 지어 보였다.

「이제 자네는 공식적으로 스프리그 사건을 맡게 되었네, 경사. 피츠 반장이 곧 여기로 올 거요. 그럼 현재 수사 상황을 알 수 있겠지.」

매컴은 자기 앞에 놓인 서류 더미를 살펴보기 시작했다.

「아무래도 스프리그와 로빈은 같은 사건으로 합쳐야 할 것 같군.」

그가 썩 내키지 않는 어조로 한마디 덧붙였다.

10분 후에 피츠가 도착했다. 키가 작고 땅딸막한 그는 야위고 강단 있어 보이는 얼굴에 칫솔 같은 검은 수염을 기르고 있었다. 나중에 알게 된 사실이지만, 수사국에서 가장 유능한 수사관 중 하나였다. 그의 전문 분야는 〈화이트칼라〉 범죄였다. 그는 매컴과 악수를 나눈 다음, 동료인 히스에게는 친근하게 눈인사를 했다. 그러나 밴스와 나를 소개받자, 의심스러운 눈으로 우리를 빤히 쳐다보더니 마지못해 허리 숙여 인사를 했다. 그러고는 시선을 돌리려는 순간, 갑자기 그의 표정

32 윌리엄 M. 모런 경감은 2년 전에 세상을 떠났는데, 비숍 사건이 일어났을 당시에는 수사국 국장이었다 — 원주.

이 확 달라졌다.

「파일로 밴스 씨, 맞습니까?」

그가 물었다.

「이런! 아마 그럴 겁니다, 지서장님.」

밴스가 한숨을 쉬었다.

피츠가 씩 웃으며 앞으로 걸어 나오더니 악수를 청했다.

「만나 뵙게 돼서 반갑습니다. 히스 경사에게서 말씀 종종 들었습니다.」

「밴스 씨는 비공식적으로 로빈 살인 사건을 도와주고 있다네, 지서장.」

매컴이 설명했다.

「그런데 스프리그라는 이 사람도 같은 구역에서 살해당했기 때문에, 우리는 자네에게 이 사건에 대한 사전 보고를 들으면 좋겠다는 생각을 했다네.」

매컴이 코로나 페르펙토스(고급 시가) 한 갑을 꺼내더니 책상 위로 밀었다.

「이런 식으로 부탁하실 필요는 없으신데요, 검사님.」

지서장이 싱긋 웃더니 시가 한 대를 골라서 몹시 만족스러운 표정으로 코에 갖다 댔다.

「검사님께서 이 새로운 사건에 대해 좋은 생각이 있어서 맡고 싶어 하신다는 얘기를 경감님께 들었습니다. 솔직히 말씀드리면, 저는 이 사건을 넘기게 되어서 기쁩니다.」

지서장은 여유롭게 자리에 앉아서 시가에 불을 붙였다.

「뭘 알고 싶으신가요, 검사님?」

「처음부터 끝까지 다 얘기해 보게.」

매컴이 말했다.

피츠가 편안하게 자리를 잡고 앉았다.

「글쎄요. 이 사건 신고가 들어왔을 때 저는 우연히 근무 중이었습니다. 오늘 아침 8시가 막 지났을 때였죠. 그래서 부하 두 명을 데리고 그 동네로 달려갔습니다. 그 지역 담당 경찰이 조사를 하고 있더군요. 검시관보와 저는 동시에 도착했습니다…….」

「검시 보고는 들으셨나요, 지서장님?」

밴스가 물었다.

「물론입니다. 스프리그는 32구경으로 정수리 한가운데를 관통당했습니다. 상처 자국이나 반항한 흔적은 전혀 없습니다. 특별한 점도 없고요. 그저 정확히 한 방을 맞았을 뿐입니다.」

「발견 당시에 뒤로 쓰러져 있었나요?」

「그렇습니다. 보도 한가운데 똑바로 얌전하게 쭉 뻗어 있었습니다.」

「아스팔트 위로 쓰러질 때 두개골에 금이 가거나 하지 않았습니까?」

밴스는 지나가는 말처럼 물었다.

피츠가 입에서 시가를 떼고 밴스를 교활한 눈으로 바라보았다.

「여기 모인 여러분들은 이 사건에 대해서 뭘 좀 알고 계신 모양이군요.」

피츠는 이제 알겠다는 듯 고개를 끄덕였다.

「맞습니다. 그 청년의 두개골 뒤쪽이 완전히 부서졌습니다. 아주 세게 부딪힌 게 분명합니다. 그렇지만 짐작건대 고통을 느끼지는 못했을 겁니다. 머리에 박힌 총알이…….」

「그 총상 말인데요, 지서장님. 뭔가 특이한 점은 없었습니까?」

「사실은…… 있었습니다.」

피츠가 뭔가 생각에 잠긴 듯 시가를 두 손가락 사이에서 빙빙 돌리며 말했다.

「정수리 한가운데에 총알 구멍이 나는 경우를 흔히 볼 수 있는 건 아니죠. 게다가 그의 모자는 말짱했습니다. 아마 총에 맞기 전에 벗겨져 떨어진 모양입니다. 이런 점들은 특이하다고 할 수 있겠죠, 밴스 씨.」

「그렇군요, 지서장님. 몹시 특이한 사실이로군요. 제 생각에는 근거리에서 권총을 쏘았을 것 같은데요.」

「불과 2인치도 떨어지지 않은 거리에서 쏘았습니다. 총상 주변의 머리카락이 그을렸을 정도니까요.」

피츠는 뜬금없이 커다란 동작을 취해 보였다.

「아마 이 청년은 상대방이 총을 뽑아 드는 광경을 보았을 겁니다. 그래서 몸을 앞으로 숙이다가 모자를 떨어뜨린 거죠. 그렇다면 가까운 거리에서 총알로 정수리 한가운데를 맞은 까닭이 설명될 수 있습니다.」

「그럴듯해요. 상당히 그럴듯합니다. 단 한 가지 점만 빼고 말이죠. 그 경우라면, 이 청년은 뒤로 쓰러지는 게 아니라 얼굴을 바닥으로 향하고 앞으로 고꾸라졌어야 했겠죠. 어쨌든…… 이야기를 계속해 보십시오, 지서장님.」

피츠는 간사하게 밴스에게 동의한다는 뜻의 눈길을 한번 던지고는 말을 이었다.

「저는 제일 먼저 그 친구의 호주머니를 뒤져 보았습니다. 좋은 금시계를 차고 있었고 지폐 15달러와 은화를 갖고 있더군요. 결국 강도 짓 같지는 않았습니다. 혹시 범인이 이자를 쏘고 나서 혼비백산하여 달아난 게 아니라면 말이죠. 하지만 그랬을 것 같지는 않습니다. 왜냐하면 이른 아침에 공원의 그 부근에는 아무도 없으니까요. 게다가 그 산책로는 바위 밑으로 움푹 들어가 있기 때문에 시야가 차단됩니다. 범행을 저지른 놈은 확실히 장소를 제대로 고른 거죠. 어쨌든 저는 운반차가 올 때까지 시신을 지키도록 두 사람을 남겨 두고 93번 가에 있는 스프리그의 집으로 갔습니다. 그의 호주머니에서 나온 두 통의 편지를 보고 이름과 주소를 알았거든요. 저는 이 청년이 컬럼비아 대학 학생이며 부모님과 함께 살았고 아침 식사 후에 공원을 산책하는 습관이 있었다는 사실을 알아냈죠. 오늘 아침 그는 7시 30분쯤 집을 떠났습니다.」

「아! 매일 아침 공원을 산책하는 습관이 있었군요.」

밴스가 중얼거렸다.

「무척 흥미로운 사실이에요.」

「그렇다고 해도, 그 사실이 무슨 실마리를 제공해 주지는 않습니다.」

피츠가 대꾸했다.

「수많은 사람들이 아침 일찍 운동을 하죠. 오늘 아침 스프리그는 평소와 다른 점이 전혀 없었습니다. 가족들의 말에 따르면 걱정거리도 없었다고 하더군요. 집을 나서며 인사를 할 때 아주 쾌활했다고 합니다. 그다음으로 저는 대학으로 가서 조사를 했습니다. 그를 알고 있는 학생 두 명과 이야기를 나누고 교수 한 분과도 만났죠. 스프리그는 조용한 학생이었습니다. 친구도 사귀지 않고 주로 혼자 지냈다더군요. 항상 학업에 열중하는, 꽤 진지한 친구였던 모양입니다. 학업이 뛰어났고 여학생들과 어울려 다니는 모습은 한 번도 본 적이 없답니다. 사실은 여자를 좋아하지 않았다더군요. 이른바 사교

성이 없는 친구였던 거죠. 모든 조사로 미루어 볼 때, 이 친구는 어떤 종류의 말썽에도 절대 휘말릴 타입이 아니었습니다. 그런 까닭에 저는 그의 총기 살인 사건에서 어떤 특별한 점도 찾을 수가 없었던 것입니다. 일종의 우연한 사고가 틀림없습니다. 아니면 다른 누군가로 착각했거나 말입니다.」

「그가 발견된 시각은 언제입니까?」

「8시 15분쯤입니다. 79번가 새 선착장에서 일하는 벽돌공이 제방을 가로질러 철도 쪽으로 가다가 그를 발견했습니다. 벽돌공은 드라이브 가에 있는 우체국 직원 한 사람에게 이 사실을 알렸고, 그 직원이 가까운 경찰서에 신고를 했습니다.」

「그리고 스프리그는 7시 30분경 93번가에 있는 자기 집에서 나왔다……..」

밴스가 천장을 응시하며 생각에 잠겼다.

「그러니까 살해를 당하기 전 공원의 이 지점에 도달할 수 있는 딱 그 시간이로군. 마치 그의 습관을 잘 아는 누군가가 그를 기다리고 있었던 것처럼 보이는걸. 깔끔하고 재빠른 일처리. 어떤가, 매컴? 확실히 우연처럼 보이지는 않지, 안 그런가?」

빈정거리는 말을 무시한 채 매컴은 피츠에게 말을 걸었다.

「단서가 될 만한 것은 전혀 없었나?」

「아니요, 검사님. 제 부하들이 현장을 샅샅이 수색했지만, 어떤 단서도 찾을 수 없었습니다.」

「그럼 스프리그의 호주머니에는?…… 갖고 있던 종이에 뭐라도?」

「아무것도 없었습니다. 수사국에 모두 갖다 놓았습니다. 평범한 편지 두 통과 이런저런 잡다한 물건들…….」

그는 문득 뭔가 생각난 듯 말을 멈추었다. 그러고는 한쪽 귀퉁이가 접힌 수첩을 꺼냈다.

「이런 게 있었습니다.」

그는 심드렁하게 세모 모양으로 찢어진 종이 한 장을 매컴에게 건넸다.

「그자의 몸 밑에서 이게 발견되었습니다. 아무 의미도 없었지만 그냥 호주머니에 집어넣었지요. 버릇이 되어서요.」

종이 쪼가리의 길이는 4인치도 채 되지 않았다. 줄 없는 보통 편지지 한 귀퉁이를 찢어 낸 쪽지였다. 거기에는 타자기로 친 수학 공식의 일부가 적혀 있었다. 그리고 연필로 람다[33]와 등식, 그리고 무한대 기호가 표시되어 있었다. 나는 여기에 그 쪽지를 다시 그려 놓는다. 사건과 전혀 관련이 없는 듯 보이지만, 스프리그의 죽음을 수사하는 데 섬뜩하고 경악스러운 역할을 하게 되기 때문이다.

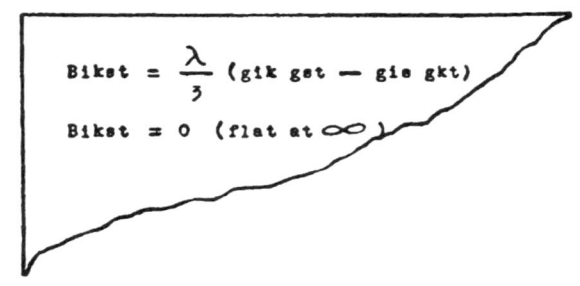

밴스는 이 증거물을 그저 대수롭지 않게 힐끗 보았지만, 매컴은 잔뜩 인상을 쓰며 한동안 종이를 손에 쥐고 있었다. 마침내 무슨 말인가 하려고 입을 여는 순간, 밴스와 눈이 마주

---

[33] 그리스 문자의 열한 번째 자모.

쳤다. 그러자 말을 하는 대신 어깨를 으쓱하고는 무심하게 쪽지를 책상 위로 툭 던졌다.

「이게 자네가 찾아낸 전부인가?」

「그렇습니다, 검사님.」

매컴이 자리에서 일어났다.

「정말 수고가 많았네, 지서장. 우리가 이 스프리그 사건을 어떻게 해결할 수 있을지 모르겠지만 어쨌든 조사해 보겠네.」

매컴은 시가 상자를 손으로 가리켰다.

「두어 대 넣어 가지고 가게.」

「대단히 감사합니다, 검사님.」

피츠는 시가를 집어 들어 조심스럽게 조끼 호주머니에 넣고는 모든 사람들과 일일이 악수를 했다.

피츠가 떠나자 밴스는 얼른 자리에서 일어났다. 그리고 매컴의 책상 위에 놓인 종이 쪼가리를 들여다보았다.

「세상에!」

밴스는 외알 안경을 꺼내더니 몇 분 동안이나 기호를 연구했다.

「이거 참 흥미롭군. 이 공식을 최근에 어디서 봤더라? 아! 리만[34] – 크리스토펠[35]의 텐서[36] 공식! 바로 그거야! 드러커가 그의 책에서 구체와 하마로이드 공간[37]의 가우스 곡률을 정

---

34 Riemann(1826~1866). 독일 수학자. 오늘날의 함수론과 리만 기하학의 기초를 세움.
35 Christoffel(1829~1900). 독일 수학자, 물리학자.
36 수학과 물리학에서 약간 다르게 사용되는 개념으로 수학에서는 간단히 말해 다중선형 함수를 뜻함.
37 평행선이 무한히 직선으로 뻗어 나간다는 유클리드의 정의가 참이 되는 가상 혹은 현실의 공간을 뜻함.

의하기 위해 이 공식을 사용했지⋯⋯. 그런데 스프리그가 이걸로 뭘 하고 있었던 걸까? 이 공식은 대학 교육 과정을 훨씬 넘어서는 수준인데⋯⋯.」

그는 종이를 들고 햇빛에 비추어 보았다.

「비숍의 편지와 똑같은 재질의 종이로군. 타자 활자체도 비슷해 보이는걸.」

히스가 앞으로 걸어 나와 쪽지를 꼼꼼히 살펴보았다.

「맞습니다. 똑같군요.」

경사는 이 사실에 몹시 당황한 듯 보였다.

「어쨌거나 두 사건 사이에 연결 고리가 분명히 있군요.」

순간 밴스의 눈에 당혹스러운 눈빛이 떠올랐다.

「연결 고리, 그렇죠. 하지만 이 공식이 스프리그의 시신 밑에 놓여 있었다는 사실이 살인 자체만큼이나 불합리하게 보이는데⋯⋯.」

매컴이 불안하게 서성거렸다.

「이게 드러커가 자기 책에서 사용한 공식이라고 했나?」

「그렇다네. 하지만 그렇다고 해서 꼭 드러커를 연루시킬 필요는 없네. 고등 수학자라면 다들 텐서 공식을 알고 있으니까. 비유클리드 기하학에서 사용되는 기술 용어 중 하나인데, 리만이 물리학의 구체적인 문제와 관련해서 발견해 낸 공식[38]이기는 하지만, 지금은 상대성 원리 수학에서 널리 알려 준 중요한 공식이 되었다네. 고도로 과학적인 추상 개념이므로 스프리그의 살인과 직접적인 관련이 있을 리가 없어.」

밴스는 다시 자리에 앉았다.

[38] 이 공식은 실제로 크리스토펠이 열의 전도성 문제를 풀기 위해 세운 것으로, 1869년 『순수 수학과 응용 수학 크렐레 저널』에 발표했다 — 원주.

「아르네손이 이 증거물을 보면 좋아할 걸세. 어쩌면 여기서 놀랄 만한 결론을 추론해 낼지도 몰라.」

「어째서 이 새로운 사건을 아르네손에게 알려야 하는지 이유를 모르겠군.」

매컴이 반대했다.

「내 생각에는 가능한 이 사건을 숨겨야 할 것 같은데 말이야.」

「아마 비숍이 가만히 있지는 않을 걸세.」

밴스가 맞받아쳤다.

「제기랄!」

매컴이 분통을 터뜨렸다.

「대체 우리는 무슨 망할 놈의 범죄와 맞닥뜨리고 있는 건가? 이제 겨우 깨어났나 보다 생각하면 여전히 악몽 속을 헤매고 있으니.」

「그런 행운이 찾아올 리 없죠, 검사님.」

히스가 투덜거렸다. 그는 전투 준비를 마친 사람처럼 크게 심호흡을 하고 말했다.

「자, 무슨 카드가 나왔습니까? 이제 여기서 어디로 가는 거죠? 전 뭔가 할 일이 필요합니다.」

매컴이 밴스에게 호소했다.

「자네는 이 사건에 대해 뭔가 생각이 있는 듯 보이는군. 자네 제안은 뭔가? 솔직히 나는 깜깜한 어둠 속을 헤매고 있는 기분일세.」

밴스는 담배를 깊이 빨아들였다. 그러더니 자기 말을 더욱 강조하려는 듯 몸을 앞으로 수그렸다.

「여보게 매컴. 내릴 수 있는 결론은 오직 한 가지일세. 이 두 가지 살인 사건은 한 사람의 머리에서 나온 거야. 똑같이 뒤틀린 충동이 낳은 산물이란 말이지. 첫 번째 살인은 딜러드 집안의 내부 사정을 잘 알고 있는 누군가가 저질렀어. 그러니 이제 우리는 집안 사정을 알고 있을 뿐만 아니라 존 스프리그라는 청년이 이른 아침 리버사이드 공원을 산책하는 습관이 있다는 확실한 정보를 알고 있는 사람을 찾아야 해. 그런 사람을 찾고 나면 시간과 장소, 기회, 가능한 동기 등 여러 점을 조목조목 짚어 봐야겠지. 스프리그와 딜러드 집안 사이에는 어떤 관련이 있어. 그게 뭔지 나는 모르지만. 그러니 우리가 제일 먼저 취해야 할 행동은 그 관련성을 알아내는 일이야. 그런데 딜러드 저택 자체보다 더 좋은 출발점이 또 있겠나?」

「먼저 점심을 먹도록 하지. 그런 다음 그곳에 가보자고.」

매컴이 피곤한 어조로 말했다.

10
도움의 거절
4월 11일 월요일, 오후 2시

우리가 딜러드 저택에 도착했을 때는 2시가 조금 지난 시각이었다. 파인이 초인종 소리를 듣고 나왔다. 우리의 방문에 내심 놀랐을지 모르지만, 그는 용케 표정을 감추고 아무 기색도 내비치지 않았다. 그렇지만 나는 히스를 바라보는 그의 눈길에서 초조한 빛을 간파할 수 있었다. 물론 우리를 맞이하는 그의 목소리는 잘 훈련된 하인답게 전혀 흔들림이 없고 매끄러웠다.

「아르네손 씨는 아직 학교에서 돌아오지 않으셨습니다.」

파인이 우리에게 알려 주었다.

「독심술은 아무래도 당신 전공이 아니로군, 파인. 우리는 당신과 딜러드 교수님을 만나러 왔소.」

파인의 표정이 금방 어두워졌다. 그러나 뭐라고 대답하기 전에 딜러드 양이 응접실 문 앞에 나타났다.

「선생님 목소리가 들린다고 생각했죠, 밴스 씨.」

딜러드 양은 반가운 미소로 우리 모두를 맞아 주었다.

「어서 들어오세요. 메이 부인께서 잠깐 들르셨답니다. 이따 오후에 함께 외출을 하기로 했거든요.」

우리가 응접실로 들어가자, 딜러드 양이 설명했다.

드러커 부인이 중앙 테이블 옆에 서 있었다. 뼈만 남은 한 손으로 의자 등받이를 붙잡고 있었는데, 방금 그 자리에서 일어난 게 분명했다. 깜박거리지도 않고 우리를 노려보는 부인의 눈에는 두려움이 가득했다. 바싹 야윈 몸은 거의 배배 꼬일 듯이 보였다. 부인은 아무 말도 하지 않고 딱딱하게 서 있었다. 마치 법정에 서서 판결을 듣는 죄인처럼 뭔가 무서운 선고를 기다리는 사람 같았다.

벨 딜러드의 쾌활한 목소리가 이 긴장된 상황을 풀어 주었다.

「얼른 올라가서 숙부님께 여러분이 오셨다고 말씀드릴게요.」

딜러드 양이 방을 나가자마자, 드러커 부인은 테이블 위로 몸을 기울이며 공포에 질린 음산한 목소리로 매컴에게 속삭였다.

「난 당신들이 왜 왔는지 알고 있다오! 오늘 아침 공원에서 총에 맞은 그 훌륭한 젊은이 때문이지!」

예기치 못한 부인의 놀라운 말에 매컴은 선뜻 말문을 열지 못했다. 대신 대답을 한 사람은 밴스였다.

「그럼 그 비극적인 사건에 대한 소식을 들으셨군요? 어떻게 부인께 그토록 빨리 소식이 전해졌을까요?」

부인의 얼굴에 빈틈없이 경계하는 빛이 떠올랐다. 그러자 그녀가 마치 늙고 사악한 마녀처럼 보였다.

「온 동네 사람들이 죄다 그 얘기만 떠들고 있는걸.」

부인이 대답을 회피했다.

「그렇습니까? 그거 참 안타까운 일이군요. 하지만 어째서 저희가 그 사건에 관한 조사를 하려고 여기 왔다고 생각하신 겁니까?」

「그 젊은이의 이름이 조니 스프리그 아니던가?」
이 질문과 함께 섬뜩한 미소가 희미하게 떠올랐다.
「맞습니다. 존 E. 스프리그죠. 그렇지만 그것으로는 딜러드 집안과 무슨 관련이 있는지 설명되지 않는걸요.」
「아, 그건 아니지!」
부인은 일종의 사악한 만족감에 젖어서 고개를 위아래로 끄덕였다.
「이건 장난이야. 어린아이의 장난이지. 처음에는 코크 로빈……. 다음에는 조니 스프리그. 애들은 장난을 치기 마련이야. 건강한 애들은 다 장난을 치기 마련이라고.」
갑자기 부인의 감정이 달라졌다. 부드러운 표정이 얼굴에 떠오르고 슬픈 눈빛이 가득했다.
「어린아이보다는 오히려 악마의 소행 같지 않습니까, 드러커 부인?」
「그럼 왜 안 되나? 어차피 인생 자체가 지옥인데?」
「어떤 이들에게는 그렇죠. 맞습니다.」
밴스의 말에는 묘한 동정심이 배어 있었다. 그는 우리 앞에 서 있는 이 가엾고 낯선 여인을 가만히 바라보았다.
「말씀해 보십시오.」
밴스가 재빨리 말투를 바꾸어 물었다.
「부인은 비숍이 누구인지 아십니까?」
「비숍?」
부인이 어리둥절하며 인상을 찌푸렸다.
「아니, 모르겠는걸. 이건 뭐지? 또 다른 아이들 장난인가?」
「아마 그 비슷한 일일 겁니다. 어쨌든 비숍은 코크 로빈과 조니 스프리그에게 관심이 있습니다. 사실은 이 황당무계한 장난을 꾸미고 있는 사람이 바로 그자일지 모릅니다. 그래서 저희들은 그자를 찾고 있답니다, 드러커 부인. 그자에게서 진상을 알아내려고 말이죠.」

부인이 막연히 고개를 저었다.

「난 그런 사람 몰라.」

그러더니 앙심에 가득 찬 눈초리로 매컴을 노려보았다.

「그렇지만 누가 코크 로빈을 죽이고 조니 스프리그의 정수리 한가운데를 쏘았는지 아무리 알아내려고 애써 봤자, 아무 소용 없을 거요. 당신들은 절대 알아낼 수 없어. 절대, 절대로!」

목소리가 흥분으로 점점 높아지더니 부인은 온몸을 부들부들 떨기 시작했다.

때마침 응접실로 다시 들어온 벨 딜러드가 재빨리 드러커 부인에게로 가서 어깨를 감싸 안았다.

「이리 오세요.」

딜러드 양이 달래듯이 말했다.

「저랑 같이 멀리 야외로 드라이브나 가세요, 메이 부인.」

그녀는 힐난하는 태도로 매컴을 향해 돌아서더니 쌀쌀맞게 말했다.

「숙부께서 여러분들이 서재로 오시면 좋겠다고 하셨어요.」

이 말만 남긴 채 딜러드 양은 드러커 부인을 데리고 방을 나가 버렸다.

「거참 이상한 노인이군요, 검사님.」

줄곧 놀랍고 당혹스러운 표정으로 지켜보고 서 있던 히스가 한마디 했다.

「저 부인은 조니 스프리그를 예전부터 잘 알았던 모양입니다!」

밴스가 고개를 끄덕였다.

「부인은 우리가 여기 나타나서 놀란 겁니다. 그렇다고 해도 저분의 정신 상태는 몹시 불안정하고 예민하군요. 하긴 아들의 불편한 몸과 아들이 다른 아이들과 똑같았던 어린 시절에 대한 생각이 항상 머릿속을 맴돌고 있으니, 로빈과 스프리그의 죽음에서 마더 구스의 노래를 우연히 떠올릴 수도 있었겠지요……」

밴스는 매컴을 바라보았다.

「이번 사건의 밑바닥에는 이상한 기류가 흐르고 있어. 참으로 기묘하고 끔찍한 기운이 말이야. 마치 입센의 〈페르 귄트〉에 나오는 트롤의 동굴 속에서 길을 잃은 느낌일세. 오직 괴물과 돌연변이들만 사는 동굴 말이야.」

밴스는 어깨를 으쓱했다. 그렇지만 나는 드러커 부인의 말이 우리에게 드리운 공포의 장막으로부터 그가 완전히 벗어나지 못했음을 알아차렸다.

「어쩌면 딜러드 교수에게서 좀 더 확실한 단서를 찾아낼 수 있을지도 모르지.」

교수는 별로 반가운 기색도 없이 다소 쌀쌀하게 우리를 맞았다. 그의 책상은 서류로 어지러웠다. 한창 일을 하고 있는데 우리가 방해를 한 게 분명했다.

「어쩐 일로 예고도 없이 찾아온 건가, 매컴?」

우리가 각자 자리를 잡고 앉자 교수가 물었다.

「로빈의 죽음에 대해 뭐 알려 줄 거라도 있나?」

그는 바일[39]의 『공간, 시간 그리고 물질』의 한 장에 표시를

---

[39] Hermann Weyl(1885~1955). 독일의 수학자, 이론 물리학자. 순수 수학을 양자 역학과 상대성 이론에 연결하는 데 공헌함.

한 다음, 마지못해 책을 뒤로 밀어 놓고 짜증스럽게 우리를 바라보았다.

「난 지금 마흐[40]의 역학에 관한 문제를 연구하느라 좀 바쁘다네.」

「유감스럽게도 로빈 사건에 대해서는 전혀 알려 드릴 게 없습니다.」

매컴이 대답했다.

「그런데 오늘 바로 이 동네에서 또 다른 살인 사건이 일어났습니다. 아무래도 그 사건이 로빈의 죽음과 관련이 있다고 여길 만한 몇 가지 이유가 있습니다. 그래서 교수님께 특별히 여쭤보고 싶은데, 혹시 존 E. 스프리그란 이름을 들어 보신 적이 있으신지요?」

딜러드 교수의 짜증스러운 표정이 싹 바뀌었다.

「살해당한 사람의 이름이 스프리그요?」

교수는 더 이상 무관심한 태도를 보이지 않았다.

「그렇습니다. 존 E. 스프리그란 사람이 오늘 아침 7시 30분 직후 84번가 근처 리버사이드 파크에서 총에 맞았습니다.」

교수의 눈이 벽난로 선반 쪽으로 향했다. 교수는 한동안 말이 없었다. 마음속으로 뭔가 고민하며 갈등하는 듯 보였다.

「그렇다네.」

교수가 마침내 입을 열었다.

「나는…… 그러니까 우리는 그런 이름의 청년을 알고 있다네. 물론 우리가 아는 그 청년일 리는 없겠지만.」

「그 청년이 누구입니까?」

매컴이 안달이 나서 재촉했다. 또다시 교수는 머뭇거렸다.

40 Ernst Mach(1838~1916). 오스트리아의 물리학자.

「내가 아는 청년은 아르네손의 수학과 최우수 학생일세. 케임브리지에서 시니어 랭글러[41]라고 칭하는 학생이지.」

「교수님께서는 그 학생을 어떻게 알게 되셨습니까?」

「아르네손이 이 집으로 여러 차례 데려왔다네. 나에게 소개도 해주고 얘기도 나누게 하고 싶어 했지. 그 학생을 무척 자랑스럽게 생각했거든. 솔직히 그 친구가 특별한 재능을 보이긴 했었네.」

「그렇다면 집안사람들 모두와 인사를 했습니까?」

「그렇다네. 벨도 그 학생을 만났을 거야. 그리고 자네가 말하는 그 〈집안사람〉에 파인과 비들도 포함된다면, 그들도 그 학생 이름을 알고 있다네.」

이번에는 밴스가 질문했다.

「드러커 가족도 스프리그를 알았습니까, 딜러드 교수님?」

「아마 그랬을 거요. 아르네손과 드러커는 자주 만나는 사이니까. 그러고 보니 생각나는데, 어느 날 밤인가 스프리그가 방문했을 때 드러커도 여기 있었소.」

「그럼 파디는요? 파디도 스프리그를 알았나요?」

「나는 모르겠소.」

교수가 의자 팔걸이를 짜증스러운 듯이 톡톡 두드리더니 매컴에게 고개를 돌렸다.

「이거 보게, 대체 이런 질문의 요점이 뭔가?」

그의 목소리에는 근심과 불쾌감이 묻어났다.

「우리가 스프리그란 이름의 학생을 알고 있는 거랑 오늘 아침 사건과 무슨 상관이 있지? 살해당한 청년이 바로 아르네손의 학생이란 말을 하려는 건 분명 아닐 테고.」

[41] 수학 학위 시험의 일급 합격자.

「안타깝지만 그렇습니다.」

매컴이 말했다.

교수가 다시 입을 열었을 때 그의 목소리에는 불안한, 아니 거의 두려워하는 기색이 느껴졌다.

「설사 그렇다 해도 그 사실과 우리가 무슨 상관이란 말인가? 대체 어떻게 로빈의 죽음과 그 청년의 죽음을 연결시킬 수 있는 건가?」

「솔직히 말씀드려서 확실한 근거는 전혀 없습니다.」

매컴이 교수에게 대답했다.

「그렇지만 두 범죄 모두 아무런 목적도 없다는 사실, 그러니까 어떤 동기도 전혀 찾을 수 없다는 이 점이 두 사건의 묘한 공통점처럼 보입니다.」

「자네 말은 물론 아무 동기도 찾지 못했다는 뜻이겠지. 하지만 뚜렷한 동기가 없는 사건들을 죄다 연결시키기 시작하면······.」

「그 외에도 이 두 사건에는 시간과 장소의 근접성이란 요소가 있습니다.」

매컴이 강조하여 말했다.

「그게 자네 추론의 근거인가?」

교수는 가엾다는 듯 경멸하는 태도를 보였다.

「매컴, 자네는 결코 훌륭한 수학자는 아니었어. 그렇지만 최소한 어떤 가정도 그렇게 빈약한 전제를 기반으로 세울 수 없다는 사실 정도는 알아야지.」

「이름도 있습니다.」

밴스가 불쑥 끼어들었다.

「코크 로빈과 조니 스프리그는 널리 알려진 자장가의 등장인물들이죠.」

노교수는 놀라움을 감추지 못하는 표정으로 밴스를 빤히 쳐다보았다. 차츰 그의 얼굴이 분노로 붉게 달아올랐다.

「농담이 지나치시오.」

「안타깝게도 이건 제 농담이 아닙니다!」

밴스가 서글픈 듯이 대답했다.

「이건 비숍의 농담이죠.」

「비숍?」

딜러드 교수는 짜증을 누르려고 애쓰고 있었다.

「이거 보게, 매컴. 날 갖고 장난 좀 치지 말게. 그 정체 모를 비숍이란 이름이 이 방에서 언급된 게 벌써 두 번째일세. 그게 무슨 뜻인지 알고 싶군. 설사 어떤 미친놈이 로빈의 죽음과 관련해서 정신 나간 편지를 썼다 하더라도, 대체 그 비숍이 스프리그와는 무슨 상관이란 말인가?」

「스프리그의 사체 밑에서 수학 공식이 적힌 종이 쪼가리가 발견되었는데, 비숍의 편지와 똑같은 타자기로 찍은 것이었습니다.」

「뭐라고!」

교수가 앞으로 몸을 내밀었다.

「똑같은 타자기라고 했나? 게다가 수학 공식? 무슨 공식이었나?」

매컴이 수첩을 펼쳐서 피츠가 그에게 준 세모난 종이 쪼가리를 꺼냈다.

「리만-크리스토펠 텐서 공식이로군······.」

딜러드 교수는 종이를 뚫어져라 들여다보며 한참 동안 앉아 있더니, 마침내 매컴에게 돌려주었다. 갑자기 몇 년은 늙어 보였다. 우리를 올려다보는 그의 눈에는 지친 기색이 역력했다.

「난 이 문제에 대해서는 뭐가 뭔지 전혀 모르겠네.」

그는 완전히 낙심한 목소리로 말했다.

「자네들은 지금 하는 대로 쭉 계속하면 될 것 같구먼. 그런데 대체 나한테 원하는 게 뭔가?」

갑자기 돌변한 교수의 태도에 매컴은 약간 어리둥절했다.

「우선은 스프리그와 이 댁이 무슨 관계가 있는지 확인해 보려고 왔습니다. 이제 관계가 있다는 사실은 알았지만, 솔직히 말씀드려서 그 관계를 어떻게 연결시켜야 할지 모르겠습니다. 어쨌든 제가 적절하다고 생각하는 방식대로 파인과 비들을 심문할 수 있도록 교수님께서 허락해 주시길 바랍니다.」

「뭐든 원하는 대로 물어보게, 매컴. 내가 자네 수사를 방해했다는 불평 따위는 결코 듣고 싶지 않네.」

교수가 호소하는 눈빛으로 그를 올려다보았다.

「그렇지만 어떤 과격한 조처를 밟게 되면, 그 전에 내게 꼭 좀 알려 주길 바라네.」

「그 점은 약속드릴 수 있습니다, 교수님.」

매컴이 자리에서 일어났다.

「하지만 현재로서는 어떤 과격한 방법도 쓸 일이 없을 듯합니다.」

매컴이 악수를 청했다. 그의 태도로 미루어 보아, 매컴은 노인이 감추고 있는 불안감을 알아채고서 자신의 동정심을 말이 아닌 행동으로 표현하고 싶어 하는 게 분명했다.

교수는 우리와 함께 문 앞까지 걸어왔다.

「난 그 타이핑된 텐서 공식은 통 이해할 수가 없네…….」

교수가 고개를 설레설레 저으며 중얼거렸다.

「그렇지만 뭐든 내가 해줄 수 있는 일이 있으면…….」
「저희들을 위해 해주실 수 있는 일이 있습니다, 딜러드 교수님.」

밴스가 문 앞에 딱 멈춰 서서 말했다.

「로빈이 살해당한 날 아침에 저희들은 드러커 부인과 면담을 했습니다.」

「허!」

「비록 부인께서는 오전 내내 창가에 앉지 않았다고 주장하지만, 분명히 11시와 12시 사이에 활터에서 무슨 일이 일어났는지 보셨을 가능성이 다분합니다.」

「부인이 그런 눈치를 보이던가?」

교수의 질문에는 애써 무관심한 척하려는 어조가 깔려 있었다.

「단지 에둘러 짐작할 뿐입니다. 어머니의 비명 소리를 들었다는 드러커의 진술과 절대 비명을 지르지 않았다는 부인의 주장을 미루어 보건대, 부인은 저희에게 숨기고 싶은 뭔가를 보신 듯합니다. 그런데 다른 누구보다도 교수님이시라면 부인을 설득하실 수 있을 거란 생각이 들었습니다. 만약 부인이 실제로 뭔가를 목격했다면, 교수님께서 부인이 털어놓도록 해주실 수 있지 않겠습니까?」

「안 될 말이야!」

딜러드 교수가 거의 호통을 치듯 소리쳤다. 하지만 곧 매컴의 팔 위에 손을 올려놓고, 달라진 어조로 말을 이었다.

「자네가 내게 부탁할 수 있는 일이 있고 할 수 없는 일이 있지 않겠나. 만약 그 가엾은 부인이 그날 아침 창가에서 뭔가를 목격했다면, 자네가 직접 알아내도록 하게. 난 부인을 괴롭히는 일에는 절대 개입하지 않을 테니까. 그리고 진심으로 자네도 그 부인을 괴롭히지 말기 바라네. 자네가 알고 싶어 하는 사실을 알아낼 방법은 또 있지 않겠나.」

교수가 매컴의 눈을 똑바로 쳐다보았다.

「부인은 절대 털어놓을 사람이 아니야. 괜히 자네만 후회하게 될 걸세.」

「하지만 저희들은 알아낼 수 있는 사실은 반드시 알아내야만 합니다.」

매컴은 단호하지만 친절한 어조로 대답했다.

「이 도시에 악마가 날뛰고 있습니다. 단지 누군가를 괴롭히지 않기 위해서 그냥 손을 놓고 있을 수는 없습니다. 아무리 가슴 아픈 고통이라고 해도 말이죠. 하지만 누구든 쓸데없이 괴롭히지는 않겠다고 분명히 약속드리겠습니다.」

「자네가 찾고자 하는 진실이 범죄 자체보다 더 끔찍할 수도 있다는 생각은 해보지 않았나?」

딜러드 교수가 나지막이 물었다.

「그런 위험은 감수할 수밖에 없죠. 비록 그게 사실이라는 걸 알더라도, 저는 전혀 변함이 없습니다.」

「분명 그렇겠지. 하지만 매컴, 나는 자네보다 훨씬 늙었다네. 자네가 로그니 역로그 문제와 한창 씨름하고 있을 때, 나는 이미 머리가 희끗희끗했어. 사람이 나이가 들면 우주의 참된 조화를 깨닫기 마련이지. 인생의 기준이 완전히 달라진다네. 한때 중요하게 여겼던 일들이 의미를 잃어버리거든. 그래서 노인들이 좀 더 관대한 걸세. 인간이 만든 어떤 가치도 중요하지 않다는 사실을 알기 때문이지.」

「하지만 우리가 인간적 가치관에 따라서 살아야만 하는

한, 그걸 지키는 게 제 임무입니다. 게다가 저는 개인적인 연민 때문에 진실을 밝혀 줄지도 모르는 길을 포기할 수는 없습니다.」

「아마 자네 생각이 옳겠지.」

교수가 한숨을 쉬었다.

「그렇지만 이번 경우에는 나에게 도움을 청하지 말게나. 그리고 만약 진실을 알게 되면, 부디 자비심을 가져 주게. 범인을 전기의자로 보내라고 요구하기 전에 자네가 잡은 범인이 꼭 그럴 일을 당할 만한 사람인지 확인해 주게. 병든 육체뿐만 아니라 병든 정신도 있는 법이야. 게다가 종종 그 두 가지는 서로를 동반하거든.」

우리가 응접실로 되돌아갔을 때, 밴스는 평소보다 훨씬 신중한 태도로 담배에 불을 붙였다.

「교수는 스프리그의 죽음에 몹시 상심한 모양일세.」

그가 입을 열었다.

「비록 인정은 안 하지만, 텐서 공식을 보고 스프리그와 로빈 사건이 동일한 방정식에 속한다고 확신하더군. 그런데 너무 쉽게 확신했단 말이야. 왜 그랬을까? 더구나 스프리그가 집안사람들과 아는 사이라는 사실도 서슴없이 인정했어. 교수는 뭔가를 의심하기보다는 두려워하는 것 같아. 교수의 태도가 참 재미있거든. 자네가 감동적일 만큼 열렬히 지키려 하는 법의 정의를 방해할 생각이 없는 건 분명한데, 꼭 드러커 가족이 관련된 십자군 전쟁에 대해서만큼은 절대로 자네를 지지해 주고 싶어 하지 않는단 말이야. 드러커 부인에 대한 교수의 배려 뒤에 뭐가 숨어 있는지 궁금하군. 척 봐도, 교수가 감상적인 기질을 지닌 사람이라고는 말할 수 없잖나. 게다가 병든 육체와 병든 정신에 대한 그 진부한 주장은 또 뭐지? 마치 체육 교양 수업을 위한 소개서 문구처럼. 한심해! 자, 파인과 그 딸에게 질문이나 하자고.」

매컴은 우울하게 담배를 피우며 앉아 있었다. 그토록 의기소침한 모습은 처음이었다.

「그들을 심문한다고 무슨 희망이 있을지 모르겠네. 어쨌거나 경사, 파인을 이리로 데리고 오게.」

그가 말했다. 히스가 밖으로 나가자, 밴스는 장난기 가득한 눈빛으로 매컴을 바라보았다.

「이봐, 자네가 투덜거리면 어떻게 하나. 테렌스의 말로 위안을 삼게. *Nil tam difficile est, quin quaerendo investigari possit* (조사가 가능하다면 풀 수 없는 난제는 없다). 그리고 내 영혼을 걸고 말하지만, 이거야말로 난제이지.」

밴스가 갑자기 진지해졌다.

「우리는 지금 전혀 알려지지 않은 미지의 것을 다루고 있다네. 가엾게도 결코 기존 행동 양식에 따라 작동하지 않는, 이상하고 비정상적인 어떤 힘과 맞서고 있단 말일세. 동시에 이것은 대단히 교묘하고, 그래, 말할 수 없이 교묘하고 낯설어. 하지만 최소한 우리는 그 힘이 이 오래된 저택 어딘가에서 발산되고 있다는 사실은 알고 있네. 그러니 정신의 어두운 구석과 틈새를 모두 샅샅이 뒤져 봐야만 해. 우리 근처 어느 곳엔가 보이지 않는 용이 웅크리고 있단 말일세. 그러니 내가 파인에게 던지는 질문에 충격을 받지는 말게나. 우리는 정말 엉뚱한 곳까지 들여다봐야만 하니까…….」

문 앞으로 다가오는 발소리가 들렸다. 잠시 후에 히스가 늙은 집사를 끌고 들어왔다.

11
도난당한 권총
4월 11일 월요일, 오후 3시

「앉아요, 파인.」
밴스가 강압적이지만 친절한 어조로 말했다.
「우리는 딜러드 교수님으로부터 당신에게 질문을 해도 좋다는 허락을 받았죠. 그러니 우리가 하는 모든 질문에 대답해 줬으면 좋겠군요.」
「물론입니다, 선생님.」
파인이 대답했다.
「딜러드 교수님께서 뭐든 감춰야 할 이유가 전혀 없습니다.」
「아주 좋아요.」
밴스가 느긋하게 몸을 뒤로 젖혔다.
「그렇다면 우선 묻지요. 오늘 아침 이 집에서는 몇 시에 아침 식사를 했나요?」
「평소와 마찬가지로 8시 반에 했습니다.」
「가족들 전부 식사 자리에 나왔나요?」
「오, 그럼요.」
「아침에 가족들에게 식사를 알리는 사람은 누구죠? 몇 시에 알리나요?」

「7시 30분에 제가 직접 합니다. 방마다 찾아다니며 문을 두드리지요.」

「그러고는 대답을 기다리나요?」

「그렇습니다. 늘 그렇게 하죠.」

「이제 잘 생각해 봐요, 파인. 오늘 아침에 모든 식구들이 당신에게 대답을 했던가요?」

파인은 힘주어 고개를 끄덕였다.

「그렇습니다.」

「아침 식사에 늦은 사람도 없었고?」

「모두들 정시에 딱 맞춰 내려오셨습니다. 평소처럼 말이죠.」

밴스가 몸을 앞으로 숙이더니 담뱃재를 재떨이에 털었다.

「혹시 오늘 아침 식사 전에 누군가 집을 나가거나 밖에서 돌아오는 모습을 보지 못했나요?」

지나가는 말처럼 툭 던진 질문이었지만, 나는 집사의 얇고 축 처진 눈꺼풀이 놀라움에 파르르 떨리는 걸 알아차렸다.

「못 봤습니다.」

「비록 당신은 못 봤지만, 이 집안 식구들 중 누군가 당신도 모르게 집 밖으로 나갔다가 돌아왔을 수도 있겠죠?」

파인은 이 심문을 받는 동안 처음으로 대답하기를 꺼려하는 기색이었다.

「글쎄요, 사실을 말씀드리자면……..」

그가 마지못해 말했다.

「제가 식당에서 상을 차리고 있을 때, 오늘 아침 누군가 현관문을 드나들었을 수는 있습니다. 그리고 궁술실 출입문을 이용했을 수도 있습니다. 제 딸은 아침 식사를 준비하는 동안 대개 부엌문을 꼭 닫아 놓거든요.」

밴스는 잠시 담배를 피우며 생각에 잠겼다. 잠시 후, 지극히 단조롭고 딱딱한 어조로 물었다.
「이 집에 권총을 가진 사람이 있나요?」
집사의 눈이 휘둥그레졌다.
「그, 그건 전 모릅니다.」
집사가 말을 더듬거렸다.
「혹시 비숍이란 말을 들어 본 적은?」
「아니요, 없습니다!」
집사의 얼굴이 하얗게 질렸다.
「신문사에 그 편지를 써서 보낸 그 사람 말입니까?」
「난 그저 비숍을 말하는 거요.」
밴스가 대수롭지 않게 말했다.
「그렇다면 오늘 아침 리버사이드 공원에서 살해당한 남자 얘기는 들었나요?」
「들었습니다. 옆집 문지기가 얘기해 줬습니다.」
「당신도 스프리그 청년을 알았죠? 그렇죠?」
「이 집에서 한두 번 봤습니다.」
「최근에도 여기 온 적이 있나요?」
「지난주에 왔었습니다. 제 기억으로는 목요일이었던 것 같습니다.」
「그때 이 집에 또 누가 있었죠?」
파인이 기억을 해내려고 이마를 찌푸렸다.
「드러커 씨가 계셨습니다.」
집사가 잠시 후에 대답했다.
「그리고 제 기억으로는 파디 씨도 오셨습니다. 두 분이 함께 늦게까지 아르네손 씨 방에서 이야기를 나누었습니다.」

「아르네손 씨 방에서? 평상시에도 아르네손 씨가 손님을 자기 방에서 만나곤 하나요?」

「아닙니다.」

파인이 설명했다.

「하지만 서재에서는 교수님께서 일을 하고 계셨고, 여기 응접실에서는 딜러드 양이 드러커 부인과 함께 계셨습니다.」

밴스는 한동안 말이 없었다.

「이제 됐어요, 파인.」

마침내 그가 입을 열었다.

「비들을 즉시 우리에게 보내도록 해요.」

비들은 부루퉁하고 퉁명스러운 태도로 방에 들어오더니 우리 앞에 우뚝 섰다. 밴스는 파인에게 했던 대로 그녀에게도 똑같이 질문했다. 그녀의 대답은 대부분 한마디로 끝났고, 이미 알고 있는 사실에 아무런 보탬도 되지 않았다. 그러나 짧은 심문의 마지막에 밴스가 혹시 아침 식사 전에 부엌 창문 밖을 내다보지 않았느냐고 물었다.

「한두 번쯤 내다봤겠죠. 왜요? 저는 창밖도 내다보면 안 되나요?」

비들이 대들 듯이 쏘아붙였다.

「그럼 뒷마당이나 활터에서 아무도 보지 못했나?」

「교수님과 드러커 부인밖에 못 봤어요.」

「혹시 낯선 사람은?」

밴스는 그날 아침 뒷마당에 딜러드 교수와 드러커 부인이 있었다는 얘기가 대수롭지 않은 사실인 양 보이려고 무척 애를 썼다. 그렇지만 신중하게 천천히 호주머니에 손을 넣고 담뱃갑을 찾는 모습에서, 나는 이 정보가 그의 지대한 관심을 끌었다는 사실을 알아차렸다.
「없었어요.」
비들이 딱 잘라 말했다.
「교수님과 드러커 부인을 보았을 때가 언제였죠?」
「아마 8시쯤이었을 거예요.」
「두 분이 함께 이야기를 하고 있던가요?」
「네. 아니, 어쨌든 두 분이 정자 근처에서 왔다 갔다 하고 있었어요.」
비들이 말을 번복했다.
「두 분이 아침 식사 전에 마당을 거니는 습관이 있으신가요?」
「드러커 부인은 종종 아침 일찍 나와서 꽃밭 근처를 산책하세요. 게다가 교수님께서 언제든 자기 마당을 마음대로 산책할 권리가 있는 것 아닌가요?」
「나는 교수님의 권리를 따지자는 게 아니오, 비들.」
밴스가 부드럽게 말했다.
「단지 교수님께서 평소에도 그렇게 이른 시각에 산책할 권리를 행사하시는 습관이 있으신지 궁금한 것뿐이오.」
「글쎄요. 오늘 아침에는 행사하셨어요.」
밴스는 비들을 돌려보냈다. 그러고는 자리에서 일어나 앞쪽 창문으로 다가갔다. 뭔가 혼란스러운 문제에 부딪힌 게 분명했다. 그는 몇 분 동안 강 쪽으로 난 거리를 내려다보며 서 있었다.
「그래…….」
그가 중얼거렸다.
「오늘이야말로 자연과 교감하기에 딱 좋은 날씨이긴 하지. 아침 8시면 틀림없이 종달새도 날아다녔을 거야. 게다가 누가 알아? 가시덤불 위에 달팽이도 기어다녔을지. 그렇지만 거참, 세상만사가 제대로만 돌아가는 건 아니니…….」

매컴은 밴스가 고민하는 기색을 알아차렸다.

「자네는 어떻게 생각하는가?」

그가 물었다.

「내 생각에 비들의 진술은 무시해도 좋을 것 같은데.」

「문제는, 매컴, 이번 사건에서는 그 어떤 사실도 무시할 수 없다는 데 있다네.」

밴스가 고개도 돌리지 않고 조용히 말했다.

「물론 지금으로서는 비들의 진술이 무의미하다는 걸 나도 인정하네. 우리는 단지 오늘 아침 스프리그가 살해당한 직후에 우리 신파극의 배우 두 명이 무대에 올라왔다는 사실만을 알았을 뿐이니까. 교수와 드러커 부인 간의 야외 회담은 자네가 좋아하는 순전한 우연일 수도 있어. 다른 한편으로는 노부인을 향한 노신사의 감상적인 태도와 관련이 있을 수도 있고 말이야……. 어쨌든 내 생각에는 딜러드 교수와 교수의 식전 회동에 대해 신중히 조사해 볼 필요가 있겠어. 어?」

갑자기 밴스가 창문 쪽으로 몸을 숙였다.

「아! 저기 아르네손이 오는군. 약간 흥분한 모습인걸.」

잠시 후에 현관문이 열리는 소리가 나더니, 아르네손이 복도를 성큼성큼 걸어 내려왔다. 그리고 우리를 보자 재빨리 응접실로 들어왔다. 그는 한마디 인사도 없이 다짜고짜 소리를 질렀다.

「스프리그가 총에 맞았다니 이게 무슨 소리인가?」

아르네손은 흥분한 눈빛으로 우리를 재빨리 둘러보았다.

「보아하니 그에 대해 내게 물어보려고 여기 온 모양이군.

좋아, 어서 물어보게.」

 그는 중앙 테이블에 두툼한 서류 가방을 획 던져 놓고 장의자 가장자리에 털썩 주저 앉았다.

「오늘 아침에 한 형사가 학교로 찾아와서 온갖 멍청한 질문을 던지며 희극에 나오는 어릿광대 탐정 흉내를 냈다고 하더군. 정말 미스터리다…… 살인, 끔찍한 살인이다…… 존 스프리그에 대해 뭘 알고 있느냐 등등……. 그 바람에 3학년 학생 두 명은 겁에 질려 한 학기 내내 배운 걸 몽땅 까먹고, 죄 없는 젊은 영어 선생은 초기 신경 쇠약증에 걸렸다네. 난 그때 수업 중이어서 그 멍청이를 직접 만나지는 못했지만, 뻔뻔스럽게도 스프리그가 어느 여자랑 어울리고 다녔느냐는 질문까지 했다지 뭔가. 스프리그와 여자라니! 그 친구 머릿속에는 오직 공부 생각밖에 없었단 말일세. 수학과 상급생들 중에서 가장 명석한 친구였는데. 단 한 번도 수업을 빠진 적이 없었지. 그래서 오늘 아침 그 친구가 출석을 불러도 대답하지 않기에 난 이미 무슨 심각한 일이 생긴 줄 알았네. 그런데 점심시간이 되자, 다들 살인이 났다고 웅성거리더군. 그래, 해답이 뭔가?」

「해답은 찾지 못했습니다, 아르네손 씨.」

 아르네손을 줄곧 주의 깊게 지켜보고 있던 밴스가 대답했다.

「하지만 선생의 공식에 필요한 또 다른 인수를 갖게 된 셈입니다. 오늘 아침에 조니 스프리그가 머리 한가운데를 조그만 총으로 관통당했습니다.」

 아르네손은 한동안 미동도 하지 않고 밴스를 멀뚱멀뚱 쳐다보았다. 이윽고 그는 머리를 뒤로 젖히고는 조롱하듯이 신랄한 웃음을 터뜨렸다.

「아직도 그런 엉터리 마술사 주문 외는 소리를 하고 있소? 코크 로빈의 죽음처럼? 그럼 어디 한번 주문을 해독해 보시오.」

밴스는 간략하게 사건 정황을 설명해 주었다.

「이것이 현재 우리가 알고 있는 사실 전부입니다.」

그가 말을 맺었다.

「아르네손 씨, 무슨 좋은 제안이라도 덧붙여 주실 수 있습니까?」

「맙소사! 없소이다.」

이 남자는 진심으로 깜짝 놀란 듯 보였다.

「전혀. 스프리그는…… 내가 만난 가장 똑똑한 학생이었소. 천재적인 면모가 있었는데! 부모가 하고많은 이름 중에 하필이면 그의 이름을 존이라고 짓다니 참으로 안타깝군. 그 이름이 그의 운명을 결정지어 버린 거요. 어떤 미친놈에게 정수리를 총에 맞아 죽도록 말이오. 활로 로빈을 쏘아 죽인 그 어릿광대가 분명해.」

그는 두 손을 비벼 댔다. 그의 안에 감추어 있던 추상적인 철학자가 겉으로 모습을 드러낸 것이다.

「이거 참 근사한 문제로군. 어쨌거나 내게 모든 사실을 다 말씀해 준 거요? 나는 밝혀진 모든 정수를 다 알아야만 하오. 어쩌면 이 과정에서 새로운 수학 방식이 떠오를지 누가 알겠소? 케플러[42]처럼 말이오.」

아르네손은 자기 공상에 빠져 키득거렸다.

「케플러의 〈포도주 통의 신계량법〉 기억하시오? 미적분의 기초가 되었잖소? 케플러는 포도주를 담을 통을 만들려고 하

---

[42] Johannes Kepler(1571~1630). 독일의 천문학자. 혹성 운동에 관한 케플러의 법칙을 발견하는 등 근대 과학 발전의 선구자.

다가 여기에 이르렀지. 최소한의 목재로 최대한의 용량을 가진 통을 만들려다가 말이오. 어쩌면 이 범죄를 해결하기 위해 내가 만든 공식이 과학 연구의 새로운 장을 열어 보일 수도 있겠군. 하! 그렇게 되면 로빈과 스프리그는 순교자가 되는 건가?」

이 남자의 농담은, 비록 평생에 걸친 추상 학문을 향한 그의 열정을 고려한다 할지라도, 나에게는 지독한 악취미로 여겨졌다. 그러나 밴스는 이자의 무자비한 냉소주의를 전혀 개의치 않는 듯 보였다.

「제가 언급하지 않은 사실은 단 한 가지입니다.」

밴스는 이렇게 말하고 매컴을 향해 돌아서더니 그 공식이 적힌 종이 쪼가리를 달라고 했다. 그러고는 그것을 아르네손에게 건네주었다.

「그 종이가 스프리그의 사체 밑에서 발견되었습니다.」

아르네손이 잔뜩 거드름을 피우며 종이를 꼼꼼히 들여다보았다.

「비숍이 또다시 연루되었군요. 편지와 똑같은 종이에다가 활자체까지……. 그런데 리만-크리스토펠 텐서는 어디서 알았을까? 다른 텐서라면, 가령 G-시그마 타우 같은 거라면 응용 물리학에 관심만 좀 있다면 누구든 생각해 낼 수 있지만, 이건 흔한 텐서가 아닌데. 게다가 여기 적힌 이 공식은 특수하고 보기 드문 거요. 뭔가 빠진 항이 있군……. 아, 그래! 내가 바로 얼마 전 밤에 스프리그에게 이 공식에 대해 이야기했었소. 그때 그가 이걸 적었었소.」

「그렇지 않아도 스프리그가 목요일 밤에 여기 왔었다는 말을 파인이 했습니다.」

밴스가 끼어들어 한마디 했다.

「오, 그랬소? 그랬단 말이오? 목요일, 맞아. 파디도 왔었지. 드러커도. 우리는 가우스 좌표에 대해 토론을 했소. 그래서 이 텐서 이야기가 나왔는데, 아마 드러커가 제일 먼저 언급했을 거요. 파디는 체스에다 고등 수학을 응용하려는 황당한 생각을 갖고 있었고…….」

「그나저나 선생도 체스를 하시나요?」

밴스가 물었다.

「했었소. 그렇지만 더 이상은 안 하오. 근사한 게임이긴 하지만 말이오. 물론 체스 선수들만 없다면. 괴상한 족속들이라니까, 체스 선수들이란.」

「혹시 파디의 첫수에 대해 연구해 보신 적이 있습니까?」

(이때에는 어째서 밴스가 전혀 상관없는 질문들을 하는지 이해하지 못했다. 매컴 역시 슬슬 짜증스러운 기색을 보이기 시작하고 있었다.)

「불쌍한 파디!」

아르네손이 차갑게 미소를 지었다.

「기초 수학자로는 썩 나쁘지 않죠. 고등학교 교사 정도는 될 수 있을 텐데 말이오. 돈이 너무 많아서 탈이지만. 그런데 하필 체스에 빠지고 말았지 뭐요. 나는 그의 수가 비과학적이라고 말해 주었소. 심지어 어떻게 그 수를 이길 수 있는지 직접 보여 주기까지 했지. 그렇지만 그는 통 깨닫지 못했소. 머잖아 카파블랑카,[43] 비드만, 타르타코워가 잇달아 등장해서 그의 수를 완전히 박살 내버렸소. 내가 그에게 경고했던

---

43 Capablanca(1888~1942). 쿠바 출신의 체스 선수. 1921년부터 1927년까지 세계 체스 챔피언 자리에 올랐다.

그대로 말이오. 그의 인생은 무너져 버렸소. 그자는 지난 몇 년 동안 또 다른 수를 만든다고 법석을 떨고 있지만, 완성할 수 없을 거요. 영감을 얻는다며 바일, 실버스타인,[44] 에딩턴,[45] 마흐 등을 읽고 있긴 하지만.」

「그것 참 흥미롭군요.」

밴스는 파이프에 담배를 채우고 있는 아르네손에게 자신의 성냥갑을 내밀었다.

「파디도 스프리그와 잘 알았습니까?」

「오, 아니오. 여기서 두 번 만난 게 전부요. 그렇지만 드러커는 잘 알고 있소. 항상 퍼텐셜이니 스칼라니 벡터에 대해 물어보곤 하죠. 체스에 혁명을 일으킬 뭔가를 찾을 수 있지 않을까 희망하면서 말이오.」

「지난밤 선생께서 리만-크리스토펠 텐서에 대해 토론할 때, 파디도 관심을 보였습니까?」

「그랬다고는 말할 수 없소. 그의 영역에서 좀 벗어난 것이었으니까. 시공간의 곡률을 체스판에 끼워 맞출 수는 없는 노릇이잖소?」

「이 공식이 스프리그의 사체 밑에서 발견된 사실에 대해 어떻게 생각하십니까?」

「아무 생각도 없소. 혹시 스프리그의 필체였다면 그의 호주머니에서 떨어졌으려니 했을 테지만, 대체 어느 누가 수학 공식을 힘들게 타자기로 친단 말이오?」

「비숍이죠.」

아르네손은 입에서 파이프를 떼며 씩 웃었다.

---

44 Silverstein(1872~1948). 폴란드 출신 미국 물리학자.
45 Eddington(1882~1944). 영국의 천체 물리학자.

「비숍 X로군. 우리는 그자를 찾아야만 하오. 변덕으로 가득 찬 인물이오. 완전히 왜곡된 가치관을 지니고 있소.」
「확실히 그렇습니다.」
밴스가 심드렁하게 맞장구를 쳤다.
「그건 그렇고, 하마터면 여쭤 보는 걸 잊어버릴 뻔했군요. 딜러드 저택에 혹시 권총을 보관하고 있습니까?」
「오호!」
아르네손이 기쁨을 주체하지 못하고 킬킬거렸다.
「바람이 그쪽으로 불었나? 실망시켜 드려서 유감이오. 권총 따위는 없소. 비밀 문도, 비밀 계단도 없소이다. 모든 게 활짝 열려 있고 사실 그대로요.」
밴스가 과장되게 한숨을 내쉬었다.
「가슴 아픈 일이군요! 참으로 안심이 되는 추론이었는데.」
벨 딜러드가 소리 없이 복도를 따라 걸어와서 문 앞에 우뚝 서 있었다. 밴스의 질문과 아르네손의 대답을 모두 들은 게 분명했다.
「하지만 이 집에는 권총이 두 자루 있잖아요, 시구르.」
그녀가 딱 잘라 말했다.
「기억나지 않아요? 내가 시골에서 사격 연습용으로 썼던 낡은 권총?」
「난 이미 오래전에 내다 버린 줄 알았는데?」
아르네손은 자리에서 일어나더니 딜러드 양에게 의자를 끌어다 주었다.
「그해 여름 우리가 호파트콘에서 돌아왔을 때 내가 말하지 않았나? 이 아름다운 나라에서 권총 소지를 허락받은 사람은 오직 부랑자와 악당들뿐이라고.」

「하지만 난 당신 말을 믿지 않았어요.」

아가씨가 맞받아쳤다.

「당신 말은 언제가 농담이고 언제가 진담인지 도통 모르겠어요.」

「그럼 그 권총을 갖고 있습니까? 딜러드 양?」

밴스의 조용한 목소리가 들려왔다.

「네, 그래요.」

그녀는 불안한 눈빛으로 히스를 힐끗 쳐다보았다.

「그러면 안 되는 거였나요?」

「원칙적으로는 불법이겠죠. 하지만······.」

밴스가 안심을 시키려는 듯 미소를 지었다.

「경사님께서 아가씨를 상대로 설리번 법령[46]을 발동하지는 않을 겁니다. 자, 그 권총은 지금 어디 있죠?」

「아래층······ 궁술실에 있어요. 연장 서랍 어느 칸엔가 들었어요.」

밴스가 자리에서 일어났다.

「딜러드 양, 어디다 권총을 두었는지 저희에게 직접 보여 주시겠습니까? 권총을 보지 않고는 궁금해서 견딜 수가 없군요.」

아가씨는 잠시 망설이며 도움을 청하듯 아르네손을 쳐다보았다. 아르네손이 고개를 끄덕이자, 그녀는 아무 말 없이 돌아서서 궁술실로 앞장섰다.

「창가에 있는 저 서랍 안에 들었어요.」

딜러드 양이 말했다. 그러고는 서랍장으로 다가가서 한쪽 끝에 있는 작고 깊은 서랍을 열었다. 서랍 제일 안쪽 온갖 잡

---

46 뉴욕 주에서 시행하고 있는 총기 규제법으로, 무기를 소지하기 위한 면허증을 요구하는 법령이다.

동사니 밑에 38구경 콜트 자동 권총이 있었다.

「어머!」

그녀가 탄성을 질렀다.

「한 자루밖에 없네요. 또 한 자루는 없어졌어요.」

「좀 더 작은 권총이죠? 안 그렇습니까?」

밴스가 물었다.

「그래요······.」

「32구경?」

아가씨는 고개를 끄덕이더니 당황스러운 눈빛으로 아르네손을 바라보았다.

「사라졌군. 벨.」

아르네손이 어깨를 으쓱했다.

「어쩔 수 없지. 당신의 젊은 양궁 선수들 중 하나가 경기장에서 활을 제대로 못 쏘고 나면 머리통을 날려 버리려고 가져갔나 보군.」

「제발 진지하게 굴어요, 시구르.」

딜러드 양이 약간 겁에 질린 표정으로 애원했다.

「대체 권총이 어디 갔을까요?」

「아! 또 다른 어두운 미스터리로군.」

아르네손이 코웃음을 쳤다.

「버려둔 32구경 권총의 영문 모를 실종이라니.」

아가씨의 불안한 표정을 보자, 밴스가 화제를 바꾸었다.

「딜러드 양, 혹시 저희와 함께 드러커 부인에게 가주실 수 있으시겠습니까? 부인과 이야기를 나누고 싶은 한두 가지 문제가 있어서요. 아가씨가 여기 계신 걸 보니, 아무래도 야외 드라이브는 연기되셨나 보군요.」

어두운 그림자가 아가씨의 얼굴을 스치고 지나갔다.
「오, 오늘은 그분을 괴롭히시면 안 돼요.」
그녀의 목소리는 애처로울 만큼 간절했다.
「메이 부인은 몹시 편찮으세요. 도무지 이해할 수가 없어요. 저랑 위층에서 이야기를 나눌 때만 해도 무척 좋아 보였는데 말이죠. 하지만 매컴 검사님과 선생님을 만난 후로 달라졌어요. 기력을 잃었어요. 오, 뭔가 끔찍한 일이 그분의 마음을 갉아먹고 있는 것 같아요. 부인을 침대로 모신 후에도 계속해서 소름 끼치는 목소리로 중얼거렸어요. 〈조니 스프리그, 조니 스프리그〉라고 말이죠. 저는 부인의 주치의께 전화를 했고, 곧 의사 선생님이 오셨죠. 의사는 부인이 계속 절대적인 안정을 취해야만 한다고 했어요.」
「그렇게 중요한 일은 아닙니다.」
밴스가 그녀를 안심시켰다.
「당연히 부인이 좋아지실 때까지 기다려야죠. 그런데 부인의 주치의는 누구십니까?」
「휘트니 바스테드 선생님이에요. 제가 기억하는 한, 항상 그분이 부인을 돌봐 주셨죠.」
「좋은 분이죠.」
밴스가 고개를 끄덕였다.
「이 나라에 그분보다 더 뛰어난 신경과 의사는 없을 겁니다. 어쨌든 저희는 그분의 허락 없이는 아무것도 하지 않습니다.」
딜러드 양이 무척 고마워하는 표정으로 그를 바라보고는 곧 자리를 떠났다.
우리가 다시 응접실에 모였을 때, 아르네손이 벽난로 앞에 자리를 잡고 앉더니 밴스를 비웃듯 쳐다보았다.

「〈조니 스프리그, 조니 스프리그〉 하! 메이 부인은 당장 그 생각을 떠올렸군. 그 부인이 미쳤는지는 몰라도, 두뇌의 어느 부분은 꽤 활발히 움직이는 모양이오. 참으로 불가해한 기계라니까, 인간의 두뇌란. 유럽에서 가장 뛰어난 두뇌를 가진 사람 중에 몇몇은 저능아라오. 내가 아는 체스 명인들 중 두 명은 간호사가 입혀 주고 먹여 줘야 하지.」

밴스는 그의 말을 전혀 듣지 않고 있는 듯 보였다. 그는 문가에 있는 작은 장식장 앞에 멈춰 서더니 고대 중국에서 만든 옥 공예품에 온통 정신을 팔고 있었다.

「저 코끼리는 거기 것이 아니군.」

밴스가 수집품 가운데 작은 조각상 하나를 지적하며 태연히 말했다.

「이건 자유분방한 일본 남화 미술품이야. 정교하지만 진짜는 아닐세. 아마 만주 예술품의 복제품이겠지.」

밴스는 하품을 참으며 매컴을 향해 돌아섰다.

「이보게, 우리가 더 이상 할 수 있는 일이 전혀 없군. 슬슬 떠나는 게 어떻겠나. 그 전에 잠깐 교수님과 얘기 좀 하고 가지. 여기서 기다려 주시겠습니까, 아르네손 씨?」

아르네손은 약간 놀라며 눈썹을 치켜떴지만, 곧 얼굴을 일그러뜨리며 깔보는 듯한 미소를 지었다.

「오, 그럼요. 어서 가보시오.」

아르네손은 다시 파이프를 채워 넣기 시작했다.

딜러드 교수는 우리의 두 번째 침입을 몹시 짜증스러워했다.

「저희가 방금 전에 알았습니다.」

매컴이 말했다.

「교수님께서 오늘 아침 식사 전에 드러커 부인과 이야기를 나누셨다고요…….」

딜러드 교수의 뺨이 분노로 실룩거렸다.

「내가 내 정원에서 이웃과 얘기를 나누든 말든, 지방 검사실에서 무슨 상관인가?」

「물론 상관할 바가 아닙니다, 교수님. 하지만 저는 교수님 댁과 깊은 관련이 있는 사건을 조사 중에 있습니다. 그러니 교수님께 도움을 요청할 권리가 있다고 생각하는데요.」

노인이 잠깐 투덜거렸다.

「잘 알겠네.」

그는 못내 언짢아하며 수긍했다.

「나는 드러커 부인 외에는 아무도 못 봤네. 자네가 찾는 대답이 그거라면 말일세.」

그때 밴스가 대화에 끼어들었다.

「그 때문에 저희가 찾아온 것은 아닙니다, 딜러드 교수님. 저희는 다만 오늘 아침 드러커 부인이 리버사이드 공원에서 앞서 일어난 사건을 알고 있는 것 같은 기미를 보였는지 여쭤보고 싶었을 뿐입니다.」

교수는 당장 날카롭게 쏘아붙이려고 하다가 간신히 자신을 억눌렀다. 그리고 잠시 후에 간단히 대답했다.

「아니오. 그런 기미는 보이지 않았소.」

「불안하거나, 흥분한 사람처럼 보이지 않았습니까?」

「그렇지 않다니까!」

딜러드 교수가 자리에서 벌떡 일어나 매컴을 마주 보았다.

「자네가 뭘 노리고 있는지 난 분명히 알고 있네. 그리고 그렇게는 하지 않을 거야. 매컴, 내가 분명히 말하지 않았나. 이 불행한 여인이 관련된 일에는 절대 스파이 노릇을 하거나 말을 전달하는 역할을 하지 않겠다고! 내가 자네에게 할 말은 그게 전부일세.」

교수는 휙 돌아서서 책상으로 갔다.

「미안하지만 난 오늘 무척 바쁘다네.」

우리는 현관 복도로 내려와서 아르네손에게 작별 인사를 고했다. 그는 밖으로 나가는 우리에게 다정하게 손을 흔들었다. 그렇지만 그의 미소는 거만한 윗사람처럼 마치 우리가 방금 퇴짜를 맞는 꼴을 흐뭇하게 지켜보다가 히죽거리는 듯이 보였다.

보도로 내려왔을 때, 밴스가 잠깐 걸음을 멈추고 새 담배에 불을 붙였다.

「이제 그 점잖고 우수에 찬 파디 씨와 잠깐 한담이나 나누러 가볼까. 우리에게 무슨 말을 해줄 수 있을지 모르겠지만, 어서 그와 얘기를 해보고 싶군.」

하지만 파디는 집에 없었다. 일본인 하인이 아마 주인님은 맨해튼 체스 클럽에 있을 거라고 알려 주었다.

「내일도 시간은 충분할 걸세.」

우리가 집에서 돌아 나왔을 때 밴스가 매컴에게 말했다.

「나는 아침에 바스테드 의사 선생과 연락을 해서 드러커 부인을 진료하도록 일정을 잡아 보겠네. 그때 파디도 함께 들르도록 하지.」

「내일은 반드시 오늘보다 뭘 좀 더 알아내야 할 텐데요.」

히스가 구시렁거렸다.

「위안을 삼을 만한 한두 가지 뜻밖의 수확이 있었는데, 그 점을 놓치고 있군요, 경사님.」

밴스가 말했다.

「우리는 딜러드 집안과 관련 있는 모든 사람들이 스프리그를 알고 있으며, 아침 일찍 허드슨 강변을 따라 산책하는 그의 습관을 쉽게 알 수 있었다는 사실을 알아내지 않았습니까. 또한 교수와 드러커 부인이 오늘 아침 8시에 정원을 어슬렁거렸다는 사실도 알아내고, 32구경 권총이 궁술실에서 사라졌다는 사실도 발견했지요. 주체할 수 없을 만큼 많은 사실은 아니지만 중요한 사실이죠. 틀림없이 중요한 사실이오.」

우리가 차를 타고 시내로 가고 있을 때, 매컴이 울적한 상념에서 깨어나 근심스러운 눈빛으로 밴스를 바라보았다.

「이번 사건은 계속 조사하기가 두려울 지경일세. 너무 불길해지고 있어. 만약 신문사들이 조니 스프리그가 등장하는 자장가를 알아내고 두 살인을 연결시킨다면, 어떤 끔찍한 소동이 일어날지 생각하기도 싫네.」

「안됐지만 곧 그렇게 될 걸세.」

밴스가 한숨을 쉬었다.

「나는 점쟁이가 아니지만, 현실로 이루어지는 꿈을 꾸지도 않고 정신 감응이 어떤 건지도 모르지만, 왠지 비숍이 그 마더 구스 노래를 언론사에 알릴 거란 생각이 드네. 그자의 새로운 장난의 핵심은 코크 로빈 희극보다 더 파악하기 힘드니까 말일세. 그자는 그걸 모든 사람이 깨닫게 해주려고 할 거야. 아무리 진짜 송장을 자기 연극에 사용하는 잔혹한 익살꾼이라도 관객이 없으면 안 되는 법이니까. 이 소름 끼치는 범죄의 단 한 가지 약점이 바로 그것일세. 그게 우리의 유일한 희망이야, 매컴.」

「제가 키년에게 전화를 걸어서 뭔가 제보된 게 없는지 알아보겠습니다.」

하지만 경사는 그런 수고를 할 필요도 없었다. 「월드」지의 기자가 지방 검사실에서 우리를 기다리고 있었다. 스와커가 즉시 그를 방으로 안내했다.

「안녕하신가요, 검사님?」

키넌의 태도는 활발하고 뺀질뺀질했다. 그럼에도 초조하고 흥분한 기색을 숨기지 못했다.

「여기, 히스 경사님께 뭘 좀 가져왔습니다. 본부에서 경사님이 스프리그 사건을 담당하고 있는데 검사님과 회의 중이라고 하더군요. 그래서 얼른 달려왔지요.」

그는 호주머니에 손을 넣더니 종이 한 장을 꺼내서 히스에게 건네주었다.

「저는 경사님을 한없이 고귀하고 관대하고 너그럽게 대하고 있으니 상호성에 입각해서 약간의 내부 정보를 기대해도 되겠죠? 이 문서를 좀 보십시오. 미국의 유력한 일간지가 방금 받은 편지입니다.」

그것은 평범한 타자기 용지였다. 그 안에는 옅은 푸른색 잉크에 엘리트 활자체로 조니 스프리그가 등장하는 마더 구스의 노래가 타이핑되어 있었다. 오른쪽 제일 아래 구석에는 대문자로 〈비숍〉이라고 서명되어 있었다.

「여기 봉투가 있습니다, 경사님.」

키넌이 다시 호주머니를 뒤졌다. 우체국 소인은 오전 9시로 찍혀 있었다. 그리고 처음 편지와 마찬가지로, N 지부 우체국에서 발송되었다.

12
한밤중의 방문
4월 12일 목요일, 오전 10시

다음 날 아침 이 대도시 신문의 1면에는 매컴이 두려워했던 최악의 시나리오보다 훨씬 더 자극적인 기사가 실렸다. 「월드」지뿐만 아니라 다른 두 개의 유력한 신문사에도 키넌이 우리에게 보여 준 편지와 동일한 우편물이 도착했던 것이다. 이 신문 발표로 어마어마한 소동이 일어났다. 도시 전체가 공포와 두려움에 빠졌다. 비숍의 편지를 그저 장난꾸러기의 소행으로 해석하고, 우연의 일치를 근거로 이 범죄의 광기 어린 측면을 마지못해 부인하려고 하는 시도도 더러 있긴 했지만, 모든 신문과 대다수의 여론은 이 새로운 유형의 무시무시한 살인자가 사회 공동체를 위협하고 있다고 굳게 확신했다.[47]

매컴과 히스는 기자들에게 시달렸지만, 비밀의 장막은 조심스럽게 지켜졌다. 사건 해결책이 딜러드 집안 가까이에 있

---

[47] 1888년 잭 더 리퍼Jack the Ripper가 소름 끼치고 비정상적인 만행을 저질렀을 때, 런던이 이와 유사한 공포 상태에 빠졌었다. 또 한번은 1923년 늑대 인간 하맨이 분주하게 식인 살육을 하고 다녔을 때였다. 그러나 나는 현대에 들어 비숍 살인 사건 동안 뉴욕을 짓눌렀던 그 음산한 공포의 분위기에 견줄 만한 다른 사건을 찾을 수가 없다 — 원주.

다고 믿을 만한 이유가 있다는 말 따위도 비치지 않았고, 사라져 버린 32구경 권총에 대한 언급도 새어 나가지 않았다. 언론에서는 스필링의 처지를 동정적으로 다루었다. 이제는 이 젊은이가 불운한 상황의 희생자라는 여론이 일반적이었다. 매컴의 기소 유예에 대한 모든 비난도 즉시 사라졌다.

스프리그가 총에 맞은 그날, 매컴은 스타이비샌트 클럽에서 회의를 열었다. 수사국의 모런 경감과 오브라이언 경시 총감[48]도 그 자리에 참석했다. 먼저 두 건의 살인 사건을 자세히 검토한 후에 밴스는 이 문제의 해답이 궁극적으로는 딜러드 저택이나 혹은 저택과 직접 관련이 있는 곳에서 발견되리라고 믿는 까닭을 설명했다. 그는 이렇게 말을 맺었다.

「지금 저희는, 범죄를 성공적으로 저지를 수 있을 만큼 두 희생자의 주변 상황을 잘 알 수 있을 만한 모든 인물들과 접촉하고 있습니다. 우리의 유일한 수사 방향은 이 사람들에게 전력을 다하는 것이지요.」

모런 경감도 그의 의견에 찬성하는 편이었다.

「단 한 가지, 당신이 언급한 그 드라마 속의 인물들 중 어느 누구도 내 눈에는 피에 굶주린 미치광이처럼 보이지 않는단 점만 빼고 말입니다.」

경감이 토를 달았다.

「이 살인자는 일반적인 의미에서의 미치광이가 아닙니다.」

밴스가 대답했다.

「그는 아마 다른 모든 점에서 정상일 겁니다. 사실 그자의 두뇌는 매우 뛰어납니다. 단 한 가지 결점이라면, 너무 뛰어

---

[48] 당시 오브라이언 경시 총감은 경찰 부서 전체의 지휘를 맡고 있었다 — 원주.

나다는 것이지요. 그자는 순수하게 추상적인 사고에만 몰두하다가 중용 감각을 완전히 잃어버린 겁니다.」

「그렇지만 아무리 변태적인 천재라 해도 아무런 동기도 없이 이런 끔찍한 장난을 즐기겠습니까?」

경감이 물었다.

「아, 동기는 있습니다. 이런 무시무시한 살인의 착상 뒤에는 어떤 엄청난 동력이 있지요. 그 힘이 결과적으로는 악마적인 유희의 형태로 나타난 것입니다.」

오브라이언은 이 논의에 한마디도 끼어들지 않았다. 비록 막연한 추측들이 인상적이기는 했지만, 전혀 현실성이 없다는 점에 짜증이 났던 것이다.

「그런 식의 논의는 신문 사설에는 적합할지 몰라도 실제로는 아무 소용이 없잖소.」

그는 매컴을 향해 통통한 검은 시거를 흔들었다.

「우리가 해야 할 일은 모든 가능성을 다 조사해서 어떤 법적 증거를 찾는 것이오.」

마침내 비숍의 편지를 전문 분석가에게 의뢰하고, 타자기와 용지의 출처를 추적해 보자는 결정이 내려졌다. 또한 그날 아침 7시와 8시 사이에 리버사이드 파크에서 뭔가 봤을지도 모르는 목격자에 대한 체계적인 탐문을 실시하기로 했다. 스프리그의 습관과 인맥은 주의 깊은 조사 대상이 되었다. 그리고 사람 한 명을 따로 배치하여 그 지역 담당 집배원을 심문해 보기로 했다. 혹시 여러 우체통에서 편지를 수집하던 도중 신문사로 보내는 봉투를 발견하고 실제로 어느 우체통에 들어 있었는지 진술할 수 있을지도 모른다는 기대 때문이었다.

그 외에도 순전히 일상적인 여러 가지 수사 활동이 계획되었다. 모런은 한동안 살인 현장 부근에 형사 세 명을 배치하여 어떤 진척 사항은 없는지, 혹은 이 사건의 관련자들 중에 누군가 의심스러운 행동은 하지 않는지 밤낮으로 감시하자고 제안했다. 또한 경찰청과 지방 검사실은 공조 수사를 하기로 했다. 물론 히스의 암묵적 동의하에 수사 지휘는 매컴이 맡을 예정이었다.

「저는 이미 로빈 살인 사건과 관련 있는 딜러드 집안과 드러커 집안 사람들과 면담을 했습니다.」

매컴이 모런과 오브라이언에게 설명했다.

「그리고 딜러드 교수와 아르네손과 스프리그 사건에 관한 이야기를 나누었습니다. 내일은 파디와 드러커 집안 사람들을 만나 볼 생각입니다.」

다음 날 아침, 매컴은 히스와 함께 10시도 되기 전에 밴스를 찾아왔다.

「이런 식으로 계속 당할 수는 없어.」

매컴은 인사도 하는 둥 마는 둥 하고서 다짜고짜 선언했다.

「누가 뭘 알고 있든 우리는 그자를 꼭 찾아내야 해. 난 인정사정 보지 않고 그자를 족칠 걸세. 그다음에 어떻게 되든 상관없어!」

「어쨌든 잘해 보게.」

밴스는 별로 기대하지 않는 표정이었다.

「하지만 그게 도움이 될지 의문일세. 일반적인 방식으로는 이 수수께끼를 결코 풀 수 없어. 그나저나 내가 바스테드 박사에게 전화를 걸었네. 오늘 오전에는 드러커 부인과 잠깐 이야기를 나눌 수 있을 거라고 하시더군. 하지만 의사 선생님부터 먼저 만나 보기로 했네. 드러커 집안의 병력에 대해서 좀 더 알아보고 싶어서 말이야. 알다시피 대개는 땅에 좀 떨어졌다고 꼽추가 되지는 않아.」

우리는 즉시 의사 선생의 집으로 차를 몰고 갔다. 그리고 곧바로 안으로 안내되었다. 바스테드 박사는 덩치가 크고 서글서글했다. 나는 그의 쾌활한 태도가 왠지 오랜 훈련의 결과라는 느낌이 들었다.

밴스는 곧장 본론으로 들어갔다.

「박사님, 드러커 부인과 그분의 아드님이 최근 딜러드 저택에서 일어난 로빈 씨의 죽음과 간접적으로 관련이 있을 거라고 믿을 만한 근거가 있습니다. 그래서 저희가 그 두 사람을 심문하기 전에, 박사님께서 직업 윤리가 허용하는 범위 내에서 그분들의 신경학적 상태에 대해 말씀해 주셨으면 합니다.」

「좀 더 구체적으로 말씀해 보십시오.」

바스테드 박사는 방어적인 태도로 거리를 유지하려고 했다.

「사실은 드러커 부인이 아드님의 장애를 자기 책임으로 여기신다는 이야기를 들었습니다.」

밴스가 말을 이었다.

「그렇지만 그분 같은 그런 장애는 일반적으로 물리적 상해 때문에 일어나지는 않는 걸로 알고 있는데요?」

「맞는 말씀입니다. 외상이나 탈구로 인해서 척추 압박에 따른 하반신 마비가 오기도 하지만 이런 장애는 몸의 중심이 어긋나는 유형입니다. 척추골의 골염이나 골양, 우리가 흔히 포츠 씨 병이라고 부르는, 이런 질병은 대개 결핵성입니다. 척추 결핵은 아이들에게서 가장 흔하게 발생하지요. 종종 태어날 때부터 지니고 있기도 합니다. 물론 어떤 외상이 감염 지점을 결정하거나 잠재된 요인을 촉발시키는 수가 있습니다.

그래서 외상 자체가 질병을 가져왔다는 잘못된 믿음을 불러일으키지요. 하지만 슈마우스와 호슬리 두 사람이 척수골염의 진정한 병리학적 구조를 밝혀냈습니다. 드러커의 장애는 결핵성이 분명합니다. 심지어 그의 굴곡은 두드러지게 둥근 유형으로, 척수염의 광범위한 감염을 의미합니다. 달리 토를 달 여지가 없습니다. 게다가 그는 골염의 국부 증상을 모두 갖고 있습니다.」

「박사님께서는 물론 이런 상황을 드러커 부인께 설명하셨겠지요?」

「여러 번 했지요. 그렇지만 아무 소용 없었습니다. 사실은 완전히 왜곡된 순교자적인 본능 때문에 부인은 아들의 장애가 자기 탓이라는 생각을 붙잡고 있습니다. 이 잘못된 생각이 부인의 고정관념이 된 것입니다. 이 관념은 부인의 사고 전체를 형성하고, 지난 40년 동안 그분이 살아온 희생과 봉사의 삶에 의미를 부여해 주고 있지요.」

「이런 신경증이 부인의 정신에 어느 정도 영향을 미치고 있는 겁니까?」

「뭐라고 말하기가 어렵습니다. 제가 논의할 수 있는 문제도 아니고요. 하지만 이 점만은 말씀드릴 수 있습니다. 부인은 분명 병적인 상태이고 그분의 가치관은 완전히 왜곡되었습니다. 지극히 은밀하게 드리는 말씀이지만, 아들에 대해서 유별난 환상을 갖는 징후가 몇 번 있었습니다. 부인은 아들의 행복에 집착하게 되었습니다. 사실상 아들을 위해서라면 무슨 일이든 못 할 게 없죠.」

「솔직한 말씀 감사합니다, 박사님. 그렇다면 어제 부인의 흥분 상태는 아들의 안녕과 관련된 충격이나 두려움에서 비롯된 결과라고 보아도 타당하겠지요?」

「물론입니다. 부인에게는 아들 이외에 어떤 정서 생활이나 정신 생활도 없습니다. 하지만 부인의 일시적인 정신 쇠약이 현실적인 두려움에서 비롯되었는지 혹은 상상 속의 두려움에서 비롯되었는지 말씀드리기가 어렵군요. 부인은 너무 오랫동안 현실과 환상의 경계에서 살아오셨으니까요.」

짧은 침묵이 이어지고, 잠시 후 밴스가 물었다.

「그렇다면 드러커 씨 본인은 어떻습니까? 박사님께서는 그 사람이 자기 행동에 전적으로 책임을 질 수 있다고 보십니까?」

「드러커 씨는 제 환자입니다.」

바스테드 박사가 차갑게 힐난하는 어조로 대답했다.

「담당 의사인 제가 그 사람을 격리 수용하는 조치를 취하거나 하지 않았는데, 그런 질문을 하시다니 무례하군요.」

매컴이 몸을 앞으로 기울이며 단호하게 말했다.

「지금 저희는 앞뒤 따져 가며 말을 할 시간이 없습니다, 박사님. 흉악무도한 연쇄 살인 사건을 조사하고 있는 중이니까요. 드러커 씨는 이 사건에 관련되어 있습니다. 어느 정도로 깊이 관련되었는지는 모르지만 말이죠. 그걸 알아내는 게 우리의 임무입니다.」

박사는 처음에는 울컥하며 매컴과 맞설 기세였으나, 곧 생각을 고쳐먹은 게 분명했다. 훨씬 너그러운 어조로 담담하게 대답을 해주었기 때문이다.

「저로서는 검사님께 어떤 사실을 숨기거나 할 이유가 전혀 없습니다. 그렇지만 드러커 씨의 책임 능력을 의심하는 일은 제가 공공의 안녕을 소홀히 했다는 비난과 마찬가지입니다. 물론 이 신사분의 질문을 오해한 것일 수도 있겠죠.」

박사는 잠깐 동안 밴스를 쳐다보았다.

「물론 책임 능력에도 등급이 있습니다.」

박사는 다시 직업적인 말투로 말을 이었다.

「척추 장애 환자들이 대개 그렇듯이, 드러커 씨는 정신적인 면이 지나치게 발달되어 있었습니다. 모든 정신 활동이 내면으로만 진행되었지요. 정상적인 육체 활동의 결핍은 종종 금지와 일탈을 낳는 경향이 있습니다. 그렇지만 드러커 씨의 경우에는 그런 상태의 징후를 전혀 발견하지 못했습니다. 쉽게 흥분하고 신경질적인 경향이 있지만, 그분과 같은 질환을 앓는 사람에게는 흔한 일입니다.」

「그런데 드러커 씨는 어떤 오락을 즐깁니까?」

밴스가 정중하게 지나가는 말처럼 한마디 물었다. 바스테드 박사가 잠시 생각했다.

「아이들 놀이를 좋아합니다. 장애인들에게 있어서 그런 취미는 드문 일이 아니죠. 드러커 씨의 경우에는 소망 충족의 욕구가 깨어났다고 할 수 있습니다. 정상적인 어린 시절을 지내지 못했기 때문에 다시 어린아이가 된 느낌을 주는 일이라면 무엇이든 집착하게 되지요. 따라서 유아적인 활동은 순전히 정신적인 활동밖에 없는 그의 단조로운 삶에 균형을 맞춰 줍니다.」

「아들의 놀이 본능에 대한 드러커 부인의 태도는 어떻습니까?」

「매우 바람직하게 적극 지지해 주고 있지요. 리버사이드 공원 운동장 담 위에 기대고 서서 아들을 지켜보는 부인의 모습을 종종 볼 수 있습니다. 그리고 아들이 집에서 벌이는 아이들과의 파티나 저녁 식사에 부인도 항상 참석하지요.」

잠시 후에 우리는 그곳을 떠났다. 76번가로 접어들었을 때, 히스가 갑자기 악몽에서 깨어난 사람처럼 깊은 한숨을 쉬며 차 안 좌석에서 몸을 똑바로 세웠다.

「아이들 놀이라니, 그럼 그 생각을 했던 겁니까?」

히스가 잔뜩 겁먹은 목소리로 물었다.

「하느님 맙소사, 밴스 씨! 대체 이 사건은 어디로 흘러가고 있는 거죠?」

그러나 밴스는 묘한 슬픔이 어린 눈으로 강 건너편의 안개 낀 제시 절벽을 똑바로 응시할 뿐이었다.

우리가 드러커 집의 초인종을 누르자 뚱뚱한 독일 여자가 나왔다. 그녀는 미련하게 우리 앞을 딱 가로막고 서서 의심에 가득 찬 어조로 드러커 씨는 너무 바빠서 아무도 만날 수 없다고 말했다.

「그래도 어서 가서 말씀 전해 드리는 게 좋을 거요.」

밴스가 말했다.

「지방 검사님께서 그분과 당장 이야기를 나누고 싶어 하신다고 말이오.」

밴스의 말은 여인에게 이상한 효과를 미쳤다. 여자는 두 손으로 얼굴을 가린 채 발작을 일으키듯 거대한 가슴을 들썩거렸다. 그리고는 충격을 받은 사람처럼 허둥지둥 돌아서서 계단을 올라갔다. 여자가 문을 두드리는 소리가 들려왔다. 뒤이어 사람 목소리가 들리더니 잠시 후에 여자가 돌아와서 드러커 씨가 서재에서 우리를 뵙고 싶어 한다고 알렸다.

우리가 여자 앞을 지나치려는 순간, 밴스가 갑자기 몸을 돌리며 무서운 눈초리로 여자를 뚫어져라 쳐다보고 물었다.

「어제 아침 드러커 씨는 몇 시에 일어났죠?」

「저, 저는 모릅니다.」

여자가 완전히 겁에 질려서 말을 더듬거렸다.

「아, 아니, 그러니까 평소처럼 9시에 일어나셨습니다.」

밴스는 고개를 끄덕이더니 다시 발걸음을 옮겼다.

드러커는 책과 서류로 뒤덮인 커다란 책상 앞에 서서 우리를 맞이했다. 그는 정중하게 허리 숙여 인사를 했지만, 우리에게 의자를 권하지는 않았다.

밴스는 그의 불안하고 공허한 눈동자 너머에 감추어져 있는 비밀을 읽어 내려는 듯, 잠시 그를 가만히 살펴보였다.

「드러커 씨.」

밴스가 입을 열었다.

「저희도 괜한 심려를 끼쳐 드리고 싶지는 않습니다. 하지만 선생께서 존 스프리그 씨와 아는 사이라는 이야기를 들었습니다. 아마 알고 계시겠지만, 그 청년은 어제 아침 이 근처에서 총에 맞아 살해당했습니다. 자, 혹시 누군가 그를 죽일 만한 까닭이 있을까요?」

드러커는 몸을 꼿꼿이 세웠다. 자제력을 잃지 않으려는 노력에도 불구하고, 대답을 하는 그의 목소리는 파르르 흔들렸다.

「스프리그 씨를 알긴 하지만, 그저 약간 아는 사이입니다. 그 청년의 죽음에 관해서는 아무 의견도 말씀드릴 게 없군요……」

「그의 시신에서 리만-크리스토펠 텐서 공식을 적은 종이쪽지가 나왔답니다. 선생의 저서 중 물리적 공간의 유한성에 관한 장에서 소개되었던 공식이지요.」

밴스는 이렇게 말하면서 책상 위에 놓인 타자기 용지 한 장을 자기 쪽으로 슬쩍 끌어당겼다. 그러고는 예사롭게 내려다보았다.

드러커는 그 행동을 전혀 알아채지 못하는 듯 보였다. 그의 관심은 온통 밴스의 말에만 쏠려 있었다.

「이해할 수가 없군요.」

그가 애매하게 대답했다.

「그 쪽지를 봐도 될까요?」

매컴이 즉시 그의 요구를 들어주었다. 드러커는 잠시 종이를 들여다보더니 돌려주었다. 그는 작은 눈으로 사납게 쩨려보았다.

「아르네손에게는 이 공식에 대해 물어보셨습니까? 그자는 지난주에 바로 이 공식을 가지고 스프리그와 토론을 했었습니다.」

「오, 그럼요.」

밴스가 천연덕스럽게 대답했다.

「아르네손 씨도 그 일을 기억하시더군요. 그렇지만 아무 실마리도 주지 못했습니다. 저희는 혹시 그분이 못 한 일을 선생께서 하실 수 있지 않을까 생각했습니다만.」

「기대에 부응하지 못해 유감이군요.」

드러커의 대답에는 빈정거리는 어조가 역력했다.

「이 텐서는 누구나 사용할 수 있지요. 바일과 아인슈타인의 저서는 이 공식으로 가득 차 있습니다. 저작권이 있는 것도 아니고요……」

드러커는 회전식 책꽂이 위로 몸을 숙이더니 팔절로 접은 얇은 팸플릿을 한 장 꺼냈다.

「여기 민코프스키[49]의 『상대성 이론』에도 나와 있습니다.

---

49 Hermann Minkowski(1864~1909). 독일의 수학자. 정수론, 상대성 이론 등의 어려운 문제를 기하학적 방법을 써서 해결했다.

단지 기호만 바꿨을 뿐이죠. 가령 B에서 T로, 지수 대신 그리스 문자로 말이죠.」

그는 또 다른 책을 꺼냈다.

「푸앵카레[50] 또한 그의 『우주 진화의 가설』에서 그 공식을 사용했습니다. 물론 또 다른 기호를 가지고.」

그는 거만한 태도로 책상 위에 책들을 획 던졌다.

「그런데 어째서 저를 찾아오신 겁니까?」

「저희 발걸음을 선생 댁으로 이끈 것은 비단 텐서 공식만이 아니었습니다.」

밴스가 쾌활한 어조로 말했다.

「예를 들자면, 저희는 스프리그의 죽음이 로빈 살인 사건과 관련이 있다고 믿을 만한 근거를 갖고 있지요……」

드러커의 긴 손가락이 책상 가장자리를 꽉 움켜쥐었다. 그는 흥분으로 두 눈을 번뜩이며 몸을 앞으로 바싹 기울였다.

「스프리그와 로빈이 관련이 있다고요? 설마 신문에서 떠드는 소리를 믿지는 않으시겠죠? 그건 터무니없는 거짓말이란 말입니다!」

그의 얼굴이 실룩거리기 시작했고 목소리도 날카롭게 높아졌다.

「죄다 미친 헛소리입니다. 아무 증거도 없어요. 분명히 말씀드리지만, 눈곱만한 증거도 없다고요!」

「코크 로빈과 조니 스프리그, 그걸 모르시나요?」

밴스는 부드럽지만 끈질기게 말했다.

「그런 당치도 않는 말을! 정신 나간 잠꼬대! 오, 하느님!

---

50 Poincaré(1854~1912). 프랑스 수학자, 천문학자. 우주 진화론, 상대성 이론, 위상 수학에 영향을 미쳤다.

세상이 완전히 미쳐 버렸군!」

그는 몸을 앞뒤로 흔들며 한 손으로 책상 위를 쾅 내려쳤다. 그 바람에 종이가 사방으로 날아가 버렸다.

밴스는 살짝 놀란 표정으로 그를 쳐다보았다.

「혹시 비숍을 모르십니까, 드러커 씨?」

그는 당장 몸을 흔들던 행동을 멈추고 꼿꼿이 서서 밴스를 무섭게 노려보았다. 입꼬리를 한껏 추어올린 그의 입술 모양은 마치 진행성 근육병 환자의 일그러진 미소 같았다.

「당신도 미쳤군!」

그가 우리를 쓱 둘러보았다.

「이 빌어먹을 인간들. 당신들은 정말 한심하기 짝이 없는 바보 멍청이야! 비숍이란 사람은 없어! 코크 로빈이나 조니 스프리그 같은 사람도 없다고. 그런데 다 큰 어른들이 여기 모여서 한낱 자장가 따위로 나를 위협하려 하고 있다니. 수학자인 나를 말이야!」

그는 미친 듯이 웃어 대기 시작했다. 밴스가 재빨리 그에게 다가가더니, 그의 팔을 붙잡고 의자에 앉혔다. 그의 웃음이 천천히 잦아들었다. 그는 힘없이 손을 흔들었다.

「로빈과 스프리그가 살해당한 일은 몹시 유감이오.」

그는 아무 감정 없는 무거운 어조로 중얼거렸다.

「그렇지만 그런 건 애들이나 문제 삼을 일이오……. 아마 당신들은 범인을 찾을 겁니다. 그렇지 못하면, 제가 도와 드릴 수도 있겠죠. 하지만 지나친 상상력을 발휘하지는 마십시오. 사실만 보라고요……. 사실만…….」

우리는 기진맥진해진 드러커를 두고 나왔다.

「저자는 뭔가 두려워하고 있군, 매컴. 몹시 두려워하고 있어.」

우리가 다시 복도로 나오자 밴스가 말했다.

「저 약삭빠르고 비뚤어진 마음속에 대체 무슨 생각이 감추어져 있는지 알고 싶은걸.」

밴스는 드러커 부인의 방문 앞까지 앞장서서 복도를 걸어 내려갔다.

「사실 이런 식으로 숙녀를 방문하는 건 최고의 사교 예법과는 어긋나는 일이지. 정말이지, 매컴, 나는 타고난 경찰관은 못 되는 모양일세. 슬금슬금 캐묻고 다니는 일이 끔찍하게 싫거든.」

우리가 문을 두드리자 가냘픈 목소리가 응답했다. 드러커 부인이 평소보다 더 파리한 얼굴로 창가에 놓인 긴 의자에 누워 있었다. 뭔가 움켜쥘 듯 갈고리처럼 살짝 구부러진 부인의 하얀 손은 의자 팔걸이 위에 놓여 있었다. 그 모습이 오늘따라 유난히 아르고노츠[51]의 이야기 속에 등장하는 피네우스[52]를 괴롭히는 탐욕스러운 하피[53]의 그림을 연상시켰다.

우리가 미처 이야기를 꺼내기도 전에, 부인이 잔뜩 겁에 질린 긴장한 목소리로 말했다.

「당신들이 올 줄 알았어. 아직도 날 더 괴롭힐 줄 알았지.」

「드러커 부인, 저희는 부인을 괴롭힐 생각이 꿈에도 없습니다. 다만 부인의 도움을 바랄 뿐입니다.」

밴스가 부드럽게 대답했다. 그의 태도는 부인의 두려움을 다소 가라앉힌 듯했다. 부인은 그를 요모조모 살펴보았다.

---

[51] 그리스 신화 속의 영웅 무리로, 이아손과 함께 배를 타고 황금 양털을 찾으러 떠남.
[52] 이아손과 아르고노츠의 방문을 받는 눈먼 왕.
[53] 그리스 신화에 등장하는 괴물. 얼굴과 상반신은 여자 모습을 하고 나머지는 날개와 꼬리, 발톱이 달린 새의 형상을 하고 있음.

「내가 도움이 될 수 있다면 얼마나 좋겠소!」
부인이 중얼거렸다.
「하지만 해줄 수 있는 게 전혀 없어. 전혀…….」
「로빈 씨가 사망한 날, 창가에서 뭘 보셨는지 말씀해 주시면 안 되겠습니까?」
밴스가 사근사근한 어조로 부탁했다.
「아니야, 아니라니까!」
부인은 두려움에 가득 찬 눈으로 빤히 쳐다보았다.
「난 아무것도 못 봤어. 그날 아침 창문 근처에는 얼씬도 하지 않았다오. 설령 자네가 날 죽인다 해도, 내 마지막 말은 〈아무것도 보지 못했다〉는 거라오. 못 봤다니까!」
밴스는 더 이상 그 점을 추궁하지 않았다.
「비들이 저희에게 말해 주기를, 부인께서는 종종 아침 일찍 일어나 정원을 산책하신다고 하더군요.」
밴스가 말을 이었다.
「오, 그래요.」
안도의 한숨과 함께 대답이 흘러나왔다.
「난 아침에 잠을 잘 못 자서 말이오. 척추에 뻐근한 통증이 느껴지거나 등 근육이 뻣뻣해지고 욱신거려 잠에서 깨곤 한다오. 그래서 날씨가 괜찮을 때면 항상 자리에서 일어나 마당을 거닐곤 하지.」
「비들이 어제 아침에도 정원에서 부인을 보았다고 하더군요.」
부인이 멍하니 고개를 끄덕였다.
「그런데 부인과 함께 계신 딜러드 교수님도 보았답니다.」
부인은 무심코 다시 고개를 끄덕였다. 그러나 금방 대체 무슨 소리를 하느냐는 듯 험악한 눈빛으로 밴스를 쏘아보았다.

「교수님은 가끔 나와 함께 산책을 하신다오.」
부인이 황급히 설명했다.
「내 처지를 딱하게 여기시고 아돌프를 높이 평가해 주시지. 우리 아들을 대단한 천재라고 생각하신다오. 사실 그 아이는 천재야! 딜러드 교수님만큼이나 뛰어난 인물이 되었을 거요. 병만 걸리지 않았더라면……. 그게 모두 내 탓이야……. 갓난아기 때 떨어뜨리지만 않았어도…….」
부인은 눈물도 없이 흐느끼기 시작했다. 부인의 깡마른 몸이 들썩거리며 두 손이 부들부들 떨렸다.
잠시 후에 밴스가 물었다.
「어제 정원에서 딜러드 교수님과 무슨 이야기를 나누셨습니까?」
갑자기 부인이 교활하고 약삭빠른 태도를 보였다.
「주로 아돌프에 관한 이야기를 했다오.」
부인의 얼굴에는 애써 무관심한 척하려는 기색이 역력히 드러났다.
「혹시 마당이나 활터에서 다른 사람을 보셨습니까?」
밴스가 나른한 눈빛으로 부인을 빤히 바라보았다.
「못 봤소!」
또다시 두려움이 부인을 엄습했다.
「하지만 분명히 누군가 거기 있었겠지, 안 그렇소? 남의 눈에 띄는 걸 원치 않는 어떤 사람이.」
부인은 열심히 고개를 끄덕였다.
「그래! 누군가 거기 있었어. 그리고 그들은 내가 봤을 거라고 생각하지……. 하지만 나는 보지 못했어! 자비로우신 하느님께 맹세코, 아무것도 못 봤다니까!」

부인은 두 손으로 얼굴을 감쌌다. 부인의 몸이 격렬하게 흔들렸다.

「내가 그들을 봤더라면! 누군지 알기만 한다면! 하지만 아돌프는 아니었어. 내 어린 아들은 아니야. 그 애는 자고 있었어. 오, 하느님, 감사합니다. 그 애는 자고 있었어요.」

밴스가 부인에게 가까이 다가갔다.

「부인의 아드님이 아니라는 걸 어째서 하느님께 감사드리는 겁니까?」

그가 점잖게 물었다. 부인은 약간 놀라서 고개를 들었다.

「왜냐고? 잊었소? 어제 아침에 작은 남자가 작은 총으로 조니 스프리그를 쏘았잖소. 활과 화살로 코크 로빈을 죽인 바로 그 작은 남자가. 이건 모두 소름 끼치는 장난이라오. 난 두렵다오……. 그렇지만 말해서는 안 돼. 그럴 수가 없어. 그 작은 남자는 아주 끔찍한 짓을 할지도 모르오. 어쩌면…….」

그녀의 목소리가 두려움으로 생기를 잃었다.

「어쩌면 그자는 내가 〈신발 속에 사는 노파〉[54]라는 미친 생각을 할지도 몰라!」

「자, 자, 드러커 부인.」

밴스가 애써 위로하는 미소를 지어 보였다.

「그건 말도 안 되는 헛소리입니다. 그런 문제로 너무 마음을 쓰셨군요. 모든 일에는 완벽하게 이성적인 설명이 있기 마련입니다. 그리고 저는 바로 부인께서 그 설명을 찾는 일을 도와주실 수 있을 거라고 생각합니다.」

「아니오, 아니야! 난 못 하오! 그럴 수 없어! 나 자신도 뭐가 뭔지 모르겠단 말이오.」

---

54 「마더 구스의 노래」에 나오는 자장가 중 하나.

부인은 뭔가 단단히 결심한 듯 깊게 숨을 들이마시더니 입술을 꾹 다물었다.
「어째서 말씀해 주실 수 없으신 거죠?」
밴스가 끈덕지게 물었다.
「왜냐하면 난 모르니까.」
부인이 소리를 질렀다.
「나도 정말이지 알았으면 좋겠소! 내가 아는 사실이라고는 여기서 뭔가 무시무시한 일이 벌어지고 있단 것뿐이오. 이 집에는 어떤 끔찍한 저주가 떠돌고 있소…….」
「그걸 어떻게 아시죠?」
돌연 부인이 격렬하게 몸을 떨기 시작했다. 그녀의 눈이 불안하게 방 안을 두리번거렸다.
「왜냐하면…….」
부인의 목소리는 거의 들릴락 말락 했다.
「왜냐하면 그 작은 남자가 지난밤 여기에 왔었으니까!」
이 말을 듣는 순간, 냉기가 내 등골을 타고 흘러내렸다. 웬만한 일에는 꿈쩍도 않는 경사가 헉하고 숨을 들이켜는 소리가 들렸다. 이윽고 침착한 밴스의 목소리가 이어졌다.
「그자가 여기 왔었다는 사실을 어떻게 아셨습니까, 드러커 부인? 그 사람을 보셨나요?」
「아니, 보진 못했소. 하지만 그자는 이 방엘 들어오려고 했소. 바로 저 문으로 말이오.」
부인은 떨리는 손으로 우리가 방금 들어온 방문을 가리켰다.
「무슨 일인지 말씀해 주십시오. 그렇지 않으면 부인께서 괜한 이야기를 지어낸다고 생각할 수밖에 없습니다.」
「오, 지어낸 이야기가 아니오. 하느님께서 내 증인이 되어 주시길!」

 부인의 진실성은 의심할 여지가 없었다. 부인을 지독한 공포로 몰아간 어떤 일이 일어났었던 것이다.

「나는 깬 채로 침대에 누워 있었소. 선반 위의 작은 시계가 막 자정을 알렸지. 그때 바깥 복도에서 바스락거리는 소리가 들렸소. 나는 문 쪽을 돌아보았소. 이 탁자 위에 희미한 등이 켜져 있었소······. 그때 문손잡이가 소리 없이 천천히 돌아가는 걸 보았소. 누군가 나를 깨우지 않고 방 안으로 들어오려고 했던 거요······.」

「잠깐만요, 드러커 부인.」

 밴스가 말을 가로막았다.

「밤에는 항상 방문을 잠그십니까?」

「최근까지는 좀처럼 문을 잠그는 법이 없었소. 그렇지만 로빈 씨가 죽은 후부터, 그때부터 왠지 불안한 생각이 들어서······ 이유는 잘 설명할 수 없지만 말이오······.」

「잘 알겠습니다. 어서 이야기를 계속해 주십시오. 손잡이가 돌아가는 걸 보셨다는 데까지 말씀하셨습니다. 그래서 어떻게 되었습니까?」

「그래요, 그래. 손잡이가 조용히 이리저리 돌아갔다오. 나는 겁에 질려 꼼짝도 못 하고 침대에 누워 있었소. 그리고 한참 후에야 간신히 소리를 지를 수 있었지. 얼마나 큰 소리를 질렀는지는 모르겠지만, 갑자기 손잡이가 멈췄소. 그리고 황급히 복도를 따라 멀어져 가는 발소리가 들려왔소. 나는 걱정이 되었소. 아돌프가 말이오. 그때 계단을 내려가는 나지막한 발소리가 들렸다오.」

「어느 쪽 계단이었죠?」

「뒤쪽 계단이었소. 부엌으로 통하는. 잠시 후에 뒤쪽 현관문이 닫히고 다시 온 집 안이 조용해졌소……. 나는 한참 동안 무릎을 꿇고 앉아 열쇠 구멍에 귀를 댄 채 가만히 기다렸지. 하지만 아무 일도 일어나지 않았소. 마침내 자리에서 일어났을 때…… 왠지 꼭 문을 열어 봐야 할 것 같은 기분이 들었다오. 나는 죽도록 무서웠지만, 그래도 문을 열어 봐야 한다는 걸 알고 있었소.」

부인의 온몸이 부르르 떨렸다.

「나는 살그머니 열쇠를 돌리고 손잡이를 잡았소. 천천히 문을 열었을 때, 바깥 문손잡이 위에 놓여 있던 조그만 물건이 마루 위로 톡 떨어졌소. 복도에는 불이 켜져 있었소. 나는 항상 밤에 복도 불을 켜둔다오. 나는 어떻게든 밑을 내려다보지 않으려고 애를 썼소. 하지만 아무리 애를 써도 마루에서 눈을 돌릴 수가 없었다오. 거기 내 발밑에…… 오, 하나님 맙소사!…… 그게 놓여 있었던 거요!」

부인은 더 이상 말을 잇지 못했다. 공포로 혀가 굳어진 듯 보였다. 하지만 냉정하고 담담한 밴스의 목소리가 부인을 진정시켰다.

「마루에 뭐가 있었습니까, 드러커 부인?」

부인은 힘들게 몸을 일으켰다. 그리고 잠시 침대 발치를 붙잡고 서 있다가 화장대로 걸어갔다. 부인은 작은 서랍장을 열더니 안을 뒤적거리며 뭔가를 찾았다. 이윽고 부인이 손을 펼쳐서 우리에게 내보였다. 손바닥 위에는 작은 체스 말이 놓여 있었다. 새하얀 부인의 손바닥 위에서 흑단처럼 까만색이 두드러져 보였다. 그것은 바로 비숍이었다!

13
비숍의 그림자 속에서
4월 12일 목요일, 오전 11시

밴스는 드러커 부인에게서 비숍을 받아 외투 호주머니 속에 집어넣었다.

「어젯밤 여기서 벌어진 일이 알려지게 되면 위험할 수도 있습니다, 부인.」

밴스가 무척 심각한 어조로 말했다.

「부인께 이런 장난을 친 자가 부인께서 경찰에 알렸다는 사실을 알게 되면, 부인을 위협하려고 또 다른 시도를 할지도 모릅니다. 그러므로 방금 저희에게 하신 말씀은 단 한 마디도 입 밖으로 내지 마십시오.」

「아돌프에게도 말하면 안 된단 말이오?」

부인이 어쩔 줄 모르고 물었다.

「아무한테도 하지 마십시오! 완전히 입을 다물고 계셔야 합니다. 아드님 앞에서도 말입니다.」

나는 밴스가 이 점을 그토록 강조하는 까닭을 이해할 수 없었다. 하지만 며칠 지나지 않아서 모든 게 명백해졌다. 그가 그런 충고를 해야만 했던 이유가 비극적 사건에 의해 저절로 드러났던 것이다. 나는 드러커 부인의 고백을 듣고 있을 때조차, 모든 걸 꿰뚫어 보는 밴스의 두뇌는 비상하게 정확한 추론을 펼치며 다른 사람들은 짐작도 못 하는 가능성들을 예견하고 있었음을 깨달았다.

우리는 잠시 후에 자리를 떠났고 뒤쪽 계단으로 내려왔다. 계단은 2층에서 여덟 칸 내지 열 칸 정도 내려간 곳에 있는 층계참에서부터 오른쪽으로 급격하게 구부러져 있었고, 두 개의 문이 나 있는 어둡고 좁은 통로로 이어졌다. 그중에서 왼쪽에 있는 문은 부엌으로 통했고 대각선 방향으로 마주 보고 있는 또 다른 문은 뒤쪽 현관으로 이어졌다.

우리가 현관으로 나서자마자 햇살이 물밀듯 쏟아져 내렸다. 우리는 한마디 말도 없이 가만히 서서 드러커 부인의 무시무시한 경험담을 듣고 생긴 찜찜한 기분을 떨쳐 버리려고 애썼다.

매컴이 제일 먼저 입을 열었다.

「밴스, 자네는 지난밤 이 체스 말을 여기에 갖다 놓은 자가 로빈과 스프리그의 살인범이라고 생각하나?」

「의심할 여지가 없어. 그자가 자정에 이곳을 방문한 목적은 소름 끼칠 만큼 분명하다네. 이미 밝혀진 사실들과 완벽하게 맞아떨어지는군.」

「내가 보기에는 단지 무모한 장난 같은데.」

매컴이 말했다.

「술 취한 악당의 소행이 아닐까?」

밴스가 고개를 저었다.

「이 순전한 악몽 속에서 유일하게 정신 나간 짓이 아닌 게 바로 이번 소행이라네. 이것은 지독하게 진지한 원정이었어. 이 악마는 자신의 자취를 감출 때만큼 진지한 적이 없으니까 말일세. 우리의 악마 양반은 이럴 수밖에 없었고 그래서 대담한 장난을 친 거야. 맹세코, 지난밤 그자가 이 집을 침범할 때 느낀 충동보다는 차라리 그자의 장난기 어린 쾌활함이 더 낫겠다는 생각이 들 정도로군. 어쨌거나 이제 우리도 추적할 수 있는 확실한 실마리가 생겼군.」

이론만 늘어놓는 데 짜증을 내던 히스가 재빨리 말꼬리를 붙잡고 늘어졌다.

「대체 그게 뭡니까?」

「우선, 체스 놀이를 즐기는 우리의 음유 시인께서는 이 집의 구조를 무척 잘 알고 있다는 가정을 내릴 수 있습니다. 위층 복도에 켜져 있는 야간 등은 뒤쪽 계단의 층계참까지는 어느 정도 밝혀 주었겠지만, 그 아래쪽으로는 캄캄했을 겁니다. 게다가 뒷문 쪽은 배치가 꽤 복잡하더군요. 만약 그자가 집 내부를 잘 몰랐다면, 어둠 속에서 아무 소리도 내지 않고 길을 찾기란 불가능했을 겁니다. 거기다 그자는 드러커 부인의 침실 위치도 분명히 알고 있었습니다. 지난밤 드러커가 몇 시에 잤는지도 알고 있었을 겁니다. 절대 들키지 않으리라는 확신 없이, 찾아오는 모험을 하지는 않았을 테니까요.」

「별로 도움이 되질 않겠는걸요.」

히스가 불평했다.

「지금까지도 범인이 이 두 집안과 관련된 모든 사실을 알고 있다는 이론에 근거해서 수사해 오지 않았습니까?」

「사실입니다. 하지만 한 집안에 대해서 잘 안다 할지라도, 집안사람들 각자가 몇 시에 잠이 드는지, 어떻게 하면 은밀히 집안을 드나들 수 있는지 그런 것까지는 여전히 모를 수 있습니다. 게다가, 경사님, 우리의 한밤중의 방문자는 드러커 부인이 밤에 방문을 잠그지 않는다는 사실까지 알고 있는 사람입니다. 부인의 방 안으로 들어오려는 시도를 했으니까요. 그자의 목적은 단지 이 작은 기념품을 문밖에 남겨 두고 떠나는 게 아니었습니다. 소리 없이 아무도 모르게 문손잡이를 돌리려고 했다는 사실이 그 점을 입증하고 있지요.」

「단순히 드러커 부인을 깨우고 싶었을지도 모릅니다. 부인이 즉시 이걸 발견하도록 말이죠.」

매컴이 주장했다.

「그렇다면 어째서 그토록 조심스럽게 손잡이를 돌렸을까요? 마치 아무도 깨우지 않으려고 애쓰는 사람처럼 말이죠. 손잡이를 달가닥거리거나 살짝 문을 두드리기만 했어도, 혹은 심지어 체스 말을 문에 던지기만 했어도 훨씬 더 목적을 쉽게 달성했을 겁니다. 그렇지 않아요, 매컴. 그자는 훨씬 더 흉악한 의도를 마음에 품고 있었을 겁니다. 하지만 문이 잠겨 있고 드러커 부인이 겁에 질려 소리를 지르자, 자신의 계획이 실패했다는 사실을 깨닫고 비숍을 부인 눈에 띄는 곳에 두고 달아난 겁니다.」

「그래도 여전히, 부인이 밤에 문을 잠그지 않는다는 사실쯤은 누구든 알 수 있습니다. 게다가 이 집의 배치를 기억하고 어둠 속에서 길을 찾는 일 또한 누구든 할 수 있지요.」

「그렇지만 경사님, 누가 뒷문 열쇠를 갖고 있을까요? 또 누가 지난밤 자정에 그 열쇠를 사용할 수 있었을까요?」

「문은 그냥 열려 있었을지도 모릅니다.」

히스가 맞섰다.

「그리고 모든 사람의 알리바이를 체크해 보면 무슨 단서가 나오겠지요.」

밴스는 한숨을 쉬었다.

「아마 알리바이가 전혀 없는 사람이 두세 명은 나올 겁니다. 게다가 지난밤에 이곳을 찾아오겠다고 계획했다면, 꽤 그럴듯한 알리바이도 준비했겠죠. 우리는 바보 멍청이를 상대하고 있는 게 아닙니다, 경사님. 우리는 대단히 교묘하고 꾀가 많은 살인자와 목숨을 건 시합을 하고 있는 중입니다. 그자는 우리만큼 생각도 빠르고, 오랫동안 빈틈없는 논리를 세우는 훈련을 받아 왔을 겁니다.」

그때 갑작스러운 충동에 사로잡힌 듯, 밴스는 휙 돌아서서 문 안으로 들어갔다. 그러고는 우리에게 따라오라고 손짓을 했다. 그는 곧장 부엌으로 들어갔다. 그곳에서는 앞서 우리를 맞이했던 독일 여자가 식탁 옆에 앉아서 점심을 준비하고 있었다. 우리가 들어서자, 여자는 자리에서 일어나 뒤로 슬금슬금 물러섰다. 그녀의 행동에 당황한 밴스는 잠시 아무 말도 하지 않고 여자를 살펴보았다. 이윽고 그의 시선이 식탁 위로 향했다. 거기에는 길게 반으로 자르고 속을 도려낸 커다란 가지들이 쌓여 있었다.

「아하!」

밴스가 가지 옆에 놓인 다양한 재료들을 보더니 탄성을 질렀다.

「터키식 가지 요리로군요, 그렇죠? 훌륭한 요리죠. 나 같으면 양고기를 좀 더 잘게 다질 겁니다. 치즈는 너무 많이 넣지 말고. 당신이 준비하고 있는 저 에스파뇰 소스의 맛을 떨어뜨릴 테니까.」

밴스는 유쾌한 미소를 지으며 고개를 들었다.

「그나저나 이름이 뭐죠?」

그의 태도는 여자를 몹시 놀라게 했지만, 한편으로는 두려움을 다소 누그러뜨려 주었다.
「멘첼입니다.」
여자가 무덤덤한 어조로 대답했다.
「그레테 멘첼요.」
「드러커 집안에서 지낸 지는 얼마나 되었나요?」
「25년째 입니다.」
「상당히 오래되었군.」
밴스가 곰곰이 생각하며 말했다.
「이유를 알고 싶군요. 오늘 아침 우리가 여기 왔을 때, 왜 그렇게 무서워했는지 말이오.」
여자는 못마땅한 표정을 지으며 큼지막한 두 손을 꽉 쥐었다.
「무서워하지 않았습니다. 다만 드러커 씨가 바쁘셔서……」
「우리가 그를 체포하러 온 줄 알았겠죠.」
밴스가 말을 가로챘다. 여자의 눈이 휘둥그레졌지만 아무 대답도 하지 않았다.
「드러커 씨는 어제 아침 몇 시에 일어났나요?」
「말씀드렸는데요……. 평소와 다름없이 9시였습니다.」
「드러커 씨는 몇 시에 일어나셨죠?」
초연하면서도 끈질긴 밴스의 어조는 그 어떤 극적 대사보다 훨씬 더 음산하게 들렸다.
「말씀드렸잖아요.」
「*Die Wahrheit, Frau Menzel! Um wie viel Uhr ist er aufgestanden*(솔직히 말하시오, 멘첼! 그는 어제 몇 시에 일어났소)?」
독일어로 똑같은 질문을 반복한 심리적 효과는 즉시 나타났다.

여자는 두 손으로 얼굴을 가리고 마치 덫에 걸린 짐승처럼 억눌린 울음을 터뜨렸다.

「저는 모릅니다. 몰라요.」

그녀가 신음하듯 말했다.

「제가 8시 30분에 깨워 드리려고 갔는데 아무 대답이 없으셔서 문을 열어 보았어요. 문은 잠겨 있지 않았어요. 그런데⋯⋯ *Du lieber Gott*(오 하느님)*!* 그분이 안 계셨습니다.」

「그러고는 언제 그를 다시 보았죠?」

밴스가 재빨리 물었다.

「9시에요. 아침 식사가 준비되었다고 말씀드리려고 다시 위층으로 올라가 보니 주인님은 서재에 계셨어요. 책상 앞에서 미친 듯이 일을 하고 계셨습니다. 잔뜩 흥분해서 저보고 어서 나가라고 말씀하셨어요.」

「아침 식사를 하러 내려왔었나요?」

「네, 네. 내려오셨습니다. 30분쯤 후에요.」

여자는 개수대에 육중한 몸을 기대었다. 밴스는 여자를 위해 의자를 끌어다 주었다.

「이리 앉으시오, 멘첼 부인.」

밴스가 친절하게 말했다. 그녀가 자리에 앉자, 그는 물었다.

「그런데 오늘 아침에는 어째서 드러커 씨가 9시에 일어났다고 말했던 거요?」

「어쩔 수 없었습니다. 그렇게 하라는 당부를 받았거든요.」

멘첼은 순순히 털어놓았다. 그녀는 완전히 녹초가 된 사람처럼 크게 한숨을 내쉬었다.

「드러커 사모님께서 어제 오후에 딜러드 양 댁에서 돌아오시더니 저에게 말씀하셨습니다. 혹시 누군가 저에게 드러커 씨에 대해 물어보면 무조건 〈9시〉라고 대답해야 한다고 말이죠. 그렇게 말하겠다는 맹세까지 받으셨습니다…….」

멘첼의 말꼬리가 흐려지고, 두 눈은 물기를 머금어 유리알처럼 반들거렸다.

「저는 무서워서 차마 다른 말을 할 수 없었습니다.」

밴스는 여전히 아리송한 표정이었다. 애꿎은 담배만 뻑뻑 빨아 대더니 마침내 입을 열었다.

「당신이 우리에게 한 말 중에 염려할 만한 내용은 하나도 없었어요. 드러커 부인처럼 병적인 여인이, 바로 인근에서 살인 사건이 일어났을 때 아들에게 혐의가 돌아가지 않도록 하려고 그런 엉뚱한 수를 썼다는 사실은 조금도 이상한 일이 아니니까요. 당신은 부인과 꽤 오랫동안 함께 지냈으니 잘 알고 있을 거요. 부인이 아들과 관계된 일이라면 아무리 사소한 일이라도 얼마나 난리를 피우는지. 사실 나는 당신이 부인의 말을 그토록 심각하게 받아들였다는 사실이 더 놀랍군요……. 혹시 드러커 씨가 이번 사건과 연관이 있다고 믿을 만한 다른 이유가 있는 건 아닌가요?」

「아니요! 아닙니다!」

여자가 다급하게 고개를 저었다.

밴스는 이마를 찌푸린 채 뒤편 유리창 쪽으로 어슬렁어슬렁 걸어갔다. 그러다가 갑자기 휙 돌아서더니 엄격하고 단호한 태도를 보였다.

「맨첼 부인, 로빈 씨가 살해되던 날 어디 있었죠?」

갑자기 여자의 태도가 확 달라졌다. 얼굴이 새하얗게 질리고 입술이 파르르 떨렸다. 그녀는 발작을 일으키려는 듯 두 손을 꼭 쥐고 있었다. 밴스에게서 눈길을 돌리려고 필사적으로 애쓰고 있었지만, 밴스의 날카로운 시선이 그녀를 놓아주지 않았다.

「맨첼 부인, 어디 있었습니까?」

날카로운 어조로 다시 물었다.

「저, 저는…… 여기에…….」

멘첼이 말문을 열었다가 황급히 입을 닫았다. 그리고 불안하게 히스를 힐끗 쳐다보았다.

「부엌에 있었소?」

그녀가 고개를 끄덕였다. 더 이상 말할 기운도 없는 모양이었다.

「그리고 드러커 씨가 딜러드 저택에서 돌아오는 걸 보았죠?」

또다시 고개를 끄덕였다.

「바로 그거요.」

밴스가 중얼거렸다.

「그는 뒷문으로 들어왔죠. 그런 다음 뒤쪽 현관을 통해 위층으로 올라갔어요……. 당신이 부엌 창문 너머로 보고 있는 줄은 꿈에도 모르고 말이죠. 나중에서야 그 시각에 당신이 어디 있었는지를 묻고는, 당신이 줄곧 부엌에 있었다고 대답하니까 입 다물고 있으라고 경고했을 거요……. 얼마 후에 당신은 로빈 씨의 죽음을 알게 되었어요. 드러커 씨가 집으로 돌아오는 걸 보았던 그 시각에서 불과 몇 분 지나지 않아 일어난 일이라는 사실도. 그런데 바로 어제 드러커 부인이 당신에게 아들이 9시까지 잠을 잤다고 말하라고 당부하자, 그리고 근처에서 또 다른 사람이 살해당했다는 소식을 듣자, 당신은 의심이 들었고 겁이 난 거죠. 내 말이 맞지 않나요? 안 그런가요, 멘첼 부인?」

여자는 앞치마에 얼굴을 파묻고 소리 내어 울고 있었다. 굳이 대답을 들을 필요도 없었다. 밴스의 추측이 옳았음이 명백했다.

히스는 입에서 시가를 떼고 사납게 여자를 노려보았다.

「그랬단 말이지! 나한테 사실을 숨겼어!」

그가 턱을 치켜들며 호통을 쳤다.

「일전에 내가 물었을 때 거짓말을 했었군. 공무 방해를 한 거야, 안 그래?」

여자는 잔뜩 겁에 질려 애원하는 눈길로 밴스를 쳐다보았다.

「경사님, 멘첼 부인은 공무를 방해할 의도는 전혀 없었습니다.」

밴스가 말했다.

「게다가 이제 사실을 털어놓았으니, 부인의 어쩔 수 없는 거짓말은 그냥 넘어가도록 하지요.」

밴스는 이렇게 말하고는 히스가 미처 대답할 틈도 주지 않고 곧장 멘첼에게 얼굴을 돌렸다. 그리고 지극히 사무적인 어조로 물었다.

「매일 밤마다 뒤쪽 현관문도 당신이 잠그나요?」

「네, 매일 밤.」

멘첼이 멍하니 대답했다. 겁에 질린 나머지 넋이 나간 상태였다.

「어젯밤에도 분명히 잠갔나요?」

「9시 30분쯤, 잠자리에 들면서 잠갔습니다.」

밴스는 좁은 통로를 걸어가서 자물쇠를 살펴보았다.

「용수철 자물쇠로군.」

그가 되돌아오면서 말했다.

「현관문 열쇠는 누가 갖고 있죠?」
「제가 가지고 있습니다. 드러커 사모님께서도 하나 갖고 계시고요.」
「그 외에는 분명히 아무도 가지고 있지 않나요?」
「아무도 없습니다. 딜러드 양 외에는……」
「딜러드 양이요?」
밴스가 흥미를 느낀 듯 갑자기 목소리가 커졌다.
「딜러드 양이 어째서 열쇠를 갖고 있는 거죠?」
「벌써 몇 년이나 갖고 계셨는걸요. 그분은 한 가족이나 마찬가지예요. 하루에도 두세 번씩 이 댁을 드나드시죠. 제가 외출을 할 때면 반드시 뒷문을 잠그는데, 드러커 사모님께서 문을 열어 주러 내려오시는 수고를 덜어 드리려고 아가씨가 열쇠를 갖고 계신 거예요.」
「납득이 가는군.」
밴스가 중얼거렸다.
「더 이상 당신을 괴롭히지 않겠습니다, 멘첼 부인.」
밴스는 작은 뒤쪽 현관으로 성큼성큼 걸어 나갔다.
우리 등 뒤에서 문이 닫히자, 그는 마당을 향해 열려 있는 방충망 문을 가리켰다.
「이 철망이 뚫려 있는 걸 좀 보게. 안으로 손을 넣어서 빗장을 열게 되어 있지. 드러커 부인의 열쇠나 아니면 딜러드 양의 열쇠가 이 집 문을 여는 데 사용되었어. 아마 후자일 걸세.」
히스는 고개를 끄덕였다. 이 사건의 구체적인 면모가 드러났다는 사실이 흡족했던 것이다. 하지만 매컴은 아무 관심도 보이지 않았다. 그는 잔뜩 화가 나 뒷마당에 따로 서서 담배만 피우고 있었다. 이윽고 그는 뭔가 결심한 듯이 획 돌아서서 집으로 다시 들어가려고 했다. 순간 밴스가 그의 팔을 붙잡았다.

「아니, 안 돼, 매컴! 섣부른 방법이 될 걸세. 잠시 진정하게. 자넨 너무 충동적이야.」

「하지만 빌어먹을, 밴스!」

매컴이 밴스의 손을 뿌리쳤다.

「드러커는 우리에게 거짓말을 했어. 로빈의 살인이 일어나기 전에 딜러드 집에서 나왔다고 말이야.」

「물론 그랬지. 나는 그자가 그날 아침 자신의 행적에 대해 한 이야기가 거짓말이 아닐까 줄곧 의심스러웠다네. 그렇지만 지금 올라가서 그에게 소리를 질러 봤자 아무 소용이 없어. 요리사가 착각한 거라고 간단히 말해 버리면 그만일 테니까.」

매컴은 쉽게 납득하지 못했다.

「그렇다면 어제 아침은? 나는 요리사가 8시 30분에 깨우러 갔을 때, 그자가 어디 있었는지 알고 싶네. 게다가 드러커 부인은 뭐 때문에 아들이 자고 있었다고 믿게 하려고 그렇게 안달을 한단 말인가?」

「아마 부인도 아들 방에 갔다가 아들이 없는 걸 알았을 걸세. 그러다가 나중에 스프리그의 살해 소식을 듣고는 부인의 고삐 풀린 상상력이 발동을 한 거지. 그래서 아들에게 알리바이를 만들어 주는 작업에 착수한 거야. 하지만 자네가 그자의 진술에서 불합리한 점을 추궁하려고 들면 오히려 문제만 일으킬 뿐일세.」

「난 잘 모르겠네.」

매컴이 의미심장하게 진지한 어조로 말했다.

「어쩌면 이 끔찍한 사건의 해결책을 찾을 수 있을지도 모르잖나.」

밴스는 아무 대답도 하지 않았다. 그는 잔디밭 위로 흔들리는 버드나무의 그림자를 멍하니 내려다보고 서 있었다. 마침내 그가 낮은 목소리로 말했다.

「지금 우리는 운을 시험해 볼 처지가 아니라네. 만약 자네의 생각이 사실로 밝혀져서 방금 들은 정보가 누설되기라도 하면, 지난밤에 여기 왔었던 그 작은 남자는 또다시 저 위층으로 몰래 기어 올라갈지도 모르네. 그리고 이번에는 그저 체스 말을 문밖에 두고 가는 정도에서 만족하지 않을 거란 말일세!」

매컴의 눈에 공포의 빛이 떠올랐다.

「내가 지금 요리사의 증언을 가지고 드러커를 추궁하면 요리사의 안전이 위협받을지도 모른다고 생각하는 건가?」

「이 사건의 무서운 점은 우리가 진상을 밝혀낼 때까지 매 순간 위험에 처할 수 있다는 사실일세.」

밴스도 낙심한 듯 무거운 어조로 말했다.

「우리는 어느 누구도 위험에 노출시킬 수는 없네.」

그때 현관으로 통하는 문이 열리고, 드러커가 문 앞에 모습을 나타냈다. 그는 햇빛에 눈이 부신 듯 작은 눈을 깜박거렸다. 그의 시선이 매컴에게 이르자 교활하고 차가운 미소가 입가에 떠올랐다.

「제가 방해가 된 건 아니겠지요.」

드러커가 도전적으로 노려보며 말했다.

「하지만 저희 집 요리사가 방금 저에게 알려 주더군요. 로빈 씨가 불행한 죽음을 맞은 그날 아침에 뒷문으로 들어오는 저를 보았다는 말을 했다고 말이죠.」

「이런!」

밴스가 중얼거렸다. 그러고는 얼른 돌아서서 새 담배를 고르느라 바쁜 척했다.

「다 틀렸군.」

드러커는 뭔가 캐묻는 눈초리로 밴스를 쏘아보다가 냉소적이고 당당한 태도를 취했다.

「그게 뭐 어떻다는 겁니까, 드러커 씨.」

매컴이 물었다.

「저는 단지 요리사가 잘못 안 거라는 말씀을 드리고 싶었을 뿐입니다.」

드러커가 대답했다.

「요리사는 날짜를 착각한 게 분명합니다. 보시다시피 저는 아주 종종 이곳 뒷문으로 출입을 합니다. 이미 설명드렸던 대로, 저는 로빈 씨의 사망일 아침에 활터를 떠나 75번가로 향한 출입문으로 나갔습니다. 그리고 잠시 공원을 산책한 후 정문으로 집에 들어갔습니다. 제가 설명을 했더니 그레테도 착각을 했다고 인정하더군요.」

밴스는 그의 말을 주의 깊게 듣고 있었다. 이윽고 그는 몸을 돌려서, 천진난만한 표정으로 웃고 있는 상대방의 얼굴을 똑바로 마주 보았다.

「혹시 요리사를 체스 말로 설득하신 건 아닙니까?」

드러커가 고개를 휙 떨어뜨리며 헉하고 숨을 멈추었다. 비틀린 그의 몸이 팽팽하게 긴장하고 눈가와 입가의 근육이 실룩거리기 시작했다. 목덜미의 힘줄이 채찍처럼 불끈 튀어나왔다. 잠시 나는 드러커가 자제력을 잃지 않을까 걱정했지만, 그는 죽을힘을 다해 간신히 자신을 억제했다.

「무슨 말씀인지 모르겠군요.」

그의 말 한 마디 한 마디에서 강렬한 분노의 떨림이 전해졌다.

「체스 말이 이 일과 무슨 상관입니까?」

「체스 말의 명칭은 여러 가지죠.」

밴스가 넌지시 돌려 말했다.

「저한테 체스를 가르칠 셈인가요?」

드러커의 태도에는 상대방을 지독히 경멸하는 기색이 역력했지만, 그는 억지로 미소를 지어 보였다.

「물론 여러 가지 명칭이 있지요. 왕, 여왕, 성장, 기사……」

드러커가 잠시 말을 멈추었다.

「비숍도 있죠!」

드러커는 문에 머리를 기대더니 음울하게 킬킬거리기 시작했다.

「그렇군요! 그게 당신이 노리는 겁니까? 비숍! 당신들은 정말이지 말도 안 되는 장난을 치고 있는 멍청한 아이들이군요.」

「체스 말의 비숍을 자신의 중요한 상징으로 삼는 누군가가 이런 장난을 치고 있다고 믿을 만한 확실한 근거가 있습니다.」

밴스가 놀랄 만큼 침착한 어조로 말했다.

드러커도 다시 정신을 차린 듯이 보였다.

「제 어머니의 엉뚱한 행동을 너무 진지하게 받아들이지는 마십시오.」

그가 충고했다.

「종종 자기 공상에 빠져 착각을 일으키곤 하시니까요.」

「아하! 어째서 당신은 어머니 이야기를 꺼내시는 거죠?」

「방금 전에 여러분이 어머니와 이야기를 나눴으니까요. 안 그런가요? 게다가 당신 이야기는 솔직히 말해서 제 어머니의 악의 없는 망상과 대단히 비슷하게 들리는군요.」

「정반대로 당신 어머님께서는 완벽하게 타당한 근거를 갖고 계실지도 모릅니다.」

밴스가 차분하게 대답했다.

드러커는 재빨리 매컴을 흘겨보았다.

「당치도 않은 소리!」

「아, 물론 그 점을 자꾸 따질 필요는 없습니다.」

밴스가 한숨을 쉬며 이렇게 말하더니 어조를 바꾸어 한마디 덧붙였다.

「그렇지만 드러커 씨, 어제 아침 8시에서 9시 사이에 어디 계셨는지 알려 주신다면 우리에게 도움이 될 겁니다.」

드러커는 대답을 하려고 살짝 입을 벌렸다가 재빨리 입술을 꼭 다물었다. 그러고는 머릿속으로 계산을 하는 듯 밴스를 빤히 쳐다보며 서 있었다. 마침내 그는 날카롭고 완강한 어조로 대답했다.

「6시부터 9시 30분까지 서재에서 일을 하고 있었습니다.」

그는 잠시 말을 멈추었다. 그렇지만 좀 더 설명을 하는 게 좋겠다고 느낀 모양이었다.

「저는 지난 몇 달 동안 빛의 간섭을 설명하기 위한 에테르 배열 이론의 수정 작업을 해왔습니다. 양자 이론으로는 설명할 수 없는 현상이지요. 딜러드는 제가 할 수 없을 거라고 말했지만······.」

순간 그의 눈이 광적으로 번뜩였다.

「어제 아침 일찍 잠에서 깨어났을 때 그 문제의 어떤 요소가 명쾌하게 떠올랐습니다. 그래서 자리에서 얼른 일어나 서재로 갔지요.」

「그랬군요.」

밴스가 무관심한 어조로 말했다.

「이건 별로 중요한 일도 아닙니다. 어쨌든 오늘 실례가 많았습니다.」

밴스는 매컴에게 고갯짓을 하더니 방충망 문을 향해 걸어갔다. 우리가 마당으로 나왔을 때, 그는 미소를 지으며 돌아서더니 거의 유쾌한 목소리로 말했다.

「멘첼 부인은 우리의 보호하에 놓여 있어. 만약 그녀에게 무슨 일이 일어난다면 몹시 가슴이 아플 걸세.」

드러커는 마치 홀린 사람처럼 멍하니 우리 뒷모습을 쳐다보고 있었다.

말소리가 들리지 않을 정도로 멀어지자 밴스가 히스의 곁으로 다가갔다.

「경사님.」

그는 근심 어린 목소리로 말했다.

「오늘 저 독일인 가정부는 자기도 모르게 올가미 속으로 머리를 집어넣은 셈입니다. 정말이지 나는 두렵군요. 능력 있는 부하 한 명을 시켜서 오늘 밤 드러커 저택을 지켜보라고 하는 게 좋겠습니다. 뒷문 쪽 저 버드나무 밑에 서 있으라고 하십시오. 그리고 무슨 비명이나 외침이 들리거든 당장 뛰어들어가라고 지시하십시오. 속세의 옷을 입은 천사가 프라우 멘첼의 잠을 지키고 있다는 사실을 알면, 저도 좀 마음 편히 잘 수 있을 것 같군요.」

「알겠습니다.」

히스의 얼굴이 굳어졌다.

「오늘 밤에는 어떤 체스꾼도 그 여자를 괴롭히지 못할 겁니다.」

14
체스 게임
4월 12일 화요일, 오전 11시 30분

우리는 딜러드 저택을 향해 천천히 걸어가면서, 이 섬뜩한 비극과 어떤 식으로든 관련이 있는 모든 사람들의 어젯밤 근황을 알아봐야겠다고 결정을 내렸다.

「하지만 조심해야 하네. 드러커 부인에게 일어난 일에 대해서 절대 어떤 낌새도 보여서는 안 돼.」

밴스가 경고했다.

「한밤의 비숍 전달자께서는 자신의 방문을 우리에게 알릴 의도가 전혀 없었으니까 말일세. 그자는 가엾은 부인이 겁에 질려서 감히 우리에게 말하지 못할 거라고 생각했을 거야.」

「내 생각에는 자네가 그 일을 지나치게 중요시하는 것 같군.」

매컴이 반대 의견을 냈다.

「오, 이봐!」

밴스가 갑자기 걸음을 멈춰 서더니 상대방의 어깨 위에 양손을 올려놓았다.

「자넨 지나치게 나약해. 그게 자네의 가장 커다란 결점일세. 자넨 감정이 없어. 자넨 본능의 자식이 아니야. 자네 영혼의 시는 결국 산문이 되어 버리지. 반면 나는 내 상상력을 한껏 펼치지. 분명히 말하지만, 드러커 부인의 방문 앞에 비숍을 놓고 간 소행은 결코 할로윈 축제의 실없는 장난이 아니었다네. 필사적인 상황에 몰린 사람의 필사적인 행동이었어. 분명한 경고의 의미였단 말일세.」

「자네는 드러커 부인이 뭔가 알고 있다고 생각하는 건가?」

「나는 부인이 활터에 누워 있는 로빈의 시신을 보았을 거라고 생각하네. 그리고 뭔가 다른 것도 보았을 거야. 그걸 보느니 차라리 죽는 게 나았을 어떤 광경을 말일세.」

우리는 말없이 걸음을 옮겼다. 원래는 75번가로 통하는 출입문을 지나서 딜러드 저택의 현관으로 들어갈 작정이었다. 그런데 궁술실 앞을 지날 때, 지하실 문이 열리면서 벨 딜러드가 근심스러운 얼굴로 우리 앞에 나타났다.

「마침 활터를 내려오시는 모습을 보았어요.」

딜러드 양이 다급하게 매컴에게 말을 걸었다.

「벌써 한 시간도 넘게 검사님과 연락이 닿기만을 기다리고 있었답니다. 사무실로 전화를 걸었는데……」

딜러드 양은 몹시 불안해 보였다.

「좀 이상한 일이 있었거든요. 아, 어쩌면 아무 일도 아닐지도 몰라요. 하지만 오늘 아침에 제가 메이 부인을 찾아뵈려고 여기 궁술실을 지나고 있는데, 문득 도구함을 다시 열어 보고 싶은 생각이 들더군요. 그래서 서랍 안을 들여다보았더니, 글쎄…… 희한하게 분명 없어졌던 그 작은 권총이 다른 권총 옆에 떡하니 놓여 있지 않겠어요!」

딜러드 양은 숨을 삼켰다.

「매컴 검사님, 누군가 어젯밤 권총을 다시 서랍에 갖다 놓았나 봐요!」

이 소식에 히스는 전기가 통한 듯 흥분했다.

「혹시 권총을 만졌습니까?」

그가 들뜬 목소리로 물었다.

「어머, 아니에요…….」

히스는 무례하게 딜러드 양을 휙 지나쳐서 도구함으로 다가가더니 서랍을 열어젖혔다. 그곳에는 우리가 어제 보았던 커다란 자동 권총 옆에, 진주 장식 손잡이가 달린 32구경 소형 권총이 놓여 있었다. 경사는 눈을 번뜩이며 연필을 방아쇠 고리에 집어넣고 조심스럽게 권총을 들어 올렸다. 그는 권총을 불빛 쪽으로 들고서 총신 끝에 코를 대고 킁킁거렸다.

「총알이 하나 비었군요.」

경사가 만족스러운 듯이 선언했다.

「최근에 발사되었어요. 이건 분명 무슨 실마리가 되겠군요.」

그는 손수건으로 권총을 살짝 싸서 외투 주머니 속에 넣었다.

「드부아에게 서둘러 이 총의 지문을 검사하라고 하겠습니다. 헤지든 반장[55]에게는 총알을 확인해 보라고 하고요.」

「경사님, 지금 정말로 우리가 찾고 있는 그 신사분께서 활과 화살은 말끔히 닦아 놓고 권총에는 지문을 남겨 놓았을 거라고 상상하는 겁니까?」

밴스가 놀리듯이 말했다.

「나는 댁과 같은 상상력이 없어서 말이죠, 밴스 씨. 그저 해야 할 일을 할 뿐입니다.」

---

55 헤지든 반장은 뉴욕 경찰국의 총기 전문가였다. 벤슨 살인 사건에서 밴스에게 범인의 키를 추정할 수 있는 자료를 제공해 준 바로 그 사람이다. 그린 살인 사건에서는 낡은 스미스 & 웨슨 권총에서 발사된 세 개의 총알을 조사하기도 했다 — 원주.

히스가 퉁명스럽게 쏘아붙였다.

「경사님 말씀이 맞습니다.」

밴스가 상대방의 철두철미함에 감탄했다는 듯이 상냥한 미소를 지어 보였다.

「경사님의 열의를 꺾으려고 했던 걸 용서해 주십시오.」

그는 다시 벨 딜러드 양에게로 고개를 돌렸다.

「저희는 애당초 교수님과 아르네손 씨를 만나러 왔습니다. 그렇지만 아가씨께도 드리고 싶은 말씀이 있군요. 드러커 저택의 뒷문 열쇠를 갖고 계시다고 알고 있습니다.」

딜러드 양은 의아한 표정으로 고개를 끄덕였다.

「맞아요. 몇 년째 열쇠를 갖고 있지요. 제가 그 댁을 무척 자주 들락거리는데, 열쇠를 갖고 있으면 메이 부인의 수고를 크게 덜어 드릴 수 있어서……..」

「저희 관심은 딱 한 가지입니다. 혹시 그럴 권리가 없는 다른 누군가가 그 열쇠를 사용했을 수도 있느냐 하는 거죠.」

「하지만 그럴 리는 없어요. 전 아무에게도 열쇠를 빌려 준 적이 없거든요. 열쇠는 항상 제 손가방 안에 보관하고 다닌답니다.」

「아가씨가 드러커 댁의 열쇠를 갖고 있다는 사실은 다들 알고 있죠?」

「글쎄요……. 아마 그럴 거예요.」

딜러드 양은 눈에 띄게 당황하고 있었다.

「그 사실을 비밀로 한 적은 없으니까요. 가족들은 분명히 알고 있어요.」

「그렇다면 우연히 외부인이 있는 자리에서 그 사실을 언급하거나 밝혔을 수도 있겠군요.」

「그렇죠. 딱히 생각나는 경우는 없지만 말이죠.」
「지금 열쇠를 갖고 계신 게 확실합니까?」
딜러드 양은 깜짝 놀란 표정으로 밴스를 쳐다보았다. 그러고는 아무 말 없이 등나무 탁자 위에 놓여 있던 도마뱀 가죽으로 된 작은 손가방을 집어 들었다. 그녀는 가방을 열고 재빨리 안을 뒤져 보더니 안도하며 소리쳤다.
「있어요! 제가 항상 보관하는 그 자리에 그대로 있어요. 그런데 이걸 왜 물어보시는 거죠?」
「누가 드러커 씨 댁에 들어갈 수 있는지 알아야 하기 때문입니다.」
밴스가 대답했다. 그는 딜러드 양이 또 다른 질문을 할 틈을 주지 않고 먼저 물었다.
「어젯밤에 열쇠가 아가씨의 손을 벗어났을 가능성은 없습니까? 그러니까 누군가 아가씨도 모르게 지갑에서 열쇠를 꺼낼 수는 없었을까요?」
아가씨의 얼굴에 겁먹은 표정이 떠올랐다.
「어머, 무슨 일이 일어났나요?」
아가씨가 말을 꺼내자마자 밴스가 가로막았다.
「부탁입니다, 딜러드 양! 아가씨가 걱정할 일은 전혀 없습니다. 저희는 다만 이번 조사와 관련하여 가장 낮은 가능성부터 하나씩 지워 나가려고 애쓰고 있는 중입니다. 말씀해 주십시오. 어젯밤에 누군가 아가씨의 열쇠를 꺼내 갔을 수도 있을까요?」
「그럴 사람은 아무도 없어요.」
딜러드 양이 걱정스러운 목소리로 대답했다.
「저는 8시에 극장에 갔었고 줄곧 손가방을 들고 있었거든요.」

「마지막으로 열쇠를 사용하신 게 언제였습니까?」

「어젯밤 저녁 식사 후였어요. 메이 부인의 안부도 살피고 안녕히 주무시라고 인사를 드리려고 얼른 달려갔다 왔지요.」

밴스가 살짝 이마를 찌푸렸다. 나는 그녀의 이야기가 어딘지 그가 세운 추론과 딱 들어맞지 않았음을 알아챌 수 있었다.

「저녁 식사 이후에 열쇠를 사용하셨단 말이죠.」

그는 방금 들은 말을 반복했다.

「그러고는 저녁 내내 열쇠를 손가방에 보관한 채, 한 번도 안 보이는 곳에 가방을 놓아두지 않았단 말씀입니까? 맞습니까, 딜러드 양?」

아가씨가 고개를 끄덕였다.

「심지어 공연 중에도 손가방을 줄곧 제 무릎 위에 놓고 있었어요.」

아가씨가 힘주어 말했다. 밴스는 손가방을 바라보며 곰곰이 생각에 잠겼다.

「좋습니다.」

밴스는 가벼운 말투로 말했다.

「그럼 이걸로 열쇠와의 로맨스는 끝내기로 하죠. 이제 저희들은 아가씨의 숙부님을 또 한 번 귀찮게 해드리러 갈 겁니다. 아가씨께서 저희들의 전령 역할을 해주시면 어떨까요? 아니면 아무 예고도 없이 곧장 성채로 쳐들어갈까요?」

「숙부님은 외출하셨어요.」

딜러드 양이 알려 주었다.

「드라이브로 산책을 나가셨어요.」

「아르네손 씨는 아직 대학에서 돌아오지 않았겠죠?」

「네. 하지만 점심을 먹으러 곧 올 거예요. 화요일 오후에는 수업이 없으니까요.」

「그럼 그사이에 우리는 비들과 존경할 만한 파인 부녀와 이야기를 나눠 보겠습니다. 그리고 제 생각에 지금 아가씨께서 드러커 부인을 방문하신다면 더할 나위 없이 좋아할 겁니다.」

딜러드 양은 희미하게 근심 어린 미소를 지으며 살짝 고개를 숙이더니 지하실 문 밖으로 나가 버렸다.

히스는 당장 비들과 파인을 찾아서 응접실로 데려왔다. 밴스는 그들에게 지난밤 행적에 대해 질문했다. 하지만 아무 정보도 얻을 수 없었다. 두 사람 모두 10시에 잠자리에 들었다고 했다. 게다가 그들의 방은 저택의 4층 구석에 있어서 딜러드 양이 극장에서 돌아오는 소리조차 듣지 못했다는 것이다. 밴스는 한밤중에 드러커 댁의 현관 방충망 문이 쾅 하고 닫혔을 수도 있었다는 말을 넌지시 흘리기까지 하면서, 활터에서 무슨 소리를 듣지 못했느냐고 물었지만 그 시각에 두 사람은 잠들어 있었던 게 분명했다. 마침내 밴스는 방금 들은 질문을 아무에게도 이야기하지 말라고 주의를 준 다음 두 사람을 돌려보냈다.

5분 후에 딜러드 교수가 돌아왔다. 우리를 보고 약간 놀라긴 했지만 반갑게 맞아 주었다.

「매컴, 이제야 처음으로 내가 일에 몰두하고 있지 않을 때를 골라 찾아와 주었군. 더 질문할 게 있는 모양이지? 서재로 가서 조사를 받도록 하지. 거기가 좀 더 편안하니까.」

교수가 앞장서서 계단을 올라갔다. 우리가 자리에 앉았을 때 교수는 선반에서 손수 꺼내온 포트와인을 함께 한잔 하자고 권했다.

「드러커가 이 자리에 있어야 했는데.」

교수가 말했다.

「그는 내 〈96년산〉을 무척 좋아하거든. 사실 술을 마시는 경우도 별로 없지만. 내가 아무리 포트와인을 좀 더 마셔야만 한다고 말해도, 그는 포트와인이 자기 몸에 해롭다는 엉뚱한 상상을 한단 말일세. 그러고는 내 통풍을 지적하곤 하지. 하지만 통풍과 포트와인 사이에는 아무런 연관성도 없어. 그런 생각은 순전히 미신이야. 좋은 포트와인이야말로 포도주 중에서도 가장 몸에 좋은 술이거든. 오포르토 지방에서는 통풍 따위는 아예 알려지지도 않았다네. 적당한 몸의 자극은 드러커에게도 좋을 텐데……. 가엾은 친구. 그의 정신은 마치 온몸을 불태우는 용광로와 같다니까. 정말 뛰어난 인물일세, 매컴. 만약 그의 두뇌와 보조를 맞출 수 있을 만큼 몸이 따라 주었다면, 그는 세상에서 가장 위대한 물리학자가 되었을 거야.」

「드러커가 저희에게 그러더군요.」

밴스가 한마디 했다.

「교수님께서 그에게 빛의 간섭에 관한 양자 이론을 수정할 능력이 없다며 비웃으셨다고요.」

노교수가 서글픈 미소를 지었다.

「그랬다네. 그런 비난이 그를 자극하여 최대한 노력하게 만든다는 걸 알고 있기 때문일세. 사실 드러커는 어떤 혁명적인 궤도를 밟고 있다네. 이미 매우 흥미로운 몇몇 이론을 밝혀냈지. 하지만 분명히 여러분들이 이런 문제를 논의하려고 여기까지 오시지는 않았을 테고. 매컴, 내가 자네를 위해 뭘 해줘야 하는 건가? 아니면 새로운 소식을 전해 주러 온 건가?」

「불행하게도 새로운 소식은 없습니다. 사실은 다시 한 번 도움을 청하기 위해서 왔습니다…….」

매컴은 어떻게 말을 이어야 할지 모르겠다는 듯 잠시 머뭇거렸다. 그러자 밴스가 얼른 질문자의 역할을 떠맡고 나섰다.

「저희가 어제 이곳을 떠난 이후로 상황이 바뀌었습니다. 한두 가지 새로운 문제가 발생했고, 어젯밤 이 댁 가족분들의 정확한 행적을 알 수 있다면 저희 수사가 훨씬 용이해질 가능성이 생겼습니다. 사실 어젯밤 행적이 이 사건의 몇몇 요소에 영향을 미칠지도 모릅니다.」

교수는 약간 놀란 듯이 고개를 쳐들었지만, 다만 이렇게 말할 뿐이었다.

「그런 정보라면 얼마든지 쉽게 제공할 수 있소. 그런데 가족 중 누구를 말하는 거요?」

「딱히 어느 누구를 지목하는 건 아닙니다.」

밴스가 재빨리 교수를 안심시켰다.

「글쎄, 어디 보자······.」

교수는 오래된 해포석 파이프를 꺼내더니 담배를 채워 넣기 시작했다.

「벨과 시구르와 나는 6시에 저녁 식사를 했소. 7시 30분에 드러커가 우리집에 들렀지. 그리고 몇 분 후에는 파디가 찾아왔소. 8시에 시구르와 벨은 극장에 갔고 10시 30분에 드러커와 파디도 돌아갔지. 나는 11시가 되자마자 문단속을 하고 잠자리에 들었소. 파인과 비들도 일찍 침실에 들게 했소. 그게 내가 말할 수 있는 전부요.」

「딜러드 양과 아르네손 씨가 함께 극장에 갔단 말인가요?」

「그렇소. 시구르는 좀처럼 극장에는 가지 않지만, 가끔 갈 때면 꼭 벨과 함께 간다오. 주로 입센의 연극을 보러 가지. 입센의 헌신적인 추종자니까 말이오. 미국에서 자랐는데도 노르웨이 것에 대한 열정은 조금도 사라지지 않았거든. 그는 마음 깊이 자신의 조국에 대한 애정을 갖고 있다오. 오슬로 대학의 어느 교수만큼이나 노르웨이 문학에도 능통하지. 게다가 그가 진정으로 좋아하는 음악은 그리그뿐이라오. 그가 연주회나 연극을 갈 때면, 그 프로그램은 노르웨이 작품이 틀림없소.」

「그렇다면 어제 본 공연은 입센 연극이었겠군요?」

「〈로스메르 저택〉이었을 거요. 요즘 뉴욕에서는 입센의 연극이 재조명받고 있다오.」

밴스가 고개를 끄덕였다.

「월터 햄프덴 극단이 공연을 하고 있지요. 혹시 두 사람이 극장에서 돌아온 후 아르네손 씨나 딜러드 양을 보셨습니까?」

「못 봤소. 상당히 늦게 돌아왔던 모양이오. 벨이 오늘 아침에 그러는데, 연극을 보고 난 뒤 플라자에 가서 저녁을 먹었다더군. 좀 있으면 시구르가 돌아올 테니 자세한 이야기는 그에게서 듣도록 하시오.」

비록 교수는 인내심을 가지고 친절하게 말했지만, 아무 상관도 없어 보이는 질문에 짜증 난 기색이 역력했다.

「죄송하지만 교수님, 저녁 식사 이후 드러커 씨와 파디 씨의 방문과 관련해서 그 상황을 자세히 말씀해 주시겠습니까?」

밴스가 질문을 계속했다.

「두 사람의 방문은 그냥 일상적인 일이오. 저녁마다 종종 우리 집에 들르곤 한다오. 드러커가 찾아온 이유는 양자 이론의 수정에 대한 자신의 연구 내용을 나와 의논하기 위해서였소. 하지만 파디가 나타나는 바람에 논의가 중단되고 말았지. 파디는 훌륭한 수학자이지만 고등 물리학은 그의 능력 밖의 문제니까.」

「딜러드 양이 극장에 가기 전, 드러커 씨나 파디 씨를 만났습니까?」

딜러드 교수는 천천히 파이프를 입에서 떼었다. 그의 얼굴에 분노의 빛이 떠올랐다.

「이런 말 해서 미안하지만, 대체 내가 그런 질문에 대답한들 무슨 소용이 있는지 알 수가 없구려.」

교수가 퉁명스럽게 쏘아붙였다.

「그렇지만 우리 집에서 일어난 사소한 일들이 댁들한테 도움이 될 가능성이 있다면 물론 기꺼이 자세하게 대답해 주겠소.」

교수는 잠시 밴스를 쳐다보았다.

「그렇소. 드러커와 파디 모두 어젯밤에 벨을 만났소. 시구르를 포함하여 우리는 다 함께 공연 시작 30분 전까지 이 방에 있었다오. 입센의 천재성에 대한 이야기가 오갔는데, 드러커가 하우프트만이 더 뛰어나다고 말하는 바람에 시구르가 몹시 화를 냈었소.」

「그렇다면 8시쯤에 아르네손 씨와 딜러드 양은 떠나고, 교수님과 파디 씨와 드러커 씨만이 이 집에 남았겠군요.」

「그렇소.」

「아까 교수님께서 10시 30분에 드러커 씨와 파디 씨가 떠났다고 말씀하셨는데, 두 사람이 함께 나갔습니까?」

「두 사람이 함께 아래층으로 내려갔소.」

교수가 불쾌한 기색을 좀 더 노골적으로 드러내며 대답했다.

「내가 알기로 드러커는 곧장 집으로 돌아갔소. 하지만 파디는 맨해튼 체스 클럽에서 약속이 있다고 하더군.」

「드러커 씨가 집으로 돌아가기에는 좀 이른 시간 아닌가요?」

밴스가 생각에 잠겨 말했다.

「특히 교수님과 중요한 문제를 상의하러 왔다가, 떠날 때까지 이야기를 나눌 적당한 기회도 얻지 못했는데요.」

「드러커는 건강이 좋지 못하다오.」

교수의 목소리가 다시 신중하고 인내심 넘치는 어조로 바뀌었다.

「전에 말했던 대로, 쉽게 지치는 편이오. 어젯밤에는 평소보다 더 녹초가 되어 있더군. 실은 피곤하다면서 얼른 잠자리에 들어야겠다고 나에게 하소연을 할 정도였다오.」

「그래요……. 앞뒤가 들어맞는군요.」

밴스가 중얼거렸다.

「좀 전에 드러커 씨가 어제 아침 6시부터 자리에서 일어나 작업을 했다고 진술했거든요.」

「놀랄 일도 아니오. 일단 어떤 문제가 머릿속에 떠오르면 쉬지 않고 연구를 하는 사람이니까. 안타깝게도 그에게는 수학에 대한 그런 소모적인 열정을 상쇄해 줄 만한 정상적인 반작용이 없다오. 그래서 그의 정신적 안정을 염려할 때가 여러 번 있었소.」

밴스는 어떤 이유에서인지 이 대목에서 질문의 방향을 완전히 바꾸었다.

「어젯밤 파디 씨가 체스 클럽에서 약속이 있었다고 말씀하셨죠?」

밴스는 신중하게 새 담배에 불을 붙이면서 이렇게 물었다.

「혹시 무슨 약속이었는지 파디 씨가 얘기하지는 않았습니까?」

딜러드 교수는 후견인이라도 되는 듯 관대한 미소를 지었다.

「안 그래도 무려 한 시간 동안이나 그 얘기를 떠들었다오. 루빈스타인이라고 하는 양반이, 아마 체스계의 천재인 모양이던데, 지금 이 나라를 방문 중이라오. 그런데 파디와 세 차례의 시범 경기를 치렀다더군. 어제가 마지막 경기였소. 2시에 시작해서 6시까지 이어졌고, 원래 8시에 결승 경기가 다시 시작되었어야 했는데 루빈스타인이 시내에서 열리는 무슨 만찬의 주인공이라서 결국 결승전 시간이 11시로 정해졌소. 파디는 조바심이 나서 어쩔 줄 몰랐다오. 첫 번째 시합에서 패하고 두 번째 시합은 비겼거든. 그러니까 만약 어젯밤 시합을 이긴다면 루빈스타인과 비기게 되는 판국이었소. 그는 6시에 끝난 시합의 형세로 보아 자신에게 대단히 유리한 기회가 있다고 생각하는 모양이었소. 비록 드러커는 생각이 달랐지만……. 파디는 틀림없이 여기서 곧장 클럽으로 갔을 거요. 그와 드러커가 떠났을 때가 이미 10시 30분이었으니까 말이오.」

「루빈스타인은 강력한 선수죠.」

밴스가 말했다. 아무리 감추려 애를 써도 그의 목소리에서는 새로운 흥미를 느낀 기색이 드러났다.

「체스의 대가 중 한 사람입니다. 1911년산 세바스찬에서 카파블랑카를 물리쳤고, 1907년부터 1912년까지 래스커 박사가 보유하고 있던 세계 선수권 타이틀의 합당한 도전자로 인정받았죠.[56] 그렇죠……. 만약 파디가 그를 이겼다면, 그거야말로 대단한 자랑거리일 겁니다. 사실 그와 대국을 했다는 사

---

56 아키바 루빈스타인Akiba Rubinstein은 당시와 오늘날에도 폴란드의 체스 챔피언이었으며 세계적인 체스의 대가들 중 한 사람이다. 그는 1882년 로츠 부근의 스타비스크에서 태어났으며, 1906년 오스텐드 시합을 통해 국제 체스계에 입문했다. 그의 최근 미국 방문은 새로운 승리의 연속이었다 — 원주.

실만으로도 파디로서는 적잖은 명예지요. 파디의 첫수가 유명하기는 하지만 본인은 단 한 번도 대가의 자리에 오른 적이 없었으니까요. 그런데 어젯밤 시합의 결과는 들으셨습니까?」

나는 또다시 교수의 입가에 너그럽게 봐준다는 식의 미소가 살짝 떠오르는 걸 알아차렸다. 교수는 마치 까마득히 높은 지성의 꼭대기에서 어린아이들의 어리석은 장난을 관대하게 내려다보고 있는 듯한 인상을 풍겼다.

「아니.」

교수가 대답했다.

「물어보지 않았소. 하지만 내 짐작으로는 파디가 졌을 거요. 드러커가 중단된 파디의 시합에서 약점을 지적했을 때, 평소보다 더 단정적이었으니까 말이오. 드러커는 원래 조심스러운 성격이라서 확실한 근거가 없으면 어떤 문제에 대해서도 좀처럼 단정적인 견해를 표현하는 법이 없다오.」

밴스는 약간 놀란 듯 눈썹을 치켜떴다.

「그렇다면 파디가 아직 끝나지도 않은 시합을 드러커와 함께 분석하고 예상 결말을 논의했단 말입니까? 그건 비윤리적인 행위일 뿐만 아니라, 그런 짓을 했다면 어떤 선수든 실격을 당할 텐데요.」

「난 체스의 격식 따위는 잘 모르오.」

딜러드 교수가 날카롭게 대꾸했다.

「하지만 파디가 그런 점에서 윤리를 위반하는 짓을 저지르지 않은 것은 분명하오. 실제로 파디가 저쪽에 있는 탁자 위에 체스 말을 놓고 몰두하고 있을 때, 드러커가 가까이 다가가서 들여다보자 어떤 훈수도 하지 말라고 부탁했소. 그리고 잠시 후 형세에 대한 논의가 벌어졌는데 끝까지 일반적인 내용뿐이었소. 무슨 구체적인 경기 방법에 대한 언급 따위는 없었다고 생각하오.」

밴스는 천천히 몸을 앞으로 숙이더니 대단히 신중한 태도로 담배를 비벼 껐다. 나는 오래전부터 밴스의 그런 행동이 애써 흥분을 감추고 있음을 보여 주는 징표임을 알고 있었다. 이윽고 그는 태연하게 자리에서 일어나 구석에 있는 체스 테이블로 다가갔다. 그러고는 흑백의 네모꼴이 그려진 정교한 상감 세공의 체스판 위에 한 손을 올려놓고 서 있었다.

「파디 씨가 이 체스판 위에서 형세를 분석하고 있을 때 드러커 씨가 가까이 다가왔다고 말씀하셨죠?」

「그렇소. 맞소.」

딜러드 교수가 애써 정중하게 말했다.

「드러커가 그의 맞은편에 앉아서 판세를 살폈다오. 그가 뭔가 이야기를 하려고 하자 파디는 아무 말도 하지 말라고 했소. 15분쯤 후 파디가 말을 치웠을 때, 비로소 드러커가 그 시합은 졌다고 말했다오. 자기가 직접 체스를 두어 봤는데, 비록 유리하게 보이지만 근본적인 약점이 있다고 말이오.」

밴스는 아무 생각 없이 체스판을 손가락으로 어루만지고 있었다. 그러고는 상자에서 말을 한두 개 꺼내더니 마치 장난을 치듯 다시 휙 던져 넣었다.

「드러커 씨가 정확히 뭐라고 말했는지 기억하십니까?」

밴스가 고개를 그대로 숙인 채 물었다.

「난 별로 귀담아듣지 않았소. 그런 화제는 나에게 썩 흥미로운 게 아니라서 말이오.」

그 대답에는 숨길 수 없는 비아냥거림이 담겨 있었다.

「그렇지만 기억나는 대로 말하자면, 드러커는 파디에게 이 시합이 빠르게 진행되었다면 그가 이길 수도 있었을 거라고 말했소. 그렇지만 루빈스타인은 느리고 신중한 선수로 유명하니까 틀림없이 파디의 형세에서 약점을 발견할 거라고 말이오.」

「그런 지적에 파디가 화를 내던가요?」

밴스는 이제 의자로 다시 돌아와 담뱃갑에서 새 담배를 고르고 있었다. 하지만 아직 의자에 앉지는 않았다.

「그랬소. 무척 화를 냈지. 드러커는 안타깝게도 적대적인 태도를 보였고, 파디는 자신의 체스 문제에 대해서 지극히 예민한 편이라오. 사실은 드러커의 지적에 파디는 분노로 새하얗게 질릴 정도였소. 하지만 내가 얼른 화제를 바꿨고, 두 사람이 돌아갈 쯤에는 그 일은 완전히 잊어버린 듯했소.」

우리는 몇 분 정도 더 머물러 있었다. 매컴은 교수에게 사과의 말을 길게 늘어놓았고, 우리의 방문으로 인해 폐를 끼친 것에 대해 어떻게든 보상하려고 애를 썼다. 그는 밴스가 파디의 체스 시합에 대해 수다스러울 정도로 꼬치꼬치 캐묻는 것을 못마땅하게 여겼다. 우리가 응접실로 내려왔을 때, 매컴은 불쾌한 심정을 드러냈다.

「자네가 어젯밤 이 집에 있었던 여러 사람들의 행적에 대해 묻는 것은 이해할 수 있지만, 체스 시합을 둘러싼 파디와 드러커의 논쟁에 대해 묻고 또 묻는 것은 도무지 이유를 알 수가 없네. 그런 잡담 이외에도 달리 조사할 게 많지 않나?」

「잡담에 대한 혐오는 그녀의 평온한 인생 내내 테니슨의 이사벨에게 영관(榮冠)을 안겨 주었노라.」

밴스가 장난스럽게 그의 말을 받아넘겼다.

「하지만 정말이지 매컴, 우리의 인생은 이사벨의 인생과는 다르다네! 진지하게 말해서 내 잡담에는 체계가 있다네. 나는 지껄였고, 그리고 알았노라.」

「뭘 알아냈단 말인가?」

매컴이 날카롭게 따져 물었다. 밴스는 복도 쪽을 조심스럽게 힐끗 둘러보더니 몸을 앞으로 숙이고 한껏 목소리를 낮추었다.

「친애하는 리쿠르고스[57]여, 나는 그 서재에 있는 체스 말 중에서 검은 비숍이 없어졌단 사실과 드러커 부인의 문 앞에 놓여 있던 체스 말이 위층의 체스 말과 동일하다는 사실을 알았다네!」

---

57 B.C. 9세기경 스파르타쿠스의 입법자.

15
파디와의 면담
4월 12일 화요일, 오후 12시 30분

이 소식은 매컴에게 깊은 충격을 주었다. 흥분하면 늘 그러하듯이 그는 자리에서 벌떡 일어나 뒷짐을 진 채 방 안을 서성거렸다. 히스 또한 밴스의 말뜻을 뒤늦게 파악하기는 했지만, 시거를 뻑뻑 피워 댔다. 이런저런 사실들이 잘 정리되지 않아 머릿속이 복잡하다는 증거였다.

서로 무슨 말이 오가기도 전에, 복도의 뒷문이 열리더니 가벼운 발소리가 응접실 쪽으로 다가왔다. 드러커 부인 댁에서 방금 돌아온 벨 딜러드 양이 문가에 모습을 나타냈다. 그녀의 얼굴은 어두웠다. 그녀는 매컴을 빤히 바라보며 물었다.

「오늘 아침에 아돌프에게 대체 무슨 말씀을 하신 건가요? 완전히 공황 상태에 빠졌어요. 마치 강도라도 들까 두려운 사람처럼 방문 열쇠며 창문의 걸쇠를 죄다 살펴보질 않나, 가엾은 그레타에게는 밤에 문단속을 확실히 하라고 겁을 주고 있어요.」

「하! 그가 멘첼 부인에게 주의를 주었단 말인가요? 그래요? 그거 참 흥미롭군요.」

밴스는 뭔가 생각에 잠겼다. 딜러드 양의 시선이 재빨리 그에게로 향했다.

「그래요. 하지만 도무지 저에게는 아무 설명도 해주지 않으려고 해요. 몹시 흥분했는데 영문을 알 수가 없어요. 또 한 가지 그의 태도에서 이상한 점은, 계속 어머니 곁에 가기를 거부한다는 거예요. 밴스 씨, 대체 이게 무슨 의미일까요? 저는 왠지 아주 끔찍한 일이 임박한 느낌이 들어요.」

「저도 그게 무슨 의미인지 모르겠습니다.」

밴스가 낮고 심란한 목소리로 말했다.

「그 의미를 파악하려고 시도하는 일조차 두렵군요. 만약 제 짐작이 틀렸다면…….」

밴스는 잠시 침묵했다.

「우리는 그저 기다리며 지켜볼 수밖에 없습니다. 아마 오늘 밤에는 알게 될 겁니다. 하지만 아가씨가 놀라실 이유는 전혀 없습니다, 딜러드 양. 드러커 부인은 어떻던가요?」

「훨씬 나아지신 듯 보였어요. 그래도 여전히 뭔가 걱정이 있으시더군요. 제 생각에는 아돌프와 관련된 일 같아요. 저랑 있는 동안 줄곧 아드님 이야기만 하셨거든요. 그리고 최근 아돌프의 태도에서 뭔가 이상한 점을 알아채지 못했는지 계속 제게 물어보시더군요.」

「이런 상황에서는 아주 당연한 일이죠.」

밴스가 대답했다.

「하지만 부인의 병적인 태도에 아가씨까지 영향을 받아서는 안 됩니다. 그러니 이제 화제를 돌리도록 하지요. 제가 알기로 아가씨는 어젯밤 극장으로 떠나기 전에 30분 정도 서재에 머물러 있었다고 하더군요. 말씀해 주십시오, 딜러드 양. 그동안 아가씨의 손가방은 어디에 두었습니까?」

딜러드 양은 이 질문을 받고 깜짝 놀랐다. 하지만 잠시 망설인 후에 대답했다.

「서재에 들어갈 때 문가에 있는 작은 탁자 위에 제 외투와 함께 올려놓았어요.」

「열쇠가 들어 있는 그 도마뱀 가죽 가방이었나요?」

「맞아요. 시구르는 이브닝드레스를 끔찍하게 싫어하거든요. 그래서 함께 외출할 때면 전 항상 평상복을 입곤 하죠.」

「그렇다면 30분 정도 손가방을 탁자 위에 놓아 두셨군요. 그 이후부터 저녁 내내 손가방을 손에 쥐고 있었고요. 그렇다면 오늘 아침에는 어떻게 하셨습니까?」

「아침 식사 전에 잠깐 산책을 나갔는데 그때도 들고 나갔어요. 그 후에는 한 시간 정도 복도에 있는 모자 선반 위에 올려놓았죠. 하지만 10시쯤 메이 부인 댁을 방문하러 갈 때에는 다시 들고 갔어요. 그런데 소형 권총이 제자리에 돌아와 있는 걸 발견하고 방문을 연기했지요. 저는 매컴 검사님과 여러분이 오실 때까지 지하 궁술실에 손가방을 놓아 두었어요. 그다음부터는 계속 손에서 놓지 않았어요.」

밴스가 왠지 묘한 말투로 그녀에게 감사 인사를 했다.

「이제 손가방의 여행 편력이 낱낱이 밝혀졌군요. 부디 그 일은 전부 잊어 주십시오.」

딜러드 양이 뭔가 물어보려고 하는 찰라, 밴스는 이미 그녀의 궁금증을 예상했다는 듯이 재빨리 말했다.

「어젯밤 저녁 식사를 하러 플라자 호텔에 가셨다고 숙부님께서 저희에게 알려 주시더군요. 그렇다면 꽤 늦게 집에 오셨겠네요.」

「시구르와 함께 어디를 갔을 때에는 절대 밤늦게까지 밖에 머물지 않는답니다.」

딜러드 양이 마치 자식에 대해 불평하는 어머니 같은 말투로 대답했다.

「그 사람은 어떤 종류의 야간 활동이든 체질적으로 죄다 싫어하니까요. 저는 좀 더 있다가 가자고 부탁했지만, 그 사람 표정이 너무 딱해 보여서 더 이상 머물고 싶은 마음이 들지 않더군요. 실제로 우리는 12시 30분쯤 집에 돌아왔어요.」

밴스가 정중한 미소를 지으며 자리에서 일어났다.

「저희의 하찮은 질문에 그토록 인내심을 갖고 응해 주셔서 정말 감사합니다. 이제 저희들은 파디 씨 댁에 잠깐 들러 볼까 합니다. 뭐든 진상을 밝혀 줄 만한 조언을 해주시지 않을까 싶어서 말이죠. 이 시간에는 대개 집에 계시겠죠.」

「지금은 분명히 집에 있을 거예요.」

아가씨는 복도까지 우리를 따라 나왔다.

「여러분들이 오시기 직전에 여기 있었죠. 무슨 답장을 쓰러 집에 돌아갈 거라고 했어요.」

우리가 막 밖으로 나가려고 할 때 밴스가 걸음을 멈추었다.

「오, 딜러드 양. 제가 깜박 잊고 묻지 않은 게 한 가지 있군요. 어젯밤 아르네손 씨와 함께 집으로 돌아왔을 때, 그 시각이 12시 30분이라는 사실은 어떻게 아셨습니까? 보아하니 시계를 차고 다니시지는 않는데요.」

「시구르가 알려 줬어요.」

그녀가 설명했다.

「사실은 너무 일찍 집으로 데리고 와서 그에게 좀 화가 났었죠. 그래서 집에 들어오자마자 제가 일부러 지금이 몇 시냐고 물어봤어요. 시구르가 시계를 보더니 12시 30분이라고 하더군요.」

바로 그때 현관문이 열리면서 아르네손이 들어왔다. 그는 일부러 깜짝 놀라는 시늉을 하며 우리를 빤히 쳐다보았다. 그러다가 곧 벨 딜러드를 발견했다.

「안녕, 아가씨.」

그는 그녀에게 유쾌하게 인사를 했다.

「헌병 나리 손에 붙잡혔구려.」

그는 재미있다는 표정으로 우리를 휙 둘러보았다.

「무슨 비밀회의라도? 이 집이 어째 점점 정식 경찰 본부가 되어 가는 분위기로군요. 스프리그 살인범의 단서를 쫓다니나요? 하! 빛나는 젊음이 질투심에 불타는 교수의 손에 사라져 버렸다, 뭐 그런 겁니까? 네? 부디 당신네들이 사냥의 여신 다이애나를 가혹하게 심문하지나 않았길 바랍니다.」

「그런 일은 전혀 없었어요.」

아가씨가 말했다.

「이분들은 더할 나위 없이 사려 깊게 대해 주셨어요. 마침 당신이 얼마나 고리타분한 사람인지 이분들께 이야기하던 중이었죠. 겨우 12시 30분에 나를 집으로 데려오다니 말이죠.」

「나는 내가 매우 관대하다고 생각하는데.」

아르네손이 빙그레 웃었다.

「당신 같은 어린아이를 그렇게 늦게까지 밖에 나돌아 다니게 하고 말이지.」

「나이를 먹는 건 정말 끔찍한 일이야. 수학이나 좋아하고.」

딜러드 양은 발끈해서 이렇게 쏘아붙이고는 위층으로 뛰어 올라가 버렸다.

아르네손이 어깨를 으쓱하며 그녀의 모습이 보이지 않을

때까지 그 뒤를 바라보았다. 그러고는 냉소적인 눈빛으로 매컴을 빤히 응시했다.

「그래, 무슨 좋은 소식이라도 가져왔나? 최근 희생자에 관한 무슨 새로운 소식이라도?」

그는 우리를 이끌고 응접실로 되돌아갔다.

「자네도 알다시피, 난 정말 그 친구가 그립구먼. 이제 멀리 가버렸으니. 하필 존 스프리그라는 이름을 가지다니 진짜 재수 없지 뭔가. 차라리 〈피리 부는 피터〉란 이름을 갖는 편이 더 안전했을 걸세. 피리 부는 피터에게는 후추 소동 이외에 아무 일도 일어나지 않으니 말이야. 자네도 그걸 살인이라고 꾸며 대진 못할 테니…….」

「우린 알려 줄 게 아무것도 없네, 아르네손.」

그의 경박한 언행에 짜증이 난 매컴이 말을 잘랐다.

「상황은 아무 변화가 없이 그대로일세.」

「그렇다면 단지 사교적 방문이란 말인가? 점심 식사라도 하려고?」

「우리에게는 우리가 바람직하다고 판단되는 방식대로 사건을 조사할 권리가 있네. 우리 행동에 대해 자네에게 전부 설명해야 할 필요도 없지.」

매컴이 차갑게 말했다.

「그렇군! 뭔가 자네를 괴롭히는 일이 일어난 게야!」

아르네손이 잔뜩 비꼬는 어조로 말했다.

「나는 내가 협력자로 인정받은 줄 알았는데, 이제 보니 난 어둠 속으로 밀려날 처지였구먼.」

그는 여봐란 듯이 크게 한숨을 짓더니 파이프를 꺼냈다.

「조종사의 하선[58]이라니! 가엾구나, 비스마르크와 나는!」

밴스는 문가에 서서 멍하니 담배를 피우고 있었다. 아르네손의 불평 따위는 전혀 귀담아듣고 있지 않는 것이 분명했다. 이윽고 그가 방 안으로 걸어 들어왔다.

「매컴, 정말일세. 아르네손 씨 말씀이 맞아. 우리는 이분께 모든 걸 알려 드리겠다고 동의하지 않았나? 게다가 이분이 우리에게 어떤 식으로든 도움을 주려면 마땅히 모든 사실을 알아야겠지.」

「어젯밤 사건을 누설하면 위험할 수도 있다고 지적한 사람은 바로 자네였어!」

매컴이 항의했다.

「사실이야. 하지만 그때는 아르네손 씨와 한 약속을 깜박 잊고 있었어. 그리고 나는 이분이 비밀을 지킬 거라고 확신하네.」

밴스는 어젯밤 드러커 부인이 겪은 일을 소상하게 이야기해 주었다.

아르네손은 넋을 잃고 이야기에 귀를 기울였다. 나는 그의 얼굴에서 비아냥거리는 표정이 점차 사라지고 대신 치밀하게 계산하는 심각한 표정이 떠오르는 걸 알아차렸다. 그는 한동안 파이프를 입에 문 채 말없이 생각에 잠겨 앉아 있었다.

「그 일은 분명 이 문제의 핵심 인수로군요.」

마침내 그가 입을 열었다.

「이번 일로 우리의 상수가 달라졌어요. 이 문제를 전혀 새로운 각도에서 계산해야만 한다는 사실을 깨닫게 되었습니다. 비숍은 아무래도 우리 한가운데에 있는 것 같군요. 그런

---

58 1890년 존 데니얼 경이 영국 잡지 『펀치』에 실은 정치 풍자만화의 제목이다. 이 만화는 그해 강제 퇴임한 비스마르크를 〈독일〉이란 함선에서 내려오고 있는 지친 조종사로 그리고 있다.

데 그자가 왜 메이 부인을 찾아가야만 했던 걸까요?」

「메이 부인은 로빈의 사망 시각과 거의 같은 시간에 비명을 질렀다고 하지요.」

「아하!」

아르네손이 몸을 일으켜 세웠다.

「무슨 말씀인지 알겠습니다. 부인은 코크 로빈이 세상을 떠나던 그날 아침 창문을 통해 비숍을 보았던 겁니다. 그래서 비숍은 나중에 다시 돌아와 입을 다물라는 경고의 뜻으로 부인의 문손잡이 위에 올라앉았던 거죠.」

「뭐, 얼추 비슷합니다……. 이제 당신의 공식을 만드는 데 필요한 정수를 다 갖춘 셈입니까?」

「저도 그 검은 비숍을 한번 보고 싶군요. 어디 있나요?」

밴스는 호주머니에 손을 넣어 체스 말을 꺼냈다. 아르네손은 얼른 그걸 받아 들었다. 잠시 그의 눈이 반짝 빛났다. 그는 체스 말을 손안에서 한 번 굴리더니 밴스에게 돌려주었다.

「선생께서는 이 비숍을 알아보시는 것 같은데요.」

밴스가 유쾌한 목소리로 말했다.

「생각하신 대로입니다. 이 비숍은 서재에 있는 선생의 체스 말 상자에서 빌려 온 것이죠.」

아르네손이 긍정의 뜻으로 천천히 고개를 끄덕였다.

「그럴 거라고 생각했습니다.」

갑자기 아르네손이 매컴을 향해 고개를 돌렸다. 여윈 그의 얼굴에 빈정거리는 눈빛이 되돌아왔다.

「그래서 나를 따돌리려고 했던 건가? 내가 용의자라서? 피타고라스의 그림자로군! 대체 이웃집에 체스 말을 살포하는 끔찍한 범죄에는 무슨 형벌이 따르는 건가?」

매컴이 자리에서 벌떡 일어나더니 복도를 향해 걸어갔다. 그리고 상한 기분을 감추려고 하지도 않은 채 대답했다.

「아르네손, 자네는 용의자가 아니라네. 비숍을 드러커 부인의 집에 놓고 간 시각은 정확히 자정이었어.」

「그렇다면 내가 용의자 자격을 얻기에는 30분이 늦었구먼. 자네를 실망시켜 어떡하나.」

「선생의 공식이 완성되면 저희에게 알려 주십시오.」

우리가 현관문 밖으로 나갈 때 밴스가 말했다.

「이제 우리는 파디 씨를 잠깐 방문할 겁니다.」

「파디요? 오호! 비숍 문제가 나왔으니 체스 전문가를 찾아간다, 그 말씀입니까? 당신의 추론은 알겠습니다. 최소한 단순하고 직설적이라는 장점은 있군요.」

그는 작은 현관 앞에 서서, 우리가 길을 건너는 동안 마치 일본 이무기 석상처럼 지켜보고 있었다.

파디는 평소와 다름없이 조용하고 정중하게 우리를 맞이했다. 다만 그가 습관적으로 짓고 있는 비극적이고 실의에 찬 표정이 보통 때보다 더 드러나 있었다. 서재에서 우리에게 의자를 내어 줄 때 그의 태도는 마치 인생에 대한 흥미를 완전히 잃어버리고 다만 기계적으로 살아 움직이는 사람 같았다. 밴스가 먼저 입을 열었다.

「파디 씨, 우리가 여기 온 것은 어제 아침 리버사이드 파크에서 일어난 스프리그의 살인 사건에 대해 뭔가 알 수 있을까 해서입니다. 이제부터 저희가 드리는 질문은 모두 타당한 근거에서 비롯된 것입니다.」

파디는 체념한 듯이 고개를 끄덕였다.

「어떤 질문을 하셔도 저는 괜찮습니다. 신문 기사를 읽고 나서 여러분들이 얼마나 괴상한 문제에 직면하고 계신지 알았으니까요.」

「그렇다면 먼저 어제 아침 7시에서 8시 사이에 어디 계셨는지 알려 주십시오.」

순간 파디의 얼굴이 살짝 붉어졌다. 하지만 그는 나직하고 담담한 목소리로 대답했다.

「저는 침대에 있었습니다. 거의 9시까지 자리에서 일어나지 않았습니다.」

「아침 식사 전에 산책을 하시는 습관이 있지 않습니까?」

(나는 이 질문이 밴스의 순전한 어림짐작임을 알고 있었다. 사건을 조사하는 동안 파디의 습관에 대한 이야기는 한 번도 나온 적이 없었던 것이다.)

「그건 맞습니다.」

파디가 한 치의 망설임도 없이 대답했다.

「하지만 어제는 산책을 나가지 않았습니다. 그 전날 밤에 늦게까지 작업을 했거든요.」

「스프리그의 사망 소식을 언제 처음 들으셨습니까?」

「아침 식사 때 들었습니다. 제 요리사가 이웃에 떠도는 소문을 듣고 와서 전하더군요. 공식적인 사건 소식은 저녁 판 〈선〉지에서 읽었습니다.」

「오늘 아침 신문에 비숍의 편지가 실린 것도 물론 보셨겠지요. 이 사건을 어떻게 생각하십니까, 파디 씨?」

「전 잘 모르겠습니다.」

처음으로 흐리멍덩하던 그의 눈빛에 생기가 감돌았다.

「참으로 믿을 수 없는 상황이라서요. 수학적 확률로 따져 보자면, 서로 연관이 있는 일련의 사건들이 이렇게 우연의 일치로 일어났다고 보기는 힘들죠.」

「그렇죠.」

밴스가 동의했다.

「수학 이야기가 나왔으니 말인데, 혹시 리만-크리스토펠 텐서 공식을 잘 알고 계십니까?」

「알고 있습니다.」

그가 인정했다.

「드러커가 세계선[59]에 대해 쓴 책에서 사용했죠. 하지만 제 수학은 물리학자 유형의 수학이 아닙니다. 만약 제가 체스에 빠지지 않았더라면……」

그는 씁쓸하게 미소를 지었다.

「아마 천문학자가 되었을 겁니다. 제 생각에 여러 요소를 교묘하게 움직여서 복잡한 체스 조합을 만드는 일 다음으로 인간이 가장 커다란 정신적 만족을 얻을 수 있는 일은 아마 우주의 좌표를 만들고 새로운 행성을 찾아내는 작업이 아닐까 싶습니다. 그래서 심지어 저희 집 지붕에 아마추어 관측용으로 5인치짜리 천체 망원경까지 설치해 놓고 있답니다.」

밴스는 주의 깊게 파디의 말에 귀를 기울였다. 그리고 해왕성 너머 O 행성에 대한 피커링 교수의 최근 관측[60]에 관해서 몇 분 동안 이야기를 주고받았다. 매컴으로서는 대단히 당혹스럽고 경사로서는 몹시 짜증스러운 일이 아닐 수 없었다. 마침내 밴스는 다시 텐서 공식으로 화제를 돌렸다.

「제가 알기로 지난 목요일 아르네손 씨가 드러커와 스프

---

59 *world line*. 물리학의 상대성 이론에 나오는 개념.
60 이 토론이 있고 난 후 피커링 교수는 천왕성의 이상 궤도 운동을 통해 해왕성 너머에 있는 또 다른 두 개의 행성 P와 S의 위치를 밝혀냈다 — 원주.

리그와 이 텐서 공식을 가지고 토론할 때, 선생께서도 딜러드 교수님 댁에 계셨다고 하던데요.」

「그렇습니다. 그때 그런 화제가 나왔던 기억이 납니다.」

「스프리그와는 얼마나 잘 아는 사이였습니까?」

「그저 얼굴이나 아는 사이였죠. 아르네손과 함께 있을 때 한두 번 만났습니다.」

「그런데 스프리그도 아침 식사 전에 리버사이드 파크를 산책하는 습관이 있었던 모양입니다.」

밴스가 조심스럽게 말을 꺼냈다.

「혹시 그곳에서 우연히 마주친 적은 없습니까, 파디 씨?」

그의 눈꺼풀이 파르르 떨렸다. 그는 대답하기 전에 잠시 머뭇거렸다.

「한 번도 없습니다.」

마침내 그가 대답했다. 밴스는 이 대답에 아무 관심이 없어 보였다. 그는 자리에서 일어나더니 앞쪽 창으로 걸어가 밖을 내다보았다.

「여기서 활터가 내다보일 거라고 생각했는데, 이제 보니 이 각도에서는 시야가 완전히 가리는군요.」

「그렇습니다. 활터는 밖에서 잘 들여다볼 수가 없습니다. 심지어 담장 반대편에 공터가 있어서 아무도 안을 넘겨다볼 수 없지요. 로빈의 죽음을 목격한 사람이 있을 거라고 생각하시는 겁니까?」

「그렇습니다. 그리고 다른 것들도요.」

밴스는 의자로 되돌아왔다.

「선생께서는 활쏘기를 하지 않으신다고요.」

「저에게는 지나치게 격렬한 오락이라서 말이죠. 한번은 딜러드 양이 그 운동에 관심을 갖게 하려고 애썼지만, 아무래도 전 전도유망한 신참자는 못 되더군요. 그래도 딜러드 양과 함께 몇몇 시합에 참석한 적은 있습니다.」

파디의 목소리에 평소와 달리 부드러운 어조가 스며들었다. 꼭 집어 설명할 수는 없지만, 왠지 나는 그가 벨 딜러드를 사랑하고 있다는 느낌이 들었다. 밴스 역시 똑같은 인상을 받았는지, 잠시 말이 없다가 다시 입을 열었다.

「선생께서도 아실 거라고 믿습니다만, 저희가 개인의 사생활을 불필요하게 파헤칠 의도는 전혀 없습니다. 하지만 저희가 조사하고 있는 두 살인 사건의 동기가 여전히 모호한 상태입니다. 애당초 로빈의 죽음을 피상적으로 딜러드 양의 애정을 얻기 위한 경쟁 탓으로 돌렸던 만큼, 그 젊은 아가씨의 마음이 어디로 기울고 있는지 진상을 알게 된다면 전반적으로 도움이 될 듯싶은데요……. 그 집안의 가까운 친구로서 아마 당신은 알고 계시겠지요. 이 문제에 대해서 믿고 말씀해 주신다면 정말 감사하겠습니다.」

파디가 창문 밖으로 시선을 돌렸다. 그의 입에서 한숨 비슷한 소리가 흘러나왔다.

「저는 항상 그녀와 아르네손이 언젠가 결혼할 거라는 느낌을 받았습니다. 이것은 단지 짐작일 뿐입니다. 딜러드 양이 한번은 꽤 단정적으로 서른 살이 되기 전까지는 결혼을 고려하지 않겠노라고 저에게 말한 적도 있었죠.」

(벨 딜러드가 무슨 연유로 이런 말을 파디에게 했을지 쉽게 짐작할 수 있었다. 그의 애정 생활은 그의 지적 생활과 마찬가지로 실패를 맞은 게 분명했다.)

「그렇다면 선생께서는 딜러드 양이 스펄링 청년을 진지하게 마음에 두고 있다는 말을 믿지 않으시겠군요?」

파디가 고개를 저었다.

「하지만 그자가 현재 겪고 있는 그런 수난은 여자들에게 엄청난 감정적 호소력을 발휘할 수도 있지요.」

「딜러드 양 말로는 선생께서 오늘 아침에 그녀를 방문하셨다고요.」

「저는 대개 하루에 한 번쯤 들릅니다.」

그는 약간 당황하며 불편해하는 게 분명했다.

「드러커 부인을 잘 아십니까?」

파디는 의아한 눈초리로 밴스를 힐끗 쳐다보았다.

「특별히 잘 알지는 못합니다. 하지만 당연히 몇 번 뵀지요.」

「부인 댁을 방문한 적은 있습니까?」

「여러 번 있습니다만, 늘 드러커를 만나러 갔습니다. 저는 여러 해 동안 수학과 체스의 연관성에 관심을 두고 있어서…….」

밴스가 고개를 끄덕였다.

「그나저나 어젯밤 루빈스타인과 시합하신 결과는 어떻게 되었습니까? 오늘 아침 신문을 보지 못해서요.」

「44수에서 제가 그만 포기했습니다.」

파디가 풀 죽은 목소리로 말했다.

「시합이 잠시 중단되었을 때 제 수를 봉인했는데, 루빈스타인이 제가 완전히 간과하고 있었던 허점을 제 공격에서 찾아냈답니다.」

「딜러드 교수 말씀으로는, 드러커와 선생께서 어젯밤 그 형세에 대해 토론할 때 드러커가 결말을 예상했다고 하던데요.」

나는 밴스가 그 이야기를 꼭 짚어 언급하는 까닭을 도무지 이해할 수 없었다. 그런 지적이 파디에게 얼마나 뼈아픈 말인지 잘 알고 있기 때문이었다. 매컴 역시 용서할 수 없을 정도로 주책없는 밴스의 발언에 인상을 찌푸렸다.

파디는 얼굴이 새빨개지며 의자에서 몸을 들썩거렸다.

「드러커가 어젯밤에 말이 좀 많았죠.」

앙심이 서린 말투였다.

「아무리 체스 시합에 나가는 선수는 아니라지만, 드러커도 아직 시합이 끝나기 전까지는 그런 토의가 금기라는 사실쯤을 알았어야 했습니다. 솔직히 그의 예언이 좀 뜨끔하긴 했습니다. 저는 봉인한 제 수가 형세를 잘 이끌고 있다고 생각했는데, 드러커는 저보다 몇 수 앞을 보더군요. 그의 분석은 비상하게 심오했습니다.」

그의 목소리에는 자기 연민에서 비롯된 질투심이 담겨 있었다. 나는 파디가 천성은 온순해 보이지만, 나름대로 드러커를 한껏 증오하고 있다는 느낌이 들었다.

「시합은 얼마나 걸렸습니까?」

밴스가 지나가는 말처럼 물었다.

「1시가 좀 넘어서 끝났습니다. 지난밤 대국은 겨우 14수뿐이었죠.」

「관람객은 많았습니까?」

「늦은 시간을 고려하면, 보기 드물게 엄청난 관객이었죠.」

밴스는 담배를 끄고 자리에서 일어났다. 우리가 현관문을 향해 아래층 복도를 걸어가고 있을 때, 갑자기 그가 걸음을 멈추더니 악마적인 즐거움이 담긴 눈빛으로 파디를 빤히 응시하며 말했다.

「그런데 어젯밤 자정쯤에 검은 비숍이 또다시 근처에 나타났답니다.」

밴스의 말은 놀랄 만한 결과를 낳았다. 파디는 마치 얼굴을 한 대 맞은 사람처럼 몸을 꼿꼿이 세웠고, 그의 두 뺨은 분필처럼 새하얗게 변했다. 몇 초 동안 그는 꼼짝 않고 밴스를 노려보았는데, 그의 두 눈은 빨갛게 타오르는 석탄 같았다. 그의 입술은 부들부들 떨리고 있었지만 아무 말도 하지 못했다. 마침내 그는 초인적인 노력을 발휘하여 간신히 몸을 돌리더니 현관문으로 걸어갔다. 그리고 획 문을 열어젖히고는 우리가 나갈 때까지 붙잡고 있었다.

우리는 리버사이드 드라이브를 따라서 지방 검사의 차가 있는 곳까지 걸어갔다. 그의 차는 76번가 드러커 저택 앞에 세워져 있었다. 매컴이 날카로운 목소리로 밴스에게 어째서 맨 마지막 순간에 파디에게 그런 말을 던졌는지 물었다.

「나는 그가 깜짝 놀라 뭔가 알고 있거나 알아차렸다는 표정을 드러내지 않을까 기대했다네. 하지만 매컴, 맹세코 그런 반응을 불러낼 거라고는 전혀 예상하지 못했어. 정말 놀라운 반응을 보이더군. 왜 그랬는지 이해가 안 가. 도무지 이해가 안 된단 말이지……」

밴스는 골똘히 생각에 잠겼다. 하지만 차가 72번가에서 브로드웨이로 접어들 때쯤이 되자, 고개를 쳐들더니 운전사에게 셔먼 스퀘어 호텔로 가라고 지시했다.

「파디와 루빈스타인의 체스 시합에 대해 좀 더 자세히 알고 싶어 견딜 수가 없구먼. 순전히 내 기분 때문이지 다른 이유는 없어. 그렇지만 교수가 그 말을 한 이후로 줄곧 한 가지 생각이 내 머리를 떠나지 않고 있다네. 11시부터 새벽 1시까지라……. 겨우 44수밖에 안 되는 미완의 시합을 하기에는 너무 시간을 오래 끌었단 말이지……」

우리는 암스테르담 애비뉴와 71번가의 교차로에서 모퉁이를 돌아 차를 세웠고, 밴스는 맨해튼 체스 클럽 건물 안으로 잠시 사라졌다. 그리고 5분 후에 돌아왔다. 그의 손에는 기록이 잔뜩 적힌 종이쪽지가 들려 있었다. 하지만 그의 얼굴에는 전혀 기쁜 기색이 없었다.

「좀 지나치긴 하지만 대단히 매력적인 나의 이론은 멋대가리 없는 사실에 부딪혀 좌절되고 말았네.」

　그가 얼굴을 찡그리며 말했다.

「방금 클럽 서기와 이야기를 나누었다네. 어젯밤 시합은 2시간 19분이 걸렸다더군. 혼신을 다한 계략과 온갖 비책이 총동원된 화려한 전투였던 모양일세. 거의 11시 30분까지는 신도파디를 승자로 점찍었던 것 같았다더군. 하지만 루빈스타인이 한참 분석을 하더니 엄청난 한 수를 두었는데 파디의 전술이 그대로 산산이 무너지고 말았다네. 드러커가 예언했던 대로 말이야. 정말 놀라운 두뇌를 가졌어, 드러커는……..」

　아직도 밴스는 자신이 알아낸 사실에 완전히 만족하지 못하는 게 분명했다. 그의 다음 발언은 불만스러운 심정을 토로하고 있었다.

「클럽에 있을 때 문득 경사님의 수첩 한 장을 뜯어 가지고 와서 일상적인 철두철미함에 빠져 볼걸 하는 생각이 들었다네. 그래서 나는 어젯밤 시합의 기록장을 빌려 모든 수를 그대로 베꼈지. 언젠가 시간이 넉넉할 때 이 시합을 연구해 봐야겠어.」

　그러고는 내 생각에는 유별나게 느껴질 만큼 조심스럽게 종이를 접어서 지갑 속에 넣었다.

16
제3막
4월 12일 화요일~4월 16일 토요일

 엘리제에서 점심 식사를 마친 후에도 매컴과 히스는 계속해서 시내에 머물렀다. 그들 앞에는 힘든 오후가 기다리고 있었다. 매컴의 일상적인 업무는 날로 쌓여 갔다. 한편 로빈 사건에다가 스프리그 사건까지 맡게 된 경사는 모든 보고서를 통합 작성하기도 하고 상사들로부터 밀려드는 수많은 질문에 답변서를 올리기도 했으며 기자 군단의 왕성한 식욕을 만족시켜 주느라 두 대의 타자기를 각기 따로 쉴 새 없이 작동시켜야만 했다. 반면 밴스와 나는 노에들러 화랑에서 프랑스 현대 미술 전시회에 갔다가 세인트레지스 호텔에서 차를 마신 다음, 저녁 식사를 하기 위해 스타이비샌트 클럽에서 매컴을 만났다. 8시 30분에는 히스와 모건 경위가 비공식적인 회의를 위해 우리와 합류했다. 회의는 거의 자정까지 계속되었지만, 딱히 구체적인 결론은 아무것도 나오지 않았다.

 그다음 날도 실망뿐이었다. 드부아 반장이 올린 보고서에는 히스가 준 권총에서 아무런 지문의 흔적도 찾을 수 없다고 적혀 있었다. 헤지든 반장은 그 권총이 스프리그를 쏠 때 사용된 무기와 동일하다고 밝혔다. 하지만 이 사실은 단지 우리가 이미 확신하고 있는 바를 뒷받침해 줄 뿐이었다. 드러커 집의 뒷문을 감시하라고 세워 놓은 경찰은 평온한 밤을 보냈다. 그 집을 드나든 사람은 아무도 없었다. 11시경이 되자, 집 안의 모든 창문이 깜깜해졌다. 그리고 다음 날 아침 요리사가 그날의 집안일을 시작할 때까지 어떤 소리도 흘러나오지 않았다. 드러커 부인은 8시가 막 지나자 정원에 모습을 나타냈다. 9시 30분에는 드러커가 현관문으로 나가더니 공원에 두 시간 정도 앉아서 책을 읽었다.

다시 이틀이 지나갔다. 딜러드 집은 감시가 계속되었다. 파디는 엄중한 감시를 받고 있었고 드러커 집 뒤편에 있는 버드나무 아래에는 밤마다 경찰 한 사람이 배치되었다. 하지만 특별한 일은 전혀 일어나지 않았다. 경사의 지칠 줄 모르는 활동에도 불구하고, 모든 조사의 가능한 통로가 자동적으로 닫히는 것 같았다. 히스와 매컴 모두 걱정이 이만저만이 아니었다. 신문들은 점점 더 야단스러운 수사를 늘어놓고 있었고, 두 건의 엄청난 살인 사건의 수수께끼를 조금도 파헤치지 못하는 경찰국과 검사실의 무능함은 정치적 쟁점으로까지 빠르게 부상하고 있었다.

밴스는 딜러드 교수를 방문하여 전체적인 실마리를 따라 사건에 대해 논의했다. 목요일 오후에는 아르네손과 한 시간을 보내기도 했다. 앞서 제안한 공식이 완성되어 가설의 출발점으로 쓸 수 있을 만한 어떤 구체적 사실을 밝혀 줄지도 모른다는 희망 때문이었다. 하지만 그 면담 결과에 실망한 밴스는 아르네손이 그에게 완전히 솔직하지 못했다고 나에게 불평했다. 그 외에도 두 번이나 맨해튼 체스 클럽에 들러서 파디와 대화를 이끌어 보려고 시도했지만 번번이 차갑고 정중한 침묵에 부딪혔다. 나는 밴스가 정작 드러커나 드러커 부인과는 전혀 대화를 시도하지 않는다는 사실을 알아차렸다. 내가 두 사람을 무시하는 까닭을 묻자, 그는 이렇게 대답했다.

「이제 그들로부터는 진실을 얻어 낼 수 없어. 그들은 각기 게임을 하고 있는 데다가 두 사람 모두 완전히 겁에 질렸거든. 우리가 어떤 확실한 증거를 잡기 전까지는 두 사람을 조사하려고 시도해 봤자 득보다는 실이 더 많을 걸세.」

이 확실한 증거는 바로 다음 날 전혀 예상치 못한 곳에서 나왔다. 그리고 그것은 우리 수사의 마지막 단계를 여는 계기가 되었다. 그토록 영혼을 뒤흔드는 음울한 비극과 말할 수 없는 공포, 변덕스러운 잔혹함과 괴기스러운 유머로 가득 찬 단계 말이다. 몇 년이 지난 지금 그 사건을 기록하기 위해 자리에 앉아 있는 이 순간에도, 나는 그 사건이 결국 한낱 터무니없이 사악하고 기괴한 꿈이 아니었단 사실을 도무지 믿기 힘들다.

금요일 오후에 매컴은 절망적인 기분으로 또다시 회의를 소집했다. 아르네손은 허가를 구해서 그 자리에 참석했다. 4시에 모런 경감을 포함한 우리 모두는 낡은 형사 법정 건물 내의 지방 검사실에 모였다. 아르네손은 회의 동안 이례적으로 침묵을 지키며 단 한 번도 평소와 같은 경솔한 언행을 보이지 않았다. 그는 모든 발언에 주의 깊게 귀를 기울였으며 밴스가 직접 지목했을 때조차 일부러 의사 표현을 피하는 듯 보였다.

우리가 30분쯤 회의를 계속하고 있었을 때, 스와커가 조용히 들어오더니 지방 검사의 책상 위에 쪽지를 올려놓았다. 매컴은 쪽지를 힐끗 보더니 인상을 찌푸렸다. 잠시 후 그는 두 장의 인쇄된 서류에 서명을 하고 스와커에게 건네주었다.

「당장 이 서류를 작성해서 벤[61]에게 갖다 주게.」

검사가 명령했다. 직원이 복도로 향한 문으로 나가자, 검사는 무슨 일인지 설명했다.

「스펄링이 방금 저에게 이야기를 하고 싶다는 요청을 보냈습니다. 어쩌면 매우 중요할지도 모르는 정보를 갖고 있다더군요. 제 생각에 지금 당장 그를 만나 보는 게 좋을 것 같았습니다.」

10분 후에 스펄링이 뉴욕시 교도소로부터 보안관 대리에게 이끌려 들어왔다. 그는 친근한 소년 같은 미소를 지으며 매컴에게 인사를 하더니 밴스에게도 유쾌하게 고개를 끄덕였다. 그리고 아르네손에게는 내가 보기에 다소 뻣뻣하게 고개를 숙였다. 아르네손이 그 자리에 있다는 사실이 놀랍기도 하고 불편하기도 한 모양이었다. 매컴은 손짓으로 그에게 의자를 권했고 밴스는 담배를 건네주었다.

「매컴 검사님께 드리고 싶은 말씀이 있었습니다.」

스펄링이 약간 자신 없는 목소리로 말을 꺼냈다.

「검사님께 도움이 될지도 모르는 문제라서……. 아마 기억하실 겁니다. 검사님께서 로빈과 제가 궁술실에 함께 있었느냐고 물으셨을 때, 드러커 씨가 어느 문으로 나갔는지를 알고 싶어 하셨죠. 그렇습니다, 검사님. 저는 최근에 조용히 생각할 수 있는 시간이 많았습니다. 당연히 그날 아침 있었던 일에 대해서도 여러 번 생각해 보았죠. 이걸 어떻게 설명해야 할지 모르겠지만, 이제 와서 모든 게 점점 더 또렷이 떠오르고 있습니다. 확실한 기억이…… 아마 검사님은 단순한 인상이라고 하실지 모르지만, 되돌아왔습니다.」

[61] 벤자민 핸런 대령은 지방 검사국 소속 형사과 과장이었다 — 원주.

그는 말을 멈추고 카펫을 내려다보았다. 그러더니 잠시 후에 고개를 들고 말을 이었다.

「머릿속에 떠오른 인상 중 하나는 드러커 씨와 관련된 것입니다. 그래서 검사님을 뵙자고 했습니다. 오늘 오후 저는 다시 그 궁술실에서 로빈과 이야기를 나누고 있다고 일종의 상상을 해보았습니다. 그런데 갑자기 뒤쪽 유리창에 비친 장면 하나가 제 머릿속을 섬광처럼 스치고 지나갔습니다. 그날 아침 여행을 하기에 날씨가 어떨지 살펴보려고 창밖을 내다보았던 기억이 떠오른 것입니다. 그때 저는 집 뒤 정자에 앉아 있는 드러커 씨를 보았습니다…….」

「그때가 몇 시였습니까?」

매컴이 다급하게 물었다.

「제가 기차를 타러 떠나기 불과 몇 초 전이었습니다.」

「그 말씀은 드러커 씨가 집을 떠나지 않고 정자로 가서 당신이 떠날 때까지 그곳에 있었다는 뜻이군요.」

「아무래도 그런 것 같습니다, 검사님.」

스펄링은 마지못해 인정했다.

「그를 보았다고 확신하십니까?」

「그렇습니다, 검사님. 이제 똑똑히 기억이 납니다. 심지어 드러커가 다리를 특이한 자세로 들어 올리고 있었던 모습까지 생각납니다.」

「당신의 증언에 한 사람의 목숨이 달려 있다는 걸 알면서도, 그 말이 진실임을 맹세하겠습니까?」

「맹세하겠습니다.」

스펄링이 짤막하게 대답했다.

보안관이 그를 데리고 방을 나가자, 매컴이 밴스를 바라보았다.

「이 제보가 우리에게 발판이 되어 줄 듯싶군.」

「그래. 사실 가정부의 증언은 거의 가치가 없지. 드러커가 부인하고 있으니까. 게다가 그 가정부는 주인에게 실제로 어떤 위험이 닥친다고 하면, 주인의 말을 지지하고 나설 만큼 충성스럽고 고집 센 독일 여자거든. 이제야 우리에게도 효과적인 무기가 생겼군.」

한동안 말없이 생각에 잠겨 있던 매컴이 다시 입을 열었다.

「드러커를 기소하기에 유리한 상황 증거를 얻었다는 생각이 드네. 그는 로빈이 살해당하기 직전까지 딜러드 저택 마당에 있었어. 스펄링이 나가는 모습을 쉽게 볼 수 있었겠지. 게다가 방금 딜러드 교수를 만나고 나왔으니, 다른 가족들이 모두 외출했다는 사실도 알았을 테고. 드러커 부인은 그날 아침 창가에서 아무도 못 봤다고 부인했지만, 로빈의 사망 시각에 비명을 질렀고 우리가 찾아가서 드러커에 대해 묻자 겁에 질려 완전히 이성을 잃었어. 심지어 아들에게 우리를 조심하라고 경고하면서 우리를 〈적〉이라고까지 불렀지. 나는 로빈의 시체를 활터에 갖다 놓은 다음 곧장 집으로 돌아오는 드러커의 모습을 틀림없이 부인이 보았을 거라고 믿네. 게다가 스프리그가 살해된 그 시각에도 드러커는 자기 방에 없었어. 그자와 그의 어머니 모두 이 사실을 숨기기에 급급했지. 우리가 살인을 화제로 꺼내자 그자는 몹시 흥분하면서 두 사람이 관련되었을지 모른다는 추측을 비웃었지. 사실 그자의 여러 행동이 몹시 수상했다네. 우리가 알다시피 그자는 비정상적이고 불안정하며 어린아이들의 놀이를 즐기지. 바스테드 박사가 했던 말을 돌이켜 보면, 환상과 현실을 헷갈리고 있는지도 몰라. 그래서 일시적인 정신 착란의 순간에 이런 범행을 저지른 거지. 텐서 공식을 잘 알고 있을 뿐만 아니라, 아르네손과 스프리그가 그 공식을 갖고 토의하는 걸 보고 정신이 나간 상태에서 스프리그와 그 공식을 연관시켰는지도 모르네. 비숍의 편지로 말하자면, 그것은 그자의 비현실적인 미친 놀이의 일부였던 거야. 아이들이란 누구나 어떤 새로운 형식의 놀이를 생각해 내면 그걸 인정해 주는 청중을 원하는 법이지. 〈비숍〉이란 단어를 선택한 것도 아마 체스에 대한 관심에서 비롯되었을 걸세. 혼란을 주기 위한 장난기 어린 서명인 거지. 이런 내 추측은 그의 어머니의 방문 앞에 실제로 비숍 말이 나타났다는 사실에 의해 더욱 뒷받침된다네. 그는 그날 아침에 어머니가 자기 모습를 보았을까 두려웠을 수도 있어. 그래서 어머니에게 자기가 범인이라고 솔직히 털어놓지 않고도 어머니의 입을 다물게 할 방법을 찾은 걸세. 현관 방충망 문이야 열쇠가 없어도 집 안에서 쉽게 쾅 닫을 수 있지 않나. 그렇게 해서 마치 비숍을 갖다 놓은 사람이 뒷문을 통해 들어오고 나간 듯한 인상을 심어 준 거지. 더군다나 파디가 시합을 분석하고 있었던 그날 밤에 서재에서 비숍 말을 가져오기란 간단한 문제였을 거란 말이지……」

매컴은 한동안 드러커를 범인으로 몰며 사건을 재구성해 나갔다. 그의 추론은 완벽하고 상세했으며 그의 결론은 실제적으로 그동안 수집된 모든 증거를 설명해 주었다. 여러 가지 사실들을 퍼즐 조각처럼 찾아 맞추는 그의 논리적이고 거침없는 태도는 확신을 주기에 충분할 만큼 인상적이었다. 그의 사건 요약이 끝난 후에도 긴 침묵이 뒤따랐다.

마침내 밴스가 마치 긴장을 깨려는 듯이 자리에서 일어나 창가로 걸어갔다.

「자네 말이 맞을지도 모르네, 매컴.」

밴스가 인정했다.

「하지만 자네가 내린 결론에 대한 나의 가장 커다란 반박은 드러커를 범인으로 모는 주장이 너무 그럴듯하다는 걸세. 나는 처음부터 그자를 용의자로 염두에 두고 있었다네. 하지만 그자가 수상하게 행동하면 할수록, 그리고 모든 암시가 그자에게로 향할수록, 오히려 나는 그를 용의 선상에서 제외하는 쪽으로 기울었다네. 이 극악무도한 살인을 계획한 자의 두뇌는 지나치게 뛰어나고 악마처럼 교활해서 자네가 드러커에 대해 펼치는 그런 상황 증거에 걸릴 리가 없으니까 말일세. 드러커도 물론 경탄할 만한 두뇌의 소유자이긴 해. 그의 지성과 지력은 비범한 수준이라네. 그러므로 만약 그자가 범인이라면 그렇게 많은 허점을 남겼다는 게 믿기 어려워.」

「법은 상황이 지나치게 그럴듯하다고 해서 사건을 내팽개치거나 하진 않을 걸세.」

매컴이 신랄한 어조로 쏘아붙였다.

「반대로 만약 드러커가 범인이 아니라면, 사건과 직접 관련된 결정적인 사실을 알고 있는 게 분명해.」

밴스가 매컴의 말에 아랑곳하지 않고 말을 이었다.

「따라서 내 소박한 제안은 그 정보를 드러커에게서 한번 빼내 보자는 걸세. 스펄링의 증언을 미끼로 사용하면 될 걸세. 아르네손 씨, 선생의 의견은 어떻습니까?」

「아무 의견도 없습니다.」

아르네손이 대답했다.

「전 그저 아무 관계 없는 구경꾼일 뿐이니까요. 하지만 가

없은 아돌프가 갇히는 꼴을 보는 건 정말 싫군요.」

결국 대놓고 인정하지는 않았지만, 아르네손은 밴스의 의견에 동의하는 것이 분명했다.

히스는 평소 성격대로 당장 행동을 취하는 게 바람직하다고 생각해서 그런 의사를 표현했다.

「그자가 뭔가 털어놓을 게 있다면, 일단 가두어 놓읍시다. 그러면 당장 털어놓을 겁니다.」

「지금은 무척 어려운 상황일세.」

모런 경감이 온화한 판관의 목소리로 반대 의견을 내놓았다.

「더 이상 실수를 해서는 안 돼. 만약 드러커의 증언으로 또 다른 사람을 기소하게 된다면, 우리는 엉뚱한 사람을 체포했다고 완전히 웃음거리가 될 거야.」

밴스가 매컴을 바라보며 동의의 뜻으로 고개를 끄덕였다.

「먼저 그를 취조해 보면 안 될 이유가 뭐 있단 말인가? 과연 그가 자신의 영혼을 짓누르고 있는 짐을 끝까지 내려놓지 않으려고 할지 어쩔지 보자고. 일종의 도덕적 권고의 형식으로 자네가 그자의 머리에 영장을 들이밀 수도 있지 않겠나? 그때에도 그가 여전히 침묵을 지키며 몸을 사린다면, 용맹하신 경사님께서 바스티유 감옥으로 데려가면 되겠지.」

매컴은 결정을 내리지 못하고 책상 위를 톡톡 두드리며 앉아 있었다. 그의 머리는 그가 초조하게 내뿜는 뽀얀 담배 연기에 휩싸여 있었다. 마침내 그는 입을 굳게 다물고 히스에게 고개를 돌렸다.

「내일 아침 9시까지 드러커를 이곳으로 데려오게. 혹시 그가 반항할 경우를 대비해서 경찰차와 영장을 가져가게나.」

매컴의 얼굴은 단호하고 엄숙했다.

「그자가 뭘 알고 있는지 밝혀낸 다음 그에 따라 행동을 취하겠네.」

회의는 곧 끝났다. 5시가 지난 시각이었다. 매컴과 밴스와 나는 함께 번화가로 차를 몰아 스타이비샌트 클럽으로 갔다. 우리는 지하철역에 아르네손을 내려 주었다. 그는 거의 한 마디 말도 없이 우리와 헤어졌다. 시끄러운 냉소주의도 완전히 버린 것 같았다. 저녁 식사를 하고 나자 매컴이 피곤을 호소했다. 그래서 나와 밴스는 메트로폴리탄 극장으로 가서 제랄딘 파라가 공연하는 루이즈[62]를 들었다.

다음 날 아침은 안개 끼고 어두운 날씨였다. 7시 30분에 커리가 우리를 깨웠다. 드러커를 취조하는 자리에 밴스도 참석할 예정이었기 때문이다. 8시에 우리는 서재의 불이 피워진 벽난로 앞에 앉아 아침을 먹었다. 시내로 나가는 길에 교통 체증으로 차가 막혔다. 결국 지방 검사실에 도착했을 때는 이미 9시 15분이었지만, 드러커와 히스는 아직 도착하지 않았다.

밴스는 커다란 가죽 안락의자에 편안하게 자리를 잡고 앉아서 담배에 불을 붙였다.

「오늘 아침은 힘이 나는 느낌이군.」

그가 말했다.

「드러커가 자기 얘기를 털어놓고, 그게 만약 내가 생각한 그 내용이라면 우리는 드디어 자물쇠를 여는 번호를 알게 될 걸세.」

그의 말이 끝나기가 무섭게 히스가 사무실 안으로 뛰어 들어왔다. 그러고는 인사도 없이 매컴 앞에 우뚝 서서 두 팔을 번

---

[62] 「루이즈」는 밴스가 가장 좋아하는 현대 오페라였다. 하지만 주인공 역인 파라보다는 메리 가든을 훨씬 더 좋아했다 — 원주.

쩍 치켜들더니 완전히 낙심한 사람처럼 팔을 툭 떨어뜨렸다.

「검사님, 오늘 아침에 드러커를 취조하기는 다 틀렸습니다. 아니, 이젠 어느 때도 안 됩니다.」

히스가 내뱉듯이 말했다.

「어젯밤 드러커가 바로 그의 집 근처 리버사이드 파크에 있는 높은 담 위에서 떨어져 목이 부러졌답니다. 오늘 아침 7시가 되어서야 발견되었죠. 지금 그의 시신은 시체 안치소에 있습니다. 날벼락을 맞은 거죠!」

그는 분통이 터지는 듯 의자에 털썩 주저앉았다.

매컴이 믿기지 않는다는 표정으로 그를 멀뚱히 바라보았다.

「그게 정말인가?」

그는 깜짝 놀라 물었다.

「사람들이 시신을 옮기기 전에 거기 가봤습니다. 제가 막 사무실을 나서려고 할 때, 관할 경찰 중 한 명이 제게 전화를 했거든요. 저는 사방을 돌아다니며 가능한 모든 단서를 모았습니다.」

「그래, 뭘 알아냈나?」

매컴은 밀려드는 실망감을 떨쳐 내려고 기를 쓰고 있었다.

「별로 알아낸 사실은 없습니다. 공원에 있던 아이들이 오늘 아침 7시쯤에 시신을 발견했습니다. 토요일이라서 주변에 아이들이 많았죠. 관할 경찰이 달려왔고 검시관을 불렀습니다. 검시관 말로는 드러커가 어젯밤 10시쯤 담에서 떨어져 즉사한 걸로 추정된다더군요. 76번가 바로 맞은편에 서 있는 담으로, 운동장 위로 30피트 정도 솟아 있지요. 담장 꼭대기가 승마 길을 따라 이어져 있습니다. 이제까지 더 많은 사람들이 목을 부러뜨리지 않은 게 이상한 일이죠. 아이들이 항상 그 돌담 위를 걸어다니거든요.」

「드러커 부인도 알고 있나?」

「아니요. 관할 경찰에게 그 일은 제가 처리하겠다고 말했습니다. 그렇지만 먼저 이곳으로 와서 검사님께서 어떻게 하실지 알아봐야겠다고 생각했죠.」

매컴은 크게 낙심하여 몸을 뒤로 기대었다.

「우리가 할 수 있는 일이 별로 없는 것 같군.」

「우선 아르네손에게 알리는 편이 좋겠네.」

밴스가 제안했다.

「이 일을 처리할 사람이 있다면 아마 그일 거야. 이런, 세상에, 매컴! 나는 결국 이 사건이 악몽이 되고 말았다는 생각이 들기 시작했네. 드러커는 우리의 커다란 희망이었는데, 그자의 자백을 받아 낼 수 있는 기회가 찾아오자마자 담에서 떨어지다니……」

갑자기 밴스가 말을 멈추었다.

「담에서 떨어졌어!」

그는 이 말을 되풀이하며 갑자기 자리에서 펄쩍 뛰어올랐다.

「꼽추가 담에서 떨어졌네! 꼽추가!」

우리는 정신 나간 사람처럼 그를 멀뚱멀뚱 바라보았다. 솔직히 그의 얼굴에 떠오른 표정을 보자 나는 온몸이 오싹해졌다. 그의 눈은 마치 무시무시한 유령을 응시하는 듯 허공에 고정되어 있었다. 그는 천천히 매컴을 향해 돌아섰다. 그리고 내가 거의 알아들을 수 없는 말을 중얼거렸다.

「또 다른 미친 멜로드라마야. 또 다른 마더 구스의 노래라고……. 이번에는 〈험프티 덤프티〉일세!」

경사의 초조하고 거친 웃음소리가 뒤이은 놀라움의 침묵

을 깨뜨렸다.

「그건 지나친 확대 해석 아닙니까, 밴스 씨?」

「터무니없는 소리야!」

매컴이 진심으로 걱정되는 듯 밴스를 이리저리 살피며 딱 잘라 말했다.

「이보게, 아무래도 자네가 이번 사건에 지나치게 머리를 많이 쓴 모양일세. 이건 단지 곱사등이 남자가 공원 담벼락 위에서 떨어져 죽은 사건일 뿐일세. 물론 불행한 일이지. 요즘 같은 이런 때에는 더욱더 안타까운 일일세.」

매컴이 밴스에게로 다가가서 그의 어깨에 손을 얹었다.

「이 쇼는 경사와 나에게 맡겨 주게. 우린 이런 일에 익숙한 사람들이니까. 자네는 어디 여행이라도 가서 푹 쉬도록 해. 보통 봄에는 유럽을 가지 않았나?」

「오, 그래, 물론이야.」

밴스가 한숨을 쉬며 피곤한 미소를 지었다.

「바닷바람이 나에게 세상 무엇보다 좋겠지. 나를 다시 정상으로 되돌려 놓으라고? 한때 고귀했던 이 두뇌를 회복하란 말이지……. 난 포기했네! 이 끔찍한 비극의 세 번째 막이 바로 자네 눈앞에서 벌어지고 있는데, 자네는 태평스럽게 그걸 무시하고 있군.」

「자네의 상상력이 자네에게 더 좋은 걸 가로막고 있군.」

매컴은 깊은 애정에서 비롯된 인내심을 발휘하며 대꾸했다.

「이 사건은 더 이상 걱정하지 말게. 오늘 밤에 나랑 저녁이나 먹지. 그때 다시 이 문제를 상의해 보자고.」

바로 그때 스와커가 고개를 내밀고 경사에게 말했다.

「〈월드〉지의 키넌 기자가 오셨습니다. 경사님을 뵙고 싶어

하는데요.」

매컴이 휙 돌아섰다.

「오, 하느님! 얼른 이곳으로 들여보내!」

키넌이 반갑게 손을 흔들며 사무실 안으로 들어왔다. 그러고는 경사에게 편지 한 통을 건넸다.

「또 다른 연애편지입니다. 오늘 아침에 받았죠. 이렇게 호의를 베푸는데 제게 무슨 특전을 주시지는 않습니까?」

우리 모두가 지켜보는 가운데 히스가 편지를 열었다. 나는 즉시 그 종이와 엘리트 글자체의 엷은 푸른색 활자를 알아보았다. 그 편지에는 이렇게 적혀 있었다.

험프티 덤프티 담 위에 앉았네.
험프티 덤프티 쾅 하고 떨어졌네.
왕의 말 전부와 왕의 신하 전부로도
험프티 덤프티를 다시 되살릴 수는 없다네.

그 아랫줄에는 그 불길한 서명이 대문자로 새겨져 있었다.

비숍

17
밤새 켜진 불
4월 16일 일요일, 오전 9시 30분

히스가 어떤 기자든 기뻐하지 않을 수 없는 그런 약속[63]을 해주고 키넌을 간신히 돌려보낸 후, 사무실에는 몇 분 동안이나 팽팽한 침묵이 흘렀다. 〈비숍〉이 무시무시한 활동을 다시 개시한 것이다. 이제 이 사건은 세 건의 끔찍한 살인 사건이 되었고 해결책은 그 어느 때보다도 묘연해졌다. 하지만 근본적으로 우리의 마음을 뒤흔든 것은 이 믿을 수 없는 범죄를 해결할 수 없다는 사실보다 오히려 마치 독기처럼 범죄 행위 자체에서 뿜어져 나오는 본질적인 공포였다.

심각하게 사무실 안을 오락가락하던 밴스가 결국 심란한 심정이 고스란히 드러나는 목소리로 말했다.

「정말 천벌을 받을 짓이야, 매컴. 말할 수 없는 사악함의 정수로군……. 꿈을 좇아 휴일 아침 일찍 공원에 나와 정신없이 뛰어 놀던 이 아이들이…… 갑자기 모든 걸 침묵시키는

---

63 「월드」지에 실린 비숍 사건 기사가 뉴욕의 다른 모든 유력 신문사의 부러움을 샀던 사실을 기억하고 있을 것이다. 히스 경사는 언론사에 공평무사하게 수사 발표를 했지만, 그럼에도 불구하고 용케 키넌에게 멋진 선물 몇 가지를 안겨 주었다. 덕분에 키넌은 실제 뉴스로서의 가치는 없지만 제법 흥미롭고 돋보이는 추측성 기사를 「월드」지에 실을 수 있었다. — 원주.

현실⋯⋯ 끔찍하고 엄청난 환멸을 겪다니⋯⋯. 자네는 이 사건의 사악한 면을 보지 못하겠는가? 이 아이들은 험프티 덤프티, 자신들과 함께 어울려 놀곤 하던 그 험프티 덤프티가 유명한 담벼락 밑에 죽은 채 쓰러져 있는 걸 발견했단 말일세. 아이들은 험프티 덤프티를 어루만지고 엎드려 울기도 했겠지만, 목이 부러지고 뒤틀린 그는 결코 다시 살아날 수 없지⋯⋯.」

그는 창가에 멈춰 서서 밖을 내다보았다. 안개가 걷히면서 옅은 봄 햇살이 도시의 회색 건물들 위로 쏟아져 내리고 있었다. 뉴욕 라이프 빌딩 꼭대기의 황금 독수리가 멀리서 번쩍거렸다.

「그러나 분명히 말하지만, 단순히 감상에 젖어서는 안 되네.」

밴스는 억지로 미소를 지으며 방 안쪽을 향해 돌아서서 말했다.

「감상은 지성을 마비시키고 변증법적 과정을 망쳐 버리는 법이지. 이제 드러커가 중력 법칙의 우연한 희생자가 아니라 누군가 도움의 손길을 받아 이 세상을 떠났다는 사실을 알았으니, 우리가 빨리 기운을 차릴수록 더 좋지 않겠나?」

비록 밴스의 기분 전환이 억지인 것은 분명했지만, 어쨌든 우리를 음울한 무기력 상태에서 깨어나게 해주었다. 매컴은 전화기를 집어 들더니 검시관 사무실로 전화를 걸어 당장 검시 보고서를 보내 달라고 요청했다. 히스는 활기차게 자리에서 벌떡 일어나 찬물을 세 잔이나 벌컥벌컥 들이켠 후 두 다리를 딱 버티고 섰다. 그러고는 중절모를 이마 아래까지 눌러쓴 채 지방 검사가 수사 방향을 지시해 주기만을 기다렸다.

매컴이 분주하게 움직였다.

「경사, 자네 부서의 부하 대여섯 명이 드러커 댁과 딜러드 댁을 계속 감시해 오지 않았나? 혹시 오늘 아침에 그 부하들과 이야기를 해봤나?」

「그럴 시간이 없었습니다, 검사님. 게다가 단순히 사고라고 생각했기 때문에……. 하지만 부하들에게 제가 돌아갈 때까지 계속 자리를 지키고 있으라고 지시했습니다.」

「검시관은 뭐라고 말했나?」

「그저 사고사로 보인다는 말밖에는……. 그리고 드러커가 10시쯤에 사망했다고 하더군요.」

밴스가 불쑥 끼어들어 질문을 던졌다.

「혹시 목이 부러진 것 말고도 두개골에 금이 갔다는 말은 하지 않았나요?」

「글쎄요, 정확히 두개골에 금이 갔다는 말은 하지 않았습니다. 그렇지만 드러커가 후두부 쪽으로 떨어졌다고 말했죠.」

히스가 알겠다는 듯이 고개를 끄덕였다.

「아마 두개골 파열로 판정 날 겁니다. 로빈과 스프리그와 마찬가지로 말이죠.」

「틀림없군요. 우리 살인자의 기술은 무척 단순하고도 효과적으로 보입니다. 두개골을 내려쳐서 기절을 시키든 아니면 즉사시킨 다음, 그의 인형극에서 자기가 골라 놓은 역할을 그들에게 맡기는 거죠. 드러커는 틀림없이 담장에 몸을 기대고 있었을 겁니다. 그런 공격을 당하기에 딱 좋은 자세를 취하고서 말이죠. 안개 낀 날이었으니 주변도 잘 안 보였습니다. 그때 머리에 일격이 가해지고 살짝 몸이 떠오르며 드러커는 소리 없이 흉벽 너머로 떨어졌겠죠. 마더 구스의 제단에 세 번째 희생 제물이 바쳐진 겁니다.」

「제가 화가 나는 일은 어째서 길포일[64]이 드러커가 밤새 돌아오지 않았다는 사실을 보고하지 않았느냐 하는 겁니다.」

히스가 정말 화가 난 어조로 말했다.

「드러커 집의 뒷문 쪽을 감시하라고 제가 세워 놓은 녀석인데 말이죠. 길포일은 8시에 본부로 돌아왔지만 제가 만나 보지 못했습니다. 그런데 검사님, 시내로 나가시기 전에 그 녀석이 알고 있는 사실은 없는지 알아보는 게 좋지 않을까요?」

매컴이 동의했다. 히스는 전화를 걸어 호통을 쳤다. 그러자 길포일은 경찰 본부와 형사 법정 건물 사이의 거리를 불과 10분도 안 되서 달려왔다. 그가 사무실로 들어오자, 경사는 거의 덤벼들 기세였다.

「어젯밤 드러커가 몇 시에 집을 나섰지?」

경사가 고함을 질렀다.

「8시쯤입니다. 저녁 식사 후에 곧바로 나갔지요.」

길포일은 바싹 얼어 버렸다. 그의 말투는 임무를 태만히 하다가 걸린 사람처럼 비굴하고 싹싹했다.

「어느 길로 나갔지?」

「뒷문으로 나와서 골목길을 따라 걸어갔습니다. 그러고는 궁술실을 통해 딜러드 저택으로 들어갔습니다.」

「안부를 묻는 방문인가?」

「그렇게 보였습니다, 경사님. 어쨌든 딜러드 저택에서 오랜 시간을 보냈습니다.」

「아하! 그럼 몇 시에 집으로 돌아왔나?」

길포일이 불안하게 몸을 들썩거렸다.

---

64 길포일은, 아마 기억하는 사람도 있겠지만, 카나리아 살인 사건에서 토니 스킬의 뒤를 미행했던 형사 중 한 사람이다 — 원주.

「집에 안 돌아온 것 같습니다, 경사님.」

「뭐? 안 들어온 것 같다고?」

히스는 잔뜩 비꼬는 어조로 쏘아붙였다.

「나는 그자가 목을 부러뜨린 다음, 다시 돌아와서 자네랑 온종일 시간을 보낸 줄 알았는데?」

「그러니까 제 말은…… 경사님…….」

「자네 말은 자네가 감시하기로 되어 있는 그 드러커란 작자가 8시에 딜러드 저택을 방문했다는 것 아닌가? 그런 다음 자네는 정자에 앉아서 잠깐 달콤한 잠을 잤겠지……. 그래 몇 시에 잠에서 깨어났나?」

「제 말을 좀 들어 보십시오!」

길포일이 벌컥 화를 냈다.

「저는 졸지 않았습니다. 밤새도록 근무를 했단 말입니다. 단지 이 친구가 집에 돌아오는 걸 보지 못했다고 해서 제가 감시 근무 중에 누워 있었다는 뜻은 아니지 않습니까?」

「드러커가 돌아오는 걸 보지 못했다면, 어째서 자네는 그가 도심 밖에서 주말을 보냈다든가 그런 보고를 하지 않은 건가?」

「저는 그가 정문으로 들어왔을 거라고 생각했습니다.」

「또 그놈의 생각 타령인가? 오늘 아침에 어떻게 그 머리가 다 닳아 없어지지 않은 거지?」

「좀 너그럽게 생각해 주십시오, 경사님. 제 임무는 드러커의 꽁무니를 쫓아다니는 게 아니지 않습니까? 경사님께서는 집을 지켜보면서 누가 드나드는지 파악하라고 지시하셨습니다. 그리고 혹시 무슨 일이 난 것 같은 징조가 보이면 뛰어 들어가라고 하셨죠. 자, 어젯밤 일어난 일들은 이렇습니다. 드러커가 8시에 딜러드 저택으로 들어갔고, 저는 드러커 댁의 창문을 계속 주시하고 있었습니다. 9시쯤에 요리사가 위층으로 올라갔고 방의 불을 켰습니다. 30분 후에 불이 꺼지더군요. 그래서 저는 요리사가 침대에 들었군, 하고 중얼거렸습니다. 이윽고 10시경에 드러커 방의 불이 켜졌습니다.」

「뭐라고?」

「방금 제 말을 듣지 않으셨습니까? 드러커 방의 불이 10시경에 켜졌다고 말이죠. 저는 누군가의 그림자가 움직이는 걸 볼 수 있었습니다. 경사님, 이제 제가 한 가지만 묻지요. 경사님이라면 그 꼽추가 당연히 정문으로 들어왔다고 생각하지 않으시겠습니까?」

히스가 신음 소리를 냈다.

「아마 그랬겠지.」

그가 인정했다.

「그게 분명히 10시였나?」

「시계를 보지는 않았습니다만, 10시에서 그리 멀지 않았다는 건 분명히 말씀드릴 수 있습니다.」

「드러커의 방 불은 몇 시에 꺼졌나?」

「꺼지지 않았습니다. 밤새 밝혀져 있었습니다. 그는 괴상한 친구입니다. 규칙적인 생활을 하지 않습니다. 전에도 두 번이나 거의 아침까지 방 불이 켜져 있었습니다.」

「그건 충분히 납득이 가는군요.」

밴스의 나른한 목소리가 들려왔다.

「드러커는 최근까지 어려운 문제를 연구해 왔으니까요. 하지만 가포일, 드러커 부인의 방 불은 언제 꺼졌습니까?」

「평소와 똑같습니다. 그 노부인은 항상 밤새도록 방을 훤하게 밝혀 놓는답니다.」

「어젯밤에 드러커 댁의 앞문 쪽은 누가 감시하고 있지 않았나?」

매컴이 히스에게 물었다.

「6시 이후로는 없었습니다, 검사님. 낮에는 부하 한 명이 드러커 뒤를 줄곧 따라다녔는데, 길포일이 뒷문에 감시를 서는 6시가 되면 철수합니다.」

잠시 침묵이 흘렀다. 이윽고 밴스가 길포일을 향해 고개를 돌렸다.

「어젯밤 두 아파트 건물 사이로 난 골목 출입구로부터는 얼마나 떨어진 곳에 서 있었나요?」

그 남자는 어젯밤 장면을 떠올려 보느라 잠시 대답을 하지 못했다.

「40에서 50피트쯤 떨어져 있었습니다.」

「그리고 당신과 골목길 사이에는 철 담장과 나뭇가지가 가로막고 있죠.」

「그렇습니다. 시야가 가려졌다 트였다 합니다. 말씀하시는 게 그런 뜻인지는 모르겠지만요.」

「그렇다면 누군가 당신의 눈에 띄지 않고 딜러드 저택 쪽에서 와서 그 문을 통해 드나들 수도 있었겠군요?」

「그럴 수 있겠죠.」

형사가 인정했다.

「물론 그 사람이 제 눈에 띄는 걸 원치 않았다면 말이죠. 어젯밤은 안개가 짙고 어두웠습니다. 게다가 드라이브 가에서 항상 들려오는 엄청난 교통 소음 때문에 발소리도 묻혀 버렸을 겁니다. 지극히 행동을 조심했다면 말이죠.」

경사는 길포일을 경찰 본부로 돌려보내며 명령을 기다리

고 있으라고 했다. 이윽고 밴스가 자신의 당혹스러운 심정을 토로했다.

「이거 참 황당하게 복잡한 상황이로군. 드러커는 8시에 딜러드 저택을 방문했고 10시에 공원 담장 위에서 떨어졌네. 그런데 자네도 보다시피, 키넌이 방금 우리에게 보여 준 그 편지는 오후 11시 소인이 찍혀 있어. 그렇다면 그 범죄를 저지르기 전에 타자로 편지를 작성했을 걸세. 결국 비숍은 미리 이 연극을 계획하고 신문사에 보낼 편지를 준비했다는 뜻이지. 경악스러울 정도로 대담하고 뻔뻔스러운 소행 아닌가. 하지만 우리가 붙잡을 수 있는 한 가지 전제가 있다네. 살인자는 8시와 10시 사이 드러커의 정확한 행로와 목적지를 알고 있는 자라는 걸세.」

「알겠네.」

매컴이 말했다.

「살인자가 아파트 건물 사이의 골목길로 왔다가 돌아갔다는 게 자네 이론이란 말이군.」

「오, 이런! 내 이론 같은 건 없네. 난 단지 드러커 이외에 다른 사람이 공원에 가는 걸 보지 않았는지 알아보기 위해서 길포이에게 골목에 대해 물어봤을 뿐일세. 그럴 경우에 살인자는 사람들의 시선을 피하기 위해 골목길을 지나 그 블록의 한가운데에서 공원으로 길을 건너갔을 거라고 잠정적인 가정을 세울 수 있으니까.」

「그 길이 살인자에게 열려 있다면, 누군가 드러커와 함께 나가는 모습이 목격되었다 하더라도 별로 중요하지 않겠군.」

매컴이 침울한 목소리로 말했다.

「바로 그거야. 이 소극을 무대에 올린 자는 경비를 서는 부하의 눈앞에서 대담하게 공원으로 걸어갔을 수도 있다네. 아니면 몰래 골목길을 통해 빠져나갔을 수도 있고.」

매컴은 못마땅한 얼굴로 고개를 끄덕이며 동의했다.

「하지만 내 마음에 가장 걸리는 대목은…….」

밴스가 말을 이었다.

「드러커 방의 불이 밤새도록 켜져 있었다는 사실일세. 그 가엾은 친구가 영원의 세계로 굴러떨어지는 바로 그 시각에 방의 불이 켜졌단 말이야. 게다가 길포이 말로는 불이 켜진 후 누군가 그 방에서 서성거렸다고 했어.」

밴스는 잠시 말을 멈추고 골똘히 생각에 몰두하는 자세로 몇 초 동안 서 있었다.

「경사님, 드러커가 발견되었을 때 혹시 그의 호주머니에 현관문 열쇠가 있었는지 없었는지 모르시겠죠?」

「모릅니다. 하지만 곧 확인할 수 있습니다. 그의 호주머니에 있던 내용물은 검시가 끝날 때까지 그대로 보관되어 있으니까요.」

히스가 전화기 앞으로 걸어갔다. 잠시 후에 그는 68번가 관할 경찰서의 경사와 통화를 하고 있었다. 몇 분을 기다린 끝에, 그가 투덜거리며 전화기를 거칠게 내려놓았다.

「열쇠 같은 건 전혀 없었답니다.」

「오호!」

밴스가 담배를 깊이 빨아들이더니 천천히 연기를 내뿜었다.

「왠지 비숍이 드러커의 열쇠를 훔쳐서 살인 이후에 그의 방을 방문했다는 생각이 슬슬 들기 시작하는군. 물론 황당무계한 소리처럼 들리겠지. 하지만 이 허무맹랑한 사건에서는 앞서 일어난 다른 모든 사건들도 다 그랬다네.」

「하지만 도대체 그자의 목적이 뭐란 말인가?」

매컴이 도저히 믿을 수 없다는 듯이 따져 물었다.

「아직은 모르지. 그렇지만 이 경악스러운 범죄의 동기를 알게 되면 그 방문의 이유도 알게 될 걸세.」

매컴이 심각한 얼굴 표정을 지으며 옷장에서 모자를 꺼냈다.

「당장 여기서 나가는 게 좋겠네.」

하지만 밴스는 꼼짝도 하지 않았다. 그는 여전히 책상 옆에 서서 멍하니 담배만 피우고 있었다.

「매컴, 자네도 알겠지만, 제일 먼저 드러커 부인을 만나 봐야 할 것 같군.」

밴스가 말했다.

「어젯밤 그 댁에 비극이 일어났으니 말이야. 반드시 설명이 필요한, 이상한 일이 일어나지 않았나. 이제는 어쩌면 부인도 우리에게 감추고 있던 비밀을 털어놓을지 몰라. 게다가 부인은 아직 드러커의 죽음을 통지받지 못했어. 조만간 이웃에 떠도는 온갖 소문과 추측과 더불어 무슨 말이든 틀림없이 부인에게 흘러들어 갈 걸세. 나는 그 소식을 듣고 부인이 충격을 받았을 때 그 결과가 두렵군. 사실 바스테드 박사를 당장 불러 올 수만 있다면 함께 모시고 가고 싶은 심정이야. 자네 생각은 어떤가? 내가 박사에게 전화를 걸어 볼까?」

매컴이 동의했다. 밴스는 의사에게 짤막하게 상황을 설명했다.

우리는 당장 시내로 차를 몰고 바스테드 박사를 찾아갔다. 그러고는 곧장 드러커 댁으로 향했다. 초인종을 울리자 멘첼 가정부가 나왔다. 그녀의 얼굴 표정은 드러커의 죽음을 이미 알고 있음을 훤히 드러내고 있었다. 밴스는 그녀를 한번 힐끗 보더니, 앞장서서 계단에서 멀리 떨어진 응접실로 데리고 들어갔다. 그러고는 낮은 목소리로 물었다.

「드러커 부인이 소식을 들었습니까?」

「아직은 아니에요.」

가정부가 겁에 질려 떨리는 목소리로 대답했다.

「딜러드 양이 한 시간 전에 찾아왔었어요. 저는 주인마님이 외출하셨다고 말씀드렸죠. 아가씨가 위층으로 올라가실까 봐 무서웠어요. 아무래도 뭔가 잘못된 것 같아서…….」

가정부는 격렬하게 몸을 떨기 시작했다.

「뭐가 잘못됐다는 거죠, 멘첼 부인?」

밴스가 그녀의 팔을 붙잡아 진정시켰다.

「모르겠어요. 하지만 오전 내내 마님이 아무 소리도 없으세요. 아침 식사를 하러 내려오지도 않으셨어요. 그런데 올라가서 마님 방문을 두드리기가 무서웠어요.」

「당신은 언제 그 사고 소식을 들었죠?」

「아침 일찍요. 8시가 막 지났을 때였어요. 신문 배달 소년이 말해 줬지요. 동네 사람들이 죄다 드라이브 가로 내려가는 걸 보았어요.」

「겁내지 마십시오.」

밴스가 가정부를 위로했다.

「여기 의사 선생님을 모시고 왔습니다. 우리가 모든 걸 돌봐 주겠소.」

밴스는 복도 쪽으로 돌아서더니 위층으로 올라가기 시작했다. 드러커 부인의 방 앞에 이르러 그는 부드럽게 문을 두드렸다. 하지만 아무 대답도 들리지 않자 방문을 열었다. 방 안은 텅 비어 있었다. 책상 위에는 야간 조명등이 여전히 켜져 있었다. 나는 침대에 잠을 잔 흔적이 없음을 알아차렸다.

밴스는 한마디 말도 없이 복도를 따라 다시 내려왔다. 이제 남은 방은 두 개밖에 없었다. 그중 하나는 모두가 알고 있듯이 드러커의 서재였다. 밴스는 아무런 망설임도 없이 서재 쪽으로 가더니 문을 두드리지도 않고 벌컥 열었다. 창문에는 햇빛 가리개가 드리워져 있었지만, 하얀색의 반투명한 가리개였기 때문에 뿌연 햇살이 구식 샹들리에의 노란 불빛과 뒤섞이고 있었다. 길포일이 보았던 등불은 밤새 타오르고도 아직 꺼지지 않았다.

밴스는 문지방에서 우뚝 멈춰 섰다. 나는 나보다 앞서 가던 매컴이 깜짝 놀라는 모습을 보았다.

「하느님 맙소사!」

경사가 숨을 헉 들이마시며 십자기를 그었다.

좁은 침대 발치에 제대로 옷을 갖추어 입은 드러커 부인이 누워 있었다. 부인의 얼굴은 재처럼 희었다. 부인의 눈은 섬뜩하게 뭔가를 응시하고 있었고 두 손은 가슴 위에 모아져 있었다.

바스테드 박사는 앞으로 얼른 뛰어나가 몸을 숙였다. 부인을 한두 번 만져 보더니 허리를 펴고 서서 천천히 고개를 저었다.

「돌아가셨습니다. 아마 밤사이에 숨을 거두신 모양입니다.」

박사는 다시 몸을 숙이고 시체를 살펴보기 시작했다.

「아시겠지만, 부인은 오랫동안 만성 신장염과 동맥 경화, 심장 비대증으로 고생해 오셨습니다……. 갑작스러운 충격에 급성 심장 팽창을 일으키셨군요. 드러커와 같은 시간대에 돌아가신 듯합니다. 10시경에 말이죠.」

「자연사인가요?」

벤스가 물었다.

「오, 틀림없습니다. 만약 그때 제가 여기 있었더라면 심장에 아드레날린 주사를 놓아서 목숨을 구할 수도 있었을 텐데……」

「폭행의 흔적은 없습니까?」

「없습니다. 이미 말씀드린 대로, 부인은 충격에 의한 심장 질환으로 돌아가셨습니다. 모든 면에서 전형적인 증세를 보이고 있고 사인이 명백합니다.」

18
공원의 담장
4월 16일 토요일, 오전 11시

의사가 드러커 부인의 시신을 침대 위에 곧게 눕히고 하얀 시트로 덮은 후, 우리는 아래층으로 내려왔다. 바스테드 박사는 한 시간 안에 경사에게 사망 확인서를 보내 주겠다고 약속한 뒤 곧바로 떠났다.

「충격에 의한 자연사라고 말하는 게 과학적으로는 맞겠지.」 마침내 우리들만 남게 되자 밴스가 말했다.

「하지만 우리의 당면한 문제는 그 갑작스러운 충격의 원인을 규명하는 데 있네. 분명히 이 죽음은 드러커의 죽음과 관련이 있어. 한 가지 이상한 점은……」

그는 갑자기 휙 돌아서더니 응접실로 불쑥 들어갔다. 멘첼 가정부는 우리가 떠났던 때 그대로, 뭔가 끔찍한 일이 일어나기를 기다리는 듯한 태도로 앉아 있었다. 밴스는 그녀에게 다가가서 친절한 어조로 말했다.

「주인마님께서는 밤사이에 심장 마비로 돌아가셨습니다. 아드님보다 먼저 돌아가셨으니 차라리 잘되셨죠.」

「*Gott geb'ihr die ewige Ruh*(신께서 영원한 안식을 주시길)*!*」

그녀가 경건하게 중얼거렸다.

「그렇죠. 이게 최선이죠.」

「어젯밤 10시쯤에 임종을 맞으신 모양이던데, 그 시각에 혹시 깨어 있었습니까, 멘첼 부인?」

「밤새도록 깨어 있었습니다.」

가정부는 겁에 질린 낮은 목소리로 말했다. 밴스는 반쯤 감긴 눈으로 그녀를 가만히 들여다보았다.

「무슨 소리를 들었나요?」

「어젯밤에 누군가 여길 들어왔었어요!」

「그렇죠, 10시쯤에 누군가 들어왔습니다. 현관문으로 말이죠. 그 소리를 들었습니까?」

「아니요. 하지만 제가 잠자리에 누웠을 때, 드러커 씨 방에서 목소리가 들려왔습니다.」

「10시에 드러커 씨 방에서 목소리가 들리는 게 이상한 일인가요?」

「하지만 그건 드러커 씨 목소리가 아니었어요! 그분 목소리는 가늘고 높은데, 이 목소리는 낮고 굵었어요.」

「방문이 닫혀 있는데 어떻게 그렇게 똑똑히 들을 수 있었죠?」

「제 방은 바로 드러커 씨 방 위에 있거든요.」

그녀가 설명했다.

「게다가 전 불안했어요. 이런 끔찍한 일들이 연달아 일어나니까요. 그래서 자리에서 일어나 층계 꼭대기에 서서 엿들었어요.」

「충분히 이해가 갑니다.」

밴스가 말했다.

「그래, 무슨 소리를 들었나요?」

「처음에는 주인마님이 흐느끼는 것 같았어요. 그런데 곧바로 마님이 깔깔 웃기 시작했어요. 뒤이어 그 남자가 화난 음성으로 뭐라고 말했죠. 하지만 금방 그 남자도 웃는 소리가 들려왔어요. 그다음에는 가엾은 마님이 기도를 하는 것 같은 소리가 이어졌어요. 마님이 〈오, 하느님…… 오, 하느님!〉 하고 말하는 소리를 들을 수 있었죠. 남자가 뭐라고 이야기를 더 했는데 매우 조용하고 낮은 목소리였죠……. 잠시 후에 마님이 마치 무슨 시를 외우는 듯했어요…….」

「혹시 그 시를 다시 들으면 알 수 있겠어요? 그 시가 이렇지 않았나요? 험프티 덤프티 담 위에 앉았네. 험프티 덤프티 쾅 하고 떨어졌네…….」

「세상에, 바로 그거예요! 뭐, 그 비슷한 소리로 들렸어요!」

여자의 표정에 새로운 공포의 빛이 떠올랐다.

「그리고 드러커 씨가 어젯밤 담장에서 떨어졌죠…….」

「다른 소리는 못 들었나요, 멘첼 부인?」

드러커의 죽음과 자신이 들었던 시가 관련이 있다는 사실에 몹시 혼란스러워하는 가정부를 지극히 사무적인 밴스의 목소리가 일깨웠다.

가정부가 천천히 고개를 저었다.

「아니요. 그 후로는 온 집 안이 조용했어요.」

「누군가 드러커 씨 방을 나가는 소리를 들었나요?」

그녀는 완전히 공포에 질린 표정으로 밴스를 향해 고개를 끄덕였다.

「몇 분 후에 누군가 매우 조심스럽게 방문을 열었다가 닫았어요. 그러고는 어두운 복도를 따라 걸어 내려가는 발소리가 들렸죠. 계단이 삐걱거리고 잠시 후에 현관문이 닫혔죠.」

「그다음에는 어떻게 했죠?」

「저는 잠시 귀를 기울이고 있다가 다시 침실로 돌아갔어요. 하지만 좀처럼 잠을 이룰 수가 없었죠……」

「이제 다 끝났습니다, 멘첼 부인.」

밴스가 위로하는 어조로 가정부에게 말했다.

「부인이 염려할 일은 전혀 없습니다. 이제 방으로 돌아가셔서 저희가 부를 때까지 기다리는 게 좋겠습니다.」

가정부는 마지못해 위층으로 올라갔다.

「이제야 어젯밤 이곳에서 무슨 일이 일어났는지 꽤 자세한 추측을 할 수 있게 된 것 같군.」

밴스가 말했다.

「살인자는 드러커의 열쇠를 가지고 현관으로 들어온 걸세. 드러커 부인의 방이 집 뒤편에 있다는 사실도 알고 있을 테지. 그자는 틀림없이 드러커 방에서 자기 볼일을 끝내고 나면 들어왔던 대로 나가려고 했어. 그런데 드러커 부인이 그자의 소리를 들은 거야. 어쩌면 부인은 자신의 방 앞에 검은 비숍을 두고 갔던 그 〈작은 남자〉와 동일한 인물이라고 생각하고 아들이 위험에 처했을까 봐 두려워했을 수도 있네. 어쨌든 부인은 당장 드러커의 방으로 갔어. 아마 방문이 살짝 열려 있었겠지. 부인은 그 침입자를 보고 누군지 알아봤을 걸세. 놀라고 걱정스러운 마음에 휩싸인 부인은 방 안으로 들어가 그자에게 왜 여기 있느냐고 물었을 테고, 그자는 아마 드러커의 죽음을 부인에게 알려 주기 위해 왔다고 대답했겠지. 부인의 흐느끼는 소리와 발작적인 웃음소리는 그 때문이었을 걸세. 하지만 그자에게 그런 일쯤은 서곡에 불과했을 거야. 단지 시간을 벌기 위한 장난 말일세. 그자는 그 상황에 맞는 계략을 궁리하고 있었겠지. 어떻게 부인을 죽일지 계획을 짜고 있었던 거야! 오, 그 점에 대해서는 의심할 여지가 없네. 그자는 결코 부인이 살아서 그 방을 나가도록 내버려 둘 수 없었지. 어쩌면 여러 차례 암시하며 부인에게 그렇게 말했을지도 몰라. 〈화난 음성〉으로 말했다고 한 얘기를 기억할 걸세. 그러고서 그자는 웃었지. 부인을 고문하고 있었던 걸세. 광기 어린 이기심이 폭발하여 모든 진실을 부인에게 다 털어놓았을 수도 있네. 부인은 겨우 〈오 하느님, 오 하느님!〉 하는 말밖에는 할 수 없었어. 그자는 자신이 어떻게 드러커를 담장 위에서 떠밀었는지 설명했어. 그러고는 〈험프티 덤프티〉를 언급했을까? 난 그랬을 거라고 생각하네. 왜냐하면 그자의 흉물스러운 장난을 들려주기에 희생자의 어머니보다 더 훌륭한 청중이 또 어디 있겠나? 결국 마지막 폭로는 부인의 예민한 두뇌에는 지나치게 과도한 충격이었지. 부인은 공포에 사로잡혀 그 동요를 계속 흥얼거렸어. 머잖아 계속된 충격은 부인의 심장을 팽창시켜 버렸고 살인자는 굳이 자기 손으로 부인의 입을 막을 필요가 없게 된 거야. 그자는 벌어지는 일을 지켜보다가 조용히 떠난 걸세.」

매컴이 방 안을 오락가락했다.

「지난밤 비극에서 가장 이해하기 힘든 부분은 어째서 그자가 드러커의 죽음 이후에 이 집을 찾아왔어야만 했느냐 하는 거야.」

밴스는 담배를 피우며 생각에 잠겼다.

「아르네손 씨에게 이 문제를 좀 설명해 달라고 물어보는 게 좋겠네. 어쩌면 그 사람이 실마리를 던져 줄 수도 있어.」

「네. 그럴지도 모르죠.」

히스가 동의했다. 그러나 잠시 입술에 문 담배를 굴리더니 못마땅한 어조로 한마디 덧붙였다.

「하지만 제 생각에는 훨씬 더 높은 차원의 설명을 하실 수 있는 분이 이 자리에도 대여섯 분은 계신 것 같은데요.」

매컴이 경사 앞에 가서 우뚝 섰다.

「우리가 해야 할 첫 번째 일은 자네 부하들이 어젯밤 이곳 사람들의 행적에 대해 얼마나 알고 있는지 알아내는 것일세. 자네가 부하들을 데려오면 내가 물어보도록 하지. 그건 그렇고 감시하던 부하들 숫자가 얼마나 되나? 감시 장소는 어디지?」

경사가 씩씩하게 벌떡 일어났다.

「길포이를 제외하고 세 명이 더 있습니다. 에머리가 파디의 뒤를 따라다녔고, 스니트킨이 드라이브와 75번가에서 딜러드 저택을 지켜보았습니다. 그리고 헤네시가 웨스트엔드 가 근처 75번가에서 감시했죠. 그들 모두 드러커가 발견된 장소에서 대기하고 있으니까, 제가 당장 그들을 이곳으로 데려오겠습니다.」

그는 현관문으로 나갔다. 그리고 5분도 못 되어서 형사 세 명을 데리고 돌아왔다. 그들 모두 내 눈에 익었다. 다들 밴스가 해결했던 사건에서 한두 번 같이 일을 했던 형사들이었다.[65] 매컴은 어젯밤 사건에 대해 가장 직접적인 정보를 갖고 있을 법한 스니트킨에게 제일 먼저 질문을 했다. 그의 증언에 따라 다음과 같은 사실이 밝혀졌다.

---

65 헤네시는 그린 살인 사건에서 드럼 의사와 함께 나르크로스 아파트에서 그린 저택을 감시했었다. 스니트킨 역시 그린 살인 사건의 수사에 참여했었고 벤슨 사건과 카나리아 사건에서도 단역을 맡았다. 몸집이 작고 날렵한 에머리는 앨빈 벤슨의 거실 장작더미 아래에서 담배꽁초를 찾아냈던 그 형사였다. — 원주.

6시 30분 파디는 자기 집에서 나와 곧장 딜러드 저택으로 갔다.

8시 30분 벨 딜러드는 이브닝 가운을 입고 택시에 올라탄 다음 웨스트엔드 가로 갔다. (아르네손이 함께 집에서 나와 택시 타는 것을 도와주고 곧장 집으로 다시 들어갔다.)

9시 15분 딜러드 교수와 드러커가 딜러드 저택을 나와서 리버사이드 드라이브 쪽으로 천천히 걸어갔다. 두 사람은 74번가에서 드라이브를 건넌 다음, 승마 길로 접어들었다.

9시 30분 파디가 딜러드 저택에서 나와 드라이브로 걸어 내려갔다가 시내로 향했다.

10시가 막 지났을 때, 딜러드 교수가 74번가에서 드라이브를 다시 건너 혼자 집으로 돌아왔다.

10시 20분 파디가 나갈 때와 똑같은 방향으로 돌아와 집으로 들어갔다.

12시 30분 벨 딜러드가 젊은 사람들이 가득 탄 리무진을 타고 집으로 돌아왔다.

다음으로 헤네시가 질문을 받았다. 하지만 그의 증언은 단지 스니트킨의 증언을 뒷받침해 줄 뿐이었다. 웨스트엔드 가 쪽에서 딜러드 저택으로 접근한 사람은 아무도 없었고, 수상쩍은 일도 전혀 일어나지 않았다.

이제 매컴은 에머리에게로 관심을 돌렸다. 그가 보고하기를, 6시에 그와 교대를 해준 산토스의 말에 따르면, 파디가 오후 내내 맨해튼 체스 클럽에서 시간을 보내다 4시쯤 집으로 돌아왔다고 했다.

「앞서 스니트킨과 헤네시가 말한 것처럼, 파디는 6시 반에 딜러드 저택으로 들어가서 9시 반까지 머물렀습니다.」

에머리가 말을 이었다.

「그가 밖으로 나왔을 때, 저는 반 블록 정도 거리를 유지하면서 계속 뒤를 밟았죠. 그는 드라이브를 따라 79번 도로까지 걸어가더니 공원 위쪽으로 길을 건너갔습니다. 그러고는 커다란 잔디밭을 빙 돌아서 바위를 지나 요트 클럽을 향해 계속 걷더군요.」

「스프리그가 총을 맞았던 그 길로 갔나요?」

밴스가 물었다.

「그럴 수밖에 없었습니다. 드라이브를 따라 계속 걷지 않는 한 그 방향으로 가는 다른 길은 없으니까요.」

「얼마나 멀리 갔습니까?」

「사실은 스프리그가 쓰러졌던 바로 그 장소에서 걸음을 멈췄습니다. 그런 다음 왔던 길을 그대로 되돌아가더니 79번 도로 남쪽에 운동장이 딸린 작은 공원 안으로 들어갔습니다. 그는 승마 길을 따라 나무들 밑으로 천천히 산책을 했습니다. 그리고 분수식 식수대 아래쪽 담장 위를 걷고 있는데 우연히 노교수와 꼽추를 마주쳤습니다. 두 사람은 흙벽에 기대고 서서 이야기를 나누고 있더군요.」

「자네 말은 드러커가 담장 위에서 떨어져 죽은 바로 그 자리에서 파디가 딜러드 교수와 드러커를 만났단 뜻인가?」

매컴이 기대에 차서 몸을 앞으로 기울였다.

「그렇습니다, 검사님. 파디가 걸음을 멈추고 두 사람에게 다가갔습니다. 저는 당연히 계속 걸어가는 척했죠. 제가 그들 앞을 지날 때, 꼽추가 이렇게 말하는 소리가 들렸습니다. 〈오늘 저녁에는 왜 체스를 두지 않나?〉 어쩐지 제 귀에는 꼽추가 걸음을 멈춰 선 파디를 못마땅하게 여기고 화를 내는 소리처럼 들렸습니다. 어쨌거나 저는 74번가에 이를 때까지 계속 담을 따라 걸어갔죠. 그곳에는 몸을 숨길 만한 나무가 두세 그루 있거든요.」

「74번가에서는 파디와 드러커가 얼마나 잘 보이던가?」

매컴이 말을 자르고 물어보았다.

「솔직히 말씀드리면 검사님, 전혀 보이지 않았습니다. 그 시간쯤에는 안개가 꽤 짙었거든요. 게다가 그들이 이야기를 나누고 있던 그 장소에는 가로등도 없었습니다. 저는 파디가 곧 다시 올 거라고 생각해서 기다렸지요.」

「그 시각이 10시쯤이었겠군.」

「약 15분 전이었던 것 같습니다, 검사님.」

「그때 산책로에 다른 사람들은 없었나?」

「아무도 못 봤습니다. 안개 때문에 사람들은 모두 집 안에 있었죠. 별로 따뜻하거나 상쾌한 저녁 날씨도 아니었고요. 그래서 제가 앞서 걸어가는 동안 주위에 아무도 없었던 것 같습니다. 파디도 바보가 아닌 만큼, 이미 제가 그를 미행하는 낌새를 알아차린 듯이 한두 번 저를 돌아보더군요.」

「그를 다시 뒤쫓기 시작한 게 얼마쯤 지나고 나서였나?」

에머리가 자세를 고쳐 앉았다.

「어젯밤에는 제 짐작이 잘 맞지 않았습니다.」

그가 겸연쩍은 미소를 지으며 털어놓았다.

「아마 파디는 왔던 길을 되돌아가 79번가에서 다시 드라이브를 건너갔던 모양입니다. 30분쯤 지난 후에 저는 75번가 모퉁이에서 불 켜진 아파트 건물 앞을 지나 집으로 들어가고 있는 그를 보았거든요.」

「하지만 당신이 74번가 쪽 공원 입구에 서 있었다면, 10시 15분쯤 딜러드 교수가 집으로 돌아가는 모습을 틀림없이 보았을 텐데요?」

밴스가 불쑥 끼어들었다.

「교수는 10시쯤에 그 길로 해서 집으로 돌아갔으니까요.」

「물론 보았습니다. 20분쯤 파디를 기다리고 있을 때, 교수가 혼자 어슬렁거리며 걸어오더니 드라이브를 건너서 집으로 들어갔습니다. 전 당연히 파디와 꼽추가 여전히 이야기를 나누고 있다고 생각했지요. 그래서 마음 놓고 다시 돌아가 상황을 확인해 보지 않았던 겁니다.」

「그렇다면, 딜러드 교수가 당신 앞을 지나간 지 15분 후에, 길 반대편에서 드라이브를 따라 집으로 돌아가고 있는 파디를 발견한 것이군요.」

「그렇습니다. 물론 저는 다시 75번가의 제 자리로 돌아갔습니다.」

「에머리, 자네도 알겠지? 자네가 74번가에서 기다리고 있는 동안 바로 드러커가 담장에서 떨어져 죽었다는 사실을 말이야.」

「그렇습니다, 검사님. 하지만 절 비난하시는 건 아니죠? 탁 트인 거리에서 안개 낀 밤에 누군가를 감시하는 것은 쉬운 일이 아닙니다. 주변에 시선을 가려 줄 만한 사람도 전혀 없는 상황에서 말이죠. 눈에 띄지 않으려면 약간의 기회라도 놓치지 말고 머리를 써야 하지요.」

「자네의 어려움은 알고 있네. 물론 자네를 비난하려는 건 아니야.」

매컴이 말했다. 하지만 경사는 사나운 목소리로 세 명의 형사를 내보냈다. 그들의 보고가 불만스러웠던 것이다.

「더 깊이 파고들면 들수록, 이 사건은 점점 복잡해지는군요.」

「용기를 내십시오, 경사님.」

밴스가 그를 격려했다.

「어두운 절망에 굴복하면 안 됩니다. 에머리가 74번가 나무 밑에서 감시하며 기다리는 동안 과연 무슨 일이 있었는지 파디와 교수의 증언을 들어 보면 매우 흥미로운 사실들을 연결시킬 수 있을 겁니다.」

그가 이렇게 말할 때 벨 딜러드가 뒤쪽 출입문에서부터 들어왔다. 그녀는 응접실에 있는 우리를 보자 곧장 안으로 들어왔다.

「메이 부인은 어디 계시나요?」

그녀가 불안한 목소리로 물었다.

「한 시간 전에 왔었는데 그레타가 외출을 하셨다고 하더라고요. 그런데 지금은 방에 안 계시네요.」

밴스가 자리에서 일어나 그녀에게 의자를 내주었다.

「드러커 부인은 어젯밤 심장 마비로 돌아가셨습니다. 딜러드 양이 아까 여기 왔을 때, 멘첼 부인은 아가씨를 위층에 올려 보내기가 무서웠던 겁니다.」

아가씨는 한동안 아무 말 없이 앉아 있었다. 곧 그녀의 눈에서 주르르 눈물이 흘러내렸다.

「아돌프의 끔찍한 사고 소식을 들으신 모양이군요.」

「아마도요. 하지만 어젯밤 여기서 무슨 일이 일어났는지는 확실하지 않습니다. 바스테드 박사님께서는 드러커 부인이 10시쯤에 돌아가셨다고 추측하고 있습니다.」

「거의 아돌프가 죽은 그 시각이로군요.」

아가씨가 중얼거렸다.

「정말 끔찍한 일이에요. 오늘 아침 식사를 하러 아래층에 내려갔더니 파인이 사고 소식을 알려 주었어요. 이 동네 사람들은 죄다 그 이야기뿐이더군요. 저는 당장 메이 부인 곁에 있어 드리려고 찾아갔죠. 그런데 그레테가 부인이 외출하셨다고 하더군요. 저는 무슨 영문인지 몰랐어요. 아돌프의 죽음에는 뭔가 무척 이상한 점이 있어요……」

「그게 무슨 말씀이죠, 딜러드 양?」

밴스는 창가에 서서 그녀를 은밀히 지켜보고 있었다.

「저…… 저도 모, 모르겠어요.」

그녀가 떠듬떠듬 대답했다.

「하지만 바로 어제 오후 메이 부인이 저에게 아돌프와 담에 대한 이야기를 하셨거든요.」

「오, 그랬나요?」

밴스의 목소리가 평소보다 더욱 느긋해졌다. 하지만 온몸의 신경이 바싹 곤두서 있다는 것을 나는 알고 있었다.

「테니스장으로 가는 길에 메이 부인과 함께 운동장 위의 승마 길을 산책했거든요.」

아가씨는 낮고 가느다란 목소리로 말을 이었다.

「부인은 아돌프가 아이들과 노는 모습을 지켜보려고 종종 그곳에 가곤 했죠. 우리는 한동안 돌담 난간에 몸을 기대고 서 있었어요. 한 무리의 아이들이 아돌프 주위로 몰려들었죠. 아돌프는 장난감 비행기를 가지고 어떻게 날리는지 시범을 보여 주고 있었어요. 아이들은 그를 어른으로 생각하지 않고 자기들 중 하나로 여기는 눈치였어요. 메이 부인은 그 점을 자랑스럽게 여기면서 매우 행복해했죠. 부인은 빛나는 눈으로 아들을 바라보며 저에게 이렇게 말했어요. 〈벨, 저 아이들은 그 애를 무서워하지 않아. 그 애가 꼽추라서 말이야. 아이들은 그를 험프티 덤프티라고 부르지. 그 애는 옛날이야기 속에 나오는 아이들의 오랜 친구인 거야. 내 가엾은 아가, 험프티 덤프티! 어린 그 애를 떨어뜨렸으니, 모든 게 내 잘못이야…….〉」

그녀의 목소리가 파르르 떨렸다. 딜러드 양은 손수건을 꺼내어 눈물을 닦았다.

「그러니까 아이들이 드러커를 험프티 덤프티라고 부른다는 얘기를 아가씨에게 했단 말이로군요.」

밴스가 천천히 호주머니에 손을 넣어 담뱃갑을 찾았다. 딜러드 양은 고개를 끄덕였다. 그러다가 잠시 후에 두려운 진실과 직면하기로 굳게 결심한 듯 머리를 들었다.

「그래요! 정말 이상한 일이었어요. 왜냐하면 조금 있다가 부인이 부르르 몸서리를 치며 담에서 물러났거든요. 저는 무슨 일이냐고 물었죠. 그러자 부인이 잔뜩 겁에 질린 목소리로 말했어요. 〈만약에, 벨……. 만약에 아돌프가 이 담에서 떨어진다면! 험프티 덤프티가 그랬듯이 말이야!〉 그래서 저도 더럭 겁이 났지만, 억지로 미소를 지으며 그런 어리석은 생각은 하지 마시라고 말씀드렸죠. 부인은 고개를 저으며 오싹 소름이 끼치는 표정으로 저를 바라보았어요. 〈난 바보가 아니야.〉 부인이 말했어요. 〈코크 로빈은 활과 화살로 죽었고 조니 스프리그는 작은 총에 맞아 죽었잖아? 바로 여기 뉴욕에서.〉」

아가씨는 공포에 가득 찬 눈으로 우리를 응시했다.

「그러고는 정말로 그 일이 일어난 거예요. 부인의 예언과 똑같은 일이. 그렇지 않나요?」

「맞습니다. 그 일이 일어났죠.」

밴스가 고개를 끄덕였다.

「하지만 우리는 이 일을 신비화해서는 안 됩니다. 드러커 부인의 상상력은 비정상적이었어요. 부인의 뒤틀린 머릿속에는 온갖 기괴한 억측들이 난무했으니까요. 게다가 다른 두 건의 마더 구스 살인 사건이 부인의 기억 속에 생생하게 남아 있는 판국에, 아이들이 아들에게 붙인 별명을 그런 식의 비극적 암시로 받아들이는 것은 당연한 일입니다. 드러커가 실제로 부인이 두려워하던 방식대로 살해를 당한 일은 단순한 우연의 일치일 뿐이죠.」

그는 말을 멈추고 깊이 담배를 빨아들였다.

「딜러드 양, 그런데 혹시 드러커 부인과 했던 대화를 어제 누군가에게 다시 옮기지는 않았습니까?」

밴스가 그저 지나가는 말투로 물었다.

딜러드 양은 깜짝 놀란 표정으로 그를 잠시 바라보고는 대답했다.

「어젯밤 저녁 식사 때 그 이야기를 했어요. 그 이야기가 오후 내내 몹시 마음에 걸렸거든요. 그래서…… 혼자 품고 있기가 싫었어요.」

「무슨 말은 나오지 않았습니까?」

「숙부님은 저더러 메이 부인과 너무 많은 시간을 보내지 말라고 하셨어요. 불건전하고 병적이라고 말이죠. 부인의 처지는 매우 딱하지만, 그렇다고 제가 메이 부인의 고통을 함께 나눌 필요는 없다고 하시더군요. 파디 씨도 숙부님 말씀에 동의했죠. 그는 매우 안타까워하면서 메이 부인의 정신 상태를 도와줄 수 있는 무슨 방법이 없느냐고 물었어요.」

「아르네손 씨는요?」

「오, 시구르는 무슨 일이든 진지하게 받아들이는 법이 없죠. 가끔씩 그런 그의 태도가 정말 밉살스럽다니까요. 아르네손은 그게 무슨 농담거리라도 되는 양 껄껄 웃었어요. 그러고는 고작 한다는 말이 이러더군요. 〈아돌프가 새로운 양자역학 문제를 끝내기 전에 굴러떨어진다면 참 수치스러운 일이 되겠군.〉」

「그나저나 아르네손 씨는 지금 댁에 계신가요?」

밴스가 물었다.

「드러커 가족 일과 관련하여 그분에게 필요한 절차를 묻고 싶은데요.」

「그는 오늘 아침 일찍 학교에 갔어요. 하지만 점심 전에 돌아올 거예요. 분명히 그이가 모든 일을 맡아서 처리할 거예요. 저희는 메이 부인과 아돌프의 유일한 친구였으니까요. 그동안은 제가 책임을 지고 그레테가 집안을 잘 관리해 나가는지 보겠어요.」

잠시 후에 우리는 딜러드 양과 헤어져서 딜러드 교수를 만나기 위해 떠났다.

19
빨간 노트
4월 16일 토요일, 정오

그날 정오에 우리가 서재로 들어가자, 교수는 노골적으로 귀찮아하는 티를 냈다. 교수는 그 귀중한 포트와인 한 잔을 한쪽 옆 탁자 위에 올려놓고 창문을 등진 채 안락의자에 앉았다.

「자네가 오기를 기다렸네, 매컴.」

우리가 용건을 말하기도 전에 교수가 먼저 말했다.

「애써 숨기거나 할 필요 없네. 드러커의 죽음은 단순한 사고가 아니었어. 솔직히 나는 로빈과 스프리그의 죽음에서부터 비롯된 그 정신 나간 추론을 반박하고 싶은 마음이 굴뚝같았지만, 파인에게서 드러커의 추락에 관한 정황을 듣는 순간 이 죽음들 뒤에는 분명한 음모가 있음을 깨달았다네. 이 사건들이 모두 우연한 사고일 가능성은 거의 없어. 자네도 나만큼이나 잘 알고 있겠지. 그렇지 않다면 이 자리에 있지 않았을 테니까.」

「맞는 말씀입니다.」

매컴이 교수를 마주 보고 자리에 앉았다.

「저희는 끔찍한 문제에 부딪혔습니다. 게다가 드러커 부인께서 어젯밤 아들이 살해당한 때와 거의 같은 시각에 충격으로 사망하셨습니다.」

「어쨌든 그 일은 축복으로 생각할 수도 있어.」

노교수가 잠시 침묵한 후에 대답했다.

「아들 없이 혼자 사는 것보다는 나았을 테니까. 분명 부인의 정신은 완전히 무너져 버렸을 걸세.」

교수가 고개를 들었다.

「내가 뭘 도와주면 되겠나?」

「살인자를 제외하면, 아마 교수님이 살아 있는 드러커를 본 마지막 사람인 것 같습니다. 그래서 저희는 어젯밤 있었던 일에 대해 교수님이 모든 걸 빼놓지 않고 말씀해 주셨으면 합니다.」

딜러드 교수가 고개를 끄덕였다.

「드러커가 저녁 식사 후 우리 집에 찾아왔네. 8시쯤이었을 거야. 파디가 우리와 함께 식사를 했지. 드러커는 파디가 있는 걸 보고 못마땅해 했어. 사실은 대놓고 화를 냈지. 아르네손이 악의 없는 농담으로 그의 성마른 태도를 놀렸는데, 오히려 더 성미만 돋웠다네. 나는 드러커가 나와 무슨 문제를 의논하고 싶어 안달이 났다는 걸 알아채고, 결국 공원까지 산책을 하자고 제안했네.」

「그렇게 오래 나가 계시지는 않았지요.」

매컴이 말했다.

「그랬다네. 불행하게도 예기치 못한 일이 있었거든. 우리는 승마 길을 따라서 거의 그 불쌍한 친구가 살해당한 바로 그 지점까지 걸어갔다네. 그리고 돌담의 난간에 몸을 기댄 채 아마 30분쯤 있었을 걸세. 그때 파디가 걸어왔지. 그는 걸음을 멈추고 우리에게 말을 걸었네. 하지만 드러커가 너무 그의 말에 시비를 걸고 나서는 바람에 파디는 몇 분 후 돌아서서 왔던 방향으로 돌아갔다네. 드러커는 몹시 흥분했지. 내가 다음에 논의를 하는 게 어떠냐고 제안했어. 축축한 안개가 깔리고 있었고 슬슬 발이 쑤시기 시작했거든. 드러커는 곧장 시무룩해져서는 아직 집에 들어가고 싶지 않다고 하더군. 그래서 난 그를 돌담 옆에 혼자 내버려 두고 집으로 돌아왔다네.」

「이 이야기를 아르네손에게 하셨습니까?」

「집에 돌아온 이후로 시구르를 못 봤어. 잠자리에 든 줄 알았지.」

잠시 후 우리가 자리에서 일어나려고 할 때 밴스가 지나가는 말처럼 물었다.

「혹시 골목 쪽 출입구 열쇠를 어디에 보관하는지 말씀해 주실 수 있으십니까?」

「난 열쇠에 대해서 아무것도 모르오.」

교수가 짜증스럽게 대답했다. 하지만 곧 약간 누그러진 어조로 한마디 덧붙였다.

「하지만 내가 기억하기로, 그 열쇠는 궁술실 문 옆의 못에 걸어 놓곤 했소.」

우리는 딜러드 교수에게서 곧장 파디에게로 갔고, 즉시 그의 서재로 안내되었다. 그의 태도는 딱딱하고 냉랭했다. 심지어 우리가 자리에 앉은 이후에도, 그는 여전히 창가에 서서 싸늘한 눈초리로 우리를 빤히 쳐다보았다.

「파디 씨, 드러커 씨가 어젯밤 공원 돌담 위에서 떨어져 죽은 사실을 알고 있습니까?」

매컴이 물었다.

「당신이 걸음을 멈추고 그와 이야기를 나눈 직후에 말입니다.」

「오늘 아침에 사고 소식을 들었습니다.」

파디의 창백한 얼굴이 더욱 두드러졌고, 그는 초조하게 시곗줄을 만지작거렸다.

「참으로 불행한 일입니다.」

그는 한동안 멍하니 매컴을 바라보았다.

「딜러드 교수님께는 물어보셨습니까? 교수님은 드러커와 함께…….」

「그럼요, 물론이죠. 지금 교수님을 만나고 돌아오는 길입니다.」

밴스가 그의 말을 가로막았다.

「교수님 말씀으로는, 어젯밤 두 분 사이에 불편한 기류가 흘렀다고 하던데요.」

파디가 천천히 책상 쪽으로 걸어가더니 뻣뻣하게 의자에 앉았다.

「드러커는 저녁 식사 후에 찾아와서는, 무슨 까닭인지 제가 딜러드 댁에 있는 걸 보고 기분 나빠 했습니다. 싫은 감정을 숨기는 데 재주가 없는 친구거든요. 그래서 다소 불편한 상황을 만들었죠. 하지만 저는 그 친구를 잘 알기에 그냥 넘기려고 했습니다. 그런데 잠시 후에 딜러드 교수님이 그를 데리고 산책을 나가시더군요.」

「그 후로 오래 남아 계시지는 않았죠.」

밴스가 느긋한 어조로 말했다.

「그렇습니다. 15분쯤 있었죠. 아르네손이 피곤하다며 방에 들어가고 싶어 해서 저는 혼자 산책을 나갔습니다. 돌아오는 길에 드라이브 대신 승마 길을 택했죠. 그런데 담벼락에 기대

서서 이야기를 나누고 있는 딜러드 교수와 드러커를 마주쳤습니다. 저는 실례를 범하고 싶지 않아서 잠시 걸음을 멈추었죠. 그런데 드러커는 여전히 심통이 나서 빈정거리는 말을 몇 마디 하더군요. 저는 돌아서서 79번가로 갔습니다. 그리고 드라이브를 건너서 집으로 들어갔습니다.」

「혹시 돌아오는 길에 좀 지체하지는 않았나요?」

「79번가 입구 근처에서 잠깐 앉아 담배를 피웠습니다.」

거의 30분 동안 매컴과 밴스는 파디를 심문했지만, 더 이상 알아낼 수 있는 사실이 없었다. 우리가 거리로 나왔을 때 아르네손이 딜러드 저택의 현관 입구에 서서 우리에게 손을 흔들었다. 그러고는 우리를 만나러 성큼성큼 걸어왔다.

「방금 슬픈 소식을 들었습니다. 조금 전에 대학에서 돌아왔거든요. 교수님께서 여러분이 파디를 놀려 주러 갔다고 말씀하시더군요. 뭐 좀 알아냈습니까?」

아르네손은 대답도 기다리지 않고 계속 떠들었다.

「끔찍한 소동입니다. 제가 알기로 이제 드러커 집안 사람들은 모두 사라졌습니다. 이런, 이런. 도깨비 귀신 이야기만 하나 더 생겼군요……. 무슨 단서라도?」

「아리아드네[66]가 아직은 저희 편이 아닌가 봅니다.」

밴스가 대답했다.

「선생은 크레타 섬에서 오신 사신인가요?」

「그건 아무도 모르죠. 어서 질문이나 해보시죠.」

밴스가 앞장서서 담장 출입구 쪽으로 향했다. 이제 우리는 활터로 내려갔다.

「제일 먼저 드러커 집안을 복구하도록 하죠.」

66 테세우스에게 미궁을 탈출할 수 있는 털실을 준 미노스 왕의 딸.

밴스가 말했다.

「처리해야 할 일이 많을 겁니다. 아르네손 씨께서 드러커 집안일과 장례식 절차를 맡아 주시겠지요?」

아르네손이 얼굴을 찡그렸다.

「선출됐군요! 하지만 장례식에 참석하는 일만큼은 거부하겠습니다. 장례식이란 정말 역겨운 광경이거든요. 그렇지만 벨과 제가 모든 일을 처리할 겁니다. 메이 부인은 아마 유언장을 남기셨겠죠. 그걸 찾아야 할 텐데요. 어디 보자, 여자들이 대개 유언장을 숨기는 곳이 어디죠?」

그때 밴스가 딜러드 저택의 지하실 문 앞에서 갑자기 걸음을 멈추더니 궁술실로 쑥 들어갔다. 잠시 문 테두리를 살펴본 후, 그는 다시 활터에 있는 우리에게로 돌아왔다.

「골목 출입구 열쇠가 여기 없군요. 혹시 그 열쇠에 대해 알고 있습니까, 아르네손 씨?」

「담장에 난 저 나무문의 열쇠를 말씀하시는 겁니까? 그것에 대해서는 전혀 모르겠군요. 저는 골목으로 통하는 출입문을 전혀 사용하지 않거든요. 그냥 대문으로 나가는 편이 훨씬 더 간편하니까요. 제가 알기로는 아무도 사용하지 않습니다. 벨이 몇 년 전에 그 문을 잠가 놓았지요. 누군가 드라이브 쪽에서 몰래 안을 들여다보다가 눈에 화살이라도 맞을까 봐 말이죠. 그래서 제가 그랬습니다. 그런 자들은 화살에 좀 맞아 보라고 그래. 궁술에 흥미를 가졌으니 그 정도는 당연한 대가니까.」

우리는 뒷문으로 드러커 집에 들어갔다. 벨 딜러드와 멘첼 부인이 부엌에서 분주하게 움직이고 있었다.

「안녕, 아가씨.」

아르네손이 딜러드 양에게 인사했다. 차갑게 빈정거리던 그의 태도가 사라졌다.

「당신 같은 젊은 아가씨가 하기에는 힘든 일이야. 이제 당신은 집으로 돌아가는 게 좋겠어. 내가 맡도록 하지.」

아르네손은 장난스럽게 아버지 같은 태도로 그녀의 팔을 붙잡아서 문 쪽으로 끌고 갔다. 딜러드 양은 주저하며 밴스를 돌아보았다.

「아르네손 씨 말씀이 맞습니다.」

그가 고개를 끄덕였다.

「지금부터는 저희가 일을 처리하도록 하죠. 그런데 가시기 전에 한 가지 질문이 있습니다. 혹시 골목 출입문 열쇠를 항상 궁술실에 걸어 두십니까?」

「네, 언제나 거기에 두는데요. 왜 그러세요? 지금 거기 없나요?」

하지만 장난 투로 빈정거리듯이 대답한 사람은 아르네손이었다.

「사라졌군! 없어져 버렸어! 이런 비극적인 일이 있나. 별난 열쇠 수집가가 이 근처를 어슬렁거리는 게 틀림없구먼!」

아가씨가 떠난 후에 아르네손은 밴스를 힐끗 쳐다보았다.

「대체 그 녹슬어 빠진 열쇠가 이 사건과 무슨 상관이 있단 말입니까?」

「아마 아무 상관도 없을 겁니다.」

밴스가 대수롭지 않게 말했다.

「응접실로 들어가지요. 거기가 더 편할 겁니다.」

그는 복도를 따라 걸어갔다.

「어젯밤 일에 대해서 뭐든 **빼놓지** 말고 얘기해 주시기를 바랍니다.」

 아르네손은 앞쪽 창가 앞에 놓인 안락의자에 앉더니 파이프를 꺼냈다.

 「어젯밤이요? 글쎄요……. 파디가 저녁을 먹으러 왔습니다. 그에게는 일종의 금요일 관습 같은 거죠. 잠시 후에 양자이론으로 고뇌하는 드러커가 교수님을 괴롭히려고 불쑥 들이닥쳤습니다. 그러고는 파디가 있는 걸 보고 심통이 났죠. 마구 자기 감정을 드러내더군요. 세상에! 전혀 통제가 안 됐습니다. 교수님이 이 두 사람을 떼어 놓으려고 드러커를 산책에 데려가셨죠. 파디는 15분 정도 더 인상을 쓰고 앉아 있더군요. 그동안 저는 어떻게든 졸지 않으려고 기를 썼습니다. 그런데 고맙게도 파디가 돌아가 줘서 저는 시험지 몇 장을 살펴본 다음 잠자리에 들었습니다.」

 아르네손은 파이프에 불을 붙였다.

 「이 박진감 넘치는 이야기가 가엾은 드러커의 최후에 대한 설명이 좀 됐습니까?」

 「전혀요.」

 밴스가 대답했다.

 「하지만 흥미로운 점이 전혀 없는 건 아니로군요. 딜러드 교수님이 댁에 돌아왔을 때, 그 소리를 들으셨나요?」

 「그 소리를 들었냐고요?」

 아르네손이 킬킬거렸다.

 「교수님이 중풍에 걸린 발을 질질 끌며 지팡이를 쿵쿵 짚고 난간을 뒤흔들 때면, 그분이 오셨다는 걸 모를 수가 없죠. 사실 어젯밤에는 유난히 시끄러웠습니다.」

 「그건 그렇고 선생께서는 이 새로운 사태를 어떻게 생각하시나요?」

밴스가 잠시 입을 다물고 있다가 물었다.

「저는 자세한 사실에 대해서는 잘 모르겠습니다. 교수님만 해도 완전히 명확한 것은 아니죠. 사실은 그저 윤곽만 잡힐 뿐입니다. 드러커는 10시쯤 험프티 덤프티처럼 담에서 떨어졌습니다. 그리고 오늘 아침에 발견되었죠. 이게 명백한 사실의 전부입니다. 하지만 메이 부인은 어떤 상황 아래에서 충격을 받은 걸까요? 누가, 아니면 무엇이 부인에게 충격을 주었을까요? 또 어떻게?」

「살인자는 드러커 집의 열쇠를 가지고 범행 후 즉시 이곳으로 왔습니다. 드러커 부인이 아들 방에 있는 그자를 발견했죠. 요리사의 증언에 따르면 말다툼이 있었습니다. 계단 꼭대기에 앉아서 듣고 있었다고 하더군요. 그 와중에 드러커 부인이 심장 마비로 돌아가신 거죠.」

「덕분에 그 신사 양반은 제 손으로 부인을 죽이는 수고를 덜었군요.」

「그 점은 확실해 보입니다.」

밴스도 동의했다.

「하지만 살인자가 이 집에 온 이유가 명확하지 않습니다. 혹시 짐작 가는 일은 없습니까?」

아르네손이 생각에 잠겨 파이프를 피워 댔다.

「도무지 알 수 없군요.」

마침내 그가 중얼거렸다.

「드러커는 값비싼 물건이나 의심스러운 문서 따위는 하나도 갖고 있지 않습니다. 고지식한 친구거든요. 어떤 지저분한 일에도 결코 엮일 친구가 아니죠. 누구든 그의 방을 뒤질 만한 까닭이 없는데…….」

밴스가 몸을 뒤로 기대며 긴장을 푸는 듯이 보였다.

「드러커가 연구하고 있던 양자 이론은 어떻습니까?」

「하! 뭐, 대단한 연구죠!」

아르네손이 아연 활기를 띠었다.

「그는 아인슈타인-보어의 빛의 방사 이론과 빛의 간섭 사실을 서로 연결시켜서 아인슈타인 가설에 내재된 모순을 극복해 내는 연구를 하고 있었습니다. 그의 연구는 벌써 원자 현상의 인과적 시공간 등위론을 폐기하고 통계적 기술로 대체하는 데까지 이르렀죠.[67] 물리학의 혁명을 일으키고 본인은 유명해졌을 텐데……. 그의 수치를 구체화하기 전에 그가 먼저 세상을 떠나다니 안타까운 일입니다.」

「혹시 드러커 씨가 그 계산 기록을 어디에 해두었는지 아십니까?」

「가제식 노트에 했죠. 모든 도표와 색인까지요. 모든 걸 말끔하고 질서 정연하게 정리했죠. 글씨체조차 인쇄한 활자 같았으니까요.」

「그렇다면 선생께서는 그 노트가 어떻게 생겼는지 아십니까?」

「물론이죠. 종종 저에게 보여 주었으니까요. 부드러운 빨간색 가죽 표지입니다. 노란색의 얇은 종이로 되어 있고요. 페이지 한 장마다 두세 개의 클립을 끼워서 주의할 점을 꼽아 두었죠. 표지에는 그의 이름이 금박으로 커다랗게 찍혀 있습

---

[67] 이 복잡한 문제 해결을 위한 중요한 첫걸음이 몇 년 후, 브로이의 「파도와 운동」, 슈뢰딩거의 「파도의 기구에 관한 논문」에 소개된 브로이-슈뢰딩거 이론에 의해 이루어졌다 ― 원주.

니다. 가엾은 친구 같으니! *Sic transit*(일은 끝났도다)……」

「지금 그 노트는 어디 있을까요?」

「둘 중 한 곳에 있을 겁니다. 서재 책상 서랍 안이나 침실의 뚜껑 달린 책상 속에 말이죠. 물론 낮에는 서재에서 일을 하지만, 어떤 문제에 몰두하게 되면 밤이고 낮이고 가리지를 않거든요. 그래서 침실에도 책상을 두고, 잠자리에 들 때 지금까지 기록을 넣어 두곤 합니다. 혹시라도 밤새 무슨 영감이 떠오를 경우를 대비해서 말이죠. 그러고는 아침이 오면 다시 그걸 서재로 가져간답니다. 기계처럼 규칙적인 체계죠.」

아르네손이 신나게 떠드는 동안 밴스는 한가롭게 창밖을 내다보고 있었다. 그의 태도만 보면 드러커의 습관에 대한 이야기를 거의 귀담아듣지 않는 것 같았다. 하지만 곧 그는 돌아서서 매사가 귀찮다는 표정으로 아르네손을 바라보았다.

「그렇다면 말이죠.」

밴스가 느릿느릿 말을 꺼냈다.

「수고스럽겠지만 위층으로 올라가셔서 드러커의 노트를 좀 가져오실 수 있겠습니까? 서재와 침실을 좀 살펴봐 주십시오.」

나는 순간 아르네손의 표정에 보일 듯 말 듯 망설이는 빛이 스쳐 지나가는 걸 알아챈 기분이었다. 하지만 곧 그는 자리에서 벌떡 일어났다.

「좋은 생각입니다. 여기 남겨 두기에는 너무 귀중한 문서죠.」

아르네손이 성큼성큼 방에서 걸어 나갔다. 매컴은 방 안을 서성거리기 시작했다. 히스는 좀 더 격렬하게 담배를 피워 댐으로써 불편한 심기를 드러냈다. 아르네손이 돌아오기를 기다리는 동안, 좁은 응접실 안에는 팽팽한 긴장감이 가득했다.

우리는 제각기 기대에 가득 차 있었다. 비록 우리가 기대하는, 혹은 두려워하는 것이 무엇인지 정확히 말할 수는 없었지만 말이다.

10분도 채 못 되어서 아르네손이 다시 문가에 나타났다. 그는 어깨를 으쓱하며 빈손을 내보였다.

「없어졌소!」

그가 말했다.

「있을 만한 곳은 모두 찾아봤는데 찾을 수가 없군요.」

그는 의자에 털썩 몸을 던지더니 다시 파이프에 불을 붙였다.

「이해할 수가 없군요. 아마 어디에 감춘 모양입니다.」

「그럴지도 모르죠.」

밴스가 중얼거렸다.

20
복수의 여신
4월 16일 토요일, 오후 1시

1시가 지났다. 매컴과 밴스와 나는 차를 타고 스타이비샌트 클럽으로 갔다. 히스는 일상적인 업무를 처리하고 보고서를 작성하고, 곧 벌 떼처럼 몰려올 기자들을 상대하기 위해 드러커 집에 남았다.

매컴은 3시에 경찰 국장과 면담 약속이 잡혀 있었다. 그래서 점심 식사 후에 나와 밴스는 스티글리츠 인티메이트 화랑까지 걸어가서 한 시간 동안 조지아 오키프의 꽃을 주제로 한 추상화 전시를 관람했다. 그러고는 에올리언 홀에 잠깐 들러서 드뷔시의 G 마이너 4중주를 들으며 앉아 있었다. 몬트로스 화랑에는 세잔의 수채화 몇 점이 걸려 있었지만, 이제 우리는 빛이 사그라지기 시작하는 늦은 오후의 혼잡한 5번가를 달리고 있었다. 밴스는 운전사에게 스타이비샌트 클럽으로 가라고 지시했고, 우리는 그곳에서 매컴을 만나 함께 차를 마셨다.

「내가 아주 어리고 단순하고 무지몽매한 사람이 된 기분이야.」

밴스가 우울하게 불만을 토로했다.

「이렇게 많은 일들이 일어나고 있고 누군가 교묘하게 사건을 조종하고 있는데 난 진상조차 파악하지 못하고 있으니, 몹시 당황스럽고 혼란스러워. 난 정말 이 사건이 싫다네. 정말 마음에 들지 않아. 더할 나위 없이 피곤한 사건이야.」

밴스는 힘없이 한숨을 쉬더니 차를 홀짝거렸다.

「자네의 한탄이 내 마음에는 전혀 와 닿지 않는군.」

매컴이 쏘아붙였다.

「자네는 아마 오후 내내 메트로폴리탄 미술관에서 화승총과 구식 권총 따위를 구경하며 시간을 보냈겠지. 하지만 그 사이 내가 겪은 고생을 자네가 겪어야 했다면……」

「심통은 그만 부리게.」

밴스가 타일렀다.

「안 그래도 세상은 감정 과잉일세. 열정만 갖고는 이 사건을 해결할 수 없어. 두뇌를 쓰는 것만이 우리의 유일한 희망이야. 그러니 침착하고 신중하게 행동하자고.」

밴스는 몹시 진지해졌다.

「매컴, 이 사건은 거의 완전 범죄에 가깝다네. 마치 모피[68]의 위대한 체스 조합처럼, 이 사건은 열두어 수를 앞서 내다보고 있단 말일세. 게다가 어떤 실마리도 없어. 설사 있다 해도 아마 잘못된 방향을 알려 주는 증거일 걸세. 그렇지만…… 파고들어 갈 수 있는 뭔가가 있어. 난 느낄 수 있다네. 순전한 직감일 뿐이지만. 다시 말해 예민한 신경이라고 할까. 말하고 싶지만 말할 수 없는, 무언의 목소리가 있단 말일세. 수차례 나는 필사적으로 꿈틀거리는 어떤 힘을 느꼈어. 마치 자신의 정체를

---

68 Paul Charles Morphy(1837~1884). 미국의 체스 선수. 당대 최고의 체스 명인으로 손꼽혔다.

드러내지 않고 사람과 접촉하고 싶어 하는 유령처럼 말이야.」

매컴이 짜증스럽게 한숨을 내쉬었다.

「거참 유익한 조언이로군. 그럼 영매라도 부르라는 건가?」

「우리가 놓치고 있는 뭔가가 있단 말일세.」

밴스는 빈정거리는 매컴의 말을 무시한 채 말을 이었다.

「이 사건은 일종의 암호야. 암호를 푸는 열쇠가 우리 눈앞 어딘가에 있는데 알아채지 못하고 있는 걸세. 정말이지 짜증나 죽겠군……. 잘 정리를 해보도록 하지. 꼼꼼하게 검토하는 것, 그게 우리에게 꼭 필요한 일일세. 제일 처음 로빈이 살해당했어. 그다음에는 스프리그가 총에 맞았지. 그러고는 드러커 부인이 검은 비숍의 위협을 당했고, 뒤이어 드러커가 담에서 떨어져 죽었네. 살인자는 자신의 광시곡 속에 각기 네 편의 에피소드를 만든 셈이지. 그중 세 편은 주의 깊게 계획된 것이었고 단 한 편, 그러니까 드러커 부인의 문 앞에 비숍을 두고 온 사건은 살인자가 어쩔 수 없이 저지른 일이었네. 그러니까 사전 계획 없이 결정한 일이란 말이지…….」

「그 점에 대해서 자네 추리가 뭔지 분명히 말해 보게.」

「오, 여보게! 검은 비숍의 사신은 분명 자기방어를 위해 그런 행동을 한 걸세. 그의 전선에 예기치 못한 위험이 드리워졌던 거지. 그래서 그자는 그걸 막기 위한 방법을 쓴 걸세. 로빈이 죽기 직전에 드러커는 궁술실을 나와서 마당의 정자에 앉아 있었네. 그곳에서 그는 창문을 통해 궁술실 안을 들여다볼 수 있었을 거야. 잠시 후 그 방에서 로빈과 이야기하는 사람을 보았겠지. 드러커는 집으로 돌아왔고, 바로 그때 로빈의 시체가 활터에 버려진 걸세. 그런데 드러커 부인이 그 광경을 보았어. 동시에 아마 드러커도 보았을 걸세. 부인은 비명을 질렸지. 그야 당연한 일 아닌가? 드러커는 부인의 비명 소리를 들었지. 그리고 나중에 우리에게서 로빈이 살해당했다는 이야기를 듣자, 이 비명 소리를 자신의 알리바이로 삼기 위해 우리한테 그 이야기를 털어놓은 걸세. 그렇게 해서 살인범은 드러커 부인이 뭔가 보았다는 사실을 알게 되었을 거야. 물론 어디까지 봤는지는 알지 못했지만 그렇다고 요행을 바랄 수는 없었어. 그자는 부인의 입을 다물게 하려고 한밤중에 부인의 방으로 찾아간 걸세. 하지만 방문이 잠겨 있자, 죽고 싶지 않으면 입도 뻥끗하지 말라고 경고하는 뜻으로 비숍을 문밖에 두고 온 거지. 그 가엾은 부인이 정작 자기 아들을 의심하고 있는 줄은 꿈에도 몰랐던 거야.」

「하지만 어째서 드러커는 그 궁술실에 로빈과 함께 있었던 사람을 보았다는 말을 우리에게 하지 않은 거지?」

「아마 그자가 살인자라고는 꿈에도 의심할 수 없는 그런 인물이었을 거라고 짐작할 수 있을 뿐일세. 아무래도 드러커는 그 사실을 범인에게 말했고 그 때문에 자신의 운명을 재촉한 것 같네.」

「자네 추측이 정확하다면, 이제 수사 방향을 어디로 잡아야 하는 건가?」

「사전에 치밀하게 준비할 수 없었던 그 한 가지 사건이라네. 은밀한 행동에 사전 준비가 없으면, 사소한 점에서 한두 가지 실수가 있기 마련이지. 이제, 나머지 세 건의 살인 사건에서는 이 비극에 등장하는 여러 사람들 중 어느 누구라도 범행 현장에 있을 수 있었다는 점을 주목하게. 아무도 알리바이가 없어. 그것은 물론 치밀한 계산에 따른 결과일세. 살인자는 말하자면 모든 등장인물들이 무대 양편에서 대기하고 있을 시각을 택한 거지. 그렇지만 한밤중의 방문은! 하! 그 경우만큼은 사정이 다르단 말일세. 완벽한 상황을 설정할 시간이 없었지. 너무 긴박한 위험에 처해 있었거든. 그래서 결과는? 분명히 드러커와 딜러드 교수가 자정에 그 근처에 있었던 유일한 인물일세. 아르네손과 벨 딜러드는 플라자에서 저녁을 먹고 있었고 12시 반이 지나서야 집으로 돌아왔네. 파디는 11시부터 새벽 1시까지 루빈스타인과 체스 대결을 펼치고 있었지. 물론 이제 드러커는 용의자에서 제외되어야만 하네. 그렇다면 나오는 답은?」

「분명히 말하지만, 다른 사람들의 알리바이 역시 철저하게 확인된 것은 아닐세.」

매컴이 짜증 섞인 목소리로 반박했다.

「그렇지, 그렇고말고. 자네 말도 일리가 있어.」

밴스는 느긋하게 몸을 뒤로 젖히더니, 한동안 천장을 향해 도넛 모양의 담배 연기를 연달아 뿜어 올렸다. 그러다가 갑자기 바싹 긴장을 하면서 조심스럽게 몸을 앞으로 숙이고 담뱃불을 껐다. 그는 시계를 힐끗 보더니 자리에서 일어났다. 그리고 알쏭달쏭한 표정으로 매컴을 빤히 쳐다보았다.

「여보게, 아직 6시도 안 됐군. 이제 아르네손이 유용하게 쓰일 때가 온 것 같네.」

「지금 이 시간에 말인가?」

매컴이 만류하듯 말했다.

「바로 자네의 제안인걸.」

밴스는 이렇게 대답하고는 매컴의 팔을 잡더니 문 쪽으로 이끌었다.

「파디의 알리바이를 확인하러 가세.」

30분 후 우리는 딜러드 저택의 서재에 아르네손과 교수와 함께 앉아 있었다.
「저희가 찾아온 까닭은 다소 특이한 볼일 때문입니다.」
　밴스가 설명했다.
「하지만 이번 수사에 대단히 결정적인 실마리가 될지도 모릅니다.」
　밴스가 지갑을 꺼내더니 종이 한 장을 펼쳤다.
「여기 기록이 있습니다, 아르네손 씨. 잠깐 좀 봐주십시오. 이 종이는 파디와 루빈스타인의 체스 시합에 대한 공식 기록을 베낀 것입니다. 매우 흥미롭더군요. 저도 장난삼아 좀 들여다보긴 했지만 전문가께서 분석을 해주셨으면 합니다. 시합의 초반부는 그저 평범하지만 중간 휴식 이후의 시합은 무척 인상적이었습니다.」
　아르네손이 종이를 받아들더니 빈정거리는 표정으로 기록을 검토했다.
「아하! 이게 바로 파디의 워털루 전투에 대한 불명예스러운 기록인가요?」
「매컴, 이건 또 무슨 꿍꿍이인가?」
　딜러드 교수가 한심하다는 듯이 물었다.
「체스 시합 따위로 빈둥거리면서 대체 어떻게 살인범을 쫓겠다는 건가?」
「밴스 씨는 여기서 뭔가 실마리를 얻을 수 있을 거라고 생각합니다.」
「부질없는 소리!」
　교수는 적포도주를 다시 한 잔 따르더니 책을 펼쳐 들고 아예 우리를 외면해 버렸다.

한편 아르네손은 체스 시합 기록에 몰두했다.
「뭔가 이상하군요.」
그가 중얼거렸다.
「시간이 안 맞는데요. 어디 봅시다……. 점수 기록표에 따르면, 중간 휴식 시간까지는 하얀 말, 그러니까 파디가 1시간 45분 걸렸고 검은 말, 즉 루빈스타인이 1시간 58분이 걸렸습니다. 여기까지는 괜찮아요. 30수이니까요. 꽤 적당히 진행된 셈이죠. 그런데 시합의 마지막에 가서 파디가 포기할 때까지 하얀 말이 총 2시간 30분이 걸렸고, 검은 말이 3시간 32분이 걸렸단 말입니다. 그 말은 후반전에서 하얀 말이 45분을 소요하는 동안, 검은 말은 1시간 34분을 소요했다는 뜻이죠.」
밴스가 고개를 끄덕였다.
「정확합니다. 밤 11시에 시작해서 새벽 1시 19분까지 이어졌으니, 이 시합은 2시간 19분이 걸린 셈입니다. 그동안 루빈스타인의 수는 파디보다 49분이나 더 걸렸습니다. 대체 무슨 일이 있었을지 짐작이 가십니까?」
아르네손은 입술을 꽉 오므린 채, 기록을 노려보았다.
「잘 모르겠군요. 시간이 필요합니다.」
「혹시 우리가 중간 휴식 때와 같은 판을 벌여 놓고 이 시합을 끝까지 해보면 어떨까요? 이 체스 전략에 대한 당신의 평을 듣고 싶습니다.」
아르네손이 벌떡 일어나더니 구석에 있는 작은 체스 테이블로 걸어갔다.
「좋은 생각입니다.」
그가 상자에 든 체스 말을 쏟았다.
「어디 봅시다……. 이런! 검은 비숍 하나가 없군요. 대체 언제 돌려주실 작정입니까?」

아르네손이 호소하는 눈길로 밴스를 힐끗 쳐다보았다.

「그러나 신경 쓰지 마십시오. 지금은 비숍이 필요 없으니까요. 검은 비숍 하나는 이미 잡혔습니다.」

그는 중간 휴식 때의 시합 형세에 따라서 말을 놓기 시작했다. 그런 다음 자리에 앉아서 판을 연구했다.

「제가 보기에는 딱히 파디에게 불리한 형세 같지 않군요.」

밴스가 한마디 던졌다.

「저도 그렇게 생각합니다. 파디가 왜 졌는지 모르겠군요. 서로 막상막하로 보이는데요.」

잠시 후에 아르네손은 점수 기록표를 들여다보았다.

「끝까지 시합을 해보고 어디에 문제가 있었는지 알아봐야겠습니다.」

아르네손은 대여섯 수를 두었다. 그러고는 몇 분 동안 고민하더니 신음 소리를 냈다.

「아하! 바로 여기에 루빈스타인의 깊은 속내가 있었군요. 이 지점에서부터 경탄할 만한 수를 두기 시작했습니다. 참으로 대단해요! 내가 알기로 루빈스타인이라면 이런 수를 궁리해 내느라 시간이 오래 걸렸을 겁니다. 느리고 끈기 있는 친구니까요.」

「그렇다면 그 수를 생각해 내느라 하얀 말과 검은 말의 시간 차이가 그토록 많이 났다고 설명할 수도 있겠군요.」

밴스가 말했다.

「아, 그건 분명합니다. 시간 차이가 더 많이 나지 않은 걸 보니 루빈스타인이 꽤 컨디션이 좋았던 모양입니다. 그 수를 생각해 내느라 꼬박 45분이 걸린 거죠. 그렇지 않다면 저를 바보라고 부르셔도 좋습니다.」

「그런데 보시기에 언제쯤 루빈스타인이 45분을 썼을 것 같습니까?」

밴스가 대수롭지 않은 질문인 양 슬쩍 물었다.

「글쎄, 어디 봅시다. 시합은 11시에 시작되었고, 그 수를 쓰기 전까지 말을 여섯 번 움직였습니다……. 오, 아마 11시 30분에서 12시 30분 사이쯤 되었겠군요. 그래요, 바로 그때쯤입니다. 중간 휴식 전까지 30수를 두고 11시에 다시 시작해서 6수를 두었으니 모두 36수죠. 그러고는 44번째 수에 가서 졸을 움직여 비숍-7-체크, 결국 파디는 시합을 포기합니다……. 맞아요. 그 묘수를 궁리한 시각은 11시 30분에서 12시 30분 사이입니다.」

밴스는 체스판 위에 놓인 말들을 쳐다보았다. 이제 체스판 위에는 파디가 시합을 포기했을 때와 똑같은 형세[69]가 펼쳐져 있었다.

「호기심이 나서 저는 어젯밤에 이 시합을 끝까지 두어 봤습니다. 아르네손 씨, 어디 한번 그렇게 해보시겠습니까? 저는 선생의 견해를 듣고 싶군요.」

아르네손이 몇 분 동안 체스판을 열심히 들여다보았다. 이윽고 그는 천천히 고개를 돌리더니 밴스를 올려다보았다.

「무슨 말씀인지 알겠습니다. 세상에! 어떻게 이런 상황이! 검은 말이 다섯 수나 이기다니요. 일찍이 들어 본 적이 없는

---

69 학문적으로 흥미가 있을지 모르는 체스 전문가를 위해서, 나는 파디가 시합을 포기했을 때의 정확한 형세를 여기에 덧붙인다. 흰 말: QKtsq에 왕, QR2와 Q2에 졸/ 검은 말: Q5에 왕, QKt5에 나이트, QR6에 비숍, QKt7과 QB7에 졸 ― 원주.

결말이로군요. 이런 비슷한 경우도 기억나지 않습니다. 마지막 수는 비숍이 나이트-7을 이기는 걸로 끝나는군요. 다시 말하자면 파디는 검은 비숍에게 패배를 당했던 겁니다! 정말 믿을 수가 없어요!」[70]

딜러드 교수가 책을 내려놓았다.

「그게 무슨 소리인가?」

교수가 이렇게 외치며 우리가 있는 체스 테이블 곁으로 다가왔다.

「파디가 비숍한테 패했다고?」

교수는 약빠르고 감탄하는 눈초리로 밴스를 쳐다보았다.

「그러니까 선생은 이 체스 시합을 조사해 볼 만한 타당한 이유가 분명히 있었구려. 부디 이 늙은이의 못된 성질머리를 너그럽게 용서해 주시오.」

교수는 묘하게 서글픈 표정으로 체스판을 내려다보고 서 있었다.

매컴은 몹시 당황한 듯 잔뜩 인상을 찌푸리고 있었다.

「비숍 혼자서 외통수를 부르는 게 특이한 일인가?」

매컴이 아르네손에게 물었다.

「절대 있을 수 없는 일이지. 거의 유일무이한 경우일세. 그런데 하필 모든 사람들 중에 파디에게 그 일이 일어나다니! 도무지 이해할 수 없는 일이야!」

아르네손이 잠시 킬킬거리며 웃었.

---

[70] 흑을 궁지로 몰아넣은 마지막의 두지 않은 다섯 수는, 나중에 밴스에게서 들은 바에 따르면 다음과 같다. 45수 Rxp: KtxR, 46수 KxKt: P-Kt8(Queen), 47수 KxQ: K-Q6, 48수 K-Rsq: K-B7, 49수 P-Q3: B-Kt7 외통수 ― 원주.

「복수의 여신을 믿고 싶은 생각까지 드는군. 자네도 알다시피, 비숍은 20년 동안 파디의 저승사자였단 말일세. 그의 인생을 망쳐 놓았지, 가엾은 친구! 검은 비숍은 그의 슬픔의 상징이라네. 정말이지, 운명이로군! 파디의 정적을 깨뜨린 말이 바로 비숍이었거든. 비숍 대 5번 나이트는 항상 그의 계산을 빗나갔지. 그가 애지중지하는 이론을 무너뜨리고 필생의 업적을 조롱거리로 만들었단 말일세. 그런데 이제 위대한 루빈스타인과 무승부를 낼 수 있는 행운의 순간에 비숍이 다시 튀어나와 그를 한낱 무명인으로 되돌려 버리고 말다니.」

몇 분 후에 우리는 그곳을 떠나서 웨스트엔드 가까지 걸어갔다. 그리고 그곳에서 택시를 잡았다.

「결국 놀랄 일이 아니었어, 밴스.」

우리가 시내를 향해 달리고 있을 때, 매컴이 입을 열었다.

「지난번 오후에 자네가 검은 비숍이 한밤중에 근방을 돌아다닌다고 말했을 때, 파디가 하얗게 질렸던 것 말일세. 아마 그자는 자네가 일부러 자신을 모욕하고 있다고 생각했을 거야. 자기 인생의 오점을 그의 면전에 던진다고 여겼겠지……」

「그럴지도 모르지……」

밴스는 북적거리는 사람들의 그림자를 꿈꾸듯이 바라보며 말했다.

「비숍이 그토록 오랫동안 그자에게 악몽이 되었다니 참으로 기묘하지 않은가. 실망이 자꾸 거듭되면 때로는 아무리 강한 정신력을 지닌 사람도 영향을 받는 법이지. 세상에 복수하고 싶은 욕망이 생기기 마련이야. 자기 실패의 원인을 아스트라이아[71]의 상징으로 삼으면서 말이지.」

71 제우스와 테미스의 딸, 정의의 여신.

「하지만 파디가 복수의 역할을 맡는 걸 상상하기는 힘들군.」
매컴이 반대했다. 그러고는 잠시 후에 덧붙여 말했다.
「파디와 루빈스타인의 시합에서 시간 차이는 왜 지적한 건가? 루빈스타인이 그 수를 생각해 내느라 45분 정도 걸렸다고 가정해도, 시합은 1시 이후에나 끝났단 말일세. 대체 아르네손을 찾아간 일이 우리에게 무슨 이득이 되었는지 모르겠군.」
「그건 자네가 체스 선수들의 습관을 잘 몰라서 하는 말일세. 이런 종류의 시간을 재는 시합에서는 어떤 선수도 상대방이 묘수를 궁리하는 동안 줄곧 테이블 앞에 앉아 있지 않는다네. 선수들은 주변을 돌아다니며 몸도 풀고 신선한 공기를 마시거나 숙녀들에게 추파도 던지고, 얼음물을 마시지 않으면 심지어 식사를 하기도 한다네. 지난해 맨해튼 스퀘어 명인 시합에서는 테이블이 네 개 있었는데, 동시에 의자 세 개가 비어 있는 광경을 흔하게 볼 수 있었다네. 게다가 파디는 초조하고 예민한 성격이니까 루빈스타인이 시간을 끌며 생각하는 동안 줄곧 앉아 있지는 않았을 걸세.」
밴스가 천천히 담배에 불을 붙였다.
「매컴, 아르네손의 시합 분석은 파디가 지난밤 자정 무렵에 45분 정도 빈 시간이 있었음을 밝혀 준 셈일세.」

21
수학과 살인
4월 16일 토요일, 오후 8시 30분

저녁 식사를 하는 동안에 사건 이야기는 거의 나오지 않았다. 그러나 클럽 라운지의 조용한 구석에 자리를 잡고 앉자, 매컴이 다시 그 화제를 꺼냈다.

「파디의 알리바이에서 허점을 찾아냈다고 해도 별로 도움이 될 것 같지는 않군. 이미 속이 터질 만큼 복잡한 상황을 더 복잡하게 할 뿐이야.」

「맞는 말일세.」

밴스가 한숨을 쉬었다.

「참으로 서글프고 실망스러운 세상이지. 한 걸음 나갈 때마다 어째 점점 더 일이 꼬이는 것 같으니 말일세. 무엇보다 놀라운 점은 진실이 바로 우리 앞에서 빛나고 있는데, 단지 우리가 보지 못한다는 걸세.」

「딱히 누구를 지목하는 증거가 없지 않나. 이성이 반란을 일으키지 않을 만한, 유죄의 가능성을 지닌 용의자가 한 명도 없어.」

「난 그렇게 생각하지 않네. 이건 수학자의 범죄야. 그리고 우리 눈앞에는 수학자들이 득실거리고 있지 않나.」

수사 내내 아무도 누군가를 살인 용의자로 지목한 적은 없었다. 그럼에도 불구하고 저마다 마음속으로는 여태껏 이야기를 나누었던 인물들 중 한 사람을 범인으로 생각하고 있었다. 다만 그 사실이 너무 끔찍해서 본능적으로 인정하기를 두려워하고 있을 뿐이었다. 처음부터 우리는 본심을 감추고 막연히 두려워하고 있었다.

「수학자의 범죄라고?」

매컴이 되풀이했다.

「내가 보기에 이 사건은 미쳐 날뛰는 정신병자가 저지른 무의미한 행동일세.」

밴스가 고개를 저었다.

「우리의 범죄자는 초인적인 분별력을 지니고 있네. 게다가 그의 행동은 결코 무의미하지 않아. 소름 끼치게 논리적이고 정확하단 말일세. 물론 어마어마하게 냉소적인 태도와 함께 냉혹하고 무시무시한 유머를 담고 있는 것은 사실일세. 하지만 범죄 그 자체는 정확하고 이성적이야.」

매컴이 생각에 잠긴 표정으로 밴스를 바라보았다.

「자네는 어떻게 이 마더 구스 범죄와 수학적 사고를 연결시킬 수 있단 말인가?」

그가 물었다.

「대체 어떤 면에서 이 범죄가 논리적이라고 볼 수 있지? 내 눈에는 제정신과는 아무 상관 없는 악몽처럼 보이는데.」

밴스는 의자에 더 깊숙이 몸을 파묻었다. 그러고는 몇 분 동안 담배만 피웠다. 이윽고 사건을 분석하기 시작했다. 그의 분석은 언뜻 보기에 미친 짓 같은 범죄 자체를 명백히 밝혀 줄 뿐만 아니라, 모든 사건과 인물들을 하나의 통합된 초점으로 모아 주었다. 그리고 며칠 지나기도 전에 우리는 비극적이고 압도적인 힘에 의해서 이 분석의 정확성을 통감하게 되었다.[72]

「이 범죄를 이해하기 위해서는 먼저 수학자들의 상투적인 수단을 고려해야만 하네.」

밴스가 말을 꺼냈다.

「왜냐하면 그들의 모든 사고와 계산은 자칫 이 지구의 상대적인 무의미함과 인간 생명의 무가치함을 강조하게 되는 경향이 있기 때문일세. 먼저 수학자들이 전문 분야로 삼는 영역만 봐도, 그들은 파섹[73]이니 광년이니 하는 단위로 무한한 공간을 측정하려고 하지. 그런가 하면 정반대로 무한소의 전자를 측정하기 위해 밀리미크론의 1백만 분의 1이라고 하는 라더포드 단위를 발명해야 하거든. 그들의 시선은 초월적인 관점을 갖고 있어. 이 관점에서 보면, 이 세상과 사람들은 거의 점이 되어 사라져 버리지. 어떤 별, 예를 들어 아르크투루스[74]나 카노푸스,[75] 베텔게우스[76] 등은 우리가 사는 태양계 전체보다도 수십 배나 더 거대하단 말일세. 그런데도 수학자들의 눈에는 그저 일순간의 무의미한 단위로 보일 뿐이지. 샤플리[77]의 계산에 의하면 은하계의 직경은 30만 광년인데, 우주

---

72 완벽하게 메모를 했음에도 불구하고, 물론 밴스의 말을 정확히 그대로 옮길 수는 없다. 하지만 나는 그다음 문단의 교정지를 밴스에게 보내서 검토하고 교정해 달라고 요구했다. 그러므로 이 글은 비숍 살인 사건의 심리적인 요인에 대한 밴스의 분석을 정확히 보여 준다고 할 수 있다 — 원주.
73 *parsec*. 천체 사이의 거리를 나타내는 단위. 1파섹은 3.259광년이다.
74 목동자리의 가장 큰 별.
75 용골자리의 일등성.
76 오리온자리의 일등성.
77 미국의 천문학자.

의 직경은 이런 은하계를 무려 1만 개나 합쳐야만 한다네. 그것은 천문학적 관찰의 영역보다 1조 배나 더 거대한 용적을 제공해 주지. 혹은 질량의 단위로 이걸 비교해 본다면, 태양의 무게는 지구 무게의 32만 1천 배이고 우주의 무게는 트릴리온,[78] 즉 1백만의 세제곱 배 태양 무게로 추정된단 말일세⋯⋯. 이토록 엄청나게 거대한 것을 연구하는 사람이 때때로 세속적인 균형 감각을 완전히 잃어버린다 한들 별로 놀랄 일도 아니지 않나?」

밴스는 살짝 몸짓을 했다.

「하지만 이 숫자들은 초보적인 것일세. 일반 수학자들에게는 일상사이지. 고등 수학자들은 그보다 훨씬 더 멀리까지 나간다네. 평범한 두뇌로는 도저히 이해할 수도 없는, 지극히 난해하고 분명히 모순되어 보이는 추상적인 이론을 다루지. 수학자들은, 시간이란 두뇌가 만들어 낸 허구로서의 의미밖에 없고 그저 3차원 공간의 네 번째 좌표일 뿐인 그런 영역에서 살고 있단 말이야. 그 세계에서는 거리 또한 근접한 점이란 의미 이외에 아무 뜻도 없지. 왜냐하면 주어진 두 개의 점 사이에는 무수한 최단 거리가 존재하니까. 이 세계에서는 원인과 결과라는 말도 단지 설명을 위한 편리한 약호일 뿐이고 직선이란 정의조차 내릴 수 없는 비존재라네. 질량이 빛의 속대에 이르면 무한대로 커지고 공간 자체는 만곡성으로 특징지어진다네. 수학자의 세계에서는 무한의 더 낮은 질서와 더 높은 질서가 있고, 중력의 법칙은 운동력으로서의 지위를 상

---

[78] 여기서 밴스는 영국식 의미로 〈트릴리온〉을 사용했다. 영국식 의미로 트릴리온은 1백만의 세제곱이며, 이 용어를 단지 1백만의 1백만 배라는 개념으로 사용하는 미국과 프랑스의 셈법과는 다르다 — 원주.

실하고 공간의 특성으로 대체되는 거야. 예를 들어, 사과는 지구의 중력에 이끌려서 떨어지는 것이 아니라 측지선, 다시 말하면 세계선을 따르기 때문에 떨어진다는 개념이지……. 이러한 현대 수학자의 세계에서는 탄젠트 없는 곡선이 존재하지. 뉴턴도, 라이프니츠도 베르누이[79]도 정점 없는 연속 곡선, 즉 미분 계수가 없는 연속 관수는 상상조차 못 했는데 말이야. 사실 이런 모순을 상상할 수 있는 사람은 아무도 없어. 그것은 상상력을 넘어서는 개념이니까. 하지만 현대 수학에서는 탄젠트 없는 곡선을 다루는 일이 일상사라네. 게다가 파이, 학창 시절에 낯익은 친구인 원주율을 우리는 항구적이라고 생각했지만, 이제는 더 이상 그렇지 않다네. 원이 돌고 있을 때 측정하느냐, 가만히 있을 때 측정하느냐에 따라서 지름과 원주 사이의 비가 달라지니까 말일세. 내 얘기가 지루한가?」

「그야 당연하지.」

매컴이 쏘아붙였다.

「하지만 자네 얘기가 결국 이 땅으로 돌아올 거라면, 계속해 보게나.」

밴스는 한숨을 내쉬며 체념한 듯이 고개를 절레절레 흔들었다. 하지만 곧 다시 심각한 표정이 되었다.

「현대 수학의 개념들은 개인을 현실 세계 밖으로 끄집어 내어 순수한 사유의 가설 속으로 던져 넣는다네. 그러고는 아인슈타인이 가장 타락한 상상력의 형식이라고 불렀던 병리학적 개인주의로 몰고 가지. 가령 실버스타인은 5차원과 6차원 공간의 가능성을 주장하면서 사건이 일어나기도 전에 볼 수

---

[79] Daniel Bernoulli(1700~1782). 스위스의 이론 물리학자.

있는 능력에 대해 연구한다네. 이것은 플라마리옹[80]의 루멘 개념[81]에서 파생되어 나온 결론인데, 이런 결론 자체가 모든 자연스럽고 건전한 인간 관점을 왜곡시키기에 충분하지. 하지만 합리적 사고라는 관점에서 보았을 때 루멘보다 훨씬 더 비뚤어진 또 다른 개념으로 호먼쿨러스가 있다네. 이 가공할 존재는 무한한 속력으로 순식간에 전 세계를 돌 수 있어서 한눈에 인간 역사 전체를 볼 수 있지. 켄타우루스 자리 일등성에서부터 4년 전 그대로의 지구 모습을 볼 수 있고, 은하계에서는 4천 년 전의 지구 모습을 볼 수 있단 말일세. 그는 또한 빙하 시대와 오늘날을 동시에 볼 수 있는 우주의 어느 한 지점을 선택할 수도 있다네!」

밴스는 의자에 몸을 더 깊이 파묻었다.

「무한이라는 단순한 개념을 갖고 장난치는 것만으로도 보통 사람의 정신을 혼란에 빠뜨릴 수 있지. 하지만 출발점으로 되돌아오지 않고 영원히 곧장 앞으로 나갈 수는 없다는 현대 물리학의 유명한 명제는 또 어떤가? 이 명제는 간단히 말해서, 방향을 바꾸지 않고 시리우스 별자리까지 그리고 그보

---

80 Camille Flammarion(1842~1925). 프랑스의 천문학자.
81 루멘은 위의 프랑스 천문학자가 시간의 역행 가능성을 증명하기 위해서 만들어 낸 인물이다. 워털루 전쟁이 끝난 시점에 초속 25만 마일의 속도로 공간 속으로 돌진하여 전쟁터에서 흩어져 나간 빛을 모두 따라잡는다고 가정하면, 루멘은 차츰 빛을 앞서기 시작해 이틀 후에는 전쟁의 끝이 아니라 시작점을 목격할 수 있다는 주장이다. 또한 루멘은 사건의 진행 방향을 거꾸로 목격하게 된다. 포탄이 박혀 있던 표적에서부터 나와 대포 속으로 다시 들어가고, 죽은 사람들이 되살아나서 전투 대형으로 다시 배열하는 광경을 목도하는 것이다. 루멘의 또 다른 가공할 모험은 달을 향해 훌쩍 뛰어오른 다음 곧바로 뒤돌아보자, 달에서부터 다시 지구로 뛰어내리는 자신의 모습을 보았다고 하는 것이다 — 원주.

다 1백만 배 더 멀리 곧장 나갈 수는 있지만, 결코 우주를 벗어날 수는 없다는 뜻일세. 우리는 결국 반대 방향에서 출발점으로 되돌아올 테니까 말이지! 여보게, 매컴, 자네는 이런 생각이 우리가 일반적 사고라고 부르는 것과 관련이 있다고 말할 수 있나? 그런데 이런 생각이 아무리 역설적이고 불가사의해 보여도, 수학 물리학의 다른 앞선 이론들에 비하면 거의 초보적 수준이라네. 예를 들어 소위 쌍둥이 문제라고 하는 가설을 생각해 보자고. 쌍둥이 중 한 사람이 태어나자마자 대각성을 향해 출발하는 거야. 다시 말해서 중력권을 가속도로 돌파해 나가는 걸세. 그리고 돌아와 보면 자신이 다른 쌍둥이 형제보다 훨씬 젊다는 사실을 발견하게 된다네. 반대로 쌍둥이의 움직임이 갈릴레오 방식을 따라서 서로 똑같은 운동을 하며 여행을 한다면, 그때는 쌍둥이 모두가 상대방이 자기보다 젊다는 사실을 발견하게 될 걸세! 이런 가설은 논리의 역설이 아니라네, 매컴. 단지 느낌의 역설일 뿐이지. 수학자들은 논리적이고 과학적으로 이런 가설들을 설명해 낸단 말이야.[82] 내가 말하고자 하는 요점은, 그러니까 평범한 사람의 사고로는 부조리하고 일관성이 없어 보이는 일들도 수학자들에게는 평범한 일이라는 걸세. 아인슈타인 같은 수학 물리학자는 우주 — 다름 아닌 우주 — 의 직경은 1억 광년, 즉 7백 트릴리온 마일이라고 단언하면서 이런 계산을 아주 초보적이라고 여기지. 그리고 이 직경 너머에는 뭐가 있느냐고 물으면, 〈이 너머라는 것은 없다. 이 한계 안에는 모든 것이 포함

---

[82] 밴스는 여기서 나에게 A. 다브로의 최근 연구서인 『과학적 사고의 진화』에 대해 이야기해 보라고 요구했다. 이 책에는 시공간과 관련된 역설에 대한 훌륭한 논증이 실려 있다 — 원주.

되어 있다〉라고 대답한다네. 결국 무한이 곧 유한이라는 거지! 혹은 과학자의 표현을 빌리자면, 우주는 한계가 없지만 유한하단 말일세. 매컴, 이 개념을 30분쯤 곰곰이 생각해 보게나. 아마 자네는 점점 미쳐 가는 기분이 들 거야.」

밴스는 말을 멈추고 담배에 불을 붙였다.

「공간과 물질, 그것이 수학자들의 사고 영역일세. 에딩턴은 물질을 공간의 한 특성, 즉 무의 돌기라고 생각하지. 반면 바일은 공간을 물질의 한 특성이라고 생각하거든. 그에게 텅 빈 공간은 무의미하다네. 따라서 칸트의 실체와 현상은 상호 교환 가능한 것이 된다네. 비록 철학은 모든 의미를 잃어버리지만. 하지만 유한한 공간에 대한 수학적 개념에 이르게 되면 모든 합리적인 법칙들은 폐기되고 말지. 드 시터의 공간 모양에 대한 개념은 구상 혹은 구면체라네. 한편 아인슈타인의 공간은 원통형으로, 그 테두리 혹은 〈경계선의 상태〉에서 물질은 제로에 근접하게 되지. 또한 마흐의 역학에 근거한 바일의 공간은 안장 모양을 하고 있어……. 자, 이런 개념과 비교해 보면, 우리가 살고 있는 이 세계며 인간이란 존재 따위가 뭐가 되겠나? 에딩턴은 자연의 법칙은 없다, 다시 말해서 자연은 합리성의 법칙을 따르지 않는다고 결론 내렸다네. 아, 가엾은 쇼펜하우어![83] 버트런드 러셀은 현대 물리학이 필연적으로 도달하게 되는 결론을 이렇게 요약하여 말했지. 물질은 다만 사건의 집단으로 해석해야 하며 물질 그 자체는 존재할 필요가 없다고. 이런 주장이 결국 어떤 결론에 도달하는지 자네는 알겠나? 만약 세계가 원인도 없고 존재하지도 않는다

---

83 내가 기억하기로, 밴스의 석사 논문은 쇼펜하우어의 「충족 이론의 네 가지 근원에 대하여」를 다루었다 — 원주.

면, 한낱 인간의 목숨 따위가 뭐란 말인가? 한 민족의 삶은? 혹은 물질, 존재 그 자체는?」

밴스가 고개를 들어 쳐다보자, 매컴이 반신반의하는 표정으로 끄덕였다.

「물론 여기까지는 자네 의견에 동의하네.」

매컴이 말했다.

「하지만 자네의 요점이 분명하지 않아. 난해하다고까지는 말하지 않더라도 말이야.」

「이게 과연 놀라운 일일까?」

밴스가 물었다.

「이토록 거대하고 측량 불가능한 개념, 인간 사회의 개개인이 극히 미미한 존재가 되고 지상의 모든 상대적 가치들이 의미를 잃어버리고 마는 그런 개념을 다루는 사람이 인간 생명을 하찮게 여기게 되는 일 말일세. 그럴 때 이 세상의 비교적 중요하지 않은 일들은 그 수학자의 의식이라고 하는 거대 우주에서는 단지 시시한 방해물에 불과하겠지. 그런 사람의 태도는 어쩔 수 없이 냉소적이 될 거야. 그는 마음속으로 모든 인간의 가치를 무시하며 주변의 눈에 보이는 것들에 대해 하찮음을 비웃을 걸세. 냉소주의란 사디즘의 한 형태이니까……」

「하지만 의도적이고 계획적인 살인이란 말일세!」

매컴이 반박하고 나섰다.

「이 사건의 심리적인 면을 한번 고려해 보게. 날마다 여가 활동을 하는 평범한 사람의 경우에는 의식 활동과 무의식 활동 사이에 균형이 유지된다네. 감정은 끊임없이 발산되고 쌓이는 법이 없으니까. 하지만 자신의 모든 시간을 정신 집중하는 데 써버리고 모든 감정을 엄격하게 억누르는 비정상적인 사람의 경우에는 무의식의 해방이 폭력적인 표현으로 이어지는 경향이 있네. 아무런 휴식이나 배출구도 없는, 장기간의 억압과 지속적인 정신노동은 종종 말할 수 없이 무시무시한 행동을 폭발시키는 원인이 되기 때문이지. 어떤 인간도, 제아무리 지적인 사람이라 할지라도, 이런 결과를 피해 갈 수는 없어. 자연법칙을 무시하는 수학자들도 이 법칙은 따를 수밖에 없다네. 사실 초물리학적 문제에 정신없이 몰두하는 일은 단지 그들이 한사코 부인하는 감정의 압박만 더 증가시켜 줄 뿐이야. 그리하여 침범당한 자연은 균형을 유지하기 위해서 기괴하기 짝이 없는 폭발을 낳는다네. 이 반작용은 섬뜩한 유머와 병적인 쾌활함으로 나타나지만, 사실은 추상적인 수학 이론의 냉혹한 진지함을 고스란히 뒤집어 놓은 것이지. 윌리엄 크룩스 경과 올리버 로지 경 모두 위대한 수학 물리학자였지만 완고한 영성주의자가 되어 버린 사실 또한 유사한 심리적 현상이라네.」

밴스는 담배를 몇 차례 깊이 빨아들였다.

「매컴, 이건 명백한 사실일세. 이 황당하고 도저히 믿기지 않는 살인 사건들은 팽팽한 두뇌 활동과 감정적 억압 속에 살아야 하는 수학자가 어쩔 수 없는 배출구로 계획한 일이야. 이 살인 사건들은 그 사실을 지적하는 요건들로 가득 차 있어. 말끔하고 정확하고 멋진 솜씨로 해치웠지. 모든 세세한 부분까지 한 치의 오차 없이 들어맞거든. 어디 하나 느슨한 빈틈도, 마무리 짓지 못한 구석도, 동기도 없어. 고도의 정확성은 차치하고라도, 모든 증거들이 틀림없이 심오한 사고 능력을 지닌 사람의 소행임을 알려 주고 있어. 한마디로 순수 과학의 신봉자가 한바탕 놀아 젖힌 거지.」

「하지만 이 기분 나쁜 장난은 뭔가?」

매컴이 물었다.

「마더 구스 노래와 자네 이론을 어떻게 조화시킬 수 있지?」

「억압당한 충동은 항상 장난기를 발동시키기에 좋은 상태를 만들기 마련이라네.」

밴스가 설명했다.

「뒤가는 유머를 데탕트*détente*, 즉 긴장으로부터의 해방이라고 했어. 또한 베인[84]은 스펜서를 좇아서 유머를 억압으로부터의 벗어남이라고 불렀다네. 유머가 발현되기에 가장 비옥한 토양은 축적된 잠재 에너지, 즉 프로이트가 베제충스에네르기*Besetzungsenergie*라고 부른 것에 있지. 그런데 그것은 때가 되면 자유롭게 발산되기를 원하거든. 마더 구스 범죄에서 우리는 지나치게 진지한 이론적 사색과 균형을 맞추기 위해 가장 공상적이고 변덕스러운 행동에 반응하는 수학자를 발견한다네. 마치 그는 냉소적으로 이렇게 말하고 있는 것 같아. 〈보라! 이것이 바로 무한히 광대한 추상 세계에 대해서는 아무것도 모르는 탓에 너희들이 그토록 진지하게 여기는 세상이다. 이 땅 위에서의 삶이란 한낱 아이들 장난일 뿐. 농담거리로 삼을 만한 가치도 없어.〉 이러한 태도는 심리학에서 말하는 것과 완전히 일치하네. 오랫동안 정신적 긴장 상태가 지속되고 나면, 인간의 반응은 그와 반대되는 형태를 취하게 된다는 거지. 다시 말해서 최고로 진지하고 위엄 있는 사람이 가장 유치한 장난에서 탈출구를 찾게 되는 걸세. 바로 여기서 가학적인 본능을 지닌 장난꾸러기에 대한 해답을 찾을 수 있겠지……」

[84] 스코틀랜드의 철학자, 심리학 연구가.

「게다가 모든 가학 성애자들은 유아적 콤플렉스를 갖고 있지. 그리고 어린아이는 완전히 도덕의 범주를 벗어난 존재가 아닌가. 그러므로 유아기로의 심리적 퇴행을 경험한 사람은 선과 악을 초월한다네. 수많은 현대 수학자들이 자유 의지라고 하는 허구를 제외한 모든 관습과 의무, 도덕성, 선 등등은 존재할 수 없다는 주장을 하고 있네. 그들에게 윤리학이란 개념은 유령이 출몰하는 분야일 뿐이야. 게다가 진실이라는 것 자체가 단지 상상의 허구적 산물이 아니냐는 의심을 하는 지경에까지 이르렀지……. 이런 사고방식에다가 추상 수학 이론에서 쉽게 도출될 수 있는 생명에 대한 경시와 왜곡된 세계관이 더해지면, 지금 우리가 다루고 있는 이와 같은 유형의 범죄를 저지르기 위한 완벽한 조건이 갖춰지게 되는 걸세.」

밴스가 말을 끝내자, 매컴은 오랫동안 말없이 앉아 있다가 마침내 불편한 듯 몸을 뒤척거렸다.

「이 범행들이 여기에 관련된 거의 모든 사람들에게 얼마나 잘 들어맞는지는 나도 알겠네. 하지만 자네의 논리에 따르자면, 언론에 보내진 그 편지는 어떻게 설명할 수 있겠나?」

「익살은 반드시 남이 알아줘야만 하거든.」

밴스가 대답했다.

「농담의 성공 여부는 듣는 사람의 귀에 달려 있는 법일세. 게다가 지금 이 사건에는 과시욕도 들어 있어.」

「하지만 〈비숍〉이란 별명은?」

「아! 그게 바로 가장 중요한 점일세. 이 끔찍한 익살의 향연의 존재 이유는 바로 그 수수께끼 같은 서명 속에 있어.」

매컴은 천천히 고개를 돌렸다.

「그렇다면 수학 물리학자뿐만 아니라 체스 선수와 천문학자도 자네 이론의 조건을 충족시키는 건가?」

「그렇다네.」

밴스가 대답했다.

「체스가 일종의 훌륭한 예술이었던 필리도르[85]나 스톤턴,[86] 키에세리츠키[87] 시대 이후로 이 경기는 점점 타락하여 거의 정밀한 과학처럼 되어 버렸네. 그리고 카파블랑카의 재위 동안에는 완전히 추상 수학적 추리의 문제로 변해 버렸지. 사실 마로츠,[88] 라스커 박사, 비드머[89]는 모두 저명한 수학자였어. 그리고 천문학자, 실제로 우주를 관찰하는 그들은 순수 물리학자보다 더 강하게 이 세상의 무의미함을 느낄 걸세. 망원경을 통해 그들의 상상력은 무한히 뻗어 나가겠지. 머나먼 행성에 생명체가 존재한다는 이론만으로도 이 땅 위의 생명은 부차적인 존재로 전락하기 쉽단 말일세. 가령 몇 시간 동안이나 화성을 관측하며 그곳의 주민이 우리 지구인보다 수적으로 우세하고 지적으로도 우월하다는 상상을 한창 즐기다가, 다시 이 땅 위의 사소한 일상생활에 자신을 맞추기란 어려운 일이거든. 심지어 퍼시벌 로웰[90]의 낭만적인 저서[91]만 읽어도 상상력이 풍부한 사람은 일시적으로나마 일개 행성의 존재 의

---

85 François-André Philidor(1726~1795). 프랑스의 작곡가이자 뛰어난 체스 선수이기도 했다.
86 영국의 체스 명인.
87 19세기 체스 명인.
88 헝가리의 체스 명인.
89 슬로베니아 태생의 체스 선수, 철학자, 이론가.
90 Percival Lowell(1855~1916). 미국의 천문학자로, 화성의 표면을 관측하고 화성인의 존재를 주장했다.
91 밴스가 여기서 언급하는 책이 『화성과 운하』인지 아니면 『생명체 거주지로서의 화성』인지 나는 모르겠다 — 원주.

미 따위는 까맣게 잊어버리게 되니까.」

긴 침묵이 흘렀다. 그때 매컴이 물었다.

「어째서 파디는 그날 밤 클럽의 체스 말 대신 아르네손의 검은 비숍을 가져야만 했던 걸까? 클럽에서는 비숍이 없어진 줄도 몰랐을 텐데.」

「우리는 그 이유를 설명할 만큼 충분한 동기를 알지 못하네. 어떤 의도적인 목적을 가지고 비숍을 가져갔을 수도 있지. 하지만 그의 유죄를 입증할 증거가 있나? 세상 모두가 그를 의심해도, 자네는 그를 털끝 하나 건드릴 수 없다네. 설사 누가 범인인지 확실히 안다 해도 어쩔 수가 없지……. 매컴, 분명히 말하지만 우리는 지금 빈틈없이 교활한 두뇌와 맞서고 있는 걸세. 모든 움직임을 예상하고 모든 가능성을 계산할 수 있는 그런 두뇌와. 그러니까 우리의 유일한 희망은 살인자의 묘수에서 어떤 약점을 찾아내어 우리 쪽 증거를 만들어 내는 것뿐이라네.」

「아침이 되면 제일 먼저 히스를 보내어 파디의 그날 밤 알리바이를 조사하도록 하겠네.」

매컴이 심각하게 굳은 얼굴로 선언했다.

「정오까지 스무 명의 형사가 그날 체스 시합에 참석했던 모든 관객들을 탐문하고 맨해튼 체스 클럽에서부터 드러커의 집 사이에 있는 집들을 일일이 방문하며 조사를 할 걸세. 실제로 자정쯤 드러커의 집 근처에서 파디를 보았다는 사람을 찾을 수만 있다면, 우리는 파디에게 매우 불리한 상황 증거를 갖게 되는 셈이지.」

「좋아.」

밴스가 동의했다.

「그렇게 되면 우리는 확실한 출발점을 갖게 될 걸세. 아마 파디도 드러커 부인의 방문 앞에 검은 비숍이 떨어진 바로 그 시각에, 루빈스타인과의 대국을 하다 말고 어째서 클럽에서부터 여섯 블록이나 떨어진 곳까지 갔었는지 해명하려면 상당히 애를 먹을 거야……. 그래, 그렇지. 히스와 그의 부하들에게 모든 수단을 다 해서 이 문제에 매달리라고 하게. 우리의 수사를 진척시켜 줄지도 몰라.」

하지만 히스는 끝내 알리바이를 확인하라는 지시를 받지 못했다. 다음 날 아침 9시 전에, 매컴은 파디가 자살했다는 소식을 알려 주기 위해 밴스의 집을 찾아왔다.

22
카드로 지은 집
4월 17일 일요일, 오전 9시

 파디의 죽음이라는 충격적인 소식에 밴스는 이상할 정도로 몹시 당혹스러워했다. 그는 도저히 믿을 수 없다는 표정으로 매컴을 멍하니 쳐다보았다. 이윽고 그는 황급히 종을 울려 커리를 부르더니 옷과 커피 한 잔을 가져오라고 지시했다. 옷을 갈아입는 그의 모습에서는 애타는 초조함이 느껴졌다.
「세상에, 매컴!」
 그가 부르짖었다.
「이거야말로 정말 예기치 못한 일이로군. 이 소식은 어떻게 들었나?」
「30분 전쯤에 딜러드 교수가 내 아파트로 전화를 했다네. 파디가 지난 밤에 딜러드 저택 궁술실에서 자살을 했다고 말이야. 오늘 아침 파인이 시신을 발견하고 교수에게 알렸다는군. 나는 이 소식을 히스 경사에게 알리고 곧장 이리로 온 걸세. 이런 상황에서는 서로 연락이 닿아야 한다는 생각이 들어서 말이지.」
 매컴이 잠시 말을 멈추고 담배에 불을 붙였다.
「이제 비숍 사건도 거의 종결된 것 같군. 완전히 만족스러운 결말은 아니지만, 관련된 모든 사람들에게 가장 좋은 결말인 듯싶네.」

밴스는 당장 무슨 의견을 밝히지는 않았다. 멍하니 커피만 홀짝거리다가 마침내 자리에서 일어나 모자와 지팡이를 집어 들었다.

「자살이라……」

우리가 계단을 내려갈 때, 밴스가 중얼거렸다.

「그래, 그거야말로 앞뒤가 딱 맞아떨어지는 결말이겠지. 하지만 자네가 말했듯이, 만족스럽지 못해. 대단히 만족스럽지 못하단 말일세.」

우리는 차를 타고 딜러드 저택으로 향했다. 파인이 우리를 맞아들였다. 딜러드 교수가 응접실에서 우리와 함께 자리를 하려는 순간, 현관 벨이 울리면서 호전적이며 혈기 왕성한 히스가 뛰어 들어왔다.

「이로써 모든 일이 말끔하게 해결될 모양입니다, 검사님.」

히스가 늘 그렇듯이 의례적인 악수를 나누더니, 매콤에게 신이 나서 떠들었다.

「이 조용한 새들……. 검사님은 절대 구별할 수 없을 겁니다. 하지만 누가 생각이나 해겠습니까?」

「오, 경사님.」

밴스가 점잔을 빼듯 느릿느릿 말했다.

「아무 생각도 하지 맙시다. 지나치게 피곤하니까요. 사막처럼 메마르고 활짝 열린 사고가 필요합니다.」

마침내 딜러드 교수가 궁술실로 안내했다. 모든 창문에는 차양이 드리워져 있었고 전등이 여전히 불을 밝히고 있었다. 나는 창문 역시 굳게 닫혀 있다는 사실을 알아차렸다.

「모든 걸 고스란히 원래대로 두었다네.」

교수가 설명했다.

매컴은 중앙에 있는 커다란 등나무 탁자로 걸어갔다. 파디의 시신이 활터 쪽 문을 향한 채 의자에 축 늘어져 있었다. 그의 머리와 어깨는 탁자 위로 쓰러져 있었고 오른쪽 팔은 옆구리에 늘어진 채, 손가락에는 여전히 자동 권총이 쥐여 있었다. 그의 오른쪽 관자놀이에는 흉측한 상처 자국이 나 있었고, 머리가 놓인 탁자 위에는 끈적끈적한 피 웅덩이가 고여 있었다.

하지만 우리의 시선은 잠깐 동안만 시신에 머물렀다. 전혀 어울리지 않는 뜻밖의 물건이 우리의 주의를 끌었기 때문이다. 탁자 위에 쌓여 있던 잡지들을 한쪽 옆으로 밀어서 파디 앞에 빈 공간을 만들어 놓았는데, 바로 그 자리에 카드로 만든 멋들어진 집이 우뚝 세워져 있었던 것이다. 심지어 네 개의 화살로 마당의 가장자리를 표시하고 성냥개비를 줄지어 놓아서 정원의 산책로까지 만들어 놓았다. 어린아이들이 즐길 만한 작품이었다. 나는 어젯밤 진지한 생각을 하는 사람일수록 아이들 놀이에서 휴식을 찾는다고 했던 밴스의 말이 떠올랐다. 어쨌든 처참한 죽음과 이 어린아이 장난 같은 카드 집이 나란히 놓여 있는 광경은 뭔가 말할 수 없이 소름 끼쳤다.

밴스는 슬프고 괴로운 눈빛으로 이 광경을 내려다보며 서 있었다.

「존 파디, 여기 잠들다.」

밴스가 경건하게 중얼거렸다.

「그리고 이것은 잭이 세운 집……. 카드로 지은 집…….」

밴스는 마치 그 집을 좀 더 자세히 살펴보려는 듯 앞으로 걸어 나왔다. 하지만 그의 몸이 탁자 가장자리에 살짝 닿는 순간, 카드로 만든 건축물은 힘없이 쓰러져 버렸다.

매컴이 허리를 쭉 펴고 히스를 돌아보았다.

「검시관에게 연락했나?」

「물론입니다.」

경사는 좀처럼 탁자에서 눈을 떼기 힘든 모양이었다.

「그리고 혹시 필요할지 몰라서 버크가 함께 오고 있습니다.」

경사는 창문으로 다가가더니 차양을 걷어서 환한 햇빛이 흘러들어 오도록 했다. 그러고는 다시 파디의 시신이 있는 자리로 돌아가서 마치 감탄하듯 바라보며 서 있었다. 갑자기 그는 무릎을 굽히며 허리를 숙였다.

「이 총은 연장 서랍 안에 들어 있던 그 38구경처럼 보이는데요.」

경사가 말했다.

「틀림없이 그럴 겁니다.」

밴스가 담뱃갑을 꺼내며 고개를 끄덕였다.

히스가 몸을 일으켜 연장 서랍 쪽으로 걸어가더니 안에 든 물건들을 살펴보았다.

「확실한 것 같습니다. 검시관이 다녀간 다음에 딜러드 양에게 한번 확인해 보라고 해야겠군요.」

바로 그때 노란색과 붉은색의 번쩍이는 실내복을 입은 아르네손이 몹시 흥분하며 방 안으로 뛰어 들어왔다.

「이런 세상에!」

그가 소리를 질렀다.

「파인이 방금 그 소식을 나에게 전했다네.」

그는 탁자 쪽으로 가서 파디의 시신을 가만히 바라보았다.

「자살이라고? 그래? 대체 어째서 자기 집을 공연 무대로 삼지 않은 거지? 이런 식으로 다른 사람의 집에 민폐를 끼치다니 지독히 예의 범절도 없는 녀석이야. 체스 선수답군 그래.」

아르네손은 눈을 치켜뜨며 매컴을 쳐다보았다.

「이 일로 더 이상 우리를 불쾌한 일에 끌어들이지 말았으면 좋겠네. 지금도 충분히 악명을 얻고 있으니까. 마음이 뒤숭숭하단 말일세. 대체 이 거지 같은 놈의 잔해는 언제 치워 갈 수 있나? 벨에게 이놈 꼴을 보여 주고 싶지 않군.」

「검시관이 조사를 하자마자 곧 옮겨 갈 걸세.」

매컴이 싸늘한 어조로 쏘아붙였다.

「그리고 딜러드 양을 여기에 데려와야 할 일은 없을 거야.」

「좋아.」

아르네손은 여전히 죽은 사람을 빤히 들여다보며 서 있었다. 그의 얼굴에 뭔가 아쉬운 듯한 냉소적인 표정이 서서히 떠올랐다.

「가엾은 악마! 이자에게 인생은 너무 버거웠어. 지나치게 예민하고 마음이 약했거든. 매사를 너무 심각하게만 받아들였지. 자신의 묘수가 한낱 연기로 날아가 버린 이후부터 운명을 비관해 왔다네. 다른 흥밋거리라고는 전혀 찾지 못했어. 검은 비숍이 늘 그를 따라다녔지. 결국에는 아마 그의 정신을 송두리째 무너뜨린 모양이로군. 맙소사! 이자가 그런 생각에 쫓겨 자살을 하게 되었다 해도 별로 놀라운 일은 아닐세. 자신이 체스의 비숍이라고 상상했을지도 모르지. 자신의 숙적으로 위장하여 세상에 복수하려고 했을지도.」

「그럴듯한 생각입니다.」

밴스가 대답했다.

「그건 그렇고, 우리가 처음 시신을 발견했을 때 탁자 위에는 카드로 지은 집이 있었습니다.」

「그랬군요! 안 그래도 카드가 왜 저기 있나 하고 궁금했는데. 마지막 순간에 혼자 오락거리를 찾았던 모양이지요. 카드로 지은 집이라, 거참 한심하게 들리는군. 그 이유를 아십니까?」

「전혀 모르겠습니다. 〈잭이 지은 집〉이라는 자장가 구절이 어떤 설명이 될지도 모르겠지만.」

「알겠습니다.」

아르네손이 눈을 동그랗게 뜨고 근엄한 표정을 지었다.

「끝까지 애들 장난을 했군요. 심지어 자기 자신에게까지 말이죠.」

그는 입을 크게 벌리고 하품을 했다.

「옷을 좀 갈아입어야겠습니다.」

그는 위층으로 올라갔다. 한편 딜러드 교수는 아버지처럼 너그러우면서도 불편한 표정으로 아르네손을 지켜보고 서 있었다. 이윽고 교수는 약간 난처한 태도로 매컴을 향해 돌아섰다.

「시구르는 항상 자기 감정을 드러내지 않으려고 한단 말일세. 감정을 부끄럽게 여긴다네. 그러니 그의 경솔한 태도를 너무 심각하게 받아들이지는 말게나.」

매컴이 대답을 하기 전에, 파인이 버크 형사를 안내하며 방 안으로 들어왔다. 밴스는 그 기회를 놓치지 않고 집사에게 파디를 처음 발견했을 때 상황에 대해 물어보았다.

「오늘 아침에 궁술실에는 어쩌다 들어왔나요?」

밴스가 물었다.

「식기실 공기가 좀 답답해서요. 약간 공기를 통하게 하려고 계단 끝에 있는 문을 열었습니다.」

집사가 대답했다.

「그때 차양이 내려져 있는 걸 알아차렸죠.」

「밤에는 항상 차양을 내리지 않습니까?」

「아닙니다. 이 방은 내리지 않습니다.」

「창문은 어떻게 합니까?」

「밤에는 언제나 창문 위쪽을 약간 열어 놓습니다.」

「어젯밤에도 열려 있었습니까?」

「그렇습니다.」

「좋습니다. 오늘 아침에 이 문을 연 다음에는 어떻게 했습니까?」

「불을 끄기 시작했습니다. 딜러드 양이 어젯밤 스위치를 내리는 걸 깜박 잊었다고 생각했죠. 바로 그때 저 가엾은 신사 분이 저기 저 탁자에 있는 걸 보았습니다. 그러고는 곧장 딜러드 교수님께 알렸죠.」

「비들도 이 비극적인 소식을 알고 있습니까?」

「여러분께서 도착하신 직후에 제가 그녀에게 알려 주었습니다.」

「어젯밤 당신과 비들은 몇 시에 방으로 들어갔습니까?」

「10시입니다.」

파인이 방을 나가자 매컴이 딜러드 교수에게 말을 걸었다.

「도어머스 박사를 기다리는 동안 저희에게 가능한 자세한 이야기를 해주시면 좋겠는데요. 위층으로 올라갈까요?」

버크 형사만 궁술실에 남고 우리는 모두 서재로 갔다.

「미안하지만 별로 할 이야기가 없네.」

교수가 자리를 잡고 앉아서 파이프를 꺼내며 말문을 열었다. 그의 태도에는 지극히 조심하는 기색이 역력했다. 거리를 두고 내켜하지 않는 표정이었다.

「어젯밤 파디가 저녁 식사 후에 여길 찾아왔었네. 겉으로는 아르네손과 담소를 나누려고 왔다지만, 사실은 벨을 보러 온 게 틀림없었어. 하지만 벨은 일찍 자리에서 일어나 잠자리에 들었다네. 그 아이는 심한 두통을 앓았거든. 파디는 11시 30분까지 머물러 있다가 나갔다네. 내가 그를 본 건 그게 마지막이었네. 그러고는 오늘 아침에 파인이 이 끔찍한 소식을 전해 주었지…….」

「만약 파디 씨가 조카 따님을 보러 왔다면, 어째서 조카 따님이 물러간 후에도 그토록 늦게까지 남아 있었을까요? 혹시 그 점을 어떻게 설명하시겠습니까?」

밴스가 불쑥 끼어들며 말했다.

「난 모르겠소.」

노교수는 당황스러운 표정을 드러냈다.

「하지만 파디는 뭔가 마음속에 근심이 있어서 사람과의 접촉을 그리워하는 인상을 풍겼소. 실제로 파디가 마침내 자리에서 일어날 때까지, 나는 몹시 피곤하다는 기색을 공공연히 드러내야만 했소.」

「저녁 내내 아르네손 씨는 어디 있었습니까?」

「벨이 방으로 돌아간 후에 시구르는 한 시간 정도 여기서 우리와 이야기를 나누었어. 그런 다음 잠자리에 들었지. 오후 내내 드러커 집안 일로 무척 바빴기 때문에 몹시 지쳐 있었다오.」

「그게 몇 시쯤이었나요?」

「10시 30분이었소.」

「그렇다면 파디 씨께서 정신적으로 긴장하고 있는 듯한 인상을 풍겼다는 말씀인가요?」

「꼭 긴장은 아니었소.」

교수가 인상을 찌푸리며 파이프를 빨았다.

「잔뜩 풀이 죽어서 거의 우울증에 빠진 듯 보였소.」

「그가 뭔가를 두려워하고 있다는 생각이 드셨습니까?」

「아니오. 그건 전혀 아니오. 차라리 엄청난 슬픔을 겪고 거기서 헤어 나오지 못하는 사람처럼 보였소.」

「그가 떠날 때 교수님께서 현관까지 함께 나가셨나요? 그러니까 제 말은, 어느 방향으로 가는지 보셨느냐 하는 겁니다.」

「아니오. 우리는 파디를 항상 매우 격의 없이 대해 왔소. 파디는 안녕히 주무시라는 인사를 하고 방을 나갔고, 나는 당연히 그가 현관으로 가서 떠났을 거라고 생각했소.」

「교수님은 곧장 방으로 들어가셨습니까?」

「10분쯤 후에 들어갔소. 작업을 하고 있던 서류를 좀 정리하느라 잠시 머물러 있었지.」

밴스는 침묵에 빠져들었다. 이 이야기의 어느 대목인가 의문점이 생긴 게 분명했다. 이번에는 매컴이 질문에 나섰다.

「어젯밤에 혹시 총소리 같은 걸 들으셨는지 묻는다면 아마 쓸데없는 질문이겠죠?」

「온 집 안이 고요했다네.」

딜러드 교수가 대답했다.

「어차피 궁술실에서 이 위층까지 총소리가 들릴 일도 없지만 말일세. 계단이 두 개나 있는 데다가 아래층 복도와 통로도 길고 그 사이에는 두꺼운 문이 세 개나 있다네. 더구나 이 오래된 집의 벽은 매우 두껍고 단단하거든.」

「거리에서도 전혀 총소리를 못 들었겠군요. 궁술실 창문이 굳게 닫혀 있었으니 말이죠.」

교수는 고개를 끄덕이며 탐색하는 눈길로 그를 바라보았다.

「그건 사실이오. 당신도 그 이상한 상황을 알아차렸구려. 어째서 파디가 창문을 닫아야만 했는지 나도 통 이해가 가지 않소.」

「자살에서 석연치 않은 점은 절대 다 설명될 수가 없는 법이죠.」

밴스가 대수롭지 않게 받아넘겼다. 그러나 잠시 후에 그가 다시 물었다.

「파디 씨가 떠나기 전까지 무슨 이야기를 나누셨습니까?」

「우리는 별로 얘기가 없었소. 나는 물리학 잡지에 실린 밀리칸의 새로운 논문에 빠져 있었다오. 이중 염기에 대한 내용이었는데, 나는 파디도 그 논문에 관심을 갖게 하려고 했지만 아까도 말했듯이, 그의 마음은 완전히 다른 데 가 있었소. 대신 대부분의 시간을 체스판 앞에서 보냈다오.」

「아! 그랬나요? 거참 재미있군요.」

밴스가 체스판을 힐끗 보았다. 네모난 판 위에는 아직도 체스 말들이 서 있었다. 그는 얼른 일어나더니 방을 가로질러 그 작은 탁자 쪽으로 갔다. 잠시 후에 그는 다시 돌아와서 자리에 앉았다.

「흥미롭기 짝이 없게도, 파디는 어젯밤 아래층으로 내려가기 직전까지 루빈스타인과 했던 시합의 마지막 부분을 연구하고 있었던 게 분명합니다.」

밴스가 이렇게 중얼거리며 신중한 태도로 담배에 불을 붙였다.

「말들은 정확히 파디가 시합을 포기했을 때의 그 위치 그대로 세워져 있습니다. 불과 다섯 수 다음에는 반드시 검은 비숍에게 질 수밖에 없는 형세 말이죠.」

딜러드 교수의 시선이 체스 탁자 쪽으로 향했다.

「검은 비숍이라.」

교수는 낮은 목소리로 되풀이했다.

「그렇다면 어젯밤 그의 마음을 괴롭혔던 일이 바로 그것이었단 말이오? 그렇게 하찮은 일이 그에게 그토록 참혹한 영향을 미쳤다니 도저히 믿기지가 않소.」

「이 사실을 잊지 마십시오, 교수님.」

밴스가 기억을 상기시켰다.

「검은 비숍은 파디에게 실패의 상징이었다는 것을 말이죠. 비숍은 그에게 꿈의 좌절을 나타냈습니다. 그보다 더 하찮은 일로도 종종 사람들은 목숨을 버리곤 하죠.」

잠시 후에 버크가 우리에게 검사관이 도착했다고 알려 왔다. 교수에게 인사를 하고 우리는 다시 궁술실로 내려갔다. 그곳에서는 도어머스 박사가 파디의 시신을 조사하느라 분주했다.

우리가 방으로 들어가자 박사는 고개를 들고 형식적으로 한 손을 흔들며 인사했다. 평소와 같은 유쾌한 태도는 사라진 상태였다.

「대체 이 일은 언제 끝날 건가?」

박사가 투덜거렸다.

「난 이 동네 분위기가 싫단 말일세. 툭하면 살인이다 돌연사다 자살이다 이러니, 누구든 소름이 끼치지 않고 배기겠나. 차라리 도살장에서 마음 편하고 깔끔한 일자리를 구해 봐야겠네.」

「아마 이번이 마지막일 겁니다.」

매컴이 이렇게 말하자 도어머스 박사가 눈을 껌벅거렸다.

「그렇군! 그렇단 말이지? 이 비숍은 온 동네를 만신창이로 만들고 돌아다닌 후에 자살을 한 거로군. 꽤 그럴듯한 소리인걸. 부디 자네 생각이 맞기를 비네.」

박사는 시신 위로 몸을 숙이더니 손가락을 펴서 권총을 탁자 위로 휙 던졌다.

「경사, 자네 무기고에 들어갈 물건일세.」

히스는 흉기를 호주머니 속에 넣었다.

「죽은 지는 얼마나 되었습니까, 박사님?」

「오, 자정쯤에 죽었다네. 그보다 좀 빠를 수도 있고 늦을 수도 있지만. 그거 말고 또 다른 한심한 질문은 없나?」

히스가 씩 웃었다.

「혹시 자살이란 정황에 대해서 달리 의심 가는 점은 없습니까?」

도어머스가 경사를 무섭게 노려보았다.

「그럼 이게 뭐로 보이나? 비밀 폭력 단체의 폭탄이라도 되는 것 같은가?」

박사는 곧 전문가다운 태도로 돌아왔다.

「살인 도구가 그의 손에 쥐여 있었다네. 관자놀이에는 화약이 묻어 있고 말일세. 머리에 난 구멍도 권총과 딱 맞는 크기고, 위치도 정확해. 몸이 놓인 자세도 자연스럽다네. 의심스러운 점은 하나도 찾을 수가 없군. 왜 그러나? 무슨 의혹이라도 있나?」

매컴이 대신 대답했다.

「정반대입니다, 박사님. 저희가 사건을 바라보는 관점에서도 모든 사실이 자살을 가리키고 있습니다.」

「그렇다면 자살이 맞겠군. 하지만 좀 더 확인해 보겠네. 여기, 경사, 손 좀 빌려 주게.」

히스가 좀 더 자세한 검사를 위해 파디의 시신을 긴 의자로 옮기는 일을 도와주고 있는 동안 우리는 응접실로 돌아갔고 곧 아르네손이 합류했다.

「판결이 뭐라고 나왔습니까?」

아르네손이 가장 가까이 있는 의자에 털썩 주저앉으며 물었다.

「그 친구가 자살을 했다는 사실에는 아무런 의심의 여지가 없을 텐데요.」

「그런데 왜 그런 말씀을 꺼내시는 겁니까, 아르네손 씨?」

밴스가 슬쩍 받아넘겼다.

「아무 이유도 없습니다. 그냥 심심해서 던진 말이죠. 요즘 이 동네에서는 하도 괴상한 일들이 자주 일어나고 있으니까요.」

「오, 그야 그렇죠.」

밴스가 동그란 담배 연기 화환을 위로 뿜어 댔다.

「아무 의혹도 없습니다. 검시관도 그 점에 있어서는 의심할 여지가 없다고 생각하는 모양입니다. 그런데 어젯밤에 파디 씨가 혹시 자살이라도 할 것 같은 인상을 풍기던가요?」

아르네손은 잠시 생각했다.

「뭐라고 말하기 어렵군요.」

그가 결론을 내렸다.

「그 친구는 절대 명랑한 사람은 아니었소. 그렇지만 자살이라니? 난 모르겠소. 하지만 선생께서 그 점에 대해서는 의심할 여지가 없다고 말씀하셨으니, 그렇겠죠.」

「그래요, 그렇군요. 그런데 이 새로운 상황이 선생의 공식에도 딱 들어맞습니까?」

「물론 방정식 전체가 무너져 버렸소. 그러니 더 이상 생각할 필요도 없지요.」

말은 그렇게 하지만 아르네손은 왠지 확신이 없어 보였다.

「한 가지 이해할 수 없는 점은, 어째서 파디가 궁술실을 선택했느냐 하는 것이오.」

아르네손이 한마디 덧붙였다.

「자기 집에도 자살할 장소는 많았는데 말이오.」

「궁술실에는 쉽게 사용할 수 있는 총이 있었으니까요.」

밴스가 말했다.

「이 말을 하다 보니 생각나는군요. 히스 경사님은 딜러드 양이 저 무기를 확인해 주기를 바라고 계십니다. 절차상 문제로 말입니다.」

「그야 쉽지요. 어디 있습니까?」

히스는 그에게 총을 건네주었고, 아르네손은 방을 나섰다.

「또 한 가지…….」

밴스가 막 나가는 아르네손을 붙잡았다.

「딜러드 양에게 혹시 궁술실에 카드를 보관했는지도 물어봐 주십시오.」

아르네손이 몇 분 후에 돌아와서 이 무기는 바로 도구 서랍에 넣어 두었던 그 총이라고 알려 주었다. 그리고 궁술실 탁자 서랍 안에 항상 카드를 넣어 두었을 뿐만 아니라, 파디는 카드가 거기 있다는 사실도 알고 있었다고 했다.

잠시 후에 도어머스 박사가 돌아오더니, 파디가 자살했다는 결론을 내렸다.

「그게 나의 보고서 내용이 될 걸세.」

박사가 말했다.

「다른 어떤 점도 찾을 수 없었네. 물론 위장 자살도 많이 있지. 하지만 그건 자네들 소관일세. 어쨌든 여기서는 전혀 의심할 여지가 없어.」

매컴이 만족스러운 기색을 숨기지 못하며 고개를 끄덕였다.

「저희는 박사님의 조사에 의문을 제기할 아무런 이유가 없습니다. 사실 자살은 우리가 이미 알고 있는 사실과 완벽하게 들어맞습니다. 이로써 비숍이 벌인 한바탕 소란이 논리적인 결론에 도달하게 되었습니다.」

매컴은 무거운 짐을 어깨에서 내려놓은 사람처럼 활기차게 일어났다.

「경사, 부검을 하기 위해 시신을 옮기는 일은 자네에게 맡기고 가겠네. 하지만 나중에 스타이비샌트 클럽에 잠깐 들르는 게 좋을 걸세. 오늘이 일요일이라서 어찌나 좋은지! 우리가 함께 한잔할 시간이 있으니 말일세.」

그날 밤 클럽에서는 밴스와 매컴 그리고 나, 이렇게 세 사람만이 라운지 룸에 앉아 있었다. 히스는 잠깐 왔다가 갔다. 언론에 파디의 자살을 알리고 비숍 살인 사건이 이로써 거의 종결되었음을 암시하는 발표문이 조심스럽게 작성되었다. 밴스는 하루 종일 거의 말이 없었다. 그는 공식 발표문의 내용에 대해서 어떤 의견도 내려고 하지 않았다. 그리고 이 사건의 새로운 국면에 대해 논의하는 일조차 꺼리는 듯했다. 하지만 이제 그는 자신의 머릿속에 분명하게 자리 잡고 있는 의혹들을 이야기하기 시작했다.

「매컴, 이건 너무 쉬워. 지나치게 쉽단 말일세. 어쩐지 수상한 냄새가 나네. 완벽하게 논리적이기는 하지만, 만족스럽지는 않아. 나는 우리의 비숍이 한바탕 요란하던 장난질을 이렇게 진부한 방식으로 끝맺었다는 게 좀처럼 상상이 가질 않는다네. 머리를 총으로 쏘아 날려 버리다니, 재치라고는 손톱만큼도 찾아볼 수 없지 않나. 그저 평범할 뿐이야. 유감스럽게도 독창성이 결여되어 있어. 마더 구스 살인자의 솜씨라고 불릴 만한 가치가 전혀 없단 말일세.」

매컴이 기분 나빠 했다.

「하지만 자네 입으로 파디의 정신 상태에서 비롯된 심리적 가능성과 이 범죄가 얼마나 잘 어울리는지 설명하지 않았나? 게다가 내가 보기에는 끔찍한 장난들을 저지른 뒤 막다른 골목에 이르게 되자 자기 손으로 목숨을 끊은 것이 지극히 타당하다고 생각되네.」

「아마 자네 말이 맞겠지.」

밴스가 한숨을 쉬었다.

「자네랑 말다툼을 벌일 만큼 무슨 뚜렷한 근거가 있는 것도 아닐세. 다만, 그저 실망스러울 뿐이야. 나는 맥없이 끝나는 결말이 싫거든. 그 결말이 내가 생각했던 극작가의 재능과 어울리지 않을 때는 특히 더 말일세. 지금으로서는 파디의 죽음이 지나치게 깔끔하거든. 모든 걸 너무 말끔히 정리해 버린단 말이지. 실용성만 넘쳐 나고 상상력은 부족해.」

매컴은 끝까지 참고 들어 줘야겠다고 생각한 모양이었다.

「아마 살인에 대한 그자의 상상력이 다 소진되어 버렸나 보지. 그의 자살은 단지 연극이 끝났을 때 드리워지는 막쯤으로 여길 수 있지 않겠나. 어쨌든 그것은 결코 믿기지 않는 행동은 아니었네. 패배와 실망 그리고 낙심은, 그러니까 모든 야망의 좌절은 선사 시대 이래로 항상 자살의 원인이 되어 왔으니까 말일세.」

「맞는 말일세. 그의 자살에 대해서는 합당한 동기와 설명을 갖고 있네. 하지만 살인에 대한 동기는 여전히 모르고 있어.」

「파디는 벨 딜러드를 사랑하지 않았나.」

매컴이 주장했다.

「아마 로빈이 그녀에게 청혼을 했다는 사실을 알았을 걸세. 게다가 드러커를 지독히 질투했었지.」

「스프리그를 죽인 이유는?」

「그 점에 대해서는 아무 정보도 없지.」

밴스가 고개를 저었다.

「이 범죄들의 동기를 그렇게 따로 나눌 수는 없네. 이 범죄들은 모두 저변에 깔린 한 가지 충동에서 비롯된 것일세. 단 하나의 절박한 욕망에 의해 저질러진 것이야.」

매컴이 짜증스러운 듯 한숨을 내쉬었다.

「설사 파디의 자살이 앞선 살인 사건들과 아무 관련이 없다고 해도, 우리는 비유적으로나 문자적으로나 정말 막판에 도달한 건 사실일세.」

「그래, 그렇지. 정말 막판이지. 매우 유감스러운 일이야. 물론 경찰에게는 다행스러운 일이지. 이 사건에서 벗어났으니 말일세. 어쨌든 한동안은 그렇겠지. 내 변덕스러운 태도를 오해하지는 말게. 파디의 죽음은 의심할 여지 없이 살인 사건들과 관련이 있네. 오히려 지극히 밀접한 관계가 있다고 해야겠지.」

매컴은 천천히 입에서 시거를 떼고는 잠시 밴스를 쩨려보았다.

「자네 혹시 파디가 자살했다는 사실에 대해 의혹을 품고 있는 건가?」

밴스가 잠시 망설이다가 대답했다.

「내가 일부러 탁자에 몸을 기댔을 때, 어째서 카드로 지은 집이 그렇게 쉽게 무너져 내렸는지 알고 싶다네. 그리고……」

「뭐라고?」

「파디가 총을 쏘고 난 후 그의 머리와 어깨가 앞으로 쓰러졌을 때에는 어째서 그 집이 무너지지 않았는지 그 점도 궁금하다네.」

「그건 아무 일도 아닐세.」

매컴이 말했다.

「첫 번째 충격 때문에 카드가 약간 흔들렸겠지…….」

갑자기 매컴이 눈을 가늘게 떴다.

「자네 말은 그러니까 그 카드 집이 파디가 죽은 후에 세워졌다는 뜻인가?」

「오, 여보게! 내가 무슨 암시 따위나 즐기고 그러는 사람은 아닐세. 단지 내 혈기 왕성한 호기심을 말했을 뿐이라네.」

23
놀라운 발견
4월 25일 월요일, 오전 8시 30분

여드레가 흘렀다. 드러커 가족의 장례식이 76번가에 있는 작은 저택에서 거행되었다. 참석자는 딜러드 가족과 아르네손, 그리고 대학에서 찾아온 한두 사람뿐이었다. 그들은 자신들이 진심으로 연구 업적을 높이 평가하는 과학자에게 마지막 조의를 표하기 위해 찾아온 것이었다.

장례식 날 아침 밴스와 나는 그 집에 있었다. 그때 한 어린 소녀가 직접 꺾어 만든 작은 봄 꽃다발을 가져오더니 아르네손에게 그걸 드러커의 영전에 바쳐 달라고 부탁했다. 나는 아르네손의 입에서 십중팔구 빈정거리는 대답이 나올 거라고 기대하고 있었는데, 놀랍게도 그는 엄숙하게 꽃다발을 받으며 다정한 목소리로 말했다.

「당장 갖다 줄게, 매들린. 험프티 덤프티도 자기를 기억해 줘서 고마워할 거야.」

어린 소녀가 가정 교사의 손에 이끌려 나가자, 아르네손은 우리를 돌아보았다.

「저 아이는 드러커가 가장 좋아하던 소녀였죠……. 참 희한한 친구였습니다. 극장에도 한 번 안 가고 여행도 질색하고.

유일한 취미라고는 어린아이들과 어울려 노는 일뿐이었으니까요.」

 언뜻 보기에 사소한 일처럼 여겨지는 이 에피소드를 내가 굳이 언급하는 까닭은, 종국에 가서 비숍 살인 사건을 한 줌의 의혹도 없이 말끔히 해결한 일련의 증거들 중에서도 이 일이 가장 결정적인 연결 고리로 드러나기 때문이었다.

 파디의 죽음은 근대 범죄사에서도 거의 유례없는 상황을 만들었다. 지방 검사실에서 발표한 성명서에는 파디가 살인범일 수도 있다는 암시만이 담겨 있었다. 매컴의 개인적인 생각이 어떻든지 간에, 결정적인 증거도 없이 다른 사람을 대놓고 의심하기에는 그의 인품이 너무 고결했던 것이다. 그렇지만 이 기묘한 살인 사건이 불러일으킨 공포의 물결이 너무 거셌기에, 공공 사회에 대한 의무감 때문이라도 매컴은 사건이 종결된 것으로 믿는다고 말하지 않을 수 없었다. 따라서 파디에 대한 공공연한 기소는 없었지만, 비숍 살인 사건은 더 이상 이 도시의 위협 요인으로 간주되지 않았고 도시 전체에서 안도의 한숨이 흘러나왔다.

 맨해튼 체스 클럽은 아마 뉴욕의 다른 어느 곳보다도 가장 이 사건에 대해 침묵하는 장소였을 것이다. 그 클럽의 회원들은 어떤 식으로든 클럽의 명예가 관련되어 있다고 느꼈을지도 모른다. 아니면, 파디처럼 체스계에 많은 공헌을 한 사람에 대한 의리를 지켜야 한다고 여겼을 수도 있다. 맨해튼 체스 클럽이 이 사건에 대한 언급을 회피한 이유가 무엇이든지 간에, 클럽의 회원들이 거의 한 사람도 빠짐없이 파디의 장례식에 참석했다는 사실만은 기억해야 할 것이다. 나는 동료 체스 선수에게 경의를 표하는 이들의 행동에 존경을 금할 수 없었다. 파디의 개인적 행실이 어떠했든 간에 그는 그들이 열렬히 사랑한 고귀하고 유서 깊은 게임의 위대하고 변함없는 후원자였던 것이다.[92]

파디가 죽은 다음 날, 매컴이 제일 처음 행한 공식적인 업무는 스필링의 석방 수속이었다. 같은 날 오후 경찰국에서는 비숍 살인 사건에 대한 모든 기록을 〈미결 사건〉이란 딱지가 붙은 서류함으로 옮겨 버렸다. 그리고 딜러드 저택을 감시하던 인력도 철수시켰다. 밴스는 두 번째 조치에 대해서 완곡히 반대했지만, 검시관의 검시 보고서가 모든 점에서 자살설을 뒷받침해 주었기 때문에 매컴으로서도 달리 어쩔 수가 없었다. 게다가 매컴 자신은 파디의 죽음으로 이 사건이 종결되었다고 굳게 확신하고 있었고, 여전히 미심쩍어하며 흔들리는 밴스를 우습게 생각했다.

파디의 시신이 발견된 그다음 주 동안 밴스는 평소보다 훨씬 정신이 산만하고 침착하지 못했다. 그는 여러 가지 문제에 관심을 가져 보려고 애를 썼지만, 가시적인 성공을 거두지 못했다. 오히려 짜증스러운 기색을 종종 드러냈다. 거의 기적과도 같았던 그의 평정심이 사라져 버린 듯 보였다. 나는 그가 무슨 일이 일어나기만 기다리고 있다는 인상을 받았다. 물론 기대에 가득 찬 태도라고 할 수는 없었지만, 바싹 경계하고 있는 그의 태도는 때때로 걱정스러울 정도였다.

드러커 집안의 장례식 다음 날, 밴스는 아르네손을 방문했다. 그리고 금요일에는 그와 함께 입센의 「유령」 공연을 보러

---

[92] 파디는 유언장을 통해서 체스 진흥을 위해 상당히 많은 유산을 남겼다. 또한 같은 해 가을, 케임브리지 스프링스에서 파디 추모 체스 대회가 열렸다는 사실 또한 기억해야 할 것이다 — 원주.

갔다. 그런데 내가 우연히 알게 된 바로는, 밴스는 이 연극을 싫어했다. 그는 벨 딜러드가 알바니에 있는 친척 집으로 한 달간 여행을 떠났다는 사실을 알아냈다. 아르네손의 설명에 따르면, 그녀는 여태껏 겪은 모든 일의 여파가 나타나기 시작해서 기분 전환이 필요했다는 것이다. 아르네손은 벨의 빈자리를 드러내 놓고 슬퍼했다. 그리고 사실 두 사람은 6월에 결혼할 계획이었다고 밴스에게 털어놓기까지 했다. 밴스는 또한 드러커 부인의 유언장에, 만약 부인의 아들이 죽으면 모든 재산을 벨 딜러드 양과 교수에게 물려주기로 되어 있다는 사실까지 알아냈다. 밴스에게는 몹시 흥미로운 사실이 아닐 수 없었다.

그 주일에 얼마나 경악스럽고 끔찍한 일이 우리를 기다리고 있는지 알았더라면, 혹은 의심이라도 했더라면, 과연 내가 그 긴장감을 견뎌 낼 수 있었을지 의심스럽다. 비숍 살인 사건은 아직 끝나지 않았던 것이다. 공포의 절정이 여전히 남아 있었다. 하지만 그 공포가 이후에 밝혀진 대로 아무리 무시무시하고 충격적이었다 하더라도, 만약 밴스가 이 사건을 두 개의 서로 다른 결말로 추론하지 않았더라면 일어났을지도 모르는 일에 비하면 한낱 그림자에 불과했다. 밴스가 추론한 결말 중 하나는 파디의 죽음으로 끝나지 않았던 것이다. 나중에 안 사실이지만, 밴스를 계속 뉴욕에 붙잡아 두고 정신적으로 바싹 긴장하고 경계하게 만들었던 원인은 바로 이 또 다른 가능성이었다.

4월 25일 월요일이 그 대단원의 시작이었다. 우리는 뱅커스 클럽에서 매컴과 저녁 식사를 한 다음 「뉘른베르크의 명가수」[93] 공연을 보러 갔다. 하지만 그날 밤 우리는 발터의 승리를 직접 목격하지 못했다. 우리가 에퀴터블 빌딩의 천장이 둥근 홀에서 매컴을 만났을 때, 나는 그의 얼굴에 근심이 어려 있음을 눈치챘다. 과연 클럽의 난롯가에 자리를 잡고 앉자마자, 매컴은 그날 오후 딜러드 교수로부터 걸려 온 전화에 대해 이야기했다.

「딜러드 교수가 오늘 밤 특별히 자기를 좀 만나러 와달라고 부탁했다네.」

매컴이 설명했다.

「내가 대답을 피하려고 하자 교수가 몹시 다급해하더군. 아르네손이 저녁 내내 집을 비운다는 사실을 강조하면서 이런 기회가 또 생기려면 그땐 너무 늦을지도 모른다고 하는 거야. 그게 무슨 말씀이냐고 교수에게 물었지. 하지만 교수는 대답을 거부하면서 대신 저녁 식사 후에 자기 집으로 꼭 와달라고 간청하더군. 그래서 나는 갈 수 있게 되면 알려 드리겠다고 대답했어.」

밴스는 그야말로 지대한 관심을 보이며 이 말에 귀를 기울였다.

「매컴, 반드시 그 집에 가봐야만 해. 사실 나는 이런 식의 전화가 오길 줄곧 기대하고 있었다네. 마침내 진실로 통하는 열쇠를 찾을 수 있을지도 몰라.」

「무슨 진실 말인가?」

「파디의 유죄에 대한 것 말일세.」

---

93 밴스가 가장 좋아하는 바그너의 오페라 중 하나. 그는 이 오페라야말로 교향곡의 구성 형식을 가진 유일한 작품이라고 누누이 주장했다. 그리고 여러 차례 터무니없는 드라마 형식 대신 오케스트라 작품으로 씌어졌더라면 얼마나 좋았을까 개탄하곤 했다 — 원주.

매컴은 더 이상 아무 말도 하지 않았고, 우리는 침묵 속에 저녁 식사를 마쳤다.

　8시 30분에 우리는 딜러드 저택의 초인종을 눌렀다. 그러자 파인이 곧장 서재로 안내했다.

　노교수는 초조함을 애써 억누르며 우리를 맞이했다.

「와줘서 고맙네, 매컴.」

　교수는 자리에 앉은 채 말했다.

「의자에 앉아서 마음껏 담배를 피우게나. 자네와 얘길 좀 나누고 싶네. 좀 천천히 시간을 갖고 얘기하고 싶네. 매우 곤란한 일이라서……」

　교수는 말꼬리를 흐리며 파이프에 담배를 채워 넣기 시작했다.

　우리는 자리를 잡고서 가만히 기다렸다. 나는 교수가 분명히 몹시 난처해하는 분위기를 풍긴다는 사실 이외에는 딱히 원인을 알 수 없는 기대감에 휩싸였다.

「뭐라고 말을 꺼내야 할지 모르겠군.」

　교수가 말문을 열었다.

「구체적인 사실이 아니라, 눈에 보이지 않는 인간의 의식과 관련된 문제라서 말일세. 나는 지난주 내내 어떤 막연한 생각에 사로잡혀 고민을 해왔다네. 그런데 자네와 이야기를 나누지 않고는 어떻게 이 생각을 떨쳐 버릴 길을 찾을 수가 없어서……」

　교수는 망설이며 고개를 들었다.

「되도록 시구르가 자리에 없을 때 자네와 의논을 해보고 싶었다네. 오늘 밤에 그는 입센의 〈왕위를 노리는 자들〉을 보러 갔거든. 그가 가장 좋아하는 연극이라네. 그래서 이번 기회에 자네를 여기 오라고 부른 걸세.」

「무슨 생각이십니까?」

매컴이 물었다.

「딱히 특별한 건 아닐세. 이미 말했듯이 그저 막연하게 드는 생각이거든. 그런데도 자꾸 끈질기게 떠올라서……. 사실은…….」

교수가 말을 이었다.

「그 때문에 잠시라도 벨을 멀리 보내는 게 좋겠다는 생각을 했던 거라네. 계속되는 비극으로 인해서 그 아이가 심적으로 고통을 받았던 것은 사실이지만, 내가 그 아이를 북쪽으로 보낸 진짜 이유는 딱 뭐라고 말할 수 없는 의심이 자꾸 들었기 때문일세.」

「의심이라고요?」

매컴이 몸을 바싹 앞으로 기울였다.

「어떤 의심 말입니까?」

딜러드 교수는 선뜻 대답하지 않았다.

「부디 다른 질문을 하는 걸로 그 대답을 대신하도록 해주게나.」

교수가 마침내 대답했다.

「자네는 파디와 관련해서 지금 상황이 겉으로 보이는 그대로라고 진심으로 믿고 있는가?」

「그의 자살이 의심스럽다는 말씀입니까?」

「그것도 그렇고, 그가 범인이라는 추정도 그렇다네.」

매컴이 심각한 표정으로 몸을 뒤로 젖혔다.

「교수님은 진심으로 믿지 않으시나요?」

그가 물었다.

「그 질문에 대해서는 뭐라고 대답할 수 없네.」

딜러드 교수가 거의 날카롭게 쏘아붙이듯이 말했다.

「자네는 나에게 그런 질문을 할 권리가 없어. 난 단지 경찰 당국이 손에 넣은 모든 자료를 가지고서 이 끔찍한 사건이 완전히 종결되었다고 확신하고 있는지, 그걸 확인하고 싶을 뿐일세.」

교수의 얼굴에 깊이 근심하는 표정이 떠올랐다.

「만약 그렇다는 걸 알게 된다면, 지난 일주일 동안 밤낮으로 날 괴롭혔던 막연한 불안감을 떨쳐 버리는 데 도움이 될 것 같군.」

「만약 제가 완전히 믿고 있지는 않는다고 대답한다면?」

노교수의 눈에 넋을 잃은 듯이 심란한 빛이 떠올랐다. 교수의 머리가 살짝 앞으로 숙여졌다. 마치 무거운 슬픔의 짐이 갑자기 그를 내리누른 듯 보였다. 잠시 후에 그는 어깨를 들썩하며 깊은 한숨을 내쉬었다.

「세상에서 가장 어려운 일은 자신의 의무가 어디 있는지 아는 것일세.」

교수가 말했다.

「왜냐하면 의무감이란 정신의 작용인데, 마음이란 놈이 항상 끼어들어 인간의 의지를 제멋대로 갖고 놀기 때문이지. 어쩌면 애당초 자네더러 여기 오라고 부탁한 게 잘못일 수도 있어. 어쨌든 지금 내가 갖고 있는 건 안개처럼 희미한 의심과 모호한 생각뿐이라네. 하지만 내 불안감이 어쩌면 미처 나도 자각하지 못하는 어떤 감추어진 근거에 기반하고 있는 것인지도 모르니까……. 내 말이 무슨 소리인지 알겠나?」

그의 말이 오락가락하기는 했지만, 노교수의 마음 깊은 곳에 어떤 심란하고 어두운 그림자가 자리 잡고 있다는 사실만큼은 분명했다.

매컴이 이해한다는 듯이 고개를 끄덕였다.

「검시관의 보고서에는 문제 삼을 만한 여지가 전혀 없었습니다.」

그는 지극히 객관적이고 사무적인 말투로 이 말을 했다.

「이 비극적인 사건들을 가까이에서 겪으셨으니 쉽게 의심스러운 분위기가 생기는 것도 충분히 이해가 갑니다. 하지만 교수님께서는 더 이상 불안해하실 필요가 없다고 생각합니다.」

「정말이지 자네 말이 맞았으면 좋겠네.」

교수가 중얼거렸다. 하지만 좀처럼 만족하지 못하는 기색이 역력했다.

「만약에, 매컴······.」

교수가 입을 열었다가 곧 말문을 닫았다.

「아닐세. 부디 자네 말이 맞길 바라네.」

밴스는 도무지 성에 차지 않는 이런 대화가 계속 진행되는 동안 조용히 담배를 피우며 앉아 있었다. 그렇지만 한순간도 놓치지 않고 집중해서 듣고 있었다. 마침내 그가 말했다.

「딜러드 교수님, 교수님께서 불안감을 느낄 만한 무슨 근거가 있었다면, 아무리 사소한 것이라도 말씀해 주십시오.」

「아니, 아무것도 없소.」

교수는 기운차게 재빨리 대답했다.

「난 단지 모든 가능성을 따져 보면서 이런저런 생각을 해 봤을 뿐이오. 어떤 확신이 없으면 좀처럼 마음을 놓지 못하는 성미라서 말이오. 우리와 개인적으로 관계가 없는 일이라면 순전한 이론만으로도 충분한 법이오. 하지만 개인의 안전이 달린 문제일 때에는 불완전한 인간의 마음이 눈에 보이는 증거를 요구하기 마련이잖소.」

「아, 그렇죠.」

밴스가 고개를 들었다. 나는 이 두 사람 사이에 서로를 이해하는 눈빛이 섬광처럼 교차했다고 생각했다.

매컴은 작별 인사를 하려고 자리에서 일어났다. 하지만 딜러드 교수는 잠시 더 앉아 있다 가라고 요청했다.

「시구르가 조금 있으면 돌아올 걸세. 자넬 다시 보면 무척 좋아할 거야. 아까도 말했지만, 시구르는 〈왕위를 노리는 자들〉을 관람하고 있다네. 하지만 분명히 곧장 집으로 올 걸세. 그건 그렇고, 밴스 씨.」

교수가 매컴에게서 몸을 돌리며 물었다.

「시구르 얘기가, 지난주에 그와 함께 〈유령〉을 보러 갔다고요? 선생께서도 입센을 좋아하나 보오?」

밴스의 눈썹이 살짝 치켜 올라가는 것을 보고, 나는 그가 이 질문을 다소 의아해한다는 사실을 알아챘다. 하지만 대답하는 그의 목소리에는 당황한 기색 따위는 전혀 느껴지지 않았다.

「저는 입센의 작품을 아주 많이 읽었습니다. 그가 높은 수준의 창조적인 천재였다는 사실은 의심할 여지가 없지요. 비록 저는 그에게서 괴테의 『파우스트』와 같은 미학적 형식이나 철학적 깊이를 발견하지는 못했지만 말입니다.」

「그렇다면 선생과 시구르는 영원히 합의에 이르지 못하겠구려.」

매컴은 좀 더 머물다 가라는 요청을 거절했다. 그리하여 잠시 후에 우리는 쌀쌀한 4월의 공기를 마시며 웨스트엔드 대로를 걷고 있었다.

「매컴, 내 오랜 친구여, 부디 명심하게나.」

우리가 72번가를 돌아서 공원을 향하고 있을 때 밴스가 장난기 가득한 목소리로 말했다.

「과연 파디가 세상을 하직할 뜻이 있었는지에 대한 의심으로 괴로워하는 사람이 자네의 겸손한 협력자 이외에 또 있다는 사실을 말일세. 한마디 더 덧붙이자면, 저 교수는 자네의 확신에 전혀 만족하지 못하고 있어.」

「좀처럼 의심을 떨쳐 버리지 못하는 노교수의 심정은 충분히 이해할 만하네.」

매컴이 인정했다.

「살인 사건들이 매번 그의 집 바로 근처에서 일어나지 않았나.」

「그것만으로는 설명이 안 되지. 노교수는 두려워하고 있어. 우리에게 차마 말하지 못하는 어떤 사실을 알고 있단 말일세.」

「난 전혀 그런 인상을 받지 못했네.」

「오, 매컴, 나의 친애하는 매컴! 자네는 교수가 머뭇거리며 마지못해 했던 이야기를 귀담아듣지 않았군? 교수는 꼭 집어 말로 표현하지 않으면서도 뭔가를 우리에게 전달하려고 애쓰는 듯이 보였단 말일세. 우린 그걸 짐작했어야만 했어. 그래! 자네더러 아르네손이 확실히 집을 비웠을 때 찾아와 달라고 고집했던 이유도 바로 그거였어. 입센의 재상연극을 보러……..」

밴스가 말을 뚝 끊더니 말뚝처럼 그 자리에서 꼼짝도 하지 않았다. 깜짝 놀란 빛이 그의 눈에 가득 했다.

「이런, 세상에! 오, 어떻게 이럴 수가! 나에게 입센에 대해 물었던 까닭도 바로 그거였어! 맙소사! 나도 참 아둔하기 짝이 없었어!」

밴스는 입을 딱 벌린 채 매컴을 멍하니 쳐다보았다.

「마침내 진실을 알았네!」

밴스는 감동적일 만큼 부드러운 목소리로 말했다.

「이번 사건을 해결한 사람은 자네도, 경찰도, 나도 아니야. 바로 20년 전에 죽은 노르웨이 극작가란 말일세. 입센의 작품 속에 수수께끼를 푸는 열쇠가 있었어.」

매컴은 갑자기 정신 나간 사람을 보듯 그를 쳐다보았다. 하지만 그가 미처 뭐라고 말을 하기도 전에, 밴스는 손을 번쩍 들고 택시를 불렀다.

「집에 도착하면 내 말이 무슨 뜻인지 알려 주겠네.」

밴스가 말했다. 우리는 자동차를 타고 센트럴 파크를 관통하여 동쪽으로 달리고 있었다.

「정말 믿을 수 없는 일이기는 하지만 이것은 사실이야. 진작에 알아차렸어야 했는데. 하지만 그 쪽지에 적힌 서명의 함의가 워낙 여러 가지 의미로 해석될 가능성이 많아서……..」

「지금이 봄이 아니라 한여름이었다면, 난 분명히 자네가 더위를 먹었다고 생각했을 걸세.」

매컴이 잔뜩 화가 나서 투덜거렸다.

「나는 처음부터 용의자는 세 사람이라고 생각했네.」

밴스가 말을 이었다.

「감정적 충격이 정신의 균형을 무너뜨리면, 세 사람 모두 살인을 저지를 수 있는 심리적 요인이 있었지. 그래서 혐의를 한 사람에게 모을 수 있는 어떤 암시가 나타나기만을 기다리는 수밖에 없었어. 드러커는 세 용의자 중 한 사람이었지만 살해당하고 말았지. 결국 두 사람만이 남았어. 이윽고 파디가 겉으로 보기에 너무나 완벽하게 자살을 했지. 그자가 범인이라고 생각할 만큼 그의 죽음이 충분히 그럴듯했다는 사실에는 나도 동의하네. 그렇지만 내 머릿속에는 여전히 의혹이 떠나지 않았다네. 그의 죽음은 결정적이지 않았어. 카드로 지은 집이 나를 괴롭혔지. 우리는 막다른 골목에 봉착했어. 그래서 나는 다시 기다렸네. 내 세 번째 용의자를 지켜보면서. 이제 나는 파디가 무죄라는 걸 알았어. 그는 자살한 게 아니야. 파디는 살해당했어. 로빈과 스프리그, 드러커가 그랬듯이 말이야. 그의 죽음은 또 다른 잔혹한 장난이었다네. 그는 악마의 장난기에 의해 경찰에게 던져진 희생물이었어. 살인범은 그때 이후로 멍청하게 속아 넘어간 우리를 보며 킬킬거리고 있었단 말일세.」

「대체 무슨 추론으로 자네는 그렇게 환상적인 결론에 도달한 건가?」

「이것은 더 이상 추론의 문제가 아닐세. 마침내 나는 이 범죄의 해답을 알게 되었네. 쪽지에 적힌 〈비숍〉의 의미를 알아낸 거야. 이제 곧 자네에게 참으로 놀랍고도 반박할 수 없는 증거를 보여 줄 걸세.」

잠시 후에 우리는 그의 아파트에 도착했다. 그는 우리를 곧장 서재로 데려갔다.

「그 증거는 그동안 내내 여기, 손에 잡히는 곳에 있었어.」

그는 희곡을 꽂아 놓는 책꽂이 선반 쪽으로 걸어가더니 헨리크 입센의 선집 중 제2권[94]을 꺼냈다. 이 책에는 「헬게란트

---

[94] 밴스가 가지고 있는 선집은 찰스 스크리브너스 선스 출판사에서 나온 윌리엄 아처 판본이었다 — 원주.

의 해적」과 「왕위를 노리는 자들」이 실려 있었다. 하지만 밴스는 첫 번째 작품에는 관심도 없었다. 「왕위를 노리는 자들」의 책장을 넘기던 그는 연극의 등장인물이 소개된 장을 찾았다. 그리고 매컴 앞 책상 위에 책을 펼쳐 놓았다.

「아르네손이 가장 좋아하는 연극의 등장인물을 읽어 보게.」

밴스가 지시했다. 매컴은 어리둥절해하며 말없이 책을 가까이 끌어당겼다. 나는 그의 어깨 너머로 들여다보았다. 거기에는 이렇게 적혀 있었다.

>   하콘 하콘슨, 비르히레그 가문이 선출한 왕
>   발팅의 잉가, 그의 어머니
>   스쿠레 공작
>   랑그힐드 귀부인, 그의 아내
>   시그리드, 그의 여동생
>   마그레테, 그의 딸
>   구호름 잉게슨
>   시구르 리벙
>   니콜라스 아르네손, 오슬로의 비숍
>   농부 다그핀, 하콘의 의전관
>   이바 보데, 하콘의 궁정 목사
>   베가르드 베라달, 호위병 중 한 사람
>   그레고리우스 존슨, 귀족
>   폴 플리다, 귀족
>   잉게보르그, 안드레스 스키알다르밴드의 아내
>   페테르, 하콘의 아들, 젊은 목사
>   시라 빌리암, 니콜라스 비숍의 목사

브라밴트의 시구르 박사, 의사
　　야트게일 스칼드, 아일랜드 사람
　　바드 브라테, 트론드하임 지방의 수령

　하지만 나는 과연 우리 중에 〈니콜라스 아르네손, 오슬로의 비숍〉이라고 적힌 줄 아래로 더 읽어 내려간 사람이 있을지 의심스럽다. 내 시선은 당혹스럽고 끔찍한 상상에 사로잡혀 그 이름 위에 못 박혔다. 그때 문득 떠올랐다. 비숍 아르네손은 모든 문학을 통틀어 가장 극악무도한 악당이었다는 사실이……. 인생의 모든 건전한 가치들을 비틀어 소름 끼치는 농담거리로 만드는, 냉소적이고 경멸에 찬 괴물이었던 것이다.

24
대단원
4월 26일 화요일, 오전 9시

 이 경악스러운 발견과 더불어 비숍 살인 사건은 가장 소름 끼치는 마지막 단계로 접어들었다. 우선 히스 경사에게 밴스가 발견한 사실을 알렸다. 그리고 다음 날 아침 일찍 지방 검사실에 모여 작전 회의를 하기로 합의를 보았다.

 그날 밤 우리와 헤어지는 매컴의 표정은 내가 보았던 그 어느 때보다도 더욱 심란하고 울적해 보였다.

「난 어떻게 해야 할지 모르겠네.」

 매컴이 낙심한 어조로 말했다.

「이자를 기소할 법적 증거가 없어. 어쩌면 우리의 전세를 뒤집어 줄 만한 어떤 작전을 생각해 낼 수 있을지도 모르지. 난 고문 따위는 절대 믿지 않지만, 오늘은 고문대나 고문 도구를 구했으면 좋겠다는 생각까지 드는군.」

 다음 날 아침 9시가 조금 지나서 밴스와 나는 매컴의 사무실에 도착했다. 스와커가 우리를 맞이하며 잠시만 응접실에서 기다려 달라고 부탁했다. 매컴이 지금 바쁘다는 설명이었다. 우리가 자리에 앉자마자 히스가 불만에 가득 차서 딱딱하게 굳은 얼굴로 나타났다.

「저는 이 사건을 당신에게 맡기겠습니다, 밴스 씨.」

그가 선언했다.

「확실한 실마리를 찾아내셨더군요. 하지만 그걸로 뭘 할 수 있을지 전 모르겠습니다. 그자의 이름이 책에 나온다고 해서 체포할 수는 없는 노릇 아닙니까.」

「이 문제를 어느 방향으로든 밀고 나갈 수 있을 겁니다.」

밴스가 대답했다.

「어쨌든 이제 우리가 어느 지점에 서 있는지는 알고 있으니까 말이죠.」

10분 후에 스와커가 우리를 손짓하여 부르더니 매컴의 일이 끝났다고 알려 주었다.

「기다리게 해서 미안하네.」

매컴이 사과했다.

「뜻밖의 손님이 찾아와서 말이야.」

그의 목소리에서는 절망적인 울림이 느껴졌다.

「더 골치 아픈 일이 생겼네. 충분히 흥미로운 일이기도 하고 말이야. 드러커가 살해되었던 리버사이드 파크, 바로 그 지역과 관련된 사건일세. 하지만 지금 현재로서는 내가 어떻게 할 수 있는 일이 하나도 없군.」

매컴은 자기 앞으로 서류를 끌어당겼다.

「리버사이드 파크에서 무슨 일이 새로 일어났는가?」

밴스가 별 관심 없는 어조로 물었다.

매컴이 인상을 찌푸렸다.

「지금 당장 우리가 신경 쓸 문제는 전혀 아닐세. 아무래도 납치 사건 같아. 조간신문에 이 사건에 대한 간단한 기사가 났었네. 혹시 자네가 관심이 있다면……..」

「난 신문 읽는 게 딱 질색이라네.」

밴스는 부드러운 어조로 말하기는 했지만, 내가 어리둥절할 정도로 무척 집요한 관심을 보였다.

「대체 무슨 일인가?」

매컴이 짜증스러운 듯이 깊은 한숨을 내쉬었다.

「어제 한 아이가 웬 낯선 남자와 이야기를 나눈 뒤로 놀이터에서 사라졌다네. 그 아이의 아버지가 내 도움을 청하기 위해 여기까지 찾아온 걸세. 하지만 그런 사건이야 실종 수사대 소관 업무 아닌가. 그래서 아이 아버지에게 그렇게 말했다네. 자, 이제 자네 호기심이 만족되었는가? 그렇다면…….」

「아니, 잠깐만.」

밴스가 고집을 부렸다.

「난 자세한 이야기를 듣고 싶다네. 왠지 공원의 그 지역은 자꾸 마음이 끌리거든.」

매컴은 눈을 내리깔며 대체 왜 이러느냐고 묻듯이 밴스를 쏘아보았다.

「알겠네. 매들린 모팻이라고 하는 다섯 살짜리 여자 애가 어제 저녁 5시 30분쯤에 아이들과 함께 놀고 있었네. 그 애는 돌담 근처의 높은 둔덕 위로 기어올라 갔다는군. 잠시 후에 가정 교사는 아이가 둔덕 반대편으로 내려왔을 거라고 생각하고 데리러 갔는데, 감쪽같이 사라졌다는 걸세. 유일하게 단서가 될 만한 사실이라면, 그 애가 사라지기 직전에 아이들 중 두 명이 웬 남자가 그 여자 애와 얘기를 나눈 광경을 보았다는 진술뿐이야. 물론 그 남자의 인상착의를 설명하지는 못한다네. 경찰에게 신고하고 지금 조사 중일세. 여기까지가 이 사건의 전부라네.」

「매들린…….」

밴스는 그 이름을 되뇌며 곰곰이 생각에 잠겼다.

「매컴, 혹시 그 아이가 드러커와 아는 사이였나?」

「그렇다네!」

매컴이 자리에서 약간 몸을 곤추세웠다.

「아이의 아버지 말에 따르면 아이가 종종 드러커 집에서 열리는 파티에 참석했다고 하더군.」

「나도 그 아이를 본 적이 있어.」

밴스가 자리에서 벌떡 일어나더니 호주머니에 손을 넣은 채 마룻바닥을 내려다보았다.

「사랑스러운 아이였지……. 금빛 곱슬머리를 가진……. 드러커의 장례식 아침에 그를 위해서 꽃다발을 가져왔었어. 그런데 그 애가 낯선 남자와 이야기를 나누는 모습이 목격된 후에 사라졌단 말이지…….」

「대체 지금 무슨 생각을 하고 있는 건가?」

매컴이 날카롭게 물었다. 하지만 밴스는 그의 질문이 전혀 귀에 안 들어오는 듯 보였다.

「그런데 아이 아버지가 어째서 자넬 찾아온 건가?」

「몇 년 전부터 모팻과는 약간 안면이 있었다네. 한때 시청과 관련 있는 일을 했었거든. 애 아버지는 걱정이 돼서 미칠 지경이라네. 지푸라기라도 잡고 싶은 심정이지. 비숍 살인 사건이 일어났던 곳 근처라서 더욱 걱정이 되는 모양이야. 하지만 이보게 밴스, 우리가 모팻 집안 아이의 실종 사건을 의논하기 위해 여기 모인 건 아니지 않나…….」

밴스가 번쩍 고개를 들었다. 그의 얼굴에는 충격과 공포의 표정이 떠올라 있었다.

「아무 말도 하지 말게. 오, 아무 말도 하지 마.」

밴스가 방 안을 서성이기 시작했다. 매컴과 히스는 말문이 막힌 듯 어안이 벙벙해서 그를 지켜보고 있었다.

「그래…… 그랬어. 그런 거야.」

그는 혼자 중얼거렸다.

「시간이 딱 맞아. 모든 게 들어맞아…….」

그는 휙 돌아서더니 매컴의 팔을 붙잡았다.

「어서 가세! 이번이 우리의 마지막 기회야. 1분이라도 지체할 여유가 없네.」

밴스는 말 그대로 매컴을 질질 끌고서 문 쪽으로 향했다.

「지난주 내내 이런 일이 일어날까 봐 두려워하고 있었다네.」

매컴은 팔을 비틀어 밴스의 손을 뿌리쳤다.

「밴스, 무슨 일인지 설명해 주기 전에는 난 이 사무실을 절대 떠나지 않을 걸세.」

「이 연극의 또 다른 막이 오른 걸세. 마지막 대단원이지! 제발 내 말을 믿어 주게.」

밴스의 눈에는 내가 이제껏 한 번도 보지 못한 표정이 떠올라 있었다.

「이번에는 〈꼬마 머펫 아가씨〉일세. 이름이 정확히 일치하는 건 아니지만, 그건 중요하지 않아. 그래도 비숍이 하는 장난에 거의 들어맞으니까. 그자는 언론에 모든 걸 설명할 걸세. 아마 아이를 잔디로 데려가서 옆에 앉혔을 거야. 그리고 이제 아이가 사라진 거지. 겁에 질려서…….」

그 순간 매컴은 넋이 나간 사람처럼 앞으로 뛰어나갔다. 히스 역시 눈이 휘둥그레져서 후다닥 문 쪽으로 달려갔다. 나는 종종 밴스가 끈질기게 두 사람을 설득하는 그 짧은 순간 동안 그들 머릿속에 어떤 생각이 스치고 지나갔을지 궁금하다. 과연 그 두 사람은 이 사건에 대한 밴스의 해석을 믿었던 걸까? 아니면 단지 비숍이 또 다른 끔찍한 장난을 저지를지도 모른다는 눈곱만한 가능성이라도 보인다면 조사를 하지 않고 그냥 지나칠 수 없다고 여겼던 걸까? 확신을 했든 의심을 품었든 간에 두 사람은 일단 밴스가 보는 대로 상황을 받아들였다. 그리고 잠시 후에 우리는 엘리베이터를 향해 황급히 복도를 걸어가고 있었다. 밴스의 의견에 따라, 우리는 형사 법정 건물에 있는 형사국 지부에서 트레이시 형사를 데리고 나왔다.

「이 사건은 대단히 심각해. 무슨 일이 일어날지 모르거든.」

밴스가 설명했다. 우리는 프랭클린 거리 입구로 나왔다. 그리고 잠시 후에는 지방 검사의 자동차를 타고 모든 신호등과 속도를 위반하며 시내 주택가로 달려가고 있었다. 이 긴박한 주행 중에는 거의 한 마디도 오가지 않았다. 하지만 차가 센트럴 파크의 구불구불한 길로 접어들자 밴스가 먼저 입을 열었다.

「어쩌면 내가 틀렸을지도 몰라. 하지만 모험을 해볼 수밖에 없어. 또 다른 편지가 날아올 때까지 기다린다면 너무 늦을 수도 있으니까. 아직은 우리가 아는 줄 모를 거야. 그러니 이번이 우리의 유일한 기회일세…….」

「대체 자네는 어떤 일이 일어나기를 기대하고 있는 건가?」

매컴의 목소리는 메말라 갈라지고 다소 불안했다. 밴스가 안타까운 듯 고개를 저었다.

「오, 나도 몰라. 하지만 뭔가 끔찍하고 잔혹한 일이 될 걸세.」

자동차가 딜러드 저택의 현관 앞에 멈춰 서자 밴스는 황급히 내려서 우리를 제치고 계단을 뛰어 올라갔다. 그의 다급한 초인종 소리에 파인이 나왔다.

「아르네손 씨는 어디 있지요?」

그가 물었다.

「학교에 가셨습니다, 선생님.」

나이 든 집사가 대답했다. 나는 왠지 집사의 눈빛이 겁에 질려 있다는 인상을 받았다.

「하지만 일찍 점심을 드시러 집에 오실 겁니다.」

「그럼 우리를 당장 딜러드 교수님께로 안내해 주시오.」

「죄송합니다. 교수님도 출타 중이십니다. 공공 도서관에 가셨는데…….」

파인이 말했다.

「그럼 이 집에는 집사 혼자뿐인가요?」

「그렇습니다, 선생님. 비들은 시장에 갔습니다.」

「그렇다면 더욱 잘됐군요.」

밴스는 집사를 붙잡더니 뒤쪽 계단을 향해 돌려세웠다.

「우리는 이 집을 수색할 거요, 파인. 당신이 길을 안내하시오.」

매컴이 앞으로 나섰다.

「하지만 밴스, 우리는 그럴 수 없네!」

밴스가 휙 돌아섰다.

「난 자네가 뭘 할 수 있고 없는지에는 전혀 관심이 없네. 난 이 집을 수색해야겠어……. 경사님, 저와 함께 가시겠습니까?」

그의 얼굴에는 기묘한 표정이 떠올라 있었다.

「기꺼이 가지요!」

(나는 이 순간만큼 히스가 마음에 든 적이 없었다.)

수색은 지하실부터 시작되었다. 복도며 옷장이며 벽장, 빈

공간까지 죄다 살펴보았다. 파인은 기세등등한 히스의 태도에 완전히 기가 죽어서 안내자 노릇을 충실히 이행했다. 그는 열쇠를 가져와서 문을 열어 주고, 심지어 우리가 미처 생각지 못한 장소를 알려 주기까지 했다. 경사는 자신이 찾고 있는 게 뭔지조차 잘 몰랐음에도 불구하고, 열정적으로 집 안 수색에 뛰어들었다. 매컴은 못마땅한 얼굴로 우리 뒤를 따라다녔지만, 밴스의 과단성 넘치는 태도에 역시 휘말리고 말았다. 밴스가 이런 무모한 행동을 하는 데에는 엄청나게 중요한 이유가 있다고 깨달은 모양이었다.

우리는 점차 위층을 수색하기 시작했다. 서재와 아르네손의 방은 꼼꼼히 조사했다. 벨 딜러드의 방도 샅샅이 살폈고 3층의 쓰지 않는 방들도 주의 깊게 보았다. 4층에 있는 하인들의 방까지 뒤져 보았지만, 의심스러운 점은 전혀 발견되지 않았다. 비록 밴스는 초조한 마음을 억누르고 있었지만, 나는 지칠 줄 모르고 수색을 독려하고 있는 그가 얼마나 바짝 긴장하고 있는지 알 수 있었다.

마침내 우리는 제일 위층의 구석진 방문 앞에 이르렀다. 방문은 굳게 잠겨 있었다.

「이 문은 어디로 통하는 거요?」

밴스가 파인에게 물었다.

「조그만 다락방입니다. 하지만 한 번도 사용한 적이 없어서……」

「문을 열어요.」

집사는 잠시 동안 열쇠 꾸러미를 뒤적거렸다.

「열쇠를 찾을 수가 없군요. 여기 달려 있어야 하는데…….」

「마지막으로 열쇠를 사용한 게 언제죠?」

「잘 모르겠습니다, 선생님. 제가 알기로는 몇 년 동안 이 다락방에는 아무도 들어가지 않았는데요……」

밴스가 뒤로 물러서더니 어깨를 웅크렸다.

「파인, 옆으로 비켜서요.」

집사가 비켜서자마자 밴스가 저돌적인 기세로 문을 향해 몸을 날렸다. 삐그덕 하며 나무 문짝이 휘었지만 문은 여전히 꿈쩍도 하지 않았다.

매컴이 허둥지둥 달려 나오더니 밴스의 어깨를 붙잡았다.

「자네 미쳤나! 자넨 지금 법을 어기고 있어!」

그가 소리쳤다.

「법이라고!」

날카롭게 쏘아붙이는 밴스의 어조에서는 신랄한 냉소가 배어 나왔다.

「우리는 지금 모든 법을 조롱하는 괴물과 싸우고 있는 걸세. 원한다면 자네는 그 괴물을 그냥 내버려 두게나. 하지만 나는 설령 남은 평생을 감옥에서 썩어야 한다 해도 이 다락방을 반드시 수색할 걸세. 경사님, 방문을 여십시오!」

나는 또다시 히스에 대해 짜릿한 애정을 느꼈다. 한순간의 망설임도 없이, 경사가 자세를 취하더니 어깨로 문고리 바로 위쪽 나무판을 들이받았던 것이다. 문짝이 갈라지면서 자물쇠 고리가 튕겨져 나갔다. 동시에 문이 활짝 열렸다.

밴스는 매컴의 손을 뿌리치고 비틀거리며 다락방 계단을 올라갔다. 우리는 그 뒤를 따라갔다. 다락방에는 빛이 전혀 들어오지 않았기 때문에, 우리는 계단 꼭대기에 잠시 서서 어둠에 눈이 익기를 기다렸다. 이윽고 밴스가 성냥을 켜더니 더듬더듬 앞으로 걸어가서 창문 가리개를 걷어 올렸다. 햇살이 쏟아져 들어오면서 작은 방이 환하게 드러났다. 거의 사방 10피트도 안 되는 방에는 온갖 버려진 잡동사니들이 어지럽게 흩어져 있었다. 공기는 답답해서 숨이 막힐 지경이었고, 사방에 온통 먼지가 두텁게 내려앉아 있었다.

밴스는 재빨리 주위를 둘러보더니 곧 실망하는 표정을 감추지 못했다.

「이곳이 마지막 남은 장소였는데.」

그는 절망스러운 어조로 조용히 말했다. 그리고 잠시 방 안을 주의 깊게 살펴보더니 작은 창가 구석으로 걸어갔다. 그는 벽에 기대어 세워 놓은 납작하게 찌그러진 가방을 내려다보았다. 나는 가방 끈이 풀려 있고 잠겨 있지 않다는 걸 알아차렸다. 밴스는 몸을 숙이고 가방 뚜껑을 젖혔다.

「오! 적어도 매컴 자네를 위한 물건이 여기 있군.」

우리는 그의 주위로 몰려들었다. 가방 안에는 낡은 코로나 타자기가 들어 있었다. 타자기에는 종이 한 장이 끼워져 있었는데, 이미 옅은 파란색 엘리트 체로 두 줄이 찍혀 있었다.

　　꼬마 머펫 아가씨
　　잔디밭에 앉았네.

타자를 치던 사람은 이 지점에서 방해를 받은 게 분명했다. 아니면 다른 무슨 이유에서인지 마더 구스 자장가를 완성하지 못했다.

「신문사에 보낼 새로운 비숍 편지일세.」

밴스가 말했다. 그러고는 가방을 뒤지더니 빈 종이와 봉투 뭉치를 꺼냈다. 타자기 옆 가방 바닥에는 노란색 얇은 종이를 묶은 붉은 가죽 장정의 노트가 놓여 있었다. 밴스는 노트를 매컴에게 건네주며 냉정하게 선언하듯이 말했다.

「양자 이론에 관한 드러커의 공식일세.」

하지만 밴스의 눈빛에는 여전히 낭패감이 가득했다. 그는 다시 방을 수색하기 시작했다. 곧 창문 맞은편 벽에 기대어 서 있는 낡은 옷장 앞으로 다가갔다. 몸을 숙인 채 옷장 뒤를 들여다보던 그는 갑자기 뒤로 물러서서 고개를 들고 몇 번 코를 킁킁거렸다. 동시에 발밑에 뭔가 떨어져 있는 것을 발견하고 방 가운데로 걸어찼다. 우리는 깜짝 놀라 내려다보았다. 그것은 화학자들이 사용하는 방독면이었다.

「뒤로 물러서게!」

밴스가 지시했다. 그러고서 한 손으로는 코와 입을 막고, 다른 한 손으로는 옷장을 벽에서부터 끌어당겼다. 옷장 바로 뒤에는 약 3피트 높이의 작은 벽장문이 나 있었다. 밴스는 문을 열고 안을 들여다보더니 금방 닫아 버렸다. 벽장 안을 들여다본 순간은 아주 짧았지만, 나는 그 안에 무엇이 있는지 똑똑히 파악할 수 있었다. 그곳에는 두 단짜리 선반이 세워져 있었는데, 아랫단에는 책이 몇 권 펼쳐져 있었고 윗단에는 쇠지지대에 고정된 어렌메이어 플라스크 한 개, 알코올램프 한 개, 콘덴서 튜브 한 개, 유리 비커 한 개, 작은 병 두 개가 놓여 있었다.

밴스가 돌아서서 우리에게 실망스러운 눈길을 던졌다.

「그만 가는 게 좋겠네. 여기는 더 이상 아무것도 없어.」

우리는 트레이시에게 다락방 문을 지키라고 하고 응접실로 내려왔다.

「결국 자네가 수색을 한 게 옳았던 모양일세.」

매컴이 밴스의 표정을 심각하게 살피며 인정했다.

「그래도 난 이런 방법이 싫지만 말이야. 만약 그 타자기를 찾지 못했더라면……」

「아, 그거!」

밴스는 뭔가 생각에 사로잡혀 초조하게 활터가 내려다보이는 창가로 걸어갔다.

「난 타자기나 공책을 찾고 있었던 게 아니야. 그런 게 뭐 중요한가?」

그는 패배감에 젖어 턱을 가슴 깊이 묻고 눈을 감았다.

「모든 게 잘못됐네. 내 추론은 실패했어. 너무 늦은 걸세.」

「자네가 뭘 갖고 투덜거리는지 아는 척하지는 않겠네.」

매컴이 말했다.

「하지만 적어도 자네는 나에게 일종의 증거를 제공해 주었어. 이제 나는 아르네손이 대학에서 돌아오는 대로 체포할 수 있게 되었네.」

「그래, 물론 그렇지. 하지만 나는 아르네손을 생각했던 게 아닐세. 그 악당의 체포나 검사실의 승리를 생각지도 않았어. 나는 그저……」

밴스가 말을 뚝 끊더니 바싹 긴장했다.

「아직 늦지 않았어! 내가 생각이 모자랐던 거야……」

그는 쌩하니 복도로 나갔다.

「이번에는 드러커네 집을 수색해야만 하네. 서둘러!」

그는 벌써 복도를 반쯤 달려가고 있었고 히스가 바로 그 뒤를 따랐다. 나와 매컴도 쫓아갔다.

우리는 밴스를 따라 뒤쪽 계단을 내려가 궁술실을 지나서 활터로 나갔다. 밴스의 머릿속에 무슨 생각이 있는지 아무도 몰랐다. 과연 짐작이라도 한 사람이 있었을까 의심스럽다. 다만 밴스의 애타는 심정이 우리에게도 전달되었고, 우리는 정말로 다급하고 중요한 일이 아니라면 평소 무관심하고 침착한 밴스의 태도가 저토록 완전히 달라질 수 없음을 깨달았을 뿐이다.

드러커네 집의 방충망 문 앞에 이르자, 밴스는 찢어진 철망 속으로 손을 넣어 걸쇠를 풀었다. 부엌문은 놀랍게도 잠겨 있지 않았다. 밴스는 이럴 줄 예상한 듯 지체 없이 손잡이를 돌려서 문을 열었다.

「기다리게!」

밴스가 좁은 뒷문 복도에 멈춰 서서 지시를 내렸다.

「집 전체를 수색할 필요는 없어. 가장 그럴듯한 장소는……그래! 따라오게……. 위층으로……. 이 집안 중심부 어디일 거야……. 벽장이 가장 적당하겠지……. 아무도 소리를 들을 수 없을 테니까…….」

밴스는 연신 중얼거리며 뒤쪽 계단을 올라가더니 드러커 부인의 방과 서재를 지나서 3층으로 올라갔다. 그곳에는 문이 두 개뿐이었다. 하나는 복도 제일 끝에 있었고, 좀 더 작은 문이 오른쪽 벽 한가운데에 나 있었다.

밴스는 곧장 두 번째 문으로 갔다. 문고리에는 열쇠가 꽂혀 있었고, 열쇠를 돌리자 문이 열렸다. 오직 캄캄한 어둠만이 우리를 맞았다. 밴스는 갑자기 무릎을 꿇고 안을 더듬었다.

「어서, 경사님. 손전등을!」

이 말이 떨어지자마자 둥근 불빛이 벽장 바닥을 비추었다. 눈앞에 펼쳐진 광경에 나는 오싹 소름이 끼쳤다. 매컴에게서 숨 막힌 탄성이 흘러나왔다. 나지막한 휘파람 소리를 들으니 히스 또한 그 광경에 경악을 금치 못하는 것 같았다. 우리 앞의 마루 위에는 어린 소녀가 축 늘어진 채 고요히 쓰러져 있었다. 험프티 덤프티의 장례식 날 아침에 그를 위해 꽃을 가져왔던 바로 그 소녀였다. 아이의 금빛 머리카락은 헝클어져 있었고, 얼굴은 송장처럼 창백했다. 그리고 두 뺨에는 헛되이 흘린 눈물 자국이 말라붙어 있었다.

밴스는 몸을 수그려서 아이의 심장에 귀를 대보았다. 그러고는 두 팔로 조심스럽게 아이를 안아 올렸다.

「가엾은 꼬마 머펫 아가씨.」

그가 중얼거렸다. 그러고는 앞쪽 계단을 향해 걸어갔다. 히스가 앞서 가면서 혹시라도 발이 걸려 넘어지지 않도록 가는 길을 내내 비춰 주었다. 아래층 현관에 이르자 밴스는 걸음을 멈췄다.

「문을 열어 주시죠, 경사님.」

히스는 재빨리 지시에 따랐다. 밴스는 밖으로 걸어 나왔다.

「딜러드 저택으로 가서 기다리세요.」

밴스가 돌아보며 말했다. 그러고는 아이를 가슴에 꼭 안은 채 74번가를 대각선 방향으로 건너가기 시작했다. 그곳에는 의사 이름이 적힌 간판을 내건 병원이 있었다.

25
막이 내리다
4월 26일 화요일, 오전 11시

20분 후에 밴스는 딜러드 저택 응접실에서 다시 우리와 만났다.

「아이는 괜찮을 걸세.」

그는 의자에 털썩 주저앉더니 담배에 불을 붙이며 알려 주었다.

「충격과 두려움에 정신을 잃고 쓰러졌을 뿐이라네. 게다가 반쯤 질식 상태이기도 했어.」

그의 얼굴이 어두워졌다.

「아이의 가느다란 손목에 상처 자국이 있더군. 아마 그 빈집에서 험프티 덤프티를 찾을 수 없자 아이가 반항을 했던 모양이야. 그 짐승 같은 놈은 억지로 아이를 벽장 속에 집어넣고 문을 잠가 버렸지. 아이를 죽일 시간이 없었던 게야. 더구나 죽이는 내용은 마더 구스 책에 나오지 않았으니까. 〈꼬마 머펫 아가씨〉는 죽지 않거든. 그저 놀라서 달아나기만 할 뿐. 하지만 공기가 부족해서 죽었을 걸세. 물론 그자는 안전했지. 아무도 아이가 우는 소리를 들을 수 없었으니까…….」

매컴이 다정한 눈빛으로 밴스를 바라보았다.

「아까는 자네를 막으려고 해서 미안하네.」

그가 솔직하게 사과했다. (관습적으로 법을 지키려는 그의 본능에도 불구하고, 매컴은 근본적으로 도량이 넓은 사람이었다.)

「이 일을 끝까지 밀고 나간 자네가 옳았어. 그리고 경사, 자네도. 두 사람의 결단과 신념에 크나큰 빚을 졌네.」

히스가 당황해서 몸둘 바를 몰랐다.

「천만의 말씀입니다, 검사님. 아시다시피 밴스 씨가 그 아이 일에 전부 앞장서서 지시를 내리셨죠. 게다가 전 아이들을 좋아한답니다.」

매컴이 의문스러운 눈초리로 밴스를 돌아보았다.

「자네는 아이가 살아 있을 거라고 예상했나?」

「그랬다네. 아마 약에 취했거나 기절했을 거라고 생각했지. 죽었을 거라고 생각하지 않았어. 비숍이 계획한 장난에 맞지 않으니까.」

한편 히스는 뭔가 풀리지 않는 문제와 줄곧 씨름을 하고 있었다.

「도저히 제 머리로 이해가 되지 않는 점이 있습니다.」

그가 말했다.

「어째서 이 비숍이란 작자는 다른 일에는 그토록 주의 깊고 꼼꼼하면서 드러커네 집의 문은 잠그지 않고 내버려 두었을까요?」

「우리가 아이를 찾을 거라고 기대했던 거지요.」

밴스가 대답했다.

「모든 걸 우리가 찾기 쉽게 해놓은 겁니다. 참으로 배려심 깊은 비숍 아닙니까? 하지만 내일까지는 찾지 못할 줄 알았겠죠. 신문사들이 꼬마 머펫 아가씨에 관한 편지를 받은 다음에 찾을 거라고 말입니다. 그 편지는 우리의 단서가 되었을 겁니다. 하지만 우리가 그 신사 양반의 기대를 앞질러 버렸죠.」

「하지만 왜 그 편지를 어제 보내지 않았을까요?」

「틀림없이 비숍의 본래 의도는 어젯밤에 편지를 보낼 계획이었을 겁니다. 하지만 먼저 아이의 실종으로 사람들의 관심을 끄는 편이 자기 목적을 이루는 데 가장 좋다고 판단했겠죠. 그렇지 않으면 매들린 모팻과 꼬마 머펫 아가씨와의 연관성이 묻히고 말 테니까요.」

「그렇군요!」

히스가 이를 드러내며 씩 웃었다.

「내일이면 그 아이는 아마 죽었을 겁니다. 그렇게 되면 아이가 범인을 지목할 기회도 사라지는 거죠.」

매컴이 시계를 보더니 결연히 자리에서 일어났다.

「아르네손이 돌아오기를 기다릴 필요도 없네. 그자를 한시라도 빨리 체포하면 할수록 더 좋으니까.」

매컴이 히스에게 지시를 내리려고 하는 순간, 밴스가 가로막았다.

「이 문제를 강제로 해결하려 들지는 말게, 매컴. 그자를 기소할 만한 실제 증거도 전혀 없잖나. 성급하게 처신하기에는 너무 미묘한 상황일세. 조심하지 않으면 우리가 실패할 수도 있어.」

「타자기와 공책이 결정적인 증거가 못 된다는 사실은 나도 알고 있어. 하지만 그 아이가 증언을 해준다면……..」

매컴이 밴스에게 맞섰다.

「오, 여보게! 세상에 어느 판사가 강력한 증거도 없이 겁에 질린 다섯 살짜리 어린 소녀의 증언을 진지하게 받아들이겠는가? 영리한 변호사라면 단 5분 만에 무효를 만들 수 있을 걸세. 설사 아이의 증언을 인정받는다 해도 그게 무슨 소용이 있겠나? 그 증언만 가지고서는 아르네손과 비숍 살인 사건을 어떤 식으로도 연관 지을 수 없는데. 고작해야 납치 미수로 기소할 수 있겠지. 게다가 아이는 아무 해도 입지 않았다는 점을 기억하게나. 그러니 자네가 어떤 법적 기적을 일으켜서 의심쩍은 유죄 판결을 얻어 낸다 하더라도, 아르네손은 잘해야 몇 년 형을 받는 게 고작일 걸세. 그걸로는 이 공포를 끝낼 수 없어. 아니…… 안 돼. 무턱대고 서둘러서는 안 돼.」

매컴은 마지못해 다시 자리에 앉았다. 밴스의 주장이 옳다는 걸 알고 있었다.

「하지만 이대로 내버려 둘 수는 없어.」

매컴이 잔뜩 성난 목소리로 말했다.

「어떻게든 이 미친 짓을 막아야만 해.」

「그래……. 어떻게든 말이지.」

밴스가 초조하게 방 안을 서성이기 시작했다.

「어쩌면 속임수를 써서 그자에게서 진실을 끌어낼 수 있을지도 몰라. 그자는 아직 우리가 아이를 찾아냈다는 사실을 모르고 있으니까. 딜러드 교수가 도와준다면 가능한 일이야.」

밴스는 걸음을 멈추고 서서 골똘히 마루를 내려다보았다.

「그래! 이게 우리의 한 가지 기회야! 교수가 자리에 있을 때, 우리가 알고 있는 사실을 가지고 아르네손과 맞서야만 해. 그런 상황이라면 틀림없이 뭔가 결론이 날 걸세. 이제는 교수도 아르네손을 기소할 수 있도록 온 힘을 다해 도와주겠지.」

「자네는 교수가 우리에게 이미 말한 사실보다 더 많은 걸 알고 있다고 생각하나?」

「물론이야. 처음부터 자네에게 그렇게 말하지 않았나. 이제 교수가 꼬마 머펫 아가씨 이야기를 들으면, 우리에게 필요한 증거를 제공해 줄지도 모르네.」

「그건 기대하기 힘들 걸세.」

매컴은 비관적이었다.

「하지만 한번 시도해 본다고 해서 나쁠 거야 없지. 어쨌든 간에 나는 아르네손을 체포하기 전에는 이 집을 나가지 않을 걸세. 그다음에는 최선의 결과를 바랄밖에.」

잠시 후에 현관문이 열리고 딜러드 교수가 현관 복도 맞은편에 모습을 드러냈다. 그는 매컴의 인사는 거의 들은 척도 하지 않고, 우리가 느닷없이 찾아온 의중을 헤아리려는 듯이 우리의 얼굴을 가만히 살폈다. 마침내 교수가 질문을 던졌다.

「그래, 내가 어젯밤 한 말을 잘 생각해 봤겠지?」

「그저 생각만 한 게 아닙니다.」

매컴이 대답했다.

「밴스는 교수님을 괴롭히는 일이 뭔지도 알아냈습니다. 이 댁을 나간 후에 이 친구가 제게 〈왕위를 노리는 자들〉 연극 대본을 보여 주었거든요.」

「하!」

안도의 한숨 같은 탄식이 터져 나왔다.

「며칠 동안 그 연극에 대한 생각이 내 머릿속을 떠나지 않았다네. 온통 그 생각뿐이었네.」

교수가 두려운 표정으로 고개를 들었다.

「그래, 그게 무슨 뜻인가?」

밴스가 질문에 대답했다.

「그건 교수님께서 저희를 진실로 인도하셨다는 뜻입니다. 저희는 지금 아르네손 씨를 기다리고 있습니다. 그동안 교수님과 잠깐 이야기를 나누는 게 좋을 거라고 생각했습니다. 저희를 도와주실 수 있을지도 모르니까요.」

노교수는 망설였다.

「나는 그 아이를 체포하는 일에 협조하고 싶지 않네.」

그의 목소리에는 비탄에 빠진 아버지의 어조가 깃들어 있었다. 하지만 곧 그의 얼굴이 딱딱하게 굳어지더니 눈이 적의로 번뜩였다. 그러고는 지팡이 손잡이를 손으로 꽉 움켜쥐었다.

「하지만 지금은 내 감정이나 따지고 있을 때가 아니지. 어서 오게. 내가 할 수 있는 일이라면 뭐든지 하겠네.」

서재에 들어서자 교수는 장식장 앞에 멈춰 서서 손수 포도주를 한 잔 따랐다. 그리고 한 모금 마시더니, 미안한 표정으로 매컴을 향해 돌아섰다.

「나를 용서해 주게나. 좀처럼 진정이 안 돼서 말일세.」

교수는 작은 체스 테이블을 앞으로 끌어당긴 다음, 우리 모두를 위해 포도주 잔을 하나씩 꺼내 놓았다.

「내 무례함을 양해해 주시오.」

교수는 잔을 채우더니 자리에 앉았다.

우리는 의자를 끌어다 앉았다. 아마 그토록 괴로운 사건들을 막 겪고 나서 포도주 한잔이 생각나지 않은 사람은 우리 중에 아무도 없었을 것이다.

우리가 자리를 잡고 앉자 교수는 수심 어린 눈으로 밴스를 쳐다보았다.

「모든 걸 다 말해 주시오. 내게 뭐든 숨기려 하지 말고.」

교수가 말했다. 밴스는 담배 케이스를 꺼냈다.

「먼저 교수님께 한 가지 여쭤보고 싶은 게 있습니다. 어제 오후 5시에서 6시 사이에 아르네손 씨가 어디 있었습니까?」
「나, 나는 모르오.」
왠지 머뭇거리는 어조였다.
「여기 서재에서 차를 마셨소. 그러다가 4시 30분쯤에 외출을 했는데, 저녁 식사 때까지는 그를 다시 보지 못했소.」
밴스는 잠깐 동안 상대방을 연민에 찬 눈길로 바라보더니, 곧 말을 이었다.
「비숍이 편지를 작성할 때 썼던 타자기를 찾아냈습니다. 이 댁 다락방에 보관된 낡은 가방 안에 숨겨져 있더군요.」
교수는 전혀 놀란 기색을 보이지 않았다.
「그게 그 타자기라는 걸 입증할 수 있소?」
「의심할 여지가 없습니다. 어제 매들린 모펫이라고 하는 어린 소녀가 공원 놀이터에서 실종되는 사건이 있었죠. 그런데 그 타자기에는 이미 〈잔디 위의 꼬마 머펫 아가씨〉라고 찍힌 종이가 끼워져 있었습니다.」
딜러드 교수가 고개를 떨어뜨렸다.
「미치광이의 잔인한 범행이 또 일어났구려! 아, 어젯밤까지 기다리지 말고 진작 당신들에게 경고를 했었더라면!」
「심각한 피해는 없었습니다.」
밴스가 잠시 머뭇거리더니 교수에게 알려 주었다.
「늦기 전에 아이를 찾았거든요. 지금은 안전합니다.」
「하!」
「드러커 씨 댁의 지붕밑 벽장 안에 갇혀 있었습니다. 사실 저희는 그 아이가 이 집안 어딘가에 있을 거라고 생각했었죠. 그래서 교수님 댁의 다락방을 수색했던 겁니다.」

잠시 침묵이 흐른 뒤에 교수가 물었다.

「그래, 나에게 더 할 말이 있소?」

「드러커 씨가 최근 연구하던 양자 이론의 내용이 담긴 노트가 바로 그가 살해되던 날 밤 그의 방에서 사라졌었죠. 그런데 다락방에서 타자기와 함께 바로 그 노트를 찾아냈답니다.」

「아니, 그가 그런 지경까지 갔단 말이오?」

물론 이것은 질문이 아니라, 도저히 믿을 수 없다는 탄식이었다.

「당신이 내린 결론이 확실한 거요? 혹시 내가 어젯밤에 아무 암시도 주지 않았더라면…… 의혹을 품을 만한 꼬투리가 없었더라면…….」

「전혀 의심할 여지가 없습니다.」

밴스가 조용히 단언했다.

「매컴 검사는 아르네손 씨가 학교에서 돌아오는 대로 체포할 작정입니다. 하지만 교수님께 솔직히 말씀드리자면, 저희에게는 아무런 합법적인 증거도 없습니다. 매컴 검사의 생각에도 과연 법적으로 그를 기소할 수 있을지 없을지 의문이랍니다. 사실 저희가 기대할 수 있는 바는 기껏해야 여자아이의 증언을 통해서 납치 미수로 기소할 수 있는 정도입니다.」

「아, 그렇군……. 그 아이는 범인을 알고 있겠군.」

노교수의 눈에 괴로운 빛이 떠올랐다.

「그렇지만 다른 범행에 대해서도 정의를 실현할 수 있는 무슨 방법이 있을 법도 한데…….」

밴스는 저 너머 벽을 응시한 채, 뭔가 곰곰이 생각하는 표정으로 담배를 피우며 앉아 있었다. 마침내 그는 대단히 엄숙하게 말을 꺼냈다.

「만약 우리가 자신에 대해서 매우 강력한 혐의를 품고 있다는 사실을 알게 된다면, 혹시 아르네손 씨는 일종의 탈출구로 자살을 선택할지도 모릅니다. 사실 모든 사람을 위해서 그게 가장 인간적인 해결책일 수도 있습니다.」

매컴이 발끈해서 즉각 반박을 하려고 나섰지만, 밴스는 그를 앞질러 말을 이어 갔다.

「사실 자살이 변명의 여지조차 없는 그런 행위는 아니죠. 가령 성경에는 자살한 영웅에 대한 많은 언급이 있습니다. 데메트리오스의 굴레를 벗어나기 위해 탑에서 몸을 던지는 라지스[95]보다 더 훌륭한 용기의 대명사가 어디 있겠습니까? 또한 사울의 검을 드는 종의 죽음이나 아히도벨[96]이 목을 매단 것 또한 용감했습니다. 삼손이나 이스가리옷 유다의 자살도 분명히 칭송할 만한 것이었죠. 그 외에도 역사에는 주목할 만한 자살이 가득합니다. 브루투스와 우티카의 카토, 한니발, 루크레치아, 클레오파트라, 세나카 등등……. 네로는 오토의 근위대 손에 잡히지 않으려고 자살을 했었소. 그리스의 경우를 보자면, 저 유명한 데모스테네스의 자살을 알고 있습니다. 엠페도클레스는 에트나의 분화구에 스스로 몸을 던졌고, 아리스토텔레스는 자살이 반사회적 행동이라는 이론을 내세운 첫 번째 위대한 사상가였지만 알렉산더가 죽자 전통에 따라서 스스로 독약을 마셨습니다. 근대로 들어서자면 노

---

[95] 솔직히 라지스란 이름이 나에게는 생소했다. 나중에 찾아보니, 밴스가 언급한 그 이야기는 복음서에 나오는 것이 아니라 외경의 「마카베오」 제2서에 실려 있었다 — 원주.

[96] 구약 성서에 등장하는 인물로, 다윗이 몹시 신임했던 부하지만 다윗의 아들 압살롬이 모반을 일으켰을 때 주도적인 역할을 했다. 압살롬의 군대가 패배할 지경에 이르자 자살했다.

기 장군[97]의 숭고한 행위를 잊어서는 안 되겠죠…….」

「아무리 그래도 그런 행위를 정당화해 주지는 못하네. 법은…….」

매컴이 반박하고 나섰다.

「아, 그래. 법 말인가. 중국 법에서는 사형 언도를 받은 범죄자는 누구나 자결을 선택할 수 있다네. 18세기 말 프랑스 국민 의회에서 채택한 법전에서는 자살에 대한 모든 징벌을 폐지했지. 그리고 독일 법의 중요한 근간이 된 작센 법전에서도 자살은 처벌해야 할 행위가 아니라고 명백하게 밝히고 있다네. 더구나 도나투스파,[98] 서캄세리온파, 그리고 고대 로마의 귀족 계급 사이에서 자살은 신을 향한 탄원으로 간주했어. 심지어 토머스 모어의 『유토피아』에서조차 개인이 자신의 목숨을 끊을 수 있는 권리를 채결하자는 장로회의가 등장하지. 매컴, 법은 사회의 보호막일세. 그렇다면 그 보호를 가능하게 하는 자살이라면 어떻게 하겠나? 법률을 논하다가 사실상 사회를 끊임없는 위험에 노출시키게 된다면 그래도 법률상 기술적인 문제를 제기하겠나? 법전에 적힌 법률보다 더 높은 법은 없는 건가?」

매컴은 몹시 곤란한 표정이었다. 그는 자리에서 일어나 방 끝까지 갔다가 다시 돌아왔다. 그의 안색이 몹시 어두웠다. 그는 다시 자리에 앉더니 손가락으로 탁자 위를 초조하게 톡톡 두드리면서 오랫동안 밴스를 쳐다보았다.

「물론 아무 죄가 없는 경우도 고려해야만 하겠지.」

---

97 일본 군인으로, 1912년 메이지 천황이 죽자 도쿄의 자택에서 부인과 함께 자결했다.
98 아프리카에 있던 그리스도교 단체.

매컴은 한풀 꺾인 목소리로 말했다.

「물론 자살은 도덕적으로 죄이지만, 때로는 이론적으로 정당화될 수 있다는 자네 주장에도 일리가 있군.」

(매컴을 잘 아는 나로서는, 이런 용인이 그에게 얼마나 뼈아픈 일인지를 알 수 있었다. 또한 그의 의무에 따라 반드시 없애 버려야만 하는 이 무시무시한 죄악 앞에서 그가 얼마나 절망감을 느끼고 있는지도 처음으로 깨달았다.)

노교수는 알겠다는 듯이 고개를 끄덕였다.

「알겠소. 세상에는 너무 끔찍해서 차라리 드러나지 않는 편이 더 나은 그런 비밀도 있는 법이오. 종종 법률의 힘을 빌리지 않아도 더 높은 정의가 실현되기도 하고 말이오.」

교수가 이 말을 하는 순간 서재 문이 열리면서 아르네손이 걸어 들어왔다.

「이런, 이런. 또 회의 중이신가?」

아르네손이 빈정거리는 조소를 던지며 교수 옆자리 의자에 털썩 주저앉았다.

「이 사건은 벌써 결판이 난 줄 알았는데요. 파디의 자살로 막을 내린 게 아니었습니까?」

밴스가 아르네손의 눈을 똑바로 마주 보았다.

「꼬마 머펫 아가씨를 찾아냈답니다, 아르네손 씨.」

그러자 상대방은 비웃듯이 눈썹을 치켜떴다.

「무슨 수수께끼 같군요. 그럼 제가 뭐라고 대답해야 하는 겁니까? 〈피리 부는 꼬마 잭의 엄지손가락은 어떤가요?〉라고 말해야 합니까? 아니면 잭 스프랫의 안부라도 물어야 하는 겁니까?」

밴스는 뚫어져라 바라보는 눈길을 떼지 않았다.

「그 아이를 드러커네 집에서 찾았지요. 벽장 속에 갇혀 있더군요.」

밴스는 나지막한 목소리로 좀 더 자세히 설명했다.

비로소 아르네손의 표정이 진지해졌다. 그의 이마가 저절로 찌푸려졌다. 하지만 이런 태도의 변화는 오직 한순간이었다. 천천히 그의 입가에 조소가 떠올랐다.

「당신네 경찰 분들은 정말 유능하시군요. 꼬마 머펫 아가씨를 그토록 빨리 찾아내시다니 말이죠. 대단하십니다.」

그는 빈정거리듯 감탄하는 시늉을 하며 고개를 끄덕거렸다.

「하지만 어찌 됐든 예상했던 일이기는 하지요. 그렇다면 혹시 다음 단계는 뭔지 좀 물어봐도 되겠습니까?」

「우리는 타자기도 찾아냈습니다.」

밴스가 그의 질문을 무시하며 말을 이었다.

「드러커의 도난당한 노트도 찾았죠.」

아르네손이 즉시 경계하는 태도를 보였다.

「정말입니까?」

그는 밴스를 묘한 눈초리로 쳐다보았다.

「대체 그 증거물들이 어디 있었습니까?」

「위층에 있었습니다. 다락방에 말이죠.」

「아하! 가택 침입을 하셨나요?」

「뭐 그런 셈이죠.」

「그렇지만, 제가 보기에는 어느 누구에 대해서도 확실한 기소를 하실 수 없을 것 같은데요. 타자기는 딱 한 사람에게만 맞는 옷 같은 물건이 아니니까요. 게다가 드러커의 노트가 저희 집 다락방에 어떻게 흘러들어 왔는지 누가 알겠습니까? 그보다는 더 확실한 증거를 찾으셔야만 할 겁니다, 밴스 씨.」

「물론 기회라는 요인도 있습니다. 비숍은 모든 살인마다 가까이 있을 수 있었던 인물이니까요.」

「그거야말로 빈약하기 짝이 없는 증거로군요.」

아르네손이 반박했다.

「유죄를 입증하는 데에는 별로 도움이 되지 않을 겁니다.」

「어째서 살인자가 비숍이라는 가명을 썼는지 그 이유도 밝힐 수 있을 듯합니다.」

「하! 그거야말로 분명히 도움이 되겠군요.」

순간 아르네손의 얼굴에 먹구름이 끼더니 눈이 번뜩였다.

「나도 그 점을 생각했었습니다.」

「오, 그랬나요?」

밴스가 그를 가만히 살펴보았다.

「그리고 아직 밝히지 않은 또 다른 증거가 있습니다. 꼬마 머펫 아가씨는 곧 누가 자신을 드러커 씨네 집으로 데려가서 벽장 안에 가두었는지 증언할 수 있을 겁니다.」

「그렇군요! 그럼 아이가 회복된 모양이죠?」

「물론이죠. 사실은 무척 상태가 좋답니다. 아시겠지만, 저희들은 비숍이 예상했던 것보다도 스물네 시간 빨리 그 아이를 찾았지요.」

아르네손은 아무 말이 없었다. 그는 자신의 두 손을 가만히 내려다보고 있었다. 꼭 움켜쥔 손은 불안하게 떨리고 있었다. 마침내 그가 입을 열었다.

「만약 이 모든 사실에도 불구하고, 당신 생각이 틀렸다면……」

「분명히 말씀드리지만, 아르네손 씨.」

밴스가 조용히 말했다.

「저는 누가 범인인지 알고 있습니다.」

「거참 무서워 죽겠군요!」

아르네손은 전혀 흔들리는 모습을 보이지 않고 비아냥거리는 어조로 쏘아붙였다.

「혹시라도 내가 비숍이었다면, 정말이지 패배를 인정하고 말았을 겁니다. 하지만 자정에 드러커 부인에게 체스 말을 갖다 놓은 자는 분명히 비숍이었죠. 그런데 나는 그날 밤 12시 30분이 되어서야 벨과 함께 집으로 돌아왔단 말입니다.」

「당신이 벨 양에게 그렇게 알려 줬죠. 제가 기억하기로는, 시계를 들여다보고 벨 양에게 몇 시인지 알려 준 사람은 바로 당신이었습니다. 자, 그때가 몇 시였죠?」

「당신 말이 맞습니다. 12시 30분이었죠.」

밴스가 한숨을 쉬며 담뱃재를 톡톡 털었다.

「아르네손 씨, 당신은 뛰어난 화학자시죠?」

「최고 전문가들 중 하나죠.」

아르네손이 씩 웃었다.

「그걸 전공했으니까요. 그런데 그건 왜?」

「오늘 아침 다락방을 수색하던 도중에 작은 벽장을 발견했는데, 누군가 그 안에서 페로시안화칼륨으로부터 시안화수소산을 증류했더군요. 화학자들이 쓰는 가스 마스크가 옆에 놓여 있고 모든 기구가 차려져 있었습니다. 공기 중에는 씁쓸한 아몬드 향이 여전히 감돌고 있었고요.」

「그야말로 보물 창고로군요. 저희 집 다락방 말입니다. 마치 로키[99]의 소굴 같지 않습니까?」

「한마디로 사악한 악령의 소굴이죠.」

밴스가 진지한 어조로 맞받아쳤다.

99 북유럽 신화에 나오는 재난의 신.

「아니면 현대 파우스트 박사의 실험실이거나 말입니다……. 하지만 어째서 청산을 만들었을까요? 어떻게 생각하십니까?」

「대비책이겠죠. 혹시 문제가 생길 경우에 비숍은 아무 고통 없이 그 상황에서 빠져나올 수 있을 테니까요. 만반의 준비가 되어 있는 겁니다.」

아르네손이 고개를 끄덕였다.

「비숍의 입장에서는 꽤 합당한 태도로군요. 사실은 참으로 점잖은 선택이죠. 궁지에 몰리게 되면, 쓸데없이 사람들을 성가시게 할 필요가 없지요. 맞습니다. 아주 타당한 생각입니다.」

이런 으스스한 대화가 오가는 동안, 딜러드 교수는 고통스러운 듯이 한 손으로 눈을 누른 채 가만히 앉아 있었다. 그러더니 몇 년 동안이나 아들처럼 대해 왔던 아르네손을 애처로운 눈길로 바라보았다.

「시구르, 수많은 위대한 인물들이 자살을 정당화해 왔지.」

교수가 입을 열었다. 하지만 아르네손은 냉소적인 웃음을 흘리며 그의 말을 딱 잘라 버렸다.

「하! 자살은 굳이 정당화할 필요조차 없습니다. 니체는 자발적인 죽음이라고 하는 괜한 걱정거리에 대해 이렇게 적었죠.〈더 이상 명예롭게 살 수 없다면 명예롭게 죽어야만 한다. 가장 치욕스러운 상황에서 당하는 죽음, 자유롭지 못한 죽음, 때를 잘못 고른 죽음은 겁쟁이의 죽음이다. 우리는 세상에 태어나는 것을 막을 힘은 없다. 그러나 우리가 선택하기만 하면 이 오류 — 때때로 출생은 오류인데 — 는 바로잡을 수 있다. 스스로 목숨을 끊는 사람은 가장 높이 평가받을 행위를 한 것이다. 그 사람은 그렇게 함으로써 거의 살 만한 자격이 있다.〉젊은 시절, 『우상의 여명 *Götzen-Dämmerung*』에 나오는 이 구절을 외웠죠. 그러고는 결코 잊어버리지 않았습니다. 건전한 교리니까요.」

「니체에게는 또한 자살을 지지했던 수많은 유명한 선배들이 있었죠.」

밴스가 거들고 나섰다.

「스토아학파의 제논은 자발적인 죽음을 옹호하는 열정적인 찬가를 남겼고, 타키투스, 에픽테투스, 마르쿠스 아우렐리우스, 카토, 칸트, 피히테, 디드로, 볼테르, 그리고 루소까지 모두 자살에 대한 변론을 썼습니다. 쇼펜하우어는 영국에서 자살을 범죄로 간주하는 것에 대해 격렬히 비판했지요. 하지만 저는 이 문제를 공식화할 수 있는지에 대해서는 의문입니다. 어쨌든 자살은 학문적 논쟁거리로 삼기에는 너무 개인적인 문제이지요.」

교수는 씁쓸하게 동의했다.

「마지막 암흑의 순간에 인간의 마음속에 어떤 생각이 떠오를지는 아무도 모르는 법이지.」

이런 토론이 오가는 동안 매컴은 점점 더 초조해하며 안절부절못했다. 반면 히스는 처음에는 바짝 긴장해서 딱딱한 자세로 앉아 있었으나 곧 풀어지기 시작했다. 나는 밴스가 조금이라도 조사에 진척을 보이고 있는 것인지 알 수가 없었다. 그래서 아르네손에게 덫을 놓으려던 밴스의 의도가 실패로 돌아갔다고 결론을 지었다. 하지만 밴스는 전혀 당황한 기색을 보이지 않았다. 심지어 일이 이렇게 잘못된 방향으로 진행되는 것을 내심 만족스러워하는 표정이었다. 그렇지만 나는 그가 비록 겉으로는 태연했지만, 속으로는 바짝 긴장하고 있다는 사실을 알아챘다. 두 발을 뒤로 바짝 모은 채, 온몸의 근육이 굳어 있었다. 나는 이 무시무시한 대면이 과연 어떤 결과를 낳을지 궁금해지기 시작했다.

하지만 결말은 급작스럽게 찾아왔다. 교수의 말이 끝나고 짧은 침묵이 이어진 후에, 아르네손이 물었다.

「당신은 누가 비숍인지 아신다고 하셨나요, 밴스 씨? 그렇다면, 이런 수다는 다 뭡니까?」

「급히 서두를 필요가 없으니까요.」

밴스가 거의 태평스러운 어조로 말했다.

「게다가 몇 가지 느슨한 부분을 채워 볼까 하는 희망 때문이기도 하지요. 배심원들이 불충분하다고 생각하면 큰일이니까요. 그건 그렇고 이 포도주는 정말 훌륭하군요.」

「포도주요? 아, 네…….」

아르네손이 우리 잔을 힐끗 쳐다보더니, 섭섭한 눈길로 교수를 바라보았다.

「대체 제가 언제부터 금주주의자가 된 겁니까?」

그러자 상대방이 깜짝 놀라며 주저하더니 자리에서 일어났다.

「미안하네, 시구르. 미처 생각을 못 했어……. 자네는 오전에는 절대 술을 안 마시잖나.」

교수는 선반으로 가서 또 한 잔을 따르더니 떨리는 손으로 아르네손 앞에 내려놓았다. 그런 다음 자신의 잔도 다시 채웠다.

교수가 돌아와 자리에 앉는 순간, 밴스가 깜짝 놀라 탄성을 질렀다. 그는 손으로 탁자 가장자리를 붙잡고 반쯤 자리에서 일어나 몸을 앞으로 숙였다. 경탄으로 가득 찬 그의 눈길은 방의 한쪽 끝에 있는 벽난로 위를 뚫어져라 응시하고 있었다.

「이런 세상에! 어떻게 지금까지 저걸 알아보지 못했을까……. 거참 이상한 일이로군!」

너무나 뜬금없고 느닷없는 그의 행동에, 게다가 몹시 긴장하고 있는 분위기였기에, 우리는 다들 자신도 모르게 고개를 돌려서 밴스가 정신없이 응시하고 있는 곳을 바라보았다.

「쳴리니의 명판이잖아!」

그가 탄성을 질렀다.

「퐁텐블로의 요정이야! 베렌슨은 저 작품이 17세기에 파괴됐다고 말했지. 하지만 나는 루브르에서 그것과 똑같은 한 쌍을 본 적이 있는데 말이지…….」

순간 매컴의 두 뺨이 분노로 벌겋게 달아올랐다. 솔직히 말해서 나 역시, 밴스의 기행과 희귀 골동품에 대한 그의 지적인 열정을 익히 알고 있음에도 불구하고, 그가 이렇게 변명할 여지조차 없는 악취미를 드러내는 모습을 한 번도 본 적이 없었다. 이런 비극적인 순간에 밴스가 미술품 따위에 정신이 팔리다니 도저히 믿기지 않았다.

딜러드 교수는 어이없는 표정으로 밴스를 보며 눈살을 찌푸렸다.

「선생은 거참 이상한 순간을 골라 예술에 대한 열정에 빠지시는구려.」

교수가 신랄한 어조로 비난했다.

밴스가 무안해하며 얼굴을 붉혔다. 그는 다시 의자에 앉더니 우리의 시선을 피해 포도주 잔을 손가락 사이에 잡고 빙글빙글 돌리기 시작했다.

「교수님 말씀이 맞습니다. 사과드립니다.」

밴스가 중얼거렸다.

「저 명판은 사실 루브르 박물관에 있는 작품의 복제품일 뿐이오.」

교수가 지나치게 힐난조로 말한 게 미안했던지 한마디 덧붙였다.

밴스는 마치 당황한 기색을 감추려는 듯 포도주 잔을 들어 입으로 가져갔다. 견딜 수 없을 만큼 어색한 순간이었다. 모든 사람들의 신경이 날카롭게 곤두서 있었기에, 우리도 자동적으로 밴스의 행동을 따라서 포도주 잔을 들어 올렸다.

그때 밴스가 탁자 위를 힐끗 쳐다보더니 벌떡 일어나서 방을 등진 채 정면 쪽 창가에 가서 섰다. 나는 느닷없는 그의 행동이 도무지 이해가 가지 않아서 의아한 눈길로 그를 돌아보았다. 그와 거의 동시에 탁자 한쪽 모서리가 내 옆구리를 세게 치면서 포도주 잔이 와장창 깨졌다.

나는 자리에서 후다닥 일어났다. 그리고 공포에 질린 눈으로, 한쪽 팔과 어깨를 탁자 위에 걸친 채 앞으로 엎어져 있는 맞은편 의자의 사람을 내려다보았다. 당혹과 경악으로 가득 찬 짧은 침묵이 이어졌다. 우리는 순식간에 모두 화석처럼 굳어 버린 듯했다. 히스는 할 말을 잃고 멍하니 쳐다보다가 뻣뻣하게 의자 등받이를 붙잡았다.

「하느님 맙소사!」

그 팽팽한 긴장을 깨뜨린 것은 놀라움을 이기지 못하고 흘러나온 아르네손의 신음 소리였다.

매컴이 재빨리 탁자를 돌아 나와 몸을 숙여 딜러드 교수의 몸을 살폈다.

「의사를 부르게, 아르네손.」

밴스는 지친 듯이 창가에서 돌아서더니 의자에 털썩 주저앉았다.

「아무 소용 없는 일일세.」

밴스가 깊은 한숨을 내쉬며 말했다.

「교수는 청산을 증류할 때부터 이미 빠르고 고통 없는 죽음을 준비해 왔다네. 비숍 살인 사건은 드디어 막을 내렸어.」

매컴이 도저히 이해가 안 간다는 얼굴로 그를 빤히 쳐다보았다.

「오, 나는 파디가 죽은 이후부터 진실을 반신반의하고 있었다네.」

밴스가 상대방이 던진 무언의 질문에 대답했다.

「하지만 어젯밤 교수가 아르네손 씨에게 죄를 덮어씌우려고 할 때까지는 확신을 갖지 못했지.」

「네? 그게 무슨 소리죠?」

아르네손이 전화를 마치고 돌아왔다.

「아, 그렇답니다.」

밴스가 고개를 끄덕였다.

「당신이 죗값을 치르게 되어 있었죠. 처음부터 당신은 희생자로 정해져 있었으니까요. 교수는 우리에게 당신이 범인일 수 있다고 암시까지 했답니다.」

하지만 아르네손은 의외로 썩 놀란 기색을 보이지 않았다.

「교수가 나를 미워한다는 사실은 알고 있었습니다.」

아르네손이 말했다.

「벨에 대한 제 관심을 몹시 질투했지요. 게다가 교수는 지적인 능력도 잃어 가고 있었습니다. 저는 그 사실을 몇 달 전부터 알아채고 있었죠. 교수의 새 저서에 실린 모든 연구는 제가 한 것이었습니다. 교수는 제가 학계에서 명성을 얻을 때마다 분개했죠. 저도 이 모든 악마 같은 소행 뒤에 노교수가 있지 않을까 하는 생각은 들었지만, 확신하지는 못했죠. 아무리 그래도 교수가 나를 전기의자에 앉히려 하리라고는 미처 몰랐군요.」

밴스가 자리에서 일어나더니 아르네손에게 다가가 손을 내밀었다.

「그럴 위험성은 없었죠. 지난 30분 동안 선생을 이런 식으로 대한 것에 대해 사과드립니다. 단지 전술상의 문제였습니다. 아시겠지만 우리에게는 신빙성 있는 증거가 전혀 없었거든요. 그래서 어떻게든 교수의 자백을 받아 내기를 바랐던 거죠.」

아르네손이 씁쓸하게 미소를 지었다.

「전혀 사과하실 필요 없습니다. 당신이 저를 노리고 있지 않다는 사실을 알고 있었으니까요. 사실은 저를 몰아세우기 시작할 때부터 단지 술책일 뿐이라는 걸 눈치챘습니다. 당신이 뭘 쫓고 있는지는 몰랐지만, 어쨌든 최선을 다해 당신의 신호를 따르려고 했지요. 부디 제가 일을 망치지 않았기를 바랍니다.」

「아니, 아닙니다. 잘해 내셨습니다.」

「그랬나요?」

아르네손은 몹시 당혹스러워하며 눈살을 찌푸렸다.

「하지만 노교수는 당신이 저를 의심하고 있다고 생각하면서도 어째서 청산가리를 마셔야만 했는지 도통 이해가 가질 않는군요.」

「구체적인 내막은 영원히 알 수 없을 겁니다.」

밴스가 말했다.

「아마 여자아이의 증언이 두려웠겠죠. 아니면 제 속임수를 꿰뚫어 보았을지도 모릅니다. 어쩌면 당신에게 죄를 뒤집어 씌우려던 계획에 갑자기 염증을 느꼈을 수도 있습니다……. 교수 스스로가 했던 말처럼 마지막 암흑의 순간, 인간의 마음속에 어떤 생각이 떠오를지는 아무도 모르는 법이니까요.」

아르네손은 꼼짝도 하지 않았다. 그는 마치 꿰뚫어 볼 듯이 날카로운 눈길로 밴스의 눈을 똑바로 쳐다보고 있었다.

「아, 네…….」

아르네손이 마침내 입을 열었다.

「그렇다고 해두죠. 어쨌든 고맙습니다!」

26
히스의 질문
4월 26일 화요일, 오후 4시

 한 시간 후에 나는 매컴과 밴스와 함께 딜러드 저택을 나서면서, 드디어 비숍 사건이 끝났구나 생각했다. 물론 공식적으로 사건은 완전히 종결되었다. 하지만 밝혀져야 할 또 다른 진실이 있었고, 어느 면에서는 그것이야말로 그날 백일하에 드러난 모든 사실 중에서 가장 충격적이었다.

 히스는 점심 식사 후에 지방 검사 사무실로 우리를 찾아왔다. 공식 절차와 관련하여 의논해야 할 몇 가지 예민한 문제가 남아 있었기 때문이다. 그런 다음, 그날 오후에 밴스는 여러 가지 모호한 점을 설명해 주며 사건 전체에 대한 논평을 했다.

「아르네손은 이 광기 어린 범죄의 동기를 이미 암시했었어.」 밴스가 말을 시작했다.

「노교수는 과학계에서 차지하던 자신의 위치를 이 젊은이에게 빼앗기고 있다는 사실을 깨달았다네. 그의 정신은 지력과 통찰력을 잃기 시작하고 있었어. 게다가 원자 구조에 관한 자신의 새 저서는 아르네손의 도움을 받지 않으면 완성할 수 없다는 사실을 알았지. 결국 노교수의 마음속에 양아들에 대한 엄청난 증오심이 자라난 걸세. 그의 눈에 아르네손은 마치 프랑켄슈타인처럼 자신이 창조한 일종의 괴물로 비치게 되었네. 이제는 그를 해칠 수 있을 만큼 커져 버린 괴물 말일세. 이런 지적인 적개심은 본능적인 질투심에 의해 더욱 커졌지. 지난 10년 동안 교수는 외로운 홀아비 생활을 하며 모든 애정을 벨 딜러드에게 쏟아 왔다네. 그 아가씨는 교수의 일상생활을 지탱해 주는 유일한 기둥이었어. 그런데 아르네손이 그에게서 그녀를 빼앗아 가려는 기미가 보이자, 그의 증오와 분노는 한층 강렬해진 걸세.」

「동기는 충분히 이해가 가는군. 하지만 그걸로 이 모든 범죄 행위가 설명되지는 않는단 말일세.」

매컴이 말했다.

「이 동기는 말하자면 마른 화약 같았던 교수의 울분에 도화선 같은 역할을 한 거지. 아르네손을 파멸시킬 방법을 찾던 중에 교수는 우연히 비숍 살인 사건 같은 악랄한 장난이 떠오른 걸세. 그 살인들은 침울한 교수에게 기분 전환거리가 되었네. 격렬한 표출을 원했던 교수의 심리적 욕구를 충족시켜 주었던 거지. 동시에 어떻게 하면 아르네손을 없애고 벨 딜러드를 혼자 차지할 수 있을까 하는 내면의 어두운 질문에 대한 해답도 되고 말일세.」

「하지만 어째서 교수는 바로 아르네손을 죽이고 일을 끝내지 않았을까?」

매컴이 물었다.

「자네는 이 사건의 심리적인 측면을 보지 못하고 있군. 오랫동안 지나치게 억눌려 온 교수의 정신은 무너지고 있었네. 자연은 분출구를 요구하지. 그런데 아르네손에 대한 펄펄 끓는 증오심이 그 압력을 거의 폭발할 지경까지 올려놓은 걸세. 따라서 두 가지 충동이 결합되어 있었어. 교수는 살인을 저지름으로써 자기 안의 억눌린 것을 해소할 뿐만 아니라, 아르네손에 대한 분노 또한 분출했던 거지. 자네도 알다시피 그 죄에 대한 대가를 지불할 사람은 아르네손이었으니까. 그러므로 단순한 살인보다도 훨씬 더 만족스러웠지. 이것이 바로 살인이라고 하는 보다 단순한 농담 뒤에 숨어 있는 더 잔혹한 농담이었어……. 하지만 이 악마적인 계획에는 한 가지 커다란 약점이 있었지. 비록 교수는 알아채지 못했지만 말이야. 사건이 심리적 분석에 열려 있다는 점이었다네. 처음부터 나는 수학자가 범인일 거라고 짐작할 수 있었네. 그럼에도 살인자를 지목하기 어려웠던 까닭은 거의 모든 용의자가 수학자였기 때문이었어. 내가 결백하다고 생각한 사람은 오직 아르네손뿐이었지. 그는 항상 마음의 평정심을 잃지 않는 유일한 인물이었거든. 다시 말해서 지난하고 골치 아픈 연구에서 비롯되는 감정들을 끊임없이 발산하는 사람이지. 일반적으로, 말로 표현된 냉소적이고 가학적인 태도와 폭력적인 살인 충동은 심리적으로 동일한 것이라네. 냉소주의를 마음껏 표출하면 정상적인 출구가 생겨나고 감정적 평정을 유지하지. 따라서 냉소적이고 빈정거리기를 잘하는 사람은 언제나 안전하다네. 발작적으로 돌발 행위를 하지 않으니까. 반면 자신의 가학적 성향을 억누른 채, 금욕주의자 같은 엄숙하고 점잖은 외양 뒤에 차가운 냉소를 쌓아 두는 사람은 항상 위험한 폭탄이 되기 쉽지. 내가 아르네손을 비숍 살인 사건의 범인이 아니라 생각하고 수사에 그를 참여시키라고 제안했던 까닭이 바로 그 때문일세. 아르네손은 스스로 인정했듯이 교수를 의심하고 있었어. 내 생각에 그가 우리를 돕겠다고 나섰던 이유도, 만약 자신의 의심이 맞았을 경우 벨 딜러드와 자신을 더 잘 지킬 수 있도록 관계를 유지하고 싶었기 때문일 걸세.」

「듣고 보니 참 그럴듯하군.」

매컴이 말했다.

「그런데 딜러드 교수는 살인에 대한 이런 황당한 착상을 어디서 얻었단 말인가?」

「마더 구스라는 착상은 아마 아르네손이 로빈에게 스펄링의 화살을 조심하라고 농담하는 소리를 들었을 때 떠올랐을 걸세. 그 말에서 바로, 그 말을 한 사람에 대한 자신의 증오심을 터뜨릴 수 있는 방법을 찾았겠지. 그리고 때를 기다렸을 걸세. 범죄를 무대에 올릴 기회는 곧 찾아왔어. 그날 아침, 거리를 지나가는 스펄링을 보았을 때 교수는 궁술실에 로빈밖에 없다는 사실을 알고 있었네. 그래서 아래층으로 내려가서 로빈와 대화를 하다가 머리를 내려친 걸세. 그런 다음 심장에 화살을 박고 활터로 끌고 나갔지. 피를 닦고 걸레를 버리고 길모퉁이 우체국에서 편지를 부친 후에 다른 한 통은 집앞 우체통에 넣었지. 그런 다음 서재로 돌아와서 이 사무실로 전화를 건 걸세. 하지만 예측하지 못한 한 가지 사태가 벌어졌지. 교수가 발코니에 나가 있었다고 말했던 그 시간에 파인이 아르네손의 방에 있었던 걸세. 하지만 그 일은 아무 지장도 초래하지 않았는데, 비록 파인은 교수가 거짓말을 하고 있다는 사실을 눈치채고 뭔가 잘못되었다는 걸 알았지만, 노교수가 살인범일 거라고는 전혀 의심하지 않았기 때문이지. 범행은 완벽히 성공했어.」

「그렇지만 당신은 로빈이 화살에 맞지 않았다고 짐작하지 않았습니까?」

히스가 끼어들었다.

「그렇습니다. 나는 화살의 오늬가 망가진 상태를 보고서 화살을 로빈의 몸에 박았다는 사실을 알아챘지요. 따라서 로빈은 먼저 머리를 맞고 기절한 후 집 안에서 살해당했다고 결론을 내렸죠. 활이 창문에서부터 활터로 던져졌을 거라고 추측한 까닭도 그 때문이었습니다. 그때는 교수가 범인이라는 사실을 몰랐었죠. 물론 활은 활터에 없었습니다. 그러나 제 추리의 근거가 된 증거가 교수의 편에서 실수나 소홀함이었다고는 볼 수 없습니다. 마더 구스 장난이 멋지게 성공하기만 하면, 나머지 일은 교수에게 아무런 문제도 되지 않았지요.」

「교수가 어떤 살인 도구를 썼다고 생각하나?」

매컴이 물었다.

「교수의 지팡이가 틀림없을 걸세. 지팡이에 달린 큼지막한 황금 손잡이가 치명적인 무기로 손색이 없다는 사실을 자네도 알아차렸을 걸세.[100] 문득 든 생각이지만, 교수가 혐의를 피하고 동정심을 얻기 위해서 자신의 통풍을 과장하지 않았나 싶네.」

「그렇다면 스프리그 살인에 대해서는?」

「로빈이 죽은 후에 교수는 아마 또 다른 범행을 저지르기 위해 일부러 〈마더 구스〉를 찾아보았을 걸세. 그런데 살해당하기 전날인 목요일 밤, 스프리그가 우연히 그 집에 들렀지.

---

[100] 나중에 발견된 사실이지만, 거의 8인치 길이가 되는 그 커다랗고 육중한 황금 손잡이는 지팡이에서 쉽게 빼낼 수 있도록 헐겁게 꽂혀 있었다. 손잡이의 무게는 거의 2파운드나 나갔고, 밴스가 말한 대로 대단히 효과적인 〈흉기〉였다. 그럴 목적으로 손잡이를 헐겁게 끼웠는지는 물론 전적으로 추측일 뿐이다.

내 생각에 착상이 떠오른 게 바로 그때였을 걸세. 무시무시한 거사를 치르기로 선택한 그날, 교수는 아침 일찍 일어나서 옷을 갈아입고 7시 30분까지 파인이 문을 두드리기를 기다렸어. 그리고 대답을 한 다음, 공원으로 찾아간 거야. 아마 궁술실을 지나 골목길로 갔을 걸세. 스프리그가 날마다 아침 산책을 하는 습관이 있다는 말은 아마 아르네손이 별생각 없이 흘렸겠지. 어쩌면 스프리그 자신이 했을지도 몰라.」

「하지만 텐서 공식은 뭐라고 설명한단 말인가?」

「교수는 며칠 전 밤에 아르네손이 스프리그와 대화하는 소리를 들었어. 그래서 은근한 암시를 통해 아르네손에게로 주의를 끌기 위해 일부러 시신 밑에 그 종이를 놓았을 걸세. 그뿐만 아니라, 그 특별한 공식은 이 범죄 아래에 깔린 심리적 충동을 교묘하게 표현하고 있다네. 리만-크리스토펠 텐서는 우주의 무한함에 대한 공식이지. 다시 말해 이 지구 상에 사는 미미한 인간 생명에 대한 부정일세. 따라서 이 공식은 무의식적으로 교수의 뒤틀린 유머 감각을 만족시키고 교수의 괴물 같은 사고와 상통했을 걸세. 그 공식을 보는 순간, 나는 거기에 담긴 불길한 의미를 감지했다네. 그리고 비숍 살인 사건이, 가치관이 관념으로 변해 완전히 달라져 버린 수학자의 소행이라는 내 추론을 확신하게 되었다네.」

밴스는 잠시 말을 멈추고 새 담배에 불을 붙였다. 그리고 잠시 생각에 잠긴 침묵이 흘렀다.

「이제 한밤중에 드러커의 집을 방문한 대목을 이야기할 차례로군. 그것은 드러커 부인이 비명을 질렀다는 소식 때문에 살인자가 어쩔 수 없이 벌여야 했던 섬뜩한 막간극이었지. 교수는 활터에 로빈의 시신을 버리는 장면을 부인이 보았을까 두려웠던 걸세. 게다가 스프리그를 살해한 아침에 드러커 부인은 마당을 산책하다가 범행에서 돌아오는 교수를 만났으니, 교수는 혹시라도 부인이 그 두 가지 사실을 연결 짓지 않을까 더욱 불안해졌지. 우리가 부인을 취조하는 걸 한사코 막으려 했던 것도 놀랄 일은 아니었어! 그러므로 기회가 오자마자, 교수는 부인을 영원히 침묵시키려고 시도했어. 그날 밤 극장을 가기 전에 벨 딜러드의 손가방에서 열쇠를 꺼냈다가 다음 날 아침에 다시 갖다 놓았지. 교수는 파인과 비들을 일찍 침실로 올려 보냈어. 그리고 10시 30분이 되자, 드러커가 피로를 호소하며 집으로 돌아갔지. 자정에 그는 불길한 방문을 방해할 게 없다고 판단했어. 신중하게 계획한 이 살인에 상징적 표식으로 검은 비숍을 가져간 까닭은 아마 파디와 드러커 사이에 오간 체스 논쟁 때문이었을 걸세. 게다가 그것은 아르네손의 체스 말이었지. 어쩌면 검은 비숍이 우리 손에 들어가게 될 경우 그것이 아르네손의 체스 말이라는 사실을 환기시키기 위해서, 교수가 일부러 우리에게 체스 논쟁에 대해 말했던 게 아닐까 하는 의심까지 든다네.」

「그럼 그때 이미 교수가 파디를 연루시킬 생각을 하고 있었단 말인가?」

「오, 그건 아닐세. 아르네손이 파디와 루빈스타인 시합을 분석하면서 비숍이 파디의 오랜 숙적이었다는 사실을 밝혔을 때, 교수는 진심으로 놀랐다네. 그리고 다음 날 내가 검은 비숍을 언급했을 때 파디가 보인 반응에 대해서는 자네 말이 분명히 맞았어. 그 불쌍한 친구는 내가 루빈스타인의 손에 패배한 자신을 놀려 대고 있다고 생각했던 거야……」

밴스는 몸을 숙여 담뱃재를 톡톡 털었다.

「참으로 안타까운 일일세.」
밴스가 유감스러운 듯이 중얼거렸다.
「아직도 그에게 미안하다네.」
밴스는 어깨를 으쓱하더니 다시 의자에 몸을 기대고 앉아서 이야기를 이어 갔다.
「교수는 바로 드러커 부인에게서 드러커 살인에 대한 착상을 얻은 거야. 부인은 벨 딜러드에게 자신이 품고 있는 두려운 상상을 털어놓았는데, 딜러드 양이 그날 밤 저녁 식탁에서 그 말을 옮긴 거지. 곧장 계획이 세워졌어. 실행을 방해하는 장애물은 전혀 없었지. 저녁 식사 후에 교수는 다락방으로 올라가서 편지를 작성했어. 잠시 후에 그는 파디가 아르네손과 오래 남아 있지는 않을 거란 사실을 알고 드러커에게 산책을 가자고 청했지. 이윽고 승마 길을 따라 걸어오는 파디를 보았을 때, 교수는 물론 아르네손이 혼자라는 사실을 알고 있었어. 파디가 지나가자마자 교수는 드러커를 내려쳐 담장 위에서 떨어뜨렸어. 그러고는 곧장 드라이브로 통하는 오솔길을 지나 76번가를 건넌 다음 드러커 방으로 찾아갔지. 돌아올 때에도 똑같은 경로를 이용했어. 이 모든 일이 일어나는 데 10분 이상 걸리지 않았을 거야. 마침내 교수는 태연하게 드러커의 노트를 외투 밑에 감춘 채, 에머리를 지나서 집으로 걸어왔지.」
「하지만 자네는 아르네손이 결백하다고 확신했다면서 어째서 골목으로 통하는 출입문 열쇠를 찾는 데 그토록 열을 올렸던 건가? 드러커가 죽은 날 밤에 그 골목길을 이용할 수 있는 사람은 오직 아르네손뿐이었잖나. 딜러드와 파디는 모두 대문으로 나갔거든.」

「나는 아르네손이 유죄라는 관점에서 그 열쇠에 관심을 가졌던 게 아닐세. 만약 열쇠가 사라졌다면, 누군가 아르네손에게 혐의를 돌리려고 가져갔다는 의미가 되지. 아르네손으로서는 파디가 떠난 후에 그 골목으로 살짝 빠져나가서 드라이브를 건너 오솔길로 들어간 다음, 교수가 떠나기를 기다렸다가 드러커를 공격하면 모든 일이 얼마나 간단하겠는가. 우리가 그렇게 생각해 주길 바랐던 걸세, 매컴. 사실 그것은 드러커의 살인에 대한 명백한 해명이었지.」

「하지만 제 머리로는 도저히 납득이 안 가는 점이 있습니다.」 히스가 투덜거렸다.

「어째서 노교수는 파디를 죽여야만 했을까요? 그런다고 아르네손에게 무슨 혐의가 가는 것도 아닌데 말이죠. 오히려 파디가 범인인데 환멸을 느끼고 자살한 것처럼 보이게 하지 않습니까?」

「그 위장 자살은, 경사님, 노교수의 가장 대담한 장난이었습니다. 냉소적이면서도 동시에 오만 방자한 범행이었죠. 우스꽝스러운 막간극을 벌이는 동안에도 줄곧 아르네손을 파멸시킬 계획은 착착 진행되고 있었으니까요. 게다가 우리에게 그럴듯한 용의자가 생기자, 경계심을 늦추고 교수의 집에서 감시 요원들을 철수시키는 등 교수에게는 대단히 유리하게 작용했죠. 그러나 제 생각에 그 살인은 자연스럽게 저질러졌을 겁니다. 교수는 어떤 구실을 만들어 파디를 궁술실까지 데려갔겠죠. 그곳은 이미 창문을 모두 닫고 햇빛 가리개까지 내려 놓은 상태였습니다. 그러고는 아마 잡지에 실린 무슨 기사 따위를 보게 한 후 아무 의심도 하지 않는 손님의 관자놀이를 쏘았을 겁니다. 그런 다음 그의 손에 권총을 쥐어 주고,

사악하기 짝이 없는 장난기를 발휘해 카드로 집을 지었겠죠. 서재로 돌아온 교수는 체스 말을 늘어놓아 마치 파디가 검은 비숍을 두고 고민한 듯한 인상을 풍기게 했습니다……. 하지만 이 기괴하고 섬뜩한 단편은 단지 부수적인 것에 불과했죠. 꼬마 머펫 아가씨 사건이 대단원을 장식할 예정이었으니까요. 그 사건은 머리 위로 하늘이 무너져 내리듯 아르네손을 끝장낼 수 있도록 주의 깊게 계획이 짜여 있었죠. 매들린 모팻이 험프티 덤프티를 위한 꽃다발을 가져왔던 장례식 날 아침, 노교수는 드러커네 집에 있었습니다. 교수는 틀림없이 그 아이의 이름을 알고 있었을 겁니다. 드러커가 제일 아끼는 소녀였고 여러 번 그 집을 찾아왔으니까요. 이제 교수의 마음속에는 살인에 대한 집착과 마찬가지로 〈마더 구스〉에 대한 생각이 확고하게 자리 잡고 있었죠. 따라서 자연스럽게 모팻이란 이름을 머펫과 연결시켰습니다. 어쩌면 드러커나 드러커 부인이 교수 앞에서 그 아이를 〈꼬마 머펫 아가씨〉라고 불렀을 수도 있죠. 어쨌든 어제 오후에 아이의 관심을 끌어서 돌담 옆 둔덕 위로 유인하기란 쉬웠을 겁니다. 아마 험프티 덤프티가 그녀를 보고 싶어 한다고 말했겠죠. 아이는 기꺼이 교수를 따라서 승마 길의 가로수 밑을 지나 드라이브를 건너서 아파트 사이로 난 골목길을 빠져나간 겁니다. 그 시간에 드라이브는 아이들로 붐볐기 때문에 아무도 그들을 주의 깊게 보지 않았겠죠. 그러고서 어젯밤 교수는 우리에게 아르네손에 대한 의혹의 씨앗을 심었습니다. 꼬마 머펫 아가씨 동요를 적은 편지가 신문사에 도착하고 우리가 비로소 수색에 나서 아이를 찾을 무렵이면, 꼬마는 이미 드러커네 집 안에서 공기 부족으로 질식했을 거라고 생각하고서 말이죠……. 참으로 교활하고 악랄한 계획이었죠!」

「교수는 우리가 자기 집 다락방을 수색할 거라고 예상했을까요?」

「오, 물론이죠. 하지만 오늘 아침쯤일 거라고 예상했을 겁니다. 그때쯤이면 이미 벽장 안을 싹 치우고 타자기도 보다 은밀한 장소로 옮겨 놓을 수 있을 거라고 생각했겠죠. 그리고 노트도 치웠겠죠. 교수가 드러커의 양자 연구를 자기 것으로 삼으려고 했다는 사실은 확실하니까요. 하지만 우리가 하루 일찍 찾아왔고 교수의 계산은 틀어져 버렸죠.」

매컴은 한동안 우울하게 담배만 피워 댔다.

「자네는 어젯밤에 아르네손 비숍이란 등장인물을 기억하는 순간 딜러드 교수의 유죄를 확신했다고 말했지……」

「그래, 바로 그랬어. 그 덕분에 범행 동기를 알았지. 바로 그 순간 교수의 목적이 아르네손에게 죄를 덮어씌우려는 것임을 깨달았다네. 편지에 적힌 비숍이란 서명은 바로 그런 의도에서 선택했던 거야.」

「그렇다면 교수는 〈왕위를 노리는 자들〉이란 연극으로 우리의 주위를 돌리기까지 꽤 오랫동안 기다렸던 셈이로군.」

매컴이 한마디 했다.

「사실 교수는 자기가 그렇게까지 해야 하리라고는 전혀 예상치 못했어. 우리 스스로 그 이름을 알아낼 거라고 생각했지. 하지만 우리는 교수가 기대했던 것보다 더 둔했어. 마침내 교수는 어쩔 수 없이 자네를 불러서 교묘하게 변죽을 울리며 〈왕위를 노리는 자들〉에게로 관심을 몰아간 걸세.」

매컴은 몇 분 동안이나 말이 없었다. 그저 비난하듯이 인상을 잔뜩 찌푸리고 앉아서 손가락으로 압지를 톡톡 두드리고 있었다.

「그런데 어째서 자네는 어젯밤 아르네손이 아니라 교수가 비숍이란 말을 하지 않은 건가? 자네는 우리로 하여금 범인이……. 」

「여보게! 그럼 내가 달리 어떻게 할 수 있었겠나? 우선 자네는 내 말을 믿지 않았을 걸세. 그러고는 또 해외여행을 가라고 권했겠지. 더구나 우리가 아르네손을 의심하고 있다고 교수가 믿게끔 하는 일이 가장 중요했다네. 그렇지 않으면 지금처럼 결정을 강요할 수 있는 기회가 전혀 없었으니까. 속임수만이 우리의 유일한 희망이었어. 만약 자네나 경사님이 교수를 의심했다면, 틀림없이 그따위 게임은 당장 걷어치워 버리고 말았을 거라는 걸 나는 알고 있었네. 자네까지 속임수를 쓸 필요가 없었어. 게다가 보게! 모든 일이 아주 멋지게 마무리되지 않았나.」

나는 경사가 30분 전부터 몹시 당혹스러운 표정으로 불안하게 밴스를 힐끗힐끗 쳐다보고 있음을 눈치챘다. 무슨 이유에서인지, 경사는 자신을 괴롭히는 의혹을 쉽게 털어놓지 못하고 망설이는 듯 보였다. 하지만 이제 경사는 힘들게 자세를 고쳐 앉더니, 천천히 입에서 담배를 떼고는 깜짝 놀랄 질문을 던졌다.

「어젯밤 저희에게 진실을 밝히지 않으신 점에 대해서는 사실 아무 불만도 없습니다, 밴스 씨. 그렇지만 제가 궁금한 점은 오히려 이겁니다. 아까 자리에서 벌떡 일어나 벽난로 선반 위에 놓인 명판을 가리킬 때, 어째서 노교수와 아르네손의 잔을 바꿔 놓으신 겁니까?」

그러자 밴스가 깊은 한숨을 내쉬며 체념한 듯이 고개를 절레절레 흔들었다.

「정말이지 경사님의 독수리 같은 눈은 절대 아무것도 놓치는 법이 없다는 사실을 제가 진작 깨달았어야 했는데 말이죠.」

순간 매컴이 책상 너머로 몸을 불쑥 내밀며 분노에 어쩔 줄 모르는 시선으로 밴스를 노려보았다.

「이게 무슨 소리인가!」

그가 사납게 소리쳤다. 평소의 자제심이 강한 모습은 사라졌다.

「자네가 잔을 바꿨다고? 그럼 자네가 일부러?」

「오, 제발! 그렇게 화내지 말게.」

밴스가 간청하듯 말했다. 그러고는 히스에게로 고개를 돌려 장난스럽게 비난했다.

「보십시오, 경사님. 덕분에 제가 어떤 일을 당하고 있는지.」

「지금은 딴청을 피울 때가 아니야.」

매컴의 목소리는 냉정하고 가차 없었다.

「당장 해명을 해보게.」

밴스가 어쩔 수 없다는 몸짓을 해 보였다.

「오, 그래. 그러지. 앞서 자네에게 설명했던 대로, 내 계획은 교수의 계략에 넘어가서 아르네손을 의심하고 있는 듯 보이는 것이었네. 오늘 아침에 나는 일부러 우리가 아무 증거도 찾지 못했기 때문에 설사 아르네손을 체포한다 하더라도 그를 기소할 수 있을지 의심스럽다는 말을 교수에게 넌지시 흘렸어. 상황이 그렇게 되면, 교수가 어떤 행동을 취하리라는 사실을 알고 있었기 때문일세. 어떤 대담한 방식으로라도 그 상황에 맞서리라고 말이야. 왜냐하면 이 모든 살인의 유일한 목적은 아르네손을 완전히 파멸시키는 데 있었기 때문이지. 교수가 어떤 명백한 범죄를 저지르다가 결국 두 손을 들게 될 거라고 난 확신했다네. 그게 무슨 일일지는 나도 몰랐지만, 어쨌든 우리가 그를 가까이 지켜보고 있었으니까……. 그때 포도주가 내게 영감을 불어넣어 주었네. 이미 교수의 손에 청산가리가 있다는 사실을 알고 있는 나는 자살을 화제로 삼아서 교수의 머릿속에 그 생각을 주입시켰어. 교수는 곧 덫에 걸려들었지. 그리고 아르네손을 독살하여 자살처럼 보이게 하려고 시도했어. 나는 교수가 포도주를 따를 때, 선반에서 아르네손의 잔에 몰래 작은 병의 투명한 액체를 쏟아 붓는 모습을 보았네. 처음 내 의도는 살인을 막고 포도주 성분을 검사하는 것이었지. 아니면 교수의 몸을 뒤져서 약병을 찾아낼 수도 있었고, 교수가 포도주에 독을 타는 걸 보았다고 증언할 수도 있었겠지. 그 정도 증거라면 어린아이의 증언과 더불어 우리 목적을 충분히 달성해 주었을 걸세. 하지만 마지막 순간에, 그러니까 교수가 우리 모두의 잔을 다시 채워 주었을 때, 나는 보다 간단한 방법을 택하기로 결심했다네.」

「그래서 자네는 우리 관심을 다른 데로 돌리고 포도주 잔을 바꿨단 말인가!」

「그래, 그랬네. 물론이야. 자기가 다른 사람을 위해 따라 놓은 잔이라면 자신도 기꺼이 마셔야 한다고 생각했거든.」

「자네 손으로 직접 법을 집행했군!」

「내 팔로 한 셈이지……. 어쩔 수 없었어. 하지만 그렇게 고지식하게만 굴지는 말게. 자네라면 방울뱀을 법정에 데려가겠는가? 미친개에게 재판을 열어 주겠냔 말일세. 나는 딜러드 교수 같은 괴물을 저세상으로 보내는 데 일조한 것에 대해서 독사를 때려잡을 때만큼도 죄책감을 느끼지 않는다네.」

「하지만 그건 살인이야!」

매컴이 머리끝까지 화가 나서 소리쳤다.

「오, 그렇고말고.」

밴스는 신이 나서 말했다.

「물론일세. 괘씸하기 짝이 없는 일이지……. 그런데 혹시 이러다가 내가 체포당하는 건가?」

딜러드 교수의 〈자살〉로 악명 높은 비숍 살인 사건은 드디어 종결되었다. 자동적으로 파디에 대한 모든 혐의는 완전히 사라졌다. 이듬해에 아르네손과 벨 딜러드는 조용히 결혼식을 올리고 노르웨이로 건너가 보금자리를 꾸몄다. 아르네손은 오슬로 대학의 응용 수학과에 자리를 잡았다. 그리고 2년 후에 물리학 연구로 노벨상을 수상하게 된다. 75번가의 오래된 딜러드 저택은 헐리고 그 자리에 지금은 현대식 아파트가 들어서 있다. 건물 정면에는 마치 궁술 과녁을 연상시키는 두 개의 거대한 적갈색 원형 돋을새김이 있다. 나는 건축가가 일부러 이런 건물 장식을 고르지 않았을까 가끔 의심이 들곤 한다.

역자 해설
황금시대의 거장, 밴 다인

  S. S. 밴 다인은 추리 소설 장르의 황금시대라고 불리는 1920년대와 1930년대를 화려하게 장식한 미국의 베스트셀러 추리 소설 작가이다. 일반적으로 추리 소설의 효시라고 하면 미국 작가 에드거 앨런 포가 1841년에 발표한 『모르그 가의 살인 사건 The Murders in the Rue Morgue』을 손꼽는다. 그 이후로 1887년 영국의 의사이자 작가인 아서 코넌 도일이 유명한 셜록 홈즈 시리즈를 출간함으로써 추리 소설은 대중에게 사랑받는 문학의 한 장르로 완전히 자리 잡게 되었다. 그리고 뒤이어 영국과 미국에서 다수의 뛰어난 작가들이 등장함으로써 추리 소설은 최고의 전성기를 맞았다. 지금도 우리에게 친숙한 애거사 크리스티라든가 오스틴 프리맨, 엘러리 퀸 등은 모두 이 시기에 등장하여 왕성한 작품 활동을 펼친 작가들이었다. 그들 중에서도 〈파일로 밴스〉라고 하는 해박하고 부유한 뉴욕의 아마추어 탐정을 주인공으로 내세운 밴 다인의 추리 소설 시리즈는 1926년에 발표된 첫 번째 작품 『벤슨 살인 사건 The Benson Murder Case』부터 어마어마한 인기를 끌었다. 당시 사람들 사이에서 〈파일로 밴스〉라는 이

름은 일종의 유행어처럼 입에 오르내렸고, 특히 저자가 〈S. S. 밴 다인〉이라는 필명을 내세워 자신의 정체를 철저히 숨긴 탓에 단 몇 사람만 모여도 으레 저자를 둘러싼 열띤 논쟁이 벌어졌다고 한다.

밴 다인의 본명은 윌러드 헌팅턴 라이트Willard Huntington Wright로, 사실 그는 오랫동안 잡지나 신문에 문학과 미술, 역사, 철학 전반에 관한 많은 글을 써온 문예 비평가였다. 또한 도시의 어두운 일면을 파헤치는 진지하고 사실주의적인 소설을 추구하는 순수 문학 작가이기도 했다. 그러므로 내심 대중문학을 무시하는 편견을 갖고 있었고, 더구나 자신이 대중 문학의 꽃이라고 할 수 있는 추리 소설 작가로 엄청난 명성과 성공을 얻게 되리라고는 꿈에도 생각하지 않았다. 하지만 계속되는 경제적 어려움과 질병, 불운에 쫓기다 마침내 인생의 가장 밑바닥까지 떨어졌을 때, 마지못해 쓰기 시작한 추리 소설이 그의 인생을 완전히 바꿔 놓았으며 그가 평생 꿈꿔 왔던 호사스럽고 유유자적한 생활까지 가능하게 해주었으니 정말 아이러니한 일이 아닐 수 없다.

라이트는 죽을 때까지 이 아이러니한 운명에서 벗어나지 못했는데, 끊임없이 추리 소설 작가 S. S. 밴 다인이라는 정체성에서 벗어나려고 시도하면서도(실제로 여섯 번째 작품인 『가을 살인 사건 *The Autumn Murder Case*』을 발표한 후에는 더 이상 추리 소설을 쓰지 않겠다고 선언하기도 했다) 결국 자신이 원하는 귀족적 삶을 영위하기 위해서는 어쩔 수 없이 〈밴 다인〉으로 되돌아올 수밖에 없었다. 그가 남긴 단 한 편의 순문학 장편소설 『촉망받는 사람 *The Man of Promise*』에는 마치 자신의 이런 운명을 예견이라도 하듯이(심지어 추리 소설을 쓰기 전에 완성한 작품이었는데), 〈문화와 귀족 사회의 건전한 기반〉을 추구하겠다는 예술적 포부를 포기하고 인기 작가의 길을 가는 재능 있는 젊은이가 등장한다. 그뿐만 아니라 추리 소설 작가로서 명성이 절정에 달했을 때, 라이트가 쓴 글의 제목 〈난 한때 지식인이었다. 그런데 지금 내 꼴을 보라 I used to be a Highbrow and Look at Me Now〉을 보면 베스트셀러 작가가 된 기쁨과 동시에 더 이상 문학계에서 진지한 작가로 받아들여지지 않는 자신의 처지에 대한 깊은 회한이 느껴진다.

물론 라이트가 갖고 있었던 해박한 지식과 예술적 소양이 전혀 쓸모 없이 묻혀 버린 것은 아니었다. 그 뛰어난 학식은 그의 소설 속에 고스란히 전해져서, 어느 분야(문학뿐만 아니라 물리학, 천문학, 심리학, 그림, 체스, 심지어 스포츠까지도)에 관한 어떤 내용이 나오더라도 모르는 게 없는 탐정 파일로 밴스를 탄생시켰다. 『비숍 살인 사건 The Bishop Murder Case』의 경우만 해도, 밴스는 사건을 수사하는 과정에서 수많은 소설가와 수학자, 천문학자, 체스 선수의 이름을 거론하는데 그들 모두 작가의 가공물이 아니라 역사적 사실인 점을 보면 라이트의 지식이 얼마나 광범위한 분야에 걸쳐 있는지 알 수 있다. 실제로 경제적인 문제에 연연하지 않고 느긋하게 뉴욕 생활을 즐기며 살인 사건을 수사하는 도중에도 종종 미술 관람이나 음악 공연을 즐기는 주인공 밴스의 모습은 작가의 평소 생활과 매우 유사했다고 한다.

어쨌든 작품 전반에 걸쳐 틈만 나면 튀어나오는 주인공의 현학적 장광설(가령 『비숍 살인 사건』에서 마지막 순간에 니체를 인용하며 길게 펼쳐지는 밴스의 자살론 따위)과 예술적

취향은 밴 다인의 추리 소설을 특징짓는 중요한 개성이자 어쩌면 커다란 약점으로 지적되기도 한다. 1934년 이후 대공황으로 현실이 각박해지고 레이먼드 윌리엄스 같은 하드보일드 문체의 작가가 등장함과 동시에, 그것은 대중이 그의 작품으로부터 멀어지게 된 결정적인 원인이 되었기 때문이다. 라이트는 탐정 파일로 밴스가 등장하는 11권의 작품과 유작인 『겨울 살인 사건 The Winter Murder Case』을 포함하여 모두 13편의 추리 소설을 썼지만, 『드래곤 살인 사건 The Dragon Murder Case』부터는 별다른 인기를 끌지 못했고 말년에는 영화사에 작품을 팔아 돈벌이를 하기도 힘들었다. 그가 1928년 『아메리칸 매거진』에 발표한 「추리 소설을 쓰는 20가지 법칙 Twenty rules for writing detective stories」을 보면 16번째 법칙으로 장황한 묘사나 문학적 유희는 피하고 사건 자체에 집중할 것을 조언하고 있는데, 정작 작가 자신은 이 조언을 받아들이지 못했던 것일까?

참고로 지금도 추리 소설의 십계명처럼 받아들여지고 있는 「추리 소설을 쓰는 20가지 법칙」 중에서 몇 가지를 더 소개하자면, 독자와 탐정에게는 동일한 단서가 주어져야 한다, 사랑 이야기로 흘러가서는 안 된다, 탐정이 범인이 되어서는 안 된다, 탐정은 한 명이어야 한다, 반드시 살인 사건이 일어나야 한다, 비밀 단체나 범죄 조직이 등장해서는 안 된다, 하인이 범인이 되어서는 안 된다, 살인은 여러 차례 일어날 수 있지만 범인은 한 명이어야 한다, 사건이 자살이나 우연한 사고로 판명되어서는 안 된다, 미신적인 방법이 아닌 합리적인 방법으로 사건을 해결해야 한다, 등등이 있다.

그러나 어느 한편으로는 현학적이고 예술적인 면모가 그

의 소설에 진지한 무게를 더해 주고, 독특하고 심오한 분위기를 자아내는 것도 사실이다. 역사적 사실을 상세히 인용하는 수법 또한 사건과 관련 없는 이야기를 지나치게 나열하는 듯 보이지만, 동시에 마치 실제 벌어진 사건인 양 현실감을 더하는 효과를 불러일으킨다. 따라서 독자의 취향에 따라, 이런 특성은 약점으로 보이기도 하고 뛰어난 장점으로 느껴지기도 할 것이다.

『비숍 살인 사건』은 밴 다인이 앞서 발표한 세 편의 추리 소설(『벤슨 살인 사건』, 『카나리아 살인 사건 *The Canary Murder Case*』, 『그린 살인 사건 *The Greene Murder Case*』)의 잇단 성공에 마지막 정점을 찍은 작품으로써, 사실상 파일로 밴스를 주인공으로 하는 시리즈 중에서 가장 완성도 높은 작품이라고 할 수 있다. 무엇보다 「마더 구스의 노래」라고 하는, 친근하면서도 기괴한 내용의 동요를 좇아서 광기 어린 연쇄 살인 사건이 일어난다는 독특한 설정이 이 작품의 가장 커다란 매력인데, 논리적 추론을 펼치기에는 지나치게 작위적인 설정이라는 느낌을 떨쳐 버릴 수 없음에도 불구하고 강력한 주문처럼 묘하게 독자들을 사로잡는다. 비록 사건의 결말이 밝혀진 이후에도 범행 동기가 여전히 석연치 않고, 굳이 마더 구스의 노래 내용대로 살인을 해야 할 필연성(범인의 기이한 성향이란 이유 이외에)을 찾기 힘들다는 비판이 제기될 수 있지만, 책을 읽다 보면 제아무리 날카로운 이성을 지닌 독자라 할지라도 어느새 작가가 만들어 놓은 환상의 세계 속으로 빠져들어 마더 구스의 노래를 되뇌게 되는 것이다.

이야기 속에 등장하는 인물들이 모두 고도의 두뇌 싸움을 즐기는 천재 수학자나 물리학자, 체스 선수라는 점도 독자의 흥미를 자아내는 중요한 요소이다. 아이들 동요 속에 나오는 내용대로 살인이 실현된다는 다소 황당한 설정이 그저 터무니없이 느껴지지 않고, 뭔가 대단히 심오하고 천재적인 범행의 일부일 것만 같은 기대감을 불러일으키기 때문이다. 게다가 언제나 범인의 의중을 한발 앞서 파악하는 탐정 밴스의 능력이 이런 쟁쟁한 천재들 틈에서 더욱 돋보임은 물론이다.

무엇보다 동요가, 다시 말해 시와 문학이 결국은 살인자의 행동까지 지배한다는 식의 놀라운 발상은 문학을 사랑하고 예술에 심취했던 윌러드 헌팅턴 라이트만이 생각해 낼 수 있지 않았을까 싶다. 이 작품에서 범인은 처음에는 잠깐 스쳐 지나가는 농담에 힌트를 얻어 우발적으로 마더 구스의 노래를 자신의 범행에 끌어다 쓰지만, 사건이 진행될수록 점차 노래의 내용에 맞춰서 범행을 실행하는 강박증에 사로잡힌다. 마더 구스의 노래가 강력한 힘을 지닌 예언처럼 작용하기 시작하는 것이다. 그러면서 주변 인물들을 자기 손아귀에서 갖고 놀 수 있다고 자신했던 범인은 거꾸로 그 노래의 힘을 이기지 못하고 점차 파멸의 길로 끌려 들어간다. 이야기의 후반부로 갈수록 원래 범인의 목적과는 거리가 먼 허점투성이의 사건들이 일어나는데, 철저하게 계산적이고 냉철한 범인을 기대하는 독자라면 실망을 금치 못하겠지만, 합리성만으로는 설명할 수 없는 인간의 기이한 욕망을 보여 준다는 점에서는 이보다 더 심오한 추리 소설이 없을 정도이다.

추리 소설 장르는 다른 어떤 문학보다도 전문 지식을 갖춘 열광적인 독자들이 많은 것으로 알고 있다. 그런데 이 분야에 대한 지식이 여러모로 부족한 역자가 추리 소설의 고전 중에 고전인 『비숍 살인 사건』을 번역했다는 사실이 무척 영광스럽기도 하면서 부담스럽기도 하다. 모쪼록 이 작품의 음산하면서도 환상적인 분위기가 잘 전달되어 추리 소설 애호가들뿐만 아니라 일반 독자들까지도 S. S. 밴 다인의 작품 세계를 즐길 수 있기를 바란다.

최인자

S. S. 밴 다인 연보

1888년 출생 본명 윌러드 헌팅턴 라이트Willard Huntington Wright. 10월 15일 버지니아 주의 샤롯테스빌에서 아버지 아치볼드 대븐포트 라이트Archibald Davenport Wright와 어머니 애니 밴 브란켄 라이트 Annie Van Vranken Wright 사이에서 장남으로 태어남.

1901년 13세 부모가 두 아들을 데리고 샌타모니카로 이주. 아카디아 호텔을 구입. 장남인 윌러드는 매우 다재다능하지만 반항적인 기질을 보여 불과 3년 사이에 세 학교를 전학함. 반면 동생인 스탠턴 맥도널드 Stanton MacDonald는 장차 화가가 되겠다는 꿈을 키웠으며 나중에 추상화 화가로 명성을 얻음.

1903년 15세 캘리포니아 주의 세인트 빈센트 칼리지 입학, 중퇴.

1904년 16세 포모나 칼리지 입학, 중퇴.

1906년 18세 하버드 대학에 인류학과 고고학 과목의 특별 장학생으로 입학. 그러나 공부보다는 파티를 더 즐김.

1907년 19세 이해 봄 결국 하버드 대학에서 경고를 받고 퇴학. 워싱턴 주 시애틀 출신의 작가 지망생 캐서린 벨 보인턴Katharine Belle Boynton을 만나 무일푼 상태로 성급히 결혼함. 부유한 부모의 도움을 받아 생활하며 부동산 중개업부터 음료수 가게까지 수많은 일을 시도했지만 모두 실패하고 결국 아버지가 경영하는 철도 회사의 승무원으로 취직. 이곳에서 「LA 타임스」의 기자를 만나 편집장인 해리 앤드루즈를 소개받음으로써 인생의 커다란 전환점을 맞이함. 영민한 앤드루즈는 라이트의 재능을 알아보고 문예 비평 담당 기자로 채용함.

1910년 22세　『타운 토픽스』에서 문예 비평가이자 연극 평론가로 활동함. 리얼리즘 순문학 경향의 단편소설을 쓰면서 본격적인 문학 작품 활동을 시작함.

1913~1914년 25~26세　뉴욕의 문예지인 『더 스마트 셋』의 편집자가 되지만, 창녀나 포주 등 도시 빈민층을 다룬 이야기들을 기사화함으로써 발행인과 불화를 일으킴. 결국 1년도 못 돼 해고당하고 이후 10년 동안은 잦은 이직과 빚, 불운에 시달림.

1915년 27세　『더 포럼』에서 미술 평론가로 활동. 니체의 모든 저작을 소개하고 비평한 『니체의 가르침 *What Nietzsche Taught*』을 출간함.

1916년 28세　『인터내셔널 스튜디오』에서 문학 평론가로 활동. 그의 첫 번째 장편소설인 『촉망받는 사람 *The Man of Promise*』이 출간됨. 비범한 재능을 지닌 한 청년의 실패를 다룬 작품으로 거의 주목을 받지 못함. 이때부터 마약에 중독되기 시작함.

1917년 29세　「뉴욕 이브닝 메일」에서 문학 편집자로 근무. 브리테니커 백과사전 11번째 판본에 나타난 영국인들의 편견과 근거 없는 부정확한 정보들을 통렬하게 비판한 『어느 나라의 오류 *Misinforming a Nation*』를 출간.

1918~1919년 30~31세　「샌프란시스코 회보」의 미술 편집장 겸 음악 비평가로 활동. 『프랑스 현대 소설 걸작선 *The Great Modern French Stories*』을 출간.

1920년 32세　요양을 위해 잠시 아내와 딸에게 돌아갔지만 다시 뉴욕으로 떠남. 곧 다시 마약에 빠진 그는 생계와 약값을 벌기 위해 영화 잡지에 글을 기고함.

1922~1923년 34~35세　신문왕 허스트의 『인터내셔널 매거진』에서

미술 평론가로 활동. 1923년 『그림의 미래 The Future of Painting』를 출간. 끊임없는 집필과 과로로 인해 신경 쇠약에 걸림. 주치의는 그에게 2년 이상 침대에만 누워 있도록 지시함. 병상 생활의 지루함과 짜증을 견디지 못한 그는 수천 권의 범죄 추리 소설들을 수집하고 읽기 시작했다고 밝힘. 그러나 존 로헤리John Loughery가 쓴 전기, 『앨리어스 S. S. 밴 다인Alias S. S. Van Dine』(1992)에 따르면 실제로는 상습적인 채무와 약물중독으로 모든 친구들과 후원자들까지 완전히 등을 돌린 절망적인 상태에서, 작가이자 체스 애호가인 노버트 리더러Norbert Lederer가 그에게 추리 소설을 써보라고 적극 격려하고 엄청난 추리 소설책이 소장된 자신의 서재에 출입하게 해주었다고 함.

1925년 ³⁷세 영화 잡지에 잡문을 쓰느니 차라리 추리 소설을 쓰는 편이 낫겠다고 판단한 라이트는 평소 대중 소설을 경멸하던 자존심을 버리고 리더러의 조언을 받아들임. 추리 소설의 기법과 공식을 연구하는 등 생애 최초로 진지하고 열정적인 노력을 기울임.

1926년 ³⁸세 10월 첫 번째 소설 『벤슨 살인 사건 The Benson Murder Case』이 스크리브너사의 잡지에 실렸다가 곧 책으로 출간됨. 예상을 뛰어넘는 어마어마한 성공을 거둠. 자신의 이전 저서들과 비교당하지 않도록 S. S. 밴 다인이라는 필명으로 발표함. 라이트는 이 필명에 대해, 〈S. S.〉는 〈증기선steamship〉의 약자이며 〈밴 다인〉은 옛 조상의 이름이라고 주장했지만, 로저리에 따르면 그의 가계에 〈밴 다인〉이란 조상은 없었다고 함. 이후로 예술 애호가인 상류층 아마추어 탐정, 파일로 밴스를 주인공으로 한 11편의 추리 소설을 썼는데, 모두 굉장한 상업적 성공을 거두었고 라이트는 생애 처음으로 부자가 됨.

1927년 ³⁹세 『카나리아 살인 사건 The Canary Murder Case』이 출간되고, 베스트셀러 작가가 됨. 주인공 밴스는 당시 사람들 사이에서 친숙한 이름이 되었고, 작가의 정체를 둘러싼 논쟁이 가장 흔한 화젯거리였다고 함. 결국 시카고의 한 신문에 논설을 쓰면서 편집자의 요구에 따라 보낸 한 장의 사진을 발단으로, 밴 다인과 윌러드 헌팅턴 라이트의 유사성이 제기되기 시작함.

1928년 ⁴⁰세 자신의 본명으로『세계 명작 추리 소설 선집*The Great Detective Stories*』을 출간하며 35면에 달하는 서문과 주석을 씀. 이 글은 지금까지 추리 소설 연구사에 있어서 중요한 저술로 손꼽힘.『아메리칸 매거진』에 필명으로「추리 소설을 쓰는 20가지 법칙Twenty rules for writing detective stories」이라는 논문을 기고함. 이 글 역시 지금까지 수없이 재출간되며 중요하게 인용되고 있음. 이 두 편의 글에서 라이트는 일부 똑같은 문장을 사용하고 똑같은 생각을 드러내어 두 사람이 동일 인물이라는 결정적 단서를 제공함. 4월『그린 살인 사건*The Greene Murder Case*』출간, 한 달 만에 미국 최고의 베스트셀러가 됨.

1929년 ⁴¹세 마침내 라이트가 자신의 정체를 인정하자, 홀대받았던 그의 첫 번째 소설『촉망받는 사람』이 재출간되고 호평을 받음. 네 번째 추리 소설『비숍 살인 사건*The Bishop Murder Case*』출간. 첫 번째 부인과 이혼함.

1930년 ⁴²세 10월 클레어 드 리즐이란 예명으로 활동하는 초상화 전문 화가 엘리너 루라파우Eleanor Rulapaugh와 재혼하고 로스앤젤레스에 정착함. 워너브라더스 영화사를 위해서 짧은 소설을 쓰기 시작함. 이 소설을 바탕으로 약 20분 길이의 단편 영화 12편이 제작됨. 그중 라이트의 플롯 구성 능력을 보여 주는 대표적인 영화로「해골 살인 미스터리The Skull Murder Mystery」(1931)가 있음. 특히 이 영화는 중국인 등장인물들을 아무런 인종적 편견 없이 다루고 있는데, 당시로서는 무척 보기 드문 일이었음.『딱정벌레 살인 사건*The Scarab Murder Case*』출간.

1931년 ⁴³세 여섯 번째 추리 소설『가을 살인 사건*The Autumn Murder Case*』출간 후 라이트는 또 다른 자아인, 성공한 추리 소설가 밴 다인에게 작별을 고하고 본래 영역으로 돌아가기로 결심. 철학과 문학, 현대 음악에 대한 글을 완성하겠다는 계획을 세움. 책으로 벌어들인 엄청난 돈을 가지고 유별나고 낭비벽이 심한 생활을 영위함.

1933년 ⁴⁵세 『개집 살인 사건*The Kennel Murder Case*』출간.

1934년 ⁴⁶세 『드래곤 살인 사건*The Dragon Murder Case*』,『카지노

살인 사건 *The Casino Murder Case*』 출간. 대공황이 미국을 강타하면서 추리 소설에 대한 대중들의 취향도 변화하고 라이트의 지나치게 미학적인 문체는 외면당하기 시작함. 결국 1930년대 중반 이후부터는 그의 대중적 인기가 현저하게 떨어짐.

1935년 47세 『가든 살인 사건 *The Garden Murder Case*』 출간.

1936년 48세 파일로 밴스 시리즈의 마지막 작품인 『납치 살인 사건 *The Kidnap Murder Case*』 출간.

1938년 50세 경제적 어려움이 심각한 상태에 도달하자 라이트는 파라마운트사에 작품을 팔기 위해 분주히 뛰어다님. 비대중적인 실험 소설 『그레이시 앨런 살인 사건 *The Gracie Allen Murder Case*』이 출간되고 영화화되었으나 흥행에 실패. 빚과 음주, 약물 중독에 시달리던 그는 소냐 헤니 영화사의 제안을 받아 작업을 하던 도중 심장 발작을 일으킴. 일시적으로 회복됨.

1939년 51세 4월 11일 뉴욕 시에서 사망. 유작으로는 『겨울 살인 사건 *The Winter Murder Case*』이 있음.

열린책들 세계문학 181 비숍 살인 사건

옮긴이 최인자 연세대학교 영어영문학과를 졸업하고, 동 대학교 비교문학과 박사 과정을 수료했다. 조선일보 신춘문예 평론 부문으로 등단하였다. 현재 경희대학교 후마니타스 객원 교수로 재직 중이며, 그 밖에 월요일 독서 클럽 회원으로 책 읽기와 글쓰기, 번역 등을 겸하고 있다. 옮긴 책으로는 『재즈』, 『문학의 죽음』, 『해리 포터와 불사조 기사단』, 『해리 포터와 죽음의 성물』, 『허클베리 핀의 모험』, 『기쁨의 집』, 『오 헨리 단편집』, 『오페라의 유령』, 『이상한 나라의 앨리스』 등 다수가 있다.

지은이 S. S. 밴 다인 **옮긴이** 최인자 **발행인** 홍지웅·홍예빈
발행처 주식회사 열린책들 **주소** 경기도 파주시 문발로 253 파주출판도시
전화 031-955-4000 **팩스** 031-955-4004 **홈페이지** www.openbooks.co.kr
Copyright (C) 주식회사 열린책들, 2011, *Printed in Korea*.
ISBN 978-89-329-1181-6 04840 ISBN 978-89-329-1499-2 (세트)
발행일 2011년 8월 25일 세계문학판 1쇄 2019년 12월 5일 세계문학판 5쇄

이 도서의 국립중앙도서관 출판예정도서목록(CIP)은 서지정보유통지원시스템 홈페이지(http://seoji.nl.go.kr)와 국가자료공동목록시스템(http://www.nl.go.kr/kolisnet)에서 이용하실 수 있습니다.(CIP제어번호:CIP2011003369)

열린책들 세계문학
Open Books World Literature

001 죄와 벌 전2권
표도르 도스또예프스끼 장편소설 | 홍대화 옮김 | 각 408, 504면

죄와 벌의 심리 과정을 따라가며 혁명 사상의 실제적 문제를 제시하는 명작

- 고려대학교 선정 〈교양 명저 60선〉
- 미국 대학 위원회 선정 SAT 추천 도서

003 최초의 인간
알베르 카뮈 장편소설 | 김화영 옮김 | 392면

20세기 문학의 정점을 이룬 알베르 카뮈 최후의 육성

- 1957년 노벨 문학상 수상 작가

004 소설 전2권
제임스 미치너 장편소설 | 윤희기 옮김 | 각 280, 368면

〈소설이란 무엇인가〉라는 주제를 작가, 편집자, 비평가, 독자의 입장에서 풀어 나간 작품

- 〈이달의 청소년도서〉 선정
- 한국 간행물 윤리 위원회 선정 〈청소년 권장 도서〉

006 개를 데리고 다니는 부인
안똔 체호프 소설선집 | 오종우 옮김 | 368면

삶의 진실과 인간의 참모습을 웃음과 울음으로 드러내는 위대한 작품

- 1993년 서울대학교 선정 〈동서 고전 200선〉
- 2002년 노벨 연구소가 선정한 〈세계문학 100선〉

007 우주 만화
이딸로 칼비노 단편집 | 김운찬 옮김 | 416면

25편 단편 속 신비로운 존재 〈크프우프크〉를 통해 환상적으로 창조된 우스꽝스러운 우주

008 댈러웨이 부인
버지니아 울프 장편소설 | 최애리 옮김 | 296면

난해한 〈의식의 흐름〉 기법과 〈내적 독백〉을 시도한 영국 모더니즘 소설의 고전

- 2005년 『타임』지 선정 〈100대 영문 소설〉, 〈20세기 100선〉
- 2009년 『뉴스위크』 선정 〈세계 100대 명저〉

009 어머니
막심 고리끼 장편소설 | 최윤락 옮김 | 544면

혁명의 교과서이자 인간다운 삶의 권리를 일깨우는 영원한 고전

- 1912년 그리보예도프상
- 2006년 이고르 수히흐 교수 〈러시아 문학 20세기의 책 20권〉
- 서울대학교 권장 도서 100선

010 변신
프란츠 카프카 중단편집 | 홍성광 옮김 | 464면

어디에도 안주하지 못하는 인간의 모습을 초현실적으로 그려 낸 카프카의 주옥같은 단편들

- 서울대학교 권장 도서 100선

011 전도서에 바치는 장미
로저 젤라즈니 중단편집 | 김상훈 옮김 | 432면

신화와 SF의 융합, 흥미롭고 지적인 중단편 소설집

012 대위의 딸
알렉산드르 뿌쉬낀 장편소설 | 석영중 옮김 | 240면

역사적 대사건을 가정 소설과 연애 소설의 형식에 녹여 내어 조망한 산문 예술의 정점

- 2000년 한국 백상 출판 문화상 번역상

013 바다의 침묵
베르코르 소설선집 | 이상해 옮김 | 256면

전쟁과 이데올로기에 가려진 인간성에 대하여 고찰한 레지스탕스 문학의 백미

014 원수들, 사랑 이야기
아이작 싱어 장편소설 | 김진준 옮김 | 320면

유대인 학살에서 살아남은 네 남녀의 사랑과 상처를 그린 소설

- 1978년 노벨 문학상 수상 작가

015 백치 전2권
표도르 도스또예프스끼 장편소설 | 김근식 옮김 | 각 500, 528면

백치 미쉬낀을 통해 구현하는 완전한 아름다움과 순수한 인간의 형상

- 피터 박스올 〈죽기 전에 읽어야 할 1001권의 책〉

017 1984년
조지 오웰 장편소설 | 박경서 옮김 | 392면

감시하고 통제하는 전체주의의 권력 앞에 무력해지는 인간의 삶

- 2009년 『뉴스위크』 선정 〈세계 100대 명저〉
- 『타임』지가 뽑은 〈20세기 100선〉

018 수용소군도
알렉산드르 솔제니찐 기록문학 | 김학수 옮김 | 480면

20세기 최고의 고발 문학이자 세계적인 휴먼 다큐멘터리

- 1970년 노벨 문학상
- 『타임』지가 뽑은 〈20세기 100선〉

019 이상한 나라의 앨리스
루이스 캐럴 환상동화 | 머빈 피크 그림 | 최용준 옮김 | 336면

시공을 초월하며 상상력과 호기심의 한계를 허무는 루이스 캐럴의 환상 동화

- 2003년 BBC 「빅리드」 조사 〈영국인들이 가장 사랑하는 소설 100편〉
- 2004년 〈한국 문인이 선호하는 세계 명작 소설 100선〉

020 베네치아에서의 죽음
토마스 만 중단편집 | 홍성광 옮김 | 432면

삶과 죽음, 예술과 일상이라는 양극의 주제를 다룬 걸작

- 1929년 노벨 문학상 수상 작가
- 피터 박스올 〈죽기 전에 읽어야 할 1001권의 책〉

021 그리스인 조르바
니코스 카잔차키스 장편소설 | 이윤기 옮김 | 488면

카잔차키스가 그려 낸 자유인 조르바의 영혼의 투쟁

- 2002년 노벨 연구소가 선정한 〈세계문학 100선〉
- 2004년 〈한국 문인이 선호하는 세계 명작 소설 100선〉
- 2005년 동아일보 선정 〈21세기 신고전 50선〉
- 피터 박스올 〈죽기 전에 읽어야 할 1001권의 책〉

022 벚꽃 동산
안똔 체호프 희곡선집 | 오종우 옮김 | 336면

거창한 사상보다는 삶의 사소함을 객관적인 문체로 그린, 가장 완숙한 체호프의 작품

- 2006년 이고르 수히흐 교수 〈러시아 문학 20세기의 책 20권〉
- 미국 대학 위원회 선정 SAT 추천 도서
- 서울대학교 권장 도서 100선

023 연애 소설 읽는 노인
루이스 세풀베다 장편소설 | 정창 옮김 | 192면

담백하고 섬세한 문체와 간결한 내용에 인간의 탐욕과 자연의 거대함을 담은 환경 소설

- 1989년 티그레 후안상
- 1998년 전 세계 베스트셀러 8위

024 젊은 사자들 전2권
어윈 쇼 장편소설 | 정영문 옮김 | 각 416, 408면

인간의 어리석음, 광기, 우스꽝스러움을 탁월하게 포착한 전쟁 소설이자 심리 소설

- 1945년 오 헨리 문학상
- 1970년 플레이보이상

026 젊은 베르테르의 슬픔
요한 볼프강 폰 괴테 장편소설 | 김인순 옮김 | 240면

사랑의 열병을 앓는 전 세계 젊은이들의 영혼을 울린 감성 문학의 고전

- 2003년 크리스티아네 취르트 〈사람이 읽어야 할 모든 것, 책〉
- 피터 박스올 〈죽기 전에 읽어야 할 1001권의 책〉

027 시라노
에드몽 로스탕 희곡 | 이상해 옮김 | 256면

명랑한 영웅주의, 감미로운 연애 감정, 기발하고 화려한 시구들이 돋보이는 명작

- 미국 대학 위원회 선정 SAT 추천 도서

028 전망 좋은 방
E. M. 포스터 장편소설 | 고정아 옮김 | 352면

영국 사회의 계층 간 갈등과 가치관의 충돌을 날카롭게 포착한 걸작

- 1998년 랜덤하우스 모던 라이브러리 선정 〈최고의 영문 소설 100〉
- 피터 박스올 〈죽기 전에 읽어야 할 1001권의 책〉

029 까라마조프 씨네 형제들 전3권
표도르 도스또예프스끼 장편소설 | 이대우 옮김 | 각 496, 496, 460면

많은 인물군과 에피소드를 통해 심오한 사상과 예술적 깊이를 보여 주는 도스또예프스끼 40년 창작의 결산

- 국립중앙도서관 선정 청소년 권장 도서 50선
- 서울대학교 권장 도서 100선

032 프랑스 중위의 여자 전2권
존 파울즈 장편소설 | 김석희 옮김 | 각 344면

자유에 대한 정열이 고갈된 20세기에 대한 탁월한 우화

- 1969년 실버펜상
- 2005년 『타임』지 선정 〈100대 영문 소설〉

034 소립자
미셸 우엘벡 장편소설 | 이세욱 옮김 | 448면

성(性) 풍속의 변천 과정을 중심으로 전개되는 두 형제의 쓸쓸한 삶을 다룬 작품

- 1998년 「타임스 리터러리 서플리먼트」 선정 〈올해의 책〉
- 2002년 국제 IMPAC 더블린 문학상

035 영혼의 자서전 전2권
니코스 카잔차키스 자서전 | 안정효 옮김 | 각 352, 408면

카잔차키스 자신의 삶의 여정을 아름답게 묘사한 자전적 소설

037 우리들
예브게니 자먀찐 장편소설 | 석영중 옮김 | 320면

인간이 인간일 수 있음을 방해하는 모든 제도를 거부하는, 디스토피아 소설의 효시

- 2006년 이고르 수히흐 교수 〈러시아 문학 20세기의 책 20권〉
- 피터 박스올 〈죽기 전에 읽어야 할 1001권의 책〉

038 뉴욕 3부작
폴 오스터 장편소설 | 황보석 옮김 | 480면

추리 소설의 형식을 빌려 장르의 관습을 뒤엎어 버린, 가장 미국적인 소설

- 피터 박스올 〈죽기 전에 읽어야 할 1001권의 책〉

039 닥터 지바고 전2권
보리스 빠스쩨르나끄 장편소설 | 박형규 옮김 | 각 400, 512면

장엄한 시대의 증언으로 러시아 문학의 지평을 넓힌 해빙기 문학의 정수
- 1958년 노벨 문학상
- 미국 대학 위원회 선정 SAT 추천 도서
- 『타임』지가 뽑은 〈20세기 100선〉

041 고리오 영감
오노레 드 발자크 장편소설 | 임희근 옮김 | 456면

〈인간 희극〉 시리즈의 으뜸으로, 이후 방대한 소설 세계를 열어 주는 발자크의 대표작
- 2002년 노벨 연구소가 선정한 〈세계문학 100선〉
- 연세대학교 권장 도서 200권

042 뿌리 전2권
알렉스 헤일리 장편소설 | 안정효 옮김 | 각 400, 448면

10여 년간의 철저한 자료 조사로 재구성된 르포르타주 문학의 걸작
- 1977년 퓰리처상
- 1977년 전미 도서상
- 2004년 〈한국 문인이 선호하는 세계 명작 소설 100선〉
- 2005년 헨리 포드사 선정 〈75년간 미국을 뒤바꾼 75가지〉

044 백년보다 긴 하루
친기즈 아이뜨마또프 장편소설 | 황보석 옮김 | 560면

꿈꾸는 듯한 현실과 현실 같은 상상이 절묘하게 어우러진, 소비에트 문화권 최고의 스테디셀러
- 1983년 소비에트 문학상
- 1994년 오스트리아 유럽 문학상

045 최후의 세계
크리스토프 란스마이어 장편소설 | 장희권 옮김 | 264면

신화적 인물과 모티프를 현대적 관심사들과 결합시킨 지적 신화 소설
- 1988년 프랑크푸르트 도서전 선정 〈올해의 책〉
- 1988년 안톤 빌트간스상
- 1992년 독일 바이에른 주 학술원 대문학상
- 피터 박스올 〈죽기 전에 읽어야 할 1001권의 책〉

046 추운 나라에서 돌아온 스파이
존 르카레 장편소설 | 김석희 옮김 | 368면

20세기 냉전이 낳은 존 르카레 최고의 스릴러
- 1963년 서머싯 몸상
- 1963년 영국 추리작가 협회상
- 1963년 미국 추리작가 협회상
- 2005년 『타임』지 선정 〈100대 영문 소설〉

047 산도칸 – 몸프라쳄의 호랑이
에밀리오 살가리 장편소설 | 유향란 옮김 | 428면

말레이시아 해를 배경으로 펼쳐지는 해적 산도칸과 그의 친구 야녜스의 활약상
- 피터 박스올 〈죽기 전에 읽어야 할 1001권의 책〉

048 기적의 시대
보리슬라프 페키치 장편소설 | 이윤기 옮김 | 560면

예수가 행한 기적의 이면을 인간의 입장에서 조명한 기막힌 패러디
- 1965년 유고슬라비아 문학상

049 그리고 죽음
짐 크레이스 장편소설 | 김석희 옮김 | 224면

성장과 소멸, 삶과 죽음이 자연과 인간에게 주는 의미를 성찰하게 하는 걸작
- 1999년 전미 비평가 협회상
- 1999년 『가디언』 선정 〈올해의 책〉

050 세설 전2권
다니자키 준이치로 장편소설 | 송태욱 옮김 | 각 480면

몰락한 오사카 상류층의 네 자매의 결혼 이야기를 통해 당시의 풍속을 잔잔하게 그린 작품

052 세상이 끝날 때까지 아직 10억 년
스뜨루가쯔끼 형제 장편소설 | 석영중 옮김 | 224면

반유토피아 문학의 전통을 계승하는 정치 풍자로 판금 조치를 당하기도 한 문제작
- 1988년 〈이달의 청소년 도서〉 선정

053 동물 농장
조지 오웰 장편소설 | 박경서 옮김 | 208면

스딸린 통치의 역사를 동물 우화에 빗댄 정치 알레고리 소설의 고전
- 2008년 영국 플레닷컴 선정 〈역사상 가장 위대한 소설 10〉
- 2009년 『뉴스위크』 선정 〈세계 100대 명작〉

054 캉디드 혹은 낙관주의
볼테르 장편소설 | 이봉지 옮김 | 232면

해학과 풍자를 통해 작가 자신의 철학을 고스란히 담아 낸 철학적 콩트의 정수
- 1993년 서울대학교 선정 〈동서 고전 200선〉
- 미국 대학 위원회 선정 SAT 추천 도서

055 도적 떼
프리드리히 폰 실러 희곡 | 김인순 옮김 | 264면

〈형제의 반목〉이라는 모티프를 이용하여 자유와 반항을 설득력 있게 묘사한 비극
- 1993년 서울대학교 선정 〈동서 고전 200선〉
- 고려대학교 선정 〈교양 명저 60선〉

056 플로베르의 앵무새
줄리언 반스 장편소설 | 신재실 옮김 | 320면

예술 작품을 둘러싸고 벌어지는 인간 사회의 다양한 양상을 날카롭게 통찰한 작품
- 1986년 메디치상
- 1986년 E. M. 포스터상
- 1987년 구텐베르크상

057 악령 전3권
표도르 도스또예프스끼 장편소설 | 김연경 옮김 | 각 324, 396, 496면

실제 사건에 심리적, 형이상학적 색채를 가미한 위대한 비극

- 1966년 동아일보 선정 〈한국 명사들의 추천 도서〉
- 피터 박스올 〈죽기 전에 읽어야 할 1001권의 책〉

060 의심스러운 싸움
존 스타인벡 장편소설 | 윤희기 옮김 | 340면

1930년대 대공황기 캘리포니아 농장 지대의 파업을 극적으로 그린 소설

- 1937년 캘리포니아 커먼웰스 클럽 금상
- 1962년 노벨 문학상 수상 작가

061 몽유병자들 전2권
헤르만 브로흐 장편소설 | 김경연 옮김 | 각 568, 544면

현대 문명의 병폐와 가치의 붕괴를 상징적 비판적으로 해석한 박물 소설이자 모든 문학적 표현 수단의 총체

063 몰타의 매
대실 해밋 장편소설 | 고정아 옮김 | 304면

하드보일드 소설의 창시자 대실 해밋의 세계 최초 탐정 소설

- 2009년 『뉴스위크』 선정 〈세계 100대 명자〉
- 뉴욕 추리 전문 서점 블랙 오크드 선정 〈최고의 추리 소설 10〉

064 마야꼬프스끼 선집
블라지미르 마야꼬프스끼 선집 | 석영중 옮김 | 384면

20세기 러시아의 위대한 혁명 시인 마야꼬프스끼의 대표적인 시와 산문 모음집

065 드라큘라 전2권
브램 스토커 장편소설 | 이세욱 옮김 | 각 340, 344면

공포와 성(性)을 결합시킨 환상 문학의 고전

- 2003년 크리스티안네 취른ген 〈사람이 읽어야 할 모든 것 책〉
- 피터 박스올 〈죽기 전에 읽어야 할 1001권의 책〉

067 서부 전선 이상 없다
에리히 마리아 레마르크 장편소설 | 홍성광 옮김 | 336면

지극히 평범한 한 인간을 통해 전쟁의 본질을 보여 주는, 가장 위대한 전쟁 소설

- 미국 대학 위원회 선정 SAT 추천 도서
- 『타임』지가 뽑은 〈20세기 100선〉
- 피터 박스올 〈죽기 전에 읽어야 할 1001권의 책〉

068 적과 흑 전2권
스탕달 장편소설 | 임미경 옮김 | 각 376, 368면

〈출세〉를 향한 젊은이의 성공과 좌절을 통해 부조리한 사회 구조를 고발한 작품

- 2002년 노벨 연구소가 선정한 〈세계문학 100선〉
- 국립중앙도서관 선정 청소년 권장 도서 50선
- 서울대학교 권장 도서 100선

070 지상에서 영원으로 전3권
제임스 존스 장편소설 | 이종인 옮김 | 각 396, 380, 388면

제2차 세계 대전을 배경으로 두 쌍의 연인을 통해 하와이 주둔 미군 부대의 실상을 폭로한 자연주의 소설

- 1952년 전미 도서상
- 1998년 랜덤하우스 모던 라이브러리 선정 〈최고의 영문 소설 100〉

073 파우스트
요한 볼프강 폰 괴테 희곡 | 김인순 옮김 | 568면

진리를 찾는 파우스트를 통해 인간사의 모든 문제를 상징적으로 표현한 고전 중의 고전

- 2002년 노벨 연구소가 선정한 〈세계문학 100선〉
- 2003년 국립중앙도서관 선정 〈고전 100선〉
- 미국 대학 위원회 선정 SAT 추천 도서
- 서울대학교 권장 도서 100선
- 『뉴스위크』 선정 〈세상을 움직인 100권의 책〉

074 쾌걸 조로
존스턴 매컬리 장편소설 | 김훈 옮김 | 316면

마스크 뒤에 정체를 감추고 폭압에 맞서 싸우는 쾌걸 조로의 가슴 시원한 활약

075 거장과 마르가리따 전2권
미하일 불가꼬프 장편소설 | 홍대화 옮김 | 각 364, 328면

스딸린 치하의 소비에트 사회를 풍자하는 서늘한 공포와 유쾌한 웃음의 묘미

- 2006년 이고르 수히흐 교수 〈러시아 문학 20세기의 책 20권〉
- 피터 박스올 〈죽기 전에 읽어야 할 1001권의 책〉

077 순수의 시대
이디스 워튼 장편소설 | 고정아 옮김 | 448면

사랑과 결혼의 의미를 찾는 세 남녀의 이야기를 세밀하게 그려 낸 연애 소설의 고전

- 1998년 랜덤하우스 모던 라이브러리 선정 〈최고의 영문 소설 100〉
- 2009년 『뉴스위크』 선정 〈세계 100대 명자〉

078 검의 대가
아르투로 페레스 레베르테 장편소설 | 김수진 옮김 | 376면

1868년 마드리드, 역사적인 음모와 계략 그리고 화려한 검술이 엮어 내는 지적 미스터리

- 1993년 『리르』지 선정 〈1대 외국 소설가〉
- 1997년 코레오 그룹상
- 2000년 『뉴욕 타임스』 선정 〈올해의 포켓북〉

079 예브게니 오네긴
알렉산드르 뿌쉬낀 운문소설 | 석영중 옮김 | 328면

패러디의 소설이자 소설의 패러디. 러시아가 낳은 위대한 시인 뿌쉬낀의 장편 운문 소설

- 고려대학교 선정 〈교양 명저 60선〉
- 연세대학교 권장 도서 200권

080 장미의 이름 전2권
움베르토 에코 장편소설 | 이윤기 옮김 | 각 440, 448면
에코의 해박한 인류학적 지식과 기호학 이론이 녹아 있는 중세 추리 소설
- 1981년 스트레가상
- 1982년 메디치상
- 『타임』지가 뽑은 〈20세기 100선〉

082 향수
파트리크 쥐스킨트 장편소설 | 강명순 옮김 | 384면
지상 최고의 향수를 만들려는 한 악마적 천재의 기상천외한 이야기
- 2003년 BBC 「빅리드」 조사 〈영국인들이 가장 사랑하는 소설 100편〉
- 2008년 서울대학교 대출 도서 순위 20

083 여자를 안다는 것
아모스 오즈 장편소설 | 최창모 옮김 | 280면
현대 히브리 문학의 대표적 작가이자 평화 운동가인 아모스 오즈의 대표작

084 나는 고양이로소이다
나쓰메 소세키 장편소설 | 김난주 옮김 | 544면
고양이의 눈에 비친 인간들의 우스꽝스럽고도 서글픈 초상

085 웃는 남자 전2권
빅토르 위고 장편소설 | 이형식 옮김 | 각 472, 496면
17세기 영국 사회에 대한 묘사와 역사에 대한 통찰력이 돋보이는 위고의 최고 걸작

087 아웃 오브 아프리카
카렌 블릭센 장편소설 | 민승남 옮김 | 480면
아프리카에 바치는, 아프리카인과 나눈 사랑과 교감 그리고 우정과 깨달음의 기록
- 피터 박스올 〈죽기 전에 읽어야 할 1001권의 책〉

088 무엇을 할 것인가 전2권
니꼴라이 체르니셰프스끼 장편소설 | 서정록 옮김 | 각 360, 404면
젊은 지식인들에게 〈혁명의 교과서〉로 추앙받은 사회주의 이상 소설

090 도나 플로르와 그녀의 두 남편 전2권
조르지 아마두 장편소설 | 오숙은 옮김 | 각 328, 308면
브라질의 국민 작가 아마두의 관능적이고도 익살이 넘치는 대표작

092 미사고의 숲
로버트 홀드스톡 장편소설 | 김상훈 옮김 | 416면
신화의 원형과 〈숲〉으로 상징되는 집단 무의식의 본질을 유려한 문체로 형상화한 걸작
- 1985년 세계 환상 문학상 대상
- 2003년 프랑스 환상 문학상 특별상

093 신곡 전3권
단테 알리기에리 장편서사시 | 김운찬 옮김 | 각 292, 296, 328면
총 1만 4233행으로 기록된, 단테의 일주일 동안의 저승 여행 이야기
- 2009년 『뉴스위크』 선정 〈세계 100대 명저〉
- 서울대학교 권장 도서 100선

096 교수
샬럿 브론테 장편소설 | 배미영 옮김 | 368면
권위와 위선을 거부하고 자립해 가는 인간들의 모순된 내면 심리에 대한 탁월한 묘사

097 노름꾼
표도르 도스또예프스끼 장편소설 | 이재필 옮김 | 320면
잡지의 실패, 형과 아내의 죽음, 빚…… 파국으로 치닫는 악몽 같은 이야기로 승화한 작가의 회상

098 하워즈 엔드
E. M. 포스터 장편소설 | 고정아 옮김 | 512면
정교한 플롯과 다채로운 인물 묘사가 돋보이는 E. M. 포스터의 역작
- 1998년 랜덤하우스 모던 라이브러리 선정 〈최고의 영문 소설 100〉
- 2004년 〈한국 문인이 선호하는 세계 명작 소설 100선〉

099 최후의 유혹 전2권
니코스 카잔차키스 장편소설 | 안정효 옮김 | 각 408면
예수뿐 아니라 그의 주변 인물들에게까지 생생한 살과 영혼을 부여한 소설
- 피터 박스올 〈죽기 전에 읽어야 할 1001권의 책〉

101 키리냐가
마이크 레스닉 장편소설 | 최용준 옮김 | 464면
모든 문제에 대한 해답이 존재했던, 잃어버린 유토피아에 관한 우화
- 1989년 휴고상

102 바스커빌가의 개
아서 코넌 도일 장편소설 | 조영학 옮김 | 264면
가장 매력적인 탐정 〈셜록 홈스〉를 창조해 낸 코넌 도일 최고의 장편소설
- 『히치콕 매거진』 선정 〈세계 10대 추리 소설〉
- 피터 박스올 〈죽기 전에 읽어야 할 1001권의 책〉

103 버마 시절
조지 오웰 장편소설 | 박경서 옮김 | 400면
〈인도 제국주의 경찰〉이라는 실제 경험을 바탕으로 완성한 조지 오웰의 첫 장편. 그 식민지의 기록

104 10 1/2장으로 쓴 세계 역사
줄리언 반스 장편소설 | 신재실 옮김 | 464면
패러디, 다큐멘터리, 에세이 등 다양한 형식을 통한 세계 역사의 포스트모더니즘적 전복

105 죽음의 집의 기록
표도르 도스또예프스끼 장편소설 | 이덕형 옮김 | 528면

도스또예프스끼의 실제 경험이 가장 많이 반영된 다큐멘터리적 소설
- 1955년 시카고 대학 그레이트 북스
- 피터 박스올 《죽기 전에 읽어야 할 1001권의 책》

106 소유 전2권
수전 바이어트 장편소설 | 윤희기 옮김 | 각 440, 480면

우연히 발견된 편지의 비밀을 좇으며 알아 가는 빅토리아 시대의 사랑, 그리고 현실의 사랑
- 1990년 부커상
- 1990년 영국 최고 영예 지도자상인 커맨더(CBE) 훈장
- 2005년 『타임』지 선정 〈100대 영문 소설〉

108 미성년 전2권
표도르 도스또예프스끼 장편소설 | 이상룡 옮김 | 각 512, 544면

불행한 운명을 타고난 한 청년이 이상과 현실 사이에서 방황하는 모습을 그린 성장 소설

110 성 앙뚜안느의 유혹
귀스타브 플로베르 희곡소설 | 김용은 옮김 | 584면

〈낭만주의적 구도자〉 귀스타브 플로베르가 스스로 밝힌 〈평생의 작품〉

111 밤으로의 긴 여로
유진 오닐 희곡 | 강유나 옮김 | 240면

치솟는 애증과 한없는 연민의 다른 이름, 〈가족〉에 대한 유진 오닐의 자전적 고백
- 1936년 노벨 문학상 수상 작가
- 1957년 퓰리처상
- 미국 대학 위원회 선정 SAT 추천 도서
- 『타임』지가 뽑은 〈20세기 100선〉

112 마법사 전2권
존 파울즈 장편소설 | 정영문 옮김 | 각 512, 552면

중층적 책략과 거미줄처럼 깔린 복선, 다양한 상징이 어우러진 거대한 환상의 숲
- 2003년 BBC 「빅리드」 조사 〈영국인들이 가장 사랑하는 소설 100편〉
- 『타임』지 선정 〈100대 영문 소설〉

114 스쩨빤치꼬보 마을 사람들
표도르 도스또예프스끼 장편소설 | 변현태 옮김 | 416면

작가의 시베리아 유형 직후에 발표된 작품. 유쾌한 희극적 기법과 언어의 기막힌 패러디

115 플랑드르 거장의 그림
아르뚜로 뻬레스 레베르떼 장편소설 | 정창 옮김 | 512면

그림에 감추어진 문장으로 과거를 추적해 가는 미스터리이자 역사 추리 소설
- 1993년 프랑스 추리 소설 대상
- 1993년 『리르』지 선정 〈10대 외국인 소설가〉

116 분신
표도르 도스또예프스끼 장편소설 | 석영중 옮김 | 288면

〈의식의 분열〉이라는 도스또예프스끼 창작의 가장 중요한 테마를 예고한 작품

117 가난한 사람들
표도르 도스또예프스끼 장편소설 | 석영중 옮김 | 256면

보잘것없는 하급 관리와 욕심 많은 지주의 아내가 되는 가엾은 처녀가 주고받은 편지

118 인형의 집
헨리크 입센 희곡 | 김창화 옮김 | 272면

누군가의 아내 혹은 어머니가 아닌, 한 〈인간〉으로서의 여성의 깨달음을 그린 화제작
- 미국 대학 위원회 선정 SAT 추천 도서
- 『뉴스위크』 선정 〈세상을 움직인 100권의 책〉

119 영원한 남편
표도르 도스또예프스끼 장편소설 | 정명자 외 옮김 | 448면

도스또예프스끼의 심화된 예술 세계를 보여 주는 단편 모음집

120 알코올
기욤 아뽈리네르 시집 | 황현산 옮김 | 352면

파격적인 시풍과 유려한 내재율을 자랑하는 기욤 아뽈리네르의 첫 시집

121 지하로부터의 수기
표도르 도스또예프스끼 장편소설 | 계동준 옮김 | 256면

선악의 충돌, 환경과 윤리의 갈등, 인간의 번민과 그리스도를 통한 구원에 관한 이야기들

122 어느 작가의 오후
페터 한트케 중편소설 | 홍성광 옮김 | 160면

세계적 작가 페터 한트케가 소설의 형식으로 써 내려간 독특한 〈작가론〉, 한트케식 글쓰기의 표본

123 아저씨의 꿈
표도르 도스또예프스끼 장편소설 | 박종소 옮김 | 304면

과장의 기법과 희화적 색채를 드러낸 도스또예프스끼의 풍자 드라마 혹은 사회 비판적 소설

124 네또츠까 네즈바노바
표도르 도스또예프스끼 장편소설 | 박재만 옮김 | 316면

네또츠까 네즈바노바라는 한 여성의 일대기를 다룬 도스또예프스끼 최초의 장편이자 미완성작

125 곤두박질
마이클 프레인 장편소설 | 최용준 옮김 | 528면

해박한 미술사적 지식을 토대로 한 예술 소설이자 역사적 배경 속에서 벌어지는 사회심리 코미디
- 1999년 『타임스 리터러리 서플러먼트』 선정 〈올해의 책〉
- 1999년 휫브레드상

126 백야 외
표도르 도스또예프스끼 소설선집 | 석영중 외 옮김 | 408면
도스또예프스끼의 유토피아적 사회주의 사상이 나타난 단편 모음으로, 뻬뜨로빠블로프스끼 감옥에 수감된 동안의 삶의 환희 등이 엿보이는 작품

127 살라미나의 병사들
하비에르 세르카스 장편소설 | 김창민 옮김 | 304면
1939년 프랑스 국경 숲 집단 총살에서 살아남은 작가이자 팔랑헤당의 핵심 멤버였던 산체스 마사스를 추적하는, 탐정 소설 형식을 띤 이야기
- 2001년 스페인 살람보상, 『케 레에르』지 독자상, 바르셀로나 시의 상
- 2004년 영국 「인디펜던트」, 외국 소설상

128 뻬쩨르부르그 연대기 외
표도르 도스또예프스끼 소설선집 | 이항재 옮김 | 296면
새로운 테마와 방법으로 고심한 흔적이 나타나는, 당대 사회에 대한 날카로운 관찰자적 시각을 가지고 간결하고 세련된 문체를 사용한 작품

129 상처받은 사람들 전2권
표도르 도스또예프스끼 장편소설 | 윤우섭 옮김 | 각 296, 392면
19세기 중엽 뻬쩨르부르그 상류 사회의 이중적 삶과 하층민의 고통, 그로 인한 비극적 갈등과 모순을 그린 작품

131 악어 외
표도르 도스또예프스끼 소설선집 | 박혜경 외 옮김 | 312면
도스또예프스끼의 중기 단편, 점차 완숙해져 가는 작가의 예술적·사상적 세계관이 돋보이는 작품

132 허클베리 핀의 모험
마크 트웨인 장편소설 | 윤교찬 옮김 | 416면
모험 소설의 대가, 미국의 셰익스피어라 불리는 마크 트웨인의 대표작
- 미국 대학 위원회 선정 SAT 추천 도서
- 서울대학교 권장 도서 100선

133 부활 전2권
레프 똘스또이 장편소설 | 이대우 옮김 | 각 308, 416면
똘스또이의 세계관이 담긴 거대한 사상서, 끝없는 용서와 사랑으로 부활하는 인간성에 대한 이야기
- 2003년 국립중앙도서관 선정 〈고전 100선〉
- 2004년 〈한국 문인이 선호하는 세계 명작 소설 100선〉

135 보물섬
로버트 루이스 스티븐슨 장편소설 | 최용준 옮김 | 360면
백 년이 넘게 전 세계 독자들의 사랑을 받아 온 해양 모험 소설의 고전
- 2003년 BBC 「빅리드」 조사 〈영국인들이 가장 사랑하는 소설 100선〉
- 미국 대학 위원회 선정 SAT 추천 도서

136 천일야화 전6권
앙투안 갈랑 | 임호경 옮김 | 각 336, 328, 372, 392, 344, 320면
마법과 흥미진진한 모험 속에서 아랍의 문화와 관습은 물론 아랍인들의 세계관과 기질을 재미있게 전하는 앙투안 갈랑의 『천일야화』 완역판
- 2003년 국립중앙도서관 선정 〈고전 100선〉

142 아버지와 아들
이반 뚜르게네프 장편소설 | 이상원 옮김 | 328면
격변기 러시아의 세대 갈등, 〈보수〉와 〈진보〉가 대립하는 시대상을 묘사하여 논쟁을 불러일으킨 작품
- 1993년 서울대학교 선정 〈동서 고전 200선〉
- 미국 대학 위원회 선정 SAT 추천 도서

143 오만과 편견
제인 오스틴 장편소설 | 원유경 옮김 | 480면
오만과 편견에서 비롯된 모든 갈등과 모순은 결혼으로 해결된다. 셰익스피어에 버금가는 작가 제인 오스틴의 대표작
- 1954년 서머신 몸이 추천한 세계 10대 소설
- 2002년 노벨 연구소가 선정한 〈세계 문학 100선〉
- 미국 대학 위원회 선정 SAT 추천 도서

144 천로 역정
존 버니언 우화소설 | 이동일 옮김 | 432면
좁은 문을 지나 천국에 이르는 순례자의 여정. 침례교 설교자 존 버니언의 대표작인 종교적 우화소설
- 1945년 호레이스 십 선정 〈세계를 움직인 책 10권〉
- 2003년 국립중앙도서관 선정 〈고전 100선〉
- 2004년 〈한국 문인이 선호하는 세계 명작 소설 100선〉

145 대주교에게 죽음이 오다
윌라 캐더 장편소설 | 윤명옥 옮김 | 352면
웅대한 자연환경과 함께 뉴멕시코 선교사들의 삶을 그린, 퓰리처상 수상 작가 윌라 캐더의 아름다운 신화적 소설
- 2005년 『타임』지 선정 〈100대 영문 소설〉
- 2009년 『뉴스위크』 선정 〈세계 100대 명저〉
- 미국 대학 위원회 선정 SAT 추천 도서

146 권력과 영광
그레이엄 그린 장편소설 | 김연수 옮김 | 384면
군사 혁명 시절의 멕시코, 범법자이자 도망자를 자처한 어느 사제의 이야기. 불구가 된 세상이 신의 대리인에게 내리는 가혹한 형벌, 혹은 놀라운 축복!
- 2005년 『타임』지 선정 〈100대 영문 소설〉

147 80일간의 세계 일주
쥘 베른 장편소설 | 고정아 옮김 | 352면
공상 과학 소설의 고전. 지금까지 전 세계에 가장 많은 번역 작품을 남긴 쥘 베른. 그가 그려 낸 80일 동안의 세계 일주
- 미국 대학 위원회 선정 SAT 추천 도서

148 바람과 함께 사라지다 전3권
마거릿 미첼 장편소설 | 안정효 옮김 | 각 616, 640, 640면

미국 문학사상 최고의 이야기꾼 마거릿 미첼의 대표작. 전쟁의 폐허 속에서 살아가는 여성의 이야기
- 1937년 퓰리처상
- 2009년 『뉴스위크』 선정 〈세계 100대 명저〉

151 기탄잘리
라빈드라나트 타고르 시집 | 장경렬 옮김 | 224면

먼 곳을 가깝게 하고 낯선 이를 형제로 만드는 타고르 시의 힘 나그네, 연인…… 〈님〉을 그리는 가난한 마음들이 바치는 노래의 화환
- 1913년 노벨 문학상
- 2003년 국립중앙도서관 선정 〈고전 100선〉

152 도리언 그레이의 초상
오스카 와일드 장편소설 | 윤희기 옮김 | 384면

예술과 삶의 관계를 해명한 오스카 와일드의 유일한 장편소설
- 1996년 동아일보 선정 〈한국 명사들의 추천 도서〉
- 미국 대학 위원회 선정 SAT 추천 도서

153 레우코와의 대화
체사레 파베세 희곡소설 | 김운찬 옮김 | 280면

이탈리아 신사실주의 문학을 대표하는 파베세의 급진적인 신화 해석

154 햄릿
윌리엄 셰익스피어 희곡 | 박우수 옮김 | 256면

삶과 죽음, 도덕과 양심, 의지와 운명 등 다양한 문제를 동반한 존재 탐구의 여정
- 2002년 노벨 연구소가 선정한 〈세계문학 100선〉
- 미국 대학 위원회 선정 SAT 추천 도서

155 맥베스
윌리엄 셰익스피어 희곡 | 권오숙 옮김 | 176면

모순과 역설을 통해 인간 내면의 온갖 가치 충돌을 그려 낸, 셰익스피어 4대 비극의 마지막 작품
- 2002년 노벨 연구소가 선정한 〈세계문학 100선〉
- 미국 대학 위원회 선정 SAT 추천 도서

156 아들과 연인 전2권
D. H. 로런스 장편소설 | 최희섭 옮김 | 각 464, 432면

19세기 말에서 20세기 초 영국 사회 하층 계급의 삶을 생생하게 묘사한 로런스의 자전적 소설
- 2002년 노벨 연구소가 선정한 〈세계문학 100선〉
- 2009년 『뉴스위크』 선정 〈세계 100대 명저〉

158 그리고 아무 말도 하지 않았다
하인리히 뵐 장편소설 | 홍성광 옮김 | 272면

〈전후 독일에서 쓰인 최고의 책〉이라고 극찬받은 작품. 섬세하게 묘사된 전후의 내면 풍경
- 1972년 노벨 문학상 수상 작가

159 미덕의 불운
싸드 장편소설 | 이형식 옮김 | 248면

신앙 깊고 정숙한 미덕의 화신 쥐스띤느에게 가해지는 잔혹한 운명. 〈싸디즘〉의 유래가 된 문제작

160 프랑켄슈타인
메리 W. 셸리 장편소설 | 오숙은 옮김 | 320면

공포 소설, 공상 과학 소설의 고전. 과학의 발전과 실험이 불러올지도 모를 끔찍한 재앙에 대한 경고
- 2009년 『뉴스위크』 선정 〈세계 100대 명저〉
- 미국 대학 위원회 선정 SAT 추천 도서

161 위대한 개츠비
프랜시스 스콧 피츠제럴드 장편소설 | 한애경 옮김 | 280면

개츠비, 닉, 톰이라는 세 캐릭터를 통해 시대적 불안을 뛰어나게 묘사한 고전
- 2005년 『타임』지 선정 〈100대 영문 소설〉
- 미국 대학 위원회 선정 SAT 추천 도서

162 아Q정전
루쉰 중단편집 | 김태성 옮김 | 320면

현대 중국의 문학과 인문 정신의 출발을 상징하는 루쉰의 소설집
- 1996년 『뉴욕 타임스』 선정 〈20세기에 가장 큰 영향을 끼친 그레이트 북스〉

163 로빈슨 크루소
대니얼 디포 장편소설 | 류경희 옮김 | 456면

최초의 본격 소설이자 근대 소설의 효시. 국적과 시대와 세대를 불문한 여행기 문학의 대표작
- 2003년 국립중앙도서관 선정 〈고전 100선〉
- 미국 대학 위원회 선정 SAT 추천 도서

164 타임머신
허버트 조지 웰스 소설선집 | 김석희 옮김 | 304면

SF의 거인 허버트 조지 웰스가 그려 낸 인류의 미래 그 잔혹한 기적!
- 2003년 크리스티아네 취르든 〈사람이 읽어야 할 모든 것 책〉
- 피터 박스올 〈죽기 전에 읽어야 할 1001권의 책〉

165 제인 에어 전2권
샬럿 브론테 장편소설 | 이미선 옮김 | 각 392, 384면

가난한 고아 가정 교사 제인 에어와 부유하지만 불행한 로체스터의 사랑을 주제로 한 연애 소설
- 미국 대학 위원회 선정 SAT 추천 도서
- 피터 박스올 〈죽기 전에 읽어야 할 1001권의 책〉

167 풀잎
월트 휘트먼 시집 | 허현숙 옮김 | 280면

자유시의 선구자 월트 휘트먼. 40년간 수정과 증보를 거듭한 시집 『풀잎』의 초판 완역본
- 2002년 노벨 연구소가 선정한 〈세계문학 100선〉
- 2009년 『뉴스위크』 선정 〈세계 100대 명저〉

168 표류자들의 집
기예르모 로살레스 장편소설 | 최유정 옮김 | 216면

쿠바와 미국, 그 어느 땅에도 뿌리박기를 거부한 작가 기예르모 로살레스. 그가 생전에 남긴 단 한 권의 책
- 1987년 황금 문학상

169 배빗
싱클레어 루이스 장편소설 | 이종인 옮김 | 520면

일반 명사가 된 한 남자의 이야기. 미국의 중산 계급에 대한 풍자와 뛰어난 환경 묘사에 성공한 루이스의 최고 걸작
- 1930년 노벨 문학상

170 이토록 긴 편지
마리아마 바 장편소설 | 백선희 옮김 | 192면

50대 여성 라마툴라이가 친구 아이사투에게 쓴 편지. 일부다처제를 둘러싼 두 여인의 고통과 선택, 새로운 삶에서의 번민을 담아낸 작품
- 1980년 노마상

171 느릅나무 아래 욕망
유진 오닐 희곡 | 손동호 옮김 | 168면

욕정과 물욕, 근친상간과 유아 살해, 욕망에서 비롯된 인간사 갈등의 극단점. 그러나 그 속에서도 아직 꺾이지 않는 사랑에 대한 이야기
- 1936년 노벨 문학상 수상 작가

172 이방인
알베르 카뮈 장편소설 | 김예령 옮김 | 208면

인간의 부조리를 성찰한 작가 알베르 카뮈의 처녀작. 죽음, 자유, 반항, 진실의 심연을 들여다본다
- 1957년 노벨 문학상 수상 작가
- 2002년 노벨 연구가가 선정한 《세계 문학 100대 작품》

173 미라마르
나기브 마푸즈 장편소설 | 허진 옮김 | 288면

아랍 문학계의 큰 별, 나기브 마푸즈가 파고든 두 차례의 혁명, 그 이후
- 1988년 노벨 문학상 수상 작가
- 피터 박스올 《죽기 전에 읽어야 할 1001권의 책》

174 지킬 박사와 하이드 씨
로버트 루이스 스티븐슨 소설선집 | 조영학 옮김 | 320면

인간 내면의 근원을 탐구한 탁월한 심리 묘사가 스티븐슨. 그가 선사하는 다섯 가지 기이한 이야기
- 2004년 《한국 문인이 선호하는 세계 명작 소설 100선》

175 루진
이반 뚜르게네프 장편소설 | 이항재 옮김 | 264면

한 《잉여 인간》의 삶과 죽음을 러시아 문단의 거인 뚜르게네프의 사실적 시선을 통해 엿본다

176 피그말리온
조지 버나드 쇼 희곡 | 김소임 옮김 | 256면

20세기 영국 사회의 허위와 모순에 대한 신랄한 풍자. 셰익스피어 이후 가장 위대한 극작가 조지 버나드 쇼의 대표작
- 1925년 노벨 문학상 수상 작가

177 목로주점 전2권
에밀 졸라 장편소설 | 유기환 옮김 | 각 336면

노동자의 언어로 쓰인 최초의 노동 소설. 19세기를 살아간 노동자의 고달픈 삶, 그 몰락의 연대기
- 피터 박스올 《죽기 전에 읽어야 할 1001권의 책》

179 엠마 전2권
제인 오스틴 장편소설 | 이미애 옮김 | 각 336, 360면

호기심과 오해가 빚어낸 사건들 속에서 완성되는 철부지 엠마의 좌충우돌 성장기
- 2007년 데보라 G. 펠터 《여성의 삶을 바꾼 책 50권》

181 비숍 살인 사건
S. S. 밴 다인 장편소설 | 최인자 옮김 | 464면

추리 소설의 황금시대를 장식한 S. S. 밴 다인의, 시와 문학을 접목시킨 연쇄 살인 사건

182 우신예찬
에라스무스 풍자문 | 김남우 옮김 | 296면

자유로운 세계주의자 에라스무스, 그의 눈에 비친 〈웃지 않을 수 없는〉 시대의 모습

183 하자르 사전
밀로라드 파비치 장편소설 | 신현철 옮김 | 488면

지중해에 실제로 존재했던 하자르 제국에 대한, 역사와 환상이 교묘하게 뒤섞인 역사 미스터리 사전 소설

184 테스 전2권
토머스 하디 장편소설 | 김문숙 옮김 | 각 392, 336면

옹졸한 인습 속에서도 강인한 생명력과 자연의 회복력을 지닌 순수한 대지의 딸 테스의 삶과 죽음
- 미국 대학 위원회 선정 SAT 추천 도서

186 투명 인간
허버트 조지 웰스 장편소설 | 김석희 옮김 | 288면

SF의 거장 허버트 조지 웰스의 빛나는 상상력. 보이지 않는 인간이 보여 주는, 소외된 인간의 고독
- 미국 대학 위원회 선정 SAT 추천 도서

187 93년 전2권
빅토르 위고 장편소설 | 이형식 옮김 | 각 288, 360면

프랑스 대혁명 당시 가장 치열했던 방데 전투의 종말. 그리고 그곳에서, 사상과 인간성 간의 전쟁이 다시 시작된다

189 젊은 예술가의 초상
제임스 조이스 장편소설 | 성은애 옮김 | 384면

20세기 가장 혁명적인 문학가 제임스 조이스의 자전적 소설. 감수성을 억압하는 사회를 거부하고 예술의 길을 택한 한 소년의 성장기

190 소네트집
윌리엄 셰익스피어 연작시집 | 박우수 옮김 | 200면

아름다운 언어로 사랑과 고통을 그려 낸 소네트 문학의 최고 걸작

- 2009년 『뉴스위크』 선정 〈세계 100대 명자〉

191 메뚜기의 날
너새니얼 웨스트 장편소설 | 김진준 옮김 | 280면

할리우드 뒷골목의 하루 인생들! 그들의 적나라한 모습에서 헛된 꿈과 부푼 인간들의 모습을 본다

- 2009년 『뉴스위크』 선정 〈세계 100대 명자〉

192 나사의 회전
헨리 제임스 중편소설 | 이승은 옮김 | 256면

모호한 암시와 뒤에 숨겨진 반전, 현대 심리 소설의 아버지 헨리 제임스의 대표작

- 미국 대학 위원회 선정 SAT 추천 도서
- 1955년 시카고 대학 〈그레이트 북스〉

193 오셀로
윌리엄 셰익스피어 희곡 | 권오숙 옮김 | 216면

인간의 사랑과 질투, 그리고 의심이라는 감정이 빚어내는 비극

194 소송
프란츠 카프카 장편소설 | 김재혁 옮김 | 376면

난데없는 소송과 운명적 소용돌이에 희생당하는 한 인간을 통해 카프카의 문학적 천재성을 본다

- 2002년 노벨 연구소가 선정한 〈세계 문학 100선〉
- 2005년 『타임』지 선정 〈100대 영문 소설〉

195 나의 안토니아
윌라 캐더 장편소설 | 전경자 옮김 | 368면

유토피아를 꿈꾸며 고향을 떠나온 이민자들의 삶. 황량한 초원에서 펼쳐진 그들의 아름다운 순간들

- 2007년 데보라 G. 펠터 〈여성의 삶을 바꾼 책 50권〉

196 자성록
마르쿠스 아우렐리우스 명상록 | 박민수 옮김 | 240면

로마 황제라는 화려함 뒤에 권력보다는 철학과 인간을 사랑했던 고독한 영웅이 있었다. 그의 성찰의 시간들을 엿본다

197 오레스테이아
아이스킬로스 비극 | 두행숙 옮김 | 336면

오레스테스를 중심으로 벌어지는 잔혹한 복수극을 통해 정의란 무엇인지에 대한 질문을 던진다

198 노인과 바다
어니스트 헤밍웨이 소설선집 | 이종인 옮김 | 320면

한 노인과 거대한 물고기의 사투를 통해 삶과 죽음에 대한 고민과 패배하지 않는 인간의 굳건한 의지를 그려 낸다

- 1952년 퓰리처상 수상작
- 1952년 노벨 문학상 수상 작가

199 무기여 잘 있거라
어니스트 헤밍웨이 장편소설 | 이종인 옮김 | 464면

체험에 뿌리를 내린 크나큰 비극. 미국 문학의 거장 헤밍웨이가 〈잃어버린 세대〉의 모습을 담는다

- 『타임』지가 뽑은 〈20세기 100선〉
- 미국 대학 위원회 선정 SAT 추천 도서

200 서푼짜리 오페라
베르톨트 브레히트 희곡선집 | 이은희 옮김 | 320면

이데올로기 속에 갇힌 인간의 모습을 그려 낸 「서푼짜리 오페라」와 「억척어멈과 자식들」을 만난다

- 『뉴욕 타임스』 선정 〈20세기 최고의 책 100선〉

201 리어 왕
윌리엄 셰익스피어 희곡 | 박우수 옮김 | 224면

자신의 정체성을 아는 자 누구인가? 오이디푸스의 후예 리어, 눈 있으되 보지 못하는 자의 고통

- 미국 대학 위원회 선정 SAT 추천 도서
- 2002년 노벨 연구가 선정한 〈세계문학 100선〉

202 주홍 글자
너대니얼 호손 장편소설 | 곽영미 옮김 | 360면

미국 문학의 시대를 연 호손의 대표작. 가장 통속적인 곳에서 피어난 가장 숭고한 이야기

- 미국 대학 위원회 선정 SAT 추천 도서
- 서울대학교 선정 〈동서 고전 200선〉

203 모히칸족의 최후
제임스 페니모어 쿠퍼 장편소설 | 이나경 옮김 | 512면

자연과 문명, 인디언과 백인, 신화와 역사의 경계를 넘나드는 모히칸 전사의 최후 전투 기록

- 미국 대학 위원회 선정 SAT 추천 도서

204 곤충 극장
카렐 차페크 희곡선집 | 김선형 옮김 | 360면

양차 대전 사이 유럽을 살아간 휴머니스트 카렐 차페크의 치열한 고민, 그러나 위트 넘치는 기록들

205 누구를 위하여 종은 울리나 전2권
어니스트 헤밍웨이 장편소설 | 이종인 옮김 | 각 416, 400면

허무주의에서 평화를 위한 필사의 투쟁으로, 연대를 통한 실천 의식을 역설한 헤밍웨이의 역작

- 1953년 노벨 문학상 수상 작가
- 뉴스위크 선정 세계 100대 명저
- 르몽드 선정 〈20세기 최고의 책〉

207 타르튀프
몰리에르 희곡선집 | 신은영 옮김 | 416면

최고의 희극 배우이자 가장 위대한 극작가 몰리에르. 조롱과 웃음기로 무장한 투쟁의 궤적

- 1955년 시카고 대학 〈그레이트 북스〉
- 서울대학교 선정 〈동서 고전 200선〉

208 유토피아
토머스 모어 소설 | 전경자 옮김 | 288면

르네상스 시대의 휴머니즘과 종교적 관용, 성 평등을 주장한 근대 소설의 효시이자 사회사상사적 명저

- 『뉴스위크』 선정 세상을 움직인 100권의 책
- 스탠포드 대학 선정 〈세계의 결정적 책 15권〉

209 인간과 초인
조지 버나드 쇼 희곡 | 이후지 옮김 | 320면

니체의 초인 사상에 큰 영향을 받은 버나드 쇼의 인생관과 예술론이 흥미로운 설정과 희극적인 요소와 함께 펼쳐진다

- 1925년 노벨 문학상 수상
- 시카고 대학 그레이트 북스

210 페드르와 이폴리트
장 라신 희곡 | 신정아 옮김 | 200면

프랑스 신고전주의 희곡의 대가 라신의 대표작이자 정념을 다룬 비극의 정수

- 서울대학교 선정 〈동서 고전 200선〉
- 시카고 대학 그레이트 북스

211 말테의 수기
라이너 마리아 릴케 장편소설 | 안문영 옮김 | 320면

고독과 고난에 대한 기록. 20세기 초 독일어로 발표된 최초의 현대 소설이자 릴케의 유일한 장편소설

- 국립중앙도서관 선정 청소년 권장도서 50선
- 서울대학교 선정 〈동서 고전 200선〉

212 등대로
버지니아 울프 장편소설 | 최애리 옮김 | 328면

삶과 죽음, 세월을 바라보는 깊은 눈. 무수한 인상의 단편들을 아름답게 이어 간 울프의 자전적 소설

- 2002년 노벨 연구소가 선정한 〈세계문학 100선〉
- 2005년 『타임』 선정 〈100대 영문 소설〉

213 개의 심장
미하일 불가꼬프 중편소설집 | 정연호 옮김 | 352면

혁명의 모순과 과학의 맹점을 파고든 〈불가꼬프적〉 상상력의 정수

214 모비 딕 전2권
허먼 멜빌 장편소설 | 강수정 옮김 | 각 464, 488면

고래에 관한 모든 것. 전율적인 모험, 자연과 인간에 대한 심오한 통찰을 담은 멜빌의 독보적 걸작

- 1954년 서머싯 몸이 추천한 〈세계 10대 소설〉
- 2002년 노벨 연구소가 선정한 〈세계문학 100선〉

216 더블린 사람들
제임스 조이스 단편소설집 | 이강훈 옮김 | 336면

마비된 도시 더블린에 갇힌 욕망과 환멸. 20세기 문학사를 새롭게 쓴 선구적 작가 제임스 조이스 문학의 출발점

- 2008년 〈하버드 서점이 뽑은 잘 팔리는 책 20〉
- 2004년 〈한국 문인이 선호하는 세계 명작 소설 100선〉

217 마의 산 전3권
토마스 만 장편소설 | 윤순식 옮김 | 각 496, 488, 512면

20세기 독일 문학의 거장 토마스 만 작품의 정수. 죽음이 지배하는 알프스의 호화 요양원 〈베르크호프〉에서 생(生)의 아름다움과 환희를 되묻다

220 비극의 탄생
프리드리히 니체 | 김남우 옮김 | 304면

아폴론과 디오뉘소스라는 두 가지 원리로 희랍 비극의 근원을 분석하고 서양 문화의 심층 구조를 드러낸다. 20세기 문학, 철학, 예술에 심대한 영향을 끼친 책

221 위대한 유산 전2권
찰스 디킨스 장편소설 | 류경희 옮김 | 각 432, 448면

세상만사를 꿰뚫어보는 깊은 통찰과 풍부한 서사, 유쾌한 해학이 담긴 19세기 대문호 찰스 디킨스의 작품

- 2002년 노벨 연구소가 선정한 〈세계문학 100선〉
- 2007년 영국 독자들이 뽑은 가장 귀중한 책

223 사람은 무엇으로 사는가
레프 톨스토이 소설집 | 윤새라 옮김 | 464면

1852년부터 1907년까지, 13편을 선정해 60년에 이르는 톨스토이 작품 세계의 궤적을 담아낸 단편선

224 자살 클럽
로버트 루이스 스티븐슨 소설선집 | 임종기 옮김 | 272면

인간 내면에 도사린 본질적 탐욕과 이중성, 죄의식과 두려움을 다룬 기묘하고 환상적인 단편선

225 채털리 부인의 연인 전2권
데이비드 허버트 로런스 장편소설 | 이미선 옮김 | 각 336, 328면

20세기 문학계를 뒤흔든 D. H. 로런스의 문제작. 현대 산업 사회에 대한 비판과 인간성 회복에의 염원이 담긴 작품

- 르몽드 선정 〈20세기 최고의 책〉
- 피터 박스올 〈죽기 전에 읽어야 할 1001권의 책〉
- 2004년 〈한국 문인이 선호하는 세계 명작 소설 100선〉

227 데미안
헤르만 헤세 장편소설 | 김인순 옮김 | 272면

혼돈과 자아 상실의 시대를 살아가는 젊은이들에게 시대의 지성 헤르만 헤세가 바치는 작품

- 1946년 노벨 문학상 수상 작가
- 2004년 〈한국 문인이 선호하는 세계 명작 소설 100선〉

228 두이노의 비가
라이너 마리아 릴케 시 선집 | 손재준 옮김 | 504면

삶 속에서 죽음을 노래한 시인 릴케의 대표 시집 중 엄선한 170여 편의 주요 작품을 소개한 시 선집
- 동아일보 선정 〈세계를 움직이는 100권의 책〉
- 고려대학교 선정 〈교양 명저 60선〉

229 페스트
알베르 카뮈 장편소설 | 최윤주 옮김 | 432면

죽음 앞에 선 인간의 고뇌와 역할에 대한 진지한 성찰이 담긴 〈제2차 세계 대전 이후 최대의 걸작〉
- 1957년 노벨 문학상 수상 작가
- 서울대학교 선정 권장 도서 100선
- 국립중앙도서관 선정 청소년 권장 도서 50선

230 여인의 초상 전2권
헨리 제임스 장편소설 | 정상준 옮김 | 각 520, 544면

자유로운 이상을 가진 한 여인의 이야기. 헨리 제임스의 심리적 사실주의를 대표하는 걸작
- 2004년 〈한국 문인이 선호하는 세계 명작 소설 100선〉
- 미국 대학 위원회 선정 SAT 추천 도서
- 서울대학교 선정 〈동서 고전 200선〉

232 성
프란츠 카프카 장편소설 | 이재황 옮김 | 560면

독일인이 뽑은 20세기 최고의 작가 카프카의 3대 장편소설 중 하나
- 2002년 노벨 연구소가 선정한 〈세계 문학 100선〉
- 피터 박스올 〈죽기 전에 읽어야 할 1001권의 책〉

233 차라투스트라는 이렇게 말했다
프리드리히 니체 산문시 | 김인순 옮김 | 464면

니체 철학의 가장 중심적인 사상들을 생동하는 문학적 언어로 녹여 낸 작품
- 국립중앙도서관 선정 고전 100선
- 동아일보 선정 〈세계를 움직이는 100권의 책〉

234 노래의 책
하인리히 하이네 시집 | 이재영 옮김 | 384면

독일을 대표하는 서정 시인이자 혁명적 저널리스트인 하이네의 시집. 실패한 사랑의 슬픔과 인습의 굴레에서 벗어나고자 했던 고아한 시성의 노래.

235 변신 이야기
오비디우스 서사시 | 이종인 옮김 | 632면

라틴 문학의 전성기를 대표하는 시인 오비디우스가 그리스 로마 신화를 응집한 역작
- 2002년 노벨 연구소가 선정한 〈세계문학 100선〉
- 서울대학교 권장 도서 100선
- 연세대학교 권장 도서 200선

236 안나 까레니나 전2권
레프 톨스토이 장편소설 | 이명현 옮김 | 각 800면, 736면

사랑과 결혼, 가정 등 일상적인 소재를 통해 당대 러시아의 혼란한 사회상과 개인의 내면을 생생하게 묘사한, 톨스토이의 모든 고민을 집대성한 대표작
- 「가디언」 선정 역대 최고의 소설 100선
- 서울대학교 권장 도서 100선

238 이반 일리치의 죽음 · 광인의 수기
레프 톨스토이 장편소설 | 석영중 · 정지원 옮김 | 232면

죽음 앞에 선 인간 실존에 대한 톨스토이의 깊은 성찰이 담긴 걸작
- 시카고 대학 그레이트 북스
- 피터 박스올 〈죽기 전에 읽어야 할 1001권의 책〉

239 수레바퀴 아래서
헤르만 헤세 장편소설 | 강명순 옮김 | 232면

모순적인 교육 제도에 짓눌린 안타까운 청춘의 이야기. 헤세의 사춘기 시절 체험이 담긴 자전적 성장 소설
- 1946년 노벨 문학상 수상 작가
- 서울대학교 선정 동서 고전 200선

240 피터 팬
J. M. 배리 장편소설 | 최용준 옮김 | 272면

영원히 어른이 되고 싶지 않은 소년 피터팬. 신비의 섬 네버랜드에서 펼쳐지는 짜릿한 대모험
- 「가디언」 선정 〈모두가 읽어야 할 소설 1000선〉

241 정글 북
러디어드 키플링 중단편집 | 오숙은 옮김 | 272면

늑대 품에서 자란 소년 모글리, 대지가 살아 숨 쉬는 일곱 개의 빛나는 중단편들
- 1907년 노벨 문학상 수상 작가
- BBC 선정 아동 고전 소설

242 한여름 밤의 꿈
윌리엄 셰익스피어 희곡 | 박우수 옮김 | 160면

셰익스피어의 대표 낭만 희극. 꿈과 현실을 넘나드는 한바탕의 마법 같은 이야기
- 미국 대학 위원회 선정 SAT 추천 도서

243 좁은 문
앙드레 지드 | 김화영 옮김 | 264면

지상보다 천상의 행복을 사랑한 여인과, 그 여인을 사랑한 한 남자의 이야기. 현대 프랑스 문학의 거장 앙드레 지드의 대표작
- 1947년 노벨 문학상 수상 작가
- 2003년 국립중앙도서관 선정 〈고전 100선〉

244 모리스
E. M. 포스터 장편소설 | 고정아 옮김 | 408면

케임브리지에 입학한 모리스는 1년 선배 클라이브를 만난다. 두 사람은 친구 이상의 감정을 느끼며 서로에게 완전히 빠져든다. 어느날 모리스는 클라이브의 석연치 않은 편지를 받게 되는데…… 위선적인 영국에서 금기시된 소재를 다루며 작가 사후에야 발표될 수 있었던 문제작.

245 브라운 신부의 순진
길버트 키스 체스터턴 단편집 | 이상원 옮김 | 336면

추리 문학계의 전설로 손꼽히는 매력적인 성직자 탐정 브라운 신부의 놀라운 활약상. 추리 문학의 거장 체스터턴의 대표 단편집.

각 권 8,800~15,800원